苻坚大帝

上册

曹育娟 著

陕西新华出版传媒集团
太白文艺出版社

图书在版编目（CIP）数据

苻坚大帝：全2册 / 曹育娟著. -- 西安：太白文艺出版社，2019.1（2022.1重印）
ISBN 978-7-5513-1519-7

Ⅰ. ①苻… Ⅱ. ①曹… Ⅲ. ①长篇历史小说－中国－当代 Ⅳ. ①I247.5

中国版本图书馆CIP数据核字(2018)第195014号

苻坚大帝
FU JIAN DADI

作　　者	曹育娟
责任编辑	谢　天
封面设计	自由云
出版发行	陕西新华出版传媒集团 太 白 文 艺 出 版 社
经　　销	新华书店
印　　刷	三河市华东印刷有限公司
开　　本	787mm×1092mm　1/16
字　　数	570千字
印　　张	32.75
版　　次	2019年1月第1版
印　　次	2022年1月第3次印刷
书　　号	ISBN 978-7-5513-1519-7
定　　价	80.00元

版权所有　翻印必究
如有印装质量问题，可寄出版社印制部调换
联系电话：029-81206800
出版社地址：西安市曲江新区登高路1388号（邮编：710061）
营销中心电话：029-87277748

谨以此书献给我的父亲

从古至今，从公元前27世纪到公元后20世纪，大大小小，男男女女，加在一起，中国总共有五百六十个帝王，数目不可谓不多。然而，考察他们的行为（特别声明：不是听他们说的话，而是看他们干的事），够得上称为"大帝"的，不过五人而已。一是公元前3世纪秦王朝一任帝嬴政，二是前3世纪西汉王朝一任帝刘邦，三是4世纪前秦帝国三任帝苻坚，四是7世纪唐王朝二任帝李世民，五是17世纪清王朝四任帝玄烨。"大帝"的特征是：有超人的胆识，有深厚的人文素养，有用度外之人的智慧，有赫赫的武功，有强大的工作效率和比较清廉的文官团队，有以师友相敬的智囊群。而且，他还必须有自我反省和克制的能力。

——柏杨《柏杨版通鉴纪事本末 第七部》

序

符坚的墓在彬县的南塬上。一条乡间土路,勉强可以通车。上了塬,要穿过玉米地,穿过一个一个村庄。记得那村头有一树一树的梨花,白得有些凄凉。一代大英雄、前秦国国主符坚的墓,就在一个乱石岗上。

墓地不大,一堆乱石堆砌。墓的西边立有一通石碑,勒有"前秦国王符坚"字样。墓园里有一些杂树,几只黑色的乌鸦聒噪着,给这块空旷的原野平添几分凄凉。一位叫曹育娟的作者,为这位魏晋南北朝、五胡十六国时期的大英雄符坚写了一本书。她在发给我的短信中说,希望我为这本书作一个序。她还说,我大约认识她的父亲,她的父亲叫曹剑,当年写过一本《符坚评传》,曾经送给过我。她还说,父亲已经过世,所以她要勉力完成这本书,也是为了了却父亲的遗愿。《符坚评传》这本书就在我书架上,上面还有曹剑先生的签名。曹先生是彬县德高望重的文化人。中华文明薪火相传、血脉不断,靠的正是他们呀!

我是2003年去彬县的,小住了一个礼拜。去拜谒符坚墓,去拜谒大佛寺,大约曹先生也随往,我记不清了,只记得有个县委副书记叫张忠先生的随行。记得,我还给彬县大佛寺撰写了一副对联。下联记不清了,上联是"豳国邠州彬县三千年三易其字铿锵乡音总不改"。符坚就是被后秦姚苌用绳索勒死在大佛寺的,为了索要传国玉玺。符坚是陇西人氏,淝水兵败以后,他说:"我不玩了,要回我的陇西高原故乡去了。"他走到岐山,被反叛的部将姚苌抓住,后来惨烈地死于彬县大佛寺。

符坚是中国历史上最为黑暗最为动荡的魏晋南北朝五胡十六国出现的大英雄,是一位有为之君、仁厚之君。史学家们常常叹息说,如果淝水之战胜方是前秦符坚,那么中国人就可以早一百多年结束那个苦难时代了。

我今年出版的《我的菩提树》谈到以上内容。小说和史书又不同,例如《三国

志》和《三国演义》就绝不相同，大虚构是小说家的专利，小说家的天职，所以姑娘，你怎么写苻坚都是正确的，他是你典型化的苻坚大帝。

　　曹育娟《苻坚大帝》将要出版了，谨献上我的祝贺。那是今天的人们向昨天的人们的致敬。法国小说家大仲马说，历史是一颗钉子，在上面挂我的小说。

　　是为序。

高建群

2017.12.30 于西安

目 录

上册

1	引 子		
5	第一章	寿光帝荒淫乱政	法兄弟临危事成
10	第二章	兄弟互谦让王位	苟母助儿临天下
16	第三章	天王勤勉施新政	法兄暗中生事端
21	第四章	苻坚微服出长安	歹人行刺入咸阳
28	第五章	天王古豳国疗伤	佳人土陵村倾情
37	第六章	苻坚恸哭留兄长	苻法决绝别帝王
39	第七章	梁夫人痛贬新政	秦天王反思务实
42	第八章	王猛明法杀恶吏	身遭诬告陷囹圄
47	第九章	张平造反谋霸主	天王平叛收虎将
51	第十章	治大旱新平求贤	喜相逢龙窝续缘
58	第十一章	清水凿山起新堤	万民重修郑白渠
63	第十二章	天王夜游长安街	黑手偷袭阎王殿
68	第十三章	除恶霸痛杀老氐	挺王猛鞭笞苻柳
74	第十四章	伐陇平五公之乱	救燕还境内安定
80	第十五章	秦天王弯弓射雕	代公主谋刺未遂
89	第十六章	救《周礼》封赐韦母	励农桑亲耕南亩
99	第十七章	邓将军枋头救燕	秦天王未雨绸缪
104	第十八章	慕容垂被逼北上	秦天王挥剑解围

115	第十九章	张夫人邯郸失踪	燕吴王长安投秦
121	第二十章	王景略奉命伐燕	施小计智取洛阳
127	第二十一章	王猛金刀欲除垂	天王壮行誓破燕
133	第二十二章	进洛阳壶关告捷	挖地道晋阳易主
137	第二十三章	丑徐成战前违纪	贪太傅卖水鬻薪
140	第二十四章	憨孟良以身护主	秦铁骑以少胜多
144	第二十五章	安阳寻迹追往事	驿楼赋诗告阿公
148	第二十六章	余蔚开门迎秦师	天王仁厚赦燕帝
153	第二十七章	铜雀台天王怀古	沁香坊碧泓殉情
158	第二十八章	小坚头枋头祭祖	二公主皇城下嫁
164	第二十九章	苻雅北上踏仇池	天锡荒政失凉州
170	第三十章	燕公主紫宫受宠	美少年甘为仆从
175	第三十一章	杨家将南下取蜀	周楚孙尽孝降秦
178	第三十二章	王猛治邺罪权贵	小人离间隙君臣
184	第三十三章	玉楼高群贤聚集	天地宽君臣释嫌
189	第三十四章	梁谠奉召慰王猛	太后私情会李威
195	第三十五章	洛阳东巡遇王洛	荒庙仁心救恨水
201	第三十六章	巡邺城君圣臣贤	潜姑孰破镜重圆
205	第三十七章	栖凤庵子姝涅槃	凤仪宫皇后施威
212	第三十八章	天王外放慕容冲	凤皇含恨断痴情
217	第三十九章	猎凤凰炼丹夺命	杀王雕立法律民
222	第四十章	重社稷邺城换防	轻俗礼灞上三别
226	第四十一章	绸缎庄里替君忧	太极殿上辞首辅
233	第四十二章	苻融上书鸣不平	子姝起舞谏圣明
240	第四十三章	浑氏设计害子姝	揽月碧波沉清河
244	第四十四章	李威驻冀州辞世	天王梦鱼羊食人
249	第四十五章	张育造反乱蜀地	邓羌痴情恋月明

下册

253	第四十六章	亡国君变态虐妃	可足浑猥琐献媳
257	第四十七章	傲雪梅病入膏肓	骄天子皇榜寻医
263	第四十八章	僧涉僧医扼病魔	毒妇毒计害忠良
267	第四十九章	郝晷巧舌激王猛	丞相尽瘁落长空
275	第五十章	失贤辅整肃风气	禁图谶弃市王佩
278	第五十一章	听讼观邂逅苏蕙	璇玑图还君明珠
283	第五十二章	济沧海熊邈造船	去奢华奸计落空
289	第五十三章	抗大旱复修高渠	赞美食御面留香
294	第五十四章	攻内城苻丕受挫	守襄阳朱序抱死
298	第五十五章	秦强大西域入贡	女儿美参汤有毒
303	第五十六章	可足浑氏欲弑君	楼兰公主误殒命
307	第五十七章	自作孽毒妇暴死	恶满盈慕容评亡
311	第五十八章	窦滔潜城得内应	朱序中计失襄阳
314	第五十九章	北府兵三阿被困	秦铁骑马塘惨败
319	第六十章	平规蛊惑苻洛造反	苻融奉命龙城平叛
322	第六十一章	危社稷特权专横	封藩侯远徙同宗
328	第六十二章	天王仁爱释晋俘	周虓愚忠刺圣明
333	第六十三章	王皮失手杀亲舅	苻阳谋反报父仇
339	第六十四章	楼兰王复仇入关内	吕将军西征出关中
344	第六十五章	秦王狂投鞭断流	晋臣慌以攻为守
348	第六十六章	百官上书劝慎行	道安合掌念苍生
355	第六十七章	晋攻襄阳试深浅	秦还颜色探虚实
360	第六十八章	懿寿宫乱点名册	翩跹宫冰释前嫌
365	第六十九章	谢安围棋赌别墅	婠婳承恩埋祸根
372	第七十章	将干送密信被擒	苻融审细作中计
375	第七十一章	抢先机蛟龙出海	袭洛涧梁成惨败
380	第七十二章	八公山草木皆兵	寿阳城暗流涌动
384	第七十三章	天王巡营运筹帷幄	朱序叛秦釜底抽薪

389	第七十四章	战淝水苻融殒命	钻密道烈火逃生
396	第七十五章	毛躁之青冈报恩	淮水岸风声鹤唳
401	第七十六章	归靡靡西途安民	路漫漫护驾追主
409	第七十七章	收残局天王忧心	放北归君臣缘尽
416	第七十八章	祭天地告罪太庙	悔自负追念王猛
421	第七十九章	丁零王推举盟主	慕容垂坑杀飞龙
426	第八十章	慕容凤镖取毛当	慕容垂自立燕王
431	第八十一章	姜让怒斥伪君子	天王绝书负心臣
436	第八十二章	四皇子战华泽毙命	慕容族乱中原逼都
440	第八十三章	姚苌趁乱称秦王	天王亲征挽狂澜
444	第八十四章	添新陵太后崩薨	寻旧仇凤皇围城
451	第八十五章	姚苌龟蛇山寻宝	羌奴新平郡屠城
459	第八十六章	天降雨慕容暐现形	龙颜怒鲜卑族皆诛
465	第八十七章	凤皇喜阿房宫称帝	黎民悲长安城大饥
469	第八十八章	赤风马垂缰救主	释道安圆寂西行
473	第八十九章	杨定失足陷马坑	天王亲战皇都城
478	第九十章	王皮南下救主公	邓羌北上赴国难
482	第九十一章	太子东堂劝父皇	王嘉高台卜遁卦
485	第九十二章	搬救兵帝王出城	催李辩韭园遭变
494	第九十三章	冲入清河宫痛哭	帝止五将山从容
498	第九十四章	中山狼逼主禅位	苻坚帝遗恨新平
507	尾　声		

引 子

公元357年,大清早太阳刚一露面,大地就一片燥热。

多年前这个时候的中原大地,田野里一片葱绿,庄稼长势蓬勃。正是秀麦穗之时,有经验的农人,站在地头,手里揽过一把麦穗,放眼一瞟,喜上眉梢,又是一个丰收年。

可此时放眼望去,大地如备受恶疾折磨的枯瘦患者,须发脱尽,青筋裸露,肌肤皲裂,浊目绝望……

草屋里的亡二和亡二媳妇相对无言,四天颗粒未进,已经没有力气流泪说话了。怀里出生七天的孩子已经冰凉,亡二媳妇还是舍不得放手。褴褛的衣襟遮不住布袋似的乳房,布袋是干瘪的,松松垮垮,两张皮而已,如果有点风,可以吹得飘飞起来。还是男人狠心,从媳妇怀里抱起孩子,有气无力地走到了门口布满锈斑的大铁锅旁……

田野里一片寂然,天空偶尔有鸟飞过,鸣叫的力气都没了,飞着飞着,一头栽下,引来了饿得露出尖牙的野狗和挖野菜剥树皮的饥民。也许,野狗和瘦骨嶙峋的小鸟成了饥民的美味;也许,小鸟和饥民成了野狗们的大餐。可小鸟、野狗和饥民对于白天也敢四处游荡觅食的狼来说,都是开胃菜。奄奄一息的男女老幼已经将凶恶的虎豹豺狼养得膘肥体壮,油光发亮。

它们已经不怕人类了。

这就是历史上的寿光三年,苻生当政,凶残暴虐。朝廷人人自危,混乱不堪;天下白骨累累,民不聊生。

太阳好像得到了暴帝的封赐,助纣为虐又暴晒大地一天,看着枯焦的中原大地,满意地收起了火辣辣的光芒,打道回府。只留下在天边断后的晚霞,时而金黄、时而血红、时而幽蓝、时而聚成一团、时而分成几片,变幻莫测,妖艳而诡异。天空没有一丝乌云,大旱,还将继续吗?

人们已经不关心旱不旱、雨不雨了,只想着终于又活了一天,明天不知道还能剥到树皮、逮到蚂蚱不,明天吃什么呢?

暮色中,绿幽幽的寒光四处闪烁,那是狼的眼睛。狼已经吃腻了死人,它们开始寻找温热的还在呼吸的人下口,昔日繁华喧闹的长安城如今已是豺狼猛兽的世界了。

宫墙外巡值的士兵举着火把来回走动,他们在保卫皇族安全的同时也时刻警惕着自己的小命,怕成群的豺狼更怕圣上莫名的暴怒。

寻欢宫里,熏香、娇嗔、汗液、尖叫、淫笑交织成一片。半卷的珠帘外,有几对正按皇上的旨意赤裸了身体,缠绕在一起,变换着春宫图里的各种姿势,云雨交欢。珠帘幔纱婆娑处,一个才被册封为云美人的妙龄女子呈大字状被绑在龙床上,衣裙早已剥去,绣了粉白桃花的大红亵衣恐慌地替小主阻挡着一阵阵钻心的疼痛,但很快,变成了鞭梢的碎片,落红一地……站在床头手里提着马鞭乱抽的,就是当今的寿光帝苻生。其实,平心而论,寿光帝形象还算威猛,本来他继承皇位的可能性非常渺茫,不仅仅因为"无一目",更因为无赖、狂悖、好杀,其祖父、父亲都不待见。可天意人主,谁也难阻。公元354年四月,在蓝田的秦晋两军大战中,二十岁的淮南王苻生单马入阵,英勇无敌,斩杀桓温将领应诞、刘泓等十数人,晋军死伤千人。此次大战,让他冠绝一时的武艺用到了刀刃上,让正在纠结立谁为太子的父皇苻健茅塞顿开。老三苻生虽然无赖好杀,但他果断有主见;虽然狂悖无知,但武功盖世;虽然相貌残疾,可民间不是有"三羊五眼应苻"的谶言吗?好,朕意已决,乱世需要这样的狠主。

就这样,苻生在一片反对和哗然声中被立为太子。数日后,独眼苻生在父皇"谁不听话就收拾谁"的遗诏声中继位,而后大开杀戒。

八个受遗诏的辅政大臣,苻生先杀右仆射段纯,再杀皇后及太傅毛贵、车骑大将军尚书令梁楞、左仆射梁安。丞相雷弱儿及其九子二十七孙统统杀掉。司空王堕顺便也剁了。还有尚书令辛牢,引弓射而,杀之。八名辅政大臣,还有谁?好,鱼遵及其七子十孙满门抄斩!

苻生杀得真是解恨,从小就对他翻白眼的,进谏先皇反对立他为太子的,说话不顺耳的,看着不顺眼的,比他长得帅的,比他能力强的,统统杀掉!可压迫越大,反抗越烈。与他多年亲善的堂弟苻黄眉实在受不了侮辱,欲谋杀苻生自立。事发,伏诛,其亲戚受株连者无数。

登上皇位,龙椅还没有暖热,一会儿日食,一会儿飓风,一会儿水旱,一会儿兽灾,杀了这么多,还是不得消停。有暗报说东海王苻坚与其兄清河王苻法近期行动诡秘,来往频繁,经常戌时密谈到亥时。"哼哼,正想收拾这兄弟俩呢,竟自己送上门来。"苻生一阵冷笑,用马鞭指着帘外一对裸身男女,怒道:"交合不力,拖下去喂虎!"回过头来,听着床上美人的阵阵惨叫,看着雪白肌肤上的殷殷鲜血,用手指蘸了,送到鼻边嗅了嗅,伸出沾满烈酒的舌头舔了舔,攥着手中的皮鞭,淫笑着冲上去,边驰骋边恶狠狠地对被折磨得生不如死的胯下美人道:"阿法兄弟亦不可信,明日当除之!"

第一章 寿光帝荒淫乱政
法兄弟临危事成

东海王府东堂内一片肃然。

坐在大堂主位的清河王苻法,端起手边案几上的凉茶,送到嘴边,并未饮用,嘴唇微微张开,却欲言又止。右边就是传言出生时身上刻有赤字"草付臣又土王咸阳"、享誉中原的东海王苻坚,此时他羽扇轻摇,剑眉紧蹙,心里默想着晚膳后大家就聚在一起商议的话题——何时动手。

左右两边或站或坐的,有归降不久的原姚襄的参军薛赞、权翼;有散骑常侍吕婆楼;有从华山投奔而来的幕僚王猛;有曾效忠其祖父的老臣,当朝特进、领御史中丞梁平老;还有富甲天下,与其父亲有刎颈之交的假父李威。

"如今,外有燕晋虎视眈眈,内是上下嗷嗷,汤武之事,不得不发。只是怕万一事败,累及无辜,血流成河,于国于家,皆为灭顶之灾!"清河王沉默许久,道,"宫内宫外我们的人手安插可妥当?"

东海王答道:"数月来,宫里宫外的兵士大多数替换成我们的人,昏君并未觉察。前儿个夜里,城外也调来了邓羌的五千兵马,在二十里外八村堡驻扎,以防不测。"

"羽林军统领董求如何?"

"清河王放心,董求和他父亲董龙乃一丘之貉,许了金银财宝,美姬艳妾,天天流连花丛快活,守城之事全由副统领苻双代管。"假父李威答道。苻双乃清河王苻法同父异母之弟,苻坚的同胞亲弟。

"云龙门呢?"

"都是我们的人。"

"如今内外之事皆已了然,所有兵马都已到位,只是……"东海王苻坚放下手中的雪雁羽扇道,"只是,师出无名,怕落人口实。"

"昏君暴虐无道,我们吃不饱、喝不足,天天提着脑袋卖命。要我说,现在就杀进宫去,剁了苻生,吃他的肉,喝他的血,为我大哥报仇!"权翼从椅子上猛地站起来,大声嚷道。权翼的大哥姚襄一年前带领众将士一心要入主中原,把昏暴的苻生推翻。他从河东北屈县起事,进驻渭北的杏城,前锋冲到黄陵,神勇威猛,势不可当,进逼长安。苻生派苻黄眉、苻道、苻坚、邓羌率五万步骑平叛。主帅苻黄眉依邓羌之计,一战而胜,擒获姚襄献于苻生,姚襄被苻生车裂于云龙门外。每每想起,权翼便恨得牙都痒痒!

"万事俱备,只欠东风。"一直稳坐椅上一言不发的王猛捋着如戟的墨髯道。

清河王苻法看了王猛一眼,正想说什么,突然王府门被人擂得咚咚作响,在寂静的夜里格外刺耳。

东堂所有人都倒吸一口冷气,心想,莫非有人走漏了消息,官家派人来查抄不成?

所有人都握紧了腰中的佩剑、宝刀。

府门开处,跌落进来一个绿纱裹体、青丝乱飞、在夜风中瑟瑟发抖的女子。

"是云姑娘!"打着灯笼的管家达福轻声惊叹道。他赶紧差人在府门外巡查,还好府门外黑漆漆、静悄悄,没有兵马追来。闻讯而来的苻坚见状,大步向前,将昏厥在地的女子怜惜地抱起,大步朝内室走去。

来者正是被苻生蹂躏得体无完肤的云美人。

内室里,苻坚焦急关切地理着云姑娘凌乱的秀发,低声呼唤。终于,锦榻上的云姑娘努力睁开了星光一样的秀眸,使尽全身力气说道:"快,他说明天要除掉阿法兄弟!"

当苻坚大步走进东堂时,幕僚王猛急忙迎了上来,问道:"莫非东风已到?"

苻坚点头道:"与其坐以待毙,等昏君明天除掉我等,不如我们先下手为强,为社稷千秋,为苍生福泽,还天下太平,还百姓安康!"

大堂上的苻法痛饮一口凉茶,站起来发令:"梁平老、强汪率五百壮士潜入云龙门。苻坚、吕婆楼率麾下三百将士控制太极殿,直捣寻欢宫,拿下暴君苻生,以顺民心!"

寻欢宫中,卷帘内的龙榻上,苻生睁开醉眼,揪过脚下侍寝的嫔妃,定睛看了看,狠狠扇了一巴掌,骂道:"就说如何睡不踏实,原来是你个贱人作梗!"一脚将无幸的女人踢下了龙榻，自言自语道："今夜总是梦醒，莫非早朝时康权奏报为真？"想着想着想出一身冷汗，翻来覆去，辗转难眠。他披了龙袍，大声喝道："速传董龙、赵韶进宫。"

早朝时太史令康权奏报："昨夜三月并出，孛星入太微，连东井，自去月上旬，沉阴不雨，以至于今，将有下人谋上之祸。"

金紫光大夫牛夷也上奏："长安城中有歌谣曰：东海大鱼化为龙，男便为王女为公，问在何所洛门东。"

听闻奏报后，苻生阴着黑脸，眯着仅有的一只兽眼，远远盯着康权，心里想："你以为读书多就了不起？文绉绉酸溜溜地说一通，以为爷我听不懂啊？不就是说苻法兄弟最近活动频繁，要谋反。当我是傻子啊？寡人早想除掉这帮逆贼，只是碍于贼等势力根深蒂固，枝繁叶茂，朝廷内外都有他们的人，不好下手。近日正在琢磨如何趁其不备，一锅端掉，以绝后患。你大清早嚷嚷啥嚷嚷，是提醒寡人早做防备，还是给他们通风报信？"他越想越气，抓了龙案上的錾花镂金熏香炉扔砸过去，大怒道："妖言惑众，拖下去，扑杀之！"然后，将独目投向了金紫光大夫牛夷。

站在太极殿中央的牛夷，双腿哆嗦，地上湿了一片，已经吓尿了。众大臣无人耻笑，皆噤若寒蝉，人人自危。谁知道下一个扑杀的是谁呢？

看着吓尿的牛夷，苻生觉得好笑，心想，此人胆小迟笨，却忠心，堪用。为缓和气氛，懒懒说道："牛性迟重，动负百石。前几日你上书求外镇荆州，朕不许，改任为中军将军，可满意？"牛夷颤抖着牙齿回道："臣愿为国效力，为圣上分忧。"

苻生开玩笑道："你刚上奏化作龙的那条大鱼鱼遵，已经被朕灭族，你提及数天前的歌谣莫非是想要鱼公爵位？"

听到此处，牛夷吓得面如土色，直接瘫坐到大殿青石砖上，身体抖得停不下来。听说抬回家后，竟然自行了断了。

宫人跪报："启禀圣上，董龙、赵韶已到殿外候诏。"

坐在盘着金龙的软垫上独自喝闷酒的苻生，摆动了一下慵懒肥胖的身子说："传。"

董龙本是太子舍人，因能说会道，善于阿谀奉承、察言观色博得苻生欢心。赵韶虽没有董龙能把黑说成白、鹿说成马的本事，但却长得体态秀美，风姿绰约。赵韶是太子门大夫，先皇尚在时就与苻生狎昵暖昧，等到苻生登基，封董龙为尚书，南安赵韶为右仆射，二人荣宠至极。

董龙接到传诏时，已在府中安歇。新从燕国买来的歌姬莺儿，在府邸的锦榻上翻云覆雨,将董龙服侍得周到尽兴,惬意极了。梦中还在温柔乡里风流快活的董尚书被半夜突然到来的传诏吓了一跳,匆忙中差点穿了莺儿的中衫。临出门时,顺手将书房案几上的错金博山炉揣到了怀里。

赵右仆射是不屑于董尚书的圆滑狡诈的,他虽没有帮圣上治国平天下的本事,但他却会拨琴弄箫,能歌善舞,会以自己的方式为圣上分忧。

两人避开眼神,一前一后屈膝叩拜完毕,苻生并未赐座,继续独自饮酒。董龙跪着向前一步,从怀里掏出错金博山炉叩首道:"圣上保重龙体,康权妖言惑众,扰乱朝廷,圣上果断英明,有先皇之神武,更甚于先皇。臣等对圣上由衷折服拥戴。"说着偷偷瞟了一眼苻生脸色,双手呈上错金炉,道:"康权罪该万死,但臣心疼圣上动怒伤到龙体,也可惜了龙案上的熏炉。"又偷偷瞟了一眼仍在饮酒的皇上,继续说道:"此物乃汉武帝专用的熏香炉,工艺精湛,装饰华美。陛下请看,此炉身似豆形,通体用金丝和金片错出舒展的云气纹。炉盘上部和炉盖铸出高低起伏的山峦。炉盖上因山势镂孔,雕塑出生动的山间景色。山间神兽出没,虎豹奔走,轻捷的小猴或蹲踞在峦峰高处,或骑坐在兽背上嬉戏玩耍,猎人手持弓箭巡猎山间。座足透雕成三龙出水状,以龙头擎托炉盘。此乃世间孤品,此物只配圣上……"

苻生哼了一声,恭立一边的太监赶紧接过,呈放在案几上。苻生放下手中金樽道:"阿法兄弟这两日可有动静?"

赵韶坐直身子,拜道:"禀报皇上,微臣家奴报,阿法兄弟今日下朝后同去东海王府,一直没有出来。后来还有吕婆楼、薛赞、权翼等人陆续进入。"

"如此重要,为何不报?"苻生怒斥道。

"微臣怕扰了圣上的雅兴。"赵韶酸溜溜地回道。又觉不妥,赶紧补充道,"臣怕扰了圣上休息,准备早朝参奏。"

"今晚辗转难眠,莫非真如康权所奏,有谋上之祸?传令下去,当值守卫加倍,灵醒点值夜,让你儿子董求守好云龙门。让中护军赵诲明日再调些兵马,驻守在城外,你速拟出和阿法兄弟来往密切之人的名单,明日早朝,将阿法兄弟及其同党全部拿下,腰斩示众,看谁还敢有谋反之心!董龙速去安排。"

"圣上威武,臣马上去办。"

"赵右仆射就不要回去了,陪朕安歇吧。"

赵韶心喜,细声回道:"是。"

苻生正准备拥了赵韶进内室快活,却看到董龙倒退着回来,紧接着闪进来的是豹眉倒竖、宝刀横握、紧紧逼着董龙的权翼。

"大胆狂徒,你要谋反!"苻生见状松开怀里的赵韶,怒不可遏地大声喝道,"来人啊,还不将逆贼速速拿下!"

可宫内的太监、宫女已经吓得哆哆嗦嗦缩成一团,卫士们如雕塑般默然不动。

苻生气急败坏地用铁扇般的巴掌扇了近身侍卫一掌,喊道:"莫非都要造反不成?"反身去抽床头的宝剑,早被权翼一个箭步反手拿下。董龙看苻坚手持利剑和梁平老带人紧跟入内,扑通一下跪在地上,如捣蒜般叩头不已哭着哀求道:"小人一向敬佩东海王英明神武,求大王饶命!"

苻坚厌恶地挥挥手道:"拖出去。"然后对已被擒住的苻生说道:"暴君,你可有话要说?"

苻生挣扎着咆哮怒骂道:"寡人既是君,为何尔等见寡人不跪?"

苻坚道:"我等替天行道,你已不配为君。"

"尔等这是谋反,是株连九族的死罪!"

"你身为一国之君,上对不起朗朗乾坤,下对不起苍生百姓,还有何颜面掌管天下?!罪该万死的是你!"苻坚一脸愤慨地道,"将苻生押往别室看押!"话音落处,却见一人尖叫着手攥一把寒光闪闪的匕首向苻坚袭来。苻坚躲闪不及,眼看就要被刺到胸口,身边胞弟苻融闪电般推开苻坚的同时飞起一脚,将匕首踢掉。原来是躲在宫幔纱帐后的赵韶挺身护主,倒让众人意外。

世间很多事情,未做之前总是千般难、万般险,可真的动起来,竟然顺利得让人后怕!因为几个月的缜密筹划,收买人心,舆论造势,知己知彼,当苻坚带领众壮士到云龙门时,云龙门宿卫将士即刻倒戈归顺,捕获苻生几乎没有抵抗和血腥的杀戮。

第二章 兄弟互谦让王位　苟母助儿临天下

黎明时分,长安的城里城外已尽在苻法兄弟的掌控之中。

早朝的太极殿上,颤颤巍巍的群臣们三叩九拜后,发现喊他们平身的已经不是平时作威作福的寿光帝贴身太监了,而是坐在龙椅两侧的苻法兄弟。

在群臣疑惑惊讶的目光中,侍立苻坚身侧的薛赞大声道:"苻生即位以来,昏庸乱政,虐杀大臣,残害百姓,沉湎酒色,无复昼夜。奉天神之命,清河王和东海王已将暴君苻生捕获。"

朝臣听到这个消息,如春雷滚滚,如久旱甘露,长出一口气,喜色难忍,互相道贺,小声议论起来。

这时,中丞梁平老出列上奏道:"暴虐苻生,种种恶行,罄竹难书,人神共愤。如今二王将其拿下,正是上合天意,下应民心。不过,古人云,'家不可一日无主,国不可一日无君',微臣恳请东海王入主中宫,主持朝政,以慰民心。"

话音落处,便有许多附和赞同之声。

"中丞大人所言极是,不过,老臣以为,还是清河王主持朝政更妥。"姑臧侯樊世出列大声奏道。话音落处也有一些附和赞同之声。

大殿之上的苻法兄弟不动声色,看到殿中群臣开始小声争辩,各执一词,争吵成一团。苻坚站起一挥手,大殿立刻安静。

"捕获苻生,清河王智谋才略,独具首功,且年长稳重,定能安邦定国,造福天下臣民。本王诚心支持清河王君临天下!"群臣听了,有些赶紧附和道:"清河王,清河王!"也有些或沉默不语,或面露愠色。

稳坐一旁的清河王站起来摆摆手道:"你是嫡嗣,且贤良仁厚,美誉在外,宜立。"

苻坚拱手道："兄年长,宜立。"

苻法再次推让道："弟文韬武略皆在我之上,宜立。"

苻坚笑着再次拱手恭让道："还是立兄为好。"

群臣们都瞪大眼睛,见兄弟俩如此谦逊推让,摸不透真假,不知如何是好。正在这时,一群侍女簇拥着东海王母亲苟夫人,摇摇曳曳,款款地从侧殿走进大殿。殿堂上的苻法、苻坚赶忙下殿,拜过母亲。

只见苟夫人凤眼含泪,扫视了大殿中的群臣一遍,柔声凄切道："先祖三秦王率众十万,由弱到强,为社稷呕心沥血,操劳不已。敬武王为朝廷开疆辟土,征战无数,血洒疆场。十多年来,只盼有明主君临天下,不再有杀戮,不再有战争,好好造福百姓,还天下太平。却未想到,十多年来,睡不能安寝,食不能下咽。我一妇道人家,虽不懂得安邦定国之大略,却也明白,谁能让天下安生,谁便可立;谁贤良仁厚,无杀戮之气,无残暴之心,谁便可立。"苟夫人说到动情处,两行清泪顺着玉琢般的脸颊凄凄滑落,左手拉了苻法,缓缓道来:"阿法母亲红颜薄命,早早离世,虽为庶出,可由我一手带大,视为己出。"又用右手拉过苻坚道:"坚儿宅心仁厚。记得七岁时,先祖就曾夸过你姿貌魁伟,质性过人,非常相也。"言罢左右看了看,对群臣道:"手心手背都是娘的心头肉,不管众位推举立谁,我都赞成,只希望他们兄弟和诸位齐心协力,为天下苍生造福!"

苟夫人说完,泪眼婆娑,扫视群臣,强颜一笑,低眉垂眸,轻理云鬓,由侍女搀扶着袅袅而去。

大殿内一片寂然。

"老臣再次恳请东海王君临天下!"中丞梁平老哽咽着呼道,并扑通一声跪了下去,大声喊道:"东海王万岁万万岁!"

其他支持苻坚的朝臣也大声呼喊:"东海王万岁万万岁万万岁!"长跪下去一大半。

苻坚还欲推让。

又有数人跪下高呼:"东海王万岁万万岁万万岁!"

清河王苻法见此状也顺势而为,剩下的一看极力推拥的清河王都跪在了殿上,赶紧低头跪下齐声喊道:"东海王万岁万万岁万万岁!"

侧殿帷幔绛纱后的苟夫人长出一口气,压压鹿般乱跳的胸口,用丝绢拭了拭眼角的清泪,感觉贴身的内衫已经湿透了……

公元357年六月初九,长安城内外一片喜庆。清水洒街,黄土铺道,云龙门上高高挂起了红灯笼。

城门口贴着大赦的告示。告示旁挤着面黄肌瘦的百姓。有一个书生模样的人大声读道："大秦天王苻坚奉天命今日即位太极殿,去皇帝号,诛生佞幸臣董龙、赵韶等二十余人,赦其境内。改寿光三年为永兴元年。追尊谥父雄为文桓太皇帝,尊母苟氏为皇太后,妻苟氏为皇后,世子宏为皇太子。兄清河王为侍中、都督中外诸军事、丞相、录尚书事、东海公。以从祖永安公苻侯为太尉。从兄苻柳为车骑大将军、尚书令,为晋公,并州牧。诸王皆贬爵为公。封弟融为阳平公、双河南公;子丕为长乐公,晖为平原公,熙为广平公,睿为钜鹿公。李威为卫将军、尚书左仆射,梁平老为右仆射。强汪为领事将军,仇腾为尚书领选,席宝为丞相长史。吕婆楼为司隶校尉。王猛、薛赞为中书侍郎。权翼为给事黄门侍郎,与王猛、薛赞并掌机密。追复鱼遵、雷弱儿、毛贵、王堕、梁楞、梁安、段纯、辛牢诸公卿为生所诛者,悉复本官,以礼改葬之,其子孙皆随才擢授。"

等读书人得意地念完,左右一看,告示前已无几个人。又不是舍粥,大家才不关心谁当皇上呢!围观的百姓早已散去。读书人有点尴尬,对身边正欲离去的老者道："听说新主才二十岁,英年气盛,聪慧仁爱,苍生有福啦!"

老者回道："天灾人祸,这么多年就没有消停过,谁当皇帝不都一样,要么打仗,要么欺压百姓。谁能让百姓吃饱穿暖,有一席安睡之地,才是好皇帝!不过请教先生,刚听告示中并非皇帝而是天王,是为何意?"

读书人清清喉咙,卖弄道："老人家不懂,这可是有大学问的。自《春秋》称周天子如周平王为天王以来,再无人使用过。东晋咸康三年(337)石虎称号天王。前几年苻健亦称过天王,天王自然比王高一等,但比皇帝却差了几分。当年秦嬴政统一六合,自定为始皇帝,后世以计数,二世三世至于万世,传之无穷也……"

"好好好,我只想知道,还有人在天王之上吗?"

"天王和皇帝都是掌管天下的,天子之意,最大也!"

"哦,懂了,不管是天王还是皇帝,都是人家说了算!唉,只希望新天王能给大家施些米,实在熬不下去了!"老人打断了读书人意犹未尽的啰唆,摇摇头准备走掉。

这时,一队官差走过,边走边敲着铜锣喊道："天王新政,眷顾苍生,东门施米,西门舍粥,大家快去喽!"

奇怪,本来静寂的城里城外,突然冒出了许多衣衫褴褛的男女老幼,喧闹着,拥挤着,欢呼雀跃着,朝东门西门拥去。此时,读书人也不顾体面,冲进人群,不分东西地向着突如其来的惊喜奔去。

夕阳西下,暮色四合。城里城外终于有炊烟升起……

被尊为太后的苟夫人已换下了朝服,卸去了沉重的凤冠,将秀发松松地用玉簪绾了一个如意髻,着如意绦边碧烟素衫和鹅黄如意百褶裙,捧一杯清茶,坐在东海王府的内室里,边和一起退朝的新皇后,也是她的堂侄女聊天,边等爱子、新帝苻坚下朝归来。

"珠儿辛劳,王府里外打理周全,替娘分忧不少啊。"苟太后说道。

"姑姑说啥我就干啥,跑跑腿,打打杂,一点都不累。只是昨儿个夜里饿得慌,吃多了剩饭,今日朝里册封时,肚子疼,又想放屁又想拉屎,憋死我了。"苟元珠笑呵呵地牛饮了一口茶,说道。

苟夫人用不满的眼神瞅了她一眼,责备道:"如今贵为皇后,言谈举止都要有分寸,切不可开口闭口如下人一般粗野。"

"哦,孩儿知道了。"苟元珠红了脸,怯怯地答道。

"坚儿新主政,虽然顺利登基,可众心未服,内忧外患,不敢大意。要四处多布耳目,有任何风吹草动,及时应对,以防不测。"

"姑姑吩咐就是,孩儿一定照办。"苟元珠坐端正,答道,"不过,王爷既然已是天王,谁还敢不服,不服又能怎么样?莫非要造反不成?谁敢造反,就剁了他的头,喂狗吃!"说完自觉不妥,捂了嘴,圆圆的眼睛紧张地看着太后姑姑。

太后正要发话,王府门童呼道:"天王陛下回宫!"

苟太后便率皇后和几个内眷迎了出去。

苻坚看到母亲,大步而来,在庭院中跪拜。苟太后扶起,软语轻责道:"我儿贵为天子,不可行此大礼。"

皇后率四个侍妾俯身在地,款款拜道:"陛下万福金安,万岁万岁万万岁!"

苻坚俯身拉起皇后,连连说:"平身平身,都平身!"

更衣,洗漱,膳堂内坐定,侍女们正好将菜品上齐,屏声静气候在两侧。新漆的案几上一盘酸辣萝卜丝,一盘蒜片小乳瓜,一盘干锅豆腐,还有一陶盆大刀白肉。皇宫天子膳食尚且如此,民间百姓疾苦可想而知。

苻坚看了,哈哈大笑道:"何来这肥厚溢香之肉啊?"

苟太后道:"我儿辛劳,达富带人猎得几只豺狼。"

"听说城外的豺狼吃死人都吃腻了,大白天游荡抢吃活人,没想到今日到了我们的膳桌上!"苻坚说着手抓一块肉,蘸了盐,边吃边说,"虎狼可恶,前年暮春群臣

奏请禳灾,说猛兽豺狼昼则断道,唯害人而不食六畜。自生立一年,兽杀七百余人。百姓苦之,皆聚而邑居。为害滋甚,遂废农桑,内外凶惧。"

"貌似天灾,实为人祸啊!"苟太后放下手中的白粥,边说边关切地递给苻坚一个粟饼。

"娘亲所言极是。可苻生却说,野兽饥则食人,饱当自止。"苻坚咬了一口饼,又说道,"还说野兽是替他消灭罪犯的,真乃荒唐之至!如今孩儿作为一国之君,一定要将豺狼猛兽赶回深山,一定要让子民安居乐业,衣食无忧!"

苟太后凤眼含光,强忍热泪,赞道:"我儿果然有明君风范,未负先祖厚望,娘心甚慰!"命人盛了碗热粥送上,接着说道:"坚儿辛劳,膳后去皇后处早些安歇吧。"

"孩儿遵命。"苻坚答道。

晚膳后辞过母亲,苻坚带了小他六岁的贴身书童言宁,朝东堂不远处的侧室走去。

苻坚边走边问言宁:"云姑娘可好些了?"

身后的言宁赶紧上前半步,轻声答道:"启禀陛下,云姑娘已经好多了。昨儿个上午喝了一碗素菜白粥,下午也喝了一碗素菜白粥,夜里还喝了一碗小米粥。今日早上吃了一个素菜包子,还有一碗小米粥。"言宁一口气不紧不慢地说完,看着面色释然的天王,补充道:"早饭后,云姑娘被清河王府派人接走了。"

"哦?"苻坚停下脚步,疑问了一声。

"云姑娘已经可以下地走动了。"言宁解释道。

苻坚没有作声,变了方向,往皇后住的后室慢慢踱去。

夜色已悄悄来临,天空丝绒般深蓝,月牙金黄,繁星晶亮。

有点疲惫的天王在路边竹林旁的石凳上坐下,闭目养神。虽然早朝时已经册封兄苻法为录尚书事、丞相、东海公,他也当着朝臣的面跪拜谢恩,可苻坚明显感觉到了苻法强压在心底的不满和怨气。一人之下,万人之上,不是他要的结果。多年来,他们兄弟俩一起习武读书,一起狩猎赛马,一起吟诗作画,甚至一起淘气捣蛋,因捣蛋一起受罚,因不能熟背《论语》一起挨板子……虽同父异母,但亲如同胞兄弟。苻坚方才准备前去探望的云妹妹本是后赵国公主,五岁时,刘显杀石祗降魏,后赵亡。小公主几番颠沛流离,被苟夫人收养,唤作云儿。云儿从小就和法哥哥、坚哥哥亲近,常常被苻法指使偷偷捉弄一下坚哥哥,偶尔也和苻坚联合起来逗弄一下法哥哥。十岁时,苟夫人专门请先生授其书画,教以丝竹。三五年工夫,天真无邪的云妹妹不仅出落得出水芙蓉般清雅秀丽,亭亭玉立,而且琴棋书画皆有模有样。初长成的云儿到了情窦初开的年龄，知道了害羞、避嫌，不再像幼时那般同哥哥们形影不离，但见面还是法哥哥长、坚哥哥短地如往日叫着。岁月静好，兄妹情长。

一年前的一天，假父李威突然将云妹妹送进宫去，侍奉暴君苻生。

兄弟两人愕然后，曾为此事郁闷许久，直到苻生的一举一动源源不断从内宫传出，才明白了母亲的良苦用心。那日若不是云妹妹冒死出宫传递消息，如今太极殿的龙椅上是不是自己还不一定呢！

苻坚苦笑着想："只是可怜了云妹妹，想起那夜归来的恓惶模样，该受了多少凌辱和蹂躏啊……"

想到此处，苻坚不由得心疼起来。

"陛下不热吗？小心蚊虫！"元珠皇后的大嗓门惊到了苻坚。原来皇后晚膳后一直等新主归来。短短一条路，半个时辰过去了，还不见人影，就带侍女寻了过来。

苻坚站起来，活动活动坐久发麻的腿脚，接过皇后送来的蒲扇，道："你先回去，我再四处走走。"

皇后不满地道："这个破院子有什么好走动的，去御花园走动才美呢。"

苻坚停下脚步，欲言又止。摇摇头往前踱了几步，回过头道："未央宫不要入住，里面杀气太重，等散散再说。宫里的太监和宫女也遣散一些，你明天协助母后处理吧。另外王府一切照旧，就算有了天子之尊，也不能忘本。"

皇后诺诺连声。

苻坚想继续往前走，达福禀报："中书侍郎薛赞求见。"

"到东堂吧。"苻坚吩咐道。

薛赞匆忙而来是因为看押苻生的侍卫禀报，苻生自从被关，天天要酒要肉。要么大醉不醒，要么醒来破口大骂，污秽之词不堪入耳。他想请苻坚下旨，早早将其了断。

苻坚听毕，沉吟片刻，道："朕新登基，众心未服，今日下旨处置了祸患朝廷的佞幸之臣董龙、赵韶二十余人，已经足够震慑，下面主要是讨论如何施政治国。明日早朝，你上奏此事，朕自有安排。"

薛赞退去，室外夏虫吵成一片，室内燠热憋闷，新天王全然不觉，坐在东堂书房，手摇蒲扇，沉浸在筹谋治国平天下的新篇章里。

第三章　天王勤勉施新政　法兄暗中生事端

次日,天边还未露出鱼肚白,云龙门的大鼓就如滚滚春雷,咚咚地擂响。早已按官阶大小排好队等候上朝的大臣们,静静地鱼贯进入太极殿。

太极殿内,陶质的百花灯竞相闪烁,如太阳般将大殿内照耀得灿烂光明。

稳坐龙椅,彻夜未眠的年轻天王,脸上没有一丝倦意。只见他头戴东海白垂珠的通天冠,身着十二章纹饰绲边绣金龙、外黑内红的冕服,脚踏黑白分明的金龙蹈海高底靴,光芒四射,英气逼人。

朝臣们按规矩一跪三叩头后,静立两侧。执事太监喊道:"文武百官,有事上奏。"

只见武将中闪出一人,奏道:"启禀陛下,密探飞鸽传书,南匈奴右贤王曹毂,有谋反迹象。臣请带兵围剿。"

"右贤王驻守漠北,抗敌保国数年,劳苦功高,谈何围剿？朕命征西大将军苻双带金银五千两,绸缎十匹,右贤王酷爱美酒,将宫中陈年的琥珀美酒带十坛,一并送去,替朕慰王犒军。"

"遵旨。微臣即刻准备,明早就可启程。"征西大将军苻双拱手答道。

这时薛赞出列奏道:"臣请奏诛苻生以顺民心。"

"苻生虽凶残暴虐,但刑不上大夫,废为越王,别室安置,颐养天年。"

站在最前面的丞相、东海公苻法道:"陛下圣明。如今国库空虚,存银不过五万两,米粟不过十万担,从昨起开仓放粮,四个时辰就放出两千担,再加上舍粥也要米粟,如此下去,难以支撑许久。"

"长安天旱已久,苍生凄苦,继续开仓放粮。雍州今年雨水丰足,夏粮丰收在望,收获后速调些过来救急。长安种的米粟虽长势不足,多少也有些收成。若老天有悲悯之心,下些雨,种些秋谷杂豆,果腹应该可以。"天王答道。说完目光扫视一遍脚下大臣问:"燕公何在？"

队列中横跨出一人道:"臣苻武叩见陛下。等雍州麦熟,臣定当拣好的送到长安来。"

"好！"天王点头道。

"启禀陛下,臣愿意将家资五百两纹银献上,为朝廷分忧。"卫将军李威拱手上奏道。

"卫将军忧国忧民,让朕着实感动。只要我等君臣同心,不多时日,定会辖内太平,百姓安康！子曰:谨权量,审法度,修废官,四方之政行焉。兴灭国,继绝世,举逸民,天下之民归心焉。所重民、食、丧、祭。宽则得众,信则民任焉。"天王琅琅背诵了一段论语,看着殿里老少群臣道,"汉武帝十六岁时登基,为巩固皇权,中央设置中朝,为加强对诸侯王和地方高官的监察,在地方设置十三州部刺史,令六百石级别的刺史督察二千石级别的郡国守相。开创察举制选拔人才。采纳主父偃的建议,颁行推恩令,解决王国势力,并将盐铁和铸币权收归中央。文化上采用了董仲舒的建议,罢黜百家,独尊儒术,结束先秦以来'师异道,人异论,百家殊方'的局面,儒家思想作为国家的统治思想始于此。汉武帝攘夷拓土,国威远扬,东并朝鲜,南吞百越,西征大宛,北破匈奴,奠定了汉地的基本范围,开创了汉武盛世的局面。另有开辟丝绸之路,在轮台、渠犁屯田等创举,并置使者校尉,建立年号、颁布太初历、兴太学,影响极为深远。秦汉以来,所有治世明君都以此方略宣示天下,勤勉仁爱,方得大治。如今我朝也要以此为治国之本,强国之策！"

朝臣听了,无不欢欣鼓舞。有此明君,国,何愁不强！民,何愁不富！

于是,朝臣们齐齐跪下,高呼:"吾皇万岁万岁万万岁！"

年轻的天王虽然有治国平天下的雄心和壮志,但现实却很残酷。苻生的荒政使得国库空虚,朝臣萎靡,百姓陷于水深火热。辖境内倒还好说,只要君臣同心,仁政爱民,国泰民安指日可待。令天王头痛的是张玄靓称王西凉,虽然称藩归秦,但心里根本不服。纵横漠北的代国王什翼犍,拥有富庶之地兵强马壮的燕帝慕容俊,以正统自诩的东晋帝司马聃,四国合围,面对中原沃土,虎视眈眈。还有北方外族柔然、库莫奚、契丹及高车,西南夷邛、筰、夜郎,西边吐谷浑及白兰、仇池,朝鲜半岛的高句丽、百济、新罗等小国时不时挑衅、捣乱。纵使苻坚有万丈雄心,面对八百里快报送来的堆积如山的奏折,也疲于应对。天灾人祸、内忧外患,让年轻的天王应接不暇,焦头烂额。

17

理想很丰满，现实真的很骨感，骨感得像针一样扎人。君臣同心，说起来容易，可人心各异。有密报说，东海公苻法每日散朝后，回到丞相府聚众饮酒，指点朝政。

这倒无妨，本来兄苻法在云龙门之变中立有首功，虽说他心胸狭隘，但谋略武功卓越超凡。苻坚本想着兄弟同心，携手共创天下太平，可这才坐上龙椅几天，东海公就开始按捺不住了。

每日行着跪拜大礼的东海公苻法实在无法甘心，近在咫尺的宝座，就因为那天他故意推让几番，就因为苟太后的几滴眼泪，转眼易主，怎不让人恼怒！虽然天王登基时，给他一人之下万人之上，最丰厚、最荣耀的赏赐，但掌天下权，才是他想要的。他暗中联络了旧部心腹，开始密谋。杀人不眨眼的苻生，都被他神不知鬼不觉地密谋捕获，何况一个大头小儿！不出三个月，坐在龙椅上的就该是他东海公苻法了。

苻坚深知苻法所想，但百废待兴，正是用人之际。他想，只要兄长肯和他共创伟业，如秦皇汉武一样，名垂千古，分一半天下，甚至一大半天下给他也不足惜。他甚至已下旨，独东海公可以免跪太极殿。

他想用温情融化兄长受寒的心，他坚信，人非草木，孰能无情，何况他们是从小一起玩大的手足呢！为了表示诚意，苻坚连批阅奏折、掌管虎符全托付于丞相，自己忙着和朝臣商议制定治国大略。

苟太后闻知苻法掌了虎符，不顾天王正在太极殿议事，差人谎称身体欠安，速请苻坚回府。当天王急急忙忙奔到母亲住的怡园，却见苟太后梳妆得一丝不苟，端坐在养了几盆水仙、挂了青竹带露淡墨画的堂前。看到坚儿，远远举起发抖的手却说不出话来，唯有两行清泪，顺腮滑落。苻坚上前一步跪了，拉着母亲的手，动情问道："孩儿不知何事惹怒了母后，请母后息怒。"

苟太后抽出手来，用丝绢边擦拭泪珠边哽咽道："自古就有拥兵自重之说，你熟读《史记》，今给母后说说战国时期秦白起围困赵国国都邯郸之事。"

苻坚顺从地回道："周赧王五十八年（前257），秦国白起围困赵国国都邯郸。赵平原君因夫人为魏信陵君之姊，乃求援于魏王及信陵君。魏王使老将晋鄙率十万军队救援赵国，又畏惧秦国的强大，转而命令驻军观望。信陵君魏无忌为了驰援邯郸，遂与魏王宠姬如姬密谋，使如姬在魏王卧室窃得虎符，并以此虎符夺取了晋鄙的军队，大破秦兵，救了赵国。"

说完，苻坚恍悟母亲怒在何处，一脸愧疚，叩头道："孩儿知错，明日就收回虎符。"

苟太后道:"人为刀俎,我为鱼肉。丞相手握虎符,你我母子如案板上的鱼肉,怕是要祸事临头了。"

苻坚仰头安慰道:"母后莫忧,我想兄长尚不致绝情至此,授他虎符,实在是希望能与其共谋大业,造福百姓。"

"皇儿仁爱,却不知人心险恶,争皇权自古以来就充满了争斗、杀戮,莫说手足,就是亲生父子互相残杀的也不在少数。远的不说,就说最疼你的祖父,不也是在三秦王的宝座上被人所害嘛!"

"祖父大人是被军师麻秋宴鸩而死的。麻秋垂涎祖父大人的十万之众。"苻坚愤愤回道。

苟太后摇摇头,叹息道:"麻秋并非阴险奸诈之辈,他不过是个替罪羊而已……"

"莫非祖父大人之死另有隐情?"苻坚拉着母亲的手追问道。

苟太后正欲启口,却有侍卫来报,卫将军、尚书左仆射李威有急事求见。

东堂内,烛火摇曳。

李威欲行君臣之礼,被苻坚急急挡了,赐座,上茶,屏退左右。

苻坚道:"假父深夜至此,不知为何?"

李威拱手道:"陛下明察,东海公又深夜聚众,臣怕对陛下不利啊。"

坐在正位的苟太后忍不住问道:"难道要动手不成? 这可如何是好?"

"太后明鉴,苻法司马昭之心路人皆知。一个时辰前他派人带密信出城,被微臣的手下在城外十里铺的小树林中擒获。"李威边说边从怀中掏出一封密函呈给苻坚。

苻坚打开密函念道:"请柳兄速来长安叙旧。弟法。"

"就此一句?"苟太后问道。

"是,母后。"

"苻柳被你册封为晋公、并州牧,驻守一方,苻法好端端的要他来长安叙旧为何?"苟太后疑惑道。

"太后问得好,微臣就怕生异,故不敢有半点耽搁,前来禀报。"

苻坚攥捏着信函,站起来边踱步边说:"仅凭寥寥几字,断定丞相有异,太过草率。"

"万勿掉以轻心啊,皇儿! 你登基数月来,虽民心渐稳,臣公肃然,可苻法居功自傲,独断专行,听说向其献媚谋官谋利者熙熙攘攘,昼夜不息。"苟太后说道。

"丞相位高权重,难免招人诽谤。闲言碎语不足挂齿。如今新政初施,正是用人之际,只要贤明有能力者,不拘一格,皆可起用。"天王断然道。

苟太后和假父对视一眼,也没了言语。

天王道:"假父截了丞相书信,丞相质问起来可想好如何开脱?"

"陛下放心,臣不会让丞相知道的。"

"好,苻法书信给晋公苻柳,苻柳乃苻生亲弟。这段国事繁忙,朕差点忘了,苻生侧室圈养得如何?"

"苻生醒时破口大骂,醉时浑浊不堪。臣恳请陛下开恩,给他个了断,也好断了一些人的念想。"

天王点头道:"准。有劳假父去办吧。既然爱喝酒,那就赐壶醉留觞吧。"

第四章　苻坚微服出长安　歹人行刺入咸阳

丞相苻法上早朝时，准备上奏天王赦免苻生，以示皇恩浩荡。其实内心真正盘算的是如何让苻生的几个亲弟弟淮南公苻幼、晋公苻柳、魏公苻瘦、燕公苻武同时向天王发难。天王若是准奏赦免，就暗中煽动，让四王重拥旧主，除掉苻坚，自己好渔翁得利。若是天王不赦免或赐死，则不用他煽风点火，四个贵为王公的苻生胞弟必不会善罢甘休。到时候，正好借刀杀人，省得落下手足相残的恶名。东海公为自己的智慧好生得意，坐在天王御赐的丞相椅上，满面春风，只等天王上朝。

半个时辰过去了，龙椅上空空如也，不见天王现身。

大殿中的百官正在疑惑，见一执事太监登上丹墀高声道："丞相率百官听旨：天王诏曰，新政三月多来，臣公勤勉，朝廷肃然。然朕念百姓疾苦，今日起私访民间，特命丞相苻法监国，太尉永安公苻侯，卫将军李威，中书侍郎王猛、薛赞辅佐。钦此。"

哎哟，这小坚头是唱的哪一出啊？丞相率朝臣们接旨，高呼万岁万岁万万岁时，心里闪出无数个问号。

天王决定微服私访并非一时冲动。新政虽然实施，可真实效果如何，是否真如奏折上所云，农桑得以恢复，官吏清廉，百姓乐业，年轻的天王想亲自看看、听听。若能顺便寻访到几位贤才，岂不更妙！另还有一则，天王对母后都未提及：远离未央宫，看法兄葫芦里究竟卖的是什么药。若其真的磊落坦荡，如今以监国相许，位极人臣，还有何不满之意？若其真有异心，捧上天，不信他还能沉住气。

晨曦微露，老天爷终于感动于新天子的仁爱、勤政，用断断续续、缠缠绵绵的秋雨浇透了长安大地。官道边挤满了盛开的金黄淡紫的小雏菊，田野里有早起的农人劳作。此时，带着权翼和言宁大步而行的苻天王，头包佩巾，身着一袭飘逸青绸衫,脚踏千层布履,已经走出长安城二十里了。年轻的天王兴致正好,没有一点疲惫。背着包袱、腰间挂着伏虎刀的权翼紧随其后,只是年纪尚小的言宁背着书卷,跟得有些吃力。又一阵暴走,三人皆面红耳赤,头上冒着热气,太阳不知不觉已挂到了头顶。言宁心里喊累,正好看到路边有个草亭,便请天王进去歇歇脚。亭中有几块青石,言宁上前一步,掸去石头上的灰尘,请天王坐了,又赶紧从包袱中找出干粮,请苻公子和权管家慢用,自己则大口大口嚼了起来。天王已叮嘱过了,路上就以苻公子、权管家相称,不得暴露身份。

大地因雨水的滋润又恢复了勃勃生机。朝廷发放给百姓的各种谷物豆类种子,因为播种及时,雨水充足,绿油油的糜谷、大豆早已蓬勃苗壮,长势喜人。各种杂色野花也竞相开放,天空一片辽阔,如绸缎般碧蓝柔美,让人心醉。几朵白云不甘寂寞,变幻着各种形状孤芳自赏。不远处浑浊宽阔的渭河,在阳光的照耀下,金光闪烁,有白鸟飞翔,有野鸭嬉戏……

普天之下,莫非王土;率土之滨,莫非王臣。天王边嚼着手中的干粮边想,如此壮丽的河山,如此肥沃的土地,如不能集纳天下贤良之才,倾毕生之力,像秦皇汉武一样为苍生造福,岂不辜负了苍天的垂爱!

秋风吹过,汗渐渐退去。苻公子要喝水,言宁却发现忘了带水葫芦,红着脸自责不已,撒腿向远处跑去。远远看到他爬到了一棵树上,少顷,用衣襟小心翼翼地捧了一堆瘦小软瘪、指头蛋大的柿子晃过来。权翼看了,大笑道:"这是孙子辈的柿子吧,老虎吃蚊子,不够塞牙缝啊!"言宁委屈道:"就这树枝还刮烂了我的裤子呢!"权翼故意笑着逗道:"让我看看,裤子破哪里了,有没有露出屁股啊?呀,屁股没有露出来,却飞出来一只小雀儿!"

言宁赶紧双手去护裤裆,小柿子便滚落在地上。又急忙蹲下捡柿子,却听到有人喊:"偷柿子的贼,别以为你藏起来,我就看不到你了!"

循音看去,一男子扛着锄头朝草亭奔来。言宁见状挺起身来,喊道:"几个破柿子而已,还你便是了。"说着便顺手拿柿子朝那人扔砸过去。

眨眼工夫,男子已到眼前。只见他细高个,干瘦脸,络腮胡,铜铃眼,张飞眉,一阵狂跑,却不见一丝大喘。他一手将言宁拎在空中,斥道:"再破再小也是柿子,若是果腹解渴,说句好话,送你无妨,哪有你这样明明偷了却还嘴硬的!"权翼本想出手,却被苻公子用眼色止住了。

苻公子起身道:"壮士息怒,都怪敝人管教无方。实因口渴难耐,书童才贸然摘了柿子来,还望多包涵。既然已经摘了,我们买下如何?"只见那男子将手一松,言宁便跌落在地上。"不卖不卖！一个都不卖！公子若实在口渴,我家缸里有水,不嫌弃,就跟我来。"边说边弯腰仔细地捡起一个个小柿子,擦去尘土,揣到怀里,大步朝前走去。

权翼看苻公子跟了上去,也拉着言宁跟了上去。又一阵快走,果然看到一间摇摇欲倒的草屋横在眼前。那男子回头道:"请在门外稍候。"便低头弯腰钻进了草屋。就听见有女人声音低低问道:"怎么今日舍得将柿子摘回来？"

没有听到男子回答,只听到舀水声。果然,男子捧了半瓢清水出来呈给了苻公子。

言宁要先饮用,被男子挡住,道:"我家水,不给贼喝！"

言宁正想顶嘴,权翼接了水大喝几口,道:"果然爽快！"这才呈给苻公子饮用。

苻公子边喝边说道:"壮士身手不凡,想必武功了得。不知为何流落至此？"

那汉子道:"谈不上武功,一身蛮力而已。"说着将草屋角落里的一个青石碌碡搬到苻坚身边,道:"实在穷苦,只好委屈公子坐这里了。"然后自己随地坐了,回道:"小的本是安定氏人,两年前流落此地。"

"安定氏人？请问可归梁姓？"

"正是。"

"前车骑大将军尚书令梁楞与你可有亲缘？"

汉子一时语塞,欲言又止。权翼道:"大丈夫光明磊落,梁将军生性豪爽,战功累累,素为秦人敬仰。可惜后来被暴君苻生扑杀,人神共愤。莫非你怕梁将军玷污了你不成？"

汉子不等听完,委屈地大嘴一咧,眼角含泪,哽咽道:"我看公子气度非凡,仁厚有礼。又听这位好汉所言,不胜感激。小人姓梁名豹,梁将军正是家父。"

苻公子听了,起身道:"难怪我瞧着几分眼熟,眉宇之间果然有梁将军的英雄气概。"

梁豹听了,双膝跪地:"公子是家父旧交？听说新天王勤政爱民,四处招纳人才,我虽无甚大本事,但在兵营中牵马扛枪应该没有问题。公子可否荐我为朝廷效力？"

苻公子双手扶起梁豹,笑着赞道:"果然虎父无犬子！令尊曾与我祖父相交甚厚,既然你报国有心,可去长安城找权翼将军。"

说完朝权管家递了个眼色。

梁豹拱手谢道:"内人不幸染上风寒,传染给犬子,二人双双卧病在床。我再伺候几日,只要好转,便携了一起投奔权将军。"

言宁插嘴道:"风寒熬几剂麻黄汤喝了出出汗就好了,有什么大不了的。大丈夫做事一点都不爽快!"

梁豹听了脸红到脖子根儿,尴尬道:"无钱医治,拖得太久,才致如此。不怕诸位笑话,柿子小儿惦记许久,本想等再熟透些采来给他解馋,未料到今日冒犯了各位。"

苻公子听了,让权管家留下些银两,嘱咐梁豹速去给妻儿抓药。在梁豹的目送下,三人继续西行。

不到一个时辰,三人坐船渡过渭河,眼前就是咸阳城。

古朴厚重的咸阳城,曾是秦始皇建都之地,当年汉高祖刘邦和西楚霸王项羽争霸天下,高祖先入咸阳,后来终得天下。汉武大帝派张骞出使西域,咸阳成为其所开辟丝绸之路的第一站。苻公子停于城门外,仰望着城楼上古朴厚重的隶书"咸阳"二字,曾经的秦皇汉武、风流人物进入脑海,拂之不去……进了城门,但见小商小贩叫卖声不断,百姓讨价还价声此起彼伏。生意最好的就数卖农具、种苗的,被高低不一、黑白难辨的农人团团围住,买锄头的,买耕犁的,买豆苗的,让商家手忙脚乱,应接不暇。

看来新政让百姓有了盼头,苻公子心里释然许多。却又听到买家和卖家吵成一团。被看热闹的人挤进去细听,原来,商家看生意好,坐地起价,本是卖十个钱的锄头,现在三十钱了。农夫们当然不愿意,就吵骂起来。一个骂:商家心黑,一个还嘴要买就买,不买就滚。一个骂:"赚昧心钱,小心天打五雷轰。"一个还道:"嘴别硬,大爷我就要三十,一个子都不少。"一个又骂:"生孩子没屁眼。"一个直接老拳出手,将对方一颗门牙打掉。一伙农夫当然不愿意,一哄而上,将奸商差点打成肉饼。苻公子想要制止,谁知人声嘈杂,找不到个领头的。这时,权翼雷公般大喊一声:"快跑,官差来啦!"言宁见状也跟着乱喊乱叫:"快跑啊,打死人了,官差抓人啦!"果然,扭作一团的农人奸商作鸟兽散,全逃了。言宁和权翼见状,呵呵对笑,赶紧架着苻公子逃到一个小巷中。苻坚莫名其妙地左右问道:"我等并未动手打人,何必要逃呢?"权管家笑道:"是非之地,躲掉为妙。"言宁也不住地点头附和。

苻公子又好笑又无奈地挣脱,边走边道:"吃点东西,今夜就宿咸阳城。"

言宁拍手道:"好好好,早都饿得肚子咕噜咕噜叫呢。看,前面一家小面馆,我们吃面如何?"

权翼道:"面条吃不饱,外加三个馒头才行。"

苻公子笑着答道:"好好好,三碗面加三个馒头,可不能怠慢了我们的大管家。"

说笑间三人进店围着一张小八仙桌坐下,便有一位老者提着陶壶,捧了摞在一起的三个粗陶黑碗,一瘸一拐地送了过来。边倒面汤边问道:"客官万福,小店单薄,只有浆水面和油泼棍棍面,不知道客官要吃哪种?"

"可有馒头?"权翼问道。

"馒头金贵,小店没有,只有自己吃的糜面窝头,怕太粗糙,不敢奉上。"老者答道。

"那就浆水面、棍棍面先每人上三碗。"权翼道,"快点快点,饿死了。"

老者笑着点头应了,忙下去准备。

不多时,清爽解渴的浆水面和酸辣顶饱的棍棍面上桌了。权翼、言宁捉起筷子胡乱拌了两下就吃。

苻公子先慢悠悠吃了一碗浆水面,舒坦如意了,将棍棍面拌好时,那两人已经干掉两碗棍棍面了。

这时,老者又用粗碟盛了些浆水菜送来,道:"送给客官下饭,不要钱的。"

言宁边吃边问老者:"老人家,既然开面馆,为何没有臊子面?"

老者回道:"以前臊子面只有官家才能享用,如今倒是没那么多的规矩。但老朽还是不敢冒犯天威,何况这几年哪来做臊子的白肉!"

言宁不解地看看老者,想问苻公子。

苻公子停箸道:"一碗臊子面,千年西周礼,老先生所言极是。据说周礼中有此记载,平常人家是不能吃臊子面的。不过战乱不断,周礼已经失传了。"

吃完三碗面,权翼又要了两个糜面窝头啃掉,摸着圆圆的肚皮,道:"店家,结账。"

老者道:"给一串钱足矣。"

权翼抹着嘴,大方道:"一串怎够?给你三串!"正说着,伸到怀中摸钱袋的手不动了。言宁问:"怎么,权管家吃多噎住了?"

权翼气呼呼地不说话。

言宁上前拽出权翼伸进怀里的手,又问:"怎么了,权管家?你倒是说话呀!"

苻公子喝了一口面汤,放下碗道:"看来这个梁上君子手段了得,摸了老虎的屁股,老虎还蒙在鼓里呢!"

权翼红着脸,气冲冲地道:"必定是方才看热闹时被偷的!好像有个娇小的身影从我身边一晃而过。奶奶的,要让我逮住,非捏死他不可!"

原来，权管家怀里的钱袋不翼而飞了……

言宁看着权翼，权翼看着苻公子。一分钱难倒英雄汉，面钱未付，眼看天色渐晚，没有了钱，如何住店呢？

言宁埋怨道："这如何是好？没了盘缠，还怎么走，干脆我们回去吧。"

权翼边自责边跺着脚生闷气，苻公子对老者说道："老人家，我等前往西凉探亲，不想竟丢了盘缠，面钱可否相欠，改日再还？"

老者道："公子不必为难。看公子一行，不像无赖之流，几碗面钱不足挂齿。天色已晚，若不嫌弃，晚上就在舍下凑合一宿，明日再做打算，如何？"

"真的？"权翼嚷嚷道，"还是好人多，老伯，我这里先道谢了！"

"老人家可有子女？"苻公子问道。

"老朽育有两子，一个被石虎拉去筑华林苑长墙累死在邺北；另一个在秦大胜姚襄之战中，中箭身亡。如今就剩老朽和老妻二人。"

"朝廷可有抚恤？"

"天王新政，两个月前官差给了点碎银，才在自己家开了这个小面店，糊口混日子罢了。"边说边举着陶灯，喊老太婆张罗收拾床铺。

正在这时，只见权翼一个箭步，推开苻公子的同时，吹灭了老人手中的陶灯。几乎同时，听到惨叫一声，老人倒地。

黑暗中，权翼抽出明晃晃的伏虎刀，大喊道："来者何人，报上名来，爷爷的宝刀不收无名之鬼！"

月光下，见一群劫匪模样的黑衣人围了上来，皆不言语。权翼回身小声道："我上去引开他们，言宁保护公子趁机突围。"话落一个筋斗就翻到两丈之外，只见刀影落处，人喊马嘶，惨声不绝。

苻公子借着月光扶起老人，只见他脸色乌黑，已经没了气息。

是谁如此狠毒？用毒箭直取人命，明显有备而来。看外面的黑衣人，个个武艺高强，绝非等闲之辈，莫非……他不愿细想。这时，又有冷箭嗖嗖地射来，苻公子从腰中抽出金丝青龙软剑，对言宁道："保护老人！"如蛟龙般杀了出去。以权翼武功，对付十个八个劫匪不在话下，但匪徒人多，砍掉一个上来一个，剁了两个上来一双。正在忙乱之际，苻公子提剑助阵，二人合力，越战越勇，杀得匪徒污血乱溅，鬼哭狼嚎。眼看对方大势已去，不料又有雨点般乱箭嗖嗖飞来，苻公子、权翼分身无术，既要舞刀挡箭，又要抵挡趁机偷袭的黑衣人，有点乱了章法。正在此刻，听到一声高喝："我来也！"便见银晃晃的闪电流星锤舞动着朝劫匪飞去，原来是梁豹。三人来不及说话,且杀且退,到了巷口,权翼问道:"你怎么来了?"

梁豹答道:"家里已经安排妥当,特来追随公子,没想到来得正是时候!"

他顺手拽来一匹劫匪骑来的马,对苻公子道:"公子先走,剩下的交给梁豹,让我流星锤开开荤!"

苻公子翻身上马,对权翼喊道:"速回长安,朝廷有变!"又有乱箭射来,苻公子伏在马背上,双腿夹紧马肚,马刺狠扎,趁着夜色,冲出城去……

第五章 天王古幽国疗伤 佳人土陵村倾情

乌云遮住了月亮,夜深如墨。天王归心似箭,打马飞驰,只想快点赶回长安,谁料匆忙中迷失了方向。

天亮时分,人疲马乏,天王翻身下马细看,但见山谷幽深,小溪淙淙,草木葳蕤,鸟语花香,不知身在何处。正要捧了溪水解渴,看到正在吃草的马嘶叫着朝山谷深处跑去。一支冷箭飞来,天王慌忙躲闪,慢了三分,冷箭穿左臂皮肉而过。同时又有双箭飞来,只听见一阵瘆人的嚎叫,回头看去,三尺之外,有头被射中双眼的野猪挣扎扭动着肥硕的身子横冲直撞过来。天王忍着臂痛,小心闪过,攀到高处,靠着一棵大树坐下。那头野猪先撞断一棵碗口粗的榉树,又不管不顾地冲进布满荆棘的灌木丛,又从灌木丛一跃而起,跃到一块布满苔藓的大石上,摇晃几下,骨碌骨碌滚落在溪水中,蹬了几下后蹄,躺在被搅浑的溪水中不动了。

天王看得有点迷糊,却被一阵银铃般的笑声引去。惊讶、恍惚中,天王觉得眼前明媚绚丽起来,草密花繁处,钻出一个红衫少女,如一朵初绽的百合花,娉娉婷婷摇曳在微风中。天王眼前一亮,心里赞道:"深山之中,竟然有似星月清辉般雅秀绝俗的佳人!"

那少女手里提着一把秀弓在朝阳的光辉中姗姗而来,边走边嗔怨道:"完了完了,两个我们可如何抬得回去?"

天王忙站起来道:"无妨,皮肉伤,我可以自己行走。"话音未落,一头栽倒在地,晕了过去……

太极殿,天王眼睁睁看着母后要被苻法冷笑着用三尺白绫绞死,母后死前大喊着:"坚儿,你为何还不动手?自古皇位之争,绝无亲情可言。你现在还不明白吗?""母后,母后,母后!"天王挣扎着想奔过去,却腿如灌铅,丝毫动弹不得。急得大吼道:"住手,住手!"猛地挣扎睁开了双眼,原来是一场噩梦!

天王细细打量,自己躺在床上,盖了床碎花薄被,小屋中除了床空空如也。受伤的左臂已经被包扎起来,天王坐起来想活动一下筋骨,左肩一阵剧痛,只好又躺下。

四周静谧而安宁。

天王想回忆起自己如何到这儿来的,却如何也想不起来。

烦闷之际,听见不远处传来一个少女柔软甜亮的歌声:

"宝宝们乖乖,好好吃饭,白白胖胖。宝宝们乖乖,好好玩耍,身体壮壮。宝宝们乖乖,好好睡觉,快快长大!"

歌声如山泉般纯净,天王忘了疼痛,听得有些入迷。却听见那清澈的声音越来越近:"屋里的大蚕宝宝,三天了,也该醒了吧?"

天王不知道该如何回答。却见那少女纤纤玉手端了个黑粗陶碗进来,弯腰娇笑道:"我就知道你该醒了。白白净净,不说话,真像个蚕宝宝!来来来,这个蚕宝宝也饿了吧?喝点粥。"她边说边将天王扶着坐起。天王也不客气,一口气喝完,回味道:"什么粥,如此醇香?"

少女歪着粉嫩的鸭蛋脸,挑挑两弯俏佳眉,用手指点着天王的额头道:"公子好有口福,田七野猪糜肉粥,熬了一小罐,我都没舍得喝呢。要不要再来一碗?"

天王赶紧点头。

一陶罐肉粥被天王喝了个底朝天,喝完顿时来了精神,问道:"我记得就一点皮肉之伤,为何就昏睡了三天三夜?"

"皮肉伤倒不假,只是箭头浸过七七四十九天的曼陀罗和洋金花,睡三天不足为怪。"

"难怪那么凶猛的野猪射中眼睛就能倒下!"天王叹道,"原来是被麻醉催眠了!"

"若不如此,两个人怎能射死一头野猪!你说你,早不来晚不来,故意和我们守了数日的野猪一起来,才害得我失手伤到了你!"说着说着红了脸道,"对不起哦。"

天王看其清纯可爱,玩笑道:"你箭法也太差了吧。我没有猜错的话,双箭定非你所射!"

美少女又羞又恼,低声嘟囔道:"谁让你风姿不俗,害得人家分神。"说着绞着垂在耳鬓的一缕青丝,理直气壮地回道:"双箭齐发爹爹还没有教我呢!"

"看来你爹爹箭法了得!可否一见?请问姑娘,此处何地?"

"爹爹一早就给村人送野猪肉去了，一头大肥猪，被爹爹送得就剩下一点点了，每次都是如此。"少女有点自豪有点埋怨地说道，"此地土陵村，听爹爹说土陵村归新平郡管辖，听说新平郡很好玩，不过我也没有去过，很远的。"

"啊？一夜之间竟然到了长安城两三百里之外，又昏睡三天。不知道朝廷局势如何，权翼他们有无将遇刺之事报与太后……"天王心想，"若已禀报，太后、假父他们定会严加防范，见机行事。若是不测，量他苻法亦不敢轻举妄动，必定会暗中派人四处找我灭口，才敢图大计。我若贸然回都，必落入其罗网之中，凶吉难料。不如在此处多留几日养伤，以静制动，打探到消息再做定夺。"主意已定，天王问："请教姑娘芳名？"

"桑田，及笄。公子呢？"

"桑田？名字太过沧桑！"天王道。还要问话，听到屋外有人问道："公子可好些了？"

桑田听了，笑着脆声回道："好多了。"体贴地给他披上缝补好的外衣，扶他走了出去。

天王拱手道："有劳先生牵挂，已无大碍。"

桑田跑过去拉着那人的胳膊道："我爹爹。"

只见那位先生高瘦，细眼淡眉，白净无髯，对着天王彬彬回礼道："山野之人赵整有礼了，敢问公子尊姓大名？"

天王随口回道："蒲文玉路遇歹人，流落在此，多谢义士相救。"

赵整道："世风日下，人心不古。还好，此地清静，文玉公子可安心静养几日。敝人山上还有几个弟子，晌午要念一个半时辰的《诗经》，先行告辞。公子好好歇息，小女就在蚕房，有事只管吩咐。"说完拱手去了。

天王置身室外，放眼望去，整个村子在冈陵山丘环抱之中，半山腰的住处全被桑树环绕，绿叶叠翠，彩蝶翩翩。远处一条白缎似的河流，顺着山势，婀娜地扭了两个大弯缓缓流过。河面水汽氤氲，白雾蒙蒙。再抬头看山上，艳阳高照，金黄的柿子挂满枝头，柿叶红透，蓝天白云，美不胜收！不禁心里赞叹道："此地清静，如诗如画，宛如世外！"

天王正看得沉醉，听到桑田问道："蒲公子是回房歇息呢，还是陪我去做事？"

天王笑答道："躺了三天，该活动活动筋骨了，愿听姑娘吩咐。"

桑田明眸含笑欢快地回道："那就帮我在地上接桑叶。"话毕，左右胳膊拐着竹篮，向桑树深处走去。

天王抱着左臂随了过去。见桑田如猴子般灵巧，两下就爬上了一棵桑树，挂好竹篮，边采桑叶边唱道：

桑叶桑叶嫩兮，蚕儿蚕儿甜；

桑叶桑叶绿兮，蚕儿蚕儿白；

桑叶桑叶肥兮，蚕儿蚕儿胖。

桑葚青青兮好酸涩，

蚕儿瘦小兮好心焦。

桑葚红透兮好甘甜，

蚕儿吐丝兮好心欢。

欢快动听的山歌让天王突然想到《诗经》中的《桃夭》，情不自禁吟唱道：

桃之夭夭，灼灼其华。

之子于归，宜其室家。

桃之夭夭，有蕡其实。

之子于归，宜其家室。

桃之夭夭，其叶蓁蓁。

之子于归，宜其家人。

树上的桑田递了一篮桑叶下来，接着唱道：

摽有梅，其实七兮。

求我庶士，迨其吉兮。

摽有梅，其实三兮。

求我庶士，迨其今兮。

摽有梅，顷筐塈之。

求我庶士，迨其谓之。

天王听了，抬头问道："姑娘也读过《诗经》？这么说姑娘尚待字闺中，可有心上人？"

桑叶中传来一个烦恼的声音："《诗经》不仅读过，还能倒背如流呢。至于公子所说的心上人嘛……本来没有，昨儿个有了，此刻又没了！"溜下树来，抢过天王手中的篮子冷脸走了。

天王一脸茫然跟在后面,心想,怎么就惹着她了?讪讪道:"姑娘养蚕着实辛苦,不知道这蚕儿要养多久,才能吐出丝来?"

桑田回身微嗔,瞪了天王一眼,道:"看公子也是个有学问的人,难道就未曾闻听过'春月采桑时,林下与欢俱。养蚕不满百,那得罗绣襦'?"说完,小腰一扭,大步往前自顾自地走。天王跟在后面想:"此时最要紧的是给母后捎信去!"

看着桑田忙出忙进地一会儿清扫蚕房,一会儿洗晾桑叶,一会儿生火做饭,就是不理他,天王觉得无趣,便坐在庭院中晒太阳,翻晒桑叶,心想:"当务之急,是和长安互通消息,找一个可靠的人去长安报信。"赵整提着一只野鸡回来了,笑着道:"贵客临门,今日要痛饮几杯。田儿,把这只野鸡炖了,再把你埋在地窖里的柿子酒端上来!"

桑田已经在院中的小石桌上摆放好饭菜,回道:"早都备好了。"赵整请天王先坐了,自己也随意坐下,斟满两碗酒,双手捧给苻坚一碗,道:"这几日看东边紫气缭绕,就知有贵人临门。这是田儿酿的柿子酒,已经深藏地窖许久,山野俗物,勉强待客,望公子不要嫌弃。"说完独自仰头干了,又说道:"还好猎得野猪野鸡,有酒有肉,不算慢待了。"

天王也将碗中酒一饮而尽,说道:"落难之人,蒙义士不弃,如此盛情,感激不尽!"

赵整从粗陶盆中拣了一块野猪白肉,边吃边斟酒,道:"蛟龙出海,四海翻腾。天下合久必分,分久必合。公子眉头紧锁,定是遇到难处,还望公子勿要气馁。如今天王新政,广纳贤才,看公子气度雍容,谈吐非凡,非池中之物,待伤好之后,去长安定有用武之地。"

天王听了,心想:"此人豪爽耿直,值得托付,不如请他助我一臂之力。"便举起酒碗,道:"义士能传弟子《诗经》,也非凡夫俗子。你我萍水相逢,却一见如故,若不嫌弃,以兄弟相称如何?文玉今年整二十。"

"哈哈,公子豪气,承蒙不弃,赵整足足大你十七岁,看来我占便宜,为兄了。"

"小弟敬兄长一碗!"两人爽笑着碰了,将碗中酒一饮而尽。

这时,桑田姑娘端上来一陶盆热腾腾香喷喷的野鸡肉汤,让两人醒醒酒。

你来我往,互相又敬几碗,边吃边喝,越谈越投缘,两人都有相见恨晚之心。

原来,赵整曾是赵国贵族公子,自幼聪颖好学,擅长音律,能文能武。十五岁被后赵石虎器重,委派监管民工十万之众,在邺北修筑华林苑。当时因劳累、恶疾,民工死伤数万。赵整心痛,却又无能为力。后又被迫带人掘前代墓陵,取金银供石虎挥霍,甚至挖取墓中的铜柱,为朝廷打造兵器。赵整虽年少,但怀有造福民众之心,不愿助纣为虐,私下逃往长安,隐姓埋名,靠街头测字算命混沌度日,以观后变。四年后,后赵亡,大秦苻健即皇位未央宫,遣使问民疾苦。赵整心动,觉得终于有了出头之日,毛遂自荐进宫,想效力朝廷,在秦宫有所作为。谁知苻健为人狡诈多疑,未过半载,赵整因张遇弑君谋反受到牵连,便带女儿逃到此处,隐居山林,教书狩猎,避世度日。

  酒浓情真,赵整仰头望着天空的明月,叹道:"只是可惜了我满腹才华,一身武艺!"

  天王心里叹道:"堂堂一个大丈夫,为了抱负竟然屈身进宫,着实令人佩服!"遂举杯道:"大丈夫正当年华,岂能就此遁世?兄长才华出众,何不再回长安,投奔天王,建功立业,既可施展抱负,亦可后世留名,以慰平生。"

  赵整摇头道:"我这戴罪之身,怕是回不去了。"

  天王道:"兄长若想回去,弟自有办法。"说着从腰间摘下羊脂青龙玉佩,交到赵整手上,道:"将此玉佩交到长安城东海王府管家达福手中,既可替弟解忧,亦可为兄引路。"

  聪明之人,点到为止。

  二人继续饮酒赏月,谈古论今。柿子酒入口绵柔甘洌,醇厚浓香,后劲却猛,不知不觉中,天王醉意渐浓,两人不得已散了各自睡去。

  次日梦醒,已日上三竿。屋外空气清新,鸟雀在树上蹦跳着歌唱,野花在山崖边欢笑着舞蹈。天王活动活动腿脚,虎虎生风地练了一套霹雳如来掌,又打了一套伏虎如意拳。他想在早膳后就请赵整出发去长安,明晚应该就能送到消息,是福是祸,得到回信再做定夺。但见桑田已打扫干净庭院,忙着翻晒桑叶,脸色比昨天好了许多。看天王收掌吐气,收式神定,桑田粉腮含羞,嫣然一笑,端了用陶碗盛的捣碎的深绿色草药,拉他坐到石凳上。她先递上一方素帕,让天王擦掉脸上的热汗,然后不言不语轻轻打开左臂上的粗布带。看到伤口已经结痂,开心地笑了,看了天王一眼,又小心翼翼地给结痂处敷上了新草药,包扎妥当。

  "草药真好,可是姑娘自己配制的?"天王问。

  "我哪有这本事,是爹爹走的时候配好,我刚捣碎而已。"

  "兄长往何处去了?"

  "长安城啊。"

"何时动的身?"

"鸡鸣头遍就走了。此刻至少行有五十里了。哦,公子的那匹马,他骑走了。"

"果然不是凡夫俗子!"天王赞叹道。

"那当然了,我爹爹本事大着呢。"桑田换好药,催道:"公子快用早膳吧,今日寒衣节,我还要赶早去人祖庙烧香呢!你去不去?"

"去去去!"因赵整已经去送信,天王不安的心瞬间放松下来,忙答道要去。简单用过饭食,踩着山花烂漫的小路,随桑田蹒跚而上。

山头上的人祖庙其实就是个草亭,里面没有塑像,只有一块黄牛般大小、笨厚漆黑的大石头。石前摆了一些瓜果供品,灰烬中竖着三支未燃尽的残香。桑田姑娘从挎的篮子里取出一碗野猪肉,一个点了红头的粟米馍馍,摆放整齐,燃了三炷清香,跪拜下去,嘴里念念有词,却听不清楚。天王一边摇头道:"一块大石头,一个破草亭,就叫人祖庙,真乃徒有虚名。"

桑田站了起来,用手指堵着自己的小嘴嘘道:"什么大石头,什么破草亭?小心女娲娘娘听见怪罪于你!"说着赶紧跪下磕了三个头,口中念道:"娘娘千万莫要怪罪,蒲公子有伤在身,神志不清,说胡话呢,千万莫要当真!"赔了无数个不是之后,又拜过,才站起来,说道:"这可是女娲娘娘补天用过的石头,灵着呢!"

"哦?"天王围着石头转了一圈,细细打量端详,发现一些似画非画、是字非字的纹路纵横其上。他顿时来了兴趣,用手摸有凹凸感,用眼瞧,却上下左右看不出来究竟,便想找墨来拓一下看看。找桑田姑娘要,桑田姑娘噘着嘴说没有,就算有也不能那样做,怕亵渎了神灵,一千个不愿意。天王边哄边求,桑田才勉强应了,回家铲了些锅底黑,碗里加水,调均匀了端来。没有笔,天王只好和桑田姑娘用手蘸了,顺着纹路勾了一遍,还是看不出来个名堂。

天王不甘心,又用墨水勾涂一遍,退出草亭离远了再看。桑田姑娘突然高兴地拍手说道:"是画!我看出来了,有山,有人。哦,又不太像人,像猪!"

"哎哟乖乖,这不是大篆里的'豳'字嘛!"天王惊喜不已,"莫非此处就是祖父当年最敬佩推崇的公刘避桀居之豳地?"再细细端详,果然左下角赫然凹凸着大篆"公刘"二字。

天王赶紧跪地,双手合十,默默说道:"莫非祖父大人显灵,一路有惊无险,故意引我到此地,寒衣节拜祭人祖,要自己最疼爱并寄予厚望的孙儿像公刘当年一样,带领民众,甘苦与共,齐心协力,开辟一片净土,采桑狩猎,织布耕田,创天下太平吗?"想着想着不禁热泪盈眶,深深叩拜。难怪村人祭拜此人祖庙,公刘作为后稷子孙,在此建国立业,直到古公亶父,几代贤明均在此地造福百姓。连周武王伐灭商纣,代天下九州守牧长官,都曾来此拜谒祭祀。

"虽然简陋,但尊为人祖庙,当之无愧!"天王暗道。

"喂!呆子,你傻跪这么久,腿不疼啊?"桑田拽着天王的胳膊,拉了起来,问道:"公子有何心事?说与桑田听听。"

天王摇头笑着赞道:"姑娘眼力不错,的确是两头猪。这是个字,一座山里面两头猪,是古幽国的幽字。"

桑田红了脸,辩道:"明明是一幅画。"

天王被少女肯定、认真的模样逗笑了,不忍争辩,只好说:"好好好,也是幅画!"

姑娘眨眨杏眼,娇羞地捂着嘴笑了。

下山路上,桑田扶着天王边走边道:"公子莫笑桑田唐突,敢问蒲公子可已婚娶?"

天王如实答道:"早已婚娶。"

桑田沉默片刻道:"娶的可是意中之人?"

天王笑道:"父母之命,母亲的堂侄女。"

桑田追问道:"美吗?比我如何?"看天王不语,紧接道:"公子莫非冷血?难道听不懂我昨日的歌声?"

如何不懂？可如今形势不明,哪有心思谈情说爱啊！天王沉默不语。

"莫非嫌我长相粗陋?"姑娘红着脸问道。

天王停下脚步,认真回道:"姑娘何必妄自菲薄。"

桑田红着脸道:"公子可相信世间真有一见钟情?"

天王被桑田的纯情和率真打动,拉起桑田沾染了桑叶新绿的玉腕,轻轻吟道:"野有蔓草,零露漙兮。有美一人,清扬婉兮。邂逅相遇,适我愿兮。"

桑田粉腮通红,忍不住接道:"'野有蔓草,零露瀼瀼。有美一人,婉如清扬。邂逅相遇,与子偕臧。'为何公子却不再吟诵?"

天王不愿看桑田的灼灼泪眼,将目光投向了停留在树梢的一只孤独鸣叫的彩雀,深含歉意地回道:"文玉前程茫然,福祸难测,不想负了姑娘的如玉年华!"

"我既媚君姿,君亦悦我颜。只要两相悦,为何不敢前?"桑田明眸含泪,痴痴看着倾心之人……

只听见树上的云雀在呢喃,花朵上的蜜蜂在起哄……

多年战乱,人口锐减,男欢女爱淳朴天然,无太多的繁文缛节和婉转虚伪,只要两情相悦,便可结为百年之好。面对少女的痴痴绵绵,面对闪烁着晶莹泪光的深情眼眸,让人何忍辜负!

无须絮语,无须矫揉造作,年轻的落难天子忍不住将一见钟情的如玉佳人拥入怀中,深深吻去……蔓草如茵,山风温柔。桑林深处,一对璧人百般爱抚,千般缠绵。忘了长安,忘了江山,忘了即将面对的兄弟相煎……

第六章 苻坚恸哭留兄长 苻法决绝别帝王

天王被权翼、赵整带人迎回未央宫时,苟太后已经和卫将军李威经过密谋,设计将苻法围困在东堂,太后赐金屑碎一壶,命其自行了断。

天王不顾路途劳累,直奔东堂,见苻法正要饮下毒酒,快步上前,一把将酒杯打翻在地,怒道:"非要如此不可吗?"

苻法冷笑着道:"不是你死,就是我亡!天意如此,何必虚假!"

天王含泪道:"早知如此,何必当初呢。"

苻法苦笑道:"哪个当初?一起长大,一起读书认字,还是一起射箭赛马?还是一起谋划捕获苻生,夺得宝座?"

天王哽咽道:"本自同根生,相煎何太急!难道冰冷的龙椅真的比我们兄弟深情重要?你我兄弟同心,共创天下伟业,有何不可?"

苻法大笑道:"皇权至上,唯我独尊,没有什么同胞情义。自古以来,为了皇位,父子相残不计其数,兄弟相煎又算得了什么!胜者为王败者寇。"说完,提起酒壶仰头饮了几口,叹道:"可惜啊,人算不如天算,如果那日派出去的人没有失手,我已经是这未央宫的主人了。"

"来取我性命的黑衣人真的是你所使?"天王真不想听到苻法亲口说出这个他不愿意面对的事实。

苻法冷笑道:"你因宅心仁厚,赢得美誉,但作为君王,怕……"话未说完,诡异地一笑,倒地而亡……

天王木桩似的看着兄长如婴儿般蜷缩在地,渐渐僵硬。愣在堂中许久,直到母亲悄然出现,用绢帕拭着他脸上的泪水,轻轻叫着"坚儿"时,他才如梦初醒,放声恸哭……

听母亲说,在他微服私访当天,她游宣明台,看到东海公门前车马辐辏,十分张扬,就觉不妙。夜里心神不宁,噩梦不断。黎明时分好不容易睡安稳,就被满身血迹闯进宫中的权将军吓醒。母子连心,果然有事。她便密召卫将军进宫谋划,故意在次日放出消息,说天王在咸阳遭遇劫匪,生死不明,速请丞相,卫将军,王猛、薛赞前来东堂议事。丞相为证明自己坦荡,果然前来。这一来,提前埋伏好的卫士,瓮中捉鳖,将其逮了个正着。

"没有皇儿的音信,我心焦如焚,昼夜难安。"苟太后疼爱地望着儿子道,"多亏一个叫赵整的人持你的青龙玉佩找到达福,知道你有惊无险,我才放下心来。"

天王跪在母后膝前,双眼含泪道:"皇儿不孝,让母后受惊了。"

劫后重逢,天王给母亲奉茶压惊后,安慰一番,方才退去。

天王未顾上回皇后的凤仪宫歇息,在懿寿宫辞过母后,便赶往东堂传来权翼问话,才知事情原委。

当夜在梁豹掩护之下,权翼突出重围,赶回长安城报信给太后。又带人马返回咸阳,才知道梁豹本已脱身,可为了救被团团围住的言宁和老妪,被毒箭射中,不幸身亡。言宁带老妪藏入地窖,躲过一劫。赵整在土陵村安顿妥当,三日内便会带桑田姑娘来未央宫跪拜问安。

天王听了,稍稍心安,只是生生折了一员虎将,甚是可惜。命人速接梁豹妻子来长安城居住供养,以慰亡灵。又让言宁服侍老妪入住东海王府,颐养天年。

正欲歇息,王猛、薛赞求见。

原来,苻法死后,亲近他的人有暗地联络表示不满的,有担心被牵连治罪的,大都是一些宗亲,本来刚刚稳定下的朝臣,又开始互相猜忌,互相揭发,搞得人心惶惶,不知所往。

天王道:"明日早朝太极殿传朕诏谕,东海公法赠以本官,谥曰哀,封其子阳为东海公,封为清河公。其他事情,过往不咎,亲近之人,概不牵连。按王公之礼厚葬吧。"

薛赞领旨,欲走却留,欲言又止。停顿片刻,拱手道:"禀陛下,入殓哀公时,云姑娘撞棺殉情了。"

夜空雷声滚滚,大雨滂沱。天王站在雨中,仰天长啸。滚雷,大雨,来得更猛烈些吧,任凭千难万险,都阻挡不了我苻坚创建伟业、谋福天下的决心!

第七章 梁夫人痛贬新政
秦天王反思务实

时光飞逝，转眼年终。

天王要做的事情太多。因苻法弑君之变处置妥当，宗亲及众臣慢慢心安，对天王的君王之气更加折服。于是君臣同心，举异才，修废职，课农桑，恤穷困，礼百神，立学校，旌节义，继绝世，一条条新政颁布、推行开来，引得民心大悦，赞声连连。

这日早朝散后，天王兴起，内着雪色长衫，外罩茜色棉袍，墨色束腰，垂明黄平安如意丝绦坠，带了言宁，漫步长安街头。但见吃的、喝的、穿的、用的，琳琅满目，应有尽有，还有锔锅的、修脚的、剃头的、杂耍的，好不热闹。热腾腾的包子、香喷喷的芝麻烧饼、红油汪汪的臊子面、黄澄澄的油糕油饼脆麻花，馋得言宁口水直流，迈不动腿脚。

天王也停下了脚步，边看摊主炸麻花边想："五十多年的战乱杀戮，让百姓苦不堪言。如今新政不到半年，长安城就恢复得如此繁华，可见国泰是多么的重要！所谓国泰民安，不就如此嘛。只要新政坚持实施下去，何愁国不富民不强！"

摊主看来了客人，油汪汪的大饼脸堆满笑，吹嘘道："公子好眼力，我这麻花可是长安城的第一家，卷了炒熟的黑芝麻，入口酥脆，回味无穷！吃过的没有不说好的！给公子包上一捆可好？"

天王点点头，言宁赶紧递上碎银，摊主却赔笑道："小本生意，给铜钱吧，碎银太大了，换不开。"

天王看摊主果真为难，便道："再加两包油糕油饼。"摊主还说太多，天王笑笑，让言宁放下银子抱起就走。摊主木头似的呆了，油锅里饼炸煳了都不知道。

穿过长安正街时，天王看到一个轻巧的身影从眼前一闪而过，极像桑田。他快步追上，却并不是。桑田啊桑田，你究竟为何啊！当初你不愿意随父亲来长安，说是要等蚕宝宝们上山结茧;后来派人接你又说要煮茧抽丝;第三次专门让爹爹回去接你,谁知道,你爹爹回时只背了一床蚕丝被,说是专门为我而做,并留下一封书信,不见踪影。你这个纯情热烈的灵秀女子,究竟去哪里了啊?想着想着,天王来到了背街处的一座民宅前。推门而入,见一年轻妇人正在小院里织布,有个七八岁大小的孩童在一边帮着折刚下机的粗布。

天王拱手行礼道:"梁夫人,有礼了。"

妇人匆忙下机还礼道:"公子吉祥!"

后面跟的言宁上前,笑着对小男孩眨眨眼,将一大堆吃食塞到小男孩怀里,说道:"梁夫人,天王亲自来看您啦。"

谁料梁夫人听了,马上阴了脸,垂眸冷冷道:"承蒙天王关照,不胜荣幸,民妇替九泉之下的梁豹谢过陛下。"

说完,重新坐到织机前,旁若无人,继续捉起梭子织布。

天王不知何故,一阵尴尬。正在这时,一个官差醉醺醺地破门而入,也不顾忌有人,直扑织机上的梁夫人而去,嘴里喊着:"心肝宝贝,这么久了,怎样才肯从了大爷我啊?"

事发突然,天王气得剑眉倒竖,准备上前一脚踢翻,却见小男孩抢过母亲手中的梭子,嗖地扔砸过去,正中官差右眼,顿时,鲜血直流。官差杀猪般地喊着,捂着眼睛跑了,边跑边回头喊道:"贱人杂种,等着,看爷回头如何收拾你们!"

天王本想结束那厮狗命,想想又忍了。他上前一步,将小男孩揽在怀中,安慰正在低泣的梁夫人道:"嫂夫人放心,朕自会还你公道。只是孩子如此聪颖、有担当,不如送入学堂,好好培养,长大好有一番作为。"

梁夫人含泪抽泣道:"民妇虽妇道人家,但知道大丈夫能尽忠报国乃是幸事。梁家两代忠烈,虽死犹荣,可没有想到拼死护主,得来的新政如此浮华。皇榜上说得好听,抚恤穷困,抚恤的银两真正发到穷人手中的有几两?立学校,真正穷人的孩子有几个能进得了学堂?旌节义,狗官们欺下瞒上,官差们仗势欺人,有何节义可言?大白天就敢欺辱民妇,修废职又有何用?"一番话语,有理有据,不卑不亢,问得刚为新政成绩有点得意的天王脸红无语……

天王命人将梁夫人和孩子接到了宫中。梁夫人在宫中侍奉太后,去留自便。孩子白日在宫中读书,晚上母子同住,不分开。

安顿好梁夫人母子,天王开始每日散朝后微服私访。有时扮作农夫,到田间地头找农人聊天;有时装作被盘剥的小贩,到衙门喊冤;有时又让言宁找陌生人扮成书生,到丞相府去毛遂自荐谋差;甚至还扮成病人,到国医馆去问医。他决心亲自看看到底新政实施得如何。

数月私访,年轻的天王心里有了底。

一日行走尚书房,看到文案如山,乱成一团,不由得想到私访期间命人扮成书生去丞相府自荐,被索要贿赂之事。又想到官差仗势欺辱梁夫人之事(虽然官差早已处置),尚书左丞程卓,平庸无能,仗着追随祖父最早起兵,自恃有功,不可一世。苻法被赐死后,为了安抚族人,平衡朝廷各方势力,自己才勉强任其为尚书左丞。又想到不止一次,有人上奏折举报左丞程卓借选拔人才之机,大肆卖官,收受金银珠宝……天王越想越气,当下怒免左丞程卓,任王猛为左丞,速从始平县回朝上任!

身后伺候的太监弓着腰,诺诺应了,准备传旨,却又小声提醒道:"陛下,昨日才下旨要将王猛押送京城下大狱呢。"

"哦……"天王甩甩衣袖,太监知趣退下,不敢言语。

第八章　王猛明法杀恶吏　身遭诬告陷囹圄

圣旨传到始平县时，王猛虽然在升堂办案，但已经一天没有吃喝，县衙外嘈杂的叫喊声、扯开嗓门的哭号声、恶毒的咒骂声，让他烦乱厌恶。不得已，他从破旧的被头里抽出点棉絮，揉成团，塞住耳朵，才稍稍清静下来。衙内只剩张伞、李丝二人，其他几个衙役因王猛来始平县后，管束严厉，终日劳累，既没有了油水可捞，又要天天随新县令四处考察奔波，受不了清苦，告假的告假，回家的回家，相继离去。堂堂县令，快成光杆司令了。张伞本是始平县颇有名气的肥香肉铺的老板，精精壮壮，诚实守信，肉新鲜，不短斤少两。生意兴隆，家境殷实，一年前娶了个模样俏丽的小媳妇，日子过得正好。谁料飞来横祸，县衙的衙吏苻泅看上了张伞家的铺面和三亩多大的后院，一日假冒新上任的王县令之命，要充为公用。张伞当然不服，提着杀猪刀，摆开架势要保家护院。苻衙吏狡诈，装作退缩，等张伞渐渐大意。一日张伞外出送货，苻衙吏趁机带了几个无赖，冲进肉铺，打伤了伙计不说，顺便还抢走了张伞之妻。最可恶的是，临走时又放了一把火，把铺面给烧了。烧铺面时，西北风正猛，顿时火借风势，呼啦啦一路狰狞狂笑着，一个带俩，俩带仨，竟然把半条街都点着了。

光天化日之下，县衙的人如此猖狂，让上任以来明法严刑、善恶分明的县老爷王猛如何容忍！

王猛上任始平县之前就知道，此地虽然富庶，可辖境内有三分之二的人口都是二十年前追随天王祖父苻洪，从故土略阳到邺，再到长安起事，忠心耿耿，开疆辟土，立下了赫赫战功。朝廷为了显示恩宠，特赐居安置。人们终于不再颠沛流离，可以安居乐业。几年的休养生息后，这些从枋头西归的苻氏族人，慢慢活跃起来，等到苻氏掌管天下，苻姓族人自然鸡犬升天，安享皇家特权的同时骄横跋扈起来。

渐渐地，欺行霸市的，打架斗狠的，仗势欺人的，搞得始平县百姓不得安生，数任县令不是无功而返，就是引咎辞职。最让人咋舌的，是王猛的前任，上任第一天就被几个衙吏剥光了衣衫抬着扔出了县衙。

正因如此，王猛明知山有虎，偏向虎山行。当吏部将始平乱象上奏天王时，王猛在朝堂上大声请愿前往始平县，让正在为此头痛的天王倍感欣慰。

轻车简从，一袭布衣，大名鼎鼎的王猛出任始平县县令，忍气吞声许久的百姓们看着，横行霸道惯了的族人们也在观望着。

县衙内，王县令升堂后，惊堂木一拍，问道："堂下苻汹可知罪？"

谁料，被张伞和百姓们捆绑押送到衙门的苻汹，站在堂前，一副牛皮哄哄的样子，全然不把王猛放在眼里。

王猛又大声喝道："大胆苻汹，身为衙吏，执法犯法，光天化日，放火烧街，害得两孩童和一老妪无辜丧命，还强抢民妇，逼其悬梁自尽。两个时辰不到，四条人命，该当何罪！"

只见那苻汹将脖子一梗，满不在乎，大声辩道："人命皆非我亲手所伤，我乃皇亲国戚，就算是我为，你又能奈何？"

"王子犯法与民同罪！你难道真不怕王法吗？"

"你个光杆司令，没把你剥光扔出去就算给你面子了，还好意思给我提王法！"苻汹嘲笑道。

王猛冷笑着心里想，治理先治吏。这么多人都等着看我笑话，我何不趁此立威，来个杀一儆百，整顿风气，灭豪门威风，替百姓出气。主意已定，便捺下性子问道："苻汹，张伞告你强取豪夺，逼死其妇，你可认罪？"

苻汹道："那小娘儿们还没有摸几下就上吊了，能怪我？"

"百姓告你放火烧街，烧死三人，你可认罪？"

"火是我放的，开始没想到要烧半条街，可老天爷帮我，正好将半条街烧干净，都可以归我啦。回头重新盖铺面，皆归我们苻家所有。哈哈，没想到这次赚大啦，王大人不觉得我太有才了吗？"在苻汹眼里，四条人命不算什么，他已经沉浸在对未来美好生活的憧憬之中。

"既然已经承认，你可敢在供状上签字画押？"

"有何不敢？大丈夫敢作敢当，拿笔墨来。"

王猛命人松绑，耐心地看着苻汹大咧咧地提起笔画过押，摁上指印。供词在手，王猛醒木重拍，呵斥道："衙吏苻汹，执法犯法，强取豪夺，强抢民妇，放火烧街，

草菅人命。法网恢恢，天理不容。本县今日替天子执法，赏你三百鞭，让你明白何谓王法！"

说完，王猛卷起袖子，提着鞭子狠狠抽打起来。围观的人掌声四起，大喊："打得好！"开始苻泓还谩骂嘴硬，试着和王猛对打，无奈一身肥膘，根本无还手之力。后来想跑，被百姓团团围住；躲闪，行动缓笨。两百鞭还没到，便倒地没了声息，原来是只纸老虎！

鞭笞苻泓时王猛就知道要捅娄子了，可没有想到，娄子捅大了。

苻泓的尸体很快就被人抬走，然后，县衙就被一群人团团围住。张伞看形势不妙，关了大门，有人从墙外往里扔石头，还不停地咒骂恐吓。王猛上任时带来的李丝胆小，吓得躲在房内不敢出来。后来张伞扒着门缝看，说街上王麻子带着一群百姓和那些围攻的人吵架对骂，王猛自觉问心无愧，用棉絮堵住耳朵继续办公，累时还喝口茶。

暮色渐起，外面的人好像散去一些，李丝建议冲出县衙，找个地方躲躲。王猛断然拒绝，从容洗漱，安然歇息，一夜酣睡，并不在意。

次日，天刚放亮，又有人在门外哭喊谩骂。王猛起床在院子里活动过筋骨，又进屋打坐，卯时三刻，命张伞打开衙门，一如往日，升堂理案，任凭外面折腾。

不出王猛所料，苻泓家人已经连夜将始平县县令王猛滥用刑罚，虐杀下属之事，通过七大姑八大姨，各种错综复杂的关系，诉讼至朝中专管机构，上奏天王。天王深知此事蹊跷，下诏书将王猛打入囚车，押回长安亲审。

关系就是速度。

王猛命张伞打开大门，升堂办案时，没有等来喊冤的人，却等来了诏书和粗糙简陋的囚车。王猛收拾好案卷，整理好容装，从容上车，一路颠簸着朝长安而去。

王猛，何等心高气傲之人，站在囚车里并不气馁。始平县豪绅猖狂，欺压百姓已久，根本不把王法放在眼里。虽然鞭杀苻泓暂时能灭灭其嚣张气焰，但还需进一步治理才能真正还百姓一片安宁。王猛边想边欣赏着沿途的冬日美景，虽说有些许萧瑟，可是沿途有鸟鸣，有犬吠，还有百姓提着陶壶送热茶，含着热泪送鸡蛋，上任始平县令不到半年，能得百姓如此爱戴，王猛倍感欣慰。公道自在民心！王猛甚为宽心。正欲闭目养神，却见路人中冲出两人，手提大刀，龇牙咧嘴地朝囚车奔来，顿时人群大乱。两人冲到囚车前，一刀砍在了囚车的木柱上，木屑四溅，一刀直奔王猛而来。情急之下，王猛举起枷锁去挡，哐当一声，枷锁被劈为两半。那人又要举刀再砍，被押送囚车的官差及时用刀挡了，反手一刀，将其砍倒在地；另一个也被官差缴了兵器,轻松制伏。官差问话,并不回答。路边有人认得,大喊:"他们皆为苻洵家丁。"官差听了,知道事关皇亲国戚,不敢擅作主张,将其用绳子捆扎结实,拴在囚车上,牵到长安城再审。

寒风瑟瑟,天地悠悠。

仰望苍穹如洗,再看大地茫茫。囚车上的王猛思绪万千:想我王景略生于乱世,少小担当,虽家世凋零,穷苦不堪,但严守节操,靠卖箪箕养家糊口,惶惶度日。幸遇嵩山仙人点化,醍醐灌顶,开始勤学苦读,立志精通天文地理、古今韬略,期待有朝一日能遇明主,普济天下。后在邺城,得赵侍中、司隶校尉徐统赏识,招为功曹。但当时赵王石虎暴政轻民,政权岌岌可危,我怎能同流合污!谢辞徐校尉美意,闻知西岳华山有世外高人,毅然西入华山拜师学艺。山上缺衣少食,长日漫漫,师父虽因战乱失掉双腿,但真乃世外高人,银髯垂胸,双臂胜猿,声如洪钟,可飞身峭壁采山珍,可翻身溪边饮山泉。为验我诚心,每天除了伺候师父吃喝拉撒,还要攀天梯盘旋而上,将师父背到华山三里凫的峭崖上,松骨推拿、沐浴阳光,春夏秋冬,一日不敢怠慢。师父念我心诚,渐渐传我布阵兵法,授我治世秘籍。寒来暑往,整整八年,天不负我,我王猛终于将天下雄韬伟略收入腹中。

东晋永和十年(354),桓温屯兵灞上,直逼长安。已到而立之年的我尚一事无成,想着晋为正统,若得赏识,便能有所作为。辞了师父,下山谒见威震东晋朝野、率军十万的统帅桓温,以求仕途。五月天燥,关中麦黄,没有华衣锦服,只有还算像样的一件褐袄,明显有悖季节。可自许腹有诗书,有傲然风骨,披着褐袄的我,从容入帐。大到天下形势,小到秦人对王师北伐的态度,并不保留,坦然相告,相谈甚欢。在和桓丞相对饮时,无意中看到帐中陪将对自己鄙视的目光,便停了交谈,当着桓温的面,将手伸进褐袄,摸出一只虱子来,举到眼前看了看,捻死。再伸进摸了摸,又摸出一只,举在眼前看看,对陪将调皮一笑,扔进嘴里嚼了起来。这一连串动作,搞得大家眼花缭乱,瞠目结舌。当时真不该贸然下山,东晋虽为正统,可讲的是门第出身,名门士族才可以提拔重用,像我这等出身苦寒的有才名士,装点门面可以,若想实现济天下的抱负,前途茫茫。尽管桓温当面赐车马华服,拜高官督护,让我同他南归,但我还是感到事关前程,不可草率,便托词回山辞师。师父高明,一语点醒梦中人:"一山不容二虎,你和桓温岂并世哉?在此自可富贵,为何远乎?"是啊,我何必舍近求远,弃明投暗呢?安置好师父,收拾了行囊,我直奔长安城故友李威府上。我与李威是管鲍之交,他为人豪气友善,这么多年若不是他处处接济关照,我在华山上如何遁世苦学,如何衣食无忧?他懂我知我,直接将我引荐给了当时还是东海王的苻坚王爷。记得初进王府时因王爷繁忙,并未谋面。一日,王爷宴请门客,却将我推为首座,我倍感荣宠。宴后邀我内室对饮,秉烛一夜,纵谈天下大事,细数朝中垢疾,一如旧友,甚至谈到废兴大事,异符同契。谈到高兴之处,王爷赞叹与我一见,若玄德之遇孔明也,得此明主厚爱赏识,怎不让我为之赴汤蹈火、肝脑涂地?待到辅佐天王登基,掌管机密,常侍左右,引得资深旧部极其不满,在天王的特意安排和我的强烈要求下,才获得了到始平县展示才能、显示才干的机会。

囚车摇摇晃晃让人昏昏欲睡,夕阳西下,寒气渐起,官差命车马在驿站停下歇息,吃点东西,补充体力。因敬重王猛为人,领头官差破例打开囚车,请王猛下来活动活动筋骨,并送上三个粟饼和一碗热面汤充饥。喝着热乎乎的面汤,让王猛感到温暖。始平县风气刚刚好转,自己就被囚车押往长安,若再给我半年时间,我定会将始平县治理得路不拾遗、夜不闭户,让百姓安居乐业,吏治清明。此去长安,一定要力谏天王,秉公执法,严惩恶吏,使得秦廷官吏勤政廉洁、爱民如子!抬头仰望夜空,繁星如梦,新月如钩。王猛脱口吟道:

天高月小路不平,始平半载自繁忙。

鞭杀恶吏换太平,身陷囹圄又何妨?

第九章　张平造反谋霸主　天王平叛收虎将

太极殿宏阔雄伟，天王勤政，早朝散去，还留下部分重臣问话。御前侍卫禀报："始平县令王猛已被囚车押解回京，请陛下处置。"

天王闻听，微微一笑，道："传到太极殿，朕要当众亲自审问。"

王猛虽满面风尘，戴着枷锁，但上殿依然气宇轩昂，见到天王，从容跪拜，不卑不亢。

天王看了，既心疼又欣慰。心想，王景略即使身陷囹圄，依然满身正气，果然有孔明风范。说道："去掉枷锁，起来说话。"

王猛跪谢，去枷静立。

"为政之体，德化为先，你这个县令上任不到半年，却杀戮无数，也太残酷了吧？"

殿中尚书令苻柳狠狠地瞪了王猛一眼，上前一步启奏："陛下英明。汉人王猛在始平县杀戮无数，残暴至极，应处以极刑，以平民愤！"

天王看看苻柳，又看看沉默不语的王猛，责问道："王猛，你可有话要说？"

王猛拱手长揖，不紧不慢道："臣听说宰宁国以礼，治乱邦以法，陛下不以臣不才，派臣治理混乱的始平县，臣只是替明君剪除奸佞。才杀一奸，还有很多呢。如果因为臣不能穷残尽暴，肃清违法者，怎敢不甘心鼎镬受刑，因辜负了陛下信任之心而谢罪？但由于整治严酷惩处臣，臣实在不能接受这个罪名。"

然后他又不急不躁地将鞭杀一吏的来龙去脉详细奏明天王。

天王听后，哈哈大笑，道："王景略才干忠心俱佳，管仲、子产式的人物，代朕行法，替民做主，非但无罪，且有大功！明日起任尚书左丞，替朕继续穷残尽暴，肃清违法者！"

47

王猛跪地谢恩,众臣高呼万岁万岁万万岁!

眨眼之间,已到年终。百废待兴,庆典、年礼、宫宴一切从简。

除夕夜,天王率皇后和皇子拜祭祖宗牌位,尽孝太后,守岁懿寿宫。大年初一,天王于永安宫宴请功臣。酒肉充足,饭菜随意,君臣痛饮,其乐融融。酒酣时分,天王举起酒杯道:"子曰不患寡而患不均,不患贫而患不安。新政施行以来,都言国泰民安,果真国泰民安吗?百姓足,君孰与不足;百姓不足,君孰与足?足与不足,不在奏折空谈之中,而在百姓的一粥一饭之中。"大臣们听闻后,共同举杯高呼,"吾皇英明!臣等愿跟随陛下,恪尽职守,鞠躬尽瘁,共创天下太平!"

龙椅之上,何来安宁?

新年伊始,冀州牧张平又开始造反。这位被天王封为大将军的张平,仗着自己实力雄厚,占据着西河、新兴、太原、上党、上郡壁垒三百,拥夷夏十余万户叛秦,名曰降晋,实则割据称霸。虽然先年天王已任命苻柳为并州牧出镇蒲阪以御张平,无奈苻柳因天王诛杀亲兄苻生,怀恨在心,并不真心御敌。有人举报苻柳暗地还将兵器卖给张平,纵容其造反,以便自己得利。王猛曾提醒过天王:"不去五公,终必为患。"天王仁爱,登基后一直厚待苻生亲兄亲弟,安抚张平。可仁心不一定换来的就是人心,也许换来的还是狼心。如今苻柳、张平狼狈为奸,公然在天子脚下兴风作浪,以前天王施行新政,无暇顾及,如今朝廷稳固,政令通达,是该腾出手拿下张平了。

天王亲自率兵驻扎汾水右岸,命前军督护邓羌带五千兵马平叛。张平仗着有苻柳撑腰,派养子张蚝带兵与王师对阵。对杀数日互无胜负,张平着急,想苻柳曾承诺,若起兵定为后援,赶紧派人送书,相约首尾呼应,前后围击。谁知苻柳是反复无信之人,看天王动了真格,为给自己脱身,赶紧将张平形迹写信密报天王。天王略施小计,将张平叛军诱进铜壁,围了个密不透风,派大将邓羌将张平擒来。邓羌领命飞马只取张平,谁料叛将中杀出一手握金纂砍山斧的猛汉,利斧落处,人头如落瓜,阵法如虚设,无人能敌。邓羌定睛一看,原来是与自己对阵数日,互不能胜,能拽着壮牛倒退行走,能在城墙上下翻飞的老对手张蚝。邓羌骂道:"叛贼,看邓爷爷今日如何收拾你!"边骂边提着手中的追魂亮银枪冲了上去,与其厮杀了二十几个回合,难分胜负。天王山顶观阵,看邓羌怒舞银枪战猛将,猛将逞威抡长斧,二人在山谷中,四条壮臂纵横,八只马蹄缭乱,一个砍山斧直奔顶门,一个追魂枪直捣心窝;一个枪头吐火,一个金斧迸光。天王心中暗喜,脱口赞道:"好一员虎将!若为朕用,定能助朕扫平天下!"兴冲冲拍马下山,奔到阵前,大声喝道:"好汉威猛,报上名来！"

那猛汉边战边道："大丈夫行不更名、坐不改姓，张蚝是也。"

天王大笑，道："早听说张平有一义子，武功盖世，忠义英武，你可愿随朕驰骋疆场，建功立业吗？"

邓羌一听，心想："这家伙和我对阵多日，互不能胜，武艺精湛，招招利落，我邓羌一向目中无人，为何看他如此顺眼？莫非这就是传说中的英雄惜英雄？若能和他一起驰骋沙场，效忠天王，亦算幸事。"便故意只出虚招。张蚝见状，心想："这人和我交手多日，势均力敌，枪枪追魂夺魄，大秦果然群英荟萃。虽然有点张狂，但好汉爱好汉，他仁我不能不义。"也就不再步步进逼，索性将厮杀当作游戏，切磋开武艺来了。五十多个回合，只见两个人一个如子龙再世，一个似张飞重生，兵器舞得银光闪闪，虎啸风生，看得双方人马呆若木鸡。天王看得心花怒放，生怕两员虎将互伤，正想鸣金收兵，却见旁边副将鹰扬将军吕光实在受不了他们真真假假、没完没了地在大庭广众之下秀武艺，拍马奔去。他甩出八棱闪电紫金锤向张蚝坐骑砸去，结果马伤人落。兵将们看到主将落马被擒，四散而逃。张平见状，心里害怕，乖乖伏地投降。天王惜才，赦其罪，封张平为右将军，张蚝为虎贲将军加广武将军，迁其所部三千余户于长安。

天王亲征大捷，收了一员虎将，龙颜大悦，决定行汉皇之礼，带了爱将邓羌、吕光及新封的虎贲将军张蚝等人，轻车简行，一路私访游玩，四月到雍州祀五畤，六月到河东祠后土。多情的天王想到《诗经·豳风》中的"七月流火，九月授衣"，便拍马孤身一人到土陵村去寻桑田。只见桑林葱郁，桑葚红透。人祖庙尚在，蚕房草庐却佳人无踪。天王心里默念着桑田绢帕上绣的诗句，一阵怅然。

寒蚕卧冰底，瓮茧解成丝。

何许丝千丈，补得郎龙衣。

镜里不堪顾，顾也更彷徨。

纵梦中八翼，飞不到天墀。

桑田，你在哪里呢？失望的天王从怀里掏出随身带的丝绢，攥在手中，看着满目锦绣的山川，凝望着缓缓向东的泾河，心里念道："你究竟有何隐情，要躲我而去？当时在土陵村养伤，你我两情相悦，如今我已坐拥天下，来接你到未央宫共享人世繁华，可你却只留一方绢帕，一缕芬芳，不见影踪？后宫佳丽团簇，为何我只对你念念不忘？"

桑田啊桑田，多想和你一起共赴江山，蓬莱赏雪，建康揽月！多想和你一起策马扬鞭,踏平漠北,溅貂射雕!

　　齿水东流去,陌上曾依依。
　　纤腰不胜握,巧笑倩两眸。
　　岁终沙漏尽,不见伊人归。
　　山河同一色,留朕黯伤心。

第十章 治大旱新平求贤
喜相逢龙窝续缘

大旱来得有点突然,七月雨稀,八月竟然没有一滴。树木在风中喊渴,蝉儿在烈日下叫干,草儿直接趴在地上,枯萎而死。大秦之地,如龟背一般,四处裂着缝子。官道上浮着寸把厚的黄土,人畜走过,便会尘土飞扬,眯眼呛鼻,三步之内,看不清彼此。水突然变得比粟米还珍贵,后宫里皇后及夫人们洗过脸的水,都舍不得倒掉,宫女们接着洗脸,再统一送到浣衣司,用来浣洗衣服。

听说有的百姓为了省水,顿顿生嚼粟米、麦粒,结果大便太干燥,拉不出来,憋急了用棍子掏。时间久了,棍子都掏不出来,人竟然活活给憋死。

太极殿的早朝上,群臣上奏的都是四处的旱情如何如何严重,百姓如何如何煎熬。天王一筹莫展,让水利司空彭正和与群臣商议解决方案,彭正和提议重新疏通废弃的郑公渠和白公渠,利用泾水从岭北高原破谷口入泾阳的较高落差,凿修引水东下,以地势之利,灌溉泾北及渭北地区。天王觉得可行,问可否在郑白渠基础上再提高水位,造福更多的郡域时,彭司空却语塞了。

有臣子认为费时费力,百姓才喘息过来,不宜劳民伤财。还有一些大臣吁请天王亲自前往宣明台祭天祈雨,求老天爷开恩降雨,以解旱灾。右仆射梁平老手持玉笏,推荐新平郡人贺清水,说此人乃水利爱好者,此次大秦境内一片干旱,唯有新平郡瓜果飘香,土肥水美,皆因贺清水自荐到郡衙,带领当地军民将泾河的水引到平原之上,用于灌溉、民用。

有些大臣听了,私下边摇头边嘲笑,说右仆射真是糊涂,别人吹牛你都信。自古以来,都是人往高处走,水往低处流,将山谷中的河水引到高原上,怎么可能呢?天王听了,想到不久前去土陵村找桑田时,的确葱郁遍野,山花烂漫。天王甚是好奇,如果真如右仆射所说,这个新平郡的贺清水还真是个人物!

天王决定前往新平郡私访贺清水,将朝廷之事托付梁平老、李威、薛赞等人协助太子苻宏打理,带了赵整,两骑绝尘而西。

天王一路打听,找到贺清水时,并非像传说中的高人,或闭关静坐,或饮茶下棋,而是正躺在一棵硕果累累的老梨树下,四肢摊开睡大觉。鼾声如雷,涎水横流,赤脚上沾满了污泥,全然没有斯文模样。天王看了很是失望,本想离去,却突然想起小时候,祖父曾教诲过他"山野藏高人"的话语,便耐着性子坐在梨树下,接过赵整从树上摘下的酥梨嚼了起来。黄澄澄的酥梨甘甜可口,汁水如蜜,吃了一个解渴,吃了两个解馋,天王连吃三个有点饱,躺在树下的人却依然酣睡不起。赵整着急,天王却示意耐心等候。

不知过了多久,苻天王都开始坐着打盹了,躺着的人才醒来。站起来旁若无人地拍拍屁股,跳起来摘一个酥梨,边吃边走了。没走几步远,突然像神仙一样,就不见了。

天王和赵整面面相觑。

赵整对着瞬间消失的背影放声唱道:

这里土肥水又美,
六月吃李和葡萄,
七月烹葵又煮豆,
八月开始打红枣,
十月下田收新稻。
酿成春酒甜又香,
为了主人求长寿。
七月里面可吃瓜,
八月来到葫芦下,
九月拾起秋麻籽。
采摘苦菜又砍柴,
养活农夫日子难。

天王听了受其感染,接唱道:

九月平整打谷场,
十月庄稼收进仓。
粟稷早稻和晚稻,
粟麻豆麦百样粮。

叹我农夫真辛苦，
庄稼刚刚收拾完，
又为官家把宫筑。
白天要去割茅草，
夜里赶着搓索绳。
赶紧上房修好屋，
开春又将种百谷。

歌声未落，就听到不远处有嘹亮歌声接道：

十二月凿冰冲冲，
正月搬进冰窖中，
二月开初祭祖先，
献上韭菜和羔羊。
九月寒来始降霜，
十月清扫打谷场。
两槽美酒敬宾客，
宰杀羊羔大家尝。
登上高高的庙堂，
举起牛角大酒杯，
齐声高呼寿无疆。

歌罢，只听莺啼雀跃，蝶飞蜂忙，四下一片寂然。片刻，见刚睡在梨树下的汉子如土地爷一般，突然返回来，对天王二人说道："来！"

原来，不远处就有一个斜坡，顺着斜坡而下，就看到依山凿了三孔窑洞，面对沟谷。崖边沟畔盛开着金灿灿、紫晶晶、蓝莹莹，一丛丛、一簇簇的野菊花。院落宽敞干净，铺满阳光。几只雏鸡正在啄食，一只虎皮灰猫见有人来，嗖地跳到了晒着红枣的箪上，回头怒目盯着贵客。

进得窑洞，别有洞天。一个微缩精致的假山假水模拟景致呈现眼前。引水的竹管，灌溉的风车，错落交横，复杂有致，眼睁睁看着河道的水，通过竹管被引到了高山上的一汪碧池之中。旁边还有各种见过没见过的辅助工具。虽然有的看不懂，但聪颖的天王不住点头，心想道："梁平老果然慧眼识珠，这就是朕要找的人。治理大旱，不能靠祭天祈雨，念佛吃斋，而应凿山起堤，修堤筑坝，方可解长久之忧。"

"贺先生还不现身吗?"天王悦声问道。

只见一人竹簪束发,粗袍布履,不知何时已站在院中,朗声回道:"知民之苦,恤民之累,明君也。草民贺清水愿听天王调遣!"

天王朗笑道:"未承想歌一曲,竟然能引朕觅到民间高人!此刻虽无丝竹,亦无彩衣,但朕兴致正好,你我何不就在这古幽之地,空谷菊香之中,多唱几曲!"

赵整觉得贺清水好生奇怪,仔细打量,发现粗袍两袖空空,原来是个无臂之人,不禁心中暗暗称奇。清水吩咐先前在梨树下酣睡的那个叫瓷石的汉子移来两个木墩,二人在院中晒着红枣的筚筛旁坐了,吃着酸甜脆爽的红枣,吟唱起来。

天王唱道:

> 大风起兮云飞扬,
> 威加海内兮归故乡。
> 安得猛士兮守四方?

贺清水唱道:

> 大丈夫兮立功名,立功名兮告乃翁。
> 虽无臂兮有大志,得圣明兮愿相随!

天王唱赞道:

> 霸业成兮为帝王,为帝王兮念苍生。
> 念苍生兮建伟业,建伟业兮慰平生!

贺清水和道:

> 君从长安来,衣沾渭河水。
> 问君何为来?采山因买斧。
> 秋晚菊正浓,随君去凿山。
> 引得泾河水,润物八百里!

天王拍掌哈哈大笑,赞道:"好个引得泾河水,润物八百里!应该润物八万里才更显气魄!"

贺清水并不拘礼,回道:"以草民之力,润物八百里已经知足。"

"好好好!婴儿盼慈母,大旱望云霓,凿山引水,只争朝夕,先生此刻就随朕回未央宫!"情急之下,天王竟然拽着贺清水空荡荡的衣袖站了起来,准备动身。

贺清水笑道:"随陛下前往长安城,总得带点像样的东西,请稍等片刻。"

他回身进了窑洞,转眼便随身背了一个卷轴出来,正要走,看到瓷石挎着一竹篮红玛瑙似的晶晶亮的大水枣儿进了院子。

天王心想:"此人看着木讷,倒也心细,知道朕喜此物,想必是特意去采摘回来送往长安的。"

果然,见那木讷之人,径直将竹篮递给赵整,说道:"给我家主人的,他爱吃!"

天王一阵尴尬,顿时无语……

倒是贺清水练达,说道:"瓜果梨枣,当献陛下!再去挑大的好的,摘一篮子豳国酥梨,一同带往长安,献与太后。"

天王翻身上马,觅得良才,满心欢喜,对着山谷放声唱道:

> 天地开辟,日月重光。
> 飒飒西风,灿灿金甲。
> 冲天香气,九野清音。
> 肃清万里,润物八方!

却听到山谷传来了一缕熟悉而幽怨的声音:

> 雨从天上落,水从桥下流。
> 曾揽水中月,曾醉雨后虹。
> 虹散雨伶仃,月去水无情。
> 润物八万里,不得到天墀!

"桑田?桑田!"天王惊喜激动地跳下马来,觉得不对,又跳上马去,回头急急对赵整道:"护送贺先生速回长安!"转身大声喊道:"桑田,桑田!等我,我来了!"一骑绝尘,朝山谷奔去……

野菊绊马蹄,空谷飘淡香。

眼前的景象让天王惊讶不已,呈现在他面前的是一个冰雕玉砌的神奇世界,似乎一挂从山上飞流直下的瀑布,突然被神仙施了法术,以一种欢快轻盈的姿态,瞬间冰冻。那飞溅的水花,那强健威猛的水柱,那水晶般闪亮剔透倒挂在山崖上的冰枝,如流苏,似幔帐。最让人愕然的是它们都环绕在足足有三丈高,如宫殿大门一般依山耸立的冰墙周围,宫门前有条清澈明亮的小溪穿谷而过,谷底芳草萋萋,杂花争艳。

"桑田,桑田!桑——田——"天王怕惊扰了这个冰雪世界,压低声调呼喊。只见一只火红的狐狸箭一般从草丛中射出,踩着遍地的野花飞奔而过,转眼无踪。山谷依然一片寂然……

桑田就在此处!这里的空气中弥漫着桑田身上独特的清香,天王心里念道:"田儿,田儿!你究竟为何躲我?"多情的天王满心委屈,抚摸着冷冷的冰墙,喃喃许久。失望之至准备离去，却无意间看到冰墙侧面的草丛中似有人出入的足印。探寻而至，果然发现冰墙左侧有狭窄小口。侧身而入两步，又见一扁口山洞，低头弯腰而入，眼前豁然开阔，有阳光从山顶照进，洞内干燥而温暖。有一石榻，石榻上坐着一个着粗布红衫的女子，哀怨、痴迷、盈盈秋波脉脉含情，迎着情郎的灼灼双目，欲语泪先流……

不是桑田是谁！

"田儿！"天王一个箭步上前，不管不顾，将这个飘忽不定、如水如雾的女子揽入怀中。紧抱许久，说道："凄凄复凄凄，嫁娶不须啼。愿得一人心，白首不相离！"

桑田偎着朝思暮想的人，泪儿簌簌落下，回道："旧怨莫再提，恩爱两不疑。山无棱，夏雨雪，乃敢与君绝！"

此时无声胜有声，两个相爱的人所有的相思、相怨，除了相拥相吻，其他一切语言都苍白多余。天王还要进一步动作，却被桑田娇柔婉拒，用迷离美眸暗示，原来石榻上的碎花被子里还藏着一个胖乎乎的小人儿，正在憨睡。天王有点疑惑地问道："莫非是我们的骨肉？"

桑田粉面含羞，垂眸点头。

"啊！"天王轻轻伸手在被里一摸，喜上眉梢，乐呵呵道："是个小龙子！"

他忍不住又将佳人拥入怀中，百般爱抚，小心翼翼，云雨一番。正在收尾，孩子却醒了，从榻上爬起来，直接钻到娘怀里，抱住还未来得及遮盖的双乳，吃奶去了，看得他爹又一阵心猿意马。孩子吃饱奶，用圆溜溜的小眼睛盯着天王，看着看着，笑了，奶声奶气地叫道："爹爹……"

天王一日之内，访得良才，觅得佳人，喜获龙子，得意非凡，带了娇妾爱子直奔长安。

路上，天王才知道桑田避他不见因何而起。

原来，桑田本名张子姝，乳名翩翩，是后赵大将军张遇同父异母之妹。当年身为豫州刺史年过七十的张父，沉迷芳龄十七的徐州头牌歌伎韩莺莺，利用权势重金替其赎身纳为妾。未料到老树开花，两年后竟然喜得千金，颇为自得，为爱女取名子姝，对其宠爱不已。可惜好景不长，四年后张父灯枯油尽，黯然辞世。虽给母女二人留下丰厚家资，但其子张遇早就对韩莺莺垂涎三尺，张父尸骨未寒，就要强行将其纳为小妾。莺莺不从，以死相逼。正在相持间，前秦苻健皇帝听闻韩氏貌美如花，下旨将其纳入宫中。那时张遇已叛晋降秦，被皇上从盘踞了多年的豫州带回长安封为司空。虽然身份显赫，但并无实权，虚名而已。在人房檐下，怎能不低头？

张遇不敢抗旨,只好忍气吞声地将小他三岁的庶母打扮光鲜,送入苻健后宫。韩莺莺为了保全幼女,违心迎合侍奉皇上,赢得君宠。使得翩翩在垂髫之年能伴读公主,远离凄苦,习读诗书。谁料平静的日子未过几载,张遇因无法忍受苻健大殿之上以假子之名对他百般侮辱,私下联络了一些旧部弑君谋反。事败,张氏九族六十八口老少,被押往渭河滩处斩。

韩莺莺闻讯,自知难保,匆忙之中,将翩翩托付给同乡宦官赵整,临别时千叮咛万嘱咐:"寻一处清静之地,过安稳一生!"

那日一别,竟成天上人间。

后来听说韩莺莺是被龙骧将军苻坚推进太液池的……

"难怪桑田对我避而不见,原来她一直以为是我杀害了她的母亲!"天王心里想。叹了口气,在马背上道:"往事随风,来日方长,你已说过,旧怨莫再提,恩爱两不疑。当年在押送你母亲前往太液池的路上,我曾帮她逃走,可她却执意跳进了太液池。湖面平静,没有一点涟漪。或许她已看透世间悲喜,悟到了向死而生的本意。"

离开,何尝不是一种解脱!

桑田忧心叹道:"其实我也知道,当时母亲将我托付赵整时就去意已决,只是多年来无法释怀罢了。静想下来,就算当年没有龙骧将军你,谁能保证没有虫骧将军呢?今日重逢,若不是为了孩儿前程,我断不会随你入宫。如今违背了母亲当年的遗愿,不知道她在九泉之下,会如何怪我。"

天王为了引开话题,打趣道:"我有佳儿,不羡贵宫;我有佳妇,不羡绮纨。今夕聚首,皆大欢喜。桑田太过沧桑,以后朕就唤你翩翩可好?"桑田娇嗔点头,说道:"是,陛下。"

"夫人见外了,夫妻之间,何来礼数?在下文玉。"天王逗趣道。

桑田回道:"翩翩叫夫君苻郎可好?"

"是,夫人!"天王笑着答道。又问道:"佳儿可有名号?"

桑田抿着嘴,笑而不语,只是摇头。

"看他长得灵秀聪颖,既是龙子,叫飞龙如何?"

桑田点头道:"甚好甚好,乳名就叫龙儿吧。"

"好好好,快回长安,龙儿陪父皇凿山修堤,引水浇地去咯!"小龙儿似乎听明白了,咯咯咯地在娘亲怀里笑个不停。

第十一章 清水凿山起新堤 万民重修郑白渠

人才就是人才,贺清水一行到未央宫半日,却已经参照背来的图纸,初步搭建成了通渠引渎的模型。

原来,贺清水和水利司空彭正和想法不谋而合,将因战乱年久失修而废弃的郑国渠、白公渠重新利用起来,一来节约人力物力,二来节省时间。他们争取赶在年底完工,明年春天就可以灌溉四野了。

天王却不以为然。虽说秦汉两朝相继修成的郑、白二渠,几百年来曾灌溉关中七千万亩良田,解决百万之口衣食,但能否重新凿山开口,提高水位,再起堤下引,利用原来渠道,通渠引渎?若能如此,较高的岗卤之田也可以得到灌溉,润物何止七千万亩?造福的何止百万之口?

贺清水固执地坚持通渠引渎,省时省力,见效快捷。

天王坚持重新凿山开口,提高水位,再起堤下引,通渠引渎。

东堂上,君臣二人各持己见,互不相让。

古豳之人,素有公刘遗风,笃厚,固执,一根筋。贺清水恃才自傲,当着天王面,用脚卷起图纸,利索地背到身后,也不管什么君臣之礼,欲拂袖而去。

旁边一起议事的水利司空彭正和赶紧好言相劝:"贺先生少安毋躁!通渠引渎,稍有才之人,便可为之。省时省力固然重要,但若高瞻远瞩,天王之谋,乃为上策。"

"久远固然好,可如今应先解燃眉之急,疏通才是捷径!"贺清水气呼呼地回道。

彭司空被一草民迎头一戗,好没面子,冷冷回道:"通渠引渎谁不会,何劳先生此行?我手下烧火牵马的都能胜任!"

贺清水并不示弱,冷笑道:"那就让烧火牵马的去吧!"话音落处,大步走出东堂,扬长而去。

一侧侍立的权翼气冲冲地拱手道:"陛下,让臣拿下这个野民,扔到牢里,杀杀这厮的野气!"

天王摆摆手,起身独步到了户外。东堂外的那片小竹林已经全部干枯而死,秋风吹过,枯黄的竹叶随风低泣,却没有眼泪。

水,是多么的宝贵!

解铃还须系铃人,天王反身东堂,命仍生闷气的彭正和想方设法请回贺清水。

夜深星亮,天王忙完政事,直接去了以前太后独居、如今翩翩母子暂住的怡园。

小龙儿已经熟睡,翩翩坐在美人灯前绣着五毒纹案的小肚兜,听见天王急匆匆归来的脚步声,心疼地迎了上去。天王看着这个失而复得的俏佳人,欢欣一笑,拉着一起去看睡得正香甜的龙儿。

宫女们上前伺候更衣,奉上半铜盆热水,悄然退下。翩翩伺候完洗漱,柔声细语地问道:"有何难事,让我无所不能的苻郎双眉紧锁?"

天王并未言语,悦色将翩翩拥入锦榻,一夜无话。

早朝之上,天王看朝臣中不见彭正和,心想:"这个贺清水,有没有本事不说,脾气倒是不小。看来彭正和遇到难题了,难道要朕再顾茅庐不成?"

有臣上奏:"遵陛下旨意,郡、国、县设置的学官,民众拥戴,入学者已经有数千人,只是公卿大夫的子孙,一并入学受业之事,响应者寥寥。"

天王回道:"汉人嘲笑我等为戎狄异类,只知饮酒,不知尊儒重教。新政施行以来,朕命广建学官,一来培养人才,二来教化臣民,三来改促民风,此乃立国之本!公卿大夫的子孙,并遣受业,违者重罚!"

又有臣上奏:"尚书左丞王猛出任咸阳内史后,敷赞百揆,整肃纲纪,咸阳境内如今无匪无盗,秩序井然,路不拾遗,夜不闭户。百姓联名恳请陛下嘉奖内史王猛。"

"为官当如王景略!"天王朗笑道,"一心为民,为官之本。新政深得民心,还需众卿用心,以王猛为楷模,做到真正福泽百姓,替朕分忧!"

众臣齐声呼道:"用心为民,福泽百姓,替君分忧!"

又有臣上奏:"燕国皇太后可足浑氏,多年来忌恨吴王慕容垂才干武功,但又想拉拢为己所用,便设计诬害慕容垂的段爱妃与燕国典书令高弼为巫蛊,使其冤死狱中。随后将自己的妹妹长安郡主许配慕容垂为正妃。慕容垂识其诡计,故意娶段妃的妹妹为妻,以示抗争。现被贬为平州刺史,出镇辽东。臣请陛下派人笼络慕容垂。"

天王道："慕容垂智谋、才略、武功在燕国威震四方，无人能敌，乃当世英雄。可足浑氏鼠目寸光，不惜才重用，反而将其打压贬罚，朕真替吴王不平！密切监视，随时报朕吴王动态，卫将军先派人送些罕物试探。莫提'笼络'二字，堂堂燕国战神，岂会被轻易笼络？得其心方可得其才！"

又有臣上奏："羌人敛岐谋反，请陛下派兵平叛。"

"陇西李俨与凉、秦绝交，请陛下下诏围剿……"

还有各种旱情……

天王坐在镏金龙椅上，如坐针毡。

散朝后天王懒得用膳，回到东堂案榻旁，囫囵打了个盹，才觉得昏昏沉沉的脑子清醒了一点。接过宫女奉上的热巾擦把脸，看到贺清水竟然直挺挺地跪在眼前。

天王虎着脸，看着倔强的贺清水并不问话。而贺清水则涨红了脸，说不出一句话来。

两侧侍立的宫女屏声敛气，不敢呼吸。时间也似乎停止了流动，等着龙颜发威，等着雷霆之怒。

天王盯看着脸涨得紫红的贺清水，看着看着，竟然笑了。

他饮了口案榻上的热茶，大声道："传膳，朕饿了。"

原来，贺清水尚未走出长安城，就被彭正和追回，安置在城内的吉祥客栈，好酒好肉，好言好语，劝了半宿。贺清水表面硬撑着不为所动，其实心里已经知道自己过于鲁莽偏执。天王所虑才是久远之道。等彭正和口干舌燥，眼困人乏睡了，贺清水用脚撑开图纸，写写算算，涂涂画画。待日上三竿，彭正和梦醒，凿山开口、提高水位的设计图纸已具雏形。彭正和大喜，才明白天王为何高看贺清水，从心底对贺清水敬佩起来，对贺清水诚心道歉。贺清水早已释怀，自然不再生气。二人对着图纸仔细讨论、研究一番，用了半天时间琢磨、修改、调整、核算，终于完成。

好不容易完工，谁去面圣成了难题。天王点名让彭正和追回贺清水，当然应该贺清水去面圣，可贺清水一根筋，觉得自己出尔反尔，没有坚持自己的初衷，颜面扫地，不愿去。何况图纸已经搞定，面不面圣，不过是些虚荣，无关紧要。

二人推推让让之际，门帘一挑，一个身着藕色裙衣，腰垂青色丝绦，腕上挎了小竹篮的女子闪了进来。竟是子姝！

子姝对二人嫣然一笑，低头收起桌上的图纸，摊开篮子里带的炊饼小菜和红米粥，道："二位辛劳，勿嫌粗淡，天王快要下朝，用完速随我去面圣。"

当年子姝为躲避天王,挺着大肚子辗转冰雪世界石龙窝,贺清水家住山腰,独居谷底的子姝常得贺夫人接济照应,才平安诞下龙儿。子姝善解人意,探知天王因贺清水之事愁眉紧锁,便亲自下厨做了炊饼小菜,还有贺清水最爱喝的红米粥,在达福带领下,寻了过来。

贺清水看着天王大口大口吃毕,鼓足勇气将图纸呈献天王,涨着紫红色的脸,依旧一句话也说不出来。

天王细细查看,笑意渐浓。许久,喊道:"传彭司空!"

彭正和就在东堂外候着,听到传唤,赶紧进来。

天王道:"速请李威、薛赞、梁平老、吕婆楼东堂议事!"

凿山起堤,提高水位。二十一岁的天王带领他的新团队,齐心协力,亲力亲为,发动了王侯以下及豪族富室童隶三万余众,还有自发加入的百姓无数。从冬到春,手掌磨茧,脚底起泡,终于实现"起堤下引,通渠引渎"的宏伟目标。关中大地到处传唱着"田于何所?池阳谷口。郑国在前,白渠起后。举锸为云,决渠为雨。泾水一石,其泥数斗。且溉且粪,长我禾黍,衣食京师,亿万之口"的欢快歌谣。

春风拂面,杏花如雨。韭叶碧嫩,田野青葱。

天王率领为此次工程尽心尽力、献计献策,撸起袖子、挽起裤腿实干的大臣们,站在谷口新落成的水都大使府观水台上,俯瞰脚下大地。只见水波浩渺,清渠延绵,枝绽花蕾,树生新芽,勃勃春色。天王情不自禁吟诗道:

> 凿山开口,通渠引渎。
>
> 百草丰茂,树木丛生。
>
> 秦皇汉武,郑国白公。
>
> 灿若星月,照亮汗青。
>
> 且看今日,万民同心。
>
> 辛劳半载,春水向东。
>
> 农桑商贸,长练当空。
>
> 国富民强,如日东升!

诗罢,传旨:"司空彭正和凿山引渎中,能力突出,人品高洁,身先士卒,监管到位,加封食邑三千,兼任都水府大使。新平郡贺清水才干出众,执着敬业,封都水府副使。"另各个协助部门皆有褒奖,薛赞家奴因凿山被滚石压亡,抚恤银两二百,免税终年。其他因工程中伤亡者,厚葬并以此抚恤。特进樊世家童盗窃工地财物,严加惩处。

左右臣子、随从及褒奖封赐者一众皆高呼:"万岁万岁万万岁!"磕头谢恩。

天王龙目横扫,独独未看到方才封为都水府副使的贺清水。唤道:"贺清水何在?"

只见跪在地上的彭正和挺直身子回道:"回陛下,贺清水今日一大早已收拾行囊回新平郡了,说挂念糟妻,请天王宽恕不辞而别。"

天王哈哈笑道:"挂念糟妻?清水倒是个耿直的性情中人,由他去吧。"接着道:"大旱之忧已解,朕愿从此风调雨顺,五谷丰登,国富民强,太平安康,改元甘露,境内大赦!"

跪在地上的大臣伏地齐声拜呼:"风调雨顺,五谷丰登,国富民强,太平安康!吾皇万岁万岁万万岁!"

关中平原,自古就是土肥水美之地。虽然战乱和大旱使得其白骨露于野,千里无鸡鸣,如受辱的美人般不忍细观,奄奄一息。可天王施新政,开山泽之利,公私同享,鼓励农桑,减负免税,不问出身,广纳贤良,兴学重教,有教无类。很快,这个备受摧残,营养不良的美人变得丰腴妩媚起来。

第十二章　天王夜游长安街　黑手偷袭阎王殿

五月麦黄，关中丰收。关陇清晏，百姓丰乐。

郑白渠修成，使得关中农桑快速发展，商贸更加繁荣起来。长安到诸州的大道上，绿树如云，繁花似锦，槐柳夹道，二十里一亭，四十里一驿，商人旅者，朱轮华毂，锦衣华服，熙熙攘攘，络绎不绝。

这日掌灯时分，天王忙完国事，热汗淋淋，一时兴起，带了赵整欲去长安街一游。想起许久未见子姝，便亲自去唤了已经被封为夫人、移居翩跹宫的子姝，正要出宫门，两岁多穿着红肚兜的小飞龙一颠一颠跑来拽住父亲的薄衫不肯放手。天王疼爱，逗弄着将娇儿抱到宽阔的怀里，乐呵呵地出了宫门。背后追随闪烁着一大群羡慕妒忌的目光，久久不散。

灯光璀璨的御街上，安静，平和。

健壮而警惕的羽林军，训练有素地站立在自己的岗位上，守卫着未央宫。淘气的小飞龙趴在父王的肩臂上，看到侍卫，伸出小手，拽拽侍卫的胡须，侍卫如陶俑般纹丝不动，逗得天王哈哈大笑。

穿过御街，走过窄小的文昌巷，就到了长安街上。活色生香的市井景象迎面扑来，风灯高悬，人声鼎沸，各种民间小吃热气腾腾，香气扑鼻。杂耍、秦腔、锣鼓喧天，热闹非凡。还有临街商铺，红灯高照，生意兴隆。路边小贩，满脸笑容，卖力吆喝，请行人驻足。天王看怀里的龙儿一会儿左，一会儿右，瞪圆了好奇的眼睛，惊喜地看不够，干脆双臂举起，让龙儿骑到脖子上，任其看个尽兴。瞧这天王一家，若不是远远跟着换了便装的四个御前侍卫，分明是民间一对恩爱夫妻携着娇子出街游玩。

天王看到夜市如此繁华热闹，问身边的赵整："长安街的夜市何时开始如此热闹？"

赵整回道："凿山引水之后便有了夜市,本来只是些卖小吃的小摊贩,供修渠民工消夜。未料到,不过几月,规模越来越大,今夜更甚。"

天王心想,为何今夜更甚？侧脸看向子姝,子姝笑着说道："陛下,今日是半年节！"

"半年节?！"天王恍悟。

六月家家作半年,红团糖馅大于钱。
娇儿痴女频欢乐,金鼓叮咚嚷暑天。

国事繁忙,竟然忘了今日乃民间喜庆的半年节。时光抛人,转眼就到年中。不过天王看到百姓康乐,市贸繁荣,心里甚是欣慰。龙儿听到父亲念叨红团糖馅,闹着要吃。没走几步,天王正好看到有家小摊上,油锅里正炸着香喷喷的"半年圆",便走过去,炸的、煮的、蒸的,糖馅、豆馅、红枣芝麻馅各要了一些。四人围着小桌坐定,摊主笑眯眯地送上几陶碗加了糖的绿豆解暑汤。天王端起大口喝了,冰凉爽口,提神解暑,味道不错。天王眨眨眼睛凑过来对子姝咬耳道："炎夏酷暑,让我想到了一个清凉逍遥的好地方。"

子姝看他满脸坏笑,粉嫩的脸颊上顿时飞起两朵红云,含羞用绢帕掩了嘴,伸出粉拳轻轻捶了郎君两下,并未说话。

郎君却收起坏笑,满脸正经地道："还记得你们母子避身的石龙窝吗？冰雕玉琢,清凉超然,犹如世外,是个避暑的绝好之地。不如朕命人在石龙窝建座避暑行宫如何？"

子姝被君王逗了,故作嗔怪："既是世外,何必骚扰？待你我须发皆白,就相守石龙窝,共赏夕阳。"

天王豪气回道："待朕扫平天下,誉满华夏,许你花前月下,共话桑麻！"

二人正深情对视,眉目传情,却被小飞龙的嚷嚷声打断,原来,身边多出两个人。这两个人好生亮眼：一个细高如旗杆,一个胖矮如水桶。二人身上穿着公差的粗陋服装,将手中的锦袋撑开在摊主眼前,催促道："快点,快点！"

摊主一脸不满,又不敢言语,无奈地从腰间的荷包里摸出几枚钱,投了进去,赔笑道："小本买卖,刚出摊,只卖这么多,全给二位官爷了。"

话音未落,胖子一把拽下摊主腰间的荷包,拎在手里摇了摇,骂道："你少给爷耍滑头！没有了？荷包里响的是啥？"

瘦子张口骂道："敢糊弄大爷！"伸出细长腿,踢翻了油锅。摊主躲闪不及,被热油煎烫,疼得在地上打滚。哭喊号叫声引来一群人围观指责,天王起身呵斥道:"天子脚下,竟敢如此放肆!"

两个官差愣了一下,骂道:"马槽里伸出个驴嘴,你是哪根葱哪根蒜,想逞英雄?看爷爷让你怎么变成大狗熊!"说着摆开了架势。子姝急忙将龙儿揽到怀里,闪到一边。赵整和四个御前侍卫瞬间围了上来,被天王不动声色地摆手挡了,厉声斥道:"今日就让我好好教训教训这两个不知道天高地厚的奴才!"

此时,却见人群中闪出一个硬汉,张开两手,将二人小鸡似的拎起,重重地摔在地上,粗声斥道:"忍尔等许久了!白日压榨也罢,晚上还要来,自古以来,哪个朝廷一日收两次赋税?打死你们两个狗杂种!"说完,左右开弓,几拳就将地上瘫成一团的两个官差打得鼻青嘴肿,皮开肉绽。围观的人群喝彩声、掌声不断,有人高喊:"打死他们!打死他们!"

天王侧脸悄声问身边的赵整:"今年大旱时,朕不是下诏减免赋税吗?"

赵整回道:"的确蹊跷,微臣这就去问个明白!"

赵整理理衣衫,正正头冠,昂首走入人墙,向四周的百姓拱手道:"各位乡亲,今年大旱时,天王亲自下诏,减免赋税。如今有人冒充朝廷强抢强征,着实可恶。我赵整乃朝中侍郎,容我将这二人带回细审,定会给大家一个交代。"

四面围观喊打的人安静下来,倒地的摊主挣扎着爬过来,抱住赵整的腿,哭号道:"赵大人为民做主啊!"

赵整正要叫便衣侍卫将人带走,却见打人的硬汉摆手道:"且慢,我们不认识赵侍郎,谁知道你是不是和他们一伙的!我等只信任王大人!"

围观者中有人回应道:"就是,我们不认识什么赵大人,不能把人带走!"

赵整便服出行,忘带官符,一脸尴尬。

那硬汉回身对围观者道:"谁愿意和我一起将这两个狗奴才押送到王大人府上去?到时候也可做个旁证。"

"我愿意做旁证。"围观者中走出一书生模样的文弱男子说道。

硬汉拱手谢了。

人群中又挤出一个看不清眉目的男子,道:"王大人在咸阳,不如我帮你直接送到京兆尹樊大人的衙门去!"

硬汉点头答应了。

看着三人连拖带拉的身影消失在夜幕中,围观的人渐渐散去。坐在小桌旁的天王站起来,拦了一个模样周正、干净亮堂的中年男子,道:"先生留步,请问方才的汉子你可否认识？"

那男子回道："咸阳人，姓孟名良。听说因感激咸阳内史王猛大人为其昭雪冤情，想投靠鞍前马后效力报恩，被王大人辞拒。没想到这个孟良竟是个一根筋，这不，来长安多日，据说天天在王大人府外守候，说是帮王大人看家护院。"

天王点头笑问："那两个公差看着怪异，先生可知一二？"

那男子犹豫片刻，将天王拉到暗处，低声道："公子不知，虽然天王眷顾天下，减免赋税，可朝廷有人不肯放开吃惯了的口中肥肉。"

天王心中一紧，问道："听闻如今君臣同心，朝纲肃然，莫非……"

"君臣同心？"那男子冷笑道，"就怕有奸臣蹬鼻子上脸时，君还蒙在鼓里呢！"

"愿闻其详！"

那男子却满脸警惕地说："莫论朝政，免得引祸上身。公子年轻，好自为之！"说罢匆匆离去。

天王见子姝带着龙儿已扶摊主坐在小桌旁，过去问道："方才那两个公差，你可知道是谁家府上的？"

摊主抽泣着回道："只说替朝廷收税，并不知晓。"

天王还想再问，看赵整找来了烫伤的药膏，吩咐帮摊主上药。又吩咐侍卫护送夫人和龙儿回宫，自己独自顺着街道向南，一路打听王猛府邸。拐了三个弯，看到一座威严的府邸赫然立在眼前，红灯高挂，朱门铜扣，灯笼上却鲜亮亮地写着"樊"字。莫非走错了不成？上前问门口家丁，家丁恶狠狠地训斥道："此乃大名鼎鼎的樊府！我们家王爷，那可是天王都要敬三分的姑臧侯！你说的是那个在咸阳当差的王阎王啊？看，坡上就是阎王殿，不过没有灯，小心摔个狗吃屎哦！"天王懒得搭理，转身上坡。

月光如水，银光满地。坡上依山有一间草房，窗户上没有光，却听到室内有纺车吱吱嗡嗡的声音。有一稚嫩的声音道："娘，我饿。"还有一个更稚嫩的声音也嚷嚷着："娘，我饿！"

嗡嗡声停了，听到窸窸窣窣的声音。又听见一个妇人柔和而无奈的声音："还有半个萝卜，你俩一人一半吧。明早就去买些米面来。"

一个稚嫩的声音道："娘，为何我爹爹当官，咱家还没有米吃？"

一个更稚嫩的声音附和道："就是就是，坡下樊胖球家天天都有肉吃呢！昨日还扔给我一根肉骨头呢！"

"你要了？"妇人急忙问道。

"嗯嗯嗯,可好吃了,我们啃了半天呢。本来还想给您带回来呢,可哥哥不让。"

"以后不许要他们家的东西!"妇人呵斥道,"一根骨头,啃了半天,没一点骨气,若你们爹爹知道,看不把你们的屁股打开花!"

"娘不要生气,孩儿知错了。以后再也不敢了。"一个稚嫩的声音回道。

"不过,骨头真的很香啊。娘,能不能让爹爹给我们买啊?我保证听话,不捣蛋,不要他们家的。"一个更稚嫩的声音说道。

一声长长的叹息……

接着又听见纺车吱吱嗡嗡的声音和黑暗中啃萝卜的声音。

天王心里一阵酸楚。听说景略经常用自己的俸禄救助贫苦孤寡之人,未承想自家竟然如此艰难。"救助孤寡老弱应是朝廷去做的事情,朕怎能让一个为国为民、尽忠尽智之臣,家境如此不堪?明儿个早朝,朕就将定期问民间疾苦,慰老弱孤寡列入新政。"又想,"晚上的两个官差那样嚣张,不知谁家走狗,竟敢在朕眼皮底下胡作非为。看路人欲言又止的模样,对方来头不小。是谁如此大胆,众目睽睽之下,假冒朝廷之名,鱼肉百姓?莫非朝廷之中,真有人心怀不轨?会是谁呢?明日定要过问并查清此事!"

正想得出神,突然,一个带风的闷棍袭来。天王只感到脑后一痛,便失去知觉……

第十三章　除恶霸痛杀老氐
　　　　　　　挺王猛鞭笞符柳

　　天王清醒过来时,发现自己嘴里塞了破棉絮,被黑布袋蒙了头,被粗麻绳反捆了手脚,动弹不得。

　　耳边传来一个有点熟悉的声音:"那厮本来要把他俩送到王阎王那儿,幸亏小人说了句不如送到京兆尹樊大人处,才将人救下。"

　　"算你机灵,你方才说还有一个赵侍郎,是何等长相?"一个沙哑的男声问道。

　　"高瘦,挺白净的。对了,还没有胡子!"

　　"没有胡须,白净,高瘦……不会是赵整那个阉人吧?"那个沙沙的声音自语道,"难道我还怕那阉人不成?把这个也关到马厩去!醒了也抽三百鞭,全部押到朔北去服苦役,看他们以后还敢不敢多管闲事!"

　　"是,老爷。"

　　俗话说得好,明枪易躲暗箭难防,堂堂天王,竟糊里糊涂被人暗算,沦落在臭气熏天的马厩里。不过还好,此刻天王心里已经明白七分。他挣扎扭动,想挣脱绳索,没有成功,听到窸窸窣窣的声音逼近,一会儿,头便从黑布袋里挣脱出来,嘴里的棉絮也掉了。借着月光,分辨出眼前正是那名路见不平拔刀相助的硬汉孟良。好好一个硬汉,此时却手脚被绑,浑身鞭痕累累,血迹斑斑。刚才是他用嘴巴摘了天王头上的布袋,叼出嘴里的棉絮。天王喘口气低声道:"我们要想办法挣脱绳索逃走!"

　　孟良点着头,并不言语,低头用嘴巴开始咬天王手腕上的绳索。一炷香的工夫,绳索被咬开了。天王活动活动发麻的手腕,利索地解开了孟良身上的绳索,发现乱草马粪堆里躺着一个人。借着月光细看,是那个自愿作证的书生。轻唤几声,没有动静,上前试探发现已没了气息。

孟良自责道:"都怪我鲁莽,连累了无辜!谁知道他们是一伙的!三百鞭子我能扛住,一般人如何受得?我出去非宰了这个贪官!"

天王看其底气不足地乱骂,问他身体能否挺住。

孟良道:"再来三百鞭给孟爷爷挠挠痒痒,爷爷还没有舒坦够呢!"说着想站起来,却直冒虚汗,双腿哆嗦不停。

天王见状扶孟良坐回草堆,低声道:"养足精神,黎明时分家防最为松懈,你我分头逃走,你直接去咸阳投靠内史王猛。"

孟良仗义地回道:"是我连累公子,不如一起去咸阳投奔王大人!"

天王摇头道:"我自有打算。今日之事除过王大人不要对任何人提起。"说完摘下头上玉冠,塞到孟良手中,道:"切勿鲁莽,来日方长。将此物呈给王内史,他定会收你!"

当天王一身马粪,狼狈不堪地逃到文昌巷,不好意思直接回未央宫时,正好听到御街上权翼带着羽林军巡城的声音。等权翼走近,天王一把将其拉进文昌巷的文昌庙内,匆匆换上了权翼的铠甲头盔,用庙里井水擦了擦脸,感觉清爽了,才向宫门走去。

权翼呆在一旁,一脸茫然,不知道经常恶作剧的年轻天子,这次又唱的是哪一出。

望着天王魁岸的身影闪进了未央宫,权翼心想:"天王不会是去民间寻芳,被打出来了吧?"想着忍不住笑出声来,又觉不妥,赶紧捂住了嘴巴。

天子一夜未归,竟无人知晓,子姝以为君王有了新欢,去了卫将军新献给天王的那个妖娆冷艳的西域女郎胡姬宫里。苟皇后以为天王又去了充满狐媚味的翾跹宫。而赵整忙完,以为天王已回宫早早安歇,也未敢打扰。如此甚好,天王看时候尚早,就在东堂书房命宫人准备好热水,泡了个祛秽养神的良姜薄荷热水澡。

太极殿上,宫仪肃然,端坐在龙椅上的天王不怒自威。

大殿内,灯烛闪耀,臣工井然。

待国事议完,天王下诏:"宣咸阳内史王猛入朝,升任侍中、中书令!"

殿内有人拍手叫好,有人暗自愤恨。

王景略接旨,深知事出有因,不敢耽搁,马不停蹄,当夜入宫面君。二人秉烛夜谈到三更,才释然散去。

风平浪静,转眼又到月半。

这日正要散朝,却见特进樊世扑通跪在朝堂之上,大声喊冤,恳请天王为其做主。

天王知道王猛将老狐狸逼出来了，便耐着性子命其平身，赐座，有冤细细道来。

只见姑臧侯樊世满腔怒火都燃到了脸上，指着中书令王猛怒道："老臣启禀陛下，王猛恃宠乱纪，刚上任京兆尹，便将光禄大夫强德收监，强加罪名，先斩后奏，欺君犯上。臣恳请陛下为强德做主！"

樊世果然老辣，强德乃前朝皇后、如今的懿德太后最宠爱的幼弟，虽然暴帝苻生废死，但天王自幼备受其皇后疼爱，不但未予株连，还尊为懿德太后，颐养宫中。天王也知道强德一直以来在长安城横行霸道，无法无天，但碍于太后和其兄车骑大将军、并州牧苻柳之颜面，睁一只眼闭一只眼。没想到王猛竟然上任不到三日，便来了个快刀斩乱麻，将其斩首，陈尸于市了。当时为了救下强德，一向端庄娴淑的强太后不顾礼法尊仪，闯进太极殿泣不成声，苦苦哀求。加上并州牧苻柳，淮南公苻幼，洛阳刺史苻瘦、雍州刺史苻武轮番殿前求情，让天王甚是为难。不杀吧，何以立威服众？杀吧，一个强德不算什么，关键其族亲权大势重，个个都不是省油的灯。斟酌再三，眼看午时即到，才下旨刀下留人。谁知传旨的马没有砍头的刀快，等传旨官一口气没换地飞奔到云龙门，高呼着"刀下留人"时，作恶多端的强德已人头落地、身首分家了。

"还是景略甚得朕心啊！"天王心里暗暗赞道。端起镏金祥云盘龙杯，喝了口清心败火润肺露，高声问道："王猛，朕欣赏你才能人品，委以重任，你却上任不足三天，就滥用职权，草菅人命。你可知罪？"

只见王猛从容出列，拱手拜道："臣为民除害，人证物证俱在，何罪之有？臣愿意在大殿之上传人证物证。"

天王摆手道："不必，想必姑臧侯已经替朕审查数遍了。"

姑臧侯看这招无用，又奏道："老臣恳请陛下做主，犬子昨日被王猛抓走。"

"哦？中书令，可有此事？"天王清清嗓子问道。

王猛奏道："确有此事，姑臧侯樊世纵容其子前京兆尹樊世袭假借朝廷之名，私收赋税，盘剥百姓，草菅人命，臣请陛下降旨为百姓除害，为民申冤，并诏告辖内，还朝廷清白！"

"放屁！"樊世指着王猛怒骂道，"你个汉奴，算哪根葱哪根蒜？竟敢污蔑我！"

"本官虽身世贫寒，但绝无私心苟利，上不欺君，下无害民。姑臧侯多年来，受先祖厚恩厚德庇护，不知道感恩戴德，没替天王分忧也就罢了，反而做出如此欺君犯上之事！"

"爷爷我当年随先祖开疆辟土时,你还不知道在哪儿呢!"樊世指着王猛鼻子骂道。

王猛不屑与其费口舌,拱手奏道:"启禀陛下,樊世袭已经招认,其罪有八:

"一、从朝廷免税之日起,就开始假冒朝廷之名,私下收缴名目繁多的赋税。据调查,他们不但从农、商人头上收赋税,甚至连路口、桥头都拦着收税压榨百姓。

"二、买官卖官。樊世袭在担任京兆尹期间,公开卖官,任用拍马溜须者、平庸无能者,排挤压制刚正不阿、有才能干者。

"三、目无王法,草菅人命。据吏部审查,十年来共有十七人死于非命,皆樊氏所为。

"四、强抢民女,逼奸人妻。致三人跳河,两人悬梁,一人撞墙而死。

"五、拉帮结派,对抗朝廷。

"六、私藏龙袍,谋逆。

"七、违制超额训养家丁。

"八、侵吞国产,数额巨大。

"此乃樊世袭供状,请陛下过目。"王猛凛然呈上认罪书。

站在旁边的樊世恼羞成怒,跳着骂道:"卖簸箕的王八蛋!想当年爷爷我提着脑袋陪先帝出生入死,入主关中,只落了个姑臧侯的虚名,搞点小钱,碍你屁事!你他妈的,无甚功劳,竟敢管到爷爷头上了,这不是我种粮你吃馍,我卖命你享受吗?"

王猛冷笑着回道:"我等不仅要吃你种的粮,还要你推碾磨面,把馍蒸好哩!"

"爷打死你个狗日的!"姑臧侯一向倚老卖老,狂妄自大,哪里受过这样的鄙视。说着便在太极殿上,当着天王的面,冲上前揪住王猛的胡子,狠狠地扇了两个大耳光,被权翼、薛赞等人死死拦住还不作罢,嘴里依然谩骂不停。

龙椅上的天王,铁青着脸道:"带樊世袭进殿。"

当戴了枷锁的樊世袭被押进太极殿,看到坐在大殿下正在谩骂不休的姑臧侯时,扑通一声跪在地上,连爬带滚地扑到父亲脚下,拖着沙哑的声音哭喊道:"爹爹,快救救孩儿!"

樊世扶起儿子傲慢道:"吾儿莫怕,为父在此,看谁敢把你怎样!"

王猛拱手奏道:"樊世袭招供,压榨百姓和侵吞国产的钱财,除过用于收买拉拢同党,挥霍赌嫖,其他全埋在樊府假山下。臣请旨即刻派人查抄。"

天王挥挥手道:"准。权翼速去。"

樊世父子,你看着我,我看着你,没想到天王动了真格的。还是姑臧侯见过世面,当众扇了儿子一巴掌,道:"天天叫你好好当官,为天王分忧,你个逆子,究竟瞒着我都做了什么坏事?"

一向被老爷子宠坏的樊世裘被这一巴掌打得晕头转向,捂着脸道:"爹爹,你糊涂了吗?不都是你让我干的吗?你不是还说,不用怕,我们势力壮大,天王不敢把我们如何吗?"

樊世裘话音刚落,又被平时对他百依百顺的爹爹赏了两个大嘴巴子,一时摸不着头脑,拖着沙哑的声音喊道:"爹爹,你疯了吗?孩儿一直都顺着您的意思办事的啊!"

"你给我闭嘴!"樊世已经被自己愚蠢的儿子快要气疯了。当着众臣的面,又在樊世裘嘴上左右开弓,狠狠扇了几个大嘴巴子。

有人在看戏,有人在着急。

查抄樊府的权翼回报:"樊府假山下,起出金银各三十万两,东海龙珠三十六颗、夜明珠两颗、夜光杯四对、金碗八对、祖母绿玉麒麟一对,绣金龙袍及饰品一箱,在密室查获买卖官职明细和鱼肉百姓流水账本三册。"

天王静静听完,笑道:"樊府富可敌国啊。按理说你随先帝鞍前马后,九死一生,得些钱财,也就罢了,可绣金龙袍如何解释啊,姑臧侯?"

樊世听了,扑通从椅子上溜下跪在殿前,痛哭道:"老臣不知龙袍之事啊,是犬子私下所为,老臣真的不知啊!"

跪在一旁的樊世裘慌忙辩道:"不是我,不是我,我真的没有埋过什么龙袍啊。许是我爹爹私藏,与微臣绝无关联。"

王猛看着父子二人在太极殿上互相推诿,互相揭发,心里涌起阵阵鄙视厌恶。奏道:"启禀陛下,臣还有人证。"

天王心想,樊世啊樊世,朕就让尔等死个明白,道:"传。"

片刻,孟良上殿。孟良不敢抬头面圣,埋着头拜过,低头跪在殿前,作证亲眼看到樊世裘让家丁将无辜者活活打死。后又有揭发樊世父子欺行霸市的摊主张三,状告樊世裘强抢民妇、逼其上吊的李四,有作证父子营私结党的家丁王麻子、有作证樊世请其绣龙袍的绣坊老板娘赵氏。

等一群证人一一诉完,樊世父子已经在太极殿的青石砖上瘫成了两摊烂泥。

殿中左右两侧的大臣,有人幸灾乐祸,有人胆战心惊,有人暗暗叫好,有人汗如雨下。

只见王猛又奏道:"臣闻顺阳公主与前仇池国的杨壁早已指腹为婚,姑臧侯却为了笼络杨壁,欲将其招为女婿。"

樊世挣扎着抬起头,瞪着王猛,两眼喷火,骂道:"杨壁明明是我女婿,何时和顺阳公主有过婚约?"

王猛道:"陛下贵为天子,你竟敢和天子竞婚,莫非想当二天子不成?私藏龙袍,谋逆之心昭然若揭,罪不可恕!"

樊世跌跌撞撞从地上爬起来,冲过去边撕打王猛边骂道:"汉奴,活腻了不成?本王今日非把你打死在太极殿上!"

天王看樊世目中无君,气急败坏,垂死挣扎的丑陋样子,怒道:"罪臣樊世父子,私藏龙袍,谋逆犯上,私收赋税,贪赃枉法,欺压百姓,草菅人命,罪恶滔天,人证物证俱在,拖到西厩斩了!"

樊世看年轻的天王来真格的,急忙趴地上磕头求饶。天王不理,拂袖而去。

斩樊世父子于西厩,天王一来是为民除害,铲恶除霸;二来是想警告那些倚老卖老,不务正业,纵容子孙为非作歹,还挑三拣四胡找碴的老氏们,本王施新政,尔等可以养尊处优不做事,但绝不能无事生非,没事找事!最重要的是力挺王猛,为重用王猛造势。当然还有一个原因,大家都懂的。

诸氏虽然对天王斩杀樊世父子不满,但毕竟是天王,尊及颜面,便把不满全发泄到岁中五迁的王猛身上,今日这个到太后跟前告王猛蛊惑天王施暴,明日那个到卫将军府里告汉人王猛居心叵测。

天王闻知,或淡然一笑,或反驳几句。一日,一氏臣在太极殿上朝时,指责王猛仗着君宠,为所欲为。天王在龙椅上大声训斥,为王猛辩护。

而并州牧苻柳一直愤恨王猛斩杀了其表兄强德,又妒忌王猛才能远远在自己之上,时常私下诋毁谩骂王猛。一日早朝,当着百官在殿上辱骂王猛:"贱民,你不过是我们苻家养的一条汉狗!"气得天王请出家法——蟒筋豹尾思过鞭,狠狠地抽了数鞭,才压住诸氏对王猛的恶意攻击和蓄谋扳倒王猛的嚣张气焰。

第十四章　伐陇平五公之乱　救燕还境内安定

公元366年十一月，羌人敛岐聚略阳四千家叛秦，称臣于陇西李俨。李俨借势独立，拜置守牧，盘踞陇西，与凉、秦全部绝交。略阳乃天王祖上故居之地，天王念故土之情，不想兵戎相见，派人招安数次，谁料敛岐愣是死活不肯议和。公元367年二月，冰雪消融，寒冬渐远，辖内安定祥和，暂无内忧，天王命王猛率陇西太守蒋衡、南安太守邓羌、扬武将军姚苌等统兵七万讨伐敛岐。

王猛等在略阳城外二里处安营扎寨，扬武将军姚苌请命去打头阵，王猛准了。但见姚苌头戴银盔，足踏蛮靴，红袍青马，长啸一声杀将出去。突然见从城门冲出来对阵的虎将好生面熟，急忙将手中的狼牙棒抖偏，将虎将的坐骑砸得血流如注。虎将落马，惊喜地叫了一声："姚将军！"一个鹞子翻身，直挺挺跪在了姚苌马前。"小虎？"姚苌认出了对阵之人竟然是自己以前的旧部、五虎大将中的小帅虎吴孝。

都是自己人，还打啥呀？吴孝叫人打开城门，率部降秦。

敛岐一看大事不妙，卷了些细软，准备逃往白马城。没想到王猛早已安排邓羌在路上守株待兔，将其逮了个正着，押回长安城。

却说这边不费一兵一卒就拿下了略阳城，那边西凉的张天锡看有机可乘，由东出击，准备好好收拾一下李俨。李俨本来就是个纸老虎，根本顶不住西凉猛骑的狂杀乱砍、横冲直撞，眼睁睁看着自己的兵马被凉军杀得屁滚尿流，束手无策，只好向王猛、蒋衡求救，说愿意降秦。

王猛、蒋衡率兵披星戴月，奔赴抱罕城，巧遇在城东用枪挑死李俨好几个大将、正在扬扬得意的张天锡。王猛命人马趁其不备，两翼包抄。恶战一场，秦兵大胜，俘虏斩杀凉兵一万七千有余。张天锡不服，和秦兵相持在抱罕城下，蒋衡、邓羌牙咬得咯吱吱响，誓要拿下张天锡的人头不可。王猛思虑再三，劝阻二位将军，修书一封，派人送与张天锡。

张天锡接到书信，心想："素闻王猛智若孔明，不知道这个老狐狸又要耍何阴谋诡计？待我细细看来。"

但见王猛用工整的隶书写道："张将军在上，我王猛受诏救俨，未承想与将军不期而遇。抱罕城之战，凉兵惨损，今不思归去，与王师持久对耗，日久天长，万一粮草不济，反让李俨窃喜得利，着实亏屈。不如将军大度退让，我带李俨回长安交差，你带降民凯旋西凉，海阔天空，各自太平，不知将军意下如何？"

张天锡琢磨半天，觉得出兵伐李俨之叛乃自己本意，未承想糊里糊涂竟然让李俨利用，和秦兵大战一场。损兵折将不说，还搞得颜面尽失。与秦兵对峙抱罕城只为争回点颜面，能否取胜并无把握。秦如今国势正旺，还是不惹为妙。不如做个顺水人情，让秦去收拾李俨这小子！遂回信答应，收拢降民，回师西归。

李俨见凉兵退走，磨蹭来磨蹭去，就是不打开城门迎接秦师入城。王猛看透了李俨的居心，并不揭穿，着粗衣便服，要与李俨下棋饮酒，于抱罕城赏月。李俨得知哈哈大笑道："传说王猛是孔明再世，现看也不过如此嘛！我何不趁此擒他为人质，逼退秦军！可假意热烈欢迎，暗里布置人手，等他和我下棋喝酒时将其捕获。"

魔高一尺道高一丈。正当李俨满脸堆笑命人放下吊桥，亲自出城迎王猛入城时，被王猛一个猛虎下山，直接擒住。早就安排埋伏在暗处的精兵强将趁机而入，里应外合，将城池拿下。

李俨见大势已去，赶紧推脱说是受部将贺肫蛊惑，才失信于秦。

王猛抽过贴身随从孟良的腰刀，一刀将贺肫劈在李俨面前。李俨被王猛的果断和胆识慑服，愿赴皇都请罪于天王。王猛带李俨归长安，天王免李俨之罪，以其将军彭越为平西将军、凉州刺史，镇守抱罕城，授李俨为光禄勋，封归安侯。

这日早朝，难得事少。天王退朝后正想去懿寿宫给母亲问安，有急报，说晋公苻柳据蒲阪、赵公苻双据上邽、魏公苻瘦据陕城、燕公苻武据安定，同时造反。

天王看过奏报，心想："苻双啊苻双，你又来凑哪门子热闹，咱们可是同胞至亲。去年汝南公苻腾谋反，事发伏诛，朕就知道苻生剩下的四个胞弟不会善罢甘休，可朕念及骨肉亲情，并未株连。谁料他们非但不知感恩，反而暗藏祸心，常聚一起，密谋起事。前年初夏，原本臣服于我秦的南匈奴右贤王曹毂和左贤王赫连勃勃的老爹刘卫辰反叛，朕为了震慑朔北各部，亲征曹毂，让南安太守邓羌讨伐刘卫辰，皆胜。为了安抚诸胡，朕顺势巡视朔方。淮南公苻幼以为朕远在朔方，长安空虚，时机甚好，与尔等起兵反叛。还好，你良知尚存，当苻幼兴冲冲从杏城起兵，奔袭长安时,你偷偷给孤守长安的卫大将军李威报信,使得卫将军提前有了准备,将其一举击溃,擒斩于城下。朕本想兔死狐悲,诸公能收敛消停点,只要罢兵归位,安守属地,陈年往事,既往不咎。谁料朕宽容至此,尔等不知悔改,要一错再错!"

想到此处,天王还是不忍下令讨伐。

踌躇中,宫女奉上新平郡新上贡的黄灿灿的豳国水蜜酥梨。天王拿起一个在手中思索许久,心想:"新政施行以来,国力渐强,民心渐稳,万事都该以安定团结为宗旨,至亲叛离,内乱不休,势必会使国力脆弱,民心不安,外敌亦会乘虚而入。万万不可将锦绣江山,因内乱断送!"

想至此,天王命人用锦缎包了酥梨盛入紫匣,速送往各反叛兵营。传谕道:"朕待卿等,恩亦至也,何苦而反!今止不征,卿宜罢兵,各安其位,一切如故。今以啮梨为信,同心同德,共图大业!"

谁料,苻柳、苻瘦、苻武反意已决,接到梨咬了两口,直接啐到使者脸上,骂苻坚:"好你个苻大头,你以为我们兄弟是黄毛小儿,几个破梨就能哄骗?从今起,有你没我,有我没你,我等已立了血誓,要将本来就属于我父兄的皇位夺回来!"

倒是苻双在秦州收到梨,心中纠结,想:"若此刻回头,皇兄尚能念在同胞至亲、上次报信有功的分上,放我一马。"但又经不住自己的王妃、苻柳王妃的妹妹秦淮可的几句狠话,不得不坚定信心,准备豪赌一把。秦淮可虽是女流之辈,但有一句话说对了:"开弓没有回头箭,什么同胞至亲,你上次通风报信,还不是为了借刀杀人,想想清河王是怎么死的吧!"

和解失败,只能兵戎相见!

经过数月的准备,公元368年正月,天王亲自部署,命王猛、邓羌、张蚝等主守东线。一是防备燕国趁火打劫;二是守而不攻,以免逼得太紧,苻柳、苻瘦投燕自保。

副将杨世成、毛嵩在防备势单力薄的西凉的同时,主攻西线。

可惜怕啥来啥,魏公苻瘦知道天王怕他投燕,一看孔明再世的王猛和万人敌的邓羌、张蚝率兵,操枪执戟地驻守在自家封地的边境上,自知能力有限,当即命人带了城池地图向燕国请降,求燕国出兵接应。

天王闻知,表面笃定,内心不安。心想:"两年来,自己之所以一忍再忍,一让再让,是为了骨肉亲情,但最重要的是怕燕国乘虚而入,得渔翁之利。没想到怕啥来啥,苻瘦倒是目标明确,直奔我的七寸而来。陕城乃我秦国东大门,今被苻瘦拱手相送,若燕国战神慕容垂率兵出战,大秦岂不陷入危难之中……"

这时，又有快报说副将杨世成败于苻双，副将毛嵩败于苻武。

此败讯无异于雪上加霜！若遣后备力量去援西线，那东线如何是好？可若置西线之危于不顾，贸然援东，西线苻双、苻武之乱如何应对？若西凉张天锡亦趁机反叛，又该如何应对？腹背受敌的苻天王一改往日的沉着稳重，像只被困的孤豹在帐中苦思对策，急躁地来回踱步……

传说真龙天子是有守护神的，关键时刻，老天自会出手相助。这次，苻天王四面楚歌，腹背受敌，危在旦夕，神没来解救，却派了一个想都没有想到的人救了大秦，救了苻天王。

公元367年夏，燕撑国大柱——太宰，太原桓王，十六国第一名将，杰出的政治家、军事家慕容恪，因多年来殚精竭虑辅佐幼主，南征北战，平定内乱，勤于吏治，积劳成疾，与世长辞。虽然临终前对亲临榻前询问后事的燕主慕容暐再次力荐吴王慕容垂为群僚之首，但最后却由上庸王慕容评凭借各种手段成功上位，续任宰执，领导群臣。

当苻瘦献上城池，请燕兵相救时，慕容恪最小的弟弟范阳王慕容德赶紧上书燕主："机不可失，时不再来，先帝当年宏愿，入主中原，统一六合，苦于机缘未到。没想到今日机会送上门来，苻氏骨肉相残，国分为五，真乃老天把秦赐给我们大燕国啊。恳请陛下命皇甫真率领并、冀之众赴蒲阪，吴王慕容垂带领许、洛之兵速解苻瘦之围，太傅总领京师狼虎之旅为后续，传檄三辅，示以祸福，众人必定望风响应。到时候，横扫中原，统一六合，上可告慰先帝，下可名垂青史。请陛下下诏吧。"

群臣听了，纷纷赞同。燕主慕容暐也觉得在理，清清喉咙，准备发话，让群臣进一步商议细节。

在这时刻，群臣领袖上庸王慕容评缓缓出列，慢条斯理地奏道："秦乃大国，近年来苻坚重用汉人王猛，辅助新政，国力大增，如今虽有内乱，但若想趁乱取胜，并非易事。圣上虽然英明，但比不上先帝，我等的才干又不如桓王。贸然出兵，若得手当然你好我好大家都好；若是苻坚、王猛君臣故意设下圈套，让苻瘦引我们上钩，那后果将不堪设想。"

上庸王看国主听得认真，故意停顿一下，干咳两声接着道："不如我大燕继续保持安定团结的大好局面，静观其变，让氐贼继续窝里斗，等其内斗皆伤，再出兵伐之，岂不美哉？"

燕主慕容暐看着首辅运筹帷幄的样子，觉得还是上庸王谋略出众，才智过人，点着头心里想："幸亏我没有听桓王慕容恪的临终遗荐，重用吴王慕容垂，看他那熊

样,低头缩脑,一言不发,难怪太后一直不待见他。"

上庸王看国主虽然点头但不发话,圣意难测,心里七上八下,怕他支持范阳王慕容德,那样慕容垂就会带兵,这个被燕国誉为战神的阿六敦,一旦出镜,还能有自己什么好事!

慕容评低着头,用眼角瞟见燕主还在思虑中,便给旁边美少年中山王、大司马慕容冲递了一个眼色。

十岁的大司马慕容冲,因父皇早逝,缺少父爱,慕容评和可足浑氏鬼混时为拉拢其幼子慕容冲,对慕容冲关爱备至。慕容冲机灵,顺势而为,对伯父言听计从,站在一条战线上排斥吴王。收到眼色,慕容冲上前一步,向燕主奏道:"臣弟以为太宰所言有理,贸然出兵,怕有闪失,不如静观其变,从长计议,更为稳妥。"

别看慕容冲人小,但身为燕主的皇兄听御弟亦启口进言,心里有了主意,但不想驳了慕容德的面子,转头问:"范阳王以为如何?"

慕容德自知太宰势力强大,争也无用,又看燕王已明显偏向太宰,只好回道:"还是太宰为国为民,思虑周全。"

有人欢喜有人忧。

魏公苻瘦面对王猛、邓羌、张蚝的步步进逼,燕兵却迟迟不动,心急如焚。捎信给燕国吴王慕容垂和皇甫真,先将二人恭维赞美一番,然后忧心道:"苻坚、王猛真人杰也,早就想灭了燕国。尔等今日若不趁机先下手,到你们君臣做亡国奴时后悔就晚了!"

吴王看着书信,沉默不语,心想:"言之有理。可如今东风压倒西风,慕容评处心积虑欲置我于死地,段妃已因我冤死狱中,如今我若敢多言一句,非但自身难保,还会再次祸及段元妃和几个孩儿。"想到此处,暗下决心,还是隐忍自保,静观其变吧。烧了书信,没了下文。

苻瘦看形势不妙,关起城门,缩头乌龟一样守而不动。

倒是晋公苻柳勇猛,多次挑战试探王猛的军队,竟然还占了一些小便宜。便得寸进尺,欲偷渡黄河,直袭长安。五月某日,苻柳留世子苻良守蒲阪,自己率军两万偷渡黄河。没想到,王猛之所以一再忍让,就是等这一天呢!等苻柳出蒲阪百余里,前后难以呼应,王猛遣万人敌邓羌率锐骑七千夜袭。苻柳大败,忙向老巢撤退,不想又落入等候多时的另一个万人敌张蚝手中。苦战几场,主力尽失,连连惨败,剩下百八十人连滚带爬,逃回蒲阪。王猛、邓羌岂肯放过,乘胜猛攻。

九月,秦军攻下蒲阪,斩苻柳于城门上。

再说西线。因东线无险，天王从容调动武卫将军王鉴、宁朔将军吕光等率众三万，兵分两路，讨伐上邽苻双、安定苻武。

吕光乃三朝元老吕婆楼之子，武功、忠勇与邓羌、张蚝不相上下，乃天王爱将，吕婆楼去年因病去世，天王痛惜之下对吕光更是另眼相看。而王鉴儒雅，能诗能画，善谋，和吕光同征，一文一武，成为名副其实的黄金搭档。

次年四月，苻双、苻武因胜了杨世成、毛嵩，以苟兴为先锋，进至榆眉。多年后自立门户，建立后凉，被誉为懿武皇帝的吕光，此时悠然地骑在马上，远远看着，对身边王鉴叹道："小人得志，正在势头，且让入城高兴几日，等供给不足，自会退出。那时出击，必胜无疑！"王鉴点头应道："如此一来，既不祸及百姓，你我二人还可趁此欣赏一番这天地高远、云朵洁白、大漠黄沙、夕阳炊烟、春绿榆眉的塞外美景！"

吕光没有王鉴那么有才情，豪爽大笑道："好好好，还可以支起锅煮几只肥羊，痛饮几壶！"王鉴拱手道："英雄所见略同！如此壮美的边关，我等如何忍心涂炭生灵，刀光剑影？"一时兴起，骑在马背上，信手素描了一幅春绿边塞、大漠炊烟的图画。

二人安排有条不紊地在隐蔽处安营扎寨，确定好战略部署，布置好兵力。烤了肥羊，炖了豆腐粉条羊杂碎，举起夜光杯，饮着烈酒，谈天论地，看大漠落日，听边关驼铃。

六月，苻双、苻武果然粮尽，不得已退出榆眉。吕光、王鉴率众，按计划围击，大破敌军，斩获敌首两万五千余，苻双、苻武逃往上邽。七月，王鉴、吕光攻克上邽，斩苻双、苻武，西线战事完美结束。

吕光留守善后，王鉴等受命驰援东线，会同张蚝围攻缩头乌龟苻瘦。十二月，攻破陕城，生擒苻瘦。押往长安。

天王问其为何造反，苻瘦理直气壮地回道："我本无心造反，奈何兄弟们不断蛊惑，我怕连累，想纵然不反亦无法置身事外，不如一起反了算了。"

天王听了既气恼又痛心，想着曾和自己一起在石虎的御街上玩耍过的堂兄弟，如今要死别，不禁潸然泪下，道："朕知你一向自律，远离是非，如今事发被擒，有心赦你，但国法巍巍，实难撼动。朕念高祖不能无后，会赦免你七个儿子，分别过继给五公。"

苻瘦听了，含泪伏地谢恩，伏法。

至此，一年零三个月的五公之乱终于平定，苻天王有惊无险，度过一劫。秦经此大难，如抗过狂风暴雨的青松，更加挺直葱绿！

第十五章　秦天王弯弓射雕　代公主谋刺未遂

君臣齐心，精诚团结，五公之乱得以平复。天王大悦，传旨设夜宴于宣明台，饮酒赏月，论功封赏。

八月十五，燥热渐退，秋意朦胧。这日天王早早退朝，陪着太后，带了皇后、张夫人、黎夫人、胡姬，还有几个舞勺皇儿、公主到宣明台游园赏花。

明月池秋水潋滟，碧波盈盈。池内还有几朵粉嘟嘟的夏荷傲然挺立，荷叶抖动处，各色鱼儿相互追逐嬉闹，变换着泳姿，在水中穿梭游动。

微风吹来，暗香浮动，甜美醉人。太后凤目含笑，对身边的爱子道："天不负人，连桂花都早早开了，为皇儿助兴。"

天王扶着母亲，笑而不语。

皇后插嘴道："原来是桂花啊，难怪这么香，我怎么没有看到？"

面如满月，眼如水杏，唇红眉弯，体态丰腴，吕婆楼的外孙女、吕光的外甥女黎夫人顺手从路边桂花树上摘下几朵金桂，捧到皇后眼前道："桂花微小不起眼，藏于绿叶之中，所以娘娘只闻其香，不见其貌。等再开几日，采来做桂花糕、酿桂花酒，极好不过。"

天王点头道："这个好，黎夫人精于美食，做好献与母后品尝！"

黎夫人低头答是。

皇后撇嘴道："精于美食？不就是做饭嘛，我还会打搅团呢！"

太后听了无奈地摇摇头，天王不想扫兴，回头对身后的张夫人道："如此佳节美景，岂可辜负，为何爱妃一直默然不语？"

子姝嫣然一笑，答道："臣妾看着眼前美景，闻着幽幽花香，突然想起了一首咏桂花的诗来，稍加改动，念给陛下听可好？"

天王颔首微笑。

子姝不紧不慢吟道:"绿玉枝头一粟黄,碧纱帐里梦魂香。晓风伴月贺苻郎,吟依画栏怀故乡。笑持玉斧恨吴刚,素娥寒宫为谁妆?"

天王知道这一年多来,为平复内乱,南征北战,冷落了子姝,便凑到她耳边低语道:"莫持玉斧恨吴刚,今夜就来理红妆!"

子姝听了,反而不好意思,红着脸扭头装作赏花去了。

皇后看着两人亲热的样子,正欲发话,却见胡姬眯着狐狸眼,扭着水蛇腰,上前挽起天王的胳膊,妖娆道:"陛下驰骋疆场,臣妾思念不已。陛下不在的日子,臣妾一个人住在逍遥宫,好寂寞好害怕哦!"

天王看所有女人将各种目光同时投向了他,有点尴尬,幸好有侍卫来报:"宣明台已经准备妥当,诸位将军大臣也已到齐,请天王驾临。"

十多丈高的宣明台,位于未央宫西南角,地势高耸,比长安城凉爽。脚下有条浿河由南向北蜿蜒绕过,花草葱郁,四季怡人,雅静寂然,远离尘世喧嚣。据说当年力拔山兮气盖世的西楚霸王项羽常携虞姬在此赏花赏月,抚琴舞剑。

宣明台是整个长安城内的制高点,东可望断长安,西可远眺咸阳。几百年间,几经磨难,毁了建,建了毁,历尽沧桑。后赵石虎年间曾烧毁,前秦苻健大修,楼台亭榭,九曲长廊,玉阶朱栏,美不胜收。苻健皇帝常带嫔妃美妾在此流连花丛,嬉戏淫乱,饮酒作乐。苻生即位,听谗言说宣明台挡了他福寿安康,便命人拆毁。天王即位,爱民惜民,只命兵士稍加整理修葺,不设门禁,上至天子,下至平民,皆可游赏。天子无心之举,竟然感动臣民,有民间艺人自发在宣明台用青石刻了蟠龙柱,雕了石马石羊。有人在宣明台种了花草,有大臣带家仆在小河边挖了一方大池塘,撒了鱼苗,种了荷花。某天,旁边的一块大青石上赫然刻上了三个浮云游龙般大字"明月池"。百姓都在传说是东晋王献之偷偷来长安游玩所书。还有善于经商,交际广泛,家底殷实的卫将军李威派人从吐谷浑购来奇花异草,培育起来。不过数年工夫,宣明台又成了长安城风景最美,游人最多,皇家百姓都爱去游玩之地。

听说今晚天王在此设宴,大臣及家眷也来凑热闹,台下黑压压地站满了人,却都相互客气,自觉有序。看到天王偕太后、皇后、夫人们驾临,顿觉如沐春风,幸福无比。所有人一齐跪地,排山倒海般高呼:"吾皇万岁万岁万万岁!"

苻天王心想:"臣民善良纯朴,给点阳光,笑容就如此灿烂;给个温饱安稳,就会发自内心地对朝廷感恩戴德,把我视为神仙。难怪圣人云:'民为贵,社稷次之,君为轻。是故得乎丘民而为天子,得乎天子为诸侯,得乎诸侯为大夫。诸侯危社稷,则变置。牺牲既成,粢盛既洁,祭祀以时,然而旱干水溢,则变置社稷。'"

　　天王看着脚下的臣民,想起儿时被祖父抱在怀里背诵《尚书》中的"民为邦本,本固邦宁"。那时幼小不懂其意,捋着祖父的胡子问什么意思时,当时已经受石虎猜忌,称病赋闲在家的西平郡公只说了四个字——民贵君轻。

　　"民贵君轻!"天王心里重复着这四个字,祖父教诲,犹在耳边。如今贵为天子,掌管天下,越来越感觉到这四个字的重量。

　　看天边,夕阳如燃烧的火焰般热烈壮美,天王对高呼万岁的臣民挥手朗声道:"民贵君轻,百姓安康,百姓安康!"

　　太后亦被儿子的豪迈气魄打动,下懿旨道:"花好月圆,君民同乐,遍赏臣民莲花团圆饼。"

　　脚下一片欢呼,又一阵排山倒海般的谢恩:"恭祝皇太后福寿无疆,千岁千岁千千岁!"

　　皓月当空,皎若白昼。鼓瑟悠悠,宫姬弄舞。几曲过后,撤出空地,天王命人在宣明台竖起三根旗杆,旗杆上悬稻米一束,无论百姓、将军,谁若能隔着宣明台下的明月池,射中旗杆上的稻米,有封赏!

　　这个游戏好玩,但那高高挂在旗杆上的一小撮稻米在晚风中摇曳,宣明台下的明月池,离摇晃不止的稻米少说也有二十丈远。别说射中,眼神不好的人,看都看不清呢!

　　正当好多人睁大眼睛,找稻米在哪里的时候,已有人迫不及待地站在圈内。只见那人灰布短衫套对襟白袿,皂色宽裤,青布绑腿,赤脚黑鞋,立眉圆眼,豹子头,老虎背,棕熊腰,拉开手中的弓,搭上箭囊中的箭,眯着眼睛瞄准了目标,众人顿时屏住了呼吸。却见那人将弓箭放下,压压腿,扭扭腰,活动活动筋骨,又开始瞄准,众人趁机深吸一口气,不敢往外吐,等着长箭离弦。结果,那人又垂下手来,清清喉咙,朝地上啐了一口浓痰,观众有人不满,道:"你倒是行不行啊?一惊一乍的,成心逗弄人不成?"

　　有人接茬道:"有屁快放,别占着茅坑不拉屎!"

　　那人也不吭声,又提起箭来,瞄了瞄,又瞄了瞄,嗖的一声,箭一头栽到了离他不过十步的草丛中,引得众人哄然大笑。

　　人群中,有人叫嚷道:"二球,别羞你先人了,你掌柜的叫你扛石板呢!"

　　"哦,原来是青石铺的伙计二球啊!"有人应道。又是一阵欢笑,二球在大家的嬉闹中悻悻而去。

这时，只见一个矫健人影，又见一支离弦之箭，再看那束悬挂高空的稻米，应声而落。

众人还来不及喝彩，第二箭又离弦而去，稻米落地。

第三箭，鬼影神速，箭到稻落。

众人全都惊呆，仿佛被一双无形之手施了仙术，张圆了的嘴巴还没有来得及惊呼就被定在原地。

只有天王边饮酒边暗自得意，心想，果然是龙子，不负朕心。传旨道："皇长子苻丕，月夜射稻，三箭皆中，博得头彩，赏惠帝宫中藏本《三国志》一册。"

众人这才回过神来，喝彩声掌声不断。有豆蔻少女顾不得羞涩，有的热泪盈眶，心跳不已。有的激动得面红耳赤，尖叫不绝，红润的小嘴里呼喊着"皇子，皇子……"却被小伙伴调侃道："看清楚模样了吗？听说皇长子才八岁呢！"

"八岁又如何？女大三抱金砖呢，本姑娘正好。"旁边嬉戏的垂髫小童听到便用手指刮着脸蛋齐声唱道："羞羞羞，把脸抠，抠个渠渠种豌豆，今年不收明年收！"几遍下来，果然羞得那个少女捂着绯红的脸扭头跑了。

再看那边弯弓射稻米的，又上来一位猛汉，大家赶紧静了下来。有人眼尖，喊道："那不是咸阳的孟良吗？如今是王大人的贴身侍卫。"

认识的人连声附和："就是、就是"。

果然是孟良。自从跟了王猛，他整个人比以前精神多了，胡子修得整整齐齐，衣服也干净利落许多。

大家都等着孟良拉弓，却见孟良从怀里摸出三枚桃核大小，滑溜溜的鹅卵石，向天王拱手拜道："启禀陛下，小民自小在渭河滩放羊，不会使弓箭，但老扔石子赶羊，也能百发百中。不知今夜用这三枚石子打下旗杆上稻米赏不赏？"

众人都觉稀奇，等着看热闹。天王会心一笑，大声道："赏！"

只见孟良稳扎马步，气沉丹田，双眉紧锁，右手捏着石子，也不瞄准，嗖地用手指弹了出去。青黝黝的鹅卵石像一颗飞奔的子弹，一头栽到稻米的怀里，落在了地上。

大家一片掌声，异口同声地惊叹道："这也行？"

接着两枚飞奔而出，一枚击掉稻米，一枚擦身而过。

人群中有赞叹不已的，也有觉得遗憾可惜的。

总监官赵整朗声宣道："咸阳孟良，石子击稻，一中。"

孟良自知成绩不佳，暗自失落，心想："自己丢人事小，丢了王大人的面子，却是大事！都怪自己太鲁莽，想逞英雄，此刻反而成了个大狗熊……"越想越难受，越想越后悔，抱着头，脸红到脖子根儿，恨不得找个地缝钻进去。

天子发话："孟良，你方才问赏不赏，希望朕赏何物？"

孟良赶紧跪地伏身回道："小民本想如若全中，讨赏一匹好马。"

"你口气倒是不小！据朕所知，你家王大人平时都是徒步而行，难道你却要以马代步不成？"天王皱眉问道。

孟良只是觉得声音有几分耳熟，但打死也没想到高高在上、光芒四射的天王还曾和他马厩共苦。急忙抬头辩道："回禀陛下，小民正是想为王大人讨匹好马。小民随王大人整日徒步东西，看到大人磨破了鞋底，脚上都是泡，出血化脓，实不忍心，故斗胆想击稻求赏。"

"原来如此。"天王点头，对左侧的王猛道："景略为相劳苦，应该得之。"

却见王猛起身拱手道："微臣管教无方，属下鲁莽，还望陛下开恩见谅。步行既可强身健体，又可与民亲近。多多走动，无妨，无妨。"

赵整也在旁边提醒天王道："陛下，按规则不该赏。"

天王点头，温语道："替你家大人讨赏良马之事，朕自有安排。你自己可有讨要的赏赐？"

孟良红透了脸，低头诺诺道："请陛下赏一枚莲花团圆饼。方才太后赏的，实在好吃，一时贪嘴，没忍住给吃了。"

人群中有人笑着嚷嚷道："没想到孟良还是个吃货！吃了还好意思再要。"

孟良赶紧补充道："吃了就后悔了，家中还有瘫卧在床的七旬老母，想讨赏回去孝敬。"

天王心想，孟良忠孝俱佳，好好培养，堪当大任。若自己开口赏，破了规矩，便将脸转向了太后。

母子连心，太后会意一笑，轻启朱唇道："孟良忠孝可嘉，赏莲花团圆饼一枚。"

众人击掌喝彩，孟良伏地谢恩。

第三位出场的是哪位？

绿袍羽冠、皂色裤、鹿皮靴，报上名来，原来是姚苌将军的五虎大将之一、姚苌的堂弟姚眺，三箭射出，两中。无赏，退下。

在众人惋惜声中，人群中闪出一个蝎辫盘头，顶了一块丁香紫绣花手帕的妙龄女子。浅紫色锦缎绸裙，外搭丁香紫罗衫，衣领袖口上深深浅浅绽放着一簇簇丁香繁花，小蛮腰上束了条同色绣花腰带，胸前挂了一副坠着许多小铃铛的亮晶晶的银牌。一双秋水凤眼含俏含幽,秀挺琼鼻,滴水红唇,身姿轻盈,举止大方,面色沉静,灵秀脱俗。面向天王一笑,朱唇轻启,自报姓名道:"羌人拓跋月明射稻求赏。"

月明姑娘突然闪亮登场,惊艳四座。台上台下瞬间鸦雀无声,如被诅咒一般,个个呆若木鸡,只听到无数男人扑通扑通加速的心跳声和粗重的呼吸声。

天王边饮酒边道:"准!"

只见拓跋月明裙袂随风,罗衣飘飘。如凌波起舞,如玉斧砍树,惊鸿弯弓,两箭皆中。第三箭正要离弦,台上站起一英俊不羁的将军,手持玉壶,边喝边高声道:"射稻米有何意思,我听闻魏国时候的更羸可以不用箭,就射下天上的大雁,我们何不射雁玩玩?"边说边向拓跋月明走去。只见月明姑娘来不及收手,微微一抖,飞出的箭头扎在了天王身后的盘龙金柱上。

众人惊出一身冷汗。权翼大喊有刺客,带了侍卫迅速将拓跋月明团团围住。天王摆手道:"邓将军鲁莽,吓着月明姑娘,才使其失手射偏,权将军莫要难为姑娘。"

众人听天王替月明开脱,亦附和都说是是是。

邓羌拱手赔罪道:"都怪微臣爱美心切,差点让月明姑娘误伤到陛下,臣罪该万死。"

天王笑道:"爱美之心人皆有之,邓将军若真能射中天上飞的大雁,朕就恕你无罪!"

邓羌听了,心中暗喜,伏地拜道:"臣领旨谢恩。"

正好夜空有一群不长眼的南飞大雁从头顶鸣叫着飞过,活该它们倒霉,只见邓大将军长身玉立,锦袍飞扬,弯弓射雁,如同儿戏。三箭闪出,三只肥雁应声而落。

天王龙颜大悦,哈哈大笑道:"射中大雁者,赏青玉金刀一把!"

众人闻有重赏,群情激奋,气氛热烈。台上台下有点本事的,个个摩拳擦掌,跃跃欲试。相继有数十位挑战,天王堂弟苻雅射中一只;同父异母的弟弟苻抑射中一只;张蚝射中两只;其他人,有的箭在半空就落下了,有的连根雁毛都没蹭到。情节曲折,高潮迭起,看得臣民眼花缭乱,开心不已。天王酒酣兴浓,也想露一手,却再无大雁飞过。失望之际,突见一只大雕的身影在夜空中隐约飞现。

天王丰神如玉,定若青松,目光炯炯,凝神静气,拉满金弓,果断出手。长箭奔去,大雕哀鸣,一箭穿心。

高潮,真正的高潮!

脚下臣民顿时沸腾,哭的、喊的、跳的、叫的,激动得热泪盈眶,手舞足蹈。天王,天王！这才是万民真心爱戴、倾心拥护、甘愿臣服的大秦天王！

"吾皇万岁万岁万万岁"的欢呼声如阵阵涛声,此起彼伏,轰轰隆隆,连绵不断……

盛宴散去,权翼带着侍卫护送天王、太后一行回宫路上,傻傻地想:"明明那个拓跋月明想谋刺天王,为何一向明察秋毫的天王愣是没有看出来呢？看来男人看到漂亮女人,真会变傻。"想着想着心里偷偷笑了。

天王在回宫路上想:"拓跋月明究竟是何来头,竟敢如此淡定地果断对我下手,莫非是燕国或者代国派来的刺客？一定要查出她的底细背景来。"

旁边皇后瞟了一眼心不在焉的天王,不满地嘟囔道:"你是不是看上那个拓跋月明了？别以为我不知道,从小一起长大,你一撅屁股,我就知道你放什么屁。"

天王懒得搭理,想着赶紧回去直接去翩跹宫,皇后却得意地笑着说道:"想去翩跹宫？哈哈,没门！月圆之夜,祖宗规矩,必须中宫侍寝。"

天王低头苦笑,顿觉索然无味,更是一路无语。

却说拓跋月明回到吉祥客栈,夜已深透,关门掩窗,也不点灯,斜倚窗前,回想明月池畔一幕,后怕无限。那个帅酷狡猾的秦天王高深莫测,让人摸不透真假,更让人心乱不已。趁此刻尚未暴露身份,走为上策。想到此处,事不宜迟,赶紧收拾行囊。

但见火光一闪,陶灯顿时亮堂起来。灯下大大咧咧地坐着一位看着自己坏笑的男子。定睛细看,这不就是方才坏了自己好事,又帮自己掩饰的邓大将军嘛！

月明并不惊慌,对面坐了,傲然冷笑道:"没想到邓将军抬头能射雁,低头能点灯呢。"

邓羌起身,一把抓住月明的葱根玉指,将月明拉到怀中,嬉皮笑脸道:"本将军本领多着呢,只是不知道月明姑娘可要领教？"

月明娇媚一笑,挑挑秀眉,道:"那要看我这把紫玉弯月刀答不答应！"

"那又如何？"邓羌早知月明另一只手用刀抵在了自己的胯上,依然嬉皮笑脸道,"你舍得？我对你可是有救命之恩的,你当相报才对哦！"

月明柳眉倒竖,正色道:"一码归一码,你轻薄我,先拿命来！"

邓羌笑嘻嘻地回道:"我挺身相救,你先报恩,报了恩再索命不迟。"

月明从小到大还没见过如此厚颜无耻之徒,一时不知如何是好。

邓羌轻轻掰开月明的手,拿出她手中的刀在灯下边细细观赏,嘴里念叨:"金丝缠柄,紫玉镶身,形似弯月,芒若寒星,果然不是寻常之物。若本将军没猜错,你就是被拓跋什翼犍视为掌上明珠的代国公主！"

月明显然有点惊慌，故作镇定地回道："一派胡言！"

邓羌并不理会，继续玩弄着手中的弯月宝刀，慢条斯理道："金丝缠柄，紫玉镶身，一看就是皇家之物。再观其锋芒，只有代国平城的铁，才能打造出如此锋利而柔中带刚的精品。"邓羌边说边将月明上下打量一番，继续嬉笑道："再看姑娘，气质高贵，举止大方，遇事镇静，绝非一般刺客。再看你小蛮腰上的绣花丝带，明明绣着公主二字！"

月明急忙低头拉起绣带，分辩道："不可能，哪里有啊？我怎么会傻乎乎地绣上自己的身份呢！"

当抬头追问邓大将军，看到邓将军得意的样子，她小脸绯红，才知道上当了，跺脚气恼道："既然知道本公主的身份，还不快快行礼！"

邓羌起身，将月明拉到怀里，笑眯眯地道："拜见月明公主，本将军对你一见倾心，愿携手到白头，还望公主成全。"

月明挣脱出来，狠狠斥道："你再如此轻薄，看我不把你剁成肉酱！"

邓羌依然不恼不怒，笑嘻嘻道："能在花下死，做鬼亦风流。来，剁吧，先剁胳膊还是先剁手？"

邓羌看月明又羞又恼，便不再玩笑，给自己倒了杯茶，边饮边问道："是拓跋什翼犍派你来的？"

月明一双深邃清澈的眼睛突然漫起一层水雾，道："秦步步进逼，与其坐以待毙，不如为国赴难，效荆轲刺秦。"

"可秦王并未刺死，荆轲却白白丢了一条性命。"

"身为皇家子女，为国赴死，义无反顾！"

邓羌啧啧叹道："可惜可惜，一个无辜女子，却要卷入国仇家恨，实在可惜。不如公主放下心中仇恨，嫁给本将军，花好月圆，静享岁月！"

"做你的春秋大梦！"月明气呼呼地转身就走。

邓羌笑呵呵道："门外面都是我的人，你走得了吗？"

"本公主要走，谁敢拦？"月明飞起一脚，踢开窗户，纵身飞出，却被外面持刀的兵士团团围住。月明玉面落霜，毫无惧色，缓缓从腰间锦带中抽出一物，持在手中，原来是根紫藤丁香鞭。只见手中的紫鞭轻盈凌厉如紫燕破空，紫光闪动处，鞭梢卷风，杀气如霜。先来一招紫蛇狂舞，逼退眼前敌兵，紧接着纵身飞去，一招追星赶月，击中邓羌。还未等兵士逼近，又腾空将自己旋转成一棵繁花似锦的丁香树，树梢呼啸处,丁香鞭如紫色的飞镖扑向持刀兵士,兵士不及挥刀,便如落叶般纷纷滚落在地。邓羌没想到这个美若天仙的代国公主身手如闪电般干净利索,大赞道:"好一招花好月圆!让本将军陪你玩玩!"

公主明眸闪动,露出一抹蔑笑,傲然道:"请赐教!"

眼看一场厮杀就在面前。

"放她走吧!"一个熟悉而威严的声音随着夜风飘来。将士们听了,挺直身子,单膝跪地高呼:"吾皇万岁万岁万万岁!"

原来天王驾临。

邓羌边行礼边急着禀道:"她乃代国公主,不能放虎归山,恳请陛下赏给微臣。"

天王微笑着问月明道:"公主可愿意侍奉邓大将军左右?"

月明傲冷一笑,回道:"就他?痴心妄想!本公主可杀不可辱!"

"我咋了?你看本将军玉树临风,风流倜傥,花见花开,射雁雁落,还配不上你吗?"

月明公主不屑地哼了一声,并不理会。

天王摇摇头,道:"新秋清凉,代国边远,公主衣衫单薄,让朕这件披风,一路替你遮风挡寒吧!"边说边解下身上的紫锦大氅,交给旁边权翼送了过去。自己则转身离去,夜风中飘来一句话:"两国之争,何必累及无辜?朕于心不忍,公主还是从哪里来,回哪里去吧!"

第十六章　敕《周礼》封赐韦母
　　　　　励农桑亲耕南亩

流水淙淙，岁月如梦。

五公之乱平定后，天王召集以王猛为首的智囊团队，几番商议，对诸州刺史加以调整。任命苻雅为秦州刺史，苻丕为雍州刺史，邓羌为洛州刺史，苻抑为并州刺史，提拔姚眺为汲郡太守。如此一来，既铲除了长期以来地方的割据势力，又加强了中央集权，所有政令在各州县得到更加顺利的执行和落实。

十里长安，清明太平，秦的政权更加稳固，百姓的生活水平进一步提高。

这日，天王带了几个近臣，准备亲临学宫视察，路上看到几辆气派非凡、装饰华美的豪车张扬着飞驰而过。问御前侍郎赵整，知是京城巨贾赵掇、丁妃、邹瓮几人的私产。

随行的薛赞奏道："近年来通关市，来远商，农桑兴旺，贸易发达，这几个商人，富可敌国。"

王猛道："此风不可长。首先商人大多游走各地，无法对其进行确切的户籍管理，从而很难对其征劳役和兵役。其次，商人不像农民那样可以根据田地来确定税额。最后，新政初见成效，若不加制约，商人的频繁流动，对社会的稳定也会造成许多不利。朝廷限制流通的盐、铁等物资都可能被商人私下交易流通。"

天王看王猛说得极其认真，停下脚步，神色专注起来。王猛继续道："还有许多不利于朝廷的流言蜚语也是由商人传播开的。最让臣担忧的是，如丁妃、邹瓮等暴富起来的土豪，财力如此雄厚，若起异心，后患无穷。"天王知道王猛所指，点头继续听王猛道："在商言商，无可厚非。只是臣闻近期土豪们四处寻门探路，用千金铺路，欲入官场。"

天王道："都做何等买卖，如此富庶？"

王猛道:"赵掇、丁妃主要在怀柔、吐谷浑等地往返,贩卖当地特产及牛羊马匹。邹瓮带了些人在榆眉开采了几个煤窑。"天王稍略思忖,道:"听着都是些正经生意,短时间内能聚财无数,也算是商贸人才。可有国法管束?"

王猛道:"自古至今,各朝各代皆重农抑商。秦律规定,商贾即使富得流油,亦不能穿丝绸衣物。汉律规定,若商贾收入申报不实,则没收家财。不过,多年战火,这些条律早已形同虚设了。"

天王道:"商贸繁荣,利国利民。重农桑为兴国之本,但抑商并不可取,如今施新政,发展农桑同时也要支持商贸。但凡事都应有个规矩,李将军精通商贸,不如将这些聚财能手集于李将军门下,归户部统一管理如何?"

薛赞道:"由户部统一管理最好,既可为国家聚财,又可以对其言行加以约束。只是自古商人身份低贱,不能入朝为官。还请陛下三思。"

天王摇头道:"朕不问出身,只重才德。"又悦色问道:"李将军何日归来?"

薛赞回道:"李将军带了十车丝绸前往代国月余,有书信来说还需两月才能返回。"

天王点头不语,低头沉思。随行不敢打扰,默默跟随。不知不觉到了太学宫。

远远就听到整齐洪亮的读书声,天王静默肃然的龙颜渐渐温和愉悦起来。

天王施行新政以来,广修学宫,教化百姓,培养人才。开始还有人质疑,不到几年,盗贼止息,才知道教化的好处。百姓们对每月亲临太学三次,考评学生优劣,考察博士是否称职的天王连连赞叹!

天王隔窗望去,看到博士王实正捧着手中的《春秋》领读,几位皇子读书还算认真,梁豹之子却边低头玩着手中的毛笔,边和旁边任孙苻登偷偷说着什么。身后王猛之子王皮如猴子一般,时而钻到书案下,时而蹲在过道旁,挤眉弄眼,抓耳挠腮,故意逗同学们发笑。博士抬头看时,他却坐得端端正正,装作读书。

天王背着手踱进学堂,摆手让王实免礼,问道:"朕一月三临太学,黜陟幽明,躬亲奖励,罔敢倦违。庶几周孔微言,不由朕而坠,汉之二武,其可追乎?"

王实放下手中的《春秋》拱手拜道:"二都鞠为茂草,儒生罕有或存,坟籍灭而莫纪,经纶学废。陛下神武拨乱,开庠序之美,弘儒教之风,垂馨千古,汉之二武,焉足论哉!"

如此溢美之词,天王有点晕乎,定定神谦虚道:"能与二武齐名,足矣。"

王实还要赞美,天王踱步到梁豹之子梁异书案前,问道:"四书五经你可曾背全?"

八岁的梁异站起来朗声答道:"我只背《周易》,其他念都念不顺溜。"

童言无忌,天王被逗笑,问:"《周易》分《经》和《传》两部,你可否诵全?"

梁异点点头回道:"能!不信我这就背。"

天王笑着道:"那倒不必,《经》由六十四卦卦象及相应的卦名、卦辞、爻名、爻辞等组成,你先将卦序歌唱来听听。"

梁异自负地笑道:"这个容易。"话落眯起眼睛,摇头晃脑地唱了起来:"乾为天,天风姤,天山遁,天地否,风地观,山地剥,火地晋,火天大有……"

旁边七岁的侄孙苻登听得不耐烦,站起来道:"禀皇爷爷,孙儿前晌散学,在郊外还射死一只狼呢!这是我用狼毫做的毛笔,刚送给梁异一支,这支王皮不要,孙儿献给皇爷爷。"

天王笑着接过狼毫笔,有些粗糙,但不失童真。一根根毛油亮扎手。问道:"你一人如何射死凶猛的狼?"

苻登吸溜了一下鼻涕,回道:"一人之力,当然不足。梁异帮我算出了狼出没的方向,王皮爬到树上观望,我在箭头上涂了燕子掌,埋伏了许久,才等到一只孤狼。"

天王领首,心想,这个侄孙有胆有谋,日后必成大器。转身对瞪着黑溜溜的圆眼睛正看着自己的王皮道:"你父为国为民,昼夜难歇,自然疏略家事,你要沉稳些才是,勤学苦练,乃是为学之道。"

王皮头歪向一边,回道:"我就不是学习的料,天天困在学宫,实在不如野地里习武练功、抓鸡撵兔自在。"

身边王猛上前一步,呵斥道:"不得对天王如此无理!"

王皮倔强地将头扭向了另一边,不再吭声。

天王道:"十年树木,百年树人,欲速则不达,慢慢教诲吧。"转身踱到室外,想十年勤政,皇权稳固,臣民富足,但阶级混乱,礼仪失落,若能以《周礼》授学,必能弃野蛮粗鲁之恶习,树自律守礼之新风。便问王实学宫可收有《周礼》。

王实不知,迎驾的学宫博士卢壶答道:"废学已久,书传零落。比年掇撰,正经粗集,唯《周礼》礼注,未有其师。太常韦逞倒是会些,臣曾窥见逞母宋氏,世学家女,传其父业,得《周礼》音义。"

"宋氏何在?"

"与臣家近邻,借居文昌巷。"

"好好好!"天王高兴地连说三个好,"朕要亲临文昌巷。"

文昌巷一个洁净小院里,海棠花开得正浓,一个穿戴整洁、收拾利落的银发老妪正低头剥簸箕里的黄豆。

天王蓝袍软靴,银缕腰带,外穿杏黄缎衫,一路走来,龙仪儒雅高旷,步伐沉稳坚定。十年磨砺,已将天王当年的俊逸灵秀打磨成了如今的尊贵冷峻和举手投足中的霸气外漏。

叩响柴门,天王推门而入。老妪抬头,忙放下手中的簸箕,掸掉身上的豆皮,理理银发,上前叩拜。

天王俯身扶道:"老人家不必多礼。高寿八十,老者为尊。"

老妪笑道:"托天王洪福,大半辈子颠沛流离,没想到临到入土,反而享上清福了。"

天王道:"闻听韦母能诵背《周礼》,今特来请教。"

韦母微笑道:"臣宋氏,自幼丧母,家父拉扯长大,六岁时传授《周礼》音义。家父曾言:'吾家世学《周礼》,传业相续。此由周公所制,经记典诰,百官品物,俱于此也。吾今无男可传,汝可受之,勿令绝世。'家父教诲,不敢懒散,昼夜学诵。谁料天下丧乱,臣妇与父亲失散,被石季龙迁徙往山东,途中,臣妇将小儿韦逞推鹿车上,背诵父亲授书到冀州,依附在胶东富人程安寿门下。那时韦逞年少,臣妇白日上山砍柴,夜里边纺线边教逞。逞儿争气,学成立名,得陛下垂爱封为太常。昨日散朝回家言说天王今日要亲临寒舍,臣妇早起,打扫庭院,擦拭门窗,清水洒地,恭迎圣驾。"

天王叹道:"真是天意不绝《周礼》。朕看你耳聪目明,谈吐颇健,赐侍婢十人,每日去学宫授业如何?"

宋氏听了,急红了脸,连连摆手:"不好,不好。老身已习惯陋室粗茶,自己动手,丰衣足食,让人伺候,万万使不得。"

天王甚觉宋母可爱朴实,道:"那就家中立讲堂,隔绛纱幔授业如何?"

"陛下难为老身了。"宋氏突然扭捏起来,绞着衣襟道,"臣妇多年来养成了坏毛病,只有月下纺线时,才能准确吟诵《周礼》,白日颠三倒四,常常糊涂不清。"

天王笑道:"若韦母能月下授业,使绝学永续,必能与晋人囊萤映雪相映成趣,千古流芳。"

次日早朝,天王下诏:"封韦母宋氏为宣文君,赐侍婢十人,家立讲堂,置生员百二十人,隔绛纱幔月下授业。钦此。"

一时,天王亲邀韦母开坛授书成为美谈,几近失传的《周礼》得以后世永传。

这日,天王来懿寿宫向太后请安,苟太后命人捧来亲手缝制的黑貂细绒坎肩,对天王道:"天意渐寒,皇儿常为国事操劳深夜,听御医言皇帝脖子肩膀总是酸痛,可是伏案过久,劳累受凉所致?"

天王笑答道:"孩儿结实,这点疼痛算不了什么,贴了汪御医配制的膏药,已经好了。"怕母亲不信,天王还活动了几下臂膀。

太后帮爱子穿好坎肩,笑道:"就会哄母后开心。母后知道你心中整日装的是天下,但自个儿的身体也要放在心上。昨儿晌午闲谈,听梁氏说池阳有个不孝之子,受其媳妇蛊惑,骗其母亲走亲戚,用车推进了南山,准备杀掉。半路他母亲觉得路途有异,问是为何。那逆子直接将其母亲弃于峡谷之中,命他母亲自己将夹衣脱下,好拿回去给媳妇交差。母亲哭问:'我生你养你,你偏信媳妇之言要枉杀我,还要索我衣服?'那逆子不但不知悔改,还怒骂其母,嫌其啰唆。其母对天呼喊道:'天神山神,都看到了吗?亲子弑母,天理何在?'话音未落,那逆子突遭雷劈,滚入山谷。后其母想逃走,晕头转向竟然返回家里,媳妇以为男人回来了,没回头就问:'老东西的中衣拿回来了吗?'其母气愤不过,告诉邻里,抓恶妇告官,如今全池阳人都在议论此事。"

天王用心听完,道:"宇宙之大,真是无奇不有。但如此丧尽天良之事,我大秦国还是头次听闻。百善孝为先,父母大如天,不尊不孝都要治罪,何况弑母者。"看母亲情绪激动,捧了茶盏奉上,继续道:"乾州有一逆子偷其母亲的钱财,前几日,徐嵩将其投入四裔。"

太后听闻,柳眉紧蹙,凤眼含怒道:"三千之罪,莫大于不孝,当弃之朝市,何必投到边远之地呢?难道边远之地就无父母了吗?"

天王点头答道:"母后所言极是!"

传旨,将弑母之妇人及偷母钱者皆杀之!

天王怕母亲动怒伤身,特意留在懿寿宫,给母亲捶腿揉肩,讨母亲欢心。看到母亲如缎里的青丝里已悄生华发,禁不住内疚起来,十多年来,忙于国事,对母亲关爱甚少,心中暗暗自责。

宫女青泉禀报:"卫将军求见太后。"

天王忙说:"请!"

卫将军李威大步走进,欲行大礼,天王挡了,赐座,问道:"假父代国一行可否顺利?"

李威拱手回道:"十车丝绸,换回来一百匹好马,沿路还探到一些消息。"

天王道:"快说来听听。"

太后笑着打断道:"卫将军一路风尘,总得先喝口茶润润嗓子吧。"遂命宫女沏新贡的紫阳冬雨,给卫将军奉上。

李威低头拱手谢了,小品一口,赞道:"清雅沁馥,唇齿留香!谢太后垂爱。"

抬头对天王道:"前些年匈奴左贤王刘卫辰叛代投秦,与拓跋什翼犍结下仇怨,近年什翼犍穷追不舍,讨伐不休。代国本来与燕交好,六月还将月明公主送燕和亲,七月燕军长途奔袭漠南敕勒,经过代国境内,顺便收了代国的熟稻,以充军粮。什翼犍极为生气,燕慕容厉等打败敕勒,俘获牛马数万。归至燕北平将军慕容垩率部驻守的云中,什翼犍突袭,慕容垩弃城逃走,燕振威将军慕舆贺辛战死。什翼犍得了云中和数万牛马,正在高兴。"

天王细细听完,道:"什翼犍曾为人质,居赵十年。十九岁回代继位,宽仁大度,将一半国土分给请他回代的拓跋孤,还以郡人燕凤为长史,许谦为郎中令,建立法制,使百姓安居乐业。如今东自濊貊,西至破落那,南自阴山,北达沙漠,全部归服,人口达数十万,真是一方英雄。"

太后插言道:"听闻什翼犍的皇后乃故燕皇帝慕容皝的妹妹?"

李威回道:"正是。"

天王道:"代与燕近年来有恩有怨,时而和亲示好,时而兵戎相见。让他们再虎斗些日子,等打乏了,我们再收拾残局不迟。既然代国好丝绸,不妨将我们的丝绸多换些战马回来,以备后用。"

太后道:"一丝一缕,当思来之不易。既然丝绸能有大用,不如我让后宫节俭些,除去绸缎,布衣侍君,也好让民间效仿,如何?"

李威拱手道:"万万不可,非但不能节俭,反而应更奢华才是!"

太后不解问道:"这是为何?"

天王会心一笑道:"莫非假父要效仿管仲发展贸易,积财聚宝,富国强兵?"

李威赞道:"还是天王饱读诗书,英明睿智!"

太后还是没有明白,浅笑责怪道:"你君臣二人说的什么暗话,为何哀家听不懂啊?"

李威朗笑着道:"齐国管仲能够明辨利害,趋之以利,我们为何不可?代国马壮善战,却价格低廉。我大秦国丝绸华美高贵,皇室偏爱,千金难得。用我国绸缎换其宝马,等到代国丝绸满城,却无良马之时,不正是大秦踏平代国之日?"

太后恍然大悟,掩口笑道:"将军无愧'商神'雅号,平常商贸,竟然能灭国夺家,着实佩服得很哪。"

李威谦虚道:"太后过奖,实不敢当。若不是天王睿智力挺,哪有商神传说。"

天王亦笑道:"母后说得好,赶明儿孩儿就御书'商神'二字,赐予假父。"

李威嘴里叨叨着不敢不敢,却赶紧起身拜谢。

这时,一个身着宝蓝绸袍、魁伟俊美的男子大步而入,边走边高声嚷嚷道:"请皇兄也赐我一幅御书。"不等回答,已经跪在太后膝前,直叩了三个响头,道:"孩儿给母后请安,祝母后福寿安康,吉祥如意!"

原来是天王最亲近的三弟、太后最宠爱的三子,辅助首辅王猛打理朝政的中书监兼右仆射苻融。太后软笑着双手扶起,责怪道:"怎么越大越没规矩,边走边嚷嚷,也不怕人笑话。"

苻融答道:"想念母后,哪里还顾得了规矩,再说又没有外人。"

太后香腮微红,嗔责着爱子笑起来,说道:"看看,更没规矩了!"

李威见状,赶紧躬身告退。天王想起丁妃、邹瓮等人,细细交代一番,准退。

母子三人分长幼坐了,天王问道:"三弟数月辖内之行如何?"

苻融大口喝着母后命人呈上的银耳雪梨冰糖粥,回道:"皇兄派臣弟民间私访,一访民间疾苦,二查贪官污吏,三平冤假错案,四觅贤良儒士,五寻多年战乱遗失将毁之经义典籍,臣弟谨记在心,数月马不停蹄,走遍秦境东西南北。奏折已拟好,准备明日早朝呈上。"

天王朗声笑道:"三弟平日逍遥经史,不问春秋,做起正事来,却毫不含糊,潇洒利落,井然有序!"

太后拉着幼子的手慈爱地说道:"融儿,有什么稀奇事,给母后叙叙。"

苻融笑答道:"最大的事情当然莫过于乌桓独孤部、鲜卑没奕干各率众数万,投我大秦。"

天王点头道:"此事多亏三弟及时进言,将其安居于塞北地区。若按朕想法,将其置于塞南,其必窥我郡县虚实,动吞噬之心。"

苻融谦恭一笑,道:"还有东晋首辅桓温,请风流不羁的布衣之士谢安出任司马,协理朝政之才,晋人赞之。"

天王道:"上次王猛率兵攻其南乡,虽大胜,俘民万余户还,但却逼得东晋重整朝纲,广纳贤良,减赋免租,桓温打理朝政,已不容小觑。如今又请才干谋略素有美誉的谢安入朝辅政,更不能大意。我等只能韬光养晦,等待时机。"

苻融道:"皇兄所言极是!"

天王问道:"燕有何动静?"

苻融答道:"燕自迁都邺城,自恃有传国玉玺,南下西进,狂言先灭东晋,平定江南,再西进伐秦,一统天下。慕容俊下令征兵百万,准备渡江灭晋,但因众兵集于邺城,管理不善,盗贼每夜攻劫,晨昏断行,使得民怨四起。慕容俊病卒,南征遂停。如今燕内乱正烈。"说到此处,苻融捧起芙蓉杯浅饮一口,抬高声音道:"不如皇兄下令,秦军趁此而入,攻其不备。"

天王摆手道:"燕迟早在大秦掌中,只是吴王慕容垂不可低估,让它再乱些吧。对了,私下和慕容垂联络如何?"

"自从慕容垂被贬为平州刺史,出镇辽东,卫将军派人私下已去拜会过多次。不过,慕容垂狡诈,不拒不迎,一直没表态度。"

"不拒不迎就是态度,继续派人按时拜会。"

"遵旨,皇兄!"

"对了,如今风调雨顺,百姓安乐,为何今日早朝景略说国库并不丰盈?"

"一直以来皇兄仁爱,轻徭薄税,所以民富国空。"

"莫非要加赋税不成?朕可不想。"

"民富本是好事,但百姓容易满足,容易懒散,温饱思乱,还需好好引导教化才是。"

"这个好说。"

一直静坐倾听两个爱子叙话的太后含笑赞道:"常言说得好,兄弟齐心,其利断金。你兄弟如此齐心为国,母后心里欢喜得很呢!都不要走了,晚膳就在懿寿宫吧,母后要亲自下厨,为坚儿做他最喜欢的香辣羊棒骨和融儿最爱的蜂蜜栗子桂花糕。"

苻融听了,像个孩子一般,拍手道:"好好好,还是母后疼我。我还要吃羊肉面,还要喝母后藏的桂花酒。"

天王哈哈朗笑道:"母后偏爱三弟,朕就跟着沾光啦。"

皓月当空,银光满地。

太后看兄弟二人像小时候一样,在懿寿宫庭院里,举杯邀月,论天下英雄,谈古今贤良,说儿时趣事,把酒言欢,不胜欢喜慰安。

轻松美好的日子总是很短暂,繁杂国事件件揪心。

冬雪尚残,转眼春分。这年天冷,春分将至,依然呼呼地刮着北风,未打响雷,更无春雨,勤快的农人扛着锄头进了地看看,又袖着手回到热炕上。地还没开呢!

天王有旨,长安城郊大祭春分。

春分这日大早,晴空万里,乍暖还寒,清雾缥缈,晨露闪亮。天王戴深褐头巾,脚踏千层底布鞋,粗衣布衫,远远望去,还真像一个壮实魁梧的好劳力。随行官员宫人一律农人打扮,按老规矩,有的手持二十四节气红灯笼,有的持打牛鞭、祭品。吉时降临,两个手持绑着红绸长唢呐的宫人铆足劲,仰天吹响喜庆的《百鸟朝凤》,其他乐师不甘落后,锣鼓铜钹此起彼伏,欢天喜地开始迎春。早早等候的农人自觉地排成长队,拿着祭品提着花篮摆放在面东的田头,向春神献礼。献上的猪头寓意为"一元复始",献上的牛头寓意为"两极乾坤",献上的羊头寓意为"三阳开泰",还有献上蜂糕、镂食、瓜果的寓意为"风调雨顺",最后献上稻米五谷祈祷"五谷丰登"。

　　献礼同时,主祭司高声献词:"四时复始,万象更新。金龙下界,壬辰两春。木神送绿,大地回春。风调雨顺,惠泽万民。感念上苍,特来祭春。"

　　参与祭祀的农人神色庄重肃穆,皆跪于田头,接春、祭春认真而虔诚。

　　严肃的仪式过后恢复本性,到了百姓最喜爱的鞭春牛环节。

　　天王头戴斗笠,身披蓑衣,一手持鞭,一手推犁,吆喝鞭打着头戴红绸,健壮勤快的秦川黄牛,开始了春耕第一犁。百姓一片欢呼。一个粗衫少年鞭牛,脆声唱道:

　　　　　　立春一日间,百草回芽暖。

　　　　　　立春一年端,种地早盘算。

　　　　　　人勤地不懒,人懒地起碱,

　　　　　　读书不离案,种田不离田!

　　大家听了都鼓掌叫好,有一老者清清嗓子,拍着黄牛的脊背接道:

　　　　　　人勤地不懒,秋后粮满仓。

　　　　　　人误地一天,地误人一年。

　　　　　　船到不等客,季节不饶人!

　　又一头包手帕的妇人抚摸着牛的鼻梁、耳朵唱道:

　　　　　　立春雨水到,早起晚睡觉。

　　　　　　要想庄稼好,一年四季早。

　　百姓率真直白的歌声此起彼伏,欢笑嬉闹响彻地头田间。天王笑着将五谷种子撒在田间,再把萝卜、白菜青苗移种到田里,大声宣布:"春播开始!"

　　天子祭春祈福,百姓传为美谈,更爱脚下的土地,更疼任劳任怨的耕牛,争相耕耘,期待丰收。

转眼三月三，上巳节。秦国男女老幼，皆戴荠菜花，于水边洗濯污垢，祭祀祖先。青葱男女，趁此呼朋唤友，陌上踏春，河边宴饮，彼此有意者，暗送秋波。于落满杏花的秋千架上，女儿含羞，公子多情；于涓涓溪流边，流觞采兰，窃窃私语，互诉思慕。

好一个的浪漫节日！

天王说过，农桑乃国之根本，必须重视。由皇后主持的先蚕礼，在未央宫先蚕坛高调举行。虽说是皇后主持，可上上下下、前前后后，皆由子姝协理苟太后安排策划。子姝聪颖灵秀，或许因曾在皇宫长过几岁，又曾是赵国公主伴读，故对皇宫并不生怯，入宫后收起曾经的率直随性、天然无忌，迅速适应宫规礼仪，做事有礼有节，面面俱到。气质也由民间的清丽天然变得娴雅有度起来。不但协理太后按古礼祭先蚕、躬桑、献茧缫丝，还别出心裁，奏请太后恩准，在近郊带领宫人搭建了蚕房，设了茧山，造了缫丝苑，供百姓学习技术。

一时，无论皇宫民间，无论老少妇人，都以采桑养蚕为乐，争相效仿。连本来并不上心的苟皇后也开始前往近郊采桑养蚕，取悦君心，聊补寂寞。

眼看农桑兴旺，商贸繁华起来。天王请来假父李威东堂议事："朕记得汉武帝时期，曾使张骞率人出使西域各国，了解西域风土人情，传播大汉文化和对西域的友好国策，不费一兵一卒，使得西域各国争相朝贡，还开辟出一条各国均可受益、利国利民的丝绸之路。假父精通商贸，对此有何高见？"

李威恭谦回道："天王圣明。连年战乱，汉武当年的丝绸之路早已荒芜，如今重启，于国于民，皆有利无弊。"

"那就有劳假父。"

李威拱手道："为陛下分忧，臣职责所在。"

一月后，由李威带领着赵掇、丁妃、邹瓮等京城巨贾组成的商队，带着骆驼、骡马，驮着秦国的丝绸、茶叶、陶器和绣品，由长安城浩浩荡荡出发，一路西去。三年后，成千上万的骆驼、骡马驮回来了一箱一箱亮闪闪的奇珍异宝，异国情调的锡器、瓜果，还有龟兹、焉耆、楼兰、波斯等国的友好国书，让天王欣慰不已。

第十七章　邓将军枋头救燕　秦天王未雨绸缪

这夜天王好不容易得空,拣了些稀奇玩意儿,前往翩趾宫。子姝贤淑谦和,不愿独享圣宠,只挑了一对西域风情的如意琉璃水晶花瓶,恳请郎君将其他赐六宫嫔妃,使得雨露均沾,后宫安宁。

天王看到子姝入宫以来,虽备受恩宠,但从不恃宠而骄,进退有度,倍感欣慰,更加爱怜。龙凤帐里自是一番纵情云雨。还未尽兴,有急报:"燕遣散骑侍郎乐嵩飞骑求见。"

燕散骑侍郎乐嵩不是在枋头与晋对战吗?近来屡败,莫非前来求救?天王急召王猛、苻融、李威、薛赞东堂接见。

果然不出所料,乐嵩进得东堂,伏地就拜,并呈上燕帝慕容暐密函。

王猛接了灯下读道:"秦弟天王圣安,江南东晋,窥燕已久,大司马桓温,率众五万,六月进逼枋头,来势汹汹。燕将拼死抵抗,屡战屡败,破城之辱,近在咫尺。今十万火急,呈函求兵,以解枋头之危。秦若相助,使得枋头转危为安,燕愿以虎牢以西之地报之。燕帝兄暐。"

天王命人先带乐嵩下去好生招待,询问几位重臣意见。

苻融道:"天赐良机,何不趁机出兵,让燕腹背受敌,趁机占了枋头?"

李威却摇头道:"既不帮燕,亦不抗晋,坐观虎斗,静等渔翁之利。"

而薛赞道:"不如将此密函送往东晋桓温处,看东晋有无好处给我大秦,再做权衡。"

只有王猛轻捻浓须,闭目细听,不言语。

待天王询问,王猛方才睁眼答道:"唇亡齿寒。枋头虽属燕国,但紧邻秦地,多年来天王苦心经营,已成为窥探燕代晋之重地,其民心亦早已向秦。如被晋占,无疑大门敞开,此后秦之一举一动,被晋尽收眼底,利弊自现,臣不赘述。坐收渔翁之利,自然是好,只是以目前局势看来,枋头已危在旦夕,若不助燕,必败无疑,晋若得胜,于秦极为不利。我若助燕解围御敌,一来保全枋头,使百姓免于战乱之苦;二来救燕于危难之中,可以趁机留人驻守枋头,协燕共治,日久天长,枋头自然归入我大秦版图;三来,敲山震虎,给晋一个警示,莫再隔三岔五派人到我边境挑衅滋事。"王猛捋捋胡须,接着慢条斯理道:"四来大秦还能白白得到虎牢以西之地!"

天王哈哈大笑,问道:"假父以为如何?"

李威点头笑道:"利润如此丰厚,当然使得。"

天王朗笑道:"果然商神,三句话不离本行,处处以利为重。"又将目光投向苻融、薛赞。见二人也点头称是,便传旨命将军苟池、洛阳刺史邓羌率步骑两万救燕。

话说邓羌看似恃才自傲,放荡不羁,但做起事来,心思缜密,勇谋俱佳,自上任洛州刺史后,没用多久,就将洛州治理得政通人和。这日,碧空如洗,菊黄满地,邓羌带了四五个美妾在洛河上泛舟,吟诗赏景、纵歌弄舞好不逍遥自在,酒浓之际,情不自禁大声吟诵起了曹子建的《洛神赋》:

"翩若惊鸿,婉若游龙。荣曜秋菊,华茂春松。仿佛兮若轻云之蔽月,飘飘兮若流风之回雪。远而望之,皎若太阳升朝霞;迫而察之,灼若芙蕖出渌波……"

恍惚中,邓羌看到一个紫衣女子如凌波仙子,踏洛水而来,"肩若削成,腰如约素。延颈秀项,皓质呈露,芳泽无加,铅华弗御。云髻峨峨,修眉联娟。丹唇外朗,皓齿内鲜,明眸善睐,靥辅承权。瑰姿艳逸,仪静体闲。柔情绰态,媚于语言……"

"月明公主?月明,月——明——"邓羌提着酒壶呼唤着冲向船边,若不是被几个美妾连拖带拉,差点一头栽进了洛水。

"我自倾杯思月明,一杯白霜,两杯菊黄,三杯心冰凉!兰舟向晚,落日锦绣,卿却转身燕宫深处,月笼人家,沉香入画,空留多情公子苦苦牵挂,肠断天涯!"邓羌胡乱地喝着,胡乱地吟着,只想一醉解忧,二醉消愁。

却见岸上有飞马来报:"天王命将军苟池、洛阳刺史邓羌率兵两万枋头救燕,即刻启程!"

"救燕?"邓羌听到酒醒大半,瞬间来了精神。自从去年中秋夜帮月明公主解围,又闻知月明回到代国后,被其父王送往燕国和亲,邓刺史只要听到关于代或燕的消息,就特别上心。此时正在思念月明公主,接到救燕快报,不胜欢喜,酒壶一扔,心想,枋头救燕,说不定还能见到月明公主呢!

邓羌领命,立刻命兰舟靠岸,点兵点将,布置好战略,铜铠甲,白战袍,赤战靴,玉腰带，披挂整齐，飞身上马，英姿威武，潇洒矫健。一声令下，披星戴月，赶往枋头。

话说东晋桓温因多日劳心劳力，倍感疲惫，断定秦不会出手救燕，枋头已是囊中之物，遂命晋兵好好休息，养精蓄锐，次日卯时总攻，即可破城。没想到美梦中，被苟池、邓羌带领神速赶来的两万天兵，来了个切菜砍瓜。威震四方的大司马桓温仓皇中带了不到三百人马，换上普通将士铠甲，趁乱一路血拼，逃回建康。

邓羌救燕，本想在燕的答谢晚宴上能偶遇月明公主，谁料并未看到。派下人打听，才知公主已有身孕，在都城安胎静养。邓羌顿时觉得欢庆热闹的晚宴索然无味，懒得应酬，起身也不告辞，拂袖而去。

正在太极殿早朝的天王接到意料之中的捷报，命苟池率众归长安，邓羌率部将接管虎牢以西之地。嘉奖兵士、抚恤伤残等不再细提。

受此捷报鼓舞，朝中文臣武官纷纷进言要趁此之机控制虎牢，引兵向北灭燕。

天王并不表态，静听各种豪言壮语，谋略计策。

这时，京兆尹王攸出列道："启禀陛下，臣以为伐燕目前时机不到。臣近期苦苦思索，终有所悟，现书'十略'献上，请陛下御览。"

天王正好不想再听朝堂上的吵吵嚷嚷，挥手道："爱卿念来听听。"顿时朝堂安静下来。

只见王攸手持玉笏，字正腔圆道：

   一略君道宜明，二略臣尚忠敬，
   三略子贵孝养，四略民生在勤，
   五略教无偏党，六略养民在惠，
   七略延聘耆贤，八略惩恶扬善，
   九略伐叛讨逆，十略易简宏大。

"哈哈哈哈，好个伐叛讨逆，易简宏大。爱卿敏锐敢言，犀利无忌，甚得朕心。此十略可作固国之本，广加宣扬，既可警示，亦可引领民心。朕赐王攸玉珠一斗，书简一车，即日起京兆尹王攸升为谏议大夫！"

王攸没想到自己一个没有背景的寒门书生，能得到天王如此厚爱，先是委以京兆尹重任，而今当着群臣，又是赏赐，又是加官。他感动万分，伏地长拜，哽咽道："王攸何德何能，承蒙陛下如此厚爱，日后定当直言不讳，不辱使命！"高呼："吾皇万岁万岁万万岁！"

早朝散后，天王命几个重臣于东堂议事。

原来,燕帝派乐嵩求秦兵解枋头之围,许以虎牢以西之地报之,只是一句空话。邓羌飞鸽传书,说燕国再三拖延,就是不履行当初的诺言。

"各位爱卿有何高见?"

御弟苻融年轻气盛,愤然道:"言而无信非君子也,请皇兄下令,让臣弟和邓羌直接杀进虎牢,给慕容暐点颜色看看!"

薛赞摇头道:"不可,不可,切不可意气用事。"

卫将军李威道:"为商最重诚信,倘若诚信不守,很快就无立足之地,更无利益可言,何况国乎?臣看燕帝是自取灭亡。"

天王边饮茶边凝神细听,将目光投向了静坐一边的王猛。王猛点头道:"卫将军所言不假,燕迟早要灭亡,只是大厦将倾,尚欠东风而已。"

天王笑问道:"何谓东风?爱卿不妨说说看。"

王猛点头道:"诸位皆知,此次苟池、邓羌率秦兵两万枋头救燕,之所以大胜,和燕国吴王慕容垂统兵五万正面迎击晋军挫其锐气密不可分。"

薛赞接道:"吴王足智多谋,使得桓温数战不利,粮草尽竭,加上我秦军及时赶到,才迫使晋军烧了兵船,丢了辎重,扔了铠仗,落荒而逃。"

苻融道:"难怪燕帝耍赖,不给我们虎牢以西之地呢!莫非想抹掉秦军战功?"

李威道:"听闻慕容垂是自请率众迎击晋兵。此次抗击桓温,吴王功不可没!燕帝倘若重用吴王,岂非对我们不利?这个战神岂不要一飞冲天?"

天王并不说话,继续细听。

薛赞道:"燕帝是否重用慕容垂暂且不说,战神能否一飞冲天臣却能略知一二,桓温此次趁燕内乱北上,开始锐不可当,吓得慕容暐、可足浑太后及太傅慕容评收拾细软,带着家眷准备北逃和龙,慕容垂为国为民挺身而出,自请抗敌。"

苻融笑道:"若不是慕容垂,怕邺宫皇室此时已如惊弓之鸟,躲在和龙发抖吧。他们应该好好感激重用吴王才是。"

薛赞摇头道:"恰恰相反,若慕容垂和燕帝、太宰一起逃往和龙,怕还能保全性命,如今能不能活命尚且两可!"

"啊?"苻融惊讶了一声,不再言语。

王猛道:"吴王慕容垂就是东风。臣推测,吴王一个月内定有性命之忧,吴王丧命之日就是我秦军破燕之时!"

苻融又惊叹一声。

天王点头道:"之所以按兵不动,一则出师无名,二则吴王慕容垂正是朕心头之忧。如今燕失信在先,秦出兵伐讨,顺应天意!只是方才景略所言吴王有性命之忧,倒是提醒了朕,速速通知我安插在慕容垂身边的人,务必保证他家室周全,想方设法促成吴王投秦!若其能为秦所用,莫说灭燕,就是一统天下,亦不在话下!"

王猛道:"若能为我所用最好,若不投秦,宁可杀之,亦不能为他人所用!"

天王道:"一定要促其投秦!此事由李将军安排吧。"

李威拱手应了。

王猛道:"除慕容垂之外,燕还有一人,名识有嘉,需加防范。"

天王朗笑道:"哈哈,若景略不提,朕差点忘掉,是燕司空皇甫真吗?"

"正是。"

"此人也要为我所用,一定要想法策反。"

薛赞道:"前不久派我秦西戎主簿郭辩以秦燕修好之名,探燕国虚实,遍访公卿。见皇甫真,策反多次不成,不但被当面斥责,还上奏燕帝,要求对郭辩治罪。幸亏已遵陛下口谕,将太傅慕容评提前收买,劝燕帝万不可因小事与秦结怨,郭辩才得以脱身。皇甫真坦荡耿直,明识有才,不好对付!"

天王听了赞叹道:"以中原六州之大,岂无一智士哉?燕,很快就是秦的囊中之物!慕容垂、皇甫真很快就能和众卿同朝议事!"

次日,天王直接移驾东郊灞柳亭旁几间简易的草庐中,批阅奏折,打理朝政。

朝臣很是不解。只有几位重臣心里明白,天王每天忙完朝政,灞河边散步高歌,夕阳下打猎逐鹿,是在等一个人……

第十八章 慕容垂被逼北上 秦天王挥剑解围

等待的日子里,燕国的最新动态通过不同渠道,源源不断地如灞河之水缓缓流过灞柳亭,到达天王的龙案上。

等待的日子里,燕国使臣郝晷私下偷偷攀附王猛,秘密提供燕的军事部署等核心机密;燕使梁琛探知天王在新平郡的泾河滩游猎,不辞辛苦,翻山越岭,跑到天王的狩猎场求见,提供吴王慕容垂最新动态。

等待的日子里,天王凭着高远的治国智慧,撒下一张大网,让燕国如被追杀的猎物,离猎人的箭弩越来越近。

看准时机,厚积薄发!这日暮色渐浓,天王狩猎归来,命随身侍郎赵整传口谕:"朕欲往泾河滩游猎数日,太宰王猛、卫将军李威、中书令薛赞辅助太子监国。"

繁星闪烁的黑夜中,天王跨上龙驹,只带了权翼和子姝,一路向东,悄然奔去……

天王行事缜密,神不知鬼不觉中,马蹄生风,六日的风雨兼程,一鼓作气,抵达龙门。

天色尚早,三人找家客栈打尖歇息。子姝在未央宫养得娇嫩如玉的肌肤因风吹日晒,开始脱皮,冰水敷上,着火般辣痛。子姝却并不在意,陪着心爱的人共赴危难,成就大业,就是变成丑八怪,也无怨无悔!再看天王的面庞,黑红如枣。权翼皮糙肉厚,黑上加黑,如黑炭般的脑门闪着黑光,竟被晒得冒出油来。远离朝廷,虽有君臣之名,但已不再有朝堂上的肃穆庄重,天王和宠妃、爱将嬉笑着,点了三斤羊肉,一盘肥肠,一盆羊棒骨,外加几碟小菜,上了两盆馒头葱油饼。正在大快朵颐,听到旁边一桌两人酒酣话多,正在说燕宫里的绯闻艳事。一长相丑陋的男子嬉笑道:"那可足浑太后可是重口味,据说太宰慕容评实在招架不住,从民间找了几个面首,才得以脱身。"

另一个长得稍微周正的男子坏笑道:"你的不是也有三拃长么!干脆为兄陪你去邺城伺候太后,捞些富贵去如何?"

丑陋男挥手道:"滚滚滚,什么可足浑,什么太后,肥头大耳,污秽淫乱,暴戾刻薄,别污了我的清白之身!"

周正男噗地笑着将嘴里的酒喷了丑陋男一脸,捶胸顿足笑道:"你还清白?花酒喝得比伊河的水都多,翠香楼都快成你家了。还清白之身呢,笑死人可要偿命的!"

丑陋男并不理会,从小碟里拣了一颗蚕豆扔进嘴里,边嚼边道:"若是吴王的段元妃,那倒可以一试。只是可惜,听说近期慕容垂要携段元妃北上退隐龙城了!"

周正男听了更是笑得前仰后合,拍着桌子道:"就你个癞蛤蟆,还想段元妃呢!听说段元妃,那可是人间尤物,丰乳肥臀,妖娆娇媚,比得过沉鱼的西施,赛得过闭月的貂蝉,你的胆可真肥啊!"

权翼听得津津有味,子姝虽然此时已经是三个孩子的母亲了,但听到这等口无遮拦的污言秽语也甚为难堪羞涩,侧目装作品茶,余光看天王也听得入神,心里不禁泛起几丝醋意。

龙门向东两日一夜便是洛州,权翼心想:"莫非天王一时兴起,带了宠妃数日奔波,是为了去游洛水?"吃饱喝足后,正想问,却见张夫人不知道从哪里搞来几套燕人的服饰。天王命各自换了,牵着已吃饱草料的马儿,要向北行去。

"咦?往北可是燕国地界,莫非……"权翼道。

"对,朕就是要深入虎穴!"天王似回答权翼的疑问,于马背上道,"本想潜入邺城,与慕容垂一见。适才在客栈听他们说慕容垂准备携段元妃北上龙城。看来,我们在邯郸静等即可。"

哦!天子就是天子,真正以天下为己任。再看看咱,除了吃饱喝足,就是赌钱想女人……权翼突然觉得自己猥琐不堪,羞愧难当。但转念一想,自己武功绝伦,心地善良,忠肝义胆,关键时刻可以保护天王和夫人,也算有用。不由得抬头挺胸,攥紧腰中的伏虎刀,时刻准备着为天王舍身而出!

龙门北上,进入燕地,天王、子姝扮作一对投亲的小夫妻,权翼扮作马夫,一路谨慎小心。幸好燕境守卫懈怠贪婪,随身带的金银丰足,遇到城门盘问检查,塞些银两就大摇大摆顺利过关。

这日行至中丘郡,邯郸已经近在咫尺。天王心疼子姝一路辛苦,为了稳妥,准备再探听些消息，决定在中丘调整歇息半日。正值晌午，烈日炎炎，三人挑了家华丽气派、人多热闹的酒楼走过去。富态喜气、风韵犹存的老板娘远远迎了上来，边说着一堆贵客临门蓬荜生辉之类的溢美之词，边将三人请往二楼临街的雅座，亲自沏茶，并啧啧赞道："这位美人明眸流转，温婉秀雅，莫非是天女下凡，王昭君转世？莫说男子，就是我这妇人，看了骨头也酥掉几根，客官好福气哦！"

天王笑笑接茶细品，道："老板娘倒是舍得，秦国紫阳的绿涩眉，入口涩苦，回味幽甜，养心败火，上得好！"命权翼递些碎银谢过。

又品了两口，摇头叹道："可惜不是当年新茶！"

老板娘捧着碎银，边道万福边笑赞道："一大早喜鹊登枝，叽叽喳喳叫个不停，奴家就知道今日大喜，定有贵客临门，没想到竟然迎来了贵客中的贵客。能品出绿涩眉的非富即贵，还能品出往年旧茶的，定是集荣华富贵于一身的王爷公侯！"说着突然瞪大双眼，将天王、子姝上下重新打量一番，压低声音道："民妇斗胆请问二位可是吴王殿下和段元妃？"

说完赶紧跪地拜见。子姝扶了，柔声道："店家错认了，我家官人为商多年，专做茶叶生意，任何茶品，都能说出一二。"

老板娘装上碎银，满脸疑惑道："做茶叶生意？为何总觉得不像呢？"

天王笑着问道："我倒奇怪，店家为何将我认成吴王？"

老板娘道："客官不知，宫里传出消息，吴王因抗晋得胜，威名大震，引得太傅忌惮，太后也厌恶至极，怕功高盖主，处处刁难迫害。吴王不忍骨肉相残，要北上龙城退隐，已于前日微服带段元妃离开邺城，猜算下来，这两日也该到中丘了。"

"原来如此。"天王心想，李将军的舆论造得不错嘛。如此离间，吴王想在燕立足，怕都难了，便说道："好酒好菜只管上来，今日我要在此开怀畅饮！"

饮茶的工夫，酒肉菜品全部备好。

难怪这家酒楼生意兴隆，酒美菜香，伺候周全。天王一路风尘，难得放松，尽情享用，不再多言。

肚圆小憩之际，门外来了个打着莲花落讨饭的叫花子。并不入内，隔着竹帘，打着板子，朗声道：

"邺城有个群官首，也会吃来也会走。一生好放官例债，不消半年连本三。巢窝里放债现过手，他管接客俺使钱。线上放债没赊账，他管杀人俺管担。积得黄金拄北斗，哪管百姓死与活？

"莲花落，莲花落。

"看看爷娘不是亲,有钱且去敬别人。三年乳哺有何用,娶了媳妇就要分。好酒好肉老婆吃,不怕爷娘饿断筋。生前不曾见碗米,死后谁人来上坟?

"莲花落,莲花落。

"看看兄弟不是亲,三窝两块说不均。同胞也要分彼此,争多争少要理论。有酒只和旁人吃,自家骨肉作仇人。

"莲花落,莲花落。

"看看老婆不是亲,三媒六证结婚姻。嫌贫爱富窦家女,半路辞了朱买臣。墙西有个刘寡妇,守到五十还嫁人。夫妻且说三分话,未可全抛一片心。

"莲花落,莲花落。

"看看朋友不是亲,吃酒吃肉乱纷纷。口里说话甜如蜜,骗了钱去不上门。一朝没有钱和势,反目无情就变心。孙庞斗智刖了足,哪有桃园结义人?

"莲花落,莲花落。

"看看官人亲不亲,买来酒肉散纷纷。面慈心善赏银钱,心肠毒辣打出门。一朝大业临天下,莫要忘了草和根。刘皇叔草庐请孔明,如今谁会阿六敦?

"莲花落,莲花落。"

"好好好!热闹热闹!"权翼听得热乎,大声喝彩。子姝温婉浅笑。天王用手指在桌案上敲着节奏闭目含笑,抬声道:"有酒有肉,帘外人何不进来一叙?"

"恭敬不如从命!"话音落处,竹帘挑起,闪进一个极其瘦小低矮的身影,看身高也不过是七八岁的娃娃,满打满算,三四尺样子,听声音却是成年男子,原来是个侏儒。看五官,其粗眉豆眼,蒜鼻厚唇,倒还周正干净。只是披了块看不出颜色、又脏又旧的破布,让人生厌。

来人也不施礼,大模大样跳上矮凳,旁若无人地蹲着吃喝起来。别看人长得小巧,饭量却是惊人,风卷残云般,桌上的酒肉在权翼的惊愕中,被一扫而光。

而后那人打着饱嗝,用手指抠着牙缝问道:"说吧,不说我走了。"

天王笑道:"我看你虽为乞丐,莲花落唱得浅显易懂,辨是非,明事理,却不同一般乞丐。"

"贵人好眼力!我石垣走南闯北,莲花落唱了二十年,用心听的没有几个,听得懂的更是大夏天下雪——少见。没想到今天竟遇到大雪啦。贵人可是要打赏吗?"

天王点头道:"当然有赏。"

权翼只好上前一步,掏出几枚铜子递上,石垣并不接受,不屑道:"明明一兜金银,却只掏几个铜子,也好意思拿出手!"

权翼恨恨地回道："金银倒是不少,给你怕你消受不起!"

"莫非只有贪官污吏才能消受得起?金银如粪土,我石垣还不稀罕呢!"

"嘴还挺能说的,你意思是爷爷怀里揣的大粪?看爷爷不捏死你!"权翼边说边准备收拾石垣。子妹柔声拦道："两位何必为口舌之争伤了和气,且坐下慢慢道来。"

权翼一百一千个不愿意,但也不敢抗命,气鼓鼓地嘟嘴扭头看着窗外。

天王问道："你方才唱的阿六敦可是指吴王慕容垂?"

石垣气鼓鼓地答道："正是。"

"听说慕容垂这几日就要到中丘郡,不知真假。"

"当然是真的,吴王今日已到中丘。"石垣答道。

"丐帮消息好生灵通!"

"那是自然,天下就没有丐帮不知道的事!"

"咦?莫非你就是江湖上传说的丐帮帮主石千丈?"权翼忍不住插话道。权翼自小就敬仰英雄好汉,石垣的江湖传说早有耳闻,令他敬慕不已,今日见得本尊,激动万分。

"正是。"

"你真能跳千丈高?传说你可以从城墙脚下飞到城墙垛上,可当真?真是人不可貌相,海水不可斗量!权翼有眼不识泰山,还请石帮主见谅!"权翼忙拱手致歉。

"不敢不敢,俺还怕被你捏死了!"话音未落,石千丈像旋风一样,不知何时已经从门口躲在了临窗而坐的天王背后。

权翼呆呆地问道："妈呀,莫非这就是传说中的鬼影漫步?"

"呵呵,你小子知道的还不少呢!"

"江湖上盛传石帮主居无定所,无妻无妾,食不求美,常将衣物施与穷人。轻功过人,独门绝技一飞冲天和鬼影漫步在江湖上无人能及。还有暗中取物、隔墙撩爱,更是天下第一。"

"打住,打住!你这是夸我还是损我呢?既然听过本帮主,就快包上十只羊腿,别误了我的正事。"

天王笑道："好说。"接着问道："石帮主方才说慕容垂已到了中丘,莫非羊腿为他而备?"

"贵人猜得不错,吴王不想招摇。"

"吴王现在何处,可否一见?"天王问道。

"你是哪位大神？我为何要告诉你？"石垣反问道。

天王笑了，问道："你为何要帮吴王？你又是吴王的什么人？"

石垣道："素昧平生，敬仰而已。"

天王道："彼此彼此，本人亦慕吴王威名，有心一见。"

石垣摆手道："这个我做不了主，非常时期，人心难测，吴王信我，我就要为吴王安全负责。"

天王赞道："石帮主侠肝义胆，让人佩服，不如将此物交给吴王，见与不见，静候回音。"说着解下腰上的龙纹流穗，递与石垣。

石垣接了，微微一笑，揣入怀中，接过权翼用荷叶包好的几只羊腿，也不告辞，竹帘一闪，旋风一样不见了。

权翼道："这个石帮主果然如江湖上传说的一样，来无踪去无影。也不问问我们来路，就风一样刮走了。"

天王朗笑道："怕是来路早已清楚，专程来此唱莲花落的吧！"

权翼满脸疑惑，问道："莫非他是慕容垂的人？"

"是也不是，不是也是！你不觉得他有些许面熟吗？"

"面熟？"权翼抓耳挠腮，想着想着，突然叫道："原来是在咸阳偷我们钱袋的恶贼！"赶紧摸摸怀里的钱袋，还好，在呢，便开始骂了起来。

子姝不解，天王便风趣地讲起当年咸阳遇险之事。

这时，突见街上一队人马飞驰而过，随后紧跟着数倍的人马打打杀杀着咆哮而过。

"不好。"天王大叫一声，拉了子姝飞奔到街上，只见除了几具血腥的尸体已经没了凶手人影。抬头看到躲在角落的老板娘，未及问清原委，老板娘就大呼小叫地尖叫道："贵人快回酒楼啊，街上危险，听说朝廷派人来追杀吴王呢！哎哟，作孽呀，吓死人喽！"

天王径直走到一具尸体旁，翻看片刻，回头对权翼、子姝道："并无文身，是晋人要取吴王性命。快追！"

三人顺着尸体一路往北，追到滏阳河渡口，没有渡船，也没了人影。天王心里一紧，眼看天色渐晚，又起了大风，河面波涛汹涌，浊浪滔天。急着救人，却忘了自身安危。此地若有晋人埋伏，岂不入了虎口？

天王示意屏住呼吸，权翼伏地细听，还好，没有异常。三人牵马聚在了渡口的大桐树下，正要喘口气，却见一张大网从天而降，连人带马罩了起来。

随后从桐树上跳下来十来个手持利刃的黑衣人，权翼骂道："尔等是何人？使阴招，算什么英雄好汉，有本事一对一单挑！"

黑衣人并不理会，训练有素地将三人捆绑结实。有一个头目模样的，走到权翼面前，一把抽走了权翼腰间的青铜铸兽伏虎刀，吹了一口浊气，骂道："奶奶的，果然是宝刀！"扛在自己肩上，将三人押到了河边不远处的农家小院里，扔进了柴房。

黑暗中，权翼窸窸窣窣着，不一会儿，便自行解开了绳索。又帮天王和夫人解了，低声道："我堂堂黄门侍郎，岂能让几个小毛贼绑了！看我一会儿出去如何捻死他们！"

天王活动着筋骨道："此事蹊跷！他们是何人？绑我们又是为何？"

子姝揉着被勒出红印的手腕，悄声道："熙熙攘攘皆为利，打打杀杀只图名。"

"骑着驴骡思骏马，官居宰相望王侯！"天王轻笑着接道。

权翼听了嘟囔道："都什么时候了，你们还有心思对诗。"

天王道："不急，不急。门口无人把守，你偷偷出去，听他们都说些什么。"

权翼应了，三两下，无声地扭开紧锁的柴门，潜了出去。

天王怜惜地揉着子姝红肿的手腕，道："本想给你满目锦绣，谁料却一路艰辛泥泞。"

子姝将郎君的手捧着，道："苻郎说的艰辛泥泞，对臣妾来说就是满目锦绣！"

天王道："看来慕容评和桓温亦有往来，若我没猜错，此次追杀慕容垂的晋兵定是他们狼狈为奸，互相利用。慕容评借刀杀人，桓温将计就计。"

子姝道："慕容评借刀杀人臣妾明白，但晋何必蹚这浑水？"

天王道："桓温肯定知道我们想保全慕容垂，所以想方设法要除掉他，以免为我所用。"

"慕容垂对陛下来说如此重要吗？值得不顾安危冒险相救吗？"

"当然值得！且不说一统天下，就说灭燕伐代，除了国力，拼的就是人才，人才才是富国强国的核心竞争力！"

子姝双眸闪动，深情地凝视着睿智冷静的心上人，忍不住投进怀中，心想："愿得一人心，白首不相离！"

天王抚摸着子姝的秀发，低头轻吻，心想："坐拥天下，怀揽美人，才不负平生大志！"

果然不出所料，黑衣人为桓温手下所派，权翼说他听得清清楚楚，黑衣人在讨论如何处置他们三人。有的说夜里杀了，身份不明，不是丞相要的人，留着也是累赘。有一个头目样的人说,不行,正因为身份不明,才要留着,等明早渡过河赶到邯郸抓到慕容垂一起邀赏。

权翼零零乱乱地说了一堆,然后愤愤道:"待臣出去宰了这些毛贼,保护陛下夫人速回长安。"

天王摆手道:"勿要鲁莽。既然他们不知道我们的身份,说明尚安全。晚上好好歇息,明早正好利用他们护送我们去邯郸城,找到慕容垂。"

权翼睁大眼睛,看着天王和夫人,脱口而出:"这么好的主意,我怎么没有想到呢?"

子姝看着权翼的模样,忍不住掩嘴笑了。

邯郸城已经戒严,吊桥高挂,城墙上燕军如临大敌,严阵以待。幸亏有黑衣人"护送",三人大摇大摆地进了邯郸城。原来慕容垂一行已经被围困在西南边曾是战国赵王城的废墟丘陵上,足足四个时辰了。

风起云涌,方才还是天朗气清,突然狂风四起,尘土夹杂着树枝枯叶乱飞,乌云密布,电闪雷鸣,瞬间,天空竟然砸下鸽蛋大的冰雹。

此时不动,更待何时?天王给权翼、子姝使个眼色,三人同时褪了绳索。几乎同时出手,三下五除二,将身边晋兵来了个剁瓜切菜。权翼尚未出手,夺他刀的小头目便晕死过去,权翼捡回自己的青铜铸兽伏虎宝刀,朝昏死的小头目踢了一脚,朝脸上啐了几口唾沫,骂道:"就你,也配用爷爷的宝刀?呸呸呸!"

子姝吹了几声口哨,三匹通人性的宝马嘶叫着朝主人奔来。

此时,密集的冰雹变成了倾盆大雨。

天王道:"事不宜迟,趁着天黑人乱,子姝速去邯郸城楼找统军首领郭庆,他是我们的人,传朕口谕,速带人来赵王城救慕容垂。权翼同我西南两侧杀入,先为慕容垂解围再说。"

权翼阻止道:"陛下,万万不可,他们少说也有四五百人,待我一人先杀进去搅和搅和,郭将军来后,再里应外合不迟。"

天王道:"休得啰唆,慕容垂危在旦夕,解围再说。"

话毕,催马扬鞭,举着自己的赤金龙鳞乾坤剑,在天昏地暗中,在大雨如注中,朝西边的包围圈痛杀过去。

此时包围圈中,慕容垂的左腿不幸被流箭所伤,若不是几个有虎豹之勇的子侄拼死相护,根本就挺不了这么久。眼看血越流越多,包围圈越收越紧,慕容垂咬牙折断箭羽。此时,已被雨水、泥水、泪水混成一团的段元妃赶紧撕下裙裾,将伤口包扎起来。慕容垂忍着剧痛命元妃带几个子侄趁机突围,不用管他,元妃当然不肯。

就在这生死攸关之际,秦天王苻坚跨着他的绝影赤风,如一团熊熊燃烧的烈火,金龙般由西边呼啸扫卷而来。南边的权翼也舞着他的青铜铸兽伏虎宝刀和晋军杀成一片。

此时不走,更待何时。

战神满血复活!

慕容垂咬牙起身,如发怒的雄狮般咆哮一声,提着手中的紫金虬龙狼牙棒,如千把钢刀,万叶飞镖,横扫了过去。晋兵顿时血肉横飞,残肢断臂如秋叶般纷纷落下,元妃和几个子侄紧随其后,趁机杀出一条血路,保护慕容垂朝东奔去。

晋军紧随其后,张弩放箭,穷追不舍。

一人中箭落马。

又一人中箭落马。

危急时刻,郭庆带人马赶到,挡住晋军,慕容垂几人才得以脱险。

退隐龙城眼看无望,慕容垂正在想如何全身而退,却接到圣旨,燕帝命速回邺城。

太傅慕容评和可足浑太后欲置吴王于死地,独霸朝廷。燕帝慕容暐虽然软弱,但不糊涂,为了挟制太傅太后在朝中的势力,吴王可以不重用,但万不能没有。

所以接到密报吴王微服出邺,燕帝就一直派人暗中跟踪。太傅和晋军勾结,吴王中丘遇刺,邯郸被围,尽在燕帝眼中,之所以隐而不发,就是想等一个绝好的机会,让吴王明白燕帝心中还是有他的,朝廷还是需要他的。

慕容垂接旨后带元妃、子侄从小道折回,坐在邺城外漳河边商议何去何从。

段元妃从河边草丛中采到了一把新鲜浓绿的三七草,用清澈的河水冲洗干净,含在口中嚼碎,敷在了夫君的箭伤上。又摘了片梧桐树叶,卷成杯状,盛了些清水,呈给夫君解渴。

彪悍威猛的长子慕容令道:"太傅太后欺人太甚,不如我们进城杀了那对狗男女!"

段元妃的哥哥段兰建断然道:"不可冒失。如今慕容评和可足浑太后肯定已经布好天罗地网,回去无疑自投罗网。"

次子慕容马奴弱弱道:"皇帝召我们回去,肯定会保全我们的。"

慕容垂道:"皇帝可以保我等一时,保不了我们一世。此次慕容评为了除掉我们,都敢和晋军合谋,往后定会有更毒辣的招数。"

段元妃道:"赵王城被围,杀进来救我们的,不知是何人?"

慕容垂从怀中掏出龙纹流穗,在手中把玩许久,缓缓道:"看来投秦未尝不是一条明路。赵王城飞马相救的,若没猜错,应该就是秦天王——苻坚!"

段元妃惊讶地睁大妩媚的凤眼,啊了一声。

段兰建道:"秦天王能深入虎穴,飞马救急,倒是让人意外。不过,殿下三思啊!若是投秦,总归是寄人篱下,仰人鼻息,日子不会好过!"

长子慕容令道:"秦天王美誉四海。那日遥望,身姿伟岸,武功盖世,一看就是胸怀天下的磊落明主。若是投秦,定能有一番作为,再也不用看太傅太后冷眼,受他们的窝囊气!"

慕容垂将目光投向了侄儿慕容楷,虎背熊腰的慕容楷拱手道:"哥哥说得极是,全听叔叔决断。"

又将目光投向段元妃,段元妃赞道:"秦天王果然了得,既有荡气回肠的英雄气概,也有气势磅礴的帝王魄力。燕帝若继续纵容太傅太后颠倒是非,污秽朝政,说不定有一天大家都会相聚于秦,只不过我们先走一步而已。"

慕容垂用赞许的目光看看元妃,又用如炬的目光扫视了一遍几个子侄和大舅子,道:"一路向西,先到河阳,渡过黄河就是洛州！事不宜迟,此刻起程。"说着在段元妃的搀扶下起身,准备出发。

众人整装欲随。这时,次子马奴捡起河岸的一枚鹅卵石狠狠地扔进河心,道:"投秦就是叛国,我不去!"

段元妃道:"傻孩子,难道你不明白,燕国已经没有我们的立足之地,莫非你想过漳河进邺城领死?"

马奴喊道:"怎么会呢？太傅答应过我的,只要将你们带回邺城,就封我做卫国大将军!"

慕容垂道:"孩儿好生糊涂！你一无战功,二无能力,武功平平,太傅狡诈多疑,切不可轻信。"

马奴道:"反正我不走,我已答应沁香坊的碧泓郡主,等我当上卫国将军,八抬大轿迎她过门呢!"

"你……"慕容垂怒喝道,"你个逆子,都什么时候了,还如此幼稚可笑!"

马奴梗着脖子道:"我就不走,你们也走不了,一路上我都做了和太傅约好的标记,过不了多久,太傅的人马就会追上来的。"

"你个孽障!"慕容垂提起手中的紫金虬龙儿狼牙棒扫了过去。扑通一声,马奴倒地没了气息。

大家都木鸡般呆了。

沉默片刻,慕容垂道:"与其让他以后不明不白死在慕容评、可足浑氏手里,不如我亲手了断!"

慕容垂没想到,自己本想教训教训儿子,只用了两分力,就要了马奴的性命!不管怎样,毕竟是自己的亲生骨肉。马奴生性懦弱,没主见,从小受其母亲——元妃姐姐的呵护疼爱,没有受过半点委屈。母亲冤死狱中后,就开始变得诡谲多变,刁钻古怪。难怪一路行踪慕容评了如指掌,原来马奴早已被他们收买。

慕容垂内心一阵阵绞痛,为自己的失手,为马奴的年轻性命,更为孩子的糊涂和无能!

元妃低泣着用随身的蛾眉彩凤小弯刀,在河边一棵柳树干上刻上慕容马奴四个字,然后和众人将其草草埋在树下,扶起还在不停培土的夫君,欲语还休……

潺潺秋水,如霜碧波,蝉儿长鸣,四野寂然。沐浴在晚霞中的慕容垂一行顺着漳水,缓缓向西。回望邺城,面无表情的燕国第一战神心中无限怅然,默默念道:"生前免向邺下死,努力前程是帝乡!"

第十九章　张夫人邯郸失踪　燕吴王长安投秦

花开两朵,各表一枝。

且说天王本想追上慕容垂,谁料子姝不见了。

是的,就这么莫名其妙地不见了!

子姝一路飞马到城下,找来守城的郭庆助天王解慕容垂之围。等慕容垂一行脱险后,郭庆拜见天王,却不见了子姝。

一点线索都没有,急得权翼提着宝刀团团乱转。

既然郭庆身份已经暴露,天王的身份也会很快被燕知道,为了天王安全,郭庆带人马先护送天王西归长安。权翼通过石千丈打听寻找子姝下落。事已如此,天王尽管万分焦急,有心留下寻找,个人安危倒是其次,只是慕容垂近日极有可能一路往西,奔往长安投秦,于国于民都是头等大事,切不可怠慢!

邯郸虽为燕地,但多年来,秦也培植安插了不少耳目,只要子姝无性命之虞,总会找到。何况还有遍布角角落落的丐帮相助。想到此处,天王将儿女情长暂藏心底,策马扬鞭,奔回长安。

果然,慕容垂的消息紧随马后,像春风一样从天王耳边拂过,前日抵达河阳,津吏阻挡,斩吏渡河。

好,慕容垂已经过了黄河!

命洛州刺史邓羌安排接待,稍作歇整,直往长安!

有消息来报,慕容垂到了武关。

又有消息来报,慕容垂到了上洛郡。

慕容垂到了潼关。

慕容垂再有半日就到灞上了。

天王不顾身疲体乏,洗去风尘,内着缥色绸裳,外搭七分新的秦绣绲边祥云金龙探海玄色龙袍,腰束雨过天晴金蟒带,脚踏赤色羊皮厚底软靴,金冠金簪,静若沧海无声,动若蛟龙出海。

求贤若渴的天王收拾妥当,为显隆恩,率王猛、李威、薛赞、赵整等人骑马奔东郊灞柳亭迎候。

秦民众素闻燕国第一战神威名,听说慕容垂要来投秦,摘了树上红彤彤、软绵绵、甜丝丝的火晶柿子,玛瑙宝石一般晶莹剔透、酸甜爽口的红石榴,还有农妇献上几坛自家酿的火晶柿子酒。

天王大喜,和几位近臣边商议国事,边耐心等候。

眼看日头偏西,天王与王猛已经对弈三局,还不见人影,也无人通报。天王命人撤去棋盘,摆了火晶柿子酒,上了几盘爽口小菜,自酌自饮起来。几碗入口,豪情乍起,端起酒碗,抬头看看天空翱翔的雄鹰,低头看看灞河边青青垂柳,再远眺着空荡荡的桥头,想起他一直奉为偶像的曹孟德当年求贤若渴而作的《短歌行》,不禁放声唱道:

对酒当歌,人生几何!譬如朝露,去日苦多。
慨当以慷,忧思难忘。何以解忧?惟有杜康。
青青子衿,悠悠我心。但为君故,沉吟至今。
呦呦鹿鸣,食野之苹。我有嘉宾,鼓瑟吹笙。
明明如月,何时可掇?忧从中来,不可断绝。
越陌度阡,枉用相存。契阔谈䜩,心念旧恩。
月明星稀,乌鹊南飞。绕树三匝,何枝可依?
山不厌高,海不厌深。周公吐哺,天下归心。

周公吐哺,天下——归——心——

歌声正落,便见一骑,风一样卷过灞桥,同时传来铜钟一般的闷响:"天王莫怪,慕容垂来迟!"

天王哈哈大笑道:"喜从天降,正好正好!"边说边快步下灞柳亭,扶起已长拜在地的慕容垂,道:"长亭古道,不必拘礼,随朕草亭略饮几杯,回未央宫再美酒大宴,为将军接风洗尘。"

慕容垂也不推让,拱手道:"全听天王安排。"

天王拉着慕容垂的手道:"天生贤杰,必相与共成大功,此自然之数也。朕当与卿共定天下,告成岱宗,然后还卿本邦,世封幽州,使卿去国不失为子之孝,归朕不失事君之忠,不亦美乎?"

慕容垂退后一步,拱手长揖道:"不敢不敢,免罪为幸,本邦之荣,非所敢望!"

天王举起一碗酒道:"图燕已久,如今有卿相助,定能一举取胜。痛快痛快!"

慕容垂道:"天王美誉天下,中丘郡龙穗寻迹,赵王城飞马解围,令罪臣诚惶诚恐,垂何德何能,得天王如此厚爱!今弃暗投明,唯有献上身家性命,效忠陛下,才可心安。"说完,连干三碗,将随员一一介绍。

天王看着慕容家的五个子侄,令、宝、农、陆、楷,个个结实神勇,如天宫神将,不由得拍拍这个的肩,捶捶那个的胸,摸摸那个的脸,赞赏不已。再看其大舅子段兰建,气宇轩昂,恭礼有度,天王连连点头微笑。

最后看那段元妃,青丝绾成了金丝八宝雪狐髻,左右留下两缕,编成蝎肠小辫,配上两团俏丽的桃红绒球,随风微动;项上戴着赤金兽面璎珞圈;挺拔秀美的小蛮腰系着桃红花貂尾,身穿缕金百蝶穿花桃红洋缎窄袖衫,外罩五彩金丝石青银鼠褂;下着深海幽蓝凤尾灯笼裤。一双丹凤勾魂眼,两弯柳叶俏佳眉,身段凹凸饱满,体态美艳风骚。一个火辣辣的媚眼飞来,天王竟然心跳加速,不能自已。

定定神,每人赐碗酒,天王边饮边心里叹道:"燕国果然奢靡,一个王妃的打扮,竟然比朕的皇后华丽铺张数倍!"又想到子姝,一向清雅,更不可比。子姝为何还无消息?天王分神之际,却见桥头又飞马驰来一名壮汉,原来是过黄河时为了阻断河阳追兵,孤身抗敌,落到后面,一路追随吴王而来的燕国郎中令高弼。

天王更是喜上加喜。

当夜设宴未央宫,西凤御酒,大秦美食,鼓瑟笙箫,轻歌曼舞,高亢秦腔,温婉眉户,精彩呈现,为慕容垂一行接风洗尘。

宾客尽兴,君臣俱欢。

次日早朝,天王封慕容垂为宾徒侯,任冠军将军,其子慕容令为积弩将军,昭告天下。其他人皆厚礼以待,赏赐巨万,不再细提。

慕容垂投秦,伐燕时机成熟。天王派遣黄门郎石越假装与燕修好,再探虚实。又命苻融派手下密探加紧搜集燕国机密,李威继续收买策反燕国重臣。

时不待人,转眼数月。早朝散后,天王欲去懿寿宫给太后请安,却被王猛一路追随,说有事要奏。天王只好下了步辇,边走边听。王猛道:"慕容垂,燕皇亲国戚,世雄东夏,宽厚仁爱,施惠部下,结交士族贤士,施恩庶民百姓。燕赵之间咸有奉戴之意,观其才略,权智无方,兼其诸子明毅有干艺,人之杰也。蛟龙猛兽,非可驯之物,不如除之!"

117

天王停下脚步,看看王猛,思索片刻,道:"我愿以仁义对待英豪,去建不世之功。况且我已坦诚相告臣民,委以慕容父子重任。若今日除掉,天下人如何看我?"

王猛还欲再言,天王道:"卿心朕懂,随后安排些人去宾徒侯府精心伺候便是。"

王猛躬身应了,天王又道:"燕郝晷最近可有消息传来?"

王猛道:"慕容垂来投,燕朝廷震动不小,太傅太后已经完全将燕帝架空,开始把持朝政。燕帝不甘受其摆布,暗中招了几个亲信,商议夺回皇权之事,被太傅太后探知,杀了其亲信,不过,并未为难慕容暐。"

天王道:"近期要加紧收集燕的各方面消息,知己知彼,方能百战不殆!"

"臣明白。"王猛拱手告退。

岁月如水,缓缓东流。

苟太后虽然深居懿寿宫,但对皇儿的关爱,对朝廷的关注一刻也未停歇。虽说五公之乱已经平息,但私下时有臣子进言太后,说王猛协助太子监国期间,专横独断,手段强硬。还有人说王猛身为朝廷重臣,上朝时的衣服上打着补丁,实在有失国体。太后何等精明,知道醉翁之意不在酒,肯定又是王猛在处理朝政时伤害了一些人的利益,使他们故意散布流言蜚语。

呵呵两声,一笑而过。

朝廷大臣间的明争暗斗自古以来从未停息,太后岂不明白。但让太后担忧的是,倘若积怨过深,争斗太狠,会使国事受损,累及皇帝,殃及社稷。又闻燕慕容垂投秦,太后半喜半忧。喜的是,慕容垂奔秦,使儿子如虎添翼,多年平燕宏志即将实现;忧的当然是战场无情,刀枪无眼,不知道又要有多少英勇儿郎血洒疆场。若再深虑,慕容垂能否久为人臣,忠秦一生,让人担忧⋯⋯

御花园里,除了蝉鸣,一片寂然。

天空风柔云闲,花园蝶倦蜂懒,花色正浓,却只能孤芳自赏。太后午膳后,带了贴身的宫女青泉,到御花园散步。胡思乱想着,看到一丛去年春天卫将军进献的武陟怀菊开得正好,娇绿的容颜,柔美纤细的花瓣,如初醒的美人在舒展婀娜的腰肢,四面八方恰到好处地伸展开来,配上鹅黄的花蕊,柔媚不失清雅,风流不失端庄。

"伯龙⋯⋯"太后差点念出这个名字,被自己的失仪吓了一跳。多少年了,太后深宫孤夜,常常做着同样的梦,梦里自己还是个孩子,伯龙表哥也只是个小小少年,常常带着自己爬树掏鸟蛋,下河捉螃蟹。有一次,梦见两人在一大片盛开着紫色繁花的苜蓿地里抓蝴蝶,蝴蝶好大好美啊,透亮的翅膀凤尾一样,伏在花朵上一翕一张,像在舞蹈,又像在和花蕊私语,让她紧张而着迷。伯龙哥哥好不容易捉住,她却噘着小嘴执意要放掉。他们捉了放,放了捉,一玩就是一个盛夏。那时的日子过得好快啊,苟太后心里想,可如今的日子为何这般漫长?

太后顺着长廊,走进揽月湖中的凝碧亭,静静凝视着摇曳在碧波里的那个着盛装的,天下最尊贵孤独的迟暮美人,一阵怅然……

"母后想什么呢?"天王突然出现在身后,笑语问道。

太后定定神,转身微笑道:"当然是思念坚儿。"

天王退后一步,跪地拜道:"孩儿不孝,让母后担忧。"

太后疼爱地扶起,道:"天下父母,为子女担忧辛劳,既是天理,亦是本性。皇儿不必自责。快让母后看看,半月不见,如何黑成这般模样?"天王扶着母后笑道:"本想瞒着母后,怕您担惊受怕,看来母后已经知道了。"

太后拉着爱子,在青泉已铺好富贵牡丹软垫的玉凳上坐了,道:"子姝就这样不明不白地失踪,倘若身份没有暴露或许还有活路,倘若身份暴露,就难说了。万一为敌所虏,受辱不说,以此要挟,怕殃及国事啊。"

天王故作轻松地笑着对母后道:"母后切勿烦忧,子姝沉稳、心细,怕是一时迷路,应该无恙,说不定这两天就回来了。"

苟太后点点头道:"如此最好,只是锦、宝两位公主不过两三岁,天天吵着要娘亲,让人心酸。黎夫人一直未曾生养,不如让贤鲜宫暂时照看代养,不知皇儿意下如何?"

天王点头道:"还是母后思虑周全。也请母后保重玉体,后宫之事,皇后愚笨,以前还有子姝辅佐母后,往后只能靠母后操持。"

太后垂目低语道:"只要皇儿安好,母后便是无恙无忧!"

这时,青泉捧上鄂县新献的水灵灵的紫晶葡萄。天王剥了,陪着太后品鲜喂鱼,看母亲渐渐高兴,才告辞离去。

下了凝碧亭,穿过长廊,走到一丛红艳艳的秋海棠旁,天王停下脚步,沉着脸道:"还不出来,鬼鬼祟祟的,哪里还有黄门侍郎的模样!"

就见权翼从海棠后面磨磨蹭蹭地移步出来,扑通一声跪在天王面前,呜呜哭了起来。

天王心里一紧,心想,看来子姝凶多吉少了。片刻沉默,道:"起来,莫要惊扰太后,回东堂再说。"

多日来,权翼调动了所有关系,在石千丈的帮助下,终于打听到了张夫人的下落。原来,张夫人搬到救兵,担忧天王安危,便孤身一人策马先行前往,被装死的黑衣人头目掳去,一路向东,说是准备掳回去献给桓温大将军,将功抵过,还召集了几个部下严加看管。过淮河时,张夫人趁其不备,投水自尽了……

"翩翩!"天王大叫一声,眼前一黑,晕了过去。

第二十章　王景略奉命伐燕　施小计智取洛阳

天王君临天下，已经整十三年，血雨腥风，开疆辟土，削藩平乱，何等阵势没有见过，什么时候如此肝火攻心，以致气血受损，晕厥过去？

太后既着急又心疼，在龙榻旁亲手将汪太医加了几味中草药让宫女用蒲公英温火煨了两个时辰的清心败火茯苓汤，一勺一勺地喂着喝了。尽管汪太医一再宽慰太后，睡一夜就好，太后还是一千一万个不放心，专门让憨厚、纯朴的黎夫人寸步不离，伺候左右。次日天还未亮，天王翻身而起，和往日一样，沐浴更衣，习武早朝，好像什么事都没有发生过。太后不放心，站在偏殿远远看到龙椅上的皇儿如平日一样从容镇定地处理着朝政，才放下心来。

男人再心痛，也只能不动声色地独自面对。

自此，无人再敢当天王面提起"子姝"二字。只是午夜梦醒，天王常常独自月下吟诗伤情。

此情已成追忆，零落鸳鸯，秋水冰凉，十三年来梦一场。遥望中天明月，翮翮何处？若似月轮终皎洁，不辞冰雪为卿热。好梦难留，诗残莫续，赢得来世再深情！

翮翮归来，归来……

黄门郎石越探燕归来求见。天王洗去泪痕，埋下心痛，在东堂召见。

石越瘦小精悍，能言善辩，处事沉稳大方。叩拜过天王，将燕国之行经历娓娓道来："此次以秦燕修好之名探燕虚实，燕太傅慕容评亲自设宴接待，故意将酒宴搞得奢华无比，向微臣炫耀燕是如何如何的富盛，还问，听闻秦丞相上朝穿的都是打了补丁的衣裳，是否当真？宴席上燕威武大将军高泰说臣是以交好之名，探大燕虚实的，建议先下手为强，发兵以折秦谋。评不从，还当着微臣面，训斥了高泰几句。听说高泰如今已谢病归邸，再不理事了。还有燕因可足浑太后干扰朝政，慕容评贪得无厌,货贿上流,官非才举,使得群下怨愤不已。"话毕,从袖中抽出奏章,双手呈上,接着道:"这里面有燕廷被卫将军收买策反愿为内应的朝臣名单。"

内侍太监接过,弯腰呈上。

天王细细看过,悦色道:"爱卿辛劳,退下歇息吧。"命传王猛速来议事。

君臣二人东堂商议直到三更才散。次日早朝,命石越再次入燕,催要原许虎牢以西之地。

燕帝还有点为其食言不好意思,太傅慕容评却面不改色心不跳地道:"分灾救难,邻邦常理,还要什么回报?"只字不提当时请秦兵枋头救急时许下的诺言。

哈哈,天王要的就是这茬!

老虎不发威,还把本天王当病猫!按既定方针办:遣辅国将军王猛、建威将军梁成、洛州刺史邓羌率步骑三万伐燕。

公元369年寒冬腊月初八,北风呼呼地吹,雪花如梨花一般漫天飞舞,王猛率秦兵围住洛阳,天天派几队嗓门大的秦兵在紧闭的洛阳城外叫骂一番。主要内容以质问为主,使用为何不守信用,言而无信非君子之类的比较斯文的词句。秦兵粗犷,骂着骂着就开始动粗口,各路脏话脱口而出,如飞镖一样飞进洛阳城。守城的燕兵也不示弱,更脏的话如碎石般从城墙上回骂着扔下来。

围而不攻,只是叫骂骚扰。

已经第五天了。

军帐中,辅国将军王猛手里捧着半册由黄帝与其大将风后研创的《风后八阵兵法图》,潜心静读。这半册让王猛爱不释手的宝贝,是此次行军路上,借宿上洛郡一农妇家时的意外收获。那日响午,王猛巡营归来,无意中看到正在烧火做饭的老婆婆,身边放着一堆已经拆散的木简。王猛捡起一看,竟然是只闻其声,从未谋面的摹本《风后八阵兵法图》。王猛大喜,用自己最值钱的一件狐领大氅将拆散的木简全部换来,用麻绳重新穿了起来。虽然只有半册,但对王猛来说如获至宝,一有时间就乐滋滋地捧起细读。

孟良卷着一阵北风掀帘而入,手里捧了一粗陶海碗冒着热气的臊子面,美滋滋地道:"好香啊,快快快,知道将军喜食臊子面,庖厨特备的,将军快趁热吃!"

王猛不舍地放下手中卷册,接过竹箸吸溜几口,赞道:"热汤配细面,酸辣驱寒,热乎又解馋,好!"挑了一大片羊肉停住,问道:"将士们也是臊子面?"

孟良憨笑道:"今日腊八,我们咸阳从始皇起,就吃臊子面。将士们早上喝的腊八粥,现在吃的羊肉烩面片。"怕王猛责怪,又补充道:"也有热汤臊子羊肉面。"

王猛听了,点头继续呼噜呼噜吃面喝汤,连吃五碗,说道:"再来一碗干拌的。"接着问道:"骂阵的兵士可归来?"

　　孟良道:"遵将军命令,未时已归。"

　　"好。吃饱喝足,养好精神,四个城门都要有人。每日巳时去,未时归。只准动口,不准动手!"

　　"属下遵令!"孟良因上次跟随邓羌将军枋头救急立下战功,已被升为百夫长,此次出征,自请到将军帐下听命。

　　孟良转身出帐,片刻端来一碗干拌臊子面呈上,退后一步,拱手道:"属下愚昧,望将军点拨明示。"

　　王猛边吃边道:"说说看。"

　　孟良正要启口,辅国司马桓寅、建威将军梁成帐外求见。

　　二人进帐来拱手直言道:"大丈夫打仗,就应冲锋陷阵,血洒疆场。都言将军有孔明之才,五日来围而不攻,只让兵士们天天如泼妇一般骂来骂去,大失王师威风!"

　　王猛笑笑,放下手中陶碗,请诸将坐了,道:"冲锋陷阵,血洒疆场,最终为的是攻城略地吧?"

　　三人点头说是。

　　王猛又笑道:"倘若能兵不血刃,也不用冲锋陷阵,就能攻下城池呢?"

　　孟良答道:"那当然最好不过。但是,怎么可能呢?"

　　桓寅恍然道:"莫非将军要智取洛阳?"

　　梁成不解地问道:"难道洛阳城的城墙还能骂塌不成?"

　　王猛点头微笑,端起碗继续吃面,道:"此言不差,此次我等就是要兵不血刃,骂开洛阳城门!"

　　孟良还是不解,桓寅哈哈大笑,拍掌道:"难怪将军一定要赶在过年前抵达洛阳,原来是先乱敌心,再取敌城啊!"

　　梁成经此点拨,终于开窍,拱手道:"当年孔明空城退司马,如今将军要不动手、只动口骂开洛阳城。若能成真,属下五体投地!"

　　王猛一口气吃干净碗里的面条,道:"也需动手,只是未到时机。待敌心大乱,再动手不迟。"

　　孟良云里雾里,似懂非懂地转动着一对眼珠,不敢相信,也不敢不信。

　　王猛看着孟良憨呆憨呆的表情,笑道:"再来一碗带汤的臊子面。"

骂到小年腊月二十四,王猛命各营帐一大早就炖上肥羊。还未到辰时,肉香已经飘进洛阳城。王猛又命众兵士抬着锅灶,围在护城河外,吃羊肉喝羊汤,馋得城墙上的燕兵哈喇子都快流到护城河里了。

洛阳城内,百姓惶惶不安。武威王府的侍女、奴仆噤若寒蝉,武威王慕容筑更是坐立不安,秦军二十多天围而不攻,让开始誓死守城的燕军士气渐渐泄去。秦军开始叫骂诉说着大燕的种种不是,守城军士只当妖言惑众。时间一久,有的将士竟然真的质疑为不仁不义、言而无信的大燕卖命是否值得。最头痛的是慕容筑素与太傅不和,洛阳被围,飞马求救,多日不见动静,看来太傅是不会派兵来救了。今日小年,城内存粮已经不多,军心动摇,民心不稳。王景略果然高明,几锅肥羊就挠得整个洛阳城痒痒。慕容筑深吸几口弥漫在空气中的香味,豁出去打吧,仅凭洛阳城不到八千守兵,无疑是以卵击石。何况,慕容筑还在纠结打还是不打呢。

好不容易熬到大年三十,洛阳守军的粮草已经不足三日。清汤寡水地熬过年,慕容筑命王府上下口粮全部减半,节省下来多熬几日。原来慕容筑不停地飞兵求救,太傅腊月二十六终于派人送来消息,让坚守过年,正月十五大司马慕容冲率兵解围。

盼星星盼月亮,好不容易熬到正月十五,从天亮盼到日落,望断洛水,也没有等到救兵,却等来燕帝圣旨,命武威王死守洛阳,与城池共存亡。原来慕容评只是厌烦其扰,想高高兴兴、欢欢喜喜地过个年,施的缓兵之计罢了。年罢,又进言武威王有投敌之意,请燕帝务必下旨让其死守洛阳。

傍晚时分,巴掌大的雪片像一只只受惊的白鸽,拥挤着扑向大地。

守城的将士又冷又饿,怨声四起,骂声不绝。

王猛看时机已到,派孟良向城墙上投掷一封书信。

武威王府内,慕容筑正在给几个妾分发细软,说兵临城下,如今山穷水尽,明日准备奉旨拼死一战,以身殉国,让她们出了王府自寻出路。过惯了锦衣玉食日子的妾们自然不愿意,一个个梨花带雨般哭哭啼啼,将筑王爷团团围住,死活不走。筑王爷本是个胆小柔肠之人,此时,红烛滴泪,娇啼绵绵,受气氛感染,王爷甚至横下心来想,不如此时放把火,让这些娇妾美姬,还有多年积累的金银财宝在烈火中陪自己壮烈殉国算了。可想想,又怕烈火烧到头发会煳,烧到皮肤会痛,还是罢了。

正在这百难之际,守城将士送来王猛书信。

慕容筑急忙打开近灯细读:

威武王爷安好!

长安遥望洛阳数百里，却早有耳闻，筑王爷处事细密周全，经营有道，治理有方，才使得古都洛阳兵强马壮，百姓富庶，安乐一方。

　　如今秦兵八万围城，围而不攻，因景略素仰王爷多年体恤兵将，仁爱百姓，不忍生灵涂炭，毁了王爷多年的苦心经营，坏了王爷美名。内探回报，城内已粮尽草绝，兵将力疲，怨声四起，王府上下，鱼游沸鼎，燕巢飞幕。景略狂妄，有心兵戎相见，两个时辰，让洛阳易主。王爷欲以身殉国，景略佩服万分；将士拼死守城，亦职责所在。只是血流成河，尸骨遍地，城毁池灭，累及妻儿父母，子民百姓，非王爷本意，景略不忍。

　　闻知王爷熟读兵书，孙子云："全军为上，破军次之。"如今燕糜烂腐朽，太傅太后把持朝政，贪得无厌，官非才举，使得群下怨愤厌恶不已，亡国之日，近在咫尺。为之殉国，实为愚忠。大秦天王礼贤下士，唯才是举，善待旧臣，仁爱诚宽，美誉天下。自古良禽择木而栖，贤臣择主而事。王爷若能弃暗投明，同朝事主，天王已有口谕：松柏不剪，亲戚安居，高台未倾，爱妾尚在。

　　不敢欺瞒，多日来秦兵已将十八条地道挖入内城，填满硝石硫黄木炭，只等明日令下，里应外合，同时破城。

　　三九苦寒，正月春安。巳时为限，王爷三思。

秦 王猛上

　　慕容筑将书信看了一遍又一遍，越看越觉得王猛说得条条合情，句句在理。不降吧，地道都挖进内城了，说不定都挖到王府地下了，倘若明日点燃，王府上下都会被夷为平地。打吧，以八千守城将士对抗秦的八万虎狼之师，莫说两个时辰，怕是一个时辰不到，就全到阎王殿报到了！再加上身边美妾们叽叽喳喳地都力劝王爷，燕亡乃迟早之事，反正秦天王已经答应松柏不剪，亲戚安居，高台未倾，爱妾尚在，王爷还有何顾虑呢？

　　罢罢罢，拿定主意，慕容筑拥着最宠爱的两个姬妾，桃花帐中风流快活几番。数日煎熬，如释重负，终于睡了个安安稳稳的踏实觉。

　　次日天亮，洛阳被飞了一天一夜的冬雪厚厚覆盖，天地一片洁净，碧空如洗。刚过辰时，武威王命大开城门，将士们倒戈肃立，自己则率领部将属下，素车白马，草绳紫首，衔璧牵羊，迎辅国将军王猛带人马入城。

　　王猛自然下马相扶，解绳焚草，软言相慰，不在话下。

　　洛阳不费一兵一卒拿下。自此，孟良更是对王猛敬佩得无法言语。王猛帐下的将士们以前都知道王猛辅政天王，文治了得，如今亲身经历，才知孔明在世的美誉不是吹出来的。

洛阳得手,秦将杨猛却在荥阳的石门被燕乐安王慕容臧生擒,秦兵大败,慕容臧率燕兵进屯荥阳。王猛闻报,遣建威将军梁成和邓羌将军率兵进击,慕容臧哪里是邓羌对手,三个回合不到,落马而逃。邓羌进驻金墉城。王猛本想一鼓作气逼近邺城,慕容筑却提供了以前未曾掌握的、对秦兵极其不利的最高机密。王猛思虑再三,决定先行还朝,和天王商议再做定夺。于是,遣辅国司马桓寅为弘农太守,替代邓羌戍守陕城而还。

第二十一章　王猛金刀欲除垂　天王壮行誓破燕

三秦春暖,草长莺飞,柔风酥雨,万木争荣,陌上花开,桃李竞艳,杏雨梨云,锦绣长安,美不胜收。

王猛心急面圣,无心欣赏美景,直奔东堂。

唐突之下,却见案榻后天王的怀里拥着风情万种的段元妃。

看来王猛最担心的事情还是发生了……

段元妃知趣退下,君臣二人相对静默。

天王尴尬片刻,哈哈大笑道:"朕的辅国将军修书一封,便拿下了洛阳城,果然有孔明风范啊！朕心甚欢,来来来,坐下与朕共饮一杯。"

王猛固执地站着,一言不发。

天王知道王猛心痛为何,低声道:"女人如衣裳,不必当真,不必当真。"

王猛叹了口气,上前一步,跪坐在案榻前的百花锦绣软垫上,端起天王赐的酒杯,拱手道:"他人衣裳,岂能乱穿？"

天王自知理亏,故作镇定,端起酒杯辩道:"普天之下莫非王土,何况衣服！"

看天王耍赖,一直肃然的王猛竟被天王孩子般的狡辩逗笑了,捧起酒杯敬道:"臣是担心那个女人另有所图。她身后有老奸巨猾、工于心计的慕容垂,慕容垂心里则装的是燕国江山！"

天王端酒饮下,道:"朕心中有数,抛开便是。"

王猛神色松弛下来,赞道:"陛下圣明！"将杯中的酒一饮而尽道:"慕容筑进言,燕帝密旨,命慕容评率精兵三十万集于边境与我军对抗。臣思虑再三,以秦兵三万对抗,实难取胜,故回朝请天王定夺。"

天王沉思片刻,道:"爱卿可有良策？"

王猛道:"一路思虑,有些眉目。"

天王道:"拟好奏折,明日和几位重臣详细商议。天色已晚,爱卿一路风尘,先回府好好歇息!"

王猛起身拜退。

回府路上,王猛想:"尚未足月,段元妃就博得天王欢心,这个女人果然手段厉害!表面看是君王风流,美人多情,可想想慕容垂那张看似臣服归顺却暗藏心机的脸,让人不寒而栗。天王宽仁以待,是为号聚、感召天下英雄贤良聚我大秦,共谋大业。天王不愿除掉慕容氏,失信于民,不如我替天王行万难之事,将其设计除去,以绝后患。"

想到此,王猛便在心里谋划起来。

此时的王府还在城南,只不过天王嫌堂堂居首辅之位的爱臣,一家老老少少十几口,挤在山坡上的两间茅草屋里,有失体统,查抄斩杀樊世后,命王猛一家搬进坡下的樊府中。尽管低调的王猛一再谦让婉拒,最终还是拗不过王命,只好迁就遵从。

远远看到府门紧闭,一片漆黑。叩动门环,独身半生的二叔开门,惊喜地将王猛迎了进去。说是二叔,其实已经出了五服,听说远侄在朝为大官,便投奔过来。王猛念其无儿无女,年近花甲,便收留供养。老人却不愿安享清福,自愿在门房值夜当差。

王猛看到卧房灯亮着,传来嗡嗡嗡的纺线声,知道贤妻尚未歇息。侧书房传来夜读声,细听是大儿子王休、老二王永、老三王曜在背诵《左传》。王猛心里甚慰,推门而入,悦色赞道:"学而不厌。趁着年少,刻苦用功,长大方能成为有用之才。方才为父听你们背诵《左传》中的居安思危,谁能讲讲其意?"

刚满十岁的老三王曜抢着答道:"就是提醒大家,处于安乐的时候要考虑到危险。"

十三岁的老大王休道:"只考虑到危险还不行,要有所防范才对。"

王猛点点头,将目光投向了十一岁的老二王永。只见老二不紧不慢地答道:"《书经》上说处于安乐的环境之中时,要想到可能出现的危难,想到危难就有所提防,有所提防就没有了祸患。"

王猛点头笑道:"吾儿回答都有道理,永儿更周全些!不知近日来你们的剑术可有长进?"

"启禀爹爹,孩儿剑术进步最大!"只见房梁上跳下一顽童,原来是最淘气调皮的小儿子王皮。

王猛脸一沉,道:"我道是谁,原来是个梁上君子。"

王皮拍打着身上灰尘辩道:"孩儿才没有偷盗呢,只是刚才和哥哥们背《左传》时,几只老鼠在房梁上吵闹烦人,孩儿想上去逮住它们点天灯。"

王猛听了又气又恼,提起手边的鸡毛掸子,朝小儿屁股上抽了几下,道:"翻墙上梁非君子所为。你从小顽劣,如今更甚,可知错吗?"

王皮也不哭泣,梗着脖子并不认错。

王猛一时无语,想着自己忙于国事,对孩子管教甚少,才致如此,不禁内疚自责起来。

缓缓神,伸手拉过王皮,软言道:"《左传》云:'人谁无过?过而能改,善莫大焉。'以后记着不能动不动就上到房梁上去,君子有所为而有所不为。"

王皮这才含泪点头应了。

王猛慈爱地拍拍皮儿的肩,笑道:"好像又长结实些了。"

回到卧房,贤良的妻子已经在梨木盆备好热水,忙前忙后伺候着夫君美美泡了个澡,舒展在自家的床榻上,王猛拥着温顺的妻子,心里叹道:"还是家里最温暖舒适啊!"

次日散朝,天王留下慕容垂等几位重臣商议调整伐燕的战略部署。天王细心留意,看王猛并未表示不满,甚至讨论方案时还主动与宾徒侯商议辩论,暗赞他虚怀若谷,便放下心来。

转眼芳菲落尽,春到深处。

王猛请命于天王,先率少量人马,前往洛阳再探虚实。并请命慕容令参其军事,以为向导。天王看王猛已经和慕容垂和谐共处,心下甚慰,自然准奏。

王猛前往宾徒侯府辞行,解下身上的佩刀,对慕容垂道:"路途迢迢,战场无情。此把兴国宝刀随景略攻过南乡,收过李俨,乃景略心爱之物,今赠与垂兄,睹物思人,也不负你我共事天王一场。"

慕容垂双手接过佩刀,道:"王丞相虚怀若谷,为国为民,呕心沥血,是我等罪臣之楷模。如若不弃,这把五色金刀,回赠丞相,替垂随丞相出征杀敌。"

王猛也不推辞,双手接过,催马而去。

出了潼关,王猛暗中让孟良重金买通慕容垂的亲信、此次随其长子慕容令参军带路的金熙,命其将金刀暗中交与慕容令。

慕容令当然认识父亲随身之物。夜静时分,等帐中人已熟睡,旋开刀柄,果然看到父亲两个熟悉的字迹"速逃"。心想："难道天王要降罪？可何罪之有呢？"踌躇终日，百思不得其解。盘问金熙，金熙只说不知。纠结一日，慕容令最后还是决定遵父命逃走再说。次日午夜三更，慕容令趁着值夜的兵士换班，匆匆卷了盘缠，悄悄潜出营帐，跨上白日已经偷偷牵到营外树林中的坐骑，策马向北，投奔石门乐安王慕容臧去了。

王猛得报，装作大惊。快马回朝，启奏天王，慕容垂教子无方，才过潼关，就向北叛逃。

天王又不是傻子，心里立刻明白乃景略所为，却也不动声色，好言安慰一番，又以古训《康诰》云："父子兄弟，罪不相及。"替慕容垂开脱。

慕容垂得知王丞相才走几日又匆匆回朝，心下起疑，催促段元妃去天王龙榻上探个究竟。段元妃表面垂泪哀叹，千难万难，百般埋怨，责备王爷不知道心疼自己，为了复燕，不惜献妻博宠，心里却爱慕天王威武儒雅，床榻之上善解风情，懂得怜香惜玉。遂对着铜镜，顾盼生情，暗自欢喜。

天王明白慕容垂夫妇用心何处，心想："既然你们使美人计，朕可以不领你们的美意，也可婉拒或者视若不见。"可此时此刻，正值知冷知暖、柔情似水的翩翩香落淮水而去。后宫里皇后刻薄粗野；黎夫人倒是贤良温顺，却不善风情；胡姬倒是有些风情，却冷艳孤傲。其他嫔妾看似繁花似锦，百花争艳，细品起来，却再无翩翩一样的女子，既可知情知意，又可掏心掏肺；既可举案齐眉，又可琴瑟静好。唉，龙榻上的冰寒，谁睡谁知道啊。

再看那风情万种，凹凸有致，火辣奔放，如熟透的水蜜桃似的段元妃，一个勾人魂魄的媚眼抛来，天王心酥如醉，算了，还是来个将计就计吧。就这样，段元妃开始出入未央宫，如春雨般润物细无声，将天王从失爱之痛中拉了出来，并在龙榻上用火热大胆的独特花样，从内心和体魄上将天王滋润得无畏起来。

慕容垂得知长子北逃，大惊。虽知是王猛诡计，想累及自己，以除后患，但想若不是天王默许，王猛怎会如此大胆？越想越怕，看来投秦失算，不如趁天王尚未动手，走为上策。

是夜，趁元妃熟睡，慕容垂偷偷潜出长安城，向北而逃。元妃夜半梦醒，看身边枕榻空空，留有字条："大祸将至，我已北逃，各保平安！"元妃又气又恨，不等天亮，捏着信条进宫禀告天王。

还好禀告及时，天王派权翼带人飞马去追，在城北二十里处的渭河滩，将正准备渡河的慕容垂追回。东堂赐座，赐茶，好言安慰，恩宠如旧。

为了安慰王猛,缓和矛盾,天王当日早朝下旨:"王猛兵不血刃,智取洛阳有功,特晋封为司徒,录尚书事,平阳侯。钦此!"

平阳侯使王猛官爵更加显赫,在慕容垂的宾徒侯之上。王猛深知天王的良苦用心,可因性格耿直,居安思危,不愿天王养虎为患,所以并不领情,太极殿上,固辞不受,以示抗争。

天王也不当真,对慕容垂依然器重有加。

转眼五月,放眼秦川大地,麦穗饱满,千里清香,丰收在望。长安城中,知了声声,蛙声阵阵。灞桥两岸,石榴花红得耀眼,灞河水绿得醉人。

天王遣平阳侯王猛率杨安、张蚝、邓羌等十将带领步骑六万伐燕,亲自于灞柳亭为众将士壮行。

君臣二人虽因慕容垂夫妇受宠之事,心存芥蒂,但面对伐燕大局,都具备大智慧和大胸怀,精诚团结,一致对外。

灞柳亭外,灞水潺潺,灞柳依依。

君臣相对,执手默然,突然都觉得彼此重若泰山。一个感恩天王知遇宠信,让一个卖簸箕的街头小贩建功立业,出将入相,得夹辅之勋,成鸿鹄之志;一个庆幸上天垂怜,赐予管仲、子产,助自己十多年来,忠心耿耿,晨兴夜寐,沐雨栉风,共谋大业。

两个大男人,惺惺相惜起来。天王笑道:"平阳侯任重而道远。今授卿精兵,可从壶关、上党出潞川,走此捷径,以迅雷不及掩耳之势进攻,即可拿下邺城。"

王猛拱手诚恳回道:"臣谨记在心。"

天王道:"朕已命水路运粮,随后将率众继卿之后,于邺城相见。你只管攻城略地,勇往直前,朕自会替卿解后顾之忧!"

王猛备受感动,道:"臣下乃一介毫无根基的平庸书生,蒙陛下厚爱,在内则侍从身边,出外则统率全军,凭借着宗庙之灵,按照陛下的神机妙算,荡平残余的胡寇,如秋风扫落叶。愿不用麻烦陛下亲自出马,沾染霜露尘埃。只请求速命准备好降之鲜卑贵族之住所,等臣凯旋就好。"

天王哈哈大笑,道:"爱卿周全,此战功成,将青史留名。今赋诗一首,为爱卿及众将士壮行!"

遂面向即将北上的铮铮将士,声如天雷,轰轰隆隆道:

铁甲寒光向胡虏,灞东擂鼓壮军行。

遮天榴花红似火,蔽日豪气震云霄。

亚相勤王甘苦辛,誓将破燕定边疆。

古来青史谁不见,今建功名胜古人!

顿时,三军呼声震天动地,冲破云霄。主帅令下,一个个豪情万丈,精神抖擞地奔向壶关。

第二十二章　进洛阳壶关告捷　挖地道晋阳易主

两日急行,已到并州。早膳毕,王猛请邓羌、杨安、张蚝等大将帐中议事。

王猛道:"灞上誓师伐燕,天王赋诗以赠,士气大增,以我秦兵之众,拿下壶关,易如反掌。不如明日兵分两路,齐头并进。西路由镇南将军杨安统率直取晋阳,以除大军东进以后的侧翼威胁;东路由我率领,从洛阳北进,直取壶关,切断并州地区与燕国腹地联系,占领壶关之后,既可以慢慢夺取上党、晋阳之地,又能够威胁邺城,进可攻,退可守。不知诸位以为如何?"

原来,王猛一路仔细斟酌思虑,如按天王战略部署,从上党下潞川攻邺城,虽是取胜之道,但无稳胜把握。如得上党,扩大包围圈,北取晋阳之后再攻邺城,无疑更加稳妥有把握。杨安拱手道:"此计甚妙,既可减压,又可增速。我看行!"点头称赞。

张蚝头脑简单,自然亦无异议。

其他将士也纷纷点头赞同。

只是任御史中丞期间和王猛一起并肩战斗,整肃纲纪的邓羌,边嚼平阳侯书案上用来治疗失眠的鲜花生,边道:"如此安排,是稳妥些,可与天王部署有所不同,怕有欺君之嫌。"

王猛笑笑道:"略有不同罢了,终极目标绝对一致,何来欺君之说。"

邓羌不羁笑道:"逗你玩呢!"给嘴里扔了颗花生,继续笑道:"就这么整!"顺手抓了一把鲜花生,拱手退了。

大厦将倾,各自逃命。且说王猛率众兵将,从洛阳北进,开始还有一两个守城之将要为燕尽忠,顽强抵抗,想拼命的,但螳臂当车,不自量力,很快就被秦兵的战车轧得粉碎。后面的一看,有弃城而逃的、拱手相让的、献媚乞怜的,更有邀功带路的。八月,首战告捷下壶关,俘上党太守慕容越。而此时,探子回报,燕慕容暐也征调了四十多万精锐部队,命令太傅慕容评西上解救壶关和晋阳二城,但不知为何,慕容评驻军于潞川,按兵不动。

王猛帐中踱步,捻须思虑:"倘若此时慕容评强攻壶关,那么,我方立即陷于前有强敌后有晋阳牵制的不利局面,一旦壶关被攻陷,此征便会有始无终,前景堪忧!"

一日之内,王猛派兵勇再探多次。

回报慕容评稳驻潞川,并无向壶关进发动向。

甚好,甚好!

兵贵神速,王猛果断命令屯骑校尉苟苌驻守壶关,立即亲率主力大军北上,协助杨安进攻晋阳城。

晋阳城由燕先帝慕容俊民间寻芳时所得的沧海遗珠皇子慕容庄亲守。慕容庄生得魁梧健壮,面容棱角分明,颇有几分先帝模样。只是因其母为小家碧玉,长得千娇百媚,被私访的皇帝看中,春风一度,暗结珠胎。帝王薄情,但为得皇室血脉,将其母纳入后宫。低贱村姑,怎能被后宫之首所容。腹中胎儿刚一落地,其母就被当时还是皇后的可足浑氏亲手用白绫活活勒死。先帝庇护龙子,慕容庄才免遭毒手,得留燕宫,与其他皇子一起开蒙知书,习武练字。慕容庄自知出身卑贱,故用功勤奋,十八年后出落得一表人才,能文能武,亦能独当一面,被先帝临终前特封为东海王。因小时候和慕容暐同在学宫习文弄墨,一个懦弱胆小,一个自卑敏感,脾性投缘,就比别人多了几分亲近。到皇兄慕容暐继位,恩宠有加,外派并州刺史,驻守燕的南大门晋阳。

秦兵来伐,燕朝廷并未不管不顾,洛阳失守前后,燕朝廷将云中之兵调往并州,并给晋阳增兵运粮,准备死守。所以此时的晋阳,兵多粮足,装备精良,属于燕的嫡系精锐部队,杨安围城已有半月,亦不能破。慕容庄的策略就是以守为攻,以静制动,兵来将挡水来土掩,反正我兵多粮足,吃饱喝足,城门紧闭,看谁耗得过谁。何况,沙亭尚有宜都王慕容桓率领的一万多兵力作为后援,等秦军人疲马乏之时,只要点起狼烟,宜都王定会出手,到时候里应外合,将这些不知天高地厚的秦兵全都包了饺子吃!

快二十天了,晋阳城依然固若金汤。

王猛和杨安、邓羌帐中再议,寻求良策,杨安主张挖开汾河,水漫晋阳。王猛先点头,又摇头,道:"汾水淹城,倒是可行,但非上策。试想,倘若淹城,必伤及无辜百姓,到时候,得到一座浮尸遍地、瘟疫四漫的死城,既不得民心,又于我大秦声名不利,不可取。"

邓羌则建议,攻不下就不攻了,留两万人继续佯攻,其他四万先去拿下邺城,看他慕容庄还死撑什么!

王猛道:"多日强攻,均未得手,更说明慕容庄实力不弱,若不攻取,势必给攻邺战事留下后患。"

三人又几番商讨,未有良策。

看到一只老鼠突然跳到帐中的案几上偷吃鲜花生,气得侍立帐中的孟良踢起脚边的一颗石子,嗖地过去,只见老鼠从案几上滚落下来,当场毙命。

邓羌气鼓鼓地骂道:"敢到此处撒野,爷爷正有气没地方撒呢!等哪天有空,看不把你的耗子洞给端了!"

突然,几个人同时眼睛一亮,对啊,耗子洞,挖地道嘛!

孟良听了高兴地插嘴道:"就是就是,上次攻洛阳,主帅就曾说挖了十八条地道呢,只是我没看到过。"

王猛微微一笑,心想:"我也没看到过,难道你没听过兵不厌诈这个成语吗?"口中说道:"好,就命孟良率两百兵士,画好图纸,三天内偷偷挖通城内数条地道。"

孟良乐呵呵地领命去了。

三个人又详细商议部署一番。

孟良不辱使命,两天半就神不知鬼不觉地在慕容庄防守最薄弱的北边挖好地道,并将洞口伪装好,赶紧满身泥土地回帐中复命。

事不宜迟!

当夜,王猛、邓羌、杨安三人分头带人,在东、南、西门佯攻,派虎牙将军张蚝率壮士数百人,趁着夜色从地道潜入城中。内外夹击,用了一天半时间,南北西门相继攻破,只剩东海王慕容庄亲守的东门。这慕容庄果然有两把刷子,城垛之上,五十步四十兵士,城下守楼则一步一人,滚木礌石、火箭、长斧、长锤、长锄轮番上阵,让云梯根本无法靠近,就算靠近,不及攻上城垛,就被守城士兵切菜般纷纷砍落,强攻数次皆难得手。

就在这万难之际,杨安、张蚝率壮士从城内刚拿下的西门赶来接应,顿时东门大乱。慕容庄挥舞着镏金缠蟒长枪负隅顽抗,垂死挣扎,奈何回天无力,被孟良和张蚝制伏,晋阳得手。

慕容庄被擒后还在苦思,狼烟已点起,为何沙亭宜都王慕容桓率领的一万多兵力一直未来救急？听说太傅率三十万人马早已到达潞川，为何迟迟不肯替晋阳解围，坐观上党、晋阳失守？他老人家难道不知道唇亡齿寒的道理？若无晋阳后援，待秦兵会集潞川，邺都难保。

东海王，东海王，您想多了，如果您知道真相，会不会提着已经被缴获的镏金缠蟒长枪找慕容评拼命？不会，当慕容庄知道晋阳失守真相时，悲愤难忍，一头撞在牢柱上，溅血而亡。

而此刻率三十万精兵，坐守潞川的太傅慕容评，闻知晋阳失陷，东海王被俘，低头玩弄着手中的翡翠手串，心里冷笑道："小儿，跟我斗？没有我的命令，宜都王敢去救你？你以为我不知道你天天煽惑慕容暐要整治老夫吗？你以为我不知道你暗地勾结一小撮人，想支持慕容暐揽回皇权吗？你不是很有本事嘛，现在还不是成了阶下囚！哼哼，老夫就是坐在这里，也能让你糊里糊涂身败名裂！"想到此处，抬头，眯着一双三角眼，冷冷地问前来禀报的将领："慕容庄分明是变节投敌，何来被战败俘虏之说？"

那将领年轻耿直，回道："启禀太傅，末将亲眼所见，东海王确是拼死护城，坚守到最后一刻才被秦兵内外夹击所擒。"

慕容评听了大怒，将手串狠狠地朝将领脸上扔砸过去，正中右眼，顿时殷殷鲜血顺着眼角流了下来。他仍不解气，恨恨地骂道："蠢货，再敢胡言乱语，小心你的狗命！本王说是变节投敌就是变节投敌！传我命令，三军将士，谁若像慕容庄一样临阵变节，杀无赦！"

将领捂着流血的眼睛，心中悲愤，却不敢言，诺诺退下。

为解后顾之忧，王猛留毛当驻守晋阳，率士气正盛的六万秦兵，驻扎潞川，与慕容评三十万大军对峙。

第二十三章　丑徐成战前违纪　贪太傅卖水鬻薪

潞川,居高临下,扼喉挈领,遥望邺城三百里。守住潞川,便可保邺都平安,倘若失守,邺城唾手可得。

王猛一向谨慎行事,一大早就派徐成前去探察敌情,命日中回报。徐成领命,天黑才回来。问起原因,一会儿说迷路,一会儿说路迷,哼哼唧唧说不出个一二。逼问其随从,才知徐成探得敌情,本想赶紧回来,谁知在潞川城的风柳巷,被窑姐缠住,喝多了酒,睡了一觉,误了时辰。

王猛发怒,大敌当前,竟敢如此目无军纪,按律当斩! 命次日午时将徐成斩于点将台,随从陪斩,杀一儆百,整顿军纪。

邓羌闻知,提了一壶在晋阳缴获自己没舍得喝的春酒,进主帅军帐求情。

先打感情牌。

"伙计,想当年咱兄弟二人为了天王新政,精诚合作,杀过贪官,砍过豪强,喝过米汤,尿过热炕。徐成跟随兄弟我出生入死多年,乃一员虎将,虽人丑,却心善。此次固然有错,但罪不至死,念他初犯,吓唬吓唬就算了吧! 来来来,快闻闻,这酒好香啊,先喝几口,消消气。"说着就将春酒双手捧到王猛面前。

王猛断然推开,道:"徐成我也器重,但今时今日,不比寻常,三十万燕军杵在眼前,秦需以一当五,方能获胜。非常时期,须用非常手段。军令如山,违令当斩,徐成必须按军法处置!"

邓羌看王猛吃了秤砣铁了心,耐着性子,低声下气地赔笑道:"要不先不斩,让其戴罪立功,攻下潞川再说。"

王猛呵呵两声,坚决不肯。

邓羌没想到王猛如此铁面,不给一点面子,顿时火冒三丈。回到营帐,弟兄们都关切地围上,想知道徐成可否赦免,少不了说了些辅国将军不把咱们建威将军放在眼里的牢骚话。邓羌越想越咽不下这口气,提起鼓槌,使劲擂鼓,召集部将士兵,吆五喝六地要去攻打王猛。

王猛闻信,脱去甲胄,卸去腰刀,喝退孟良,竹簪粗衫,手摇一把墨色羽扇,等邓羌于帐前。

骑在马上的邓羌虽然威风凛凛,可面对风清气正的主帅,立刻心虚三分。

为了给自己壮胆,邓羌舞弄了两下手中的追魂亮银枪,回头对身后的将士道:"我等受诏讨伐远敌,此刻却有近敌一味地要自相残杀,我想先把他除掉!"

身后一片默然,将士们不敢回应。

邓羌有些尴尬,正不知如何是好,王猛捻须道:"邓将军爱护体恤下属,义薄云天,诚心可嘉。大敌当前,我等的确不该内讧,姑念徐成违犯军令,事出有因,死罪暂免,命其随军攻打潞川,戴罪立功!"

将士们一片欢呼!

邓羌赶紧跳下马来,弯腰拱手作揖,连连认错请罪感谢。

王猛双手扶了,道:"我只想试试将军救徐成的诚心而已,未料到将军还给我唱了这出。将军对部属如此爱护,何况对国家乎!"

邓羌感动道:"邓羌方才冲动,望主帅海涵海涵!见谅见谅!"

王猛回道:"将军言之有理,大敌当前,唯有上下同心,方能大破敌军!"

慕容评自恃兵多粮足,身后又有燕国做强大后盾,所以底气十足,准备持重固守,以疲秦兵。

夏日炎炎,军营苦艰。寒酸冷清的潞川哪里有邺都的莺歌燕舞,华灯璀璨,纸醉金迷!老守着没意思,一寸光阴一寸金,不如顺便捞点外快。燕太傅慕容评这日巡营,站在碧波荡漾的浊漳河岸,马上来了灵感。他下令将河水和附近的山岭严密封锁起来,不论是百姓或是士兵,要想烧饭、喝水,均须向他纳税,到河里取二石水,需要拿一匹布来换,上山砍柴也是如此。

哈哈,垄断产生暴利!

水是生命之源,不管权贵还是百姓,离开了水,如何活命?浊漳河乃当地唯一的一条饮水河流,你买也得买,不买也得买,慕容评很为自己的商业头脑得意,看着自己的布帛银钱越堆越多,喜得常常从梦中笑醒。一个多月下来,慕容评囤积的财帛如同小山一样,全军将士看在眼里,骂在心里,咬牙切齿,愤恨无比。

此事传到了王猛耳中,一向严肃的王猛忍不住笑出声来,捋捋胡须道:"慕容评还真是个人才！应该去行商为贾,让他统领三十万燕军,着实屈才了！不过,摊上这样的主帅,即使有亿万之众又有何用,何况是数十万部队呢！如此一来,我反而放心了,我们一定能击败他!"

战略上藐视,战术上重视。

为了稳妥起见,王猛派出游击将军郭庆率领五千骑兵,从小路绕到燕军的背后,趁其不备,泼满清油,放了几把火,将燕军囤积的军粮草料点着。也许天要亡燕,北风都来助阵,火在风中乱舞,风在火中狂笑,三十万燕军的粮草被烧得浓烟滚滚,火光冲天,整条浊漳河差点都被烧沸腾了。

此时,燕主慕容暐正在邺宫听安乐王诉说太傅"卖水鬻薪"之事,突然看到东南方半个天空都被熊熊火光照亮,大惊。派人打探,才知燕军粮草被焚,一向对太傅纵容示弱的慕容暐实在忍无可忍,派侍中兰伊前往慕容评的军中,责备道:"大王乃高祖之子,朕之叔父,当以国家社稷为重。如今秦兵逼城,你不专心抗敌,竟做起贩卖河水、柴火的生意来！国库的钱财宝贝,我与大王共享,你何至于会担心贫困？若敌军攻来,国家灭亡,大王带着那么多钱财,又能逃到何方呢？皮之不存,毛将焉附？钱财速散发三军将士,御敌方为眼前头等大事！"第一次被皇帝如此严厉指责,慕容评有点心虚害怕,赶紧遵圣谕,将搜刮来的钱财全部赏赐给将士们,并迅速派人向秦军统帅王猛下达战书。

呵呵,本帅等候多时了！王猛研墨润笔,用他的独门草隶,认真地批了战书,盖上帅印。并安排次日布阵誓众,以鼓士气。

第二十四章　憨孟良以身护主　秦铁骑以少胜多

次日清晨，正值雨过天晴，云彩如千万匹白龙马，在辽阔如洗的蓝天上熙熙攘攘，蠢蠢欲动。西南天际突然挂起一道色彩斑斓的彩虹，与蔽空旌旗遥遥呼应，好像为壮士们助威，又好像为秦兵们喝彩！

点将台上，大将团队，威武智慧。

点将台下，士兵方阵，勇猛肃然。

王猛昂首而立，接过祭旗官捧上的血酒，祭过天地，祭过神灵，单手举起，铿锵有力地对众将士道："我王景略受国厚恩，任兼内外。今日与诸位深入贼地，尽忠报国，互相激励，勇往直前，决不后退！"

众将士举起手中兵器，高声齐呼："勇往直前，决不后退！勇往直前，决不后退！勇往直前，决不后退！"

王猛点头，继续慷慨激昂道："大秦勇士们，让我等一起成就大业，报效国家。待凯旋之日，在天王的嘉奖里接受恩泽爵位，在故乡的热土中向父母敬上春酒，成就男儿伟业，回报乡梓君恩！"

全军将士听了，又是君王，又是父母，又是恩泽，又是爵位，想要的都有，个个斗志倍增，甘愿舍命。回到营帐，砸锅砸碗，扔掉了全部粮草辎重，准备与燕军决一死战！

虽然有必胜的信心，但真正面对黑压压的三十万大军，王猛还是极为严谨慎重。

他侧身对身边的邓羌道："不可小觑慕容评，他是想用三十万的人海战术震慑拖垮我们。所以我们必须速战速决，如闪电般痛击其精锐部队，瓦解敌方斗志，方能挫败其诡计。"

邓羌点头道:"没想到这货不但会敛财,还懂些用兵之道。"

王猛道:"劲敌彪悍,唯有将军出马,我军才有稳胜把握。有劳了!"

邓羌嘿嘿一笑,道:"早上誓师,主帅说的授爵之事可当真?"

王猛一愣,肃然道:"军中无戏言!"

邓羌摸摸手中的银枪,赖兮兮地道:"好,那此刻就封小弟为司隶校尉,小弟即刻拍马冲锋,保证取胜!"

王猛对邓羌的率直又恼又笑,道:"伙计,都什么时候了,你怎么还有心思开这种玩笑?"

邓羌却认了真,回道:"绝非玩笑。我就要司隶校尉,只要你答应,就可以回营看书睡大觉去了。今日破敌之事,包在我身上!"

王猛看邓羌是认真的,便转换成公务模式,直言道:"邓将军,司隶校尉之职,本帅无权任命,天王给的最大权限,可以任命你为大郡安定太守。"

邓羌呵呵两声,脸一绷,头一扭,提着枪回营去了。

邓羌本是性情中人,深知为国杀敌,义不容辞。但因其性格桀骜不驯,况且前几日为救徐成,失了些颜面。男人嘛,名利事小,面子事大。其实这对心性洒脱的邓羌来说,都已是过往烟云,早已散去。

如此认真地讨要司隶校尉之职,并非难为王猛,也并非为更加位高权重,为的只是水中月镜中花的一段单相思,为的只是空牵挂的一段儿女情!

不管多么优秀的智者,一旦陷入情网,智商瞬间归零。所向披靡的邓大将军只是简单地想,马上要攻进邺城,见到他日夜思念的月明公主了,倘若为司隶校尉,便可名正言顺地接管邺宫守卫工作,保护他梦萦魂牵的心头那颗朱砂痣了!

一向潇洒桀骜的邓大将军,可不想让人知道他心底这份似水温柔。

少时,两军交锋。王猛思来想去,除过邓羌就是张蚝,只是张蚝勇猛有余而智谋不足,两军首次交锋,战情瞬息变化,张蚝不善应变。为了首战稳胜,鼓舞士气,王猛想以大局为重,驯猛虎,驾悍马,要能容其所短,用其所长,便派孟良带令箭召唤邓羌。孟良飞马而去,飞马而回。孟良顾不上擦脸上的汗,气呼呼地说:"邓将军躺在军帐说自己头昏脑涨,四肢无力,要睡觉休养,拒不前来。"

阵前燕军,战鼓如雷,呐喊助威,不停催战。

王猛这边,强装镇定,派了张蚝跨在座驾上,在阵前只是比画,并不冲锋,拖住敌兵。他亲自骑马来到邓羌大营,对面壁侧躺军榻的邓大将军道:"只要战胜,便许司隶校尉之职。"

邓羌要的就是这句话,当即大喜,从榻上一跃而起,从床头摸出一直珍藏的陶罐晋阳春,咕嘟咕嘟一口气喝了个底朝天。提枪上马,率张蚝、徐成等猛将,挥舞着各自手中的银枪、长矛、砍山斧,径直冲入燕军阵营之中,杀入杀出,如入无人之境。这帮天神天将不到半个时辰,像逛自家后花园一般,在燕军阵营穿梭四五个来回,将燕军杀得鬼哭狼嚎,血喷一地,死的、伤的、吓傻的、吓尿的、逃跑中互相踩踏的数百人不止。再看这位徐成将军,身高不满六尺,相貌之丑,不忍直视,但其勇猛善战,浑身是胆,为了洗刷上次的违令之耻,冲进燕阵,降龙伏虎,格外骁勇。他挥舞着手中的丈八红缨长矛,以一当十,横跨马背,时而鹞子翻身,时而泰山压顶,时而直捣黄龙,时而遍地开花,杀得燕军如被割的韭菜一般,直愣愣地倒在血流成河的地上,哭爹喊娘,求饶不止。

邓羌那边不用细说,更是杀得酣畅淋漓。但邓大将军并不恋战,边战边喊道:"多杀,猛杀,狠杀,让敌军看到我等就两腿发软,肝胆俱裂!"

秦军猛将巴不得多建战功,既有炫耀之本,又有封赏之荣。听到命令,个个如打了鸡血似的,四处开花,斩将搴旗,以一顶百,杀得燕军闻风丧胆,如鸟兽般四处逃散。

眼看敌军自乱阵脚,不听冲锋号令,王猛高举兴国宝刀,命早已安排好的秦兵从东西两翼夹击、围剿,自己则带领孟良及麾下兵勇杀进燕营。只见景略身先士卒,战袍猎猎,铁骨铮铮,马蹄溅血,威不可当。华山上练就的一身武艺,终于派上了大用场。正在酣杀之际,不想一枚毒镖从暗处飞来,直奔王猛后心。说时迟,那时快,旁边孟良情急之下,从马背上跃起,飞身一挡,主帅无恙,孟良却中镖落马。

原来燕军主帅慕容评趁乱派军中飞镖高手,百发百中的斯冒偷偷混进秦兵,用浸过见血封喉之毒的飞镖,先射主帅王猛。他心里盘算着,擒贼先擒王,只要拿下王猛,就不用怕生猛如虎狼般的秦兵秦将了。可惜王猛命硬,老天暗中庇护,让鞍前马后的孟良帮着挡过一劫。王猛命人速将孟良抬回军营救治,自己继续率众奋力冲杀。及日中,燕军大败,死伤五万多人。

慕容评一看大事不妙,带了斯冒,单骑趁乱逃走。秦军乘胜追击,又俘虏、斩杀了燕兵十万多人。

王猛看此战完美收官,命人打扫战场,清点人数,救治伤兵,安置俘虏,自己则急忙打马回营,探望孟良安危。只恨剧毒攻心,见血封喉,军医束手无策,孟良憨勇忠厚,以身护主,事发突然,没留只言片语,命已归西……

王猛紧紧攥着孟良已经冰凉的手,想起孟良对养母的孝顺,对自己的忠心;想起咸阳城中,第一个击鼓喊冤时对豪强的悲愤和对自己的期待信任;想起多年来无论政敌如何诋毁诽谤自己,孟良都坚定断然地跟随他、仰慕他,从未怀疑,从未动摇。虽然从未启口,一举一动,默然于心,相知相随,不离不弃……

明明一个热腾腾、鲜活活的汉子,怎么转身间,就阴阳相隔,幽明两路呢?

不知何时,王猛清泪暗滴,濡湿胡须。男儿有泪不轻弹,只是未到伤心处!刚强正直之人,亦有柔肠落泪之时啊。

醉卧沙场君莫笑,古来征战几人回!

邓羌知道王猛心悲,提着酒壶劝将军浅饮几杯。王猛默然不语,摇头推了。提笔向天王报捷:

臣以甲子之日,大歼丑类。顺陛下仁爱之志,使六州士庶,不觉易主。自非守迷韦命,一无所害。

天王得报,自然大喜,飞马传信:

将军神速,一路过关斩将,指挥有度,谋略俱佳,功高前古。朕今亲率六军,星言电赴。将军就地休养将士,以待朕至,然后取之。

回复同时,天王留李威、薛赞等人辅佐太子苻宏镇守长安,并命令三弟苻融镇守洛阳,他自己则亲自率领十万精锐部队从长安向邺城进发。

第二十五章　安阳寻迹追往事　驿楼赋诗告阿公

天王一路疾奔，十日的路程仅用七日就抵达自己年少时成长生活之地安阳。

十月秋浓，金风送爽。安阳如旧，小巷如旧。

天王素衫微服，故地寻迹。

小巷深处，那棵当年和祖父一起亲手栽下的龙爪槐，粗壮的树根已深深地扎入大地深处，那如通天冠般繁茂巨大的金绿色枝叶，似乎能触摸到苍穹。秋风拂过，闪闪烁烁，欢喜雀跃，哗哗作响。好像还记得这个儿时的小坚头，曾给它浇过水，亦曾冲着它的稚嫩的树干撒过尿。

天王驻足良久，抚摸着粗壮笔直、龙鳞般的躯干，想起了最疼爱自己的祖父——当时号称三秦王的苻洪。想当年，祖父为图霸业，韬光养晦，蓄谋十多年，斩程朴绝赵，击斩姚襄父子三万之众，由蒲改苻，自立为王，雄霸三秦，欲取天下。谁知，祸从天降，糊里糊涂被其军师麻秋设鸩宴所害……不过听母后意思，此事蹊跷，似乎另有隐情，待入主邺城，定当查出真相，告祭祖父的在天之灵！

走出小巷，远远看到几位耄耋老人围坐在一块大黑石上晒太阳。看到天王，笑问客从何处来。

天王只说到安阳怀古，没想到有两位老人极其善谈，连夸安阳风水宝地，人杰地灵。

一个说西靠大山，东边一马平川。

一个说北水南流，福、禄、寿、禧、财，五福聚全。

一个抢着说人丁兴旺。

另一个接过来说气运长久。

常言说老小老小，果然二人如孩童般抢着说着，浑浊黯然的眼珠变得明亮灵动,干皱的嘴唇白沫飞扬。

怕天王不信,一个脸上因有伤疤已看不清容貌的老人缓口气说道:"远的三皇五帝不说,就说近的,当年威震三秦的大将军、大单于苻洪听说过吧?"

一个打断道:"他太小,不一定知道。"

伤疤脸道:"那可是个顶天立地的大人物!若不是被其逆子阴杀,早就扫平中原,平定天下了!"

一个道:"你老糊涂了,可不能乱说!如今长安城不又是苻家天下嘛。听说他的那个小孙子颇得祖父遗风,十几年来,把三秦治理得像模像样。"

一个接道:"是不是那个小坚头?小时候还爬过我家的李子树,帮我摘过树顶上的李子呢!哈哈哈……"

一直不说话的一个老人扯着沙哑的声音接道:"听说秦国孤寡耄耋,每个月都有铜钱米面油供养呢!"

有几个表示不信,有两个点头补充道:"嗯嗯嗯,是朝廷供养的。"

那几张枯木绉布般的脸上顿时露出各种羡慕忌妒恨的复杂表情。

天王刚才听到那伤疤脸所言,甚为吃惊,上前一步,拱手道:"这位老者,可否借一步说话?"

伤疤脸愣了一下,点头应了。天王搀扶着老人移步龙爪槐下,问道:"适才听老人家说当年的三秦王被其逆子阴杀,可是当真?"

老者靠龙爪槐立稳,连连辩解道:"老夫尚未糊涂,怎会乱说。只是陈年往事,不堪回首,不提也罢!"

天王拱手拜道:"还请老人家一吐为快!实不相瞒,我就是当年曾爬到树顶摘李子的小坚头啊。二十年前,祖父大人突然遇害,众说纷纭,真相如何,一直困扰于心,昼夜难寐。还望您老人家坦然相告!"说完又拱手要拜。

老人颤巍巍地扑通跪在地上,边拜边念叨:"真是小坚头,如今的天王?"

天王双手扶起,一起坐在树下,道:"若未记错,您就是当年一直跟随祖父左右的胖爷,我记得那时您天天给阿公的爱骑刷毛洗澡。有几次,还偷偷将我扶上马背,教我骑马撵野兔呢!"

老人捧着天王的脸看了又看,又捧起双手边抚摸边仔细端详。良久,老泪纵横,泣不成声道:"果真是小坚头!你左手心的这颗朱砂痣,老奴如何能忘记!"说完伏在天王脚下,长跪不起,痛哭道:"老奴愧对王爷啊!当年我身强力壮,专为王爷养马放牧,因忠心勤快,备受王爷厚爱,可以任意出入王府。一日,你大伯派人召我,在他书房给我一包鸩毒,让我找机会下到王爷茶饮里,并许我以重金和司隶之职。"老人抹了把浊泪道:"如此伤天害理之事,我断然不做。但又怕累及家人,心想不如先答应下来,偷偷禀告王爷,没想到家人早已被你大伯绑走。"老人提起袖子抹把鼻涕,道:"王爷对我恩重如山,我如何忍心加害?可七十多岁的老母,三个幼儿妻子都在苻健手上,让我左右为难,不知如何是好。当时王爷尚未回府,听说去赴军师麻秋的家宴。后来我狠下心来,准备等王爷回府以实相告,请王爷做主。谁料,等到的竟然是王爷被麻秋所害的消息。"老人说着又伏地痛哭起来。

"王爷对麻秋有知遇救命之恩,二十年血雨腥风,情深意厚,他怎么可能鸩杀王爷?老奴虽未亲眼所见,但可以肯定必是你大伯加害王爷后嫁祸军师麻秋。"

天王一手扶着老人,一手扶着龙爪槐粗糙的树干,悲从心起。祖父被鸩杀时自己仅十三岁,因从小备受祖父疼爱教诲,和祖父感情最为深厚,年少的他实在无法相信,明明清晨时分还曾指点自己习武练剑、研读诗书的祖父,怎么晚上说殁就殁了呢?他从父母悲愤躲闪迷离的目光中似乎能明白些什么,祖父被害,绝对不会那么简单。随着时间的流逝,祖父的骤逝,因为大伯苻健的立斩麻秋和迅速继位,风过无痕,再无人提起。

看来多年埋藏在心中的怀疑和猜测是真的。天王觉得寒意四起,心如刀绞。

当晚,天王下旨,于安阳楼设宴,款待祖父曾经的故友旧交。老人怀旧,谈及祖父在世时的仁德往事和当年的武威雄霸,引得天王泪眼婆娑,高楼赋诗,长饮求醉。

> 槐陌蝉声安阳风,驿楼高倚夕阳东。
>
> 往来千里路长在,聚散十年人不同。
>
> 但见时光流似箭,岂知天道曲如弓。
>
> 平生志业匡尧舜,一统天下告阿公!

天王醉眼蒙眬,感慨万分,诗以咏志,告慰亡灵。

当夜,曲终人散,天王手捧曹操的《孙子略解》正在夜读,赵整禀报辅国将军求见。

原来,王猛离开军营偷偷前往安阳拜谒天王。

天王放下手中卷册,边赐座边笑迎道:"过去,汉文帝去周亚夫的军营,周亚夫不出军营迎接,而将军却为何在大敌当前之际,擅自离开军营来此见朕?"

王猛伏地拜道:"臣每每读书读到此事,说周亚夫以此而成为名将,臣并不以为然。如今,臣按照陛下正确的指挥,攻击即将灭亡的敌人,如同摧枯拉朽,前线已无可忧!只是太子年纪尚小,而陛下大驾离京来此,一旦宫中出现变故,将追悔莫及!

陛下难道忘记了臣在灞上给您说过的话了？"

天王知道王猛忠心为国，句句在理。燕确已是囊中之物，但自己率兵十万，续增后至，一则为了震慑周边诸国，显示大秦实力，为下一步战略计划造势；二来亲自接受亡国之君的臣服降书，是他多年的愿望，也是当年祖父寄予他的厚望。此次是燕，下次是代，西边的凉，南边的仇池，还有柔然、大宛……想到此处，天王不禁热血沸腾，笑颜宽慰王猛道："景略勿忧，朕心中有数。听闻邺城大乱，状况如何？"

王猛拱手道："慕容评的大军离开邺城之后，燕各地盗贼蜂起，邺城之内出现了很多怪异的现象。据报，燕主慕容暐忧愁恐惧，束手无策，他把出使过我国的使者们召去，问秦国军队战斗力到底如何；如今大军已经出发，王猛等人究竟能否与我一战。有人说，秦国小兵弱，怎能是我军的对手，王猛不过平庸之人，又无法与太傅匹敌，不用多虑。黄门侍郎梁琛、中书侍郎乐嵩却说不对。兵法的要义是，预料到敌人能与我匹敌，那就该以计谋战胜他。若寄希望于敌人不与我交手，非万全之策。因此，胜败的关键在于谋略，而不在军队人数的多少。秦军远来侵略，怎能不战？慕容暐听了很不高兴。燕黄门侍郎封孚问司徒长史申胤事态将会怎样。申胤回，我国必被灭亡，君臣很快将成为秦国的俘虏。不过，春秋时候岁星在越，而当年越国却被吴国灭亡，最终吴国反受其祸；今年，岁星在燕，而秦来讨伐，秦国虽然能成功一时，但燕国必定能够中兴，据此不会超过十二年吧。"

天王听后哈哈大笑，道："梁琛、乐嵩、申胤皆为人才，拿下邺城，要为我所用。只是十二年后燕欲中兴，妄想！"

当夜，王猛趁着月色，偷偷回到营帐。

第二十六章　余蔚开门迎秦师　天王仁厚赦燕帝

次日,秦军将邺城团团围住。

天王和王猛都不愿伤及无辜,故围而不攻,静等燕帝率群臣开门投降。

七日后的深夜,早已被卫将军收买的燕散骑侍郎余蔚,率领滞留在邺城的扶余国、高句丽国以及上党军团的人质共计五百余人,打开了邺城的北门,迎接秦军进城。原来,当晚,燕皇帝慕容暐、太傅慕容评、乐安王慕容臧、定襄王慕容渊、左卫将军孟高、殿中将军艾朗等人仓皇朝龙城方向逃去。余蔚想,老大都跑路了,我还守个什么!何况多年来受秦恩惠不少,又一直仰慕秦天王威名,识时务者为俊杰,赶紧放秦军进来,一来回报卫将军多年来的恩惠,二来还能落个好,谋个更好的差事呢!

且说邓羌迫不及待受命保护邺宫,利用巡查之机将后宫访遍,却不见月明影踪,一时心乱如麻!

三日后,天王苻坚进入邺城皇宫。查阅户籍档案,共得到157个州郡,1579个县,2458969户,9987935人口。大悦之下,命将燕宫中数千宫女、大量财帛都赏赐给将士们,并下诏大赦天下。

随身侍郎赵整讨问嫔妃公主如何安置,天王早有打算,命好生守护,等抓到燕帝再另行安置。

赵整领命并未退下,又奏道:"燕清河公主禁于摘星楼上,天王可要召见?"

天王放下手中档案,看赵整表情古怪的样子,点头应了。

摘星楼位于邺宫东北角最高处的望月台上,天王移驾望月台,远远就传来一阵宽广幽怨、柔美清澈的箜篌伴奏下的天籁之音。

"三代奢华,金如土,锦绣满地。空怅望,星月依旧,却非畴昔。汉阙堂前双紫燕,切莫落入百姓家。听夜深寂寞打孤楼,似浮萍。思往事,愁如织;怀故国,空陈迹。但寒烟衰草,乱鸦斜阳。玉树歌残秋露冷,胭脂井坏寒泣。到如今,只有燕山青,漳水碧……"

天王站在望月台上仰望星空许久,并未如赵整期待的与清河公主一见,而是拂袖离去。

邺城在秦军尚未到来之时,盗匪纵横,社会治安极差。秦军入驻后,由于秦军纪律严明,守法护民,各地盗匪渐渐销声匿迹,民心亦安稳下来。秦政权在接下来对燕辖内的征伐中,几乎没有遇到任何有力的抵抗,燕各地的郡守、县令以及六夷酋长全部都投降了秦天王。人们看到训练有素、秩序井然的秦师,赞叹道:"没想到又见到了太原王慕容恪当年治军的风范!太原王显灵了,不忍心看着我们百姓受苦了。"王猛正好街上巡视听到,叹息道:"慕容恪真乃奇士!有古人爱民之风。"于是,以牛羊猪各一的太牢规格,亲自率诸将于邺郊祭祀慕容恪,引来无数百姓围观,赞叹折服。此时距燕太宰慕容恪去世仅仅三年半。

入主邺城,事无巨细,皆迫在眉睫,需要调理。但对于天王和王猛而言,重中之重,就是直捣龙城,捉拿燕皇帝慕容暐。于是,天王命游击将军郭庆率领精锐骑兵北上追击。

燕皇帝慕容暐好生狼狈,离开邺城之时,尚带领一千多御前侍卫骑兵护驾,出了邺城不久,有几个骑兵担忧家人安危,觉得跟着这个落魄庸弱的皇帝没前途,偷偷逃散。榜样的力量是无穷的,开始一两个,慢慢一两百,最后树尚未倒,猕猴散得已经差不多了。可怜堂堂一国之君,身边仅剩十几个忠心之士追随。官道不敢走,小道泥泞,步履维艰,左卫将军孟高和扮了男装的拓跋昭仪左右搀扶着慕容暐,殿中将军艾朗护卫着乐安王慕容臧、定襄王慕容渊。小道艰难倒不足为惧,只是路上的盗匪不时出没,凶狠残暴,让一行人提心吊胆,战战兢兢。

一日,一行人又渴又饿,慕容暐看到一片荒草杂乱的坟地,道:"此处应该安稳些,盗匪不大可能到坟堆里来杀人劫财。不如在此休整片刻再走。"大家觉得有理,便围靠在一座大坟墓边歇息,嚼着干粮充饥。突然,丛林中窜出二三十个劫匪,个个手持大刀弓箭,凶神恶煞地包抄过来。左卫将军孟高拔出佩刀,让艾朗保护君王快走,自己则奋勇向前与匪徒搏斗,斩杀了几个人。然而,终因敌众我寡,体力不支,渐渐抵挡不住。他自忖在劫难逃,便扑过去拼尽全力抱住一人,将其猛摔在地,高呼道:"男儿尽力了!"被其他劫匪围住射杀。殿中将军艾朗护送慕容暐等人前行之后,看到孟高独自一人与盗匪搏斗,又反身杀来,结果与孟高一起被杀。匆忙间,慕容暐弃马而行,独自跌跌撞撞往北狼狈逃去,被秦将军郭庆的军队在高阳追上。郭庆部将巨虎要捆绑慕容暐,慕容暐怒斥道:"你是何等小人,竟敢捆绑天子!"巨虎回答:"梁山巨虎,受皇命前来抓贼,抛国弃民,还有脸说什么天子!"将其捆绑成了个大粽子。在附近又搜寻到了拓跋昭仪和慕容臧、慕容渊,一起押回了邺城。

面见秦天王,慕容暐看到邺宫还是一样的邺宫,龙椅上坐的却不再是自己,再想想自己安坐龙椅十年,受制于人不说,不但没有开疆拓土,如今连老祖宗辛辛苦苦打下来的近百年江山社稷也就此断送,忍不住嘤嘤而泣。

天王问慕容暐为何不降北逃,慕容暐回道:"狐狸死时,尚且头向自己家所在的土丘,我只是想回到祖先的坟墓那里去死啊!"天王被慕容暐这句凄凉的话打动,心生悲悯,当即下令将其释放,命其回到邺城皇宫,率领燕国百官举行正式的投降仪式。

慕容暐诺诺应了,向天王乞奏道:"孟高和艾朗护主忠勇,臣不忍心让其暴尸荒野,恳请天王使二人入土为安。"

天王仁爱,命人收殓安葬,并将二人的儿子拜为郎中。

却说天王派郭庆北上追击捉拿慕容暐的同时,派遣大将邓羌北攻信都,眼看秦军已经入驻邺宫,大势已去,宜都王慕容桓还未等邓将军发威,就匆匆带上军中的五千鲜卑人逃奔龙城。

未显神威,信都就收入囊中,邓将军甚为不爽,正在信都城墙上吹冷风,闻知郭庆捉住了慕容暐和拓跋昭仪还有乐安王慕容臧、定襄王慕容渊,顿时云开雾散,心花怒放。安排好信都防守,飞身上马,赶往邺城。

见到天王,邓羌双膝跪地,嚷嚷着求天王将拓跋昭仪赐给自己,静守岁月,相伴左右。

天王道:"你既然知道昔日的月明公主如今已是燕帝的昭仪,让朕如何赐你?"

邓羌一时语塞,小儿般边垂泪边耍赖道:"那年中秋,陛下射雕,我对月明公主一见倾心,多年来念念难忘。如今好不容易峰回路转,近在咫尺,臣实在不想错过,还望天王成全。"

天王道:"月明公主已与慕容暐和亲多年,朕怎能为爱卿夺人所爱?如今慕容暐已是亡国之君,何必再落井下石,让其受夺妻之辱!"

邓羌辩道:"虽和亲多年,但臣闻慕容暐并未善待昭仪,她曾有孕在身,被慕容暐施暴小产,至今未有子女。"

天王摆手道："此事不准。"

邓羌知道天王说得有理，但实在不愿意放弃，就请求恩准一见，以绝后念。

天王准了。

当天邓将军刻意修饰一番，内着冰蓝丝绸长衫，外罩雪色绣竹菊梅兰雅致罗衣，腰系玉带，黑发束起，玉冠玉簪，俊逸不凡。

却看朝思暮想的月明公主，那年中秋一别，不到十载，当年天仙般顾盼生辉、楚楚动人的公主，让多情公子一见倾心，牵挂多年的梦中女神，如今青丝蓬乱，朱唇干涩，眼神凄楚迷离，见到邓羌，全无当年的傲然模样。

一向洒脱的邓羌突然泪眼婆娑，止步不前，不忍近观。欲转身离去，又脚如灌铅，难以启步。

月明则以罪妇之身，伏地叩拜。

近在咫尺，却远似天涯……

这边邓大将军还在儿女情长，那边游击将军郭庆率兵，直捣龙城。逃到龙城的宜都王慕容桓因守将责备其弃城而逃，拒开城门，慕容桓恼羞成怒，杀死了龙城守将、镇东将军慕容亮，将慕容亮的部队兼并，一起逃到辽东。辽东太守韩稠此时已经降秦，慕容桓抵达辽东之后，无法进城，强行攻城，未遂。郭庆闻讯，派遣将军朱嶷率军前往，一举击败了慕容桓，并将其诛杀。

而慕容评慌不择路，从龙城又东逃到高句丽，想到高句丽找藏身之处。但他慌乱之中，却忘了高句丽原为燕属国，三十年前，曾与燕结下血海深仇。当年慕容皝率兵攻打高句丽，施以声东击西之计，先派遣长史王寓率兵一万五千余人，从北道大张旗鼓进发。高句丽故国原王派王弟武率精兵五万把守北道的关马山城，自己率部分老弱守南道。不料慕容皝亲领精兵四万，以慕容翰、慕容霸为先锋，气势汹汹，从南路掩杀过来。结果高句丽军大败，两员大将被斩。燕军一鼓作气，杀进了丸都城，故国原王落荒而逃。燕军抓获了国王的母亲和王妃，还准备乘胜追击，但北路的王寓因力弱战败阵亡，遂决定班师回朝。燕军临行前，将丸都劫掠一空，掳走了高句丽百姓五万多口，还挖了国王父亲美川王的墓，带走了王父尸体。最后，竟然还一把火焚毁了丸都。虽然这么多年来高句丽俯首称臣，岁岁朝贡，但血海深仇，世代未忘，如今慕容评送上门来，何不顺便将其捆绑结实，送给秦国，解解恨，讨个顺水人情！

天王在邺城停留月余，首先下诏任命王猛为使持节、都督关东六州诸军事（即前燕全国）、车骑大将军、开府仪同三司、冀州牧，晋封爵位为清河郡侯，将慕容评府邸中的全部财物都赏赐给了王猛,另赏赐王猛美妾五人,上等妓女十二人,中等妓女三十八人,马一百匹,车十辆。

王猛一向自律,且不说督管前燕全国的重权,就说慕容评府邸的如山财物就让他坚决推辞,还有美妾妓女,让一向耿直肃然的老王如何消受?

王猛伏地不起,拒不接受。

天王看王猛着急得满脸汗津津的模样,忍俊不禁,大笑道:"赏赐必须收下,至于如何处置,就由爱卿做主便是。"

王猛这才领旨起来,转身将天王所赐全部分赏给有功将士。

在此期间,天王听说前燕尚书仆射悦绾忠心耿耿,可惜悦绾已死,就拜其子为郎中。此外,赏赐杨安爵位为博平县侯;任命邓羌为使持节、征虏将军、安定太守、赐爵位为真定郡侯;任命郭庆为持节、都督幽州诸军事、扬武将军、幽州刺史,镇守蓟城,赐爵位为襄城侯。其余将士均有封赏。同时,天王还赦免了前燕的文武百官,并予以封赏,除了封韦钟为魏郡太守,彭豹为阳平太守之外,前燕各地的地方官一律不变;任命前燕常山太守申绍为散骑侍郎,让他配合秦散骑侍郎韦儒,担任"绣衣使者",同去巡视前燕各地,鼓励农业生产,赈济贫苦农民,表彰有节操的人士,前燕诸多弊政全部废除。还专门召见了梁琛、乐嵩、申胤等前燕重臣贤士,分别赏赐,或是留用或是加封。

邺城很快政令通达,秩序井然,盗止匪息,平和安宁。

天王和王猛商议安排好六州大事。按原计划,将燕主慕容暐以及前燕的后妃、王公、百官和四万户鲜卑人迁到长安,又将关东的豪杰以及各族部众十万户,也全部迁往关中,把乌丸杂类安置在冯翊郡和北地郡,将丁零、翟斌安置在新安,将陈留、东阿一万户迁往青州。其他因为动乱流亡的,若想回到故乡,全部允许。

天王因牵挂长安,决定次日一早离邺归京。

第二十七章 铜雀台天王怀古
沁香坊碧泓殉情

天色尚早,天王带近侍赵整,偷点闲暇,便服出宫。一来想到邺城大街小巷信步闲游,看看民风民情;二来邺城乃三国故地,赵故都,很多地方都留有偶像曹操当年指点江山的豪迈身影,很多地方也有自己小时候顽皮的足迹。

出了宫门,便是连接建春门和金明门,横贯东西的御街,也就是自己七八岁时,带了小伙伴经常跑来玩耍的地方。记得有一次,因在此玩耍嬉闹,被当时石虎的司隶校尉徐统逮住,吓唬要绑去治罪。岁月飞逝,往事依然清晰。当年自己如初生的牛犊,面对司隶大人威严的诘责并不畏惧,理直气壮地反辩道:"司隶的职责是抓罪犯,为何管我们小孩子玩耍嬉戏?"

也许是自己的模样太过认真严肃,竟然逗得虎着脸的徐司隶笑出声来,回头对左右随从道:"这娃了不得,有霸王之相!"

还记得一次路上偶遇,徐统专门下车,将自己拉到一边,低语道:"苻郎骨相不俗,后当大贵。不过我可能等不到那一天了,该如何是好?"

自己则朗朗回道:"若真如公所言,苻坚不敢忘德!"

想到此处,天王停下脚步,心里叹道:"可惜徐统这位智识之士,赵危亡之际,绝望失意,饮药殉道了。"想到此处,天王忍不住为徐统的愚忠连连摇头。

御街往东,便是三国时期曹操命人靠城墙修筑,闻名遐迩的金凤台、铜雀台、冰井台。遥想当年,曹丞相曾和他的儿子们在这离地二十七丈的高楼上宴饮赋诗,造就了著名的三曹七子,为后世留下了"建安风骨"的美誉。再看楼顶所置铜雀,高一丈五,舒翼若飞,神态逼真,栩栩如生。天王不禁脱口而出,吟诵曹子建的《铜雀台赋》:

从明后以嬉游兮,登层台以娱情……

此赋文藻华美,飘逸灵动,曹公的儿子个个才华横溢,风华绝代,"建安风骨"绝非虚名。尤其后半部分更是满目锦绣,美不胜收:

> 翼佐我皇家兮,宁彼四方。
> 同天地之规量兮,齐日月之晖光。
> 永贵尊而无极兮,等君寿于东皇。
> 御龙旗以遨游兮,回鸾驾而周章。
> 恩化及乎四海兮,嘉物阜而民康。
> 愿斯台之永固兮,乐终古而未央。

天王居高而望,一轮满月温柔地镶嵌在深碧色的夜空,漳水在月色的轻抚下,妖娆妩媚地眨着无数银亮亮的眼睛,透迤而过。再看台下引漳河水经暗道穿铜雀台流入玄武池,用以操练水军的水营,设计是何等的巧妙、实用。

天王想,秦兵一向悍勇威猛,但遇水战,个个都是草包狗熊旱鸭子。如今玄武池正好派上用场,训练两万精锐水兵,以备后用。今伐燕功成,邺城井然,一统中原的梦想终于实现,秦的疆土数月内,扩张裂变,放大一倍。放眼望去,问天下谁是英雄?代国拓跋什翼犍倒是个大英雄,可惜宝刀已老,据探子说已卧病在榻,多日不起。晋桓温也算一方枭雄,自从晋豫州刺史袁真被逼投降了燕和秦,桓温大举讨伐,损兵折将,元气大伤,不敢强攻,只构筑壕沟将寿春牢牢围住,快四个月了。城内袁真之子袁瑾派人求救,因伐燕腾不出人手,尚未援助。寿春乃晋的北大门,若能趁此解救袁瑾,将寿春收入版图,对下一步的伐晋便取得了战略性的优势。再看凉的张天锡,也有几分能耐,只是多年来反复无常,不算什么英雄好汉。再有仇池国杨纂,不足一提。天王想到此处,微微一笑,收凉并代,再谋晋,统一天下大业,还需从长计议。

天王正想穿过铜雀台去平时用来阅兵的冰井台看看,却听到远远传来了伴着琵琶缠绵哀怨的歌声:

> 夜长不得眠,明月何灼灼。
> 想闻散唤声,虚应空中诺。
> 人各既畴匹,我志独乖违。
> 风吹冬帘起,许时寒薄飞。

翩翩?天王心中一紧,声音为何这般熟悉?疾步顺着歌声寻了过去。

铜雀台下,邺城令男人最向往留恋的地方,群芳争艳,冠绝燕都的沁香坊,红灯高挂,娇笑绵绵,红袖招招。一位身着雪衣青裙,怀抱琵琶,不媚,不娆,如一朵盛开的白莲花般的女子,且弹且唱,面对轻佻浪笑,置身事外,沉寂在自己的冰雪世界中。

只是声音极像,并非翩翩。

老鸨挂着职业性的媚笑,远远将天王二人迎了进去,端茶倒水,自是一番恭维。看来客面生寡言,猜是欢场新手,便命一个长得机灵乖巧的小丫头捧了牌子,招来坊里花枝招展、训练有素、媚眼横飞的姑娘们站了长长一排,夸着个个姑娘的好,让二人挑选。

天王摆手指着弹琵琶的女子道:"只要那位。"

老鸨道了个万福赔笑道:"贵人好眼力,碧泓姑娘可是我们沁香坊的头牌,只是已经名花有主,半年前就被赎身,只等迎娶了。"

天王道:"听曲而已,不会冒犯。"赵整赶紧给老鸨手中塞了一枚银锭。

老鸨并未见钱眼开,仔细收好,又道了个万福,道:"若碧泓姑娘愿意,定当成全,若不愿意,还望贵人见谅。"

不时,便见碧泓姑娘轻移莲步,面色凄婉地来到天王面前,深深拜过,浅坐绣凳,稳抱琵琶,轻启朱唇道:"不知公子想听什么曲子?"

天王品了一口杯中的紫云雀舌,道:"《子夜歌》太过忧伤,拣个欢喜的唱吧!"

却见那女子娥眉紧蹙,垂眸不语,沉默片刻,凄然一笑,道:"国破家亡,何来欢喜?"

天王心中一怔,放下手中的茶杯,笑道:"小小歌女,竟知忧国忧民,倒是让人刮目,愿闻其详。"

那女子却不言语,颔首运气,玉指划过,由远而近,便听见隆隆战鼓声低沉悲壮,断断续续,由缓到急,由低到高,好像大敌当前,鼓舞将士冲锋陷阵,勇敢向前。

天王龙眼微闭,侧耳静听,原来是琵琶曲中最显功力、最夺人魂魄、最悲壮凄婉的《霸王卸甲》!

此曲源于历史上有名的楚汉相争。秦灭亡之后,项羽和刘邦为争天下,刘邦起用韩信为大将,以三十万汉军的绝对优势将十万楚军紧紧包围在垓下楚营内。夜间,刘邦的谋士张良令会楚地方言的汉兵用箫吹楚曲,以此动摇楚军军心。项羽听到楚歌声以为西楚已失,被困楚军则思乡心切,斗志瓦解,军帐中霸王别姬,悲壮凄婉。尤其"楚歌"和"别姬"两段,乐曲沉雄悲壮,又凄楚婉转,描述了力拔山兮气盖世的西楚霸王项羽在四面楚歌中与爱妾虞姬诀别的悲壮场面。

垓下正在酣战,碧泓姑娘已经完全投入到乐曲之中,只听到战鼓如雷,马嘶人叫,刀枪铮铮,杀声一片,紧张而惨烈。突然,片刻寂然,琴声由快变慢,由急促变得凄婉缠绵,酣战以霸王失败而告终,不可一世的霸王悲愤欲绝,而陪在身边的虞姬为了不拖累心中英雄,舞剑自刎。琴声变得凄凉悲切,如泣如诉,肝肠寸断,难舍难离。

再看碧泓,似乎倾尽全力,将曲收尾,手落声无,整个人儿已经清泪长流,泣不成声。

天王怜香惜玉,道:"铁骑刀枪,冷涩凝绝,曲伤情重,太过苍凉,姑娘可愿添酒回灯,一诉苦衷?"

碧泓一手抚琴,一手用绢帕拭去泪痕,点头应了,抱琴退下。

少顷,便见她重新梳妆一番,涂了胭脂,敷了香粉,换了一身粉嫩色衣裙,戴了金钗金花金如意,手捧玉壶玉杯袅袅而来。

低头添酒,抬手剪了灯花,强颜欢笑道:"多谢公子怜惜,碧泓敬公子一杯。"说完先将捧在手中的酒用纱袖遮着饮了。

天王点头也将杯中的酒饮了,道:"姑娘气质不俗,有别其他女子,莫非迫不得已,流落风尘?"

碧泓续了酒浅笑道:"邺城之内,谁人不知,贱妾乃罪臣东海王慕容庄之女。年前家父因弃晋阳城投敌被朝廷治罪,连坐全家,太傅命男丁流放,充军苦役,女子充入教坊司,为婢为妓。"

天王微微一惊,心想:"慕容庄拼死坚守晋阳,后因景略派人挖地道,命张蚝带壮士潜入城中,才得攻破。慕容庄被俘后,我怜其忠烈,惜其才略,想收为己用,谁料慕容庄宁死不屈,趁守卫不备,撞监柱殉国。没想到燕帝庸弱,任由慕容评颠倒黑白,污蔑忠良。"想到此处,不由得怒从心起,道:"荒唐至极。你父王清清白白,忠心为国,死守晋阳,何来弃城投敌之说?"

碧泓姑娘杏眼蒙蒙,吃惊地望着眼前的华贵公子,突然咯咯咯黄莺般脆笑起来。良久,抚胸掩唇道:"果然荒唐,荒唐,荒唐,真是荒唐!"两行清泪夺目而出,惨笑道:"那又如何,清白又能怎样?不清白又能怎样?如今国破家亡,马奴为了前程,也弃我而去。真真假假,假假真真,世道艰险,人心叵测,清白又算得了什么?"

"马奴?"天王道,"可是吴王慕容垂的二公子慕容马奴?"

碧泓凄婉地点头,疑惑地用碧波含烟的双眸盯着天王想问,却未启口。

天王道:"马奴并未去奔前程!"

碧泓睁大眼睛扯住天王的衣袖,急追问道:"他在哪里?他已帮我赎了身,并盟誓要来迎娶我,却一直不见踪影和音信。听人说他和他的父王兄弟去长安投了秦国,还被封了将军。"边问边双膝跪地,苦苦求道:"公子若知情,恳请以实相告!"

天王心仁,不想隐瞒,扶起姑娘道:"并非马奴薄情弃你不顾,自奔前程,只是在准备投秦时,被其父失手误杀。"

"啊？不可能,我不信！你是什么人,竟然知道这么多事？"只见碧泓连连摇头,清泪乱飞。

天王道:"君无戏言,我便是马奴父兄投奔的秦天王。"

"你,你是秦天王？"姑娘顿时凌乱,脸色苍白,唇齿打战,盯着天王看了又看,突然,拔下头上的金簪,朝天王狠狠刺了过来。天王微微闪过,一把攥住持簪的手,道:"这又何苦？"

碧泓挣扎道:"都是因为你,掠我城池,亡我国家,还累及父王和马奴,让我陷入风尘,生不如死！今日我就替马奴、替我父王讨个公道！"

天王淡然松开碧泓,道:"燕腐朽不堪,我替天行道,救民众于水火之中,何来抢掠之说？如今邺城一无盗匪,二无贪官污吏,秩序井然,不久便会如长安一样,夜不闭户,路不拾遗,太平盛世,指日可待。燕过而不悛,亡之本也！"

碧泓惨然一笑:"说得好听。你难道不知道多少男儿为了你口中的替天行道,冤死疆场？你难道不知道多少家庭为了你口中的拯救,妻离子散,家破人亡？你口中的太平盛世再美好,他们却永远都看不到了！"说完,疯了一般,凄然狂笑着攥着手中的金簪决然地刺进自己的胸口,哽咽道:"我只想和家人朝夕相处,我只想和心爱的人白首相随,可惜家国俱毁,清白全无,生又何恋,死又何依？如今追随而去,反而安心如意了。"

天王眼睁睁看着一个清艳女子在自己眼前香消玉殒,怅然若失。想:"国之兴也,视民为伤,是其福也;其亡也,以民为土芥,是其祸也。我定当关爱百姓疾苦,以史为鉴,创秦皇汉武之盛世,给百姓一个太平富庶的天下！"

次日清晨,天王启程前,招来王猛商议好寿春解围之事。任命袁瑾为扬州刺史,朱辅为交州刺史,并派遣武卫将军王鉴、前将军张蚝率领步骑两万前往救援,才上马扬鞭,奔向枋头。

第二十八章　小坚头枋头祭祖
　　　　　　　二公主皇城下嫁

　　枋头，多么熟悉亲切的地方。三十三年前，身背赤字"草付臣又土王咸阳"的小坚头在此呱呱落地。从小备受祖父偏爱，在祖父的精心栽培下，熟读四书五经，精通礼、乐、射、御、书、数六艺，在众多同辈中卓绝群伦，一枝独秀。多次被慈爱的祖父当众夸赞："小坚头质性过人，身长任大，足短安下，非常相也。"聪颖的小坚头早早就读懂了祖父眼里闪烁的期盼和厚望，埋头读书，苦练羽翼，只愿快快长大，能早一天替祖父分忧，承载大任。谁料未及束发，晴天霹雳，在小坚头心中一直如高山般健壮、沉稳、高大的祖父竟然被人所害。

　　小坚头突然明白了生死无常，突然明白了人心险恶，突然明白了世道艰难……

　　小坚头一夜之间突然长大。

　　紧接着继位的大伯父苻健假晋号西归，兵行曲沃，筑坛拜十三岁的自己为龙骧将军，入居长安。二十年来如履薄冰，危机四伏时，苻坚心里想的是祖父；坐在太极殿龙椅上君临天下时，心里想的是祖父；肃清顽疾诟病，整治老氏豪强时，心里想的是祖父；仁政治国，以民为贵时，心里想的也是祖父；此次伐燕功成，苻坚心里第一个想到的还是祖父！

　　每个人的心底都住着这么一个人，这个人不用想起，却从未忘记。不管你醉卧街头，还是掌控天下，你的言谈、你的举止、你的呼吸、你的失败或者成功，都有他的影子和痕迹。两人在血脉中相互眷恋、缠绵，两人在生命的延续中，相互提醒，勉励。

　　祖父大人，小坚头来看您了！

　　荒草遍地，寒风瑟瑟，一个阴冷苦寒的冬日。

　　天王下马，直奔一座长满荒草，寒鸦乱飞的坟头。正欲跪地祭拜，远远却传来一个苍老的声音:"小坚头且慢!"

回头看去,见一位白须过胸的老人腕挎小竹篮,踉跄奔来。细看貌似当年王府中的酒管家。老人见到天王也不跪拜,道:"小坚头莫要拜错,往前十丈之外才是王爷长眠之地,请随我来。"

原来,天王认错了祖父的安息之地。

岁月无情,二十年如白驹过隙,让已经顶天立地的孙儿恍惚中竟然找不到无数次梦到的祖父安息之地!天王愧疚自责不已,紧随老人,穿过荒草,果然十丈之外,一座打理得洁净肃然,两侧植了松柏、榉树的高大坟冢出现在眼前,青石为碑,上面威严遒劲地刻着"太祖惠武帝苻公讳洪之墓"。

天王眼眶一热,长跪下去。老人也不言语,边用衣袖偷抹着眼泪,边将竹篮里的鲜果点心摆放在碑前,默默点燃两根白烛,立在两侧的铜烛台上,又点燃三炷紫香,摇灭明火,双手捧给天王。天王眼含热泪,双手接过,举过额眉,深深三拜,跪步向前,将香插入正中的铜鼎之中。又接过老人送上的纸钱寒衣,在无数想念和千言万语中给已长眠二十年的祖父一一送上……

叫自己小坚头的白须老人正是当年王府管家酒盅,看天色将晚,天王一直默然长跪,怕寒风侵骨,伤了龙体,便缓缓将小坚头扶起,颤抖着道:"二十年了,王爷在天之灵终于等到他的小坚头替自己圆了一统中原、雄霸天下的梦了,终于可以含笑九泉了!老奴守护王爷左右,今日终于给小坚头有个交代了!"说着说着,竟然呜呜地哭起来,边哭边拉着天王的手道:"王爷当年被麻秋鸩杀之事,着实蹊跷,还望你能够查明,好给王爷一个交代。"

天王摇摇头,默然不语,剪手绕着坟冢细看一圈,回到老人身边,道:"逝者已逝,查明又能如何?不如胸怀天下,大步向前,才是给祖父最好的交代!"

酒盅如祖父般慈爱地拉着天王的手,流着泪笑道:"王爷若能活到今日,亲眼看到他的小坚头是如此圣明仁爱大气的一位君王,该多高兴啊!方才老奴一时性急,直呼乳名,还望陛下恕罪。"

天王忍住又一次涌上眼眶的热泪,宽笑道:"孤身守主二十年,忠心感天动地,何来降罪之说?明日小坚头要摆宴枋头,大谢父老乡亲。"

次日,三秦王苻洪泉下显灵,刮了几日的刺骨白毛风突然停了,冬日的阳光少有的灿烂温暖。天空清丽透亮,高远辽阔,蓝得让人沉醉,让人忍不住想放声高歌。

天王宴请诸老同时,下诏:"枋头改为永昌县,免该县百姓赋税。"

枋头老少感恩戴德,高呼万岁,对天王仁孝之心,赞不绝口,传颂不已。

枋头停留两日,天王一行策马向西。回到长安,行"饮至之礼",大宴群臣。酒浓处,君臣放声高歌《诗经·劳止》:

"民亦劳止,汔可小康,惠此中国,以绥四方……"

激昂励志、一心为民的歌声在太极殿上空久久回荡,全体朝臣都为能效力这样的明主备感荣耀自豪,君臣上下,凝聚力更强!长安城的百姓听到,除了为现世安稳庆幸感恩,对仁爱睿智、战无不胜、可平定四海的天王更加崇拜和拥戴!

宴后,天王加封慕容暐为新兴侯,任命为尚书;封慕容评为给事中;皇甫真为奉车都尉;李洪为驸马都尉,都加奉朝请的头衔,可以参加御前会议;任命李邽为尚书;慕容德为张掖太守;平叡为宣威将军;悉罗腾为三署郎。

转眼腊八,又是一年将来到。

散朝后天王摆驾凤仪宫,苟皇后已早早在宫门口带了宫女迎候。天王脱去朝服,换上便袍,喝了碗安神补气人参汤,问候在身边的苟皇后:"你火急火燎地将朕催来,为了何事?"

苟皇后气鼓鼓地道:"还不是你的两个宝贝女儿顺阳公主和平阳公主,说好嫁给我舅父家大公子和二公子的,如今两个人商量好似的,反悔了,死都不肯。这不,已经绝食第三天了!"

天王端起雕着祥云富贵枝的青釉骨瓷杯,漱过口,道:"婚配之事,岂能强逼?你母舅的两位公子和其父强德一样,整日在长安城为非作歹,欺行霸市,谏议大夫王攸参奏多次,要朕依法处置。"

苟皇后沉下脸嘟囔道:"虽是远亲,可臣妾已经答应舅母,若是反悔,让我这皇后的面子往哪儿搁啊……"

"你个糊涂糨子。顺阳尚未髫年就已许婚镇南将军杨安,强家二少不学无术,劣迹斑斑,如何配上皇家公主?真是愚不可及!"天王含怒拂袖而去。

苟皇后望着天王怒去的身影,嘟囔道:"杨安又老又丑,哪里比得上两个表少爷风流倜傥,出手阔绰。常常探望孝敬我不说,昨儿个舅母进宫还送我一颗比鸡蛋大的东海夜明珠呢!"

不过此事倒是提醒天王,相差不过一岁的顺阳、平阳公主如今已经碧玉年华,是该谈及婚嫁了。想到此处,便去顺阳宫问话。顺阳公主不如平阳公主性情娴静温婉,因自小受苟皇后娇惯,十分霸道任性。听父亲说不会嫁给强家,马上胃口大开,要吃要喝,如她母亲一样,全无公主的高雅和华贵模样。

但当天王提及镇南将军杨安,顺阳公主就摔碟子,一千一万个不愿意,嫌杨安年老,眼睛小,鼻子大,腰粗腿细,像个癞蛤蟆。

天王知道顺阳秉性,并不逼迫,宽笑道:"你可别小看这只癞蛤蟆,能文能武,忠义俱全,不信朕愿意和你打赌,若你胜出,则随你,如你输了,便遵父命。"

顺阳公主虽然天真但也聪颖,歪头问道:"那要赌什么?"

天王依然宽笑道:"赌文赌武均可。"

顺阳公主调皮地眨眨黑宝石一样眼睛,道:"杨安能武,天下皆知,要赌就赌文。"

天王哈哈大笑,赞道:"果然是朕的公主,虽然任性,但却冰雪聪明,知道剑走偏锋!好好好,腊月初十,朕欲在孔庙行祭孔大礼。届时,太子、皇子、满朝文武及其世子王孙均参与祭拜,杨安亦在其中,你出个题目,朕替你考考他,若他答对,算你输,若答不上来,算你赢,如何?"

"好好好,这个好!"顺阳公主拍掌赞道。

腊月初十丑时,长安城三九寒天,地冻天裂,柳絮般的飞雪被肆虐的寒风卷裹着到处横冲直撞。

长安城南国子监旁的孔庙里,烛火通明,华灯高悬,灿若白昼。那树据说是当年汉武帝刘彻亲手植下的绿梅,竟然迎风斗雪,傲然怒放,冰肌玉骨,凌寒吐香。

孔庙正殿,金色的幔帐簇拥着供奉孔子神位的木龛,龛内摆放着书有"至圣先师孔子神位"的紫檀木牌位。

天王亲率太子、皇子、文武大臣及其世子,午夜过后便齐集孔庙门前。寅时,祭祀仪式开始,先是钟鼓齐鸣,接着奏乐迎神,上拜天地,下谢臣民,东拜大地,西拜日月星辰,复杂而烦琐,直至拂晓方告"礼成"。随后祭祀所用的猪、牛、羊三牲由天王在太子协助下,分成若干块分送主祭和众多陪祭,分享祭孔供品,传承儒家文化,感恩孔子教诲,既是美食又是荣誉。

天亮后休息一个时辰,开始拼文章、比才艺、诵《论语》、赋诗词、听秦腔等游戏娱乐节目。

两位公主早早梳洗装扮整齐,如两朵含苞待放的菡萏,神态羞涩,脸蛋粉红,芳心扑通扑通乱跳地陪皇后坐在珠帘纱帐后,偷偷看着一个个青年才俊赋诗作曲,高谈阔论。

苟皇后不知诗书,略坐片刻,便觉之乎者也甚是无趣,想回宫歇息。顺阳当然拉住不放,让母后帮自己想,一定要出个难题,让杨安无法对答,自己才有机会在这些翩翩公子中挑到一个如意郎君。可是出什么题呢?顺阳公主绞尽脑汁,一会儿想让背诵《论语》第九章第四段,一会儿又想让原创一首歌颂父王的七言绝句。眼看着快要接近尾声,越急越乱,越乱越急,坐在旁边快要睡着的苟皇后被扰得烦不胜烦,情急之下,苟皇后说干脆出个谜语算了。顺阳灵感来了,想起小时候母亲给自己出过的一个谜语,便歪歪扭扭地写在花笺上:

"非狐亦非禽。前面架铡刀,身后阴凉凉;一朝若得志,翻眼便忘娘。猜一动物。"

顺阳公主让身边的小宫女送给天王。天王并未过目,让直接送给正在听秦腔的杨安。只见杨安接了,对着花笺咧着大嘴傻笑,愣是猜不出来。旁边一位稍显风雅的俊朗将军,粗粗看过,手把手握笔画了个字,交给小宫女,扭头继续沉醉在秦腔里了。

公主接过小宫女呈上的花笺,上面歪歪扭扭地写了一个"狼"字,不满地噘起樱桃小嘴,恨恨道:"字如其人,真难看!"实不甘心,拽着父王的胳膊撒娇耍赖道:"不对不对,还少两个字,是白眼狼!"心里却明白,已经覆水难收了。但实不甘心,吵着闹着有人代笔,嫁也要嫁给代笔之人。

次日散朝,天王独留因伐燕有功,已被封为博平县侯的杨安东堂叙话:"令祖杨初、令尊杨国皆为前仇池国君主。永和十二年(356),令尊被杨俊所害,逼你奔秦。十多年来,你替朕逐凶除恶,平乱伐燕,忠心勇磊,战功赫赫,当年曾将平阳公主许配于你,只是那时尚未髫年,如今平阳公主年华正好,你亦春秋鼎盛,不如择个良辰吉日,将公主迎娶回府如何?"

杨安慌慌跪拜道:"陛下垂爱,末将受宠若惊,感激涕零。只是臣大了公主十七八岁,怕委屈公主。"

天王笑道:"平阳性情温婉,胆小柔弱,还望爱婿宽容善待才是。"

杨安连连叩首谢恩,心里想:"不是顺阳公主么,怎么变成平阳公主了?"

天王道:"好事成双,朕同时赐婚你侄儿杨璧,将顺阳公主许配于他,你叔侄二人同日成婚,喜上加喜。"

杨安再谢,高呼:"吾皇万岁万岁万万岁!"心里琢磨着听说平阳公主性情比姐姐顺阳公主好多了,只是侄儿杨璧阴差阳错,娶了顺阳公主,不知心里会怎么想。

腊月二十四,天蓝云淡,阳光甚好。

长安大道,红毯铺道,清水洒街。凤冠霞帔,华贵喜气。嫁衣艳丽,璧人如玉。街两旁围观百姓成千上万双眼睛一眨不眨,直勾勾地盯着顺阳公主和平阳公主绚丽夺目、亮瞎人眼的十八抬喜銮。在一眼望不到头,上了红漆,涂了金粉,绘了麒麟送子、富贵花开、百年好合的紫檀木箱嫁妆的簇拥下,在手持各种器皿、仪仗、大红宫灯的宫女、太监、乐队的陪侍下,每人玉腕上戴着临上喜銮前,天王赐予的一对德贡国的艳绿凝珠翡翠玉镯,同时下嫁左将军杨壁和博平县侯杨安。

两位公主顺利下嫁,天王心下甚安。只是飞马来报,王鉴、张蚝所派遣五千精锐骑兵进屯于淝水以北地区,被桓温命令侄儿桓宣、淮南太守桓伊、南顿太守桓石虔等率领将士趁夜在淮河与淝水之间的石桥偷袭,接着又被其大破,不得已,王鉴、张蚝率秦军退屯到淮河北岸、寿春西北的慎城。近期桓温开始加紧攻打寿春的步伐,请天王派兵增援。

天王召集他的智囊团队商议。慕容垂献计,难题放到最后,晋非短期可解决之事,需长远考虑,不妨在寿春观望,静观其变,再做打算。当务之急是,受秦所封仇池公杨世卒,其子杨纂继位,告绝于秦。前段时间忙于伐燕,无暇顾及,近期其叔父武都太守杨统起兵攻纂,不如命王师一路向西,拿下仇池,一来平叛,二来扫清伐凉屏障。

"有道理,正合朕意。"柿子先拣软的捏!

收凉之事,提上日程。

第二十九章　苻雅北上踏仇池　天锡荒政失凉州

公元371年四月，长安繁花似锦，万木吐翠。

天王命西县侯苻雅率杨安、王统、徐成、朱肜、姚苌等七万将士讨伐杨纂。秦兵雄勇开拔，一路风光，行至鹫峡，杨纂率众五万相拒。

苻雅派杨安、王统为先锋，正面迎敌，又命徐成、朱肜率兵备好滚木礌石、火弩埋伏两侧山头，一旦不敌，便居高临下攻击。

杨安领命拱手道："若我二人诈败，将杨纂引入鹫峡深处，侯爷就派姚苌断其后路，我等四面夹击，必当将敌全军歼灭！"

西县侯点头准了。

果然，杨纂中计，大败。杨纂慌乱中勉强捡了一条性命，带着几个残兵落荒而逃，边逃边派人十万火急向新认的主子晋国求援。

却说此时东晋大当家桓温正好攻陷了寿春，生擒袁瑾、朱辅等人，正忙着将袁氏宗族数十人全部送往建康，斩于集市，活埋袁氏收养任用的数百"乞活军"，并将他们的娇妻美妾赏赐给了有功将士，哪里有空真心帮杨纂解围，草草命梁州刺史杨亮派兵解围。杨亮看上司都不上心，也懒得使劲，便遣督护郭宝率一千余人马救纂。

一千人马？亲，救人如救火，一千余人马是给秦军将士的下酒菜吧？你也好意思拿出手！郭宝的千余人马尚未赶到仇池，半路就被起兵攻杨纂的叔父杨统碰上，白菜粉条，一锅烩了。顺便带着郭宝首级，降了苻雅。

杨纂慌慌张张逃回仇池，关好城门，想等援兵。其部将杨他看大势已去，不想逆天而行，便劝杨纂三思，明显胳膊扭不过大腿，不如投降算了，被杨纂朝脸上啐了一口浓痰，连打带骂羞辱一番。杨他不堪羞辱，派其子杨硕夜里潜出城去，密降苻雅,请为内应。

次日,苻雅派杨安带人用长枪挑了郭宝人头,在城门下扯着嗓门呐喊:"郭宝人头在此,尔等援兵已被王师全歼。城内亦有王师内应,尔等若不想流血白白送命,开城投降,侯爷保尔等性命无虞,永享富贵。"杨纂不信,在城墙上伸直脖子细看,果真是郭宝血淋淋的人头。秦军黑压压的一眼望不到头,吓得他面色发白,双腿打战,知道大势已去,哆嗦着命人反绑双手,白布遮面,出城降了。

杨纂被送往长安,天王自是善待。赐封杨统为平远将军、南秦州刺史。加封杨安为都督,镇仇池。

至此,自晋惠帝元康六年(296)开始,这个一直处于半独立状态的仇池国,在历史的长河中,跌宕起伏七十六年之后,在秦天王的谈笑中,灰飞烟灭了。

秦军所向披靡,势不可当的赫赫兵威,让周边的各个势力恐惧不安。

尤其仇池向西的西凉国的张天锡和吐谷浑国的碎奚。

先说说吐谷浑。西南边的吐谷浑部原本是辽东慕容鲜卑的一支,当初,吐谷浑部离开辽东之时,仅仅带走了一千七百家部众。这支实力弱小的部落,从辽西一路西去,先至阴山,后南下陇山,再至袍罕一带,最后继续西行,"据有西零以西,甘松之界,极乎白兰数千里"。《后汉书·西羌传》记载,"河关之西南,羌地是也……地少五谷,以产牧为主"。河关,即今甘肃省兰州市,由此可知,吐谷浑所辖之地乃羌族的原驻地,因此。在吐谷浑的发展中,逐渐形成了包括鲜卑、匈奴、氐、西域胡、高车等部族的多民族集合体,这从吐谷浑的姓氏上即可看出端倪。在吐谷浑中,仅鲜卑就有一那蒌氏、段氏、白部鲜卑的素和氏、阿若干氏、薛干氏、乞伏氏、乙弗氏等;还有属于羌族的姜氏、钟氏、白兰羌、姚氏等;属于匈奴的赫连氏、沮渠氏;属于高车的翟氏等。吐谷浑所处之地自然条件恶劣,因此,吐谷浑以游牧为主,产良马,称为青海骢,同时,白兰山盛产黄金、铜、铁等矿产,另外,吐谷浑正处于中西交通要道上,商业较为发达。

吐谷浑作为部族之名来自吐谷浑的孙子叶延,叶延在位二十三年而死,其长子碎奚继位。碎奚性格仁弱,当他听说秦轻轻松松消灭了仇池之后,兔死狐悲,内心十分恐惧,为与秦结好,赶紧派出使者给长安送上良马五千匹,金银五百斤。

天王抚摸着健壮、高大、威猛、善战、欢实的青海骢,大喜,拜碎奚为安远将军、漹川侯。

秦王苻坚不过月余,神速解决了割据上百年的仇池王国,又未发一兵一卒使吐谷浑臣服。天王神武,秦兵彪悍,所向披靡的威名很快传遍天下。不过,好戏才刚刚开场，下一个，天王龙袖一甩，剑指西凉。

他对实力最强、距离又最遥远的西凉采取了攻心、恩服政策。当年王猛解救秦州李俨之时，秦师就曾与凉军交过手，那一战秦军活捉了凉州武将阴据以及凉州五千甲士，带回长安，肥养多年，此时，终于派上用场。天王将阴据和这五千凉州士兵一起送还凉州，另派著作郎梁殊和阎负一同前往游说张天锡，希望不战而和，归顺大秦。梁殊和阎负曾为苻生的弟弟苻柳手下参军，二人在苻生执政时期就曾前往凉州，说服了当时凉州执政的张瓘臣服于秦。凉州臣服秦两三年内，各自的政局均发生了重大的变化：西凉张瓘被宋混兄弟所杀，继而宋混死去，其弟被张邕所杀，后张天锡又杀张邕，并废黜张玄靓自立。张天锡即位以后，接受了东晋朝廷的封号，复与秦绝。而秦苻坚则杀苻生自立，相继又有"五公"之乱，实在无暇顾及西凉。平息五公之乱后，天王不愿秦被凉、晋东西夹击，主动遣使拜天锡为大将军、凉州牧，以示笼络。张天锡为得好处，欣然接受。

只过一年，张天锡看到秦国援助的巨额财物全部到位，立马翻脸，遣使者东至秦境，大喊："凉与秦彻底绝交！"

恩怨绵绵，岁月悠悠。五年时间，转眼飞逝。

在这五年里，与秦天王苻坚的勤政完全相反，西凉的张天锡无所作为，整日不理政事，游玩饮宴，如神仙般逍遥自在。

一日，佐臣索绊上书劝谏："主公保重，游玩远行，伤身费神，不如静坐养神，处理朝政，问苦民间。"

骑在马上，拥着新得的蛇美人，正准备去逛青海湖的张天锡振振有词地为自己辩驳道："寡人一点都不喜游玩远行，寡人不辞劳苦游历远行是为了有所收获。寡人看到清晨欣欣向荣的美景，就想到要提拔有才能之士；寡人赏玩芳香的花草，就更加爱惜有德行之士；寡人看到松树和竹子，就会反思有贞操之人的贤德；到清澈的河边，就会让寡人珍重廉洁的品行；瞧见杂乱之草，就会轻视贪婪的官吏；遇到狂风，就会引起寡人痛恨凶恶之徒。"

神啊，张天锡的这一番话，几乎达到了商纣王的"智足以拒谏，言足以饰非"的地步。

于是，张天锡继续醉卧花丛，沉溺于酒色之中。人品不行，老天都不待见。自张天锡继位以来，凉州天灾人祸不断，连年发生地震，柳树变作了松树，泥地里生出了大火。索绊劝说他废黜张玄靓的两个亲信梁景和刘肃，他非但不废，反而赐其张姓，认作义子。后轻信梁景谗言，将自己的世子张大怀废黜，另立庶子张大豫为世子,致使朝臣不满,上下离心。

时机正好,秦天王苻坚派特使梁殊和阎负给张天锡送去飘若浮云、矫若惊龙的苻体御笔书信。

特使至凉时,张天锡正挽着裤腿,为博美人痴笑,在小河里撅着屁股摸鱼。他将泥手在裤子上蹭蹭,脏手接了书信,打开大声念道:

"张氏前辈曾经臣服于石勒和刘曜,乃审时度势也。今凉国渐弱,大秦赫赫,非石勒、刘曜可比。可将军却逆天而行,与秦绝交,此非张氏之福!大秦之威,震于四海,可让弱水东流,亦能让长江黄河西去,王师月余已将关东平定,秦将转兵西上,凉州六郡如何抵挡?东汉末年,荆州牧刘表自忖可以割据汉水之南,而将军如今也自以为凉州可以保全!是吉是凶,全在汝一念之中。朕劝汝趋利避害,自求多福,莫让凉州六世的基业毁在汝之手上。"

读完书信,张天锡仰天怪笑一阵,骂道:"妈蛋,爷是长大的,不是吓大的,想得美!是吉是凶自然在我,我若自求多福,将祖宗六世基业拱手相让,还有何颜面苟活于世?!"

气恼之下,召来众僚商议。

主战派握紧拳头叫喊道:"打打打打,我西凉国六代基业,是靠铁骑踏出来的。秦兵威猛不假,但我西凉勇士和青海骢也不是吃素的!爷还不信了,不给点颜色看看,秦国还以为我们都是软蛋。"

反战派则急促碎语劝道:"秦天王已命其武卫将军苟苌率毛盛、梁熙、姚苌伐凉。又命秦州刺史苟池、河州刺史李辩、凉州刺史王统率三州之兵为苟苌后继。此部署,明显是先礼后兵,志在必得。还是以和为贵,以和为贵。"

两方各有各的理,一方粗喉咙大嗓门嚷个不停,一方引经据典喋喋不休,双方互不相让,没完没了。张天锡恼了,大喝一声,跳上案几,道:"孤意已决,以兵对抗,决不归秦!"

其母严氏闻知,拉着张天锡哭劝道:"吾儿切勿鲁莽,如今秦兵压境,凉州危急。为保家园,儿自然当奋起抗敌。可你一向吊儿郎当,不理朝政,不体民情,如今人心涣散,兵力弱乏,长安送回的阴据和五千凉州士兵四处传颂秦天王爱兵如子,以民为贵的种种善行美德,凉州城怕是早已人心向秦了。天时地利与人和,都不在我,若以卵击石,岂不自取灭亡,万劫不复啊!"话毕老泪纵横,悲戚不已。

张天锡鼓着金鱼眼,狠狠甩掉母亲的双手,道:"儿就是要以卵击石,拼个鱼死网破才无愧于祖宗!"

严氏知道张天锡自小固执，认准的事情九头牛也拉不回来。只好抹掉老泪，道："既然我儿执意如此，为娘只好从今日起吃斋念佛，求列祖列宗在天之灵保佑我大凉有惊无险，逃过此劫。"

张天锡为定决心，召见三次出使凉州的阎负、梁殊，二话没说，左一刀，右一刀，便见两颗血淋淋的人头滚落在地。张天锡骂骂咧咧地命人将其悬于城门之上向秦军示威。

苟苌闻信，迅疾下令：

"秦国勇士们，冲啊！凉州的羊肉又鲜又嫩，撒上孜然，烤熟的全羊香飘千里，美味绝伦，只要攻下城池，任凭大家享用！"

凉兵不战自败。

张天锡不服，铜盔金甲，长枪花马，出城应战。和梁熙交手十个回合不到，便感力竭气短，难以支撑，瞅了个破绽，虚晃一招，逃回城去，准备闭城固守，调整思路再战。谁料，多行不义必自毙，早就对张天锡不满的城内将士偷偷打开城门，迎秦兵入城。

眼睁睁看着大势已去，张天锡唉声叹气，懊悔不已，悔恨当初若能专心治国，勤于练兵，仁政爱民，也不至于落到此刻众叛亲离、穷途末路的地步。

罢罢罢，留得青山在，不愁没柴烧。降了再说。张天锡在宗庙里大哭一场，素车白马，面缚舆榇，降于军门。

苟苌下马相扶，释缚焚榇，派人护送，归于长安。

天王出未央宫相迎，远远看到，朗声笑道："朕已为爱卿建好府邸，盼卿归来，助朕完成一统大业。长安即故乡，来之安之，切莫以客自居。朕封卿为归义侯，任北部尚书。"接着又道："朕闻你母严氏临危不惧，有明识，顾大体，懿风堪赞，赐为一品诰命。"

张天锡来的路上想，见到秦天王，一定要昂首挺胸，视死如归，不失气节，甚至若酌情需要，可撞大殿金柱，以身殉国。但当亲睹龙颜，又听到如此宽厚的圣谕时，顿时觉得自己这个粗俗野蛮的土包子与心怀天下之君王相比，如萤火之光与日月争辉，自不量力。苻坚的雍容大气、不怒自威的帝王气场让张天锡从心底臣服："归顺这样的真命天子，我张天锡心服口服。"

想到此处，张天锡理正头顶的通天冠，伏地长拜，高呼："罪臣张天锡恭祝吾皇万岁万岁万万岁！"

收凉成功，天王命梁熙为凉州刺史，镇姑臧。

徙其豪右七千余户于关中,其余皆安置如故。

自此,独立七十五年的西凉州,消失在浩瀚的历史长河中……

至此,高悬在东堂书房的秦国版图,重新绘制,疆域西达哈密,北至蒙古之境。

第三十章　燕公主紫宫受宠　美少年甘为仆从

天王正抬头端详着散发着墨香的兽皮地图，面对新纳入的疆域，颔首微笑。近侍赵整弯腰拱手，提醒道："陛下整日辛劳，保重龙体才是。"

天王转身道："何事？直言无妨。"

赵整道："如今亡燕四万多户慕容氏、鲜卑人已迁徙至长安，安置妥当，只是可足浑氏请奏，女儿清河公主仰慕天王威名，自请侍奉陛下左右。"

天王道："这个可足浑氏，心思稠密。上次邺宫清点名册，就曾请见，献上传国玉玺，提起清河公主之事，朕并未回应，怎么如今又提起此事？"

赵整道："清河公主，如花似玉，豆蔻梢头，娉娉袅袅。子姝已去，臣不忍心看着天王形单影孤。"

天王看看赵整，温色道："朕知道你不想看到段元妃出入后宫。"

原来，昨儿个膳后，慕容暐奢华舒适的御辇经过长途跋涉，终于由邺城运到长安。

未央宫一向素简，天王看到如此金光闪闪，珠翠满目的豪车，不禁想试试其性能。正好段元妃入宫请安，便携了一同坐上，在后庭游玩放松一下。没想到游兴正浓，随侍的赵整突然放声高歌：

不见雀来入燕室，但见浮云蔽白日。

虽有满目艳阳天，暗里阴风侵君骨。

赵整何等幸运胆正！试想一下，若劝谏的皇帝是石虎，或是苻生，估计十个赵整的人头都不够砍。但谁让咱追随的是明君呢，天王是何等英明豁达，听到后，龙颜一愣，想："赵整敢在朕游兴正浓时，直言进谏，可见自己与段元妃之间的私情确该有所收敛，不能因美人毁了自己的圣德美誉，更不能因美人，让君臣之间心存芥蒂。红颜祸水,自古殃国。"想到此处,便宽笑融融,道:"多谢赵郎直言。"随即命段元妃下辇随行。

事情已经过去,赵整依然不依不饶地力荐清河公主入宫,天王倒要看看这个清河有何过人之处。天王沉静片刻,问:"清河何在?"

赵整道:"在殿外等候。"

天王并不召见,漫步出了殿门。果然,看到一位清丽可人的女儿家,如出水芙蓉立于殿门外,微风吹过,衣袂飘飘,秀发袅袅。细看眉目,天王大喜过望,脱口而出:"翩翩!"

清河公主竟然和翩翩如此相像!难怪赵整每次提起清河,表情总是那样怪异。

清河如一颗晶莹的晨露,不胜凉风的娇羞,垂眸浅笑,婀娜拜过。天王顿觉月光拂面,美不胜收。大步上前,攥住公主的纤纤玉手,连连赞道:"好好好!"转身牵入后宫。

是夜,良辰美景,春风涌动。金龙帐中,天王宝刀霍霍,清河欲迎还羞,几番厮磨,清泉拂柳,万马奔腾,终入佳境。恍惚中,天王仿佛回到了二十岁,回到了桑林深处,跌入了久违的温柔乡中……

且说清河公主,早知秦天王威名,但并未有相随之心,只是自古公主婚嫁,以社稷为重。早年其母后可足浑氏曾欲将她许于代国,但代国日渐衰败,可足浑氏觉得代国已无和亲价值,转身又欲将她许于东晋西海公司马奕,谁知司马奕又被桓温逼废。正在纠结犹豫之中,燕却被秦所灭。国破家亡,匹夫都知道做亡国奴的耻辱,可足浑氏却以一个太后的高度,认为天下合久必分,分久必合,表现得极为豁达。第一时间,双手向天王奉上当年始皇帝下诏用和氏璧雕刻成方圆四寸,上纽交五龙,正面刻有李斯所书"受命于天,既寿永昌"八篆字的传国玉玺。

诸位可千万莫要小瞧这方玉玺,始皇后,历代帝王皆以得此玺为符应,奉若奇珍,国之重器。得之则象征其"受命于天",失之则表现其"气数已尽"。凡登大位而无此玺者,则被讥为"白板皇帝",显得底气不足而为世人所轻视。由此便促使欲谋大宝之辈你争我夺,致使传国玉玺屡易其主,辗转数百年,忽隐忽现,踪迹难觅。

多年来,东晋以正统自居,口口声声说手中有这方西汉末年王莽篡权时太后怒而掷于地,破其一角,王莽令工匠以黄金补之的传国玉玺。

燕也当仁不让,说自己才是受命于天的正统。

秦当然也不示弱,称自己才是拥有金角玉玺之人,才是受命于天的正统。

可足浑氏果然知道秦天王要的是什么,当将传国玉玺献上,看到天王嘴角现出满意的笑容时,心里知道,亡国已无足轻重,在秦国自己依然会锦衣玉食,富贵不减的。为了再表忠心,干脆将清河一并献上,反正迟早都是人家的,不如主动积极些,还能落得更多好处。

不过,可足浑氏打错了算盘,天王淡然一笑,不回绝,亦不接受。可足浑氏受挫,回到府中,百般数落埋怨清河,嫌清河愚笨,不知道主动出击,讨得天王垂爱和宠幸。清河生性淡泊,不喜强求之事,听着母亲唠里唠叨的责骂,不敢争辩,只能对花伤神,对月垂泪。还是可足浑氏有办法,暗中买通未央宫太监,攀上天王内侍赵整,说清河公主如何思慕天威,如何倾国倾城,愿侍奉君侧,以沾雨露。

赵整直率,直接回拒。但听小太监说清河长得如何如何像投水而逝的张夫人,便想看个究竟。

当日邺宫,摘星台一见,果然如翩翩还阳,子姝再世。赵整因平日伺候天王左右,多少也知些天王心底的孤苦和对子姝的思念,便一心想促成此事。

如今清河终得天王宠幸,可足浑氏暗自欢喜,心想,下一步就可以奏请自己太后封号,好与宾徒侯慕容垂再争高低。

清河公主作为皇家女儿,深知乱世桃花逐流水的道理,所以不喜不悲,面对天王,不提俗事,静静相随。

纯情如水、温润如玉的清河,让天王干涸疲累的铁血之心慢慢丰润柔软起来。天王命人在翩跹宫侧新建宫殿,赐予清河,并亲手题匾清河宫。植了清河最喜欢的菡萏,知道清河擅抚箜篌,又将传说是有倾城之姿、令曹家父子三人为之争情夺爱的甄宓曾伴随一生的凤首箜篌赐予清河。稍有闲暇,便移驾清河宫,或是听着幽绵箜篌,闭目养神,或是看清河的惊鸿之舞,以去烦忧。

英雄爱美,与荒淫无关。

这日,代王什翼犍派人纳贡臣服于秦,天王自是欢喜,命人拣了一对青蓝色水胆玛瑙雕成的金丝蜜枣手链,准备亲自戴在清河公主的皎腕上。行至清河宫外,便听见里面嘻嘻哈哈笑成一团,他屏去宫女太监,只身而入,见清河正与一美少年嬉戏打闹,笑成一团。

天王顿时火冒三丈,怒喝:"大胆,何人竟敢如此放肆!"

正在玩闹的二人顿时吓得魂飞魄散,抱作一团。

看着天王阴霾的阔脸和倒竖的剑眉,清河公主才知道天王怕是吃醋误解了,慌忙跪爬到天子脚下,绵绵柔声道:"陛下切勿动怒,此乃臣妾胞弟冲儿。"

天王听了,为自己方才的冲冠之怒有点不好意思,语调降了三分,道:"庭院嬉闹,成何体统?进去再说。"

说完自己先大步入内,端坐在内榻上。

清河解意,捧上天王最爱的明前紫阳绿涩眉,楚楚笑道:"胞弟慕容冲小臣妾两岁,从小贴心,一起长大。臣妾进宫伺候陛下数日,胞弟甚念,贸然入宫,还请陛下恕罪。"

天王的怒气早被清河的盈盈笑脸和软软细语赶到瓜哇国去了,却故作恼怒,粗声道:"亏是你胞弟,若敢是其他男子,看朕不把他碎尸万段!"

清河聪颖,看出天王已经息怒,掩口娇嗔道:"我们的大天王怎么此刻像个孩子,吃小舅子的醋,也不怕人取笑!"

天王也绷不住了,笑道:"没大没小,看朕晚上如何收拾你!"

清河红了脸,娇羞道:"臣妾任凭陛下发落!"

天王呷了口茶,道:"慕容冲何在?"

清河道:"方才惊了圣驾,此刻在外跪着等候处置。"

天王道:"进来问话。"

片刻,便见那已整理好衣衫的美少年翩翩而入,不卑不亢地拜见天王。

天王道:"朕久闻前燕大司马不过是个十二岁的少年,今日得见,果然英雄年少!"

那少年伏地道:"罪臣中山王虽属世袭,大司马却并非徒有虚名。"

天王听了甚觉不凡,道:"抬头回话。"

慕容冲抬起头来,天王顿觉眼前一亮。且看眼前少年,瞳仁灵动,丰神俊秀,尚余孤瘦雪霜姿,却有瑰玮绮丽色。

天王定定神,端起芙蓉杯道:"大司马掌管天下兵马,你且说说,潞川之战,秦十万之众对决燕三十万之兵,为何能以少胜多?"

慕容冲思索片刻,道:"并非秦兵威武,而是燕兵无能。秦胜在士气与人和,燕恰恰相反。"

天王哈哈大笑道:"答得巧妙,有点意思,朕喜欢!"

慕容冲虽只有十二岁,但皇家公子,见识广博,更深知亡国之臣若能得到新主的赏识庇护,必定会苦尽甘来,重见天日的道理。华丽转身,就在此刻,抓住,便有凤凰涅槃重生的机会!想到此处,斗胆抬头,感激地看了天王一眼,目光正好与正在直愣愣看着自己的龙目相遇。早熟的美少年从天王看痴的龙目中读懂了一点意思,赶紧低头拜道:"蒙陛下赏识,慕容冲愿意追随陛下左右。"

天王甚喜,扶起慕容冲道:"爱卿平身,往后居清河宫,一来陪伴姐姐,二来替朕解忧。"

慕容冲随亡燕四万多户慕容氏、鲜卑人一路风餐露宿,受尽折磨屈辱,才到长安,如今能侍奉君侧,不再屈居人下,求之不得。受宠若惊之余,又长跪拜谢,天王扶起。

自此,姐弟专宠,宫人莫进。长安歌之曰:"一雌复一雄,双飞入紫宫。"

第三十一章　杨家将南下取蜀　周楚孙尽孝降秦

　　纵使姐弟二人美得再惊心动魄，倾倒众生，对于苻天王这种心怀天下的铁血英雄来说，也不会沉浸在温柔乡中，长醉不醒，忘记自己的雄心使命。

　　美人，不过是英雄的陪衬！

　　公元373年，东晋大当家，一代枭雄，自称不能流芳百世也要遗臭万年，刚过花甲之年的桓温老先生，本想逼着孝武帝司马曜禅位，未遂，病卒。谢安与王坦之尽忠辅佐十岁继位的孝武帝司马曜理政东晋。

　　天王闻讯，道："十七年前桓温败于灞上，两年前又败于枋头，北伐三次使得国力受重创，非但不反思过错，向百姓谢罪，竟还逼迫君主。六十岁的老叟如此举动，如何自容于天下？如今不过两年，就匆匆病逝，此乃自作孽不可活也！"

　　按说，主幼臣弱，坚守疆土、休养生息才是上策。不知晋国君臣脑子进水还是脑动力不足，秋风初起，晋梁州刺史杨亮竟遣其子杨广袭仇池。

　　哈哈，这真是瞌睡时送枕头——来得正是时候！

　　梁州和益州居巴蜀之险，进可攻、退可守，从战略角度来说，对秦极其重要。天王此刻正在太极殿和朝臣们商议南下取蜀，苦于师出无名呢，借口就送上门来了！

　　天王大喜，命薛赞拟诏："晋梁州刺史杨亮遣其子杨广袭秦仇池，侵秦领土，掳秦妇女牲畜，奸淫杀掠，无恶不作，是可忍孰不可忍！为保国土，为替百姓讨回公道，朕今命杨安率兵伐之！"

　　私下密旨虎婿杨安，乘胜追击，直接南下，夺取益梁二州！

　　话说杨广偷袭仇池，圣旨未到，杨安已经横枪立马，率兵反击，晋兵大败。杨安乘胜追击，直逼梁州。

　　杨亮父子惧而退守。

天王遣益州刺史王统、秘书监朱肜率兵两万出汉川，前禁将军毛当、鹰扬将军徐成率兵三万出剑门，直取梁、益二州。

杨亮父子又率领巴獠万余，利用青谷之险，居高临下，在谷口两侧安置火雷、滚石，又在谷中挖了陷马坑，准备拒敌。

前禁将军毛当提枪上马，准备冲锋，秘书监朱肜急忙拦住，道："朱某虽不善武功，但却熟读兵书，青谷险要，敌人定会在此设下陷阱，等君入瓮，请将军暂缓，我有破敌之计。"

而后对王统耳语一番。王统连连点头称是，命毛当带勇士潜入敌后，用火箭攻之，敌军大乱。谷外观望等待的杨亮不明情况，不知该进还是该退，正在着急，身后有秦兵火箭飞袭。此时谷口已被秦兵占领，火雷滚石纷纷落下，巴獠们一个个成了火人。杨亮看抵挡不过，慌不择路，从青谷败退，马失前蹄，落入自己命人挖的陷马坑中，其子和部将连拉带拽将其拖出坑来，却被埋在陷马坑里的竹尖刺破了大腿，血流不止。其子替他草草包扎，父子共骑一马，在部将掩护下奔回西城，疗伤固守。

朱肜并不强攻，潇洒转身，率部回师，攻克汉中。

与此同时，秦军的另外一支进攻剑门关的部队，也在鹰扬将军徐成的带领下，迅速攻陷了进入益州腹地的雄关剑门关。剑门关一失，川北门户洞开，秦军长驱直入。

杨安所部立即南下，进兵梓潼。

而此时的东晋梓潼太守、周楚之孙周虓并不在梓潼城内，而是在涪县固守。当他收到汉中、剑门关相继失守，秦军已围了梓潼的消息，有心抗敌，却无力回天了。但为人臣，危急时刻，当挺身而出。为不累及家人，周虓思虑再三，在兵力极其缺乏的情况下，分出数千步骑保护自己的母亲、妻子沿汉水顺江而下，逃往江陵，自己则穿好铁甲，戴正铜盔，理顺盔缨，点兵点将，誓与城池共存亡。

谁料，这支行动缓慢的水上军队，被早已守候在水路的朱肜率部截击俘获。朱肜派人送招降书与周虓。深受儒家忠孝大礼熏陶的周虓，知道城破已成定局，既然不能尽忠朝廷，那就尽孝老母吧，为保家眷周全，周虓只好卸甲倒戈，投降秦军。周虓投降之后，梓潼城也很快被秦军杨安部攻陷。

得知秦军大举入侵的消息，东晋荆州刺史桓豁命令江夏相竺瑶率军西上救援。竺瑶西上以后，却发现秦军攻城略地，如入无人之地，益州腹地的广汉太守赵长已战死，竺瑶吓得引军而退。

晋益州刺史周仲孙率领益州军队前往绵竹阻击秦军，然而，秦军前禁将军毛当机智,避其锋芒,并未与其正面交手,而是抛开周仲孙的大军,迂回直插空虚的成都。得知毛当部将至成都,周仲孙大惊失色,心想,一旦秦军迂回成功,不仅成都不保,而且自己的归路将被切断。惶恐之下,率领五千骑兵狼狈南逃,回到了自己的老根据地南中。

好运总是眷顾有准备、肯为梦想奋斗的人！东晋的梁、益二州,纳入了天王正在细细研究、指点的大秦版图之中。

秦的铮铮铁甲,虎狼骠骑,让邛、莋、夜郎几个小国闻风丧胆,纷纷投降,依附了秦国。

天王苻坚任命杨安为益州牧,镇守成都;任命毛当为梁州刺史、镇守汉中;任命姚苌为宁州刺史,驻屯在垫江;又以王统为南秦州刺史,代替杨安镇守仇池。

秦军以数万之众,用了短短一个月的时间,迅速占领了梁、益二州,奇迹又一次降临在勤勉朝政、以民为贵的天子头上。

周楚之孙周虓被俘后,天王闻其贤良忠孝,想用为尚书郎。在太极殿召见,对周虓道:"朕素闻爱卿有周楚之风,今有意封赐卿为尚书郎,为秦效力,如何？"

周虓理理衣衫,回道:"我蒙晋朝厚恩,因老母被俘,故才失节在此。母子平安,此乃秦国之恩典。氐贼即使授予我王公侯爷,亦不足为贵,更何况郎官呢！"

面对周虓辱骂,天王一笑而过。再问,周虓紧闭双目,做木头状,不再作答。

苻融实在看不下去,拱手奏道:"败军之敌,有何气节可守？陛下不必怜惜、对其施以仁心。"

权翼亦出列道:"都投降了,还牛什么牛,对陛下如此不恭不敬,乃欺君死罪,臣请诛杀之。"

天王笑而不应,命妥善安待周虓及其老母妻儿。

至此,秦得西南地区,将东晋逼于长江东南一隅。天王继续琢磨着新的版图,心想,家大业大,需要一个铁腕人物来打理才是,看来景略该回来了。

第三十二章　王猛治邺罪权贵
　　　　　　　　小人离间隙君臣

　　景略好累!

　　秦得六州,疆土倍增,将群雄逐鹿的中原大地收入囊中。但囊中的中原大地,千疮百孔,疮痍满目。王猛受命天王,于六州之内,可因地制宜,无须奏报,自行处置,补充空缺。

　　天王信任,景略尽瘁。

　　老办法,治理先治吏!

　　王猛在废除前燕苛政,推行秦政同时,先从治吏开刀。不过,这一刀下去,六州一百五十七个郡的一千五百七十九县的郡守县令,虽说全部留任,但一细查,拔出萝卜带出泥,吃空饷的,谋私利的,子女亲戚侵吞国有资产的,垄断暴利行业的,吓人一跳。顺着老虎脚印,发现老虎粪便;顺着粪便,发现老虎毛发;顺着毛发,发现老虎老巢;钻进老巢,却不见大老虎。原来大老虎的死党狐狸、狼狈早早通风报信,大老虎已经将妻妾子女移民东晋,自己卷了多年敛来的金银财宝,逃往西域了。

　　若是一只两只倒还好办,举目四望,老虎苍蝇、狐狸豺狼黑压压一片。不治,灭燕何用?莫非要让腐败毒瘤蔓延到长安去?官滥政荒,冗员难裁,腐败糜烂,病入膏肓,若不壮士断腕,必将危及社稷。

　　王阎王越治越多,越杀越多,正当王猛一心思虑治理六州的万全之策时,邺城里谣言四起,说王阎王为了安插自己的亲信、亲戚,草菅人命,徇私枉法,还受贿当年魏宫珍藏的陈寿亲笔《魏志》《蜀志》《吴志》绝世孤本。还说若按王猛如此严治,怕是整个六州政府部门将会全面瘫痪。更有甚者八卦王阎王为采阴补阳,每夜御女数十,皆是从民间搜抢来的豆蔻黄花女……

　　清者自清,浊者自浊。王猛光明磊落,一心为国,任凭风吹雨打,胜似闲庭信步,对于流言蜚语,并不理会。只是时不时,不知从何方飞来的暗箭、毒镖让属下惊慌不安,时时刻刻替王大人的安危捏着一把冷汗。

九月初九重阳节,为凝聚人心,抚慰僚属,鼓舞斗志,王猛在望月台的摘星楼上命人备了菊花酒,蒸了红枣糕,遍插茱萸,宴请一起披荆斩棘治理六州的铁血团队。

酒浓话多,有的抱怨本来治吏就难,再加上各自门路的说情、书信指示,想要还六州吏治清廉,难于上青天。

有人则为王大人喊冤叫屈:"天王明示,六州之事,交由王大人便宜行事,可如今,好不容易逮住个大的,天王却传旨让网开一面。"

有人接道:"那还不是因为巨贿了在长安被封为上庸王的慕容评,据说慕容评是这只大老虎的亲戚。"

众人听了,有人摇头,有人喝酒,有人哀愁。

王猛不想让宴会气氛过于沉重,举杯道:"承蒙天王厚爱,托此大任,前方即使万丈深渊,我等也要勇往直前,绝不退缩。感谢诸位不弃,追随王某,数月来忍辱负重,受了不少委屈,但也赢得百姓的信任和尊重。佳节菊香,景略敬各位一杯。"言毕,将杯中邺漳酒干了。

诸位僚属皆拱手将杯中浓酒干掉。

这时,参军冯诞举杯道:"大人忠肝义胆,日月可鉴,我等皆因敬仰,追随多年,虽然辛劳,但无怨无悔。冯诞敬大人一杯!"说完,先干为敬。

王猛点头,举杯饮了。

冯诞又举杯道:"不才浅薄,请教大人何谓为臣之道?"并将手中酒干了。

王猛举杯道:"晏子有言,君子侍奉君主,应该做官不失忠诚,退隐不失品行。不苟且迎合而失去忠诚,就叫不失忠;不贪求私利而伤害廉洁,就叫不失行。"

冯诞听罢,又端起一杯酒道:"不苟且迎合,就叫不失忠。只是在下不明白,大人以天王的肱股之臣美誉天下,赤肝忠胆,堪称典范,为何却将与秦二心的梁琛委以记事督之重职?"

散骑侍郎韦儒起身道:"韦某也和冯参事同样疑惑。燕亡前,给事黄门侍郎梁琛,散骑侍郎乐嵩、郝晷皆曾使秦。梁琛虽为燕朝名士,但愚忠亡燕,为保所谓气节,不愿效力天王,按理应该治罪流放苦地。而郝晷使秦,为我方提供燕国各种信息动态,助我方一举破敌,应嘉奖重用。"

冯诞接道:"而大人却颠倒是非,重梁琛而轻郝晷,试问此为为臣之道吗?"

王猛闻言,慢饮了一杯道:"晏子还曾言,以美好的品德来报答君王的知遇之恩。士人遇到有道德的君王，就会顺从他的命令。相信梁琛会以名士风范来报答天王的知遇之恩。"

被天王封为绣衣使者的申绍道："汉朝选官标准为四科取士：一曰德行高妙，志节清白；二曰学通行修，经中博士；三曰明达法令；四曰刚毅多略。德为首位，梁琛忠君爱国，德配天地，何来颠倒黑白之说？"

冯诞愤愤道："你当初上书燕帝要求精减冗官，厉行节俭而被贬为常山太守，天王仁爱，才封你为绣衣使者，你和梁琛同为亡国之臣，自然相互帮衬！"

申绍正脸驳道："天王仁爱不假，申某耿直明理，才能卓越亦非虚名！"

冯诞仗着酒劲，呵呵冷笑道："耿直明理？不知道申大人可知好女不嫁两男，忠臣不事二主之理？"

申绍并不恼怒，微笑着道："申某还知良禽择木而栖，贤臣择主而事之理。"

王猛看气氛有点紧张，举杯道："诸位耿直磊落，大丈夫也，吐纳一番，也算痛快。王某深知诸位都有撑船之腹，切勿因口舌之争伤了和气。我等唯有同仇敌忾，勇往直前，方能还六州百姓一方安乐太平和政治清明。"

众僚属举杯齐声道："同仇敌忾，勇往直前！"

酒尽天晚，众人散去。

王猛独留申绍、韦儒于帐中，道："二位皆为胸怀大志、才略过人之儒士，今受命巡行六州郡县，任重而道远。安抚百姓，劝课农桑，赈恤穷困，收埋露骨，还要随时处置贪官恶吏，推行秦之新政。虽然辛苦，但正是一展抱负，为君树威，为民立命之良机，还望二位不负王命！"

申绍、韦儒拱手异口同声道："为君树威，为民立命，赴汤蹈火，在所不辞！"

韦儒接道："大人做事雷厉风行，果断刚毅，使得六州风气大有转变。只是一心为民为君，必定触犯某些特权利益，属下怕木秀于林，有风摧之，还望大人多多防范才是。"

王猛不屑道："鼠辈而已，何足挂齿。不过幸亏提醒，二位此行，也要多带些武功高手，跟随左右，以保安好。"

二人被王猛的凛然正气和细心关爱所感动，拱手深谢。

次日，迎着绚丽耀眼却没有一点温度的朝阳，顶着肆虐无形的寒风，申绍、韦儒作为绣衣使者，巡行六州郡县。

此时的王猛已在帐中将夜里写好的请辞奏书烧了。又摊开笔墨，闭目思过，准备重写。"邺城数月，为了秦国大业，臣任劳任怨，鞠躬尽瘁。蒙天王圣德，六合清泰。今请避贤路，另任贤能。""为了君臣和睦，就此打住，表明请辞之心即可。"王猛心里暗暗对自己说道，"可倘若就此打住，却不是我王景略的为臣之道。"想到天王在长安直接指挥的石桥之败，对徐、豫、兖诸州稳定产生的负面影响，以及寿春之失，不但失去了秦晋的缓冲之地，而且将两国推至直面相对的紧张境地。还有天王分并州郡，诏命刺史史官的草率让王猛忧心忡忡，忍不住又提起笔来。既然如此，不如一吐为快，王猛有点激动，挥毫间蚕头雁尾的王体草隶跃然笔端："设官分职，各有司存，岂应孤任愚臣，以速倾败。"王猛不能自已，润笔再书道："东夏之事，非臣区区所能康理，愿徙授亲贤，济臣颠坠。"

还要继续，部将帐外禀报："有大人书信。"

原来是邓羌又飞马传书，质问当初潞川许诺司隶校尉之职何时兑现之事。

王猛粗粗看过，摇头置于案上。部将又报："关中二房，房旷、房默被大人任命为徐州、荆州刺史，前来请辞，准备近日就职上任。"

王猛摇头道："上任之事暂缓，就说另有重用。公务缠身，不便相见，还望见谅。"

部将拱手领命退出。

王猛心里叹道："天王三日前已命左卫将军彭越为徐州刺史，太尉司马皇甫覆为荆州刺史了。幸好昨天接到快报，否则让二房去如何安置？"

部将又来禀报："早膳早已准备妥当，大人何时用膳？"

王猛道："馍夹上些油泼辣子，端碗稀饭即可。"

部将迟疑道："大人，还准备了羊肉烩土豆白菜呢，一起呈上可好？"

王猛道："挑几片肥肉一并夹馍，吃起来方便省时些。"

部将诺诺应了，轻轻退下。

王猛继续提笔写道："若以臣有鹰犬微勤，未忍捐弃者，乞待罪一州，效尽力命。"

帐外又报："郝晷求见，说有要事禀报。"

王猛道："不见。"

正要运笔，参军冯诞帐外求见，只好搁笔请入。

冯诞性直，进帐施礼，愤愤不平道："慕容评这几日路过冀州前往范阳郡上任，一路游山玩水，挥金如土，随行家眷美妾，绮衣华裳，珠翠满头，招摇过市，引得百姓围观唾骂。属下不解，这等小人，为何被天王封为给事中？听说连慕容垂都不能容忍其贪婪无耻，一再请求天王为燕戮之，天王非但不戮，还委其以范阳太守之职。"

王猛道:"天王圣明,如此安排,定有道理。范阳乃燕人故乡,任慕容评为太守,一来可以安抚百姓,二来尽显天王仁爱之心。不过,为人臣子,替君分忧,你暗中派些人长守范阳,若有变故,也好防范。"

冯诞拱手领命退下。

王猛沉下心来,准备继续提笔,却听帐外嚷嚷:"王大人,王大人,卑职求见王大人。"

王猛命人将其放入帐来。

郝晷进帐,也不礼拜,嚷嚷道:"当年我为燕使,入秦密送大人燕国国防战略地图,才使得秦兵一路顺利,直逼邺城。秦能灭燕,我也算立下汗马功劳,可是大人如今兔死狗烹,不被重用倒也罢了,却命我前往夜郎那荒蛮之地担任闲职,我是断然不会去的!"

说完,上前一步,从怀里掏出一卷书简悄声道:"《八阵图》世间孤本,原藏于邺宫宝库,好不容易弄到手,珍藏多年,今献给大人,还望笑纳!"

王猛接过翻阅,果然是自己心仪多年,未曾谋面的偶像诸葛亮所绘制、编著的《八阵图》!再看其名录,八阵分别为天覆阵、地载阵、风扬阵、云垂阵、龙飞阵、虎翼阵、鸟翔阵、蛇蟠阵。图旁附有文字说明,详细介绍了每个阵式在特殊环境下进攻退守的战术应用。当年华山学艺,独臂师父曾有残图半幅,两片竹简而已,隐约可见云垂二字,师父用其残图曾授予排兵布阵大法,就让自己的兵法学识大增,如今精美、孤绝的《八阵图》捧在手中,怎能不让王猛为之怦然心动!

君子坦荡荡,王猛丝毫不掩饰自己对《八卦图》的喜爱,边低头痴看边道:"有何要事,说。"

郝晷觉得有戏,暗自得意,有人曾说过,是人就有弱点,看来不假。前几次的珍宝、美女都被拒于千里之外,这次终于让他找到王阎王的软肋了。心里冷笑几声,暗想,自己往来燕秦多年,其他本事没有,察言观色、投其所好的本事可不是吹的。脸上堆满了媚笑道:"俗语说得好,宝剑配英雄,《八阵图》能被大人收藏,也算得其所哉。"说完看王猛依然面无表情地在看图册,继续堆笑道:"卑职家有八十岁老母,还望大人开恩,留不才在邺城,为大人效力。"

王猛收起书简,看了郝晷片刻,道:"夜郎归顺,郝大人奉君命前往驻巡,位高任重,何来兔死狗烹之说?"

郝晷换了副可怜巴巴的面孔道:"小人念旧,只想在六州之内,谋个一官半职,还望大人成全。"

王猛将手中书简推到郝晷胸前,道:"君命难违,还望郝大人早日起程为妥。"

郝晷看王猛如此断然,心里暗暗骂道:"这个王阎王,还真是刀枪不入,为了搞到《八阵图》,花钱不说,我还灭了两条人命。"脸上却笑得更加灿烂,道:"大人铁面无私,让小人好生佩服,不过古人言泰极生否,乐极生悲,大人难道不想为自己留条后路?"

王猛不语。

郝晷收起诌笑道:"莫非大人不知?如今朝廷重用宾徒侯慕容垂,太极殿上燕臣占半,后宫独宠清河姐弟。长安城放眼望去,燕人熙熙攘攘,不用多少时日,便要鸠占鹊巢。大人虽然受命于君,掌管六州,可六州重职任命,全由天王。今又以皇长子苻丕为雍州刺史,镇蒲阪,明显是监控冀州之意,大人切勿假装不知!"

王猛不动声色,想看看郝晷葫芦里究竟卖的什么药。

郝晷看王猛并不反驳,继续道:"天王如此冷落轻视大人,大人何必俯身尽忠?当年申胤曾说过,秦国虽然能灭燕成功一时,但燕国必定能够中兴,据此不会超过十二年。与其再受亡国之辱,不如大人带小人投晋,也算归得正统,弃暗投明。"

原来如此!王猛心中骂道:"小人一个!"

郝晷看王猛依然如故,不恼不怒,接着道:"大人若有意向东,小人可替大人偷递书信,晋定会以左丞相许!一人之下万人之上,风光绝顶,独霸江南!"

王猛大怒,斥骂道:"卑鄙小人,一派胡言。来人啊,将其拉下去,重打三十军棍,逐出邺城!"

郝晷一看形势不妙,伏地捣蒜般磕头道:"小人该死,求大人饶命!小人该死,求大人饶命!"连爬带滚到王猛脚下,拉着袍角一把鼻涕一把泪,道:"小人愿意将《八阵图》献给大人,求大人放过小人!"边说边从怀中掏出书简,双手捧着继续磕头不止。

王猛道:"带着你的《八阵图》另投新主去吧!别污了我的营帐!"

左右侍卫上前将鬼哭狼嚎的郝晷拖出了营帐。

部将送进早膳,轻轻放在案几上,看大人正在提笔疾书,不敢打扰,悄悄退下。

王猛提笔,心想:"食君俸禄替君担忧,徐州、淮河一线防务十分重要,虽然自己已将设官分职的事情暂停,但那里防务不可虚旷,希望天王及时安排才是。"

作为人臣,再进忠言。王猛写道:"徐方始宾,淮汝防重,六州处分,府选便宜,辄以悉停,督任弗可虚旷,深愿时降神规。"

最后润笔叩安,火漆封口,快送长安。

第三十三章　玉楼高群贤聚集　天地宽君臣释嫌

　　暮春长安,夜幕如洗,华灯初上,晚风柔懒,酒肆喧哗。

　　天王晌午接到王猛辞表,一览全文,倍感事态严重。心想:"亡燕毒瘤恶疾甚多,民荒政乱。景略治理六州,抑制豪强,扶困济弱,法简政宽,才使燕民逐渐定居安业。如今请辞,言辞激烈,忧虑且焦愁,主要是对亡燕君臣的安置,景略一直于我相违,尤其对慕容垂的重用和对慕容评的任命,更是让景略忧心不已。他一直怕引狼入室,慈悲之心,换来窃国之祸。但大丈夫志在天下,若想早日实现一统天下之霸业,必须不分群类,聚四海智者贤良之力。如此浅显之理,为何景略就是不解呢?"天王郁闷之至,忙完政务,微服出宫,信步城中。十多年前植于长安大道两侧的青青小苗,如今已经枝叶繁茂,顶天立地,白杨直冲云霄,青槐遮天蔽日。

　　小雨如酥,槐花的清香在夜色中,如一袭看不到摸不着的清丽薄纱,轻轻地笼罩在十里长街之上。

　　天王启口道:

　　　　风舞槐花落御沟,满目清香沁京城。

　　　　长安户户一片月,笙歌酥雨揽玉楼。

　　跟随的赵整道:"陛下,前面就是长安城最华丽雅致的笙馨楼,经常有文人骚客云集,据说每月初十还有赛诗会。"

　　天王停步,点头道:"早有耳闻,今儿个初几?"

　　赵整道:"刚过初十,今儿十一。真是不巧,陛下若有意前往,下月初十臣会早早提醒。"

　　天王摇头道:"谁说不巧,昨儿个诗会,想必今夜流连忘返的才是真正的文雅痴人。"

说话间大步上了笙馨楼。

果然,平地而起五丈高的笙馨楼顶,尚有三位公子和一位穿了戏装的俏佳人歌兮舞兮,且醉且痴。

环绕四周的雕栏高处,粉墙四壁,皆有浓墨诗句。正面白墙上有几叶幽兰,似乎随手为之,却见清芳解秽,细叶凌霜,幽独自香,甚是清雅夺目。落款清丽,为"苏蕙"二字。天王想,这苏蕙定是一个蕙质兰心的女子。旁边坐着一位拉板胡的俊美公子,板胡响起,只见那俏佳人在板胡的伴奏下,摆好身段,跷起兰花指,轻启朱唇,亦娇亦嗔地唱着。

天王看着那俏佳人和俊美公子,眉目传情,你来我往,一颦一笑,一招一式,尽显功力。一个明眸流转,一个俊美清朗,宛如天生一对,不禁为其精湛表演暗暗喝彩。

听着秦腔,环四壁细赏所题诗赋,有辞藻华美,歌颂太平的;有落笔艳丽,描写欢爱的;有抑郁消沉,表达失意落魄的;有粗堆乱造,无病呻吟的;还有吐纳雄心,欲建功立业的。细细品味,倒不乏几首上品。

天王还要再观,有位绸裳富态公子舞蹈过来,拉了天王一起击鼓而舞,唱道:

呦呦鹿鸣,食野之苹。

我有嘉宾,鼓瑟吹笙。

吹笙鼓簧,承筐是将。

人之好我,示我周行。

旁边座席上有位清瘦些的公子接唱道:

呦呦鹿鸣,食野之蒿。

我有嘉宾,德音孔昭。

视民不恌,君子是则是效。

我有旨酒,嘉宾式燕以敖。

歌罢,大家都将目光投向了天王,天王受其感染,且歌且舞道:

呦呦鹿鸣,食野之芩。

我有嘉宾,鼓瑟鼓琴。

鼓瑟鼓琴,和乐且湛。

我有旨酒,以燕乐嘉宾之心。

歌罢众人皆击掌赞之,天王兴起,击鼓又唱道:

朝日乐相乐,酣饮不知醉。
悲弦激新声,长笛吹清气。
弦歌感人肠,四座皆欢悦。
寥寥高堂上,凉风入我室。
持满如不盈,有德者能卒。
君子多苦心,有愁不但一。
慊慊下白屋,吐握不可失。
众宾饱满归,主人苦不悉。
比翼翔云汉,罗者安所羁？
冲静得自然,荣华何足为！

天王嗓音宽厚粗犷低沉,将曹孟德的《善哉行》唱得绵柔不失风骨,悠长不失霸气。曲终声落,却一片寂然,无人喝彩,亦无掌声。

听惯颂扬溢美之词的天王有点尴尬。赵整和权翼赶紧鼓掌喝彩,天王这才重新自然起来,道:"诸位见笑,相请不如偶遇。枋头永固与诸位有缘相聚于此,今夜永固做东,畅饮纵情,望各位尽兴！"

绸裳富态公子拍手道:"又一个豪爽投缘的性情之人,敦煌索绊先谢过公子。"

清瘦些的公子起身拱手道:"南安赤亭徐嵩。"

那唱戏的俊美公子也起身拱手道:"新平郡鱼恨水。"邀天王坐了。独不见那俏佳人。

敦煌索绊道:"公子面生,不像笙馨楼常客。"

天王道:"闭门读书,薄于应酬。笙馨楼早有耳闻,今日偷得闲暇,专程上楼结交诗友雅士。"

这时却见一位柔美公子翩翩而来,施礼道:"伶人王洛卸妆失礼,还望公子见谅。"

天王抬眼细看,分明刚才还是个女娇娥,怎么转身就成了男儿郎？

天王拱手还礼,赞道:"公子男扮女装,扮相娇美,音质甜腻,余音绕梁,有名伶风范。幸会幸会！"

伶人王洛浅笑道:"公子过奖。"端起案上玉壶,添酒奉上,不再言语。

索绊道:"看公子气度雍容,姿态高贵,眉目之间,不怒自威,颇具王者风范,不知学问如何？"

天王谦笑道:"安邦定国尚差几分。"

清瘦男子徐嵩道:"看公子亦非轻狂之人,如此自信,倒是让人好奇,徐嵩愿请教一二。"

天王朗声笑道:"顺天意,应地利,合民心,根据自然天时地间宇宙变化,经国安邦,经世济民,崇德扬善,安邦定国之策也。永固尚欠几分。"

索绊摸着大肚子哈哈大笑道:"别阴阳,合五行,观七星,应八卦,设九宫,谋济世安民之略,才算周全也!"

天王朗笑道:"都说敦煌出贤士,凉州多君子,永固与索绊相谈甚欢,一见如故,幸会幸会。"

清瘦徐嵩淡然道:"君子之交淡如水,永固公子何必如此惺惺作态。"

天王诚心道:"绝非作态,实乃惺惺相惜也!"

徐嵩高冷回道:"空谈何用?误国伤民而已,实干方能兴邦也。"

天王点头道:"徐公子所言极是,实干才是兴国之本!朝廷正是用人之际,诸位皆有识之士,何不效力朝廷,有所作为?"

索绊摇头道:"公子有所不知,索绊世为冠族,少时游侠四方,后一心向学,蒙恩遇主,辅佐张天锡治理凉州大地多年。开始张天锡雄心天下,敬我如宾,索绊亦不负所托,执法森严,州府肃然。后天锡荒政,谏言不听,良策不取,国运渐衰。三年前天锡归仕于秦,索绊厌倦仕途名利,便归隐昆仑,逍遥江湖了。"

天王一把拉住索绊道:"公子就是张天锡的中垒将军、西郡武威太守索绊?寻你许久,竟然近在咫尺。"原来天王早就闻知索绊乃张天锡的佐世之器,天锡归秦,欲用其才,不想其却遁入江湖,不知所踪。真真是踏破铁鞋无觅处,得来全不费功夫!天王爱才心切,抓紧索绊好像怕飞了似的,连连拍掌叫好。

其他几位公子一头雾水,不知永固为何如此欢喜。

徐嵩高傲道:"但愿只是英雄相惜,而不是另有所图!"

天王笑道:"徐公子目光如炬,语言犀利,亦非凡夫俗子。"

徐嵩傲道:"凡夫俗子怎能入我法眼,造福一方才是徐某心志。"

天王朗笑道:"徐公子有造福一方之心,不知可有造福一方之力?"

徐嵩傲然笑道:"真金还怕火炼不成?只是时机未到而已。"

天王问道:"何谓时机?"

徐嵩昂然道:"徐某静等天王秋末太极殿选贤纳士,一举成名。"

旁边坐的鱼恨水蔑然道:"你叔父不是已经向朝廷荐你入仕吗?何必假装清高!"

徐嵩正色道："我要凭真本事出入仕途，岂能靠偏门邪道！"

天王道："请问公子叔父尊姓大名？"

徐嵩拱手道："实不相瞒，叔父乃天下第一丑将徐成是也！"

天王朗笑道："原来是徐成将军的贤侄啊！好好好。"又将目光投向新平郡的鱼恨水，问道："鱼公子有何打算？"

鱼恨水淡然一笑，举酒自饮，潇洒无羁地唱道："旧山虽在不关身，且向长安过暮春。一树梨花一溪月，不知今夜属何人？"歌罢，挥袖道："功名利禄，皆为浮云，欢歌清曲，伊人春睡，才是恨水所逐之梦。"

天王道："鱼公子如此看破红尘，置身事外，可是有难言之隐？"

鱼恨水呵呵一笑，继续自斟自饮，并不回答。

天王道："据永固所知，鱼姓甚少，当年苻生曾将辅政大臣鱼遵及其七子、十孙满门抄斩，不知公子可有耳闻？"

鱼恨水突然秀眸闪泪，将手中的彩漆雀鸟杯狠狠地摔在地上，拂袖而去……

一直不语的王洛惶恐地对天王摆手道："兄台千万莫提鱼遵大人遇害之事，那是恨水不能碰的痛！眼睁睁地看着叔父一家十多口一夜之间满门抄斩，他又无力抗拒，还要磕头谢恩，怎能不痛心疾首？自我们相识至今，他要么浪迹闹市酒肆，醉生梦死，要么混迹于柳巷春楼，游戏人生，好不让人痛惜啊。"说着媚眼含泪，哀怨地唱道：

梨花洁白柳色深，柳絮飞满梨枝头。

梨花不解明月夜，落花春水各自流！

天王懂得王洛多情，恨水无意，其他不便多说，便举杯道："笙馨楼上卧虎藏龙，群英荟萃，有诸位才俊，大秦之幸，让我等举杯恭祝国运昌盛，政和民安！"

几人虽素昧平生，但都是率直、坦诚之人，歌之舞之，尽兴才散。

回宫路上，天王内心豁然开朗。景略于他，情同手足，多年来携手打拼，互相信任才有今日的大秦和广袤疆土，朝中虽有倒王派摇旗呐喊，但丝毫不会撼动他们多年来已经坚实如铁的君臣之情。

第三十四章　梁谠奉召慰王猛　太后私情会李威

当夜回宫，天王在东堂书房秉烛到三更，御笔浓墨给王猛回信道："朕之于卿，义则君臣，亲逾骨肉，虽复桓、昭之有管、乐，玄德之有孔明，自谓逾之。"停笔心想："景略啊景略，朕对你的信任岂是他人几个奏本、几句谏言就能离间的！你说要改任亲贤，你不就是朕情同骨肉的亲贤吗？古人有言：帝王勤劳求贤，只要真正得到了贤士，充分发挥他的作用，自己倒可以尽享安逸了，朕既然委任你为六州之首，就是为解东顾之忧。一来只有你堪当此任，二来朕亦可偷懒求安。自古以来，创业难，守业更难。倘若新的六州任人不当，祸患连连，不仅朕寝食难安，你亦难辞其咎。"想到此处继续写道："夫人主劳于求才，逸于得士。既以六州相委，则朕无东顾之忧，非所以为优崇，乃朕自求安逸也。夫取之不易，守之亦难，苟任非其人，祸生虑表，岂独朕之忧，亦卿之责也。"知道景略一心为国，淡泊名利，但天王还是稍加轻责，并许诺道："故虚位台鼎而以分陕为先。卿未照朕心，殊乖素望。新政俟才，宜速铨补，俟东方化洽，当兖衣西归。"

写罢搁笔，还想再看几本奏折，却睡意袭来，和衣而卧。恍惚间看到王猛困于山中，被几只恶虎围攻。王猛虽然拼力搏杀，但还是落入虎口，被咬断一只臂膀，血肉模糊。天王大吼一声，提箭怒射，虎群钻入山林遁去。天王大喊着："景略，景略！"冲了过去，却见山风侵骨，空无一人。再呼景略，却动弹不得，几番挣扎，突然醒了。原来是一场梦。天王抹去额头冷汗，起来命人备了醒神定心汤，泡汤沐浴，心情才渐渐平静下来。

早朝第一件事，就是派梁谠专程赴邺，带着他墨迹未干的慰留诏书，劝慰王猛继续留任，治理六州。

梁谠字伯言，博学有俊才，与弟弟梁熙都以文藻清丽见重当世。苻健时，为著作郎、中书令。苻生当政，隐归山林。有次天王无意中听闻长安城有歌谣唱道："关东堂堂，二申两房，未若二梁，瑰文奇章。"想起用二梁，派人觅到，命兄弟俩东堂一见，并考二人文章诗赋。果然名不虚传，面圣答题，不卑不亢，谈吐得体，举止有度，才华横溢，甚得圣心。

天王留为侍中，效力朝廷。

早朝前，天王几番斟酌，派谁去劝慰景略最为称心呢？权衡之下，非梁说莫属！

果然，梁说领旨，昼夜不歇，赶往邺城。拜过平阳侯，捧上书信，先将天下大局纵论一番，将天王仁爱圣明讴歌一遍，又将天王对王猛的真情侃侃而谈。最后又将平阳侯的种种果断刚毅，俯首为国的高贵品质赞美一番。王猛还有何言，继续俯首尽忠，为君分忧吧。

转眼七月秋高。天王打算命李威、薛赞、苻融等协理太子监国，自己带人东巡洛阳。其真实目的一是远离长安，想看看慕容垂等前燕旧臣是否真正臣服，会不会有人瞅着御驾离京，乘机作乱，好清理一下朝堂；二来想前往邺城，巡视六州，看看景略治理究竟如何，倘若将景略调回长安，其他人是否能够接过六州重担。

这日处理完政事，天色已晚，天王想着次日就要启程，便去懿寿宫向太后辞行。

念母心切，屏退左右，未及通报，大步进了正殿，看见只有太后的贴身宫女青泉捧着一把和田白玉壶浇案几上的水仙，便上前问道："太后在何处？"

没想到青泉竟然吓得脸色煞白，手中的玉壶应声掉地，哗啦一下摔成碎片……

天王笑道："朕又不是吃人的老虎，有那么可怕吗？"边说边走到寝殿内室去寻找母亲。

却见苟太后发髻凌乱，脸色潮红地从里面匆匆迎了出来，笑责道："皇儿有心，这么晚了还过来给母后请安，也不招呼一声！"

天王道："明日启程去洛阳，特来向母后辞行，以表孝心，不想却惊扰了母后。"

苟太后缓缓坐了，理理云鬓，整好金凤步摇，道："皇儿孝顺，母后甚慰，时候不早，还是早些回去安歇吧。"

天王故作埋怨道："大老远来了，也不赏口茶喝，就这么急着赶孩儿走啊？"

太后也觉得不妥，命青泉用早上从荷叶上收集的晨露，烹冰山雪菊奉上。

天王呷了一口，道："色泽明艳，入口浓香，唇齿甘甜，后味绵长。这冰山上的雪菊据说生长在高山的悬崖峭壁之上，每年七月绽放一次，仅三天花期，极其短促。采摘须得在第二日清晨，沾露带霜，香气正浓，花开六分之时，晚了早了都无此悠长绵香。"

太后听完也捧起芙蓉杯，浅饮一口，笑道："听皇儿这么一说，母后也觉得今夜的雪菊格外甘甜。"

天王饮了一口，道："看母后脸色潮红，圣体是否欠安？"

太后低头品茶，连连道："无妨无妨，方才觉得困倦，在侧榻上打了个盹，觉得有些闷热罢了。"

天王又陪母亲闲聊一会儿，起身告退。

出了懿寿宫，天王并未走远，站在宫门外树荫深处，看着懿寿宫的大门。果然，没有多久，便见一人影从宫门匆匆出来，慌忙离去……

天王顿时觉得如五雷轰顶，脑子一片空白，扶着树身勉强站住，定定神，心想："看来母后与假父的传言是真的了。幸好懿寿宫偏僻清静，母后一向节俭，宫女太监不多，家丑不可外扬，必须设法封住流言蜚语了。"

却说太后故作镇定，送走天王，又催走藏于内室的李威。唤来青泉问话。

青泉自知失职，跪在地上磕头不止，求太后降罪。

苟太后想："事已如此，治罪何用，只愿皇儿没有看出端倪才是。"便软言责备青泉几句，卧在精绣了五蝠捧寿、桂枝祥云的鹅黄锦缎烟纱帐中，思绪万千，辗转难眠。

儿时的青梅竹马，豆蔻时的情窦初开，及笄时的两情相悦，后来的欲嫁不能……

如烟往事，飘飘缈缈浮现眼前……

前世，我曾是你书案上的一株水仙，娉婷清逸，芬芳脱俗，我夜夜陪你月下苦读，日日如影相随。韶华倾负，只愿此生能伴君左右。

怎奈何暗怀情愫，无尽痴绵，也难违父母之命！我与伯龙、元才三人既有祖辈世交之情，又有青梅竹马、两小无猜之谊。伯龙于我，姑表兄妹，元才与伯龙又为刎颈之交，一个是氐王之子，一个是倾心之人。

彩凤再美，终究飞不过沧海桑田！及笄礼成，一袭绫罗嫁衣，一顶镶满珠翠、垂满流苏的金花八宝凤冠，将曾经纯情浪漫小鹿般晶莹明媚的小凌波变成了氐王之子龙骧将军苻雄仪态万方、清雅贤德、静如秋水的苟夫人。

造化弄人，生生将有情人隔在了河两岸……

罢罢罢，除了认命又能如何？从此山水不相逢……

想到这里，苟太后又翻了个身轻叹："苟凌波，是我吗？是啊，那是我的前生……"深宫多年，凌波早已踏洛水而去，如今锦衣玉食的是另一个和小凌波不相干的空皮囊而已。

倘若果真嫁入似海侯门，永不再见，也算是了了一段青烟尘缘，谁料，天不老，情难绝。明明已断肠天涯，却因人间沧桑，又明月照回窗前。

不孝有三，无后为大。嫁给苻雄，两年前曾有孕七月，却无缘无故胎死腹中。自此便再无孕相。四年了，因膝下无子，苟夫人的地位在氐王府岌岌可危。面对丈夫宠爱的舞伎南姬已经诞下长得机灵淘气的三岁庶出长子法儿，苟夫人除了极力侍奉公婆，心里暗暗求菩萨保佑，心焦如焚，却无良策。

有人真心焦急，有人暗自欢喜。

苟凌波根本就不知晓，对自己甜言蜜语、百般奉承、亲如姐妹的受宠南姬，天天对着佛陀祈祷，千万莫要让夫人生育，将军已经许愿，再等一年，若还未生养，就以七出之罪，将其休回娘家，将自己扶为正室。甚至，为博上位，南姬两年前就买通了她的粗使丫鬟，在茶饭里神不知鬼不觉地拌上无色无味的浣花草汁，让夫人长期服用。

苟凌波已经心灰意冷，大不了，休回娘家，终老一生。

想回娘家？没门！谁让凌儿有一个虽未读过书，但精明能干的娘亲。自己的亲生骨肉，岂能不知其芳心向何处，可李威如何比得上锦绣前程的氐王子苻雄？

孩子，伯龙表哥只是你肩头落花，氐王子才是你的良辰美景！八仙庵的张大仙看过你的生辰八字，说你命里金凤朝阳，尊贵绝顶，是要母仪天下的女人！世间之事岂能遇挫便心灰意冷？办法总比困难多。伯龙近期从西域僧涉处，求来一锦盒丹药，说是于你有益，不妨一试。另外，回到王府，除了陪嫁的四个丫鬟，一定要换了所有经手你饮食起居的下人。你的居室也需重新清理打扫一番。

娘亲将凌儿从王府接回曾经的绣楼闺房，于花墙边迎春花藤下苦口婆心劝导一番。

伯龙？四年了，伯龙的名字和人如夜空的烟花，灼伤眼眸，黯然消失，隐约听闻，他穿梭列国，逐利金钱，一心富贵。如今母亲朱唇轻启，道出他的西域灵丹，如久旱甘露，润湿了凌儿快要枯萎的心田。

好好好，那林间雀跃的小鹿好像又从天涯海角归来，一把夺过娘亲手中的锦盒，冲上绣楼，一点都没有听到娘亲说次日一早去西门豹祠进香求子之事。

西门豹祠香火一向旺盛，这日正巧十五，祈福、问前程的，求姻缘的，求子的，求平安、求康寿的香客，熙熙攘攘，络绎不绝。

春寒料峭，乍暖还寒，苟凌波和娘亲下了绿绸蚕丝软轿，携手进祠，献上供品，各自跪拜上香。默念了心愿,摇动签筒,掉出一签,小心捡起,送黄大仙处求解。

黄大仙因卦准签灵,名声在外,一般不轻易解签问卦。苟夫人命了鬟送签进去,片刻工夫,便见黄大仙带了众弟子,慌忙来到苟夫人面前,跪地就拜。

苟凌波和娘亲云里雾里不知为何,连忙命家丁扶起,问其缘故。黄大仙却高深莫测道:"天机不可泄露。"

苟凌波冰雪聪明。除多情貌美,血脉里亦流淌了母亲的精明干练,回到王府,清理居室,更换婢女奴仆,一改往日的慵懒淡然。饮食起居,皆亲力亲为,伺候公婆更加尽心殷勤。对待夫君,也一改往日的淡漠木然。搞点闺中情趣,送点灯下秋波,当然,锦盒灵丹坚持服用,果然尚未月圆,腹中有喜!

此次苟凌波多了心计,等三月胎稳,故意放松警惕,大肆声张,等着害她的人出现。果然,早就按捺不住的南姬暗中重金去郎中处求来滑胎的雄黄,并趁夜深之时,准备下到苟凌波的安胎药里,被苟凌波逮了个正着。

人赃俱获,还有何言?南姬自知罪孽深重,只求苟凌波善待法儿,自己则三尺白绫,悬梁自尽。

磨难都是财富!感谢南姬的阴毒和狠辣,让苟凌波变得如猎豹般警惕,如白狐般灵敏善谋。

次年正月初一清晨,霞光四射,祥云漫天,邺城氏王府,苟凌波不负众望,诞下一个白白胖胖、健健壮壮,背上隐约浮现赤字"草付臣又土王咸阳"的大头小世子。祖父疼爱地昵称为小坚头,也就是如今的天王符坚。

后来,一向沉迷兵书的丈夫在自己的风情万种下,集所有宠爱于自己一身。苟凌波亦未负夫婿,先后诞下四子一女,且因善解人意,灵巧慧秀,精细明理,还知诗书,备受公婆偏爱。常常协助婆婆操持氏王府内外之事,见识自然越来越广,心思也越来越缜密。

琴瑟静好,岁月绵长。本想就此相夫教子,孝敬公婆,养育儿女,打理家事,碌碌平生,谁料,树欲静而风不止。

雄心天下的公公被人鸩杀,婆婆悲痛难忍,撞棺自尽。

没过几年,战无不胜,所向披靡,正在陈仓凤翔指挥作战的大头短腿丈夫,不明不白地死了。没有生病,亦无受伤,反正糊里糊涂地就死了。皇兄苻健皇帝哭之呕血,赠国相,晋封魏王,谥武王,风光厚葬。

唉,苟太后叹口气,抱膝而坐,被一片月光温柔地拥在帐中。怎么那时候就不明白功高震主的道理呢?

后来,孤儿寡母,在担惊受怕中惶惶度日。直到一日,李威华服豪车,西域归来,给苻生献上奇珍异宝,绝色胡姬,赢得圣宠,才庇护他们母子渐渐无性命之忧,并渐渐得到重用。

再后来,李威暗中联络公公当年的旧臣亲信,和法儿、坚儿一起谋划东山再起之事。

再后来,天不负我,果然功成。

开始,苟凌波恨透了置丈夫于死地的兄长,可所有因果都会有报应的。你的儿子还不是死在了我的儿子手中？想到此处,苟太后笑了。

伯龙,如今的李威,几度悲欢,谁是谁的劫？谁又是谁的执念？你我既然情缘未了,何必再隔岸相望千年？当年倘若没有你的暗中庇护周旋,我们母子如何能躲过苻生的魔爪？云龙门之变倘若没有你的倾囊相助,坚儿如何能登上太极殿的宝座？这么多年如果没有你的鼎力辅佐,坚儿如何能纵横四海,坐稳天下？你口口声声说一切的一切都是为完成刎颈之交的兄弟重托,可我怎么会读不懂你眼里深藏的温情？

风华已逝,年华苍老,再不倾情,怕是来世都难再见！

秋夜清寒,苟太后披上织锦团花墨绿披风,移步宫院。月光皎洁,桂香绵绵。她对着自己月下的影子叹了口气,折了一枝金桂,合掌拜月,心里念道:"我愿用三生烟火,还你此生深情！"

第三十五章　洛阳东巡遇王洛　荒庙仁心救恨水

次日天王洛阳东巡，众臣灞东送别。天王对卫将军李威道："昨夜朕突然想起，假父曾念起邺城旧友田勰、杨陟，这二人皆为前燕颇具名望的才子，假父何不随朕前往邺城，一来会友叙旧，二来替朕邀他二人入朝任职，为国效力？"

李威是何等灵敏之人，知道天王要斩断他和太后的私情，不想让他独留长安，便拱手应道："多谢天王。臣早有此意，只是留守长安的重任在身，不敢妄言，如此还请陛下再安排他人协理太子监国，臣正好随行。"

天王道："慕容垂、薛赞堪当此任！"

李威拱手领旨，一路随行。

行至洛阳，天王命李威带人下各郡县巡视暗访，自己带上赵整，一身便服，一叶扁舟，在洛水上私访神游。

远远看到挂着红灯笼的画舫，晃晃悠悠，迎面荡来。画舫里传来一阵唱腔，好生熟悉。叫船家喊话，便见画舫钻出一人，红衫绿裤，迎风摇曳，原来是伶人王洛！王洛惊喜不已，跷着兰花指，邀二人画舫小坐。天王应了。

画舫宽敞，葱绿丝幔，茜色纱帐，随着秋风翩然舞动。内饰华美，珠翠叮咚。一名清瘦些的艺姬，正在为一个长得肥头大耳的客官献舞。

王洛请天王与赵整二人坐了，上茶斟酒。正好艺姬舞罢，王洛赶紧理理朱钗发髻，袅袅上前，给胖客官施过礼，轻启红唇，娓娓唱道：

空山寂静少人过，虎豹豺狼常出没。
除过你来就是我，二老爹娘无下落。
你不救我谁救我，你若走脱我奈何。
常言说救人出水火，胜似焚香念弥陀……

已经入戏,却被胖客官粗声喝断:"来个酸曲,让爷听听。"

王洛为难地赔笑道:"官人见谅,酸曲怕污了雅室洁净。"

那胖子蛮横地斥道:"少啰唆,快点唱,不唱爷让你一辈子都唱不成!"

伶人身份低贱,岂敢违命。王洛娇眼含泪,赔笑道:"贱民遵命。若唱得不好,还望官人多多担待!"

胖子霸道地摆摆手,搂着身边的女子亲嘴,并不搭理。

王洛咽下悲切,强颜欢笑唱着。

胖客官听得脸上的横肉乱颤,抖动着浑身肥肉道:"好好好!"抛给王洛一枚银锭,道:"今晚大爷就换个口味,尝尝你这个妹妹的味道!"

王洛赶紧跪下道:"谢客官赏赐,王洛是个伶人,并非风尘之人。"

胖子淫笑道:"哈哈哈,爷爷今夜就将你变为风尘中人!"

王洛连连磕头,苦苦哀求道:"求客官开恩,放过贱民。"

胖子起身道:"酉时三刻到洛阳公羊府,若敢迟来,仔细揭了你的皮,扔到洛水喂鱼!"说完,拂袖而去。

王洛慌忙抹掉眼泪,捡起银锭,转身对天王施礼道:"公子见笑,本想叙旧,看来此地不可久留,王洛先行一步,还望见谅!"

天王道:"是祸躲不掉,不知你要逃往何处?"

王洛道:"伶人低贱,四处漂泊,走哪算哪,公子不用担心。只是鱼公子染病行走不便,我先想办法躲躲再说。"

天王道:"不如我等一起结伴前往邺城,可好?"

王洛摇头道:"王洛不想拖累公子。此人自恃朝中有人,乃洛阳一霸,这次倘若逃掉还好,若逃不掉,怕是有番纠缠,公子还是先行吧。"

天王道:"什么人如此霸道?不知朝中何等人物为其撑腰?"

王洛摇头道:"我来洛阳不过几日,只是听说,洛水上的所有画舫都为公羊官人家所有。"

天王回头问方才献舞艺姬,艺姬怕惹祸上身,连连摇头,只说不知。

想问另一女子,却不见了踪影。

天王不想惊动官府,道:"此处不可久留,带了鱼公子一起前往邺城再说。"边说边拉了王洛一起靠岸欲离去,却见岸上已经站了十几个家丁模样的人,在等王洛上岸。赵整怕天王有闪失,让他们先走一步,天王拉着王洛而去。

鱼恨水栖身在洛阳城外一座荒废的破庙之中,甚是凄凉。等王洛带天王赶到,已经奄奄一息。王洛抹着眼泪,掏出怀中的菊花糕想喂给鱼恨水吃,天王道:"端点水来。你赶紧去请最好的郎中。"

王洛慌忙应了,匆忙而去。

天王扶起鱼恨水,喂了几口水,看呼吸还算均匀,摸胸口尚且温热,便摇动着叫道:"鱼公子,鱼公子。"

许久,鱼恨水缓缓睁开了眼睛,问道:"我这是在奈何桥,还是在阎王殿啊?"

天王笑道:"既不是奈何桥,也不是阎王殿,而是一座破落的山神庙!"

鱼恨水闭起眼睛道:"永固公子,你为何在这里?"

天王笑道:"缘分至此,怎能不逢。"

还要多说,看到王洛带了肩背医箱的一名老郎中奔了进来,赶紧让其医治。老郎中望闻问切,诊脉许久,又查看了患处,道:"公子湿毒攻体,染上恶疮。病势凶险,直达心肺,为时已晚矣。"

王洛哭道:"人皆言你乃洛阳城最好的神医,求神医救回鱼公子,王洛愿意当牛做马报答先生。"边说边从怀里掏出银锭奉上。

老郎中轻轻推开银锭,捋着白须道:"医者父母心也,若能治病救人便是行善积德。神医不敢当,若要病人起死回生,除非你能十日内采到天山上的冰雪莲,老夫或能妙手回春。"

"冰雪莲?能能能。"王洛含泪连忙应道。老郎中开了个清热解毒的方子,交给王洛道:"此方只能暂缓凶险,若要痊愈,速去寻雪莲才是。"

送走老郎中,王洛绝望地自言自语道:"哪里才有冰雪莲啊?天山在哪里啊?"

天王道:"长安的未央宫御医院倒是有天山雪莲,只是来去怕十日不够,不如你带鱼公子回长安医治如何?"

王洛道:"御医院的雪莲乃皇室专享,我等皆为草芥,如何配得?"

天王摆手道:"朕说配就配得,即刻启程,速回长安,带朕金牌,找御医令汪祛病即可!"

王洛行走江湖多年,接过金牌,左看右看,嘴张得能塞进个拳头,知道眼前这个自称为朕的儒雅君子,正是当今圣上。顿时泪花四溅,闪动着秀眼,看着天王咿咿呀呀半天说不出话的,跷了个兰花指,边唱边拜道:

圣主恩深何为报,投之桃李望宫门。

洛水滔滔三百里,奴心痴绵泪千行……

正好赵整赶来,帮着雇了马车,将二人送走。临行前,王洛似乎想起什么,犹豫再三，从怀中掏出一方折起的丝帕，小心翼翼地打开，一支翡翠凝碧玉搔头映入眼帘，迟疑片刻，极其不舍地捧给天王。天王甚觉眼熟，接过细看，玉簪上竟然刻有小小的一个"翩"字，这不是当年子姝入宫，专门让宫匠为子姝打造的头饰吗？天王紧攥玉搔头，急忙问王洛："此物何处得来"

王洛道："三年前贱民在姑孰城卖艺，赶巧桓温大将军病逝，被召进府邸唱丧一月有余，结识桓温府上一名美若天仙的秦夫人。听说这秦夫人被属下献给桓温后，从未开口说话，更未让大将军近身。被桓温圈养在别苑，桓温病逝，其子命秦夫人哭丧殉葬。秦夫人趁人不备，将这支玉簪交与贱民，让捎回长安，设法亲手交给天王陛下。"

天王追问道："三年前交与你，为何如今才呈给朕？"

王洛委屈道："我一伶人，四海为家，等辗转回到长安，闻听陛下率军邺城灭燕。再后来遇上鱼公子，便慢慢忘了此事。"

王洛看着天王又道："何况，听说天王专宠清河姐弟，这支玉簪怕是对天王并不重要。王洛贪心爱美，亦想占为己有……"

天王摇头道："你倒是个诚实君子。秦夫人后来如何？"

王洛道："这就无从知晓了，草民唱完丧，就离开了姑孰城，前往采石矶了。"

天王点头道："你先陪鱼公子回长安休养治病，其他朕自有安排。"

目送载着王洛、鱼恨水的马车渐渐离去，天王心想："这么说三年前子姝并没有死。只是子姝如何会到桓温府上呢？必须即刻派人暗中查访才是。倘若子姝真在人世，一定要不惜一切代价，迎回长安！"

回到驻地，四处暗访人员陆续回报。

还好，天王最关心的洛阳防守比较稳固，民生亦安乐，且吏治清明。唯有洛阳副使公羊銎横行霸道，以权谋私，洛水之上，所有画舫都为其私有，百姓颇有不满。

天王打断问道："此公羊銎是何来路？"

属下拱手道："微臣已经打听清楚，乃前燕武威王慕容筑之妻舅。"

天王笑道："朕就知道与慕容家脱不了干系。明早带朕金牌，前往洛阳郡府，让辅国司马桓寅按律处置。另，洛阳太守管教属下无方，亦要追责。"

部将领旨退下。天王对侍立身侧的赵整道："不知子姝安危，朕心甚忧。倘若派使者前往东晋要人，非上策也，朕寻思私下去姑孰一趟，不知爱卿以为如何？"

赵整连忙拱手道："万万不可！东晋防守甚严，陛下万一有个闪失，如何给万民交代？臣愿意代天王潜入姑孰，寻找夫人下落！"

天王摇头,命赵整召来李威商议。

李威道:"不如先让我们安插在姑孰城的细作暗地打听,只要张夫人未暴露身份,尚在晋国,一切皆可回转。陛下稍安,等有了消息,臣即刻回报,陛下再做打算如何?"

天王觉得有理,便让李威速去安排。又处理了一些长安急件。本想洛阳暗访几日后前往邺城,不想长安传来消息,开国元老梁平老病重,且秋末殿试近在眼前,便命人再给王猛送去慰安书信,带人马奔回长安。

梁平老聪睿沉稳,做事严谨认真,有王佐之才。苻生为帝时,以梁平老为特进、领御史中丞。不过苻生酗酒且怠政,又常常滥杀无辜,虐暴大臣。梁平老不忍国事败落,生灵涂炭,便建议并支持当时颇有声望的苻坚趁早取而代之。苻坚敬其才德,倾心结交。后云龙门之变功成,苻坚以梁平老为尚书右仆射。公元359年,为守护北土以防御匈奴、鲜卑族的侵扰,天王以梁平老为使、持节都督北番诸军事,授镇北大将军,戍朔方以西。梁大将军不负圣望,治军严谨,待民宽厚,当地鲜卑及匈奴人既敬惮亦爱戴他。不久,天王再加开府仪同三司,封朔方侯。光阴似箭,弹指间梁平老驻镇北方已经十二年之久了。天王回长安,立即命王攸带了御医和自己的亲笔信前往朔北探望慰问朔方侯。等朔方侯病体好转,护送回长安静养。

天王查看太子批阅的奏折,及辅国大臣处理的国事,尚满意,便亲自前往太学考学生经义,上第擢叙的有八十三人。随后在太极殿留几位臣子,询问秋末殿试选拔情况。

秘书监朱肜道:"初选一百三十八人,德才俱佳者有十三人,徐成将军举荐的其侄徐嵩最为出彩。"

天王问:"可有索绊参选?"

秘书监王肜道:"无此人。"

天王道:"那日笙馨楼相遇,次日派人去请,未见踪迹。朕本想此次秋试,或许能来参选,未承想依然不见踪影。再派人去访找,此人曾是凉中垒将军,有大才,堪用。"

秋试人多事杂,天王太极殿一一出题,面试问答,其间李俨卒,又下诏命其子李辩为河州刺史。多日操劳,终于选出多名德才俱佳者,根据才德能力分别予以官职。

出乎意料,才德心气极高的徐嵩并未高中状元,却也夺得榜眼之首。天王惜其清傲率直,命为郎中随侍左右,护卫陪从,随时建议,备顾问及差遣。

匆匆月余，子姝尚无消息。天王牵心冀州王猛，离开长安，准备打马奔向邺城，却被人拦了御马，原来是伶人王洛。天王马上问道："鱼公子身体如何？"

王洛凄凄切切回道："好了还不如不好！明明夜里酒醉酣浓，一大早起来却不见了踪影。只留下几个字，说要落发为僧，云游四方去了。"

天王等着王洛继续说下去，那王洛却抽噎道："王洛愿跟随陛下鞍前马后，天涯海角！"

天王笑道："准！"

第三十六章　巡邺城君圣臣贤　潜姑孰破镜重圆

十月深秋,天王抵邺城。直达王猛营帐,却不见其踪影。营中将士禀报:"王将军带人去巡城了。"

天王想:"这个景略,明明知道朕东巡邺城,竟然不在营帐中候驾,跑去巡什么城啊!"但又想:"幸亏有景略相助,多年来,他能干、肯干,也敢干,才使得我能抽出闲暇高瞻远瞩,描绘秦一统天下的宏伟蓝图!"

正想着,便看到王猛布履沾泥,一身粗衣,闪进营帐,伏地拜道:"景略迎驾来迟,还望陛下恕罪!"

天王看着王猛亲力亲为的务实模样很是心疼,放下手中粗茶,双手扶起道:"爱卿平身,军帐之中,不必行此大礼!"

拉着王猛促膝而坐,细细端详一番,道:"景略又清瘦了,脸色亦不如从前红润,治理六州,可是累坏朕的景略了!"

王猛治理六州一向坚硬如铁,为人处世亦一向刚正无私。未想到天王几句贴心柔软的言语,一下戳中了王猛的泪点,忍不住泪花闪动,眼睛湿润了起来。

心结一旦打开,一切误解、怨恨全都冰雪消融,随水东流。

是夜,君臣二人不分尊卑,不拘礼数,秉烛促膝,彻夜长谈。虽然在重用前燕旧臣上尚有分歧,但基本达成共识。大丈夫当集四海之力,霸业天下,一统河山。有景略辅佐,朕有何忧?天王想。

随后,王猛陪同天王巡视青州、兖州、并州、豫州、徐州、荆州同晋接壤边境驻防。天王直接任命将军们为六州刺史,甚为圣明,边境驻防威武井然,既震慑东晋,又保护臣民。王猛心想:"当时天王长安直接任命各位将军治理六州,我心里还颇不赞同,看来还是天王高屋建瓴。"又陪天王巡视玄武池操练的水军,个个岸上生龙活虎,船上威武精壮,水中亦如浪里白条,翻江倒海,恣意自由。天王自然欢喜,开口赞道:"觅尽黄河看漳水,一波一浪尽水兵。热血沸腾玄武池,极目投鞭天堑中!"

巡视之余,天王一一召见前燕有学识德望的儒士才子,将王猛所荐的关东二房,房旷任为尚书左丞,其弟房默及崔逞、崔胤任为尚书郎,北平人阳陟、田勰、阳瑶任为著作佐郎,郝略任为清河郡相。

数日奔波巡视,人疲马乏,天王为壮士气,带领属下西山狩猎。

西山位于邺城西南,漳水绕城环山而过。时值十月深秋,万山红遍,层林尽染,各种猛兽野禽膘肥体壮,正是狩猎好时节。

天王跨上他的爱骑绝影赤风,犹如上了战场,追杀猛兽野禽一天,累得气喘吁吁,才射中一头麋鹿。心想,自己久坐龙椅,武功骑射都快废了,要趁此好好恶补才是。便在西山猎豹射雕,流连数日,不知往返。

这日早膳后,天王飞身上马,准备去深山寻昨日中一箭却未曾猎住的猛虎。伶人王洛拦在马前道:"陛下乃万民之主,今久猎不归,若生内变,将太后宗庙留与何人?"

天王催马前行,笑道:"只要将这只猛虎猎到,朕即刻返回长安。"

王洛依然站在马前道:"陛下神勇,万民皆知,何须一头畜生证明!"

天王哈哈大笑,道:"虽为伶人,却深知何谓大局。好好好,谏言朕纳便是。"放马走了几步,大声道:"赐王洛玉珠一斗。今日巳时启程,返回长安。"

王洛深为感动,欢喜谢恩。

天王掉转马头想,为何还不曾有子妹消息。想啥来啥,李威迎面快马奔来,飞身下马,说有要事禀报。

天王下马走到林木深处,李威悄声道:"臣已查明,桓温圈禁的秦夫人正是陛下的张夫人。桓温死后,张夫人并未殉葬,而是遵其遗嘱,在姑孰城南郊的落凤山顶栖凤庵中落发为尼了。"

天王听闻连声道:"好好好,只要活着就好!为何不接回秦地?守卫森严吗?"

李威道:"今年晋地大旱而饥,人多饿死,卢悚反于建康,攻入殿廷,很快又被诛杀。内乱加上天灾,栖凤庵已无人顾及。臣派人去欲将张夫人请回,被张夫人断然冷拒。"

天王沉思片刻,道:"看来朕当亲自去请回子妹才是。"

李威还欲劝阻,被天王挥手挡了。

天王命赵整及其东巡随从即日启程,先回长安。自己则带了王洛、李威,装扮成晋人,潜入姑孰城。

晋地大旱,饿殍遍野。姑孰亦未幸免,一斗米竟然要两斗金,客栈冷清,餐馆更是无米难炊,幸亏李威早有准备,带足了干粮,才使得三人免受饥饿之苦。

三日疾行,到达落凤山下。山脚下的姑溪河水波粼粼,清澈见底,涓涓流过。抬头看落凤山,险秀,清美,孤绝。山门有一巨石,刻诗云:

连峰去天不盈尺,枯松倒挂倚绝壁。

飞湍瀑流争喧豗,砯崖转石万壑雷。

落款竟然是桓温。

天王立于巨石前读完诗句,朗笑道:"桓温啊桓温,你北伐三次,还曾与凉张天锡结盟欲左右夹击,攻取长安,拿我人头。可惜,人算不如天算,最终退败。没想到你我二人今日竟然能在此相见,可惜已经幽明异路了。"

山径崎岖,荒草丛生,有的地方几乎没路,天王三人连拉带拽,半天时间,终于到了栖凤庵。

风过无痕,寂然无声。栖凤庵不过是一座破落、败旧的石屋罢了。似乎被火烧过的庵门紧闭,李威上前一步,叩门。

里面半晌才传来一个虚弱的声音,道:"闭关修行,请施主绕行。"

王洛性急,咚咚咚拍动门环,尖声喊道:"张夫人开门,张夫人开门,陛下亲自来接你了。"

等了许久却无动静,王洛又要叩门,却听到扑通一声。天王心感不妙,上前飞起一脚,直接踹倒了斑驳焦烂的庵门,冲了进去。看到自己的翩翩用三尺白绫悬于梁上,赶紧抱腿撑住。王洛伶俐,和李威快速上前,解下梁上白绫。阿弥陀佛,天王庆幸自己及时出现,果断踹门,抱着气息微弱的璧人,放在青灯旁的孤榻之上。李威、王洛知趣退下。

天王的指尖轻轻拂过灯下这张清瘦得让人心疼的脸庞,抚摸着骨瘦如柴、青筋暴露的手臂。几年来,子姝身在曹营心在汉,既要隐瞒身份,又要苦念长安,看米缸无米,灶下无柴,青灯孤影,也不知道是如何熬过来的。想着想着,忍不住心酸起来。

半炷香工夫,子姝终于醒了。闪动着深陷的眼眸,颤动着干裂的双唇,半晌没有言语,唯有两行清泪,顺着眼角滚滚滑落……

天王将爱妃揽入怀中,紧紧抱住,道:"自此生死相依,不离不弃,不负江山不负卿!"

子姝泪如泉涌,只是摇头,并不说话。
　　天王软言相慰一番,王洛、李威已经从山上捡来一些柴火,挖了一小抱野菜。幸好带了干粮,天王亲自为爱妃熬了一碗清香糯绵的野菜粥,一口口喂着服下。热乎乎的菜粥让子姝苍白的脸上渐渐泛起了血色,但依旧闭口不言。天王怕夜长梦多,山上小住两日,看子姝略有恢复,几人便又神不知鬼不觉地绕过姑孰城,一路向西,回到长安。

第三十七章　栖凤庵子姝涅槃
凤仪宫皇后施威

子姝归来，皇后第一个怒气冲冲，不是说三年前投淮水自尽了吗，为何又活生生地回来了？清河姐弟已将天王恩宠独霸将尽，再加上段元妃、胡姬，还有新册封的独孤婕好、令狐美人、白兰容华、赫连良人，余给自己的恩露不过点滴。天王只是碍于礼数规矩，每月十五来凤仪宫就寝，碰都不碰皇后一下，胡乱歇息一夜，以慰太后之心，平时连个人影都逮不住。作为后宫之主，这次非得给张子姝点颜色瞧瞧，震慑六宫，给自己树威！

苟皇后特地穿上重要场合才上身的凤穿牡丹金丝锦缎绣袍，戴上九凤朝阳衔珠凤冠，腰里系上繁花绕枝金玉带。命随身宫女如意传来正在翩跹宫静养的张夫人。

子姝回宫半月，甚得天王垂怜，命御医开了补品调理体虚，又亲自挑了些伶俐心细的宫女伺候起居饮食。虽知子姝并不喜好，但还是命宫人从宫库里拣些稀奇玩意儿、珠宝首饰送去。还命其养父赵整好好陪护。所做一切，子姝不拒不受，亦不言谢，只是默然流泪。莫非她被人所害，灌了哑药不成？

皇后召见，岂敢违命？

还好，子姝因为心忧、饥饿造成的体虚神弱，经过半月调养，已逐渐恢复。曾经的贴身宫女柔桑伺候子姝将满头乌发松松地绾了个堕马髻，插了那支翡翠凝碧玉搔头，未施粉黛，被搀扶着来到凤仪宫，拜见皇后。

皇后懒懒应了，并不赐座，道："妹妹回宫半月，一直未来凤仪宫请安，看来没把本宫放在眼里哦！"

子姝低头不语。

皇后提高声音道："就算不把本宫放在眼里，祖宗的规矩家法也不放在眼里吗?"

子妹依然不语。

皇后拍了一下凤榻前的案几,怒道:"竟敢不回本宫的问话!来人,将这个贱人拖下去,杖责五十!"

子妹身边的宫女柔桑急忙拉着张夫人跪地,哭喊道:"皇后娘娘饶命,皇后娘娘饶命,我家夫人自从回宫就未曾吐出半字,绝非有意冒犯娘娘!"

"哦?这倒新鲜。"苟皇后从凤榻上站起,宫女如意急忙上前扶了。皇后绕过雕了百鸟朝凤的描金凤案,径直走到伏地的子妹旁,踹了一脚,道:"不会是被人下了哑药吧?"装作同情,啧啧可怜道:"被人下药,甚是可怜,不过若是被人下药夺了身子,宫中是万万不能留了。"

柔桑伏地不停叩拜,乞求皇后娘娘开恩。

这时皇后身边的太监金贵拖着尖细的声音道:"皇后娘娘圣明。奴才听说张夫人流落民间,被盗匪灌药夺身!"

皇后满意地瞟了一眼金贵,道:"哦?这么说,宫中都知道了,就瞒着本宫一人?"

不停叩拜的柔桑大声叫屈道:"冤枉,皇后娘娘!御医都已验过,我家夫人并未被服下哑药,只是长时间不语,需要时日恢复。"

怕皇后不信,补充道:"是陛下最信赖的汪御医所言。陛下也是知道的。"

皇后阴冷着脸,道:"好一个没有规矩、牙尖嘴利的奴才,竟敢如此跟本宫说话。来人,拖出去杖毙!"

左右伺候的太监应了,冲上去将柔桑拖了出去。

子妹着急,拉着皇后的凤袍只是流泪,却依然说不出半句话来。

皇后看着子妹可怜的样子,冷笑着踢掉她拉着袍角的双手,得意地仰天大笑道:"没想到天王曾经的心肝宝贝张夫人也有落到本宫手里的一天!"

皇后边说边甩着凤袍大步回到凤榻坐定,收起笑容,道:"传本宫懿旨,张子妹不守贞洁,身败名裂,赐鹤顶红一杯,肃清后宫,警示妃嫔。"

太监金贵躬身领旨,宫女如意端上早就准备妥当的毒酒。

子妹似乎早有预感,一点也不惊慌,攒足力气站了起来,摸出绢帕拭去眼角泪珠,对着皇后浅笑一拜,接过毒酒,就要饮下,却听到威严的一声:"张夫人且慢!你尚未见到三个孩儿,如何忍心就此别过?"

子妹端着酒杯,回头看到苟太后带着黎夫人、汪御医和一个皇子两个小公主站在眼前。

"飞——龙！宝——儿！锦——儿！"子姝手中玉杯落地，突然张口磕磕巴巴地吐出这几个字。

苟太后宽笑道："果然母子连心，汪太医这个法子好，说子姝只有在最危急时刻，见到孩子，才可能重新启口说话。"回头对身边随侍的青泉道："将哀家的金如意赏给汪太医！"然后轻移莲步，扶过子姝，将身边几个孩子的手牵过，放在子姝手中。子姝仔细看着每个孩儿，低唤着乳名，揽入怀中，泪湿衣衫……

飞龙已经快及束发，冒出母亲一头，两个粉雕玉琢的小公主像两棵郁郁葱葱的嫩树苗，摇曳活泼，轻灵可人。子姝揽紧孩子们，心想，自己历尽劫难，终于见到朝思暮想的孩儿们，终于可以开口说话了……

悲喜交加，大起大落，子姝被从天而降的幸福击中心扉，晕了过去……

原来那年被晋军掳去，子姝一路上寻找机会逃脱，但因手脚被捆绑，晋军看守森严，实在无法脱身。那日准备渡淮水向东，前往姑孰城。子姝听晋军头目说要将自己献给桓温将功赎罪，挣扎着想，既然不能脱身，亦不能失身于晋，便趁晋军船头用膳，翻滚出船舱，跳入淮水。也许命不该绝，子姝在水里还未沉底，就被擅长水性的晋军头目纵身救起。晋军头目一路千般警惕，万般小心，看押到姑孰将美人献给了桓温大将军。

当时桓温枋头伐燕失败，趁机指责海西公昏庸无能，连逼带哄地让崇德皇太后褚蒜子废黜了海西公司马奕，迎简文帝司马昱即位，心情大好。看献上的美人，淡眉如秋水，玉肌伴轻风，香腮冰洁，云鬟浸漆，纤指若兰透骨香，垂眸似水剪心愁，和将军府的美人相比，别有一番冰玉风姿，便上前询问。子姝想着千万不能暴露身份，不但要保住贞洁，还要设法逃走，便浅笑答道："有夫之妇，燕国秦氏拜过大将军。"

桓温看其知礼，笑道："美人如此懂事知礼，不如封你为秦夫人如何？"

子姝施礼道："民妇本为秦夫人，何须大将军封赐？只恳请大将军开恩，将民妇送回邯郸家中。"

桓温笑道："你这美人着实有趣，好不容易得来，岂有送回之说？本将军金屋藏娇岂不更美？"

子姝淡然一笑，道："金屋藏娇未尝不可，只要保得民妇贞洁。"

桓温捋着胡须大笑道："天下竟有如此妇人，让老夫大长见识。如此艳福，老夫岂可错过？"

子姝正色道:"那民妇只好一死了之。"

桓温道:"死?怕没那么容易!"

子姝回道:"那就如春秋息妫,从此不与将军言。"

桓温心想:"这个秦夫人谈吐不俗,又有绝色之美,可遇不可求,断不可强行得之。老夫需要想出个万全之策。"

正在此时,属下禀报,侍中谢安求见。

桓温也不避讳,邀了进来,共赏美人。

谢安本是风流才子,阅美无数,见了子姝,亦惊为天人。再观其谈吐举止,更是柔中带刚,刚中飘柔,与晋国以娇柔为美、以纤弱为丽,大不相同。

谢安拱手对桓温赞道:"恭贺大将军得此玉人。"

桓温得意地笑道:"只能金屋藏娇,还要保其清白,否则以死明志。还说要如息妫从此禁言,倒给老夫出了个难题。"

谢安道:"春秋时期,息侯之妻息妫,据说有倾国倾城之色。息夫人经过蔡国,探望其姐,哀侯对她无礼。息侯一怒之下,引楚兵入境,灭了蔡国、蔡国亡,蔡哀侯恼恨息君诡诈,对楚文王极言息妫的美色,赞她'目如秋水,面若桃花,长短适中,举动生态,世上无有其二!'又极言'天下女色,没有谁比得上息妫!'楚王闻色心喜,周僖王二年(前680),文王伐息,灭息国,夺息妫为夫人。息夫人至楚,三年不同楚王说一句话,楚王问之,说:'我一个妇人,身事二夫,即使不能死,又有何面目同别人言语?'将军艳福不浅,如此绝色又有如此个性,天下绝无仅有!不如先以礼相待,日日月月,月月年年,自会日久生情,这样才不负此美人啊!"

桓温捻须微笑道:"郎中果然不负风流之名,对待女人,本将军还需多向你请教才是。"

谢安拱手作揖,连说不敢。

自此,桓温将子姝以秦夫人之名安置于后宅一处雅静的别苑,派三十多个婢女精心伺候。并传话,倘若秦夫人有任何闪失,全部处死。自己则有空就去看望,送上各种绝世珍宝,各种锦衣华服,各种别致首饰,各种珍馐美食,欲博美人一笑,或者口吐幽兰。

子姝却坚如磐石,冷若冰霜,不再启齿吐半字。

子姝想,只要保全性命和贞洁,来日方长,定能找机会逃回长安。长安有她倾情痴爱的英雄,有她梦萦魂牵的儿女,有她熟悉的马蹄踏过御街官道扬起的黄土味道。深夜月明,子姝常常在庭院中焚香默拜,祈求老天保佑天王和儿女们安康如意,祈求老天保佑自己早日逃出这个有小桥流水,有阵阵花香,却与世隔绝的深深庭院、金丝雀笼!

杨柳揉碎一池碧水,冷霜染皱满地黄花。频频回眸,望断长安,却是浮云遮月,锦书难托。

转眼,三年圈禁时光如沙漏般从愁眉中,从度日如年的指缝中缓缓流逝。突然一日,一个陌生面孔的鲁莽男子提剑捧着一身白衫素服而至,命自己为桓温哭丧守灵。

原来,桓温于前夜病故。难怪月初,桓温来看望自己时,说自己已经病入膏肓,无医可治。临走留下一方绢丝锦帕,上面墨迹尚新,写着:若逝,秦夫人栖凤庵落发为尼,伴吾魂魄,静修祈福。左下角竟然严谨认真地盖上了桓温的官印。

也罢,既然回乡无望,不如趁此以死明志!

当子姝一袭素服清丽若仙般出现在鲁莽男子面前准备慷慨赴死时,却看到了一双比桓温猥琐淫荡大胆许多的目光。在光天化日之下,在婢女们惊慌的目光中,子姝精心守护的冰雪贞洁,瞬间在禽兽般的撕裂下支离破碎……

子姝哭丧一守就是半月,她不甘就此不明不白地如轻烟般散去。长安,是回不去了,可亲人时刻都在心头缠绕温热,每每想起,都是锥心刺骨般的痛。她一定要想办法让天王知道自己的下落,让天王知道他的翩翩直到死,心里除了亲人就是秦国的葱郁草木和壮美山河!

苍天不负有心人,多日留意,子姝发现一个伶人哭丧时,常常拖着秦人唱腔。还好,桓温病逝,每个人的命运都瞬息变化,对子姝的看管远远不如昔日森严。子姝找到一个机会,慢慢靠近秦腔伶人,侧耳细听,果真是秦人,姓王名洛。三年来愁眉紧锁的子姝第一次看到希望。她轻抬玉手,从青丝中抽出从未离身的翡翠凝碧玉搔头,想托王洛带回长安,交付秦天王。却发现三年不语,自己已经不会说话了。只好用指尖蘸着水写给王洛看,末了将腕上的一对飘烟羊脂冰玉镯摘下,作为谢礼赠与王洛。

好吧,心愿已了,心境如此荒凉,只需寻一处幽邃之地,了断红尘种种磨难离愁,只希望自己的香魂艳骨能随着自由飞翔的青鸟飞回魂牵梦萦的长安。

命运总是如此曲折离奇,想死的时候偏偏赋予你生的理由,因那方绢丝锦帕,秦夫人和曾经照顾守护过她的婢女,被一并押送到落凤山上的栖凤庵,落发为尼。

栖凤庵乃桓温祖上的私家庵堂。据说已有百年历史,因桓温身居高位,富贵显赫,一直有专人打理供养,故而栖凤庵香火不断。子姝凝视着眼前的白墙青瓦庵,遥望青山云彩晚霞,释然中埋藏着淡淡忧伤,清净中透着几许超脱。

庵小人多,开始供养还算正常,没有多久渐渐减少,后来竟然柴米绝迹。守在山上的家丁、打杂的仆役,一夜之间人间蒸发。没几天,婢女们鸟兽散般下山自寻出路,庵里只剩子姝和住持方惠师太。方惠师太早已悟道,面对聚散、喧闹和孤清,跪在庵堂的金佛前,敲着木鱼,念着心经,偶尔道出几句禅语:

山有峰顶,海有彼岸。

漫漫长途,终有回转。

余味苦涩,终有回甘。

子姝几次欲自行了断,师太也不阻拦,只是闭眼捻着掌中的佛珠,道:"缘起缘灭,皆是命中注定。命里有时终须有,命里无时莫强求。缘来则欢,万水千山;缘尽则散,沧海桑田。"

听到桑田二字,子姝又想起了和天王的一见钟情。土陵村的美好时光,那大山谷,那人祖庙,那桑林深处……让她欲罢不能。渐渐地,她似乎在青烟袅袅中安静许多,默默地学着师太宠辱不惊的样子,烧香礼佛,念经开智。没过几日,庵中断炊,师太超然,念道:

契阔死生君莫问,无米无柴庵断烟。

山高树密无人处,仍有两尼诵禅经。

师太静坐思禅,念经礼佛,一如往日。空闲时带子姝在山上挖野菜,摘野果,亦不觉得清苦。好吧,就当曾经的子姝、翩翩已经涅槃,如今另世,一个法名智丐的女子皈依佛门,三千青丝,前世痴绵,就此了断。

夜里,有月光,有虫鸣,有风过。

智丐总是在青灯孤榻上失眠,睁眼闭眼都是锦绣长安,都是威武雄壮、既可顶天又可立地的深情君王,都是几个粉嫩娇柔的儿女在欢快地追逐和嬉笑。符郎,还记得那头横冲直撞的野猪吗?还记得你我倾情的土陵村吗?还记得翙趾宫的美人灯下,你为我描眉贴花黄吗?还记得长安街人声鼎沸的夜市吗?那一个个圆溜溜、光滑金黄的半年团的糯香清甜似乎还在唇齿飘香。想到这里,智丐听见自己的肚子在咕噜咕噜地叫。今日只喝了半碗野菜汤,能不饿嘛!智丐想明日再到山上寻寻,看还有没有能吃的,实在不行,下山去看看,能不能给师太化些斋饭。她不知道,山下的树皮早都被饥民剥光吃净,姑孰城都开始人吃人了!

好不容易恍惚中要睡着,突然冲进两个盗匪,叫嚣着抢走庵里所有能抢的物品,最后竟然连师太紧紧护在怀里的金佛也不放过。硬抢中,师太死死抱住不放,穷凶极恶的盗匪竟然用烛台上的孤脚仙鹤青铜灯活活将师太砸死。子姝本是有武功的,若是平常,赶走两个盗匪应该不在话下,但她这三年来从未练功,且已几日只喝野菜汤,哪来力气和匪人打斗？强撑着摆开阵势,眼冒金星,松软无力,眼睁睁看着师太护佛断命。匪人垂涎尼姑青春貌美,还想劫色,但看其架势,不知武功深浅,怕吃苦头,何况金佛到手,抢了这么多精美佛器,下山多换些粮食才是重中之重。面对饥饿,色已为空,可如此走掉,实不甘心,盗匪骂骂咧咧,临走时在庵门前放了把火,才扬长而去。

糖吃得太多,便不觉得甜了。苦难经历得太多,除了更加坚强,慢慢也就麻木无视了。还好,一场大雨浇灭了肆虐的火苗,保住了庵堂。

智丐强撑着在庵堂后的竹林中埋了师太。静坐庵堂,什么都不想,诚心礼佛念经,为师太超度,等着生死轮回那一刻的到来……

我是穿越了吗？恍惚中我看到了那张刻骨铭心的脸,闻到了那熟悉儒雅的气息,甚至,摸到了那双宽大厚实永远充满力量的手。符郎,是你吗？

泪水蒙住了我的双眼,可是我分明听到了你那充满磁性坚定的声音:"自此生死相依,不离不弃,不负江山不负卿！"

不,不,不！符郎,让我回去,我要在庵堂孤灯青影中了此残生。或者就让三尺白绫,送我的魂魄如烟花般在夜空黯然消散。一池残荷,如何承受得住你眼眸中闪烁依旧的深情？

让我走吧,临行前还能再看你一眼,也算了了我的心愿……

子姝睁开眼睛,看到自己躺在翩跹宫的青纱红绡帐中,柔桑正在擦拭着自己额上的虚汗,榻旁坐着笑意盈盈的苟太后。

太后看子姝醒了,宽慰道:"常言说得好,大难不死,必有后福。子姝历尽劫难,终回长安,和儿女团聚,解天王相思之苦,不管三年来发生过何事,哀家已吩咐宫里,任何人不许再提。此后,你只管养好身子,伺候好天王,养育好儿女便是。"然后站起来,对柔桑道:"好好照顾你家夫人,皇后若还要为难张夫人,你还要如今日,派人来懿寿宫报信。"

柔桑伏地磕头道:"谢太后救命之恩。奴婢定将尽心尽责,伺候好夫人。"

太后笑笑,摆驾回宫。

第三十八章　天王外放慕容冲　凤皇含恨断痴情

子姝平安归来，天王如释重负。

面对太极殿剪不断理还乱的国事，他终于能静下心来，从容处理。

高句丽国王遣使上贡，并请求仿秦立太学，派师传道授业，推广全国。天王准，派石越、王嵩带人前往。

又遣使请秦天王派人传入佛教。

天王准，派遣僧侣顺道等人携佛像与经书赠与高句丽。次年又遣阿道前往高句丽。高句丽朝廷为顺道建肖门寺，为阿道建伊弗兰寺。

朔北飞马来报，朔方侯梁平老病故，遗言要葬于朔北，恳请天王恩准。

天王闻讯，伤悲难忍，道："悲哉悲哉，朔方侯替朕驻守北疆二十余年，忠君爱民，使得匈奴、鲜卑人多年来安居乐业，不再南下作乱扰民，功绩卓越。朕要谥其为桓侯，亲拟祭文，派吕光代朕前往朔北祭悼。"

秘书监朱彤上奏："长安城有'凤凰凤凰止于阿房'的歌谣四处传唱，臣特禀陛下。"

天王哈哈朗笑道："凤凰，高贵美丽，百鸟之王也。它能给人间带来祥瑞，同时也拥有'非梧桐不栖，非竹实不食，非醴泉不饮的骄傲灵性。既然民间有此歌谣，不如开春在阿房植遍翠竹梧桐，好引来金凤栖息驻足。"

朱彤一愣，知道天王偷换了概念，不敢再提。

散朝，天王欲回翩跹宫看望子姝，却被尾随而来的皇弟符融追上，道："皇兄难道真不明白朱彤太极殿以歌谣相谏为何事？"

天王笑道："凤皇不是慕容冲的小字嘛，景略已经多次上书提及此事。朕明白，慕容冲不小了，是该放出宫历练一番了。"

苻融拱手笑道:"皇兄圣明!"又道:"不如陛下和臣弟前往懿寿宫给母后请安!母后前天还说,皇兄许久未去请安了,心里甚是想念呢!"

天王还未回复,内侍赵整旁边低声道:"陛下要找的人来了,现候于宫外。"

天王对苻融苦笑道:"你且去代朕问候母后,朕改天再去请安。"命赵整带人东堂觐见。

来人王雕,新平郡人。行走江湖多年,曾来未央宫自荐,被当时严禁图谶邪说的王猛命人赶出了长安城。这不,近年王猛外派治理六州,王雕看长安城的巫蛊图谶颇受燕人推崇,便又回到长安,在长安城上蹿下跳,四处卜卦测凶吉,设坛祈福消灾,宣讲天机图谶,颇为活跃。天王本是坚决支持景略禁止图谶邪说的,但又想,万物既生,便有生的道理,乱世自当用重典,如今秦已居天下之首,国泰民安,当包容万物,顺其自然才是大道。虽说邪说不可纵容,但治大国如烹小鲜,与其任其在私下折腾,不如收入朝廷,关键时候兴许还能发挥意想不到的作用。另外,天王还有个难言之隐,需要试试这个传得神乎其神的江湖术士的真本事。

王雕身长体瘦,鹰鼻、蛙眼、黄须、点眉、大嘴、薄唇。奉召颤巍巍地移进东堂,知道荣华富贵在此一举,便强压着内心的恐慌,故作镇定地将在心中演练过千遍的面圣场景,尽情发挥一番。

他伏地拜过,不等天王发问,便滔滔道:"谨按谶云:'古月之末乱中州,洪水大起健西流,唯有雄子定八州。'"并解释道:"此即三祖、陛下之圣讳也。"停留片刻,没有听到天王圣谕,又道:"当有草付臣又土,灭东燕,破白房,氐在中,华在表。"继续解释道:"按图谶之文,陛下当灭燕,平六州。愿徙千陇诸氏于京师,三秦大户置之于边地,以应图谶之言。"

天王默听完毕,命其平身,道:"氐在中、华在表之说倒是有几分道理,只是劳民伤财,赞成的和反对的都不在少数,还需从长计议。"

又上上下下将王雕打量一番,道:"你还有何本事,说说看。"王雕就等着天王发问,趁机用自己的三寸不烂之舌,将早就熟记于心的天文地理、古今传奇、太极八卦、鬼怪狐精如黄河之水滔滔不绝讲述一番。

天王心里已明白王雕的价值。在王雕还要继续胡诌时,打断道:"朕任你为太史令,掌天文地动、风云气色、律历卜筮。"

王雕受宠若惊,赶紧伏地拜谢道:"谢主隆恩!王雕为天王尽忠,赴汤蹈火,万死不辞!"

天王道:"朕听闻你有自己炼制的灵丹妙药,包治百病,可当真?"

王雕磕头道："甚是灵验。微臣愿意为天王专门炼制既可强身健体，又可延年益寿的仙丹。"

天王道："炼成有赏！"

王雕走村串乡，靠察言观色、巫蛊占卜谋生多年，立刻明白天王所需何物，急忙按早就准备好的词说道："恳请陛下赐微臣北郊紫气阁，好采天地之精华、日月之灵气，为陛下炼制灵丹。"

天王道："准。"

王雕心中暗喜，连忙欢天喜地磕头谢恩。

回陋舍的路上，王雕哼着酸曲小调，得意地想，自己终于要出人头地了！

天王想，这个江湖术士倒是伶俐，一点就通。

天王真的需要仙药。

子姝归来，身体已渐渐恢复，他有几夜专程前往翩跹宫就寝，想与久别的爱妃缠绵一番，却发现自己怎么也不行。虽然翩翩百般抚摸安慰，就是瘫软，不能成功。

实不甘心，又暗里召段元妃入宫伺候，任凭段元妃使尽各种火辣手段，依然如熟睡的婴儿，不能觉醒。

不得已，天王召来最信任的汪御医诊看。肝脾俱好，只是有点精血不足，肾脏亏虚。又问天王是否有腰酸、畏寒、头晕耳鸣症状。天王回道："略有腰酸耳鸣，却无畏寒头晕。"

汪御医进言道："陛下打理国事家事太过辛劳，如去除杂念，节欲养精，身体自然恢复。老臣再开些调理的方子，培根固本，养气补肾，慢养为妙。"

天王听了，命速去按方配药。自己除了去翩跹宫，也尽量不去其他嫔妃处了。

服药月余，虽有好转，但还是不能尽兴。一个顶天立地、纵横天下的男人，倘若在龙榻上都不能随性驰骋，那还叫什么男人，还配做什么英雄？天王有点着急，想起段元妃在龙榻上变换姿势时曾说过长安城有个叫王雕的术士，练的丹药甚是威猛，便召来王雕炼丹一试。

汪太医一再嘱咐要节欲，天王想，今夜干脆哪儿也不去，就在东堂御书房看看书安歇算了。

却有清河宫宫女求见，说清河公主玉体不适，恳请天王摆驾清河宫探望。

天王摆驾清河宫，见清河正和凤皇在灯下绣一件紫墨锦袍，锦袍上一条威风凛凛的金龙腾空而起，栩栩如生。细看，龙鳞金光闪闪，细致稠密，龙爪尖利有力，龙须潇洒飘逸。没想到一双皇家的金枝玉叶，为得圣宠，竟苦练出这般精湛绣艺！天王知道是姐弟二人想念自己，借故一见，不忍扫兴，笑道："清河怕不是玉体欠安，而是芳心欠安吧？"

沉浸在刺绣中的姐弟，匆忙放下手中针线，起身迎驾，异口同声道："思念陛下心切，才谎称身体不适，望陛下恕罪。"

天王上前，将二人左右牵了，走到百花灯下，欣赏着龙袍，道："你姐弟二人，心灵手巧，绣的金龙翻江倒海，颇具霸气。"凑近看了看，道："只是一双龙眼睁了一只、闭了一只，甚是奇怪。"

慕容冲撒娇道："紧闭着的眼睛是姐姐绣的，圆睁着的是我绣成的。陛下不觉得这样子更有趣些吗？"

天王松开二人的手道："朕为何此刻想起了独眼的暴君苻生呢？"

清河吓得拉着凤皇急忙跪在地上叩头道："臣妾无知，绝无此意！陛下仁爱宽厚，英武圣明，臣妾无心之举，不想犯下如此大逆不道之罪，还请陛下重罚。"

天王不语，慕容冲虽然被姐姐拉着跪在地上，但并不认错，道："我姐弟二人数月来，盼星星盼月亮，也不见陛下临幸。为表深情，不分昼夜，才绣成此袍，想献与陛下，未想到弄巧成拙。陛下切勿动怒，不如将此袍赐与微臣，好让凤皇珍藏，不见陛下时有个念想。"

天王哈哈笑道："爱卿不必惊慌，朕只是随口一说而已。既是你姐弟心意，朕岂能辜负，收下便是。"

而后将慕容冲召到身边，道："你也慢慢长大了，朕有意外派你往平阳历练一番。好男儿当建功立业、有所作为，深居后宫，非长久之计。"

未想到慕容冲突然泪如泉涌，道："我不去平阳，我要永远追随陛下左右，陪伴伺候陛下一生一世！"

天王摇头笑道："朕将你宠坏了，怎么还像个孩子。初见你时，你还口口声声自己是燕国的大司马呢！"

慕容冲边哭边道："凤皇不愿建功立业，不愿当什么大司马小司马，只想留在清河宫，和陛下厮守。三年前凤皇承欢君前，只想得到皇恩庇护，坐享富贵。可这三年来，已在不知不觉中，沉醉于陛下的风采魅力之中，请陛下成全凤皇的痴痴深情！"

天王捧起慕容冲泪眼楚楚的玉面，细细端详。当年的瘦弱美少年，如今已是翩翩公子，颜俊如玉，风姿灵秀。大有"清风儒雅踏尘来，回眸一笑韶华黯"的孤绝凄美，不禁心软，道："朕也不舍！等你平阳历练几年，再回到朝廷随侍朕左右如何？"

慕容冲依然倔强道:"绝不!一月相思,已让凤皇望穿秋水,肝肠寸断,几年的孤独时光,让我一人如何度过?陛下若非要逼走我,我就死在这里!"

天王没想到慕容冲竟然如此刚烈偏执,断然道:"没大没小,都怪朕平时太过纵容迁就。爱恨就此了断,做回堂堂男儿才是正道。"

盛怒之下,拂袖而去。

慕容冲望着自己情窦初开,唯一仰慕、崇拜、倾情之人的威武背影,泪雨滂沱,心里恨恨地想:"陛下弃我的似海深情如盆中污水,总有一日,我要让白日参辰,北斗回南,让他后悔不及!"

清河看弟弟已不能自拔,在旁边缓言缓语劝道:"自古以来,帝王之心,谁能独占?何况他为英才明主,一心只为天下,并不沉溺后宫。你我为亡国之臣,能保全富贵,得一时恩宠,已是幸运,何必奢望白首不离、一生一世呢?"

凤皇眼噙清泪,回道:"正是因为他为英才明主,不沉溺后宫,才让我迷恋敬慕。人生自是有情痴,此恨不关风与月!你未曾动真情,如何懂得我的痛楚!"

清河公主道:"世间情为何物?能得到圣宠,保住皇族富贵,燕人平安,你我就算功德圆满。红尘喧嚣,轻轻浅浅,恩恩怨怨,波澜不惊,随波逐流才是亡国之奴的安身之道。"

慕容冲狠狠地用衣袖擦掉泪水,对着即将绣完的龙袍,一个字一个字地从皓齿朱唇中蹦了出来:"你让我绝望,我会为你疯狂!"

第三十九章　猎凤凰炼丹夺命　杀王雕立法律民

　　王雕不负圣望,在长安城北郊的紫云阁,带了几个新收的弟子,深闭重门,不到两个月,竟然真的炼出灵丹来。

　　天王服下,神柱擎天。夜宿翩跹宫,金风玉露又相逢,颠鸾倒凤,任意驰骋,重拾威猛。天王大喜,赐王雕金十斗,各种贵重香料十担。

　　神威归来,天王倍感得意,连着几夜在翩跹宫纵情欢爱。翩翩怕苻郎纵欲伤身,推身体有恙,婉言劝君静养几日。天王知道细水长流的道理,但灵丹催欲,忍耐不住,只好召其他妃嫔泄欲纵情。好在天王在纵欲同时,并不荒政,继续勤政爱民,继续打理江山,继续重视太学,五日一临,十日一考。可明显体力透支,精气神大不如从前。

　　这日退朝,天王专门留下皇弟苻融,商议镇邺之事。

　　苻融道:"皇兄若是疼我,便将臣弟留在京都,一来辅佐社稷,二来可以尽孝母后。为何非要换回王猛,让臣弟去孤守六州?"

　　天王道:"贤弟聪慧明辨,下笔成章,亦能晋用贤才,衡量内外政务,整顿刑法政令,倘若再磨砺锻炼一番,定能与王猛一般成为国之栋梁。自古以来,忠孝难以两全,切不可率性而为。"

　　苻融道:"皇兄贵为天子,不也率性而为吗?"

　　天王道:"朕自从登基,凡事皆以天下为己任,从未为私利扰民率性。"

　　苻融笑道:"果真没有?"

　　天王道:"从未有过!"

　　苻融狡黠一笑道:"皇兄可愿与我打赌?"

　　天王好奇,自信问心无愧,哈哈笑道:"赌什么?"

苻融赶紧道："我若输了，心甘情愿前往邺城驻守。我若赢了，哈哈，就不去了，还请陛下另选贤良。"

天王肃然摇头道："不可不可，公是公，私是私，公私要分明，既然赌的是私事，就不能以公事为赌注。"

苻融嘿嘿笑道："那我就要皇兄珍藏的那轴曹孟德亲书的《度关山》。"看天王面露不舍，补充道："《度关山》若是舍不得，《观沧海》亦可。"

天王宽笑地看着弟弟，点头应了，说道："你还没有说所为何事。"

苻融却卖了个关子，道："皇兄怕是近期忙于国事，许久未曾私访了，今日臣弟陪皇兄出宫走走如何？"

天王朗笑道："好好好，朕倒是想看看博休葫芦里究竟卖的什么药。"

已过小满，长安城北郊官道两边的田野里，一望无际，绿油油的麦子，如整齐的士兵，一个个颗粒饱满，昂首挺胸。天王想："今年晋大旱，而秦却又是一个丰收年。看来倘若国运昌盛，自会风调雨顺；倘若逆天而行，定会灾祸不断。近年连连出兵，伐燕灭凉取蜀，顺便还夺了晋的梁、益二州，如愿将晋逼于长江东南一隅。下一步应该休养生息，整顿吏治，让秦国更强，百姓生活得更幸福才是。"

天有点热，苻融拉着边行边沉思的皇兄，躲在官道旁的梧桐白杨绿荫下，道："皇兄难道没有发现今日的官道与往日的官道有所不同？"

天王道："昨夜大雨，路上有些泥泞罢了，其他并无不同。"

苻融道："皇兄不妨抬头看仔细些。"

天王抬头，绿荫如伞，碧空如洗。突觉有异，问道："为何今日不见凤凰？"

苻融一阵默然，并不回答。

天王道："莫非博休今日邀朕出来，就是为此？"

苻融神色黯然，点了点头。

天王问："凤凰飞往何处？"

苻融道："皇兄请随我来。"

紫气阁离未央宫少说有五里地，二人一气疾走，汗流浃背，才隐约看到紫气阁紧闭的大门。

正好路边有座草亭，二人不约而同走进，喝口凉茶歇歇脚。

草亭除过卖茶的老者，还有两位着绸衫罗衣的公子，一个高壮威猛些，一个瘦小羸弱些。

老者捧了两碗凉茶，道："莫非两位公子也是为百战灵丹而来？"

天王一脸疑惑，欲问何谓百战灵丹，符融抢先答道："正是，正是。"

高壮威猛的绸衫公子诡秘问道："听说真的很灵，用凤凰脑子做引子炼制而成。当今陛下服用后，每夜临幸十几个嫔妃美人好几个时辰，是不是真的？"

符融道："不知道啊，我们亦是慕名而来。"

低点虚弱点的绸衫公子道："千真万确！昨夜服用后，兄弟我在青楼换了六名艳色，轮番伺候，战到天亮还屹立不倒呢！"

高壮的道："倘若果真有如此神威，哥哥我今日一定要购十颗回去，慢慢享用。"

低点的道："十颗？一颗一百金，十颗就要一千金呢！兄台豪气啊！"

高壮的道："小意思，小意思。"

一直不语的卖茶老者边给诸人续茶边道："药力越猛，怕是越伤身啊。"

低点的绸衫公子鄙视道："糟老头懂什么，怕是你已经不行，妒忌我们吧！"说完和高壮的公子肆意大笑起来。

天王听几人谈论，内心有点不安，道："看那紫气阁大门紧闭，不知从何处才能求得灵丹？"

低点的羸弱公子道："西侧有个小门，紧敲三下，再慢敲三下，里面的人就会开门。"

"王雕啊王雕，你可真有本事啊，朕给你几分颜色，你竟然堂而皇之地开染坊了。我今日倒要看看，你是如何公然行骗敛财的！"想到此处，天王站起径直朝紫气阁西边小侧门走去。

符融紧随，叩响侧门。几个粗俗的小道士如何认识天王、阳平公，傲慢道："我家师尊炼制的百战灵丹，用凤凰脑做引子，埋于地下七尺深，陈放七七四十九个昼夜，采天地之灵气，集日月之精华，又置于铜鼎用七寸宽、十四寸长的梧桐树干煨火炼制而成。因凤凰脑难寻，今日起两百金一颗。"说完，伸出手来，只要银子。

身后瘦小羸弱的公子急忙从袖中摸出一枚银锭，塞到小道士手中，说："两百就两百，我要当今天王服用的那种。"

小道士掂掂手中的银锭，道："公子请回，还是老办法，两百金日落前送到长安城的鑫昌典当行，日落后灵药自会送往府上。"

那瘦小公子欢喜谢了，又推出身后一起来的高壮公子道："此公子乃我好友，也欲求得灵药，还望小师父关照。"

小道士瞟了他一眼，并不说话。

高壮公子亦赶紧从袖中摸出两枚银锭，塞到小道士手中，道："十颗，本公子要十颗。"

小道士顿时笑靥如花,道:"小的眼拙,还望公子见谅。十颗没问题,只是一次炼不出来,分五次送往公子府上可好?"

高壮公子道:"无妨无妨,一次吃两粒够了够了。我回府即刻派人将药金送往鑫昌行。"

小道士施礼谢过,美滋滋地将二人送走,回头又问苻融二人需要多少。天王面色阴沉地望着天空,不予理会。苻融狠狠瞪了他一眼,道:"滚!"

那小道士被二人气场震慑,收敛起满脸邪气,灰溜溜地远远看着,不敢言语。

天王看到紫气阁内的大铜鼎下火光熊熊,鼎内香气袭人,问王雕何处。那个小道士慌忙答道:"师尊带人出去采药了。"

话音刚落,就见王雕带着人高声吆喝着叫门而入,随从弟子从车里抬下来的,竟然是一筐又一筐的凤凰!

天王大怒,道:"大胆王雕,竟然敢私猎凤凰,罪该万死!"

正在小人得志的王雕一看天王如玉皇大帝般站在自己面前,双腿一软,扑通跪在地上,道:"小人该死,不知陛下降临,请天王恕罪!"

天王道:"大胆王雕,朕命你炼制灵丹,你竟然私自猎杀祥瑞,真是大逆不道,罪该万死!"

王雕以为是敛财作假之事败露,一听原来是猎杀凤凰之事,淡然辩道:"陛下恕罪。进献给天王的灵丹,确需凤脑做引子,才可炼成。微臣并未私自猎杀,是为了陛下康健,不得已才取凤脑而为。"

天王不愿和小人浪费时间,对苻融道:"阳平公三天内彻查王雕,朕要依法亲自治其罪!"

不用三天,一向明察善断的苻融,很快就将王雕坑蒙拐骗之罪查了个一清二楚。

王雕以炼制灵丹为名,私猎祥瑞之鸟凤凰,又四处宣扬凤凰乃补肾壮阳之神品,重金兜售给王公大臣及富贵公子。最为可恨的是,所谓的百战灵丹,其实并无凤脑,而是用粟麦磨粉,揉入香灰,为了让其见效神速,大量加入夺人性命的雷公藤、关木通,还配以迷幻上瘾的罂粟膏。王雕随身弟子指证,王雕献给天王的灵丹只是包了金纸配以锦盒,和重金出售给民间的百战灵丹同一鼎内熬制,并未加入凤脑。

那凤脑呢?

凤脑被王雕早中晚各一只，让弟子蒸煮炸了供自己服用，说是只要服用九九八十一天，便可得道成仙。

王雕自己已经供认，并在供状上签字画押。阳平公呈上王雕供状，天王浏览一番，道："按律当斩否？"

阳平公为难地道："我秦国臣民，一向良善，皆知凤凰乃神鸟祥瑞，倍加敬畏爱护，从不伤害，故并无关于私自猎杀凤凰的秦律法规。"

天王道："昭告天下，猎杀所有祥瑞，其罪当斩！加入秦律，若不严刑以待，怕过不了几年，世间再无鬻凤翔鸾的盛世祥瑞了。"

苻融点头道："前日那个求药的高壮公子，昨夜死于牡丹花下。据说一次服了三颗百战灵丹，连日在青楼寻欢，突然七窍流血，眼珠崩裂而亡。"

天王怒道："欺君罔上，私猎祥瑞，敛财制假，害人性命，条条死罪！"提起朱笔，在供状上画圈打叉，书上"杀无赦"三字，并对苻融道："暴尸半月，将其头颅悬于云龙门上，朕倒要看看他如何得道成仙！"

苻融领旨，正欲退下，却见苟太后在一群宫女的陪侍下，踏着落日姗姗而来。

兄弟二人赶紧上前拜过。

太后扶起爱子，笑道："博休也在，倒是省得差人去请了。哀家炖了健骨强身的乌鱼高丽参汤，特来叫你们前往懿寿宫品尝。"

苻融欢喜道："好好好，正准备去给母后请安呢。"

天王自从撞破母亲和假父私情之后，刻意回避母亲，但今日母亲屈尊亲自来请，定是有心修补母子间隙。况且想母亲前段曾有恩于子姝，便笑脸答道："多谢母后牵挂，看来孩儿今晚有口福了！"

第四十章　重社稷邺城换防
　　　　　　　轻俗礼灞上三别

　　苟太后是何等精明之人，呵护辅助着几个幼子，从血雨腥风中一路走来。自从那夜皇儿来懿寿宫请安，险些撞破自己的隐情后，再没有踏进过懿寿宫半步，她就明白了一切。解铃还须系铃人，苟太后想，与其让坚儿觉得蒙羞，不如趁此将隐情和盘托出，正好落个磊落光明。便熬了浓汤，炖了坚儿最爱啃的羊棒骨，亲请天王懿寿宫一叙。

　　天王未承想母后竟然会大方坦然地对自己提起和李威的隐情。你父王不明不白地在战场上死去，留下孤儿寡母惶恐度日，若无李威，怎能有你我母子今日？苟太后并不觉得难堪，淡淡地理理鬓角已经花白的青丝，拂去眼角的泪花，缓缓道："你父王过世时，我青春正好，也想过改嫁伯龙，远走西域。可看到你们兄弟最小不过五岁，一来不忍骨肉分离，二来不愿辜负你祖父当年厚望，一心想将你们抚养成人，看着你们成就一番霸业，便回绝了李威迎娶之意。这么多年来，李威一直未立正室，我和他阴差阳错，总是咫尺天涯，有缘无分。直到近年深感韶华渐老，岁月催人，不想再负光阴和此生情深，才暗结连理。"

　　太后苦笑道："我和他并非民间所传为了私欲而媾和。"

　　天王低着头默不作声，许久良久，摆弄着腰间挂着的登基那年母后亲自为他佩带的辟邪祈福保平安的翡翠麒麟道："孩儿告退。"

　　苟太后看着爱子缓缓离去，对着灯花，轻叹一声，自言自语地反问自己道："事已如此，再多的心结，坚儿也该释怀了吧！"

　　转眼六月，天王希望王猛早日回朝议事，催促皇弟苻融速速启程，并率近臣在灞上为其践行。

　　天王举杯道："朕的三弟博休聪慧早成，虽然少时脾气暴躁，但善听良言，多年历练,如今不仅和善、雅博,还善于骑射,精于文章。今日去驻守邺城,治理六州,既是信任亦是挑战,望博休不负朕意,让六州安定,使民众安康!诸位一起举杯,为其祈福,为其壮威!"

诸臣齐声道:"为阳平公祈福,为阳平公壮威!"宫廷乐师们亦不甘落后,铆足劲,奏起了鼓舞士气、让人热血沸腾的《秦王破阵》和《楚王狩猎》之古曲。

曲终,众人皆请天王赋诗壮行。天王摆手道:"阳平公所著《浮图赋》,文辞壮丽,清新丰富,深受世人珍爱。今日请博休赋诗助兴才是。"

苻融谦虚道:"不敢不敢,陛下面前岂敢卖弄。"

天王玩笑道:"怎么,堂堂男儿,还害羞不成?"

苻融知道皇兄刻意提携自己,便不再退让,拱手道:"恭敬不如从命。博休献丑了。"昂首开口道:

> 壮士何慷慨?志欲威六汤。
>
> 纵马远戍邺,受命换栋梁。
>
> 良驹配银弓,明甲晃寒光。
>
> 临难自当往,捐躯又何殇?
>
> 忠为百世荣,怎能惜皮囊。
>
> 重编丹青书,千古流芬芳!

朱肜一向仰慕敬佩苻融文采诗赋,带头喝彩道:"好一个重编丹青书,千古流芬芳!阳平公诗文中的气魄和情怀让我等望尘莫及、望尘莫及!"

权翼粗喉咙大嗓门道:"博休出口成诗,让权翼心里痒痒,我也来几句,给大家助助兴!"说完清清嗓子,挠挠头道:

> 灞桥石榴圆溜溜,噘着小嘴不高兴。
>
> 博休博休先莫走,月底就能吃石榴。

说完自己先仰天哈哈大笑起来,逗得大家捧腹不已。天王笑道:"权翼你个活宝,虽说是顺口溜,但多少还算押韵,朕就赏你一筐石榴!"

权翼急忙道:"陛下,若将今日的青石榴赏给微臣,会酸掉权翼门牙呢!"

又逗得大家一阵乱笑。天王道:"那就月底赏你一筐红石榴如何?"

权翼憨笑道:"这还差不多!"拱手谢恩。

天王从太监喜多兰处接过一个杏黄绸缎包裹仔细的紫檀楠木长匣,笑着对苻融道:"愿赌服输,朕今日就将珍藏多年的《度关山》赠你,望好自为之!"

苻融欢喜万分,生怕皇兄反悔,赶紧抢过紧紧抱在怀里,连连低头谢恩。

朝中事多，天王先行回宫，命众人不必拘束，奏乐起舞，尽情畅饮。

天王一走，气氛自然活跃起来。有人要与阳平公行令猜拳，有人要请阳平公赋诗作画，还有人要与阳平公谈玄论道，更有人索要阳平公那一手颇具崔悦神韵的书法。苻融素与文臣武将交好，送别两日还未尽兴，两日后还未启程。

这日天王早朝，太史令魏延手持玉笏，朗声奏道："臣夜观天象，发现天市南门屏内后妃星失明，左右阉寺不见，频频东移，还望陛下提醒，及时归位为妥。"

天王点头表示已知，道："邓羌又有奏折，请司隶校尉之职，朕考虑再三，觉得镇军将军更能尽其才智些，众卿以为如何？"

殿下两排文武大臣，心里想陛下今日是怎么了，这事都征求臣子意见，不像以往大员任用风格，但都异口同声道："陛下英明。"

天王道："传朕旨意，羌有廉，李有才，朕方委以征伐之事，北平匈奴，南荡扬越，羌之任也，司隶何足以膺之？其晋号镇军将军，位特进。"

秘书监朱肜道："臣遵旨。即刻飞马下诏镇军将军。"

天王散朝，急忙赶往后宫，皇后与几位夫人嫔妃都在，独独不见太后。召来权翼问话，才知道太后连着两天，日落时分前往灞上，次日归来。

天王道："太后极宠博休，博休要走，难舍难分，亦在情理之中。传朕旨意，明日早膳后，阳平公务必启程，若有延误，军法处置！"

权翼领旨，欲退下，天王又道："李太尉可曾从采石矶归来？"

权翼道："两日前已到灞上，遵旨协同阳平公前往邺城治理六州。"

天王自言自语道："天道与人，何其不远？看来以后星官应重。"并将手中的羽扇交给权翼，道："将朕的雕翅褐羽凉扇赠与太尉，邺城燥热，解暑静心吧。"

权翼接了，道："陛下心细，如此关爱太尉，令臣感动。要带话吗？"

天王略略思索，道："心静风自凉。"

权翼似懂非懂，应了退下。

天王想继续批阅奏折，却无法静下心来，想太史令太极殿上公然奏后妃星失明之事，分明母后和假父之事已传遍天下。此次将假父外派协助博休常驻六州，山高水长，就是想从此断掉二人念想，没想到母后竟然不顾身份，前往灞上送别，着实让人尴尬。

知子莫如母，苟太后当然知道坚儿为何要将伯龙派往邺城，而且还赐了封地，赐了高句丽进献的柔顺婉艳的美女两名，并特准家眷随行，明显就是要其安身天涯，老死不回长安之意。

好吧,好吧。苟太后认命,但还是忍不住,日落前往灞上。第一夜,将博休交付伯龙,千叮咛万嘱咐,饮食起居,六州政务,多多扶持。

第二夜,二人并肩,灞河边漫步,夏风拂面,繁星点点。太后柔声道:"岁月无情,那个曾经的翩翩少年转眼快及耳顺,精神大不及以前。伯龙,坚儿待你不薄,多年来以假父相敬,又许以太尉,金印紫绶,也算位极人臣,圆了你年轻时的梦。你切莫心里怨他。到邺城后,好生安顿,莫再东奔西走,淡泊宁静,修身养性,强身健体。坚儿大业未成,不一定哪天还要请太尉回长安再次扶持相助呢!"

李威苦笑道:"太后何必自欺,灞上一别,怕是残阳晚照,再无归路了。"接着柔情安慰道:"凌儿,你亦过天命之年,凡事当以大局为重,如今朝廷燕臣并立,我甚为坚儿担忧,你要常常提点才是。"

太后微微点头回道:"等有机会,我会让坚儿召你回长安的。"

李威道:"两情若真,何必朝暮厮守。这么多年来,伯龙无论身在西域的漫漫黄沙之上,还是在江南的杏花烟雨之中,都携着你的影子同行,如今邺城虽远,依然携你在眼前身后!"

太后眼角含泪,轻轻唤了声"伯龙",强忍住离愁别恨道:"年轻时,多想成为你桌案上的水仙,为你绽放最美的容颜。如今梦的边缘,落花凋残,琴音沦陷,我都不敢看铜镜里越来越多的华发和眼角渐密的皱纹。你走了,我这只渐衰的孤雁如何面对以后的天地轮转和漫漫长夜?"

"凌儿,你是我永远的凌儿!"李威哽咽着将太后揽入怀中,静静听岸边的虫鸣,听河里缠缠绵绵的水流……

说好就此别过,第三天不再来回辛劳,但苟太后心中难舍牵缠,对着铜镜精心装扮一番,又去灞上作别。

谁料,苻融、李威接到圣旨,早膳后已经启程东行了。太后落寞地站在灞桥上,折了一枝绿莹莹的柳条,将柳叶一片一片摘下,投入河中,看着柳叶儿在水中打着旋,荡起一波又一波细细密密的涟漪,恋恋不舍地朝东流去,忍不住泪流满面……

第四十一章　绸缎庄里替君忧
　　　　　　　太极殿上辞首辅

　　六月底,阳平公及太尉一行到达冀州。
　　王猛做事一向严谨认真。政务交接,人员优劣,平民温饱,事无巨细,一一向苻融交代清楚。户籍档案,资料库存,亦件件核对清楚交与苻融。还有军队供给,税收官银,毫不含糊,一分一厘,清晰明了,账面物品无一差错,全部交接清楚。
　　八月,两袖清风的王猛终于回到了离开快三年的长安城中。
　　拜过天王。天王怜其辛劳,知道景略一向清廉,又要养活一大家,俸禄还经常接济孤寡羸弱,时常入不敷出,便赐了些金银美食,命回家沐休三日,再上朝议事。
　　王猛回家,食盒提着天王赐的夹心葡萄干的绿豆糕,先去正房拜过接进府里颐养天年的孟良的养母谭氏。老太太本来就瘫在床上,得知孟良血洒疆场,又哭瞎了一只眼睛,脾气暴躁,极难伺候。下人伺候完吃喝能躲多远就躲多远,只有王猛在华山学艺时娶的华山脚下农家贤妻谷氏,任凭老太太如何发脾气,摔碗碟,默默相守,不厌不弃。
　　王猛进了卧房,妻谷氏正帮老太太换深衣,原来又屙了。谷氏贤惠地笑着将王猛推出卧房,让在客厅歇着。
　　一会儿端了盆沾满污秽的衣裤,轻轻出来,悄声道:"睡着了。"
　　王猛只好又随谷氏出来,道:"景略在外为国尽忠,贤妻在家替景略育儿尽孝,多年来从未帮过什么,景略倍感愧疚!"
　　谷氏贤淑地笑着道:"我一妇道人家,大字不识一斗,能嫁给你这样的夫君,便是福分,做什么都愿意!"
　　王猛看着妻子纵横眼角的皱纹,再看身上布衣粗裙,多年来,因为自己严律家人,妻子都没有一件像样的绫罗绸衣,也没件像样的首饰。谷氏耳垂上闪动的银耳坠，还是当年结婚时唯一的聘礼，不禁眼角一热，道："陛下赐了些金银，又放了三天沐休假，明日你陪我逛逛长安街，顺便给你添几件首饰和出门的衣裳。"

谷氏听了，感动得眼中泪花乱闪，急忙点头应了，抽出一只手来将已经夺眶而出的眼泪擦掉。

长安街繁华依旧，只是随着会享受爱讲究的燕人大量迁入，显得拥挤奢华了许多。街旁冒出更多的酒肆茶楼，脂粉绸庄，还有灯红酒绿的青楼歌坊。

昔日酒肆迎风飘荡的、用浓墨写上名号的青白酒旗，如今也变得华美起来，缀了彩边，底子由粗布换成了锦缎，名号不再墨写，皆由五彩丝线绣成，微风吹过，显得柔软妩媚了许多。

王猛边走边摇头，小小酒旗今日都如此讲究，其他就更不用说了。物极必反，奢靡尽头，便是没落，纵观古今，无不如此。内心深感不安，暗自忧叹道："长安难道要成为曾经的邺都吗？"

走进一家门头甚是精美华贵的绸庄。伙计眼毒，看一双老夫老妻粗衣布袍进门，心想："不是吝啬就是穷苦。"懒得搭理，继续低头用手中的鸡毛掸子四处掸灰。谷氏第一次走进如此奢华的绸庄，紧张而自卑，怯怯地拽拽夫君的袍襟，低声催促道："还是算了，走吧，走吧。"

王猛并不理会，让夫人不必拘泥，尽管挑选。话落进来两位风流倜傥的贵公子，一看伙计殷勤的样子就知道是熟客。

只见店伙计弯着腰，赔笑道："小的给慕容公子请安，绸庄新得一匹贡缎。"又低声道："从宫里流出来的，特意给二位公子留了。"边说边疾步从内室捧来一匹七彩锦缎，小心摊开，顿时室内金光灿灿，瑰丽奢华。细看花纹精致高雅，花型立体生动，绝非俗品。

"莫非是镇成都的益州刺史杨安派人进献天王的蜀锦？"王猛自语道。

那伙计瞟了王猛一眼，心想，这枯瘦老头知道的还不少。笑脸道："这位老者好眼力，确是千金难求的贡品蜀锦。"

那位慕容公子也不问价钱，扔给伙计一些碎银，道："送到醉芳楼门口的醉美衣店，我要送独芳姑娘一件最美的七彩孔雀裙衣。"

回头对相随的另一位公子道："给你的小蜜桃也做件裙裳如何？"

另一位公子摇着折扇哈哈笑着应道："好好好，慕容兄仗义，果然有福同享啊。"

伙计看二人笑成一团，连连点头，将锦缎仔细包了，拱手弯腰，将两位公子送出门外。

兴许是做成一单大买卖，伙计心情好，自言自语道："官吏就是牛，有钱有势，长安城青楼的头牌轮着嫖，前两日来还是什么香香，今日又成了什么芳芳！唉，我怎么就和皇家扯不上关系呢？"

牢骚发完，对王猛老两口也有了笑意，问道："二位是给自己添衣呢，还是为公子采购聘礼呢？"

王猛道："给夫人添件出门衣裳。"又追问道："方才那两位公子出手阔绰，不知生于哪个富贵人家？"

伙计道："还能是谁家，当然是皇家啦。一个是亡国之君慕容暐的弟弟慕容亮，命好没办法，亡国了，还被天王封为新兴侯，听说赐赏金银无数呢！另一位是北海公苻重之子苻旦，亦是皇亲国戚。唉，不说，不说，说多了郁闷。"边叨叨边打开几匹新缎，道："这些可好？长安城最流行的新缎，夫人宠妾、贵族小姐的最爱，只是贵些。"

王猛琢磨着本来就异族离心，本族人不满，不到两三年工夫，燕臣和皇亲国戚来往如此亲密，怎不让人为社稷担忧啊！

伙计看老人默然不语，以为动心，又将新缎自夸一遍。王猛才回过神来，点头胡乱应了，夫人却一听价格连连摇头。

伙计又打开几匹，成色略差些，价格也便宜些，夫人还是嫌贵，不要不要。

伙计已经没了耐心，让夫人自己挑，自己拿着鸡毛掸子四处晃荡。旁边打着算盘算账的老板抬头道："看二位是节俭之人，老先生亦具慧眼，店里还有几匹绸缎，面料上乘，只是花色过于素净，有些过时，不知合不合意？若夫人入眼，可折本转给夫人，店家正好落个顺水人情。"

王猛不想委屈夫人，准备离去，夫人却点头让拿来挑选。伙计从阁楼上抱下几匹蒙尘的绸缎来，王猛一眼认出，道："这不是秦人最爱的秦缎吗？"

老板点头赞道："老先生慧眼识珠，的确是多年前秦人自己植桑养蚕，缫丝织锦，天王都为之垂爱的秦锦秦缎。那些年，谁能穿上秦缎在长安大街上走上一回，可是最得意最耀眼的事呢！"

王猛抚摸着滑凉的秦缎，如被打入冷宫的美人，丝丝蔓蔓的缠枝莲，经过光阴和岁月的洗染，多了几分幽幽的哀怨。宝蓝变为深蓝，翠绿成为墨绿，紫芙蓉和秋海棠也开败似的，褪了颜色。王猛百感交集，嘴里喃喃道："当年宫中珍品，如今竟成街头弃物，着实令人痛心啊！"

老板摸不透对面老人的心思，道："如今国事昌盛，百姓温饱不愁，自是讲究衣食穿戴,秦缎相比如今燕人追捧的蜀锦,自然粗糙生硬了些。当年的珍品,变成如今的弃物,说明我秦人生活越来越好,越来越富足了,何来心痛一说?"

王猛叹气不语,夫人倒是喜爱秦缎皮实耐用,挑了一匹。老板报了价格,觉得好生便宜,想王猛也许久未添新衣,就又挑了一匹。老板会做生意,道:"难得二老还记得秦缎,看老先生谈吐不俗,风骨灼目,怕是世外高人。这几匹一并赠与夫人,讨个吉利,也好给库里腾出点地方。"

夫人连连谢了,不知该收还是不该收,将目光投向了夫君。王猛面色凝重,给足银两,让伙计全部送到南郊的王府去,转身离去。

老板咋舌,然后说道:"南郊王府,那可是坏人的阎王殿,百姓的鸣冤堂啊。这两位是看门的呢还是管家的呢?不可能就是秦人敬畏爱戴的王丞相吧?哎呀呀,我为何没向丞相给店里讨个墨宝呢!好赖也该奉杯清茶吧……"伙计看看连连捶胸顿足,追悔莫及的老板,再看看已经走远的两位老人,不知梦醒还是梦中……

三日后早朝,文武百官皆穿贡缎朝服,肃立于太极殿中,独王猛手持玉笏,穿着妻子连夜手工缝制好的秦缎蓝袍,腰束青白玉带,立于群臣之首。

有燕旧臣看到,嘲笑道:"王大人多年来风格不变啊,听说当年还曾三伏天披褐袄灞上扪虱呢。"

有人接道:"亏得投晋未成,否则哪有今日的荣华富贵、天王独宠啊!"

王猛手持玉笏,闭目养神,懒得理会,倒是武官行列前面站着的权翼挺身而出,仗义执言道:"打人不打脸,揭人不揭短,就算是亡国之臣,如今也太极殿共事一主,何必出言不逊,如此刻薄?"

天王驾临,殿内顿时一片寂然。

天王远远就看到王猛鹤立鸡群般与众不同,心中暗笑道:"景略,这又是要演哪出啊?"

坐稳龙椅,看了一眼侧立一边的内侍赵整。

赵整会意,上前一步,打开手中圣旨,大声念道:"天王诏曰:王猛治理六州,鞠躬尽瘁,恪尽职守,业绩显赫,加都督中外诸军事,为丞相、中书监、尚书令、太子太傅、司隶校尉。特进、常侍、持节、将军、侯如故。钦此。"

王猛手持玉笏,三呼万岁,跪地道:"王猛德行尚浅,难当丞相重任,还望陛下收回成命。"

天王笑道:"丞相之职,非景略莫属。"

王猛叩首道:"臣体力渐衰,心有余而力不足,实难担当,望陛下收回成命。"

天王哈哈笑道："正当壮年，何来渐衰之说，快谢恩平身吧。"

王猛固执地伏在地上，又大声道："实不敢当，恳请陛下收回成命！"

天王一看景略的倔脾气又上来了，只好笑道："好好好，居功不傲，高风亮节，令人敬佩。那就丞相之职暂缓，其他谢恩平身吧。"

王猛这才勉强谢恩起来。

天王知道王猛孤傲正直，十多年来，为君为国，尽展其才，铁面无私，刚正不阿，树敌颇多，初回长安，难免遭到排斥和抵触。如今疆域阔大，国事繁忙，皇亲世族与亡燕旧臣同朝议政，既有利益争夺，又有政治同盟，以王猛资望才干及刚毅公正的性格，为群臣之首，既是名正言顺，又为局势所需。景略朝堂之上，三次力辞，让天王心中颇为不安，散朝，独留王猛问话。

王猛早有准备，肃然道："陛下厚爱，臣感激涕零，只是丞相乃百僚之首，位高担重，太子太傅之职更为尊崇。尚书令事务繁杂，司隶校尉担当京城防务、监察百官重任，再加上总督戎机的中外诸军事，还有上传下达帝王诏命的中书监、常侍，这些职务，事无巨细都得管，一人之力如何担当？即使先代名臣伊尹、姜子牙、萧何、邓禹都不能兼顾，何况臣这等无才不肖之人呢。"

天王静心听了，道："夏末暑消，天色尚早，你我君臣今日不妨前往宣明台，望尽长安，敞开胸怀，玉壶共饮，月下长谈如何？"

王猛深知天王风雅，只好收起一脸严肃，点头应了。

遥想那年中秋，天王宣明台弯弓射雕，曾让长安城万人空巷，美谈至今。掐指细算，已经是二十年前的事情了。

宣明台如今已扩建成了当年的五倍，亭台楼阁，池馆水榭，映在绿树繁花之中；假山怪石，花坛盆景，藤萝翠竹，分布其间。亭台楼阁之间点缀着生机勃勃的翠竹和奇形怪状的石头，那些怪石堆叠在一起，突兀嶙峋，气势不凡。那玲珑精致的亭台楼阁，清幽秀丽的池馆水廊，浪漫而奢华。特别是将原来五丈多高的宣明台加高加宽加长后，造了十五丈高的宣明楼，巍峨耸立，直冲云霄。楼面皆以金黄琉璃瓦覆盖，楼顶正中立铜胎鎏金宝顶，四周飞檐翘起，重檐雕龙，金粉漆身，鳞爪张舞，双须飞动，好像在呼风唤雨，腾云驾雾。

楼内四面明间开门，三交六椀菱花，龙凤裙板隔扇门各四扇，南面次间为槛窗，其余三面次间均为粉墙。内外檐均为金龙和玺彩画，天花为沥粉贴金正面龙。六架天花梁彩画极其别致，与偏重丹红色的主色调和陈设搭配协调，地面铺满金砖，金光艳丽，奢华至极。

顶楼四周以汉白玉雕栏和透明云母隔断。

如今宣明台为皇家禁地,方圆十里禁行,百姓早已经无缘入内了。

登楼远眺,长安城尽收眼底,历时两年才从邺宫运到长安的铜马、铜驼、飞廉、翁仲如今又精神抖擞地矗立在大秦国未央宫前。在夕阳的照耀下,金光闪闪,神采奕奕。

君臣二人远眺夕阳,凭栏而坐,宫女用埋在地下深藏半年的梅花冬雪水沏好东晋来的齐山云雾茶,缓缓注入白玉釉彩瓷盅,小心奉上。

天王举杯道:"天热心燥,此茶天下绝无仅有,无梗无芽,谷雨前后十天之内采摘,采摘时取二三叶,求'壮'不求'嫩',茶味浓而不苦,香而不涩,祛燥养胃,太尉从晋六安带回,特地留了,等景略回来共品。"

王猛举杯道:"谢陛下惦记。"浅呷一口道:"茶是好茶,只是景略不觉其浓,只觉其苦。"

天王宽笑道:"景略不妨再品。"

王猛又小饮一口,苦笑道:"臣只觉其涩,不觉其香。"

天王放下茶杯,道:"想当年,你为螭蟠布衣,我为龙潜弱冠,世事纷纭,飘忽不定。厉王苻生,暴虐失德。你我有缘,得太尉引见,一见倾心,投契相交,委你以卧龙相助。你亦以忠诚才智相许,不负重托。殷王武丁因梦访到贤才傅言,任为丞相,才取得大治;周文王因梦得姜尚任为丞相,才建立灭商大功。自你辅政近二十年来,内厘百揆,外荡群凶,天下安定,礼乐有序。我只求从容部署长远大计,望你能劳心臣民百姓,我一心想统一天下,还四海太平,唯你知我助我,陪我共图霸业,丞相之职,除过你,我还能放心委托与谁?"说到此处,天王不禁动情,看着王猛,叹道:"你不得辞宰相,犹如朕不能辞天下也!"

王猛不知从何说起,双手举杯,以茶代酒,敬过天王,自己饮了一口。沉默许久道:"臣闻国运兴衰,人事更替,犹如昼夜交替,月圆月缺,所任官职皆须德才兼备,恪守尽忠。郑武公扶持平王东迁洛阳建东周以存周祚,管叔蔡叔作为成王的叔父借武王下世、成王年幼而阴谋作乱被周公旦诛杀,这些都是取成败之殷鉴,为臣之炯戒。私下唯有鼎宰崇重,参路太阶,宜妙尽时贤,对扬休命。魏文祖以文和为公,贻笑孙侯,千秋一言致相,匈奴呗之。臣何庸狷,而应斯举!不但取嗤邻远,实令为虏轻秦。往昔东野穷驭,颜子知其将弊,臣何颜处之!虽陛下私恩宠于臣,但天下该如何?愿回日月之鉴,矜臣后悔,使陛下无过授之谤,臣蒙复寿之恩。"

天王默然听尽,举目西望。此时的夕阳已经收起它最后的光芒,天边那一抹云彩在夕阳的精心装扮下,如千娇百媚的新娘,绚烂成美丽的晚霞,七彩斑斓的霞光给大地披上了一层蝉翼般朦胧迷离的轻纱。长安城看起来如披上七彩霞衣的丰腴少妇,那么雍容富丽,那么静谧华美。再看原先的那群追随者,也适时收起兴致,变幻成暗云,等待夕阳的再次到来……

君臣二人静静看着一轮满月傲然升起,皎皎喧喧,夜空是那样的深邃,如此的广袤无垠。水满则溢,月满则亏。王猛心中暗暗问自己,究竟是景略杞人忧天呢,还是透过锦绣长安,已经恍惚之中看到了为之呕心沥血的大好河山即将在风雨中飘摇?秦国这辆自己为之倾心半生的巨大战车,究竟要驶向何处?

天王命人换了杯中的凉茶,道:"景略忧国忧民,胸怀天下,朕倍感欣慰。自朕君临天下,卿助朕施新政以来,尊崇儒学,推行汉化,混六合为一家,为你我共识。如今民族融合,五胡和睦,虽有琐碎之事不尽如人意,但无关大局。卿所忧之事朕心中明了。水至清则无鱼,人至察则无徒,视力敏锐却有所不见,听力灵敏却有所不闻,扬大德,赦小过,方不失君王之道。还望景略体谅朕的用贤之苦。"

话已至此,王猛还有何言。诚然道:"陛下不易,臣明白。"

天王又道:"爱卿此次回来,精气神大不如以前,要注意劳逸结合。你我君臣来日方长,等六合一家之时,卿要陪朕泰山祭天,岱顶封禅!"

王猛深饮一口,道:"景略必当生死追随,鞠躬尽瘁,死而后已!"

第四十二章　苻融上书鸣不平
　　　　　　子姝起舞谏圣明

　　天王回到寝宫，已近三更，王猛依然固辞丞相不受，让君王睡意全无。而早朝上王猛一身当年的秦缎蓝袍更是扎眼锥心。和王猛一起风雨同舟多年的天王如何不明白贤臣的良苦用心，可如今六合混杂，若不能聚万众之长，凭苻氏旧部，秦人一家，图谋天下统一大业，谈何容易？

　　不过，近年来秦地受燕人影响，奢靡之风盛行，的确需整治了。

　　次日早朝，天王还未提及整治奢靡之风之事，太史令张猛出列道："启奏陛下，今年四月，雷声不合时令，过早响起，同时有彗星出于箕尾，长十余丈，或名蚩尤旗。经太微，扫东井，自夏及秋冬不减。尾，燕之分野。彗起尾箕而扫东井，灾深祸大。此十年之后，燕灭秦之象；二十年之后，当为代所灭。慕容暐父子兄弟，亡虏也，而布列朝廷，贵盛莫二。宜除渠帅，以宁皇秦。若白天诛掉鲜卑，晚上彗星不灭，臣就请陛下以妖言治罪，臣甘愿受刑就死。"

　　天王道："太史令张猛忠心可嘉，只是以彗星箕尾之说，诛掉鲜卑，未免牵强。如今同朝共事，夷狄应和。慕容众族，忠心臣服，鼎力协助朝廷，朕非但不会降罪，还要任慕容暐为尚书，慕容垂为京兆尹，已经前往平阳的慕容冲为平阳太守。望尔等精诚团结，为国担当，替朕分忧。"

　　太极殿中的慕容暐和慕容垂慌忙伏地拜道："谢主隆恩，臣定当为国担当，替陛下分忧。"

　　刚才心还扑通扑通乱跳，不知祸福的旧燕大臣，顿时长出一口气，自然对天王感恩戴德，对秦旧臣心怀恨意。

　　散朝，清河宫宫女来报，说清河公主多日未见圣驾，甚是想念，恳请天王移驾清河宫。

233

天王想："慕容家族如今在朝廷还算尽力，慕容冲外派平阳多日，清河一人独守长日，的确应该前往探望。"

清河公主正值桃李芬芳的好年华，几年秦国水土的滋养和天王的宠爱，让清河公主如盛开的芍药一般夺目鲜润。玉手纤巧若葱，粉面凝若鹅脂，朱唇若点红樱，柳眉若远山含黛，神态若碧波秋水，说不出的柔媚细腻。着一身闪着金光的五彩雀羽抹胸长裙，外搭一件金丝精绣荷叶田田的缠绕连理枝，拖在地上两丈多长的鹅黄霓裳纱衣，倚在清河宫门前的石狮子旁，显得格外的空灵轻逸，靓丽迷人。远远看到天王，咯咯的笑声传来，更叫人添了一种说不出的兴奋和激情。

"年轻真好！"天王心里想道。跳下软辇，牵着清河步入正堂。

看衣架上依旧挂着慕容冲姐弟绣好的那件龙袍，问道："朕已任命慕容冲为平阳太守，他走时未曾收拾自己的行囊吗？"

清河微笑着答道："只带走了贴身衣物，这件龙袍托臣妾献给陛下，说是留个念想。"

天王道："难得有心人，替朕收好。"

清河点头应了，偷偷看天王龙颜正悦，便款款拜道："臣妾听闻朝中有人进谏，要诛灭鲜卑，幸好陛下圣明，并未理会，臣妾在此代族人谢过陛下。"

天王一听，心想，散朝不过一个时辰，清河宫就已经知道朝廷之事，看来景略所忧并非空穴来风啊。便冷言道："你知道的倒是不少！"

清河听出天王不悦，知道自己失言僭越，慌忙跪地道："臣妾不知深浅，妄谈国事，还望陛下息怒！"

天王看清河花容失色的样子，心生怜悯，放缓语气，道："爱妃平身，朕只是好奇消息从何而来。"

清河急忙解释道："臣妾的贴身宫女等陛下散朝时，在太极殿阶外听散朝后的大臣们边走边议的。"

天王宽笑道："偶尔听闻不足为奇。你性情淡泊，朕不想你卷入是非之中。"

清河懂事地回道："臣妾谨遵陛下教诲。"为讨天王欢心，娇柔道："臣妾学了一首新曲子，弹给陛下听可好？"

天王斜倚在榻上，翻看着清河的古乐曲谱，点头应了。

清河低头调音，轻拨琴弦，凤首箜篌独有的柔美清澈、宽广刚烈之音由远而近，缓缓而来。

天王倚着榻，听着听着竟然睡着了。清河却陶醉在自己尚不太熟练的《孔雀东南飞》里。

赵整手捧阳平公苻融冀州上书,在清河宫外转来转去,想面呈圣上。清河不想扰了天王歇息,腾出一只手来,悄悄摇动。天王却醒了,笑道:"清河,你不好好弹琴,搞什么小动作?"

清河起身笑盈盈地将天王扶起,宫女奉上温茶,道:"赵侍郎门外转来转去,臣妾怕扰了陛下的清梦,摆手让走远些。"

天王用茶漱过口,接过清河奉上的手巾,擦擦脸道:"让进来。"

赵整进来弯腰呈上快件,天王浏览一番,道:"回东堂再说。"

天王刚走,可足浑氏便从绛紫飘纱幔帐后面闪了出来,道:"哎呀天神,再不走,我就要憋死了!"

清河慌忙让宫女掩上宫门,扶她坐了,奉上一碗冰糖雪梨羹。

可足浑氏边吃边责备道:"说个话都不会说,幸亏还算机灵,说是宫女听到的,若说是我说的,苻坚心里会怎么想?"

清河忙解释道:"陛下并未生疑。"

可足浑氏道:"你派人去请,天王即刻就来,说明他心里有你,有我们慕容家族,本想着你和凤皇能再受宠几年,等我们的势力在朝廷稳固下来,再做打算。谁知人算不如天算,后宫突然又冒出来个张子妹,甚为碍事。天王有多长时间没来清河宫了?"

清河道:"凤皇外派平阳后就未曾来过,一个多月了吧。"

可足浑氏用眼睛狠狠地瞪了女儿一下,道:"不中用的东西,那么长时间不来,你不会自己去找?今日若不是我进宫来催你,怕是你还见不上他。"

清河喃喃道:"花自飘零水自流,争来的宠爱有什么意思,还是顺其自然吧。"

可足浑氏竖起吊梢眉,怒目用手指戳着清河光洁的额头训斥道:"你个不争气的东西,空生了一副好皮囊。你若得宠,整个慕容家族便会得宠;你若失宠,千万鲜卑人在长安城中的荣华富贵也会化为乌有。一荣俱荣,一损俱损的道理你难道不懂?你还是不是慕容家的公主?"

清河泪花乱闪,不敢言语。

可足浑氏道:"不行,我得想个法子,除掉张子妹!"

清河急忙拉住可足浑氏的衣袖,泪珠儿簌簌落下,道:"母亲切莫动怒,张子妹何罪之有,何必害她性命?孩儿知错,好好争宠就是。"

可足浑氏冷笑道:"你能争过她?她流落晋国三年,失德失贞,天王依旧不离不弃,可见那贱人的媚术了得,岂是你能超越的!此事让我好好谋划一番再说。"

清河知道母亲一向强势,劝亦无用,垂着泪,幽幽地叹道:"向来缘浅,何必情真?宠我,我幸;弃我,我命。随性、随喜、随遇而安,一切老天自有安排。"

天王回到东堂书房,将爱弟奏书摊开书案细读:

"臣闻东胡在燕,历数弥久,逮于石乱,遂据华夏。跨有六州,南面称帝。陛下爰命六师,大举征讨,劳卒频年,勤而后获,本非慕义怀德归化。而今父子兄弟列官满朝,执权履职,势倾劳旧,陛下亲而幸之。臣以为猛兽不可养,狼子野心。往年星异,灾起于燕,愿少留意,以思天戒。臣据可言之地,不容默已。《诗》曰:'兄弟急难,朋友好合。'昔刘向以肺腑之亲,尚能极言,况于臣乎!"

"博休这是在替劳旧鸣不平吗?"天王想,"又以刘向进谏汉成帝之典故,借喻朕宠幸段元妃、清河姐弟,才重用慕容氏列官满朝吗?"天王禁不住对着奏书笑了,自言自语道:"朕有那么昏庸吗?博休还是太年轻了,德行资历都需好好磨炼,如今身处高位,责任重大,有忧患意识自然是好事,但疑忌他人,非君子之道。只要严格要求自己,尽职守土,修炼德行,何惧外患呢?"想到此处,提笔回信,写道:

"汝德未充而怀是非,立善未称而名过其实。《诗》云:'德輶如毛,民鲜克举之。'君子处高,戒惧倾败,可不务乎!今四海事旷,兆庶未宁,黎元应抚,夷狄应和。方将混六合以一家,同有形于赤子。汝其息之勿怀耿介。夫天道助顺,修德则禳灾。苟求诸己,何惧外患焉?

"另有,遣使问安母后,一日三次,孝心可嘉,却太过频繁,一月一次即可。"

天王本想就亲而幸之再回复,但又想,自己的确近年来宠幸段元妃和清河姐弟,不过自从子姝回来后,已收敛许多。何况我为兄,他为弟,我为君,他为臣,有必要将此事正式回复吗?

还是算了。

回完奏书,伸伸懒腰,突觉腹内空空,想吃黎夫人蒸的桂花蜂蜜凉糕。突然想起,今日正是黎夫人的生辰,差点忘了,忙命移驾黎夫人住的贤鲜宫。远远就闻到油泼辣子的香味,天王禁不住咽了两下口水,大声道:"莫非夫人知道朕要来,做了朕爱吃的油泼面?"

夫人闻知圣驾降临,忙和子姝还有两位小公主出来迎驾。

天王高兴地将小公主左右揽住,各亲一口,笑呵呵地抱着走进宫门。

果然膳桌上摆着几盘小菜和一碗油泼面。

天王不管三七二十一,放下小公主,直奔到桌前,端起一碗闷头吃完才问道:

"还有没有了？是给朕准备的吗？"

一直站在身边看着父亲大快朵颐的锦儿小公主脆脆地道："父皇吃了黎娘娘的长寿面。"

四岁的小宝公主看姐姐说，也奶声奶气随道："羞羞羞，父皇偷吃黎娘娘的面面。"

天王听宝贝们一嚷嚷，看伺候在左边的子姝既心疼又无奈地看着自己，有点不好意思。扭头拉着伺候在右侧的黎夫人坐下，道："夫人辛苦，朕政事繁忙，实在抽不出身早点过来给夫人祝寿。"

满脸福相的黎夫人憨笑道："陛下辛劳，张夫人已经安排后宫在晌午给臣妾办过寿宴了，晚上孩子们吵着要吃长寿面，才在小膳房下厨做了几个家常小菜。"

天王赞许地看了一眼子姝，看来让她协理后宫是对的。

天王问道："皇后呢？"

黎夫人回道："皇后娘娘午宴后回宫歇息了。"

天王点头道："子姝可替朕给黎夫人准备寿礼了？"

子姝笑着点头。黎夫人道："谢陛下懂得臣妾心思，特别赏赐的《周礼》中摘录的烹饪食谱。"

天王笑道："喜欢就好。"

子姝补充道："其他都是按宫中规矩置办齐全的。"

天王笑着道："好，还有何好吃的只管上来，朕饿得慌。"

黎夫人憨笑着站起来，道："臣妾一大早就准备好了。"

片刻，黎夫人满脸喜气地端了一盘桂花蜂蜜凉糕。天王哈哈大笑道："好好好，就想吃这个呢！这才有家的感觉。"挑了块大的，边吃边将其他分给两个小公主和两位夫人。

两位夫人，一个伺候周全，一个善解人意；两个小公主，一个聪颖秀丽，一个机灵淘气。几盘小菜，几碗美食。纵横四海的天王百忙之中难得拥有这温情素朴的一刻，突然觉得过这种百姓的平常日子甚为舒心。黎夫人又奉上自酿的桂花酒，天王命不必拘礼，随意坐了，边饮边聊，听锦儿用脆生生的童音有板有眼地背诵《诗经》中的"如月之恒，如日之升，如南山之寿，不骞不崩，如松柏之茂，无不尔或承"……

天王看着小公主娇小可人的认真模样，禁不住父爱爆发，说要重赏。小宝儿看姐姐得到父皇夸赞，也连忙说宝儿也会背诵《诗经》，说完手舞足蹈地背诵起："硕鼠硕鼠，无食我黍。三岁贯汝，莫我肯顾。逝将去汝，适彼乐土。"听得天王更是乐得合不拢嘴，笑意融融道："两个小公主都要赏赐，将东海献上的龙珠挑两颗最大的，让宫匠雕琢一番，赐给两个小公主玩耍。"

锦儿却道："孩儿不要东珠，孩儿想要父皇腰中的软剑，练得一身好武艺。"

天王爽笑道："未料到我家锦儿生得柔弱清丽，却有冲天豪气。好好好，只是父皇腰中软剑长三尺八寸，你个小孩子家如何把握？父皇命人给你打造一把一模一样，一尺八寸的如何？"

锦儿咯咯地笑着跪地磕头道："父皇一言，驷马难追！"

宝儿也抱着父皇的胳膊要宝剑，天王将她抱在膝上，道："你还小，等长到姐姐这么大，父皇亦赐你一把。"宝儿却不依，在父皇怀里撒娇耍赖就要宝剑。

天王拗不过，怜爱地亲着宝贝粉嘟嘟的小脸蛋，道："好好好，给宝儿也打造一把鱼肠软剑，八寸可好？"宝儿这才欢喜起来，溜下父皇的膝盖，像模像样地叩头谢恩。

子姝怕孩子们累着了天王，劝了两个小公主由奶娘陪着去宫苑玩耍。天王意犹未尽地看着两位夫人道："孩子们熟背《诗经》，她们的娘亲岂能没有节目献上？"

黎夫人讷讷笑道："臣妾给陛下再去熬碗十全大补人参汤。"

天王笑着点头道："有劳夫人。"黎夫人趁机退下。

天王将目光投向子姝，道："翩翩今日装扮甚为特别，短鬓角，窄袖衫，腰束绸带，长裙未曾拖地，罗衣未曾过膝，看着倒是利落精神。"

子姝莞尔一笑，道："谢陛下夸奖，臣妾愿为陛下献《明君舞》饮酒助兴。"

天王笑道："良辰美景，美酒美人，歌之舞之，不亦乐乎！将朕的玉笛取来，朕要为张夫人伴奏。"

伴着苻郎的悠悠笛声，翩翩摘掉玉簪，将云鬓轻巧地散下，长发及腰，随意用根水蓝绸缎束起，曼纱轻舒，纤腰慢扭，宛如淡梅初绽，未见奢华却见恬静。未施粉黛，清丽胜仙，有一份天然去雕饰的自然清新。尤其是眉间唇畔的气韵，雅致温婉，观之亲切，明眸流转处送来似水秋波，玉笛高亢处舞出一地刚强。那摇曳在苻郎眼中的曼妙舞姿，是天地间最浓烈的一抹艳红和温柔。

笛声落处，曼纱收回。二人相对一笑，却无言无声。

黎夫人送上炖好的十全大补人参汤，又给子姝和自己每人盛了一碗金丝燕窝粥，三人坐了。子姝边喝边道："陛下觉得臣妾这身短打扮比拖地长裙如何？"

天王道："拖地长裙华美些，短打扮精干些。"

黎夫人笑道:"短打扮省布料些。"

天王赞道:"黎夫人一语道破天机!子姝如此装扮,不就是想提醒朕要弃奢华而勤俭治国吗?"

子姝点头笑了,道:"什么都瞒不过陛下的火眼金睛。"

黎夫人一脸茫然道:"臣妾愚钝,张夫人可是什么都没有说的。"

天王哈哈笑道:"此时无声胜有声!"

黎夫人更是茫然。

子姝低眉垂眸,微笑道:"时辰不早,臣妾告退。"

天王本想一同前往翩跹宫,但既然是黎夫人的生日,就不能破了规矩,只好当夜留宿贤鲜宫。

第四十三章　浑氏设计害子姝　揽月碧波沉清河

可足浑氏知道自己女儿本性如她哥哥慕容暐一样孱弱，不会依计而行，便哄骗清河，说春色正好，牡丹正浓，邀张夫人一同前去御花园的沉香亭赏牡丹。可足浑氏装模作样拉着女儿的手道："母亲知道你一向淡泊孤傲，不喜与人交往，可自从张夫人回宫，你一直未去拜见，于礼数不合。母亲想，如今后宫就你二人受宠，与其除掉张子姝，不如示好结盟，一来讨陛下欢喜，二来可以抗衡苟皇后和太后。皇后虽然愚笨，可她姑母苟太后却非等闲之辈。"

清河听母后言之有理，便懒懒地应了，道："只是不知道张夫人会不会赴约。"

可足浑氏笑道："放心吧，心肝宝贝，母亲都打听算计好了。清明刚过，正是父母双亡的张子姝内心悲伤思亲之际，只要你稍加软言相慰，她定会与你交好。你只管差人去请，赏花时母亲会陪你一同前往。"

清河点头道："谢母亲为孩儿打算，只要不存害人之心，孩儿愿意向张夫人示好。"

可足浑氏满意地点点头，道："这才是我的乖女儿！"

御花园春意盎然，这几年天王为树立大国形象，大兴土木，命人将御花园重新设计翻造一番，除了供天王后妃休息、游赏，还增加了祭祀、颐养、藏书、读书等新处所。

如今的御花园面积虽未扩展，但在原来的基础上更加细化，精致华美。主要建筑布局亦增加不少，对称而不呆板，舒展而不零散。无论是依墙而建还是亭台独立，均玲珑别致，疏密合度。其中以原来的凝碧亭和新建的沉香亭最具特色。两对亭子东西对称，凝碧和沉香横跨于揽月湖之上，各有千秋。凝碧亭依然保持原有秦国的古朴厚重，而新建的沉香亭却融入更多前燕建筑造型的纤巧秀丽，为御花园增色不少。远观御花园波光粼粼,水天一色,湖光倒影,美不胜收。园中还有从蓝田山中采来的各色奇石,从夜郎的深山老林之中移植而来的古柏藤萝,皆百年之物,散植各处,与山石湖水融为一体,显得根基厚重,喻示社稷绵长。园中无论大道还是小径,皆由黑曜石、五彩雨花石铺成,并拼成各种花卉草木、典故人物、戏剧场景,低调奢华,古朴别致,沿路观赏,妙趣无穷。

果然不出可足浑氏所料,子姝只带随身宫女柔桑应邀前来沉香亭赏牡丹。此时牡丹还属珍稀花品,天下唯有前燕邺宫御苑独独一棵花树。清河侍奉天王后,常常提起,天王便命人春天从邺宫御苑不远千里、万分小心地移植到建了沉香亭的湖心岛上。移植过来后,枝叶尽落,清河叹息以为牡丹薄命,经不住秦国黄土地的厚重香消玉殒。没想到,今年初春,枯枝上竟冒出嫩芽来,未及清明即抽枝散叶,绿叶簇拥。过了谷雨,枝头竟然顶出几个鼓鼓的花苞来。伴着徐徐春风,鼓鼓的花苞慢慢长大,饱满、丰盈。立夏那日,几朵花苞约好似的,同时绽放开出了重重叠叠、雍容华贵的牡丹花来。

沉香亭里可足浑氏早已命宫女们铺了鹿绒厚毯,摆好刚熟的黄杏、鲜桃、青梅等时令水果,配上槐蜜镂食、绿豆凉糕、香油馃子、蓼花酥糖等一堆点心,又在镏金铜炉上温了一壶杨梅清酒,母女二人邀张夫人坐于凉亭,赏花共饮。

子姝知道清河身后慕容家族对天王的重要性,也知道清河一向孤芳自赏,不惹是非,自然以诚相待,应酬得体。先敬可足浑氏,然后三人你敬我一杯,我敬你一盏,推杯问盏中便少了隔膜,渐渐亲近起来。

可足浑氏笑着道:"张夫人才貌双全,难怪陛下情有独钟。清河愚笨,还望夫人多多调教才是。"

子姝侧身道了个万福,回道:"夫人言过,清河出身高贵,有夫人帮扶,子姝岂敢造次。"

清河道:"姐姐莫要怪罪清河无礼,这么久了才拜请姐姐。"

子姝道:"自家姐妹,何必见外。你我共侍天王,同心同德为君分忧才是。"

清河道:"姐姐教训的是,若妹妹有不妥之处,还望姐姐指点。"

子姝道:"妹妹过谦了,互相提醒才是。"

二人又闲聊一会儿。可足浑氏道:"没想到这杨梅清酒饮着酸甜绵柔,后劲竟这般大。不如我们起来在岛上走走,赏花散步,吹风醒酒如何?"

子姝和清河点头同声道:"遵命。"宫女们赶紧上前一步扶起各自的主子,走出沉香亭。可足浑氏对身边宫女道:"你们远远跟着就是,别扰了我们娘儿仨赏花兴致。"

盛开的牡丹伴着春风，散发着悠长的清香，湖水里倒映着三位美妇人的影子。突然，可足浑氏扶着头道："哎哟，怎么这么晕？"

紧跟身后的子姝和清河赶紧上前一步左右扶稳她，可足浑氏却趁机身子朝湖水里一歪，将左边急着扶她的子姝撞了一个趔趄，掉进了湖里。右边的清河伸手去拉，不但没拉住，反而也失去重心，扑进了湖里。

可足浑氏没想到剧情逆转，尖叫着喊道："快快救人，清河落水了，清河落水了！"

远远跟随的宫女太监看到顿时慌了神，有跑去划船的，有喊着谁会游泳的，有惊呆傻站的，乱成一团。

柔桑看到沉香亭有刚才盛点心用的五层食盒，飞奔过去，提起来用腰带绑了扔给正在水中挣扎的子姝。看腰带太短，离子姝尚远，就不管不顾地将裤子衣衫脱下来，接在一起，再扔出去。还好子姝一把抓住，被宫女太监连拉带拖，救了上来。再看跳进湖里的两个太监正浮出水来换气，清河公主却没了踪影。

可足浑氏瘫坐在湖边，哭天喊地，喊着清河的名字，痛不欲生。

已经有人飞速禀报天王。天王命几个水性极好的侍卫潜入湖中，翻来覆去，将揽月池的水都搅浑了，折腾三天，依然没有找到清河公主的踪影。

好吧，就当是一场意外。揽月池直通渭水，渭水流入黄河，黄河汇入东海。沉鱼落雁的清河公主生前曾叹"乱世桃花逐流水"，一语成谶，如今真的随揽月池的一湖碧水，不知漂向何处。

子姝虽说逃过一劫，总觉得哪里不太对劲，可又无凭无据。怕天王添烦忧，妥善打理好清河后事，对可足浑氏不动声色，暗暗防备警惕起来。

清河香魂艳骨突然随波而去，天王心中疑团丛生，命京兆尹慕容垂负责调查其因。慕容垂一一查问当天在场宫女太监，心里渐渐明白缘由，知道是可足浑氏设局想置张子姝于死地，谁知人算不如天算，冥冥之中，竟让清河做了冤魂。怎么办？如果趁此除掉可足浑氏，为含冤死去的烈妻大段王妃报仇雪恨，易如反掌。但若少了可足浑氏搅局，慕容垂岂能有今日的荣宠？小不忍则乱大谋，慕容垂决定以酒后失足落水而亡报于天王，相信留下可足浑氏，以后定能派上大用场。拿定主意，慕容垂给几个太监宫女稍加暗示，他们便众口一词，咬定清河是为拉住落水的张夫人，没站稳，自己落入水中。

可足浑氏偷鸡不成反蚀把米，实在不甘心就这样白白让清河送了性命，反咬一口,说清河是被张子姝拉入湖中的,是张子姝争宠要害清河,号着、哭着、喊着请天王做主。但明显太过牵强,经不起推敲,慕容垂暗示就此打住,不可再做纠缠,否则会弄巧成拙,露出破绽。

可足浑氏心里亮如明镜,当然不想败露其险恶用心,想着来日方长,总有替清河、凤皇讨回公道的时候。只好天天在清河宫抱着清河的衣物,唱戏般哭诉着清河的种种美好,又感叹自己命运的种种凄凉。天王听到亦觉悲伤,降旨尊苟太后为秦国母后皇太后,可足浑氏为秦国太夫人,居于清河宫颐养天年。

虽然为害张子姝搭上了清河公主正值青春好年华的性命,但可足浑氏却得来了秦国太夫人的尊荣,如今亦能堂而皇之地出入后廷,还可利用后宫之便,将打听到的一些机密暗暗传给自己的儿子慕容暐,瞬间觉得值了。她心中暗暗得意起来,开始动起再次除掉张子姝、为清河报仇的心思来!

第四十四章　李威驻冀州辞世
　　　　　　　　天王梦鱼羊食人

　　天王突然降旨尊苟太后为母后皇太后,是有原因的。博休从冀州飞马来报,李威卒。

　　是的,自从父亲突然辞世后,一直庇护、关照、辅佐自己的假父李威昨天夜里驾鹤西行了。

　　消息来得太过突然,天王一时还缓不过神来,好好一个刚过耳顺之年,坐如钟、行如风的太尉怎么说走就走了呢?虽说天王不想他和母后的私情成为民间茶余饭后谈论的笑柄,但也并不想他就这样匆忙谢世!这个博休,也不说什么原因,让自己如何向母后交代?苟太后自从太尉赴邺后,一直郁郁寡欢,倘若将这个消息唐突告知,岂不是晴天霹雳?但若是瞒着,又能隐瞒多久?

　　天王有点纠结。

　　昨夜,苟太后做了一个梦,梦中伯龙从一条浊浪翻滚的河里蹚水而来,手里捧着一只扇动着透明翅膀的凤尾蝴蝶,远远喊道:"凌儿,凌儿,快来拉我一把!"苟太后努力想向日夜思念的人儿奔去,双腿却似被水草绊住,动弹不得。想喊也喊不出声,眼睁睁地看着伯龙被浊浪吞噬,打湿翅膀的蝴蝶绝望地在惊涛骇浪中挣扎……

　　"伯龙,伯龙!"太后拼尽全力嘶喊着从梦中惊醒,香汗湿衫。伺候在侧的青泉已经挑亮了百花灯,替太后轻轻擦去冷汗。太后定定神,竟然真的看到一只翕动着双翼的长尾凤蝶停在雕花的紫檀木窗棂上。想起近来也没有收到博休问安信笺,不知伯龙可安好?方才噩梦,浊浪滔天,河水看着阴森冰凉,伯龙没入水中,不知是否受了风寒。各种乱想猜测,直到天亮,才昏昏睡去。日上三竿,又从噩梦中惊醒,做了什么梦却怎么也想不起来。

　　青泉带几个宫女伺候太后洗漱完毕,捧上几套绫罗华裳让太后挑选。太后看了看竟然鬼使神差地让青泉找出当年伯龙最喜欢的那件绣了黄蕊白花水仙的烟青色窄衫和由烟青渐变成葱绿翠绿墨绿的秦缎百褶长裙来，对着铜镜穿上。

铜镜里，窄衫上精绣的凌波水仙依然一尘不染，挺拔洁艳，只是再次穿上这套裙衫的苟太后，已经草木零落，美人迟暮了。苟太后对着镜子仔细整理好衣衫裙裳，对自己苦笑着念道："不知明镜里，何时得秋霜。"

正要命青泉找来梁夫人说话，却有太监手捧圣旨满目喜色地弯腰进来，请皇太后赏赐。

"原来坚儿尊我为母后皇太后了。"苟太后一点都不惊喜，甚至心里还有点犯疑，"何必多此一举，莫非有什么事情瞒着我不成？"

苟太后见多识广，不动声色地端起青泉奉上的清茶，微笑着重赏了送信的太监。命青泉前往太极殿传话，请天王退朝后务必来懿寿宫一趟。

等得天都黑了，还不见天王人影。派人去催，复命说天王在太极殿忙朝政，又去东堂召见几个要臣商议国事了，忙完即刻就来。

苟太后越等越急，越急越乱想，从昨夜开始乱跳的右眼皮，跳得更厉害了。停栖在窗棂上的凤尾蝴蝶一动不动，它在等什么？莫非是伯龙让它捎来什么口信？太后自己也奇怪，为何今日脑子里全是伯龙的影子，莫非伯龙出事了？可是老当益壮的伯龙会出什么事呢？又没有带兵打仗，也没有听说有病有灾，天王每月都派人从长安送去一些稀奇玩意儿孝敬。莫非坠马了？伯龙一向喜欢骑马。要么就是不小心摔跤骨折了？太后被自己的想法吓了一跳，赶紧换了一身绣满牡丹花开、百鸟朝凤的喜气华服，想辟辟邪。刚收拾停当，便看到皇儿脚步沉重地迈进宫门，太后心头一紧，针扎似的疼了起来。

天王默然扶着迎上来的母亲回到正堂坐好，双膝跪地，低头艰难地吐出几个字："假父谢世了。"

太后觉得心口疼得厉害，按着胸口问道："何故？"

天王伏在母亲膝上，默默流泪，摇头不语。

太后长叹一声，轻轻扶起天王，道："地上冰冷，小心侵了寒气。"

天王强忍着悲痛，拉着母亲冰凉的手，道："逝者已去，母后节哀保重。"

太后并未流泪，苦笑道："母后能撑得住，只是皇儿以后怕是要更辛苦些了。"

天王点头道："多年来，假父与我亲如父子，守护辅佐之情，孩儿铭记在心。孩儿拟昭告天下，举国哀悼，赐其谥号建宁烈公，厚葬之，以示恩宠。不知母后意下如何？"

太后凄凉一笑，淡然道："人已逝去，恩怨荣辱亦随风飘散。大操大办只不过是给世人个交代，自求心安罢了。皇儿看着办吧。"

天王含泪道："假父走得仓促，孩儿内心很是悲痛，知道母后心中亦苦，不妨痛哭一场，免得困在心里，捂出病来。"

太后看着皇儿黯然的眼神，摇头道："母后倒是想伏在爱的人肩上痛哭一场，可没了爱的人，何处才能痛哭呢？"

天王突然觉得，一直以来在自己心中无所畏惧，无所不能的母后，此刻如一个找不到归路的孩子，无助而孱弱。他忍不住伸出坚实的双臂，将母后揽入臂弯。苟太后假装的坚强瞬间崩溃，伏在儿子厚实的肩上，痛哭起来……

天王命王猛前往冀州，协助苻融料理李威后事，并调查其死因。王猛本来就有疾在身，加上痛失挚友，前后半月，自己亦累倒在回长安的路上。硬撑着回到长安，带回一方绢帕，上面写着"岁月静好，遥遥守望"的字迹，说是太尉死时书案上刚写完的，博休让带回长安，呈给天王。

天王看绢帕知道是母后随身之物，默然收了。

王猛病体实难支撑，请求恩准自己回家静养。天王准了，说有要事会差人登门商议。又命汪太医带了徒弟大黄前往王府给景略治疗调理。

天王想："景略方才说假父于书房夜读，突然气短胸闷，心痛如绞，唇色发青，不到半个时辰，双目俱裂，七窍流血而亡。与博休审了左右伺候的婢女和随从，还查了茶饭饮食，未发现任何异常。医官验尸，亦未发现中毒或者被异物所伤痕迹，说极有可能是中风致死。如此还好，朕真怕他是被奸人谋害。"想着掏出袖中的绢帕，看了看，投入镂花赤镏金熏香炉中，心想："也罢，从此母后终于可以断了念想。"

熏香炉中，突然蹿出一簇艳媚的火苗，鬼魅般舞动，瞬间化为几缕青烟，飘飘袅袅，久久不散……

清河落水，假父辞世，景略染病。天王甚是烦闷，问被任命为尚书随侍左右的慕容晖："一月之内，朕痛失清河、卫将军，可是古人所谓的福无双至、祸不单行吗？"

慕容晖摇头道："天有不测风云，人有旦夕祸福。失之东隅收之桑榆，陛下节哀，保重龙体才是。"

天王摇头道："怕是朕治理天下，有失德之处。朕考虑近些年，奢靡之风过盛，官宦子弟不思进取，沉迷享乐安逸，百姓亦安于现状，懒于农耕，于国于民皆为不利。"

慕容晖拱手道："秦因陛下勤政圣明，国泰民安，何来失德之说？奢靡说明经济繁荣,安逸享乐说明天下太平,陛下何必自扰之?"

天王道:"人无远虑必有近忧,莫非要大敌压境,才自省不成?"戳到痛处,慕容暐退缩一旁,黯然无言。

天王在光明殿提起御笔,亲下诏书:

"秦国上至天子,下至平民,需节省谷帛之费。后宫费用减去两成,百僚之秩,依次降之。官吏当恪尽职守,廉洁公正。百姓当遵纪守法,勤于农桑。"

接着又继续批阅奏折,不知不觉,接近三更。赵整一再婉转提醒,才搁下朱笔,在龙榻上伸展开腰身。迷糊着正要睡去,突然听到殿外有人大呼:"甲申乙酉,鱼羊食人!"天王还以为做梦,从龙榻上鱼跃而起,真真切切听到"甲申乙酉,鱼羊食人!"提了挂在龙帐旁的宝剑,循声寻去,不见人影,只听到越来越远的"甲申乙酉,鱼羊食人,悲哉,无复遗!"

天王大怒,问带御前侍卫将自己团团围住护驾的慕容垂:"何方妖孽,敢来皇宫作乱?"

慕容垂跪地恐慌道:"天王勿惊,臣已经派人去追了,明早定能查个水落石出!"

天王拂袖回殿,睡意全无,命点亮宫灯,继续批阅奏折。

次日早朝,秘书监朱彤出列奏道:"臣闻昨夜光明殿有神人大呼'甲申乙酉,鱼羊食人,悲哉,无复遗!'说明是天神下界,为了保护大秦社稷,警示陛下,要尽快诛杀驱除鲜卑慕容氏,以免秦人被全部吃掉的劫难。臣恳请陛下奉神命为之!"

天王端坐龙椅之上,不动声色。

侍立一边的赵整也跪地道:"微臣亦认同秘书监所奏,恳请陛下三思而为之。"

天王看了看两个平日里勤政谨慎、尽忠尽职,深拜不起的良臣,抬手道:"两位爱卿平身。"然后将目光投向殿下的慕容垂。

慕容垂拱手奏道:"启禀陛下,臣已连夜查清,昨夜大呼光明殿之人姓孟名钦,洛阳人氏,来长安不过两日,自称有破门穿墙之术,能空中取物,还能化作旋风。"天王冷笑道:"原来是一个江湖术士,妖言惑众。召进宫来,朕倒要见识见识他还有何本事!"

慕容垂拱手应了,退回原位。

下朝后,天王私下命回长安探望母后的苻融将孟钦设法除去。

日落时分,孟钦一派仙风道骨,应诏飘然而至。苻融邀其共赴群僚端午节聚宴,孟钦也不推辞。酒酣之际,苻融使眼色给慕容垂,慕容垂会意,趁其不备,带了两个御前高手绕到其身后,准备悄悄执之,却见孟钦化为一阵旋风,盘旋着飞出宫去。没多久,有兵来报,孟钦在城东。苻融派人骑快马追,眼看触手可及,却见他突然飘到两丈之外。刚刚近身,又有天兵模样的草人挡在眼前。刚刚要打马向前,却凭空脚下横出一条谷涧,马儿无法向前。抬头追寻孟钦,却早已不知所踪……

不得已,苻融只好空手而归报于天王。天王正在看八百里加急快报,原来,蜀人张育、杨光起兵反秦。

第四十五章　张育造反乱蜀地　邓羌痴情恋月明

秦攻占益州,蜀人有的臣服,有的表示不满。不满的一种表现是消极抵抗或者言语不服;一种却不吭声,直接竖起一面杏黄大旗,自称为王,反秦!

张育、杨光属于后者。二人于建元九年(373)五月率众二万,与巴獠相应,反秦,并遣使向东晋求援。东晋益州刺史竺瑶、威远将军桓石虔率众两万,入据垫江为张育、杨光摇旗呐喊,助威造势。

张育一看,形势不错。有东晋做靠山,又有巴獠响应,反秦貌似胜券在握了。便给自己个蜀王的封号,遣使称藩于晋,得意起来。

没有成都,算什么蜀王?张育既然能蛊惑两万多众拥自己造反,也算有两把刷子,请来巴獠酋长张重、尹万商议,准备聚五万余人围攻成都。

酋长张重爽快答应。尹万却道:"倘若成都得手,归谁驻守?"

张育道:"当然作为王都,由我蜀王派兵驻守。"

尹万道:"此事尹万不能苟同。成都自古乃我巴獠福地,应还我巴獠!"

张育不应,二人不欢而散。张重觉得张育私心太重,不足为谋,亦怏怏归去。

还未围攻成都,因争权夺利,张育已经和巴獠酋长尹万举兵对峙起来。

战机正好,天王命镇军将军邓羌、杨安迅速出击。张育、杨光败退屯于绵竹。暗中加强防守紧闭城门,明着又派人出城求和,假装要降,准备拖延时间,等待晋兵相救。

久经沙场的邓大将军岂能被两人的小伎俩所迷惑,索性将计就计,派人陪他们玩着谈着,暗中和杨安兵分两路,自己带兵,轻轻松松将晋师杀于涪西。杨安杀巴獠之众于成都南,杨安威猛,一箭射中张重眉心,其当场坠马身亡。遂乘趁机率秦兵如进入西瓜地,不管大小,齐齐砍下,收得两万三千枚血淋淋的巴獠人头。

邓羌看杨安不用帮忙,从涪西杀了个回马枪,三下五除二,斩张育、杨光于绵竹。

益州平。东晋益州刺史竺瑶、威远将军桓石虔虽然在垫江击败宁州刺史姚苌,但无法扩大战果,只好退回巴东,蜀地又回到秦天王手中。

天王在东堂御书房单独召见邓羌。许久不见,邓羌因驻守边塞,以前的白皙俊秀荡然无存,不过桀骜不驯的气质依旧如初。

邓羌叩拜。

天王命平身并赐座道:"当年仲华遇汉世祖,得以垂名传世。如今将军又因遇到朕,得以建功立业,名扬四海。邓大将军是何等幸运!"

邓羌嘿嘿一笑,不羁道:"臣常常想是光武帝遇到仲华,而不单单是仲华遇到光武。"

天王听闻哈哈大笑,道:"将军言之有理,确非单单将军之幸运,亦是朕遇到贤良之才了。"又问邓羌要何赏赐。

没想到这位看起来已经成熟许多的邓大将军竟然初心不改,恳请见拓跋月明一面。

天王道:"她乃慕容暐之宠妃,私下会面,于礼数不合,亦遭人非议。过几日就是元旦,朕欲宴请王公大臣及其家眷,爱卿可于盛宴之中遥望一眼,以了心愿。"

邓羌虽不情愿,但又无奈,只得叩头谢恩。

转眼元旦。这日,未央宫宫灯如繁星般挂满长廊亭榭,彩绸绢花粉饰着御花园里寒冬中略显萧瑟的花草树木,满目锦绣。连未央宫里大大小小的神兽、石狮子脖子上都绾了喜气的红绸。

旭日吉时,天王携皇子及三公九卿,在庙堂献上牺牲玉帛,拜过天神、地祇、人鬼、祖宗,下诏宴饮御花园凤凰台。举行盛宴的凤凰台,基高六丈,纵三丈,深五丈,宽敞高大,可纳千人。外观敦实厚重,内饰奢华精巧,比宣明台更甚。倒影流泻在揽月池中,时而舒展,时而朦胧,流光溢彩,如梦如幻,恍若仙境。

天王一向率性,命众人不必拘礼,以家人之礼相待,尽情放歌,开怀痛饮,只管尽兴。

突然看到每次觐见自己总是伸直两腿,直呼"氐贼"的周虓坐在席间,不吃不喝,亦不言语。

天王笑着问道:"周虓,秦廷威仪严整,百官齐心,晋家的元旦集会与此相比如何?"

周虓伸直双腿,翻着白眼,看都不看天王,傲慢地回道:"戎狄集会,就如同犬羊挤在一起,怎能与天子之会相比!"

坐在席中的权翼听后忽地站起来,将端在手中的烈酒泼在了周虓脸上,道:"给脸不要脸,竟敢在如此隆重的宴会上冒犯天子,看爷爷不宰了你!"边说边准备将其提着衣领扔出去。

天王宽笑着摆手道:"酒后乱语,不必当真。"

周虓既不惊慌,亦不谢恩,依然翻着白眼,看着凤凰台的雕栏画柱,心想:"苻坚,快来杀我呀!如果此刻杀了我,既成全了我忠于晋室、不畏氐贼的千古芳名,也好让天下人看清你所谓的仁厚是多么的虚假和欺世!"

天王却想:"周虓啊周虓,你的伎俩难道朕还看不出来?你想激怒朕好成全你的忠义之名,朕偏不。你一身正气,满腹才华,正是朕所觅贤良,为何就不能辅佐朕共图天下霸业呢?给你说过多少次了,晋朝廷如今已经风雨飘摇,你又何苦如此固执如此愚忠呢?"

苻融举杯向皇兄敬酒,打断了天王的思绪。天王举杯低声道:"如此隆重宴会,朕着人请了母后两次,都推说身体欠安。母后最疼你,你去请,怎么亦未请来?"

苻融低声回道:"母后的确精神大不如以前,皇兄若是挂念,多去走动才是。"

天王饮了杯中酒,道:"是朕鲁莽,本想维护皇室颜面,未曾想却害了假父,伤了母后。"

苻融不知该说什么才好,双手举杯,将酒饮了,道:"皇兄保重龙体才是!"

天王又问:"王猛身体如何?派宫人请,回复说身懒体乏,喜欢清静,亦未赴宴,朕心甚忧啊!"

苻融道:"前日专程探望,略有好转,但仍需静养。御医说王大人因多年劳苦,久积成疾,气血大亏,需要些时日方能补回。"

天王点头道:"多年来,确是劳苦他了。你要虚心向学,好好磨砺,国之重担,还需有人承载。"

苻融拱手答是,回到席中,和众位王公大臣推杯换盏,热闹一番。

再看镇军将军邓羌,提着酒壶,席中乱窜,四处和众人喝酒猜拳,玩得甚是热烈,其实,眼睛四处寻找着难以释怀的月明公主。终于,在家眷席中,在众多珠光宝气、美若云霞的贵妇人中,邓大将军一眼就看到了心中的那轮明月。

一袭紫色的宫装,深邃的眼眸散发着幽怨的柔光,温润的唇瓣依然带着曾经的傲气,晕了胭脂,点了红唇。乌缎般的长发用紫玉簪绾起双云髻,一双春笋般的玉腕上戴着一对紫玉手镯,衬得肤白胜雪。宫装领子饰以粉紫貂绒,呵气欲飞,衬得那如明月般剔透皎洁的脸庞如紫丁香般散发着幽幽的暗香。月明与众位家眷坐于席中,也不应酬,低头自斟,举杯浅饮。

邓羌心扑通扑通加速跳了起来,仗着酒劲,一手提着酒壶,一手举酒杯,大步走了过去,道:"镇军将军敬拓跋夫人一杯!"说完自己先仰头干了。

月明并未抬头,依然自斟自饮。邓羌又给自己斟满一杯,道:"本将军敬夫人一杯。"说完又仰头喝了。

月明依然未应。

邓羌有点尴尬,但又不甘心,斟满酒杯,道:"邓羌敬月明公主一杯!"

这时,月明终于抬头,明眸含泪,举杯回道:"月明谢公子美意!"

月明明眸中闪动的泪光,又一次刺伤邓大将军那颗柔软多情的心……

宴会上邓大将军的美眷粉丝众多,趁机大胆举杯,争相向偶像敬酒,邓羌沉浸在溶溶月色中,来者不拒,豪爽尽饮,好想将那轮皎皎明月揽入怀中……

苻坚大帝

下册

曹育娟 著

陕西新华出版传媒集团
太白文艺出版社

第四十六章　亡国君变态虐妃　可足浑猥琐献媳

新兴郡侯王府，奴仆侍女们正在悄然无声、小心翼翼地伺候赴宴归来的侯爷慕容暐和夫人宽衣洗漱，却被慕容暐呵斥全部滚出去。奴仆侍女们赶紧低头屏住呼吸，轻轻闭紧雕着富贵如意连理枝的镂花撒金红木门，退出侯爷寝室。

慕容暐看拓跋夫人还坐在梳妆台前的铜镜前梳着那头瀑布似的乌发，不禁怒从心头起，抬手将寝帐上挂的八面玲珑五彩祈福水晶球拽下砸了过去，咬牙切齿地骂道："你个贱人，还不过来伺候我舒坦舒坦！"

月明放下手中镶着紫玉的玳瑁梳，默默地走过去，跪在寝榻前，捧过慕容暐的脚，逐个脚指头舔了起来……青丝遮住了月明的脸，慕容暐随着脚的舒坦，无名之火渐渐平息。

每晚只有享受着阵阵触电般的热浪传遍全身，慕容暐才觉得自己还曾做过大燕国的皇帝，那时，虽然经常看可足浑氏脸色，但毕竟自己还是名正言顺的皇帝。可如今，虽然苻坚以仁厚之心相待，让自己荣华不减，富贵依旧，可灭国之恨，迁户之辱，怎能就此咽下？

慕容暐想到这里，踢了月明一脚，道："你是没吃饱啊？使劲舔，伺候好了，自有你的好处，倘若让朕不舒坦，看如何折磨你！"

月明从地上爬起来，面无表情地又捧起那双让她已经不觉得恶心的脚，却被慕容暐甩开，骂道："死人啊，给朕笑一个！"

月明如风尘女子般露出四颗皓齿，没有一点内容地笑了。慕容暐这才满意地将双脚伸到那两片花瓣般温润的唇边，继续享受从脚指头传遍全身的，无比美妙的，触电般的麻酥和舒坦。

今日酒浓，慕容暐话比平时多了起来，道："朕知道，自从你父拓跋什翼犍送你与朕和亲，你打心底就瞧不起朕，嫌朕孱弱没有主见。如今更甚，朕成了亡国之君，内被燕民唾骂，外被秦人羞辱，成为天下笑柄。可谁愿当亡国之君？谁愿居人檐下？"说到此处，突然一阵呻吟，哎哟哎哟地叫道："快舔，快，快，受不了了。"接着两声恶狗穷途末路般的低吼，身体如触电般抽动痉挛起来，终于到了高潮……

是的，慕容暐本来就身子孱弱，邺宫临幸嫔妃，全靠春酒猛药勉强支撑。亡国之后，迁户长安，任凭如何补肾壮阳，都无法成功。每夜，他都是通过这种方式来给自己寻找内心的满足和平衡。而且必须是拓跋月明，府邸里再美艳再娇嫩再妩媚的夫人、侧妾，无论何种花样，何种招式，甚至用同样的方式，都不能让自己享受到那如醉如痴飘飘欲仙酣畅淋漓的一刻。只有这个傲气依旧的拓跋月明，才是自己目前最顺手最合心意的玩物。

高潮退去，慕容暐心情好了许多，摆手让月明爬上寝榻，用手指玩弄着月明的头发，缓缓道："你心里再瞧不上朕，还不是得顺从朕？"猛地扯住一缕乌发，将月明的脸拉到自己的眼前，狠狠地说道："你父倒是威武一世，可还不是被苻坚逼得北退阴山，最后好不容易返回云中郡盛乐，却被你那受拓跋斤挑拨的哥哥拓跋实君所杀，最后让苻坚不伤一兵一卒，捡了个大便宜！车裂了你哥哥和拓跋斤，不但落下个替天行道的美名，还白白得了你们塞北那片辽阔的草原和土地！"

拓跋月明强忍着疼痛，不做挣扎。慕容暐凑上酒气熏天的嘴，狠狠地咬了一口月明的双唇，道："你说，谁比谁能强到哪里？朕再不堪，还能苟活，可怜你的父也算是顶天立地的老英雄，一生为代国纵横驰骋，立国安民。最后呢，竟然死在自己亲生儿子手中，可悲可叹的是都没落个全尸！"

看着拓跋月明汹涌而出的泪珠，慕容暐满意地松开了手中的长发，将扯下的一缕秀发，揉成一团，狞笑着塞到嘴里嚼着，骂着，慢慢声音低去，鼾声漫起……

月明轻轻地抽出衣裙，给那个熟睡中还在喋喋不休的人盖上锦衾，侧身缩在榻角。头皮好痛，黑暗中，月明悄悄用手摸到黏黏的液体，看来又流血了。被折磨得流血，对于拓跋月明来说已经习以为常。虽然她的母亲只是拓跋什翼犍的偏妃，但因明事理，顾大局，备受父皇恩宠，生下的唯一小公主，被雄霸一方的父亲视为掌上明珠，百般娇纵，万般疼爱。那年可足浑氏派使臣求亲，要给燕帝迎娶貌美天下的月明公主。那时正好秦因天王新政，国力大增，又有秦卫将军李威的经济侵略，搞得代国如履薄冰。拓跋什翼犍亦希望通过和亲，与燕结为同盟，共同与秦抗衡。

十七岁的月明公主，就这样成了燕帝慕容暐的邺宫昭仪。

多年来，斗转星移，无论坐享富贵，还是深陷污泥，唯一支撑着月明从未屈服，从未自弃的,就是二十年前她潜入长安城中行刺未成,反被披上紫色大氅,送出长安,回到漠北的那个身姿魁伟的苻天王。那年宣明台射雕,青松般的侧影,精湛绝伦的箭法,盖世拔山的气魄,俘获了多少少女少妇的芳心!

心高气傲的月明公主便在其中!

我毕生心愿,就是和你,两人一马,踏着十里花香,迎着漠北细沙,追月摘星,放声高歌,轰轰烈烈爱一场!

百般蹂躏又能怎样?拓跋夫人的心还是当年那个月明公主的心,白玉一般洁净明艳,温润清傲。看那深陷污泥的莲藕,不是也会迎着春风化作小荷叶,浮出水面吗?那粉嫩的小荷尖不是也迎着细雨,迎着骄阳,盛开怒放吗?我是拓跋家族的女子,从小纵马驰骋,任凭大漠风沙、崇山峻岭,都阻挡不了我凝望你的目光和奔向你的马蹄!

想着想着,月明如多少个熬过的夜一样,睡着了……

她又梦见自己高大、威武、强悍的父亲,骑着那匹深棕色汗血宝马。天空是那么清朗透亮,云朵是那么洁白悠闲,马蹄欢快如风,路过正在采摘紫色金莲花的宝贝女儿身边时,如翱翔在天空的雄鹰一般,从马背上俯身一把将小月明揽起,抱在了胸前。她咯咯地在马背上笑着,踢着小脚,撒娇地喊着:"我的金莲花,月明的金莲花,好不容易才找到一朵紫色的!"父皇豪爽地笑道:"整个草原上的金莲花都是我们小月明的!在草原我们就是天!"

梦,是多么美好,多么希望长眠不醒!

次日,慕容暐在奴仆、婢女面前像换了个人,对自己的夫人疼爱有加,抚摸着鲜血凝固的头皮,表现得心疼不已,亲自给夫人敷上了府医配好的金伤膏,还命侍女熬了滋补气血的金丝燕窝粥。拓跋月明心里想,如此殷勤,必定没安什么好心。果然,等用完粥,慕容暐拉着夫人的手,道:"为我大燕复国大计,母亲命你进宫去,侍奉那个氐贼,好及时获知六州消息,掌握秦的一举一动。"

拓跋月明道:"草原上的谚语说得好,烈马怎么跳也毁不了鞍,骆驼怎么跑也上不了天。好汉不以暗箭伤人,好马不在鞴鞍时踢人。既然已经臣服于秦,秦天王又是明君,何不真心辅佐,安享太平?您难道没听说过这句草原上的谚语:癫狂的马容易失蹄子,慌张的人容易出乱子。"

拓跋月明话音刚落,就听啪的一声,一个恶狠狠的耳光扇了上来。慕容暐气得羊眼怒睁,抡圆了胳膊,准备再扇,想了想,从半空中颓然落下,抄起案桌上的金银玉器,乱砸一番,歇斯底里道:"母亲骂我孱弱,没胆识,没魄力,你却指桑骂槐,说我暗箭伤人,不是好汉!当初母亲在邺宫老骂我无君王之霸气,不配为君。好,现在不为人君了,又骂我甘居人下,不思复国大计!我也想安享太平,可如何才能安享?"边喊边坐在正椅上,如穷途末路的羔羊喘着粗气。

可足浑氏处心积虑想害张子妹,谁料张子妹冰雪聪明,早有防备,无处下手。可足浑氏又开始打起儿媳妇的主意,清河已死,段元妃又被冷落,若能让美艳识礼高贵大方的拓跋月明受宠于苻坚,对慕容家族百利而无一害!可惜人算不如天算,当可足浑氏将拓跋月明精心打扮一番,送到光明殿时,天王哈哈大笑道:"这不是慕容暐的拓跋夫人吗?朕岂能夺臣子之爱。朕可不想被天下人耻笑唾骂,往后万万不可再做这等荒唐之事!"

拓跋月明又一次被秦天王的圣明和磊落胸怀打动,虽然不能追随左右,但再次证明,心中所爱之人,果真是谦谦君子,如草原上升起的太阳,无私磊落地照耀着世间万物。月明愿意远远凝望,愿意默默欢喜,愿意静静守候……

第四十七章　傲雪梅病入膏肓　骄天子皇榜寻医

元旦宴会，众人在凤凰台喝酒猜拳尽欢之时，天王却因牵挂王猛，命黎夫人亲手做了王猛最爱吃的羊肉臊子面，带着子姝，披了金丝纹绲边黑貂大氅，出了未央宫，一路朝平阳王府走去。漫天飞舞的白雪如三月的梨花，冷艳晶莹，滑过子姝镶着火红绲边绣着金色蝴蝶的白狐大氅落在地上，路上已积了厚厚一层，踩上去吱吱作响。

王府落漆的朱门敞开，天王大步而入，看到景略穿着夫人亲手缝制的青色粗布棉袍，深褐色秦缎福寿团花夹袄，棉鞋棉袜，盘腿坐在已经干枯的葡萄架下，旁边炭火熊熊，案几上几个居家小菜，陶壶里暖着酒。

天王阔步向前，哈哈大笑道："景略啊景略，你这是在等候朕吗？"

王猛蜡黄的脸上挂着笑容，道："臣观天象，天王星南移，知道陛下要驾临寒舍，特备薄酒，候陛下来赏雪共饮。"

天王朗笑道："凤凰台山珍海味、美酒珍馐堆积如山，却比不过景略这里的几碟小菜诱人。来来来，先把黎夫人亲手擀的臊子面趁热给景略呈上。"

子姝莞尔一笑，将提在手中、藏在大氅里保温的食盒递给了随行的宫女，退到内室。

王猛浅尝一口面条，又喝了一口热汤，叹道："唉，今非昔比啊！"

天王道："莫非不合景略胃口？黎夫人专门用羊骨炖了百年的高丽参调制的浓汤呢！"

王猛苦笑道："倘若当年，臣一口气吃下十碗不在话下。如今饭量大减，解解馋尚可，若想回到以前的好胃口，却是不能了。"

天王突然眼酸，换话题玩笑道："大雪天的，爱卿庭院里暗香浮动，莫非金屋藏娇不成？"

王猛笑着摇头，抬手指道："陛下请看，臣的娇娇藏在墙角，而非金屋。"

天王回头看去，一树素心蜡梅，白雪压枝，枝干遒劲，姿态凛然，开得正好，彻骨幽香，沁人心脾。那白里透黄、黄里泛金的花瓣，琥珀似的闪亮剔透，一簇簇地挤在一起，朵朵花蕊静白，风骨俊傲，却都金钟吊挂，低头不语。

天王好风雅，为雪天蜡梅的冷艳所动，道："难得偷出片刻闲暇，与景略雪地煮酒闻香。不如卿与朕赋诗应景如何？"

王猛笑道："既然陛下有此雅兴，臣定当随之。"

天王命再加两盆炭火取暖，抓起一把雪放在红彤彤的炭火上，只听到嗞嗞嗞的声音，瞬间化作一缕白烟，飘散开去。

天王想："朕以红炉点雪，点拨你能领悟朕重用燕人的良苦用心，希望你能接受并改变你一直以来的抵抗情绪，你倒好，却以墙角那树素心蜡梅自喻。罢罢罢，既然对不上频道，不妨换个话题。"

天王提起陶壶笑道："御医说景略积劳成疾，肝脾俱损，需戒酒静养，看来朕只好自斟自饮了。"连饮两杯，假装恼怒道："浊酒味寡，堂堂群臣之首，难道就用这种米汤似的浊物招待他的天王不成？"说完，忍不住又斟满一杯，饮了，笑道："朕知道此乃王夫人亲酿专供景略饮用的黄桂米酒，还有没有？走时给朕提上两罐。"

王猛被天王的良苦用心感动了，笑道："臣遵旨。"

天王道："说好煮酒吟诗，景略先请。"

王猛浅饮一口，天王正要阻拦，王猛拱手道："天王亲临寒舍，让臣感动不已，浅饮无妨。"接着道："有道是全一人者德之轻，成天下者功之重，臣闻晋欲正月大赦天下，陛下切勿为臣病体分心，虽说近年来风调雨顺，但民之疾苦依旧要放在心上。"

天王道："《三国志》有言：行万里者，不中道而辍足；图四海者，匪怀细以害大。国之兴也，视民如赤子；其亡也，视民为草芥。明镜所以照形，古事所以知今。"说到动情处，拉着王猛枯瘦冰凉的手，道："卿如明镜，时刻帮朕理衣冠，正品行。爱卿定要快快康复起来才是，朕离不开你，大秦更需要你！"

王猛眼中泪花闪动，道："臣鞠躬尽瘁，死而后已！"

天王心中闪出一丝不祥，怕雪地湿寒，于王猛病体不宜，软言宽慰一番，命人搀扶着回房休息，才和子姝踏雪而去。

当夜，王猛被夫人伺候着服药躺下忽然觉得胸口堵得慌，侧身想吐。夫人慌忙捧上紫陶口盂,王猛干咳几声,觉得一股腥热从喉中汹涌而出,便昏厥过去。夫人看到口盂中尽是鲜血,惊叫哭喊道:"永儿、皮儿快来啊,你爹爹不好啦!"慌忙将王猛扶在怀里,颤抖着低声呼唤。

王永、王皮闻声从侧房奔来。王永秉承父性,遇事镇定从容,宽慰母亲几句,一面命四弟速进宫报于天王,另派人叫医者来诊治。

王皮虽然性格散漫顽劣,但此时看到多年来如铁塔般耸立天地之间的父亲突然如不堪重负的老黄牛一般轰然倒下,惊恐心痛不已,抹着眼泪撒腿向未央宫跑去。

这日早朝,天王心情极其沉重,对众臣道:"景略多年来忠心尽力,刚正肃清,谨守儒道,于国于朕,重若泰山。昨夜突然病重,朕忧心不已,虽然朕已派最好的御医诊治,却回报病情凶险。众卿若有妙手回春之良医良方,速速举荐,朕当重赏。"

秘书监朱彤出列道:"臣想民间或许有高人良医,请陛下下诏广贴皇榜,招纳良医出山。"

天王点头道:"准。速速拟旨照办。"

薛赞道:"丞相病危,臣亦心忧。臣闻西域有一僧涉,少为沙门,不食五谷,只饮甘露,虚静服气,日行五百里,高人也。恳请天王招至长安,他必有祛病良方。"

天王听到众臣都在献策,沉重的心情稍微好转,道:"八百里加急,速去寻找传诏。"

慕容暐诺诺道:"丞相乃文昌星下凡,专程来辅佐陛下完成统领四海之大业。如今突然病情加重,怕是犯了太岁,有此一劫。陛下不必太过忧心,挑个良辰吉日,命人祭过天地,王丞相自会避过此劫,后福永续!"

天王阴云密布的脸,终于柔和些,道:"爱卿言之有理,朕怎么没有想到呢!朕要亲自祭天祭地,祭宗庙社稷,为景略祈福,助景略度过此劫!"

慕容垂不满道:"若依尚书令所言,还不如大赦天下,为王丞相祈福更诚心些,为何要劳陛下亲往?"

慕容暐看自己的进言已经得到天王肯定,心里有了底气,挑衅地回道:"这么说京兆尹还有更好的法子不成?大赦天下就是你的法子?呵呵,也太过于蠢笨了吧!"

慕容垂正想反驳,天王道:"好了,天地要祭,囚犯中除过罪大恶极的,赦免也罢。只要景略能早点度过此劫,做什么朕都愿意!"

不出三日,果然寻得西域僧涉,一同而来的竟然还有天王命人寻找许久未果的索绊。原来索绊云游四海中与僧涉结缘,互慕率性洒脱,常有来往。秦境各地广贴皇榜,为王猛医病招高人良医,寻找僧涉。索绊正好下昆仑山准备前往波斯国游历,路过姑臧城看到,因当年协助张天锡伐李俨之叛时与王猛在抱罕城有一面之缘,敬重王猛风骨才智。皇榜说王猛为国为民,积劳成疾,危在旦夕,索绊甚为担忧,救人如救火,连夜飞鸽传书与崆峒山上静心修炼的僧涉,相约赶往长安。

僧涉望闻问切一番,所得结论与汪御医相差无几。眼看着人如晚秋碧树,树干嶙峋,枝叶即将落尽,痛惜不已,对王猛直言道:"施主元气大伤,血气亏尽,虚不胜补。若按常法医治,为时过晚。若信得过,贫僧倒有一法,可冒险一试。"

王猛卧于寝榻,黑黄的脸上没了往日的肃然,软塌塌地回道:"大师只管诊治,生死由命吧。"

僧涉道:"贫僧素来敬仰施主乐善好施,执法严明,文治武功,堪比孔明,且力禁老庄图谶,鬼怪邪说,如今为何如此悲观,论起天命来了?"

王猛喃喃回道:"大师有所不知,几日来,时常梦中吐血,精气神如霜打过,想起曾经的疾恶如仇,黑白分明,似乎前世所为。"

僧涉合掌道:"瞋是心中火,能烧功德林。欲行菩萨道,忍辱护真心。施主只有护得真心,方可为国为君继续效力,善始善终。"

王猛点头道:"动怒的确百害无一利,戒瞋戒躁,方可决胜千里。"

僧涉合掌道:"施主悟性极高,从今日起,饮食起居皆由贫僧料理安排。"

王猛点头道:"有劳大师。"

自此,僧涉请奏天王将王猛移居至自己曾闭关修炼过、坐落于终南山上的聚云寺中,不问尘事,确保心中清净。每日子时用苦瓜、老藤及几样配制的中草药,用紫砂锅化了素心蜡梅上的落雪,亲自烧火,煮紫米清粥,熬至鸡鸣,熄火焖半个时辰。寅时,只取紫米清粥浮在高处的汤油,盛在竹筒内,趁着温热,扶着王猛服下。薄晓时分,则同寺中的沙弥,将王猛抬于寺门外的接日台上,迎着冉冉升起的朝阳,采天地之灵气,集日月之精华,打坐静修,吐故纳新,培植元气。正午歇息,日昳再饮半竹筒紫米清汤,静室内打坐半个时辰。二人不谈国事,只打禅语。至亥时,前往山顶四季冒着热气、温度正好的温泉天池中,看着满天伸手可得的星辰,汤药泡身,之后入眠。

天王每日派人询问病情,并派权翼带了羽林侍卫山上山下严加守护,没有特赐腰牌,任何人不得上山进寺。

开始并未见效,反而使本来虚弱、消瘦的王猛更加消瘦虚弱起来。僧涉并不气馁,加了几味草药,继续熬粥汤疗。半月之后,王猛枯瘦黑黄的脸竟然有了点起色,亦不再便血。僧涉合掌跪在聚云寺的大雄宝殿中,默诵心经,感谢大慈大悲的佛祖保佑。

再过半月,王猛虽消瘦依旧,但竟然能在沙弥的搀扶下前往接日台打坐。

又过一月,王猛亦能在沙弥的搀扶下登到山顶天池沐浴观星。聚云寺每日都有消息送往未央宫。天王得知王猛病体日渐好转,心下甚慰,派钦差使者巡视四方,查官吏品行,访民间疾苦,慰问孤寡老人,顺便到黄河、华山、嵩山诸庙祈福,保佑王猛早日康复。自己也在万忙之中,抽时间御驾亲往城南天坛、城北地坛,甚至二月二龙抬头时,专程前往东郊社稷坛的宗庙中祭祀,为王猛祈祷,求福求寿。

王猛病情渐好!消息传出,有人发自内心地欢喜,感谢天地神明,也有人暗地咬牙切齿,恨其为何不早点去阎王殿报到,恨不得立刻扳倒这块又臭又硬的绊脚巨石!其中就包括当年被王猛唾弃不齿,打了三十军棍,赶出邺城的郝晷。按说三十军棍只伤皮肉,不动筋骨,可执法的兵勇恨郝晷平时盛气凌人,又常常对他们任意打骂羞辱,故执法时铆足劲,同样三十军棍,别人也就是个皮开肉绽,轮到郝晷,三十军棍,命是保住了,却被打断两条腿。郝晷捡回半条命,双手绑了草鞋,撑着残缺的身子,四处游荡,以测字算卦蒙些铜子,糊口混日。

一日凑巧,郝晷被慕容评在范阳郡的街上看到,命人收入府中,好酒好菜招待一番。慕容评道:"散骑侍郎落难如此,本王亦难辞其咎。虽说你曾叛燕,但若从今后一心听本王安排,莫说散骑侍郎,就是三公之位,亦可得之。"

郝晷何等伶俐,磕头道:"王爷圣明,当年微臣亦是被逼无奈,上了王猛的当。王爷只管吩咐,就是让郝晷上刀山,下火海,滚油锅,郝晷亦万死不辞!"

慕容评眯着三角眼满意地点头,赞道:"好,痛快,本王要的就是你这句话。"

慕容评命人毁了郝晷的相貌,好好供养起来,找了个机会偷偷送到长安,藏在可足浑氏以前住的府邸中。

这日,可足浑氏偷偷从清河宫潜回府邸,对郝晷道:"养兵千日用兵一时,如今需要你出马了。我得到确切消息,五月五日端午节,氐贼前往咸阳湖观看水兵营的赛龙舟。"

郝晷道:"要微臣去刺杀苻坚吗?"

可足浑氏摆手道:"苻坚防范甚密,不好下手。但终南山上的聚云寺却有一人,若能除去,犹如断了他的肩臂,于我等复国之计大有益处。"

郝晷问道:"一个破寺庙之中,能有什么重要人物?"

可足浑氏咬牙切齿地说道："就是那个率八万秦兵，破我三十万大军，如今日日蛊惑苻坚除掉我们族群的王阎王王猛！"

"王猛？"郝晷惊叫道，"他武艺超凡，智勇双全，我一人如何得手？"

可足浑氏冷笑道："谅他有天大的本事，此次也难逃过我精心布的局。"

然后对着郝晷耳语一番。

郝晷听后，阴冷地大笑道："还是您精明！倘若王猛能死在我郝晷手中，既报了断腿之仇，又可为国除害，不管是名垂千古还是遗臭万年，都算是值了。"

可足浑氏满意地点头道："安排伺候你的女人可都满意？"

郝晷道："漂亮是漂亮，就是有的床榻之上野了些，我这残体，招架不住。"

可足浑氏道："今夜我命人给你换两个清丽温顺些的雏来，随你折腾，见红图个吉利。"

郝晷自是欢喜，连连叩头谢恩。

第四十八章　僧涉僧医拒病魔　毒妇毒计害忠良

这日清晨,王猛刚打坐完收式,突然听到山下有吵闹声,让身边沙弥下去看看发生何事。

不一会儿,沙弥回报:"山门外来了一个失去双腿的叫花子,说有良方献与大人。侍卫要赶他走,他却吵嚷起来,非要见王大人。"

王猛笑道:"失去双腿,还能来到如此僻静之处,可见心诚,见见无妨。"

僧涉合掌道:"阿弥陀佛,善哉善哉。"

郝昬见到王猛,心中暗喜,不禁佩服起可足浑氏的神机妙算,伏地拜过,道:"小人始平郡人马史拜见大人。"

王猛道:"你这一身残疾因何而来?"

郝昬又拜道:"当年大人上任治理始平郡时,曾鞭杀符泅,不知可曾记得?"

王猛点头道:"符泅横行霸道,放火烧街,害了几条人命,伤了一街百姓,被本王一怒之下在郡衙内鞭杀示众,如何能忘。"

郝昬流泪道:"大人为官一方,造福百姓,小人正是那次大火中为避火灾,从阁楼上跳下,摔断了双腿……"说着号哭起来。

王猛因山中静养,许久未见外人,精神也在慢慢恢复,话便多了起来,道:"保得性命,也算福分。听说你有治病良方?"

郝昬收起眼泪叩头道:"小人感念大人鞭杀符泅,为民除害,无以回报。近得知大人染病在身,专程从始平而来,献上祖传专治气血亏损的良方,希望能对大人康复有益。"说完从怀里窸窸窣窣摸出一团东西,小心翼翼打开,原来是一片脏兮兮的羊皮里包裹着一方泛黄的麻布手巾。

侍候在旁的沙弥将手巾呈给王猛看。王猛直接给了僧涉,回头问道:"马史,你

263

那块羊皮可否让我一看?"

郝晷心扑通扑通快速跳了起来,定定神,将羊皮呈上。

僧涉看过方子,点头道:"方子倒是良方,只是此刻施主虚不胜补,能用否,先派人送往未央宫,请御医们商讨后再做定夺。"

王猛也不知道听见没听见,胡乱地点头应了,接过羊皮,眯眼细观,片刻开心笑了起来。僧涉问道:"施主为何如此欢喜?"

王猛并未回复,继续问道:"马史,你这块羊皮又是从何而来?"

郝晷按编好的内容回道:"羊皮包着秘方,从祖上传下,一直装在陶罐中。小人来时才从家院中的酥梨树下挖出,看其过脏,怕污了大人,本想换成锦缎,但又怕失了秘方灵气。也因家贫,一时手紧,便直接呈给大人。若有冒犯,还望大人恕罪!"

王猛笑道:"此羊皮虽然脏旧,但确实附有灵气!你先下去歇息,我会吩咐专人伺候你食宿。"

郝晷惴惴不安地退下。

王猛将羊皮递给身边的僧涉,道:"大师可识得此物?"

僧涉细观后,摇头道:"莫非是张机械图纸?"

王猛点头笑道:"大师可知汉末有个人叫马钧,字德衡,始平郡人,是较负盛名的机械发明家。"

僧涉道:"马钧年幼时家境贫寒,自己又有口吃的毛病,故不善言谈却精于巧思,后在魏国担任给事中的官职。指南车制成后,他又奉诏制成了被称为'水转百戏'的木偶百戏。自己又改造了织绫机,使其提高工效四五倍。还改良了用于农业灌溉的工具龙骨水车。据说,马钧还改制了诸葛连弩,传说改制过的诸葛连弩,比原来的威力至少增加了五倍!"说到此处,叹息一声道:"只是失传已久了。"

王猛大笑,道:"非也,如今就在大师手中。"

僧涉大吃一惊,捧起手中的羊皮细看,还是不得其解。道:"施主是否挂念国事,看花眼了?"

王猛摇摇头,肯定地道:"未曾花眼,真是失传多年的诸葛连弩图!"说完笑道:"不对,应该是马钧改造过的、威力更大的诸葛连弩图。"

正好索绊带人山上采药归来,看二人正在看图,捧起揣摩许久,高声大笑,道:"果真是马钧改造过的诸葛连弩图!如此宝物,重新现世,必能平息战乱,一统天下!"

王猛捻须微笑点头。

僧涉却合掌低头道："只怕不是平息战争,而是涂炭生灵。阿弥陀佛,善哉善哉。"

这日王猛心中喜悦,也不午睡,琢磨着如何能照着图纸将诸葛连弩制作出来。僧涉再三劝阻,才放下羊皮躺下,却因为心中有事,辗转反侧,难以入眠。晚上打坐,亦是想着图纸,无法调顺吐纳之气。夜里更是牵肠挂肚,无法安睡。

次日强按下心中思虑,打坐完毕。索绊看王猛如此劳神,怕又伤了元气,觉得突然出现的马史来得有些蹊跷,命人召来郝暑,问道："马史,你可知马钧之名?"

郝暑早有准备,伏地回道："小人乃祖上马讳钧八世孙。"

王猛道："你可精通工艺制造?"

郝暑道："未成废人之前,曾秉承祖业。废残后,便让祖上蒙羞,以乞讨糊口。"

王猛道："你可愿意留在山上,辅助本相试着做个连弩来?"

郝暑拜道："小人能为丞相效力,万死不辞。"

索绊连连阻止道："不可,不可,此事万万不可!僧涉已有言在先,需在山上静养,与世隔绝百日,待元气恢复,肝火平息,方可再理俗务。"

王猛坚持道："百日只差三日,无妨。"

索绊阻拦不住,前往大雄宝殿找来念经的僧涉。

僧涉坚决不准,并命侍卫将羊皮送往未央宫,道："一念天堂,一念地狱。倘若真能保得天下安宁,陛下自会命人打造,何须施主劳心伤神?"

索绊亦道："大人病体未愈,就开始挂念苍生,索绊敬佩。只是百日之后,大人身体完全康复,再理凡间俗务不迟。"

僧涉双掌合十,点头道："贫僧已经测得施主若能躲过此劫,平安度过端午节,阳寿至少可达八十三!辅佐天王,造福苍生的日子还长着呢!切勿为争得这三天时日,误了三十多年的福寿啊。"

王猛开玩笑道："大师一日只供给两桶不见米粒的清粥,让我如何熬到八十三?"

僧涉认真地回道："一米一世界,一花一天堂。竹筒盛清粥,洗净尘世争。"

王猛气色渐好,笑接道："一僧一病翁,一笑一净土。竹筒虽清粥,重回红尘中。"

索绊腆着弥勒佛似的大肚子道："一木一浮生,一念一清净。竹筒配清粥,僧涉降王侯。"念完自己哈哈大笑个不停。

三人这才不再争执,羊皮送往未央宫呈献天王。索绊和僧涉不愿马史留在寺中，欲送些银两派人送回始平。

　　王猛却不舍，一来还是想让马史帮自己做出连弩模型；二来养病与尘世隔绝太久，长安如何？未央宫如何？天王如何？天下如何？慕容家族一伙还在暗中作乱吗？晋国谢安辅助幼主可安稳？边境可被其骚扰？多年来，王猛似乎已经习惯忧国忧民，太想知道外面近百日来都发生了什么事，自己好想替天王多少有所分担！

　　唉，有的人天生就有操不完的心，做不完的事情！

　　僧涉、索绊怕动了王猛好不容易退去的肝火，只好勉强应了。将马史养在僧舍，尽量不让其去扰王猛。

第四十九章　郝晷巧舌激王猛　丞相尽瘁落长空

这可如何是好？郝晷此次上山献秘方，故作糊涂用羊皮包裹都是可足浑氏设计好的，就是为了扰乱王猛的静养，耗损其元气，点燃其肝火怒气，让好不容易积攒起来的一点气血，迅速燃烧，亏损失尽，将天王、僧涉、索绊好不容易从黄泉路上拉回来的王猛重新送上奈何桥！

郝晷整夜未眠，想如何去接近王猛。王猛亦一夜未睡踏实，一会儿想着诸葛连弩图纸若是真的，打造出来，秦国军事力量便可雄霸天下，无人能比，既可保家卫国，亦可震慑东晋，保秦境太平五十年不在话下，甚至可以助天王实现一统天下的雄心伟业。一会儿又想白天马史念叨天下还是慕容家的，究竟有何深意？胡乱折腾一宿，未及鸡啼，草草打坐完毕，命贴身沙弥将郝晷召到舍内，问道："你从始平郡来，可曾路过长安？"

郝晷道："小人曾在长安街上露宿一晚。"

王猛道："可听到什么百姓传言？"

郝晷知道王猛想听什么，故意卖了个关子，道："百姓都在为大人祈福，祝福大人早日康复。"

王猛道："还有什么？"

郝晷觉得火候到了，便将可足浑氏密语自己的话，添油加醋地道了出来："百姓们都在传言说神仙显灵，让天王诛杀朝廷献媚争宠的鲜卑族王公大臣。天王不肯，还杀了在太极殿忠言进谏的臣子。"

王猛笑道："这是传言，天王的确不肯，但并未杀纳谏臣子。"

郝晷又道："天王圣明，为大人早日康复，听取慕容暐大人进言，御驾亲往城南城北的天坛地坛、社稷坛还有宗庙拜祭，为大人求福求寿。街头巷尾都在传颂天王有仁爱之心，传颂天王对大人情深义重。"

王猛眼底湿润一片，感念天王为自己如此隆重祈福，但也担忧慕容暐进言将亡燕的迷信巫蛊之风吹向秦廷。

郝晷看王猛不语，又道："天王为大人祈福，还听慕容垂的话大赦天下呢。"

王猛心里一急，道："死罪亦赦免不成？"

郝晷道："自然赦免。天王说只要大人能早日康复，做什么都愿意。"

王猛连连摇头，叹道："不可不可。陛下怎么能够如此糊涂呢？死罪赦免于治安无益，于百姓有害啊。"

索绊听到马史在和王猛说话，大步踏了进来，道："大人千万莫要劳神动气。"回头问马史都说了些什么，马史一脸可怜委屈，只是摇头。

王猛道："莫要怪他，是我问了些闲事。"

索绊让马史退下，对王猛道："大人莫要信他胡言乱语，天王并未赦免死囚。"

王猛道："这么说陛下大赦天下是真的了？派使者去名川大山祈福也当真？"

索绊道："陛下看大人病重，不是心急嘛。"

王猛低头不语，许久道："笔墨伺候，我要给天王上书。"

索绊道："大人还是等过了端午节再写不迟，不过两日而已，迟早也不差这一两日啊。"

王猛执意要书，索绊请来僧涉。僧涉也劝阻不了，又怕动了肝火，只好研墨润笔，伺候在侧。

王猛撑着病体，提笔道："臣不堪，不图陛下以臣之命而亏天地之德，开辟以来，未之有也。臣闻报德莫如尽言，谨以垂没之命，窃献遗款。伏唯陛下，威列振乎八荒，声教光乎六合。九州百郡，十居其七，平燕定蜀，有如拾芥。夫善作者不必善成，善始者不必善终。是以古先哲王，知功业不易，战战兢兢，如临深谷。伏唯陛下，追踪前圣，天下幸甚。"

搁笔虚汗不止，索绊、僧涉安顿王猛静卧养神，命人将书信送往长安城。

郝晷回到僧舍极不甘心，恨索绊突然打断自己，否则再将火扇旺些，怕是此时的王猛已经走在黄泉路上了。

次日，郝晷看王猛脸色苍白，神色恍惚，打完坐，并未起身，默默看着冉冉升起的朝阳。他瞅着僧涉、索绊不在身边，溜了过去，道："大人气色不错，今日端午，小人祝大人福寿绵长，早日康复。"侧目看王猛依然看着朝阳不言不语，接着道："端午这日，在小人家乡，家家户户要在大门上悬挂艾叶蒲草，还要佩戴五毒香囊。"

王猛收起神来，黯然道："这是一个缅怀祭祀的节日。屈子是这一天投江成仁的。"

郝晷道："成仁之说小民不懂，但成人之美小人倒是在长安城露宿时有所耳闻。"看王猛不语，接着说道："有人说镇军将军爱慕慕容暐的拓跋昭仪，求天王成人之美，天王口口声声说不能乱礼，却自己留在了光明殿独享艳福。"

王猛心头一紧，道："传言而已，不足为信。"

郝晷道："这个可是真的。就是上个月中，月圆之夜，羽林侍卫亲眼所见，说是可足浑氏亲自将盛装的拓跋昭仪送往光明殿的。"郝晷说到此处，看王猛的脸色变得铁青，补充道："如今，怕是拓跋昭仪已经怀上天王的龙种了。"

王猛顿时眼前一黑，一口鲜血汹涌而出，喷到了郝晷脸上。手持一把艾草、蒲叶准备挂到寺门上的僧涉刚好看到，大叫一声不好，冲过来，将王猛抱回静室。在侧殿捣药的索绊闻信，急忙奔了过来，权翼也从山门处奔了上来，三人眼睁睁看着吐血不止、昏迷不醒的王猛，心急如焚，却束手无策。索绊从怀里掏出一个黄梨木小匣，道："如此境况，也顾不了许多了。"边说边从匣内倒出一块元宝大小的黑锭，道："此乃昆仑山上的仙道所赐，世间珍品。是道长用昆仑山上的百年松枝烧烟，加入东海珍珠、蛇皮胶，还有丁香、紫草、苏合香等上千种名贵香料制成。"

权翼打断道："救人如救火，这能干啥用？能救丞相吗？"

僧涉道："贫僧只听说过绝好的墨锭，千金难得，墨质坚如玉石，表面光洁，细纹如发，光泽隐现，气魄浑厚，用于书法，千年如新。民间有传说若产妇血崩，化水服下，可止血救命。"说到此处，僧涉道："莫非施主想用墨锭试着救王大人一命？"

索绊道："正是此意，只是不知敢不敢一试。"

权翼不懂，搓手顿足，干急没办法。

僧涉合掌道："救人一命胜造七级浮屠。善哉善哉……"

索绊犹豫道："只是听说对产妇血崩有奇效，但不知道用于此处合不合适。"

权翼跺脚道："还有没有别的办法？"看二人摇头，红着豹子眼道："天王命我三人照顾丞相周全，如今情况危急，宫里的御医都是吃干饭的，平时人模人样，此时却不见人影，都死哪去了！"

僧涉道："御医本来一直在山上守着，今早被御医院召回说可足浑氏昨夜心口疼又发作了，唯有汪御医能治。"

权翼骂道："可足浑氏是成心捣乱的吧！怎么不疼死老妖婆。"

索绊看着气息渐弱的王猛，横下心来，对左右侍奉的沙弥道："此事是我索绊一人主意,若是救下最好,万一不幸,皆由我一人承担,与尔等无关。"

权翼道:"那怎么行,大家的主意,天王问罪,有难同当!"

僧涉和沙弥们合掌道:"阿弥陀佛。"

索绊命沙弥烧沸泉水,放置温热后,仔细将墨锭冲开,在众人帮助下给王猛服下。

阿弥陀佛,佛祖显灵,一炷香的工夫,王猛终于不再吐血,人也慢慢醒了过来。

王猛自感在劫难逃,提起一口气,沉静说道:"我要回长安家中,对妻儿有话交代。"

僧涉合掌阻拦道:"切勿劳神,静养才好。"

王猛只是摇头,坚持要回长安。

索绊道:"大人好好歇息,这就安排人去禀报天王。"

王猛摇头。权翼抹着眼泪道:"走,这就回家去!"叫来属下,派两个人火速回长安禀报天王,其他人用软轿轮流将王大人抬回长安府中。

僧涉带了沙弥们跪在大雄宝殿,大声念诵大慈大悲咒和般若波罗蜜多咒祈求佛祖显灵。

且说天王端午节一大早前往咸阳湖的路上,总是心神不宁,巡视水营时差点从引桥上踩空掉到渭水里。看赛龙舟时,竟然将穿了一身红绸衣,手里舞动着鼓槌击鼓助威的将军看成了王猛,揉揉眼睛才看清不是。昨夜接到王猛奏书,字字肺腑情真,满是忠言警句。天王感动而欣慰,他能提笔上书,说明身体渐好,但用词悲凉绝望,又让天王忧心不已。

龙舟比赛紧张而热闹,天王却无心观看。命慕容暐等留下为勇士们助威,自己则带了赵整快马加鞭,准备赶往聚云寺看望王猛。刚过沣河,看到两个羽林侍卫飞马而来,远远就报:"禀报陛下,平阳侯性命垂危,权将军私自做主,应平阳侯之请,命侍卫们用软轿抬回长安城的家中。"

天王并未勒马,脸上落了一层白霜,狠狠抽了宝马几鞭,向长安疾驰而去。

王猛府邸里弥漫着深重的无助和伤悲。

王猛回到自己家里,不知道是墨锭神效,还是家的味道、亲人温暖的目光给了他力量。他环视床榻前的妻儿,缓缓说道:"莫要哭了,人固有一死,或重于泰山,或轻于鸿毛。我王猛一生,持身严正,刚明清肃,爱憎分明,因遇明主,才得些虚名。我走后,出西门,埋在五丈原上,不立碑不陪葬,植棵青松,清明也好找到祭我。"歇了歇,看着榻边凄凄切切的夫人,道:"休儿在河东,我怕是等不到了。他上次来信说于忌日得一子,怕于家人不利,欲送他人收养。此事不可,我思虑给孩子起名镇恶,好好抚养教导,长大好有所作为。"夫人抽泣着点头,说不出话来。又看着次子王永、三子王曜说道:"永儿、曜儿要好好赡养母亲,为其养老送终。还有孟良养母、远亲二祖父,也要善待送终。"两个孩子流着泪点头答是。王猛缓了缓精神,将目光投向站在床尾的四子王皮,似乎有千言万语叮嘱,却只说道:"皮儿亦已长大成人,该有所担当。凡事要辨清善恶是非方可为之。"王皮只是抹泪。王猛吃力地抬起手,将小儿招至眼前,紧紧攥住小儿的手,两行热泪顺着眼角流了下来,说道:"你们几个可曾记得为父对尔等的教诲?"

三个儿子齐声回道:"孩儿谨记在心。"

天王马不停蹄,一口气赶到长安城已经接近日落,抬头望天,蓝天上飘满了羽毛一样的云彩,在夕阳的照射下,像一只展开翅膀即将纵身飞去的仙鹤。突然,一颗巨星拖着长长的尾巴由东向西悄然滑落。天王心头一惊,眼角湿凉,想:"景略怕是不行了。"

夹紧双腿,狠狠抽了胯下的骏马一鞭,恨不得长出翅膀,飞到景略身边!

此刻昏迷中的王猛又开始吐血,御医站了一地,却回天无力,眼睁睁地看着平阳侯气息越来越弱。侍奉一侧的王皮突然扑通跪在汪御医面前叩头不止,哭着求御医救救父亲大人。在场之人无不感动心酸,洒泪哭泣……

天王奔进王府,大喊道:"景略,等等朕!景略等等!"

天王冲到王猛榻前,一把将王猛揽在怀里,边摇边喊:"景略,景略,醒醒,快醒醒,你不能扔下朕就走了!这么大的天下,没有你的辅佐,让朕如何治理?景略,景略,你不能就这样走了!"喊着喊着竟然不顾龙威,抱着王猛恸哭了起来。

王猛此时已经被黑白无常拥着走在黄泉路上,突然听到天王呼唤,便对黑白无常道:"陛下传诏,岂敢抗旨不遵,容我回去对陛下交代几句。"

黑无常道:"你在阳间执法分明,备受百姓爱戴,如今让我俩徇私枉法,岂不是有违你一向的治国原则?"

王猛觉得身轻如燕,精气神十足,说道:"我才五十一岁,你们阎王爷就勾掉我的阳寿,还不让我回去给陛下交代几句?"

白无常道:"你本来有八十三年的阳寿,谁让你那么拼命,一天当两天用,自己提前将气血耗尽,怪不得阎王爷!"

王猛哈哈笑道:"言之有理!不管如何,让我回去一趟给天王交代几句!"

黑白无常摇头不应。

王猛肃然道："我在阳间被人誉为王阎王，难道你们要违背阎王的命令不成？"

白无常道："正因为你是阳间的阎王，我们家阎王爷才刻意交代不能用铁索索命，一路好好护着送到阎王殿即可。"

王猛笑道："看来你家阎王爷也是善恶分明。给我半个时辰，去去就来，阎王爷那里我自有交代。"

黑白无常互相看了一眼，道："半个时辰断然不可，有违法规，但既然是你们天子召唤，总得给几分面子。说几句话想必耽搁不了多少时辰，去去无妨。谁让我们敬重你的人品呢！"

天王以为王猛已经驾鹤西行，抱着王猛正在号啕恸哭，突然王猛在怀中挣扎道："陛下好大的力气，景略都快喘不过气来了。"

天王以为出现幻觉，松开双臂一看，果然，景略喘着气，脸放红光，睁着炯炯有神的眼睛，笑眯眯地看着自己。

天王大喜，拍手道："苍天有眼，还朕景略重回阳间。朕明日要亲往天坛地坛、社稷宗庙感谢天地神灵。"说着攥紧王猛的双手，生怕王猛又要走掉。

王猛眼含泪花，一字一句道："晋虽僻陋吴越，乃正朔相承。亲仁善邻，国之宝也。臣殁之后，愿不以晋为图。鲜卑、羌虏，我之仇也，终为人患，宜渐除之，以便社稷。"

天王道："好好好，你且安心静养，早日康复！诸葛连弩已经做出雏形，等你病愈，再做完善，陪朕用它统一天下！"

王猛无语，歉意地一笑，倒头而去……

王猛去世，天王哀痛不已。回到光明殿，连着两日无心饮食茶饭，无心批阅奏折，无心上朝，无心处理政事，在御书房独自静坐反思。夜里受命代理监国的太子苻宏，捧了子姝请黎夫人煲的莲子银耳冰糖燕窝粥，请父王节哀保重龙体。天王却对太子叹道："老天难道不想让朕平定天下，统一六合吗？为何这么快就夺走朕的景略？"说完打开王猛最后一次上书，细细品读一番，又是一阵哀痛。至王猛升殓入棺，三次临悼，抚尸痛哭，悲悲切切，不能自已。直到六日奠、七日葬后，才慢慢缓过神来。问身边的赵整："朕有没有下诏朝野巷哭三日？"

赵整躬身回道："陛下在平阳侯安息当日就已下诏，赠侍中、丞相，余如故。给东园温明秘器，帛三千匹、谷万石。谒者仆射监护丧事。葬礼一依汉大将军故事，谥曰武侯。朝野巷哭三日。"

天王哀叹道："朕怎么觉得景略安葬得还不够隆重呢。传旨，朝野巷三年内不得嫁娶,不得奏乐,不得宴请!"

赵整闻声一愣,进言道:"陛下视丞相若手足,情胜玄德之遇孔明。丞相辞世,陛下哀痛之情感天动地,只是三年内不得婚嫁,长了些吧?"

天王接过赵整送上的热巾,擦了把脸,怒道:"你这是要做朕的主吗?"

赵整连忙伏地叩头道:"微臣不敢,臣只是想陛下以汉宣帝对大将军霍光的丧仪安葬丞相,风光荣耀,人臣至礼,足慰亡灵。丞相生前一向节俭律己,天王施恩过重,怕丞相在九泉之下对天王、百姓心存歉疚。"

天王将热巾扔给赵整,绷着脸不再言语。

子姝知道天王失去股肱之臣的沉痛和无助,又闻知天王多日神色恍惚,茶饭不思,换了身素净衣裳,专程到光明殿探望。

天王望着堆积如山的文案奏折,各种要求御批的急报,各地所报的水旱灾情,还有宗室内汉、羌、鲜卑诸族之间揭发徇私枉法的密奏,头大如斗。看到子姝,愠色道:"你跑来做什么?给朕添乱不成?"

子姝拜过,婉言道:"臣妾深知丞相在陛下心中的位置,昨夜辗转难眠,作诗一首,追念亡灵,想请陛下指正。"

看天王没有拒绝,将诗作轻轻摊放在案几上,给熏香炉里换了新香,静静研墨,候在一侧。

天王粗粗看了,冷笑几声,道:"你这也叫诗?"冷着脸将诗稿投进紫金火盆。提起笔来,一气呵成:

>   吊景略
>
>   拨乱扶危主,忠肝受孤命。
>
>   英才过管乐,妙策胜孔明。
>
>   凛凛鞭庚气,铮铮治六州。
>
>   刚明清肃骨,应叹古今无!

扔下御笔,叹道:"朕也知道人死不能复生,只是心中实难割舍。想我君臣二十年来,亦君亦臣,亦师亦友,情同手足,只想着创天下太平,传社稷永寿,却未曾顾及血肉之躯,亦有透支耗尽之时。时至今日,悔之晚矣……"

子姝奉上沏好的碧螺春,柔声道:"陛下与丞相鱼水情深,感天动地。丞相在世,一心为君为国,若在天之灵看到天王懈怠朝政,如此颓废,亦难安息。"

天王流下两行热泪,道:"朕知道。"

子姝低头用绢帕拭去眼角的泪水,道:"丞相一向自律,九泉之下,若知道陛下为自己下诏三年内禁止婚嫁之事,怕难安息。不如臣妾自今日起去荤食素,替陛下分忧如何?"

天王苦笑道:"三年禁乐,只是尽绵薄之力,求个心安罢了,你又何必为难自己。"

子姝摇头道:"后事丞相临终前已有安排。臣妾并非为难自己,只是想替陛下分忧罢了。且不说君君臣臣,就说平常夫妻,亦当相互担当,风雨同舟。"

天王接过子姝送上的热巾抹了一把脸,道:"爱妃善解人意,朕是该振作起来了。"

子姝温柔回道:"陛下保重龙体要紧,先把粥喝了吧。"

第五十章　失贤辅整肃风气　禁图谶弃市王佩

逝者安息,生者释怀,一切都要继续。

不知从何时起,长安城四处传说新平郡人张靖看到渭河边有一个巨人走过,边走边说:"外面者归中而安泰。"蒲津监寇登从渭河中捞出了一只长七尺三寸的巨屐,还有谶言道:"十年后,鱼羊食人,无一幸免。"更有儿童蹦蹦跳跳稚声嫩气地唱着"河水清复清,大头死新城。阿坚连牵三十年,后若欲败时,当在江湖边"的歌谣。

天王自从杀王雕之后,态度明确地严禁巫蛊图谶之说,但近年来,随着鲜卑族的影响和推崇,秦人也慢慢迷信起来。前不久因为祭天地、社稷宗庙王猛病情好转,天王甚至在心底也有点相信谶言乾卦之说。王猛病逝,长安城突然妖语谶言四起,不能不让天王警惕仔细起来。召来索绊问话,索绊道:"自古谶言皆人为,或者蛊惑人心,或者为其目的造势。丞相在时,陛下严禁,丞相虽逝,但法度不能怠慢,亦不能更改。不能让某些人为了自身利益而趁机兴风作浪,扰乱民心。"

天王点头道:"卿言之有理,你可愿意留在长安,侍中于朕?"

索绊道:"索绊未能照顾丞相周全,于心难安,还望陛下降罪。"

天王道:"天命如此,非人力可为。卿聚云寺照顾丞相尽心尽力,何罪之有?"

索绊道:"索绊自责不已,请求陛下恩准臣归西凉故里,倾余生之力,造福桑梓。"

天王道:"如此也好。朕封卿为建威将军、西郡太守,协助梁熙镇姑臧,治理凉州。"

索绊伏地拜道:"谢主隆恩,臣当倾尽全力,不负圣望。"又抬头道:"丞相之死,臣心存疑虑,不知当讲不当讲。"

天王示意平身,道:"但说无妨。"

索绊谢恩,起身道:"本来丞相已见好转,却因马史上山,短短三日,使得病情逆转,前功尽弃。臣觉得马史来路可疑,怕是受了奸人指使。"

天王思虑片刻,道:"朕知道了。"

索绊退下,天王闭目反思,王猛辞世,旧臣与慕容氏之间的明争暗斗愈演愈烈,都想坐上首辅之位。论文韬武略,慕容垂当之无愧。他若为相,慕容氏内部必当暗中争斗,可以缓解旧臣压力。可旧臣如何能服?若从旧臣中选一人为相,慕容氏表面臣服,但暗地里不知道会如何发难。天王翻开王猛生前的诸多奏书,仔细回味反思,仿佛此刻还和王猛坐在宣明楼上,或雪中炉前,或军帐之中,或灞柳亭下……平燕取蜀,太过顺利,确实助长了自己骄满自大、急功近利、好大喜功之气。用武过度,劳民伤财为治国大弊,应尽快矫正。

想到此处,天王提起御笔写道:

新丧贤辅,百司或未称朕心,可置听讼观于未央南,朕五日一临,以求民隐。今天下虽未大定,权可偃武修文,以称武侯雅旨。其增崇儒教,禁老庄、图谶之学,犯者弃市。

命人昭告天下,不得有误。

天王重新振作起来,或者坐镇太极殿,或者微服长安街,处理国事,暗访民情。

这日散朝,天王信步蹀到了吏部想查看一下最近任免的文职官吏是否落实,尚在门外就听到有人在内厅高谈阔论道:"所谓'谶诡为隐语,预决吉凶',是一种神秘的预言。它是神预示人间吉凶祸福的启示和隐语。三皇五帝时就已流传,秦初就为人所知,据《史记·秦始皇本纪》记载,秦初就出现了'亡秦者胡也'的谶语,于是秦始皇就大修长城,严防胡人。结果是秦朝并未亡于胡人,而是亡在秦二世胡亥手里,时人称此胡非彼胡。"

天王听到此处,示意随从不必通报,继续站在门外,听里面的声音滔滔不绝道:"诸位都听说过最近长安城里流传的'十年后,鱼羊食人,无一幸免'吧?此乃神灵谶言,陛下却执意不听,还下诏禁止图谶,真乃逆天而行。各位怕是不知,两汉时期,谶纬之学与儒家学说具有同等崇高的地位,汉光武帝推崇备至,图谶在某种程度上已远高于经书之上。那时可是图谶学说的黄金时代啊。最近不是还有谶语'河水清复清,大头死新城'嘛!哈哈哈哈,想必什么意思大家都懂得。倘若陛下一意孤行,天地神灵是不会不闻不问的。"

天王听到此处,威严地咳了一声,剪手迈步,缓缓而入。吏部或坐或站的官吏顿时惊若木桩,而正中站着侃侃而谈的一个瘦小男子,未来得及将手中的《后汉书·方术传》收起,呆在中央。片刻,书简落地,伏地叩头不已,连呼"陛下饶命"。

天王俯身捡起书简,道:"谶纬之说,兴于西汉之末,而滥于东汉之世,当年尚书郎张衡用阴阳数术的理论批判图谶,力谏顺帝收藏图谶,一禁绝之,则朱紫无所眩,典籍无瑕玷矣。你,王佩,朕的正三品,与汉张衡同为尚书郎,一个坚持真理,替君分忧,一个不求甚解,妖言惑众。"

王佩自知犯了死罪,伏地痛哭流涕,求天王饶命。

天王问随行秘书监朱彤:"朕已下诏,禁老庄、图谶之学。尚书郎王佩抗旨不遵,该当何罪?"

朱彤回道:"犯者弃市。"

天王怒道:"弃市百日,若还有敢效仿者照办!"

杀了尚书郎王佩,民间谣言谶语果然安静了许多。天王不禁想起王猛当年铁腕治国,风化大行,百姓乐业,长幼有序,尊卑分明,自己曾感叹道:"天下之有法也,天子之为尊也。"如今只有坚持依法治国,才能拨乱反正,再回清平盛世。拿定主意,天王在继续推行儒家治国之道的同时,前无古人后无来者地命人在未央宫南设置听讼观,五日一临,亲自听讼判案决定,并下诏百姓若有怨冤,可举烟城北,观而录之。

天王如此施政,百姓奔走相告。有冤的举烟,没冤的跑到听讼观看热闹,一些思春少女和美艳少妇亦精心打扮一番,希望在听讼观能偶遇天王,亲睹圣颜。若天王能在为民平冤之时,多看自己一眼,那该是多么荣耀的一段佳话啊!

第五十一章　听讼观邂逅苏蕙　　璇玑图还君明珠

连绵的秋雨已经下了半个多月,听讼观举烟者剧减,围观者亦因为泥泞满地而不见了踪影。

天王如往常一样,准时坐于听讼观。

一老者举烟,诉邻家盖房离他家太近,近日秋雨绵绵,屋檐上滴下的雨水,浸泡了他家的地基。老者一把鼻涕一把泪道:"找邻家多次,均不理会。我家老三一怒之下,掀翻了他家房檐,他家老二用铁锨将我家老三左腿打断。求天王为小民做主。"

说完,呈上诉状,伏地痛哭不已。

在高句丽建好太学,回国后被天王任命为主判官的徐嵩道:"诉状收下,今日就会派人查实,三日内本官定有公断。"

老者叩头谢了,蹒跚退下。

有一壮汉举烟,诉百夫长趁他外出服役,勾引他媳妇,并递上诉状,请大人做主。徐嵩命人接了诉状,道:"诉状收下,明日午后,查实后自会还你公道。"

还有一老妪举烟,诉儿媳狠毒,不给衣穿,不给热饭。还有一书生举烟,诉科举不公,主考官以权谋私,暗箱操作,只有行贿的考生能榜上有名,且得到美差。

徐嵩问道:"可有人证物证?"那书生却哑言。徐嵩收下诉状,回复:"待取证后,再做答复。"书生退下,天王看殿堂的大柱后隐约还有一个绰绰人影,此人多日来,既不上前,亦不退去,好生奇怪,便踱步下去看个究竟。

大柱后跪着一女子,素颜清雅,青丝如瀑,参鸾髻的左侧,雅致地斜插了朵浅色的蝴蝶兰,神色哀怨迷离。一袭湖水般湛蓝长裙,配明黄抹胸,外搭绣了星星点点兰花的雪色罗衫,纤腰上挂了一只绣着蝴蝶兰的明黄香囊,五步之外,便闻到幽幽兰香。

好一个气质如兰的女子！天王心里赞道。

那女子如不食人间烟火的仙子，明眸低垂，似空谷幽兰，沉静而专注，沉浸在自己的世界中，口吐莲花，念念有词。

天王侧耳静听，隐约听到"徘徊婉转，自为语言，非我佳人，莫之能解"，忍不住道："跪者何人？"

那女子幽梦惊醒，凝神抬头，双眸含忧，拜道："奴家苏蕙，字若兰，咸阳武功人氏，拜见陛下。"

天王道："苏蕙这名字好生熟悉，朕好像在哪里听过。"思索片刻，恍然大悟道："多年前朕在笙馨楼的粉墙上见过苏蕙的字画，可是一人？"

那女子幽幽叹道："正是奴家，只不过当年的卿卿我我，已经恍若前生了。"

天王道："朕听闻武功苏蕙，自小聪颖过人，三岁学画，四岁作诗，五岁抚琴，九岁便学会了织锦。十岁刚过，即可描龙绣凤，并独树一帜，将琴棋书画的神韵，运用到了织锦之中。远近乡邻将你的超人之才，传成了神话。一些豪门望族上门求婚，均被谢绝，不知道后来你可觅到如意郎君？"

苏蕙淡然道："虚名而已。一日，逢法门寺庙会，巧遇一射飞雁、穿池鱼的英武少年，其为右将军窦真之孙窦滔，自幼习文练武，相貌不凡，奴家顿生爱慕之情。经人提亲，结成百年之好。"

天王点头笑道："原来等来了这段好姻缘。天造地设的一对璧人，岂不美哉！难怪笙馨楼上留下苏蕙的芳名。"

苏蕙双眸含泪，摇头道："当年蜜月正浓，窦滔携奴家笙馨楼以诗画结友同游，如今却是物是人非事事休，事事休了。"

天王不解，身边侍中徐嵩道："不料好景不长，窦滔因厌战不从军令，被革职发配到流沙，在流沙遇到了歌伎赵阳台，娶作偏房。这赵阳台，不但能歌善舞，而且娇媚可人，引得窦滔对她宠爱不已。去年，窦滔官复原职，奉命出镇襄阳，本欲携妻妾同往，可苏蕙心高气傲，为赵妾之事赌气不从，窦滔便只带着赵阳台前往襄阳赴任了。"

天王点头道："这么说苏蕙跪在听讼观举烟是为了诉窦滔？"

徐嵩回道："并非如此，她只是每日跪在此处，自言自语，并未举烟诉状。"

天王笑道："如此任性，奇女子也。朕想知道她自言自语说些什么。"

徐嵩道："听说她在八寸锦缎上织了一幅无人能懂的璇玑图。"

天王道:"这个稀奇。"对苏蕙道:"璇玑图可在身边?呈上让朕一看。"

苏蕙垂眸回道:"尚未完成,在民妇家中的织机上落尘蒙灰。"

天王道:"朕去一观,倘若能看懂一二,定会为你做主平冤。"

苏蕙幽怨回道:"民妇只有怨而无冤。"

天王笑道:"有怨便有冤,只不过看冤大于怨,还是怨大于冤。"

苏蕙被天王绕糊涂了,怯声道:"民妇斗胆请教陛下,此话怎讲?"

天王道:"冤大于怨,诉于公堂,按律自会讨回公道。倘若怨大于冤嘛,却不必太过周折,或许几句软言,便能化干戈为玉帛。"

苏蕙浅笑道:"听陛下此言,民妇倒是长了见识。只怕倾一江春水,亦不能让河水倒流,月上西楼。"

天王哈哈笑道:"看过璇玑图,再做论断。"

苏蕙回道:"五日后,民妇定会在此呈献于陛下。"

晌午诉冤,后晌审案。

劳神一天,已近黄昏,霏霏秋雨还在绵绵不断。天王听诉断案辛劳,坐了软辇,摆驾回宫。路过建章路,问随侍赵整道:"今日徐嵩说苏蕙家就在此处,你可知道是哪一家?"

赵整拱手道:"东边独门独院,门前种满兰草的便是。"

天王摆手道:"过去看看。"

小院朱门半掩。门外种满苍绿色的蕙兰,根粗而长,叶狭如锯,质粗糙坚硬,因雨水充足,油油亮亮,郁郁葱葱。

天王听到院里传出吱吱的织机声,推门而入。

院中亭廊的紫罗兰下,苏蕙正在烛光中吱吱呀呀,经纬分明,全神贯注地织着锦缎。

天王静立片刻,悄然离去。随后只要路过建章路,都会抽空看苏蕙在飘满兰花幽香的亭廊下织锦。

这日听讼观归来,天王又下了软辇,轻步踱到苏蕙身边,看着梭子穿飞中,丝线变换中,锦缎上的字迹越来越清晰。

天王不知是被传说中的璇玑图深深吸引,还是被呵气如兰的幽幽女子所打动,痴痴地站在紫罗兰花架下,看着苏蕙将其织完,才缓缓坐到宫人早就准备好的软榻上。

苏蕙收好紫梭,轻巧地将锦缎取下,双手捧了盈盈跪地拜道:"请陛下御览!"

天王道："民间流传早有璇玑图,为何给朕独独献上此件?"

苏蕙口吐兰香道："以前织过几件,都不满意,这件稍稍如意些,请陛下赐教。"

天王边看边赞道："朕方才看璇玑图共二十九行,每行二十九字,且不说内容,能用文字织成锦,也是前无古人。将八百四十一个字织在八寸见方的锦上,排列美观,布局合理,并且点画无缺,五彩相宜,莹心耀目,实乃千古绝技!"

苏蕙被天王御赞,竟然失去一向的沉静和大方,素颜上落下两朵粉霞,道："谢陛下夸赞,民妇更钟情其内容。"

天王道："内容等朕闲暇时再来探讨。"其实天王还未搞清璇玑图的玄机奥妙呢。

行几步,天王回过身来,扶起跪地恭送自己的苏蕙,摘下头冠上的明珠送与苏蕙。

当夜,翩跹宫里天王和子姝在茜纱美人宫灯下,捧着璇玑图想找出其破解玄机。已有四个月身孕的子姝道："这八百四十一个字,排若罗盘,外面围圈,字头向外,字尾向里,中心小圈,字头朝里,字尾朝外,大圈小圈,均匀稠密,团花似的,花瓣和花蕊却是字,无论从左右、上下、里外、交互、叠一字、退一字、半段顺逆、旋回诵读,均能成七言、六言、五言、四言、三言等格式的诗文。苏蕙是怎样兰质蕙心的奇女子,竟然有这等本事,好生让人叹服。"

天王正想着月光照在苏蕙坐在织机前秀眉紧蹙、清雅绝俗的模样,所答非所问道："朕怎么觉得这像一个排兵布阵图。"

子姝哑然笑道："陛下雄心霸业,看什么都和开疆辟土有关。请看此处,'苏作兴感昭恨神,辜罪天离闻旧新。霜冰齐洁志清纯,望谁思想怀所亲!'写得如泣如诉,不平盈胸,却又表达了霜冰一样的纯洁真情。再看此处,'伤惨怀慕增忧心,堂空惟思咏和音。藏摧悲声发曲秦,商弦激楚流清琴',又是何等悲思满怀。还有这首,'寒岁识凋松,贞物知终始。颜衰改华荣,任贤别行士',倒着读,一样的情真意切,文采飞扬。"

破解了璇玑图的奥妙,子姝举着八寸锦帕,欢喜飞舞道："如此灵秀的女子,我要拜她为师,教我回旋文的织法。"

天王回过神来,笑着责备道："慢点,小心腹中的小龙子!"

子姝赶紧停下来,抚摸着小腹,走到天王面前,歉意道："陛下不必紧张,小龙子结实着呢!"

天王笑着抚摸着子姝的小腹,道："看来当年新政和丞相广建学宫,力推儒学,传道授业,如今已见成效,朕要将因战事而废弛的兴教立学之业重新重视加强起来!你若有意拜师,朕在后宫置典学,立内司,以教授掖庭内的后妃公主、阉人宫女,只要可教,亦配置博士教授经义,如何?"

子姝点头赞道:"陛下总是在平凡中做出伟绩来,臣妾不胜欢喜。陛下圣明。"

次日早朝,天王下诏命乞活夏默为左镇郎,胡人护磨那为右镇郎,监督管束学宫的将士及贵族子弟;阉人申香为拂盖郎,监督管束后宫嫔妃、公主、宫女。

诏命一下,喧闹杂乱、因王猛离世荒废松弛起来的学宫秩序顿时肃然。乞活夏默、护磨那还有申香皆身长一丈八尺,力大无穷,能拔山举鼎,能百步穿杨。三人每顿饭需食十斗,肉三十斤,天王决心兴教立学,先从皇室贵族抓起,前所未有的创新之举,既别出心裁又切合实际,使得一向重武轻文的将士,娇生惯养、安逸任性的富家公子,还有那些无事生非、钩心斗角的嫔妃公主,面对铁塔般的镇郎、拂盖郎,心存畏惧,渐渐收敛安静下来。

璇玑图天王派人送往襄阳,窦滔看后大为感动,立即将宠妾赵阳台送回汉中老家,亲自回到长安要将苏蕙接往襄阳。无奈苏蕙已被天王召进内司任职,授后宫诗词锦织。子姝闻信,劝天王成人之美,天王内心不舍,觉得苏蕙愚钝,不解圣意,笑着搪塞子姝道:"容易得到,便不珍惜,怎么也得周折一番,好给窦滔一个教训。"故意将苏蕙留在内司授课。一日下朝,前往内司巡视,召了苏蕙问话。苏蕙垂眸低头,欲语还休,从锦囊中掏出那颗灼目的明珠,又从锦袖抽出一方素帕,将明珠包在锦帕之中,双手奉还天王,施礼缓缓退去。

天王打开,锦帕上绣着"还君明珠,只恨相逢"的娟秀字样,左下角一丛绿莹莹细叶中,绽放着一朵霁色幽兰……

天王内心说不出的怅然和感动,知道不能强求,便拖了两月,直到内司觅到新的博士,窦滔上书奏请三次,才让其迎接苏蕙到身边,一同前往襄阳。并传口谕,祝福夫妻二人同心,琴瑟静好,举案如初。

第五十二章　济沧海熊邈造船　去奢华奸计落空

三月春暖,天王在太极殿接见完前来进贡的高句丽、新罗、西南夷各国使臣。飞马来报,秦兵攻取南乡郡,山蛮族三万户降秦。

天王笑着对身边的慕容暐道:"蛮族位襄阳以西,世居深山长谷之中,与外界来往极少,名为晋民,其实一心向秦。若不是晋兵无事挑衅,朕亦不会出兵攻取南乡。"

慕容暐赶紧道:"陛下圣明。"

天王道:"传旨,封山蛮族酋长为南乡郡太守,安置好降民,扬武将军姚苌驻守南乡。"

部将领命而去。

慕容暐看看天王的脸色,道:"陛下何不一鼓作气,渡过汉江直取襄阳呢?倘若拿下襄阳,一统大业就会向前迈出一大步。"

天王点头道:"卿言之有理,只是时机未到。"

慕容暐极其乖巧,静立君侧,不再言语。

天王道:"爱卿曾向朕举荐过一位叫熊邈的宫匠,现在何处?"

慕容暐拱手笑道:"举荐已久,陛下未曾在意,听说在渭河边自己带了几个徒弟造渔船牟利呢。"

天王点头道:"戌时随朕前往渭河边看看。"

慕容暐赶紧诺诺躬身遵旨。

夕阳已经落下,天边的晚霞渐渐失去了绚丽的光芒,人来人往的渭河古渡亦安静了许多。

忙了一天的熊邈正和几个徒弟圪蹴在渭河边的几块大青石上,端着老碗吃红艳艳的油泼面。一个秃头的徒弟呼噜呼噜咥完一碗,又向厨人要了一碗,喊着让多放些辣子多泼些油。

天王带了慕容暐和赵整,站在渭河边静静看着缓缓向东的流水,不远处有一孩童,手捧书册,屈膝坐在一块大卵石上,膝边放着一碗面,面已坨成一团,孩童却依然专注地盯着手中的书册。天王凑上前去细看书册,竟然是宣文君口述,自己命人整理编辑的《周礼》。天王暗暗吃惊,问道:"汝小小年纪,竟然读《周礼》而忘食,汝读得懂吗?"

那孩童头都不抬,回道:"《魏志》言,书读百遍,其义自见。我多读几遍,不就懂了。"

天王点头道:"汝知《魏志》,且读《周礼》,可是学堂先生所授?"

孩童依然目不转睛盯着书册,道:"学堂岂能容下我等罪民。"

天王道:"汝姓甚名谁,何方人氏?"

孩童抬起头,看了看天王,昂首道:"代国皇孙拓跋珪是也,不过如今在秦沦为罪民,暂在渭河边服苦役,和母亲相依为命。"

天王看拓跋珪气度不凡,又有向学之心,沉吟道:"汝祖父乃当世英雄,可惜治理得了国,却统领不了家。朕看汝刻苦好学,免汝苦役,召入学宫,静心学习如何?"

小拓跋珪听了,知道来人乃大秦天王,忙手攥书册,跳下卵石,向天王谢恩道:"谢天王恩典!罪民有一事相求。"

天王道:"讲。"

拓跋珪叩头道:"罪臣母亲在咸阳浣衣处服役,可否亦享陛下恩典,前往学宫陪读?"

天王笑道:"准!"

拓跋珪再次叩头谢恩,不慌不忙起身,将书册揣入怀中,端起卵石上的面碗,退往别处。

熊邈已饭毕,候在远处。天王召来问道:"朕闻听你心灵手巧,工艺精湛。在燕任功曹时,打造的云母车豪华精巧,没想到你还会造船。朕想知道你造的船与旁人造的船有何不同,价格高还卖得快?"

虎背熊腰的熊邈抹了一把红油汪汪的阔唇,叩头拜过,声音洪亮地答道:"草民做的渔船比旁人的牢固而已,其他没有什么不同。"

天王道:"怎么个牢固法?"

熊邈不敢抬头,伏地回道:"回禀陛下,小民首先选料比别人讲究。船体首选龙城大兴安岭的红松木,但因路途遥远,太过贵重,一般人买不起。退而求其次,也需新平郡犄角沟里百年以上的槐木,按事先设计好的图纸,造出船体。每艘新船在整个船体结构完成后,要把船体上的每一条木缝,每一个钉眼,塞上浸有桐油的麻絮,再以桐油与石灰和成的油腻子封牢,使其绝对不透水,如果有一个缺漏,那前面的工作都将白做。若说牢固,只是小民更细心仔细些罢了。"

天王点头道:"万事就怕认真二字。你可会造战船?"

熊邈依旧不敢抬头,伏地回道:"小民师父临终前曾传一幅三国时东吴的战船图纸,但小民从未造过。"

"师从何人?"

"恩师乃是后赵左校令成公段。"

天王道:"原来是成公段的徒弟。成公段当年曾是后赵朝野闻名的造车名匠,为石虎太武殿打造庭燎,因急于赶工,酿成大祸。在登基盛典上,庭燎油灌下盘,烧死文武大臣二十余人。石虎大怒,将成公段斩于阊阖门。可惜啊。"

熊邈抽泣道:"师父虽已仙逝多年,但小民从未忘记师父临终托付,将他的发明和工艺传承下来,并发扬光大,也算对得起师父的在天之灵。"

天王点头道:"你倒是个有心之人。平身吧。"

熊邈叩拜过后,才起身抹掉眼泪,道:"打造渔船,盈利颇丰,但并非小民志向,亦非师父所愿。"

天王点头笑道:"朕倒想知道你志向为何。"

熊邈想了想,昂首道:"小民希望能按图造出东吴战船,为陛下开拓疆土,扬帆长江!"

天王朗笑道:"志向倒是不小。"当年景略一心想让天下安康,百姓富足,如今终于如愿。但六合未统,四海未平,如何让人高枕无忧?南乡拿下,若要渡过汉江拿下襄阳,除过猛建水营外,结实先进的战船必不可少。若熊邈真能造出当下最先进的东吴战船,那倒是让人心安许多。天王思索片刻,道:"战船暂缓,你先带人造一只可在这渭河和昆明池来回穿梭,既可航运又可观光的船来。"

熊邈激动不已,扑通跪在地上,叩头拜道:"谢主隆恩。熊邈当尽心尽力,早日打造出让陛下满意的船来。"

天王尚未尽兴,欲到渭河古渡走走。翩跹宫来报,张夫人日昳时分诞下一个白胖结实的小龙子。天王大喜,打马回宫,赶往翩跹宫。尚未踏进宫门就大声道:"朕在路上就想好了,《诗经·螽斯》中云:'螽斯羽,诜诜兮。宜尔子孙,振振兮。'朕看这个'诜'字不错,咱们的小皇子就叫诜儿!"话落已经跨进内室,将胖乎乎的小宝贝抱在了怀里摇晃着,对筋疲力尽的翩翩柔声道:"爱妃辛苦了,好好歇息休养。等身体恢复,再给朕多生几个龙子来。"然后又对着怀里的娇儿念道:"螽斯羽,诜诜兮。宜尔子孙,振振兮。螽斯羽,薨薨兮。宜尔子孙。绳绳兮。螽斯羽,揖揖兮。宜尔子孙,蛰蛰兮。诜儿要有成群结队的兄弟姐妹,互相信任,互相帮扶,将大秦江山传至千秋万世!"

次日,熊邈便在昆明池畔选好地方,拉开阵势,北山伐木,南山采石,设计船体,夜以继日地造起船来。敲敲打打、叮叮咚咚一年有余,果然造出了威武坚实,可乘载百人的船来。船即将竣工,这日熊邈偷偷配好比例,命徒弟们用上好的桐油和南山采来的汉白玉提炼出的石灰石和成油腻子,准备填缝加固船体,来了一个头戴斗笠蒙了面纱的神秘女人。熊邈慌忙迎进工坊,那女人并未摘下面纱,只是冷冷道:"船造得很快嘛,轻巧不失威武,只是简陋了些。想法子将其装饰豪华,这样才配天威。"

熊邈诺诺道:"小民家人可好?"

那女人阴笑道:"你乖乖听话,他们自然安好。将船装饰奢华些,再呈现给苻坚。"

熊邈怯声道:"只是陛下一向节俭,不喜奢靡,何况工部给的银两并不宽裕。"

那女人道:"太后说了,银两不劳你费心,只管造好你的船便是。"

熊邈低头连连答是,又鼓足勇气问道:"小民斗胆恳请姑姑向太后求情,早日放了我家人,好让我们一家老小团圆。"

那女人哼了一声,道:"那就要看你的表现喽。"幽灵般转身离去。

果然没过几日,工部又拨下银两,命熊邈好好将船装饰一番。

打造豪华奢靡,是熊邈在前燕做功曹时的强项。不过三月,船果然如珠翠满头、绫罗绸缎裹身、盛装明艳的美人,泊在昆明池畔,远远看去,金光闪闪,华丽无比。

船下水首航之日,天王带皇太后、皇后、几位夫人还有众臣亲临,色彩斑斓的船和昆明池碧水交相辉映,相得益彰,岸边有凤凰绕枝,有百鸟朝阳。天王问熊邈道:"此船看着倒是养眼,只是不知性能如何。"

熊邈伏地回道:"禀陛下,小民是遵照师父留下的东吴战船图纸造成此船。此船首尾高昂,两侧有护板,底小上阔,身长十二丈,宽一丈六尺,分上下两层。若用于航运观光,上层设有雅室,四周镶以落地透明云母,配以软榻,躺着卧着湖光山色尽收眼底,不怕雨淋,更不怕风浪;下层可容水手、侍女奴仆及货物万斤之重。若用于作战,上层可容兵士百余人;下层可隐藏士兵、水手各五十余人!"

天王听罢哈哈大笑道:"成公段的徒弟果然了得!只是如此豪华的船只,如何舍得作战?朕有一事不太明白,既然配了水手五十,为何还要升起风帆?"

熊邈回道:"小民想,有风时,升起风帆,可以加速。无风时,就用配的桨橹随心调整船速。"熊邈偷偷看了天王一眼,补充道:"风帆图纸上没有,是小民斗胆加上的。"

天王频频点头,望着光彩夺目的船宣布首航开始,并道:"朕要携皇太后等登船共览昆明池和渭河两岸美景。"顿时宫乐奏起,烟花怒放,熊邈带弟子们祭过水神,天王率众登船,极目远望,水面辽阔,天穹高远。

船只稳稳始航,天王陪皇太后观景,传下口谕,任命熊邈为将作长史,领将作丞,负责船只宫室设计修建。赐谷十担,帛五匹,金银各一斗。

熊邈感激涕零,跪在雅室外,叩头谢恩。

天王看太后一直默默无语,心想:"假父谢世不到半年,母后便如浓霜覆顶的残菊,虽然想努力保持曾经的风姿,可强装的傲然风姿又能坚持多久?苍老侵占了她那曾经明艳柔润的脸庞和挺拔的削肩秀背。华丽的锦缎宫衣,珍稀奢华的珠宝翠饰,如何遮掩两鬓如霜银发和唇边的沟壑?"天王禁不住眼眶有些温热,凑近母亲道:"看江山如此多娇,两岸美景如画,母后往后可安享福寿,莫要再为孩儿牵心费神。等有朝一日拿下建康,孩儿要携母后秦淮河泛舟,莫愁湖采莲,让母后尽享人间富贵!"

皇太后淡然道:"母后不求这些,只求皇儿安好。"

天王道:"孩儿安好,母后也要展开愁眉才是。"

皇太后道:"皇儿孝顺,母后甚慰,只是登舟远眺,母后突然想起灭燕之后,燕王曾乘坐过的云母车,和此船有异曲同工之处。"

天王道:"母后目光如炬,此舟船和从邺宫运来的云母车的确为一人所造,孩儿方才任命的熊邈曾是燕国的将作功曹。"

太后轻叹道:"哀家意不在此,而是觉得这船过于奢华刺眼罢了。"

正沉浸在喜悦中的天子一愣,凝神片刻,道:"母后教诲得是,儿臣知错。"

船在渭河靠岸,天王召来熊邈道:"朕命你为将作长史,领将作丞,负责修建宫室战船,切忌浮华奢靡,谨遵成公段的精湛工艺和实用精巧即可。"

熊邈伏地拜道:"微臣谨遵圣谕。"

熊邈退下，天王又问随行的慕容暐道："爱卿力主将船打造豪华，以显天威，朕怎么觉得过了些。"

慕容暐拱手道："臣以为恰到好处。一来，船本为游船而非战船，穿梭于渭河昆明池之间，可扬国威，可显富饶。二来，臣听闻西域数国要入秦纳贡，到时候可邀请他们乘此舟游览我大秦国壮丽河山，岂不正好？而且到时候还要重新装饰，让他们眼前一亮！"

天王听了哈哈大笑道："若能有如此用场，倒是正好。"

天王看身边随侍秘书监朱肜、谏议大夫裴元略沉默不语，笑问道："朱爱卿和裴爱卿为何不言不语啊？"

朱肜低头，依然不语，裴元略上前拱手道："臣在想，陛下当年施新政，曾因大旱而减膳撤悬，金玉绮绣皆散之戎士，后宫悉去罗纨，衣不曳地。而如今偌大的正殿挂满了珠帘，衣服头饰无不金银珠玑、奇珍异宝。至于绮绣罗纨、红袖长裙，拖地三尺甚至一丈比比皆是。二十年由节俭为美转为示人以侈，两者对照，有天壤之别。奢华固然能显国富，可亦能让人迷失方向。臣在迷途之中，故而不言不语。"

天王剪手踱步，沉思片刻，道："裴爱卿直言不讳，让朕幡然醒悟。即日起，去掉宫中珠帘，红袖长裙不许拖地，一切简洁大方即可。船上撤去珠玑、珐琅、奇宝等饰品，由尚书郎裴元略带人查点，交回国库封存，若有需要，再从国库借出。抗旨不遵者，按律处置。"

朱肜、裴元略拱手朗声道："陛下圣明。"

慕容暐见状，亦紧随其后，大声道："陛下圣明。"

熊邈得到天王器重，又有物力、财力、人力支援，便铆足劲想将东吴的战船打造出来，带着一帮徒弟船工，不管春夏秋冬，沉浸在自己的创造和制造世界里，忘了被可足浑氏控制的家人。

那个戴着面纱的黑衣女人还曾到工坊找过熊邈几次，竭力阻止战船完工，并以家人性命威胁。谁料，一向顺从的熊邈一心想造出世上最先进的战船，不再理会黑衣女人的威胁和要求。没想到数日后，在渭河边发现一具女尸，正是熊邈之妻。熊邈怒从心头起，提了铁锤想去拼命，却不知道如何找那个女人。想报于天王，又怕父母幼子再遭毒手，只好将进度拖慢下来，表面上屈服于黑衣女人。

第五十三章　抗大旱复修高渠　赞美食御面留香

熊邈埋头造船,渭河水却越来越浅,最后连乱石纵横的河床都裸露在了外面。寒冬未见半片雪花,至春分,滴雨未下,去年秋天播种的麦子,一片寂然,若再无雨水,冬麦就要绝收。百姓惜粮,有的将井水挑了浇地,可毕竟杯水车薪,井水也快见底,人饮用的水都成困难了。

听讼观举烟的大部分成了与灌溉和饮水有关的各种纠纷甚至命案。

这日太极殿早朝,天王道:"古语说民以食为天。如今关中水旱不时,曾经灌溉造福百姓的郑白渠淤泥堵塞,损坏严重,朕欲重修郑白渠,使其能再次通畅,灌溉三秦大地,众卿不妨议议。"

慕容垂出列拱手道:"臣闻当年陛下曾开山泽之利,公私共之,使得国富民强,今日重修郑白渠,于国于民皆有益处,陛下圣明,臣赞成。"

众臣亦附和道:"陛下圣明,臣附之。"

独独薛赞拱手道:"重修郑白渠自然甚好,只是老臣担忧,今春关中丁壮劳力皆应征从军参战,运送军资,剩下的老弱妇孺,已无力承担如此繁重的修渠之任。"

天王道:"爱卿言之有理,此事朕已有考虑,当年凿山开口,提高水位,发动王侯以下及豪族富室童隶三万余众,还有自发加入的百姓无数,不过半载修成郑白渠,多年来润物万里,造福亿口。如今依旧,发动王侯以下及豪族富室童隶三万之众,重修郑白渠,一来惜民爱民,二来王侯公子富家子弟多年安逸享乐,也该磨砺一番。"

薛赞拱手道:"如此甚好,陛下圣明。"

天王道:"朕记得当年新平郡有个叫贺清水的,修好郑白渠后隐归山野,此次召回,命其继续协同彭正和监管,开泾水上源,凿山起堤,通渠引渎,以灌溉岗卤之田。"

秘书监朱彤拱手道："遵旨。"

此时大将军吕光出列奏道："禀报陛下，西障氏内乱，西障王之侄起兵攻打西障王，欲取而代之，西障王请兵平乱。"

天王道："奏折朕已经阅过，平代之后，西障王、羌率八万三千余部望风归秦。周边六十二国亦效仿遣使入贡于秦，西障氏功臣也，其侄据说粗野暴虐，十分不堪。你带一万兵马，围而劝之，若能以和为贵最好，若不能，俘获后带回长安，朕自有安排。"

吕光领命。

又有各种奏报关中大旱、汉中水灾的，兵疲于外、民困于内的，转运万里、道殣相望的，学宫中王侯公子逃学、闹学的，杂七杂八的头痛事一堆。天王好不容易耐着性子一一处理完毕，散朝又要去听讼观听案判案，还要去太学问难博士诗书经义，学宫抽查学生四书五经，还要到修渠现场为众人助威。

等回到未央宫，已经夜深，天王想光明殿的一堆奏折尚未批完，又秉烛光明殿，披着太后亲手缝制的狐裘细绒软肩，批阅起奏折来。

天子亦是血肉之躯，如此劳累下来，不过几月，对着铜镜，眼睁睁地看着正值壮年的丰润阔脸，添了几许沟壑般的皱纹，如墨的浓发，悄悄染上了几许白霜。天王心中一阵酸涩，禁不住叹道："景略啊，景略，卿是活活累死的啊，朕愧对于你啊。"痛叹之余，提起御笔，发诏书一道：

朕闻王者劳于求贤，逸于得士，斯言何其验也。往得丞相，常谓帝王易为。自丞相违世，须发中白。每一念之，不觉酸恸。今天下既无丞相，或政教轮替，可分遣侍臣周巡郡县，问民疾苦。

搁下御笔，却见子妹笑意盈盈地侍立身旁。天王问道："爱妃何时来的，朕竟未觉察。诜儿可好？好些日子没见了。"

子妹回道："诜儿这几日学会了走路，一刻都停不下来，方才安睡。臣妾看陛下写得入神，便未敢惊动。"边说边绕到身后，为天王按摩捶揉起双肩来。

天王道："朕方才批改着奏折想起丞相，拟了一道诏书。"

子妹道："丞相仙逝，万般重担都落在陛下一人肩上。臣妾深知陛下劳累辛苦，可惜臣妾一妇道人家，只能疼在心里，却爱莫能助。"

天王攥住子妹的手，道："有你立在身侧，红袖添香，朕便觉得舒坦清爽许多。"

子妹柔声道："蒙陛下不弃，臣妾愿时时刻刻服侍君侧。"接着道："夜已深重，想着陛下也饿了,臣妾准备了点山野陋食,给陛下换换口味。"

说着从提来的食盒里捧出一盘白玉般的面片来,虽是山野陋食,却配了绿油油的菠菜嫩叶和细如春雨的红萝卜丝,色泽鲜美,看着眼馋。天王笑道:"本来不觉得饿,看到如此美味,肚子此刻竟然咕咕叫开了。快给朕拿箸。"

子姝微笑着,不紧不慢地把食盒里调配好的一碗蒜汁辣油香醋浇遍面片,这才递过银箸,请天王品尝。

天王夹起一片,举到眼前,惊奇地赞道:"这面片竟然如云母般透亮,朕能透过面片看到你的娇容。"

子姝不好意思地催道:"陛下尝尝再说。"

天王尝了一片,又尝了一片,埋头边吃边问道:"这可是黎夫人的手艺?为何从未见她做过?"

子姝笑着摇头道:"并非黎夫人手艺,陛下先说好不好吃?"

天王连连点头说好。

子姝看君王不管不顾的吃相,掩嘴浅笑,不依不饶让夫君说出哪里好吃。

天王已经吃掉盘中一大半,停箸,喝了一口子姝奉上的醪糟枸杞珍珠羹,笑道:"洁白如玉,滑薄透亮,柔软筋道,酸辣爽口,吃得朕都冒汗了,过瘾!"

子姝体贴地用温热锦帕替郎君拭去额上微汗,笑道:"此物能得符郎如此赞赏,不如赐个雅号如何?"

天王想都没想,说道:"当然非'玉面'不可。"

子姝掩住红唇哧哧地笑了起来,天王一脸疑惑,不解其意。

子姝道:"亏得符郎熟读《诗经》,莫非忘了《绵》中盛赞,以善于烹调著称,贤美聪慧的姜夫人?"

天王道:"是周太王古公亶父的夫人姜女么?"

子姝笑答道:"正是。相传此物为当年周太王古公亶父居豳时夫人姜女所发明。"

天王恍然道:"朕想起来了。小时候曾听祖父大人讲过,公刘居豳三百年之后,古公亶父继位豳公。他积德行义,国人皆戴之,后因戎狄威逼,不愿部族受损,为从长计议,率众由豳迁到岐山下的周原,'复修后稷、公刘之业',推行'务耕织、行地宜'的农业发展政策,实现了'行者有资,居者有蓄积,民赖其庆'的局面,周族由此逐渐强盛壮大起来,奠定了周人礼教文化和灭商的基础。只可惜姜夫人发明的被亶父大赞的玉面,到西岐后因水质不同失传了。"

言罢,天王将盘中玉面一扫而光,道:"莫非你在土陵村学会的?那里可是古豳国的故地。"

子姝笑道:"若是在土陵村学会做,这么多年来,为何不做了给苻郎解馋?此物乃贺夫人在家中做好,专程来长安献给陛下的。"

天王哈哈笑道:"想当年,贺清水不辞而别,说想念家中糟妻,看来糟妻是宝啊,竟然还会这门失传已久的烹调手艺。将贺夫人请进宫中,在御膳房传授此艺,还要在民间大力推广,朕要这美食千古留香。"

子姝盈盈笑道:"贺夫人陪同贺清水前往泾水上源修渠,已经被臣妾留在宫中授艺,黎夫人正在学呢。只是臣妾愚笨,只想到呈与陛下,却未承想到与民共享。倘若百姓都能享用,岂不是陛下御赐,恩泽万民呢。"

天王点头道:"朕就是要与万民同享,让玉面千古留香!"

子姝婀娜拜道:"陛下仁爱,百姓万福。臣妾有个主意,倘若让御膳房学会,大量制作,作为犒赏修渠万民之物,那此物必定会如陛下所愿,美食天下,千古留香。"

天王点头赞道:"如此甚好,过几日二月二龙抬头,就用玉面犒赏万民,让御膳房办好此事。"

子姝点头应了,收拾好食盒,劝天王勿要太过劳累,早点歇息才是。

天王看着尚未批完的奏折,摇头道:"爱妃先回去歇息,朕批完就来。"

子姝柔声道:"陛下勤政,子姝怎敢安享美梦,臣妾在旁边伺候笔墨可好?"

天王边点头边翻开奏折,精神百倍地投入安邦定国之中去了。

二月二,彭正和同贺清水在郑白渠源头、泾河谷口凿山起堤。同时,在以前的都水使府旁,为天王建起了避暑行宫,行宫因四周植满碧莹莹的韭菜,天王赐名"韭园"。这日天王亲临,御赐修渠万众玉面美食,使万民感激涕零,伏地长拜,大呼万岁万岁万万岁,并口口相传,将玉面渐渐传成御面,成为大众美食,世代流传。

大旱依旧继续,郑白渠尚未通畅,虽然因天王亲赐御面,士气大振,万众一心,夜以继日,但离泾水清源还需些时日。时令不等人,眼看就到春分,若再无春雨,秋季庄稼就要绝收。百姓温饱,将士供给,从何而来?天王正在光明殿着急,僧涉求见。

天王召见道:"朕闻听丞相仙逝后,你在聚云寺闭关静修,今日见朕,有何要事?"

僧涉合掌道:"贫僧在聚云寺闭关静修半年,近日终于能与神龙密语,降雨解旱,润泽万物,为陛下解忧。"

天王半信半疑道："果真如此，朕要替万民致谢大师。"

僧涉合掌道："陛下惜民，感动神龙，才愿显灵，助陛下一臂之力。明日卯时，请陛下亲临城南天坛，祈雨拜天，贫僧会在旁边念咒召来神龙密语。"

天王沉思片刻，点头道："为解大旱之苦，试试无妨。"

次日卯时，天王亲临城南，吉时祭拜天神。僧涉在正殿旁，手持木鱼，磐石般稳坐蒲团，慈目半垂，嘴里念念有词……半炷香工夫，突然，已经鱼肚白的东方，乌云遮天，重返黑暗。准备早起的百姓还以为看错了时辰，正在纠结是起来去深沟里挑点水，还是再睡会儿等天亮呢，突然，一声干裂的炸雷，吓人一跳。还未定下神来，只听见天空一阵咆哮声，先是一道闪电抢先劈倒了一棵孤零零的老槐树，紧接着轰隆隆的雷声随后赶来，震耳欲聋地吼叫着，发着脾气。脾气还没发完，盼星星盼月亮的春雨，突然像箭一般密密麻麻地朝干裂的大地斜射下来！

不到半盏茶工夫，大地浮起一层水雾，长安城的宫阙楼阁缥缥缈缈，如蓬莱仙岛、水墨江南一般。溪流满了，井水溢了，天王怕河水暴涨又成水灾，赶紧对僧涉道："够了够了，请神龙回东海歇息吧，莫为百姓解了旱灾，却又酿成水祸。"

僧涉点头，专心念咒。不一会儿，骤雨停歇，天空湛蓝，一道彩虹悬挂碧空。天王大喜，要重赏僧涉，却见僧涉闭目蒲团，虚汗淋漓，哈欠连天，颤抖不已。天王知道僧涉为请神龙降雨，伤了元气，赶紧命人抬入静室，培根固本，好好休养。

三月底，郑白渠重新贯通。天王移驾韭园避暑行宫，设宴犒赏有功之臣，并提拔重用修渠中才干人品出众的王侯富室子弟、僮隶家仆，赦免修渠中踏实苦干者的奴隶，惩处溜奸耍滑、借机侵吞宫银的贪官污吏。贺清水风格依旧，未等天王封赏，携糟妻回新平郡种瓜收枣去了。天王闻知，哈哈一笑，亲书"清水如许"四字，命人送往新平郡。

郑白渠重振雄风，浇田增产，润泽万里，民赖其利。

第五十四章 攻肉城苻丕受挫 守襄阳朱序抱死

上次说窦滔夫妇前往襄阳,其实当时秦国只占汉水之北樊城,与东晋襄阳城隔江相望。襄阳作为东晋西北门户,由晋名将、曾平定司马勋之乱、大败前燕将领傅末波、屡建战功的梁州刺史朱序镇守。

秦晋两家隔江相望,两国局势缓和时,常常共饮一江水。一旦政治需要,黑云压境,剑拔弩张,一边虎视眈眈,其欲逐逐;一边凶相毕露,面目狰狞。

这日傍晚,几个秦兵如往常一样在汉江捉鱼,对面晋兵也在汉江洗澡嬉戏。这边秦兵捉到一条金边红鲤,朝那边晋兵炫耀。晋兵嚷嚷着表示不服,扎个猛子也想摸到一条金边红鲤,结果,一个猛子扎进淤泥中,不见人影。这边秦军正在嘲笑晋兵水性太差,那边晋兵痛失战友兄弟,迁怒秦军,匆匆上岸,放箭过来。举着红鲤正在炫耀的秦兵不幸被射中头颅,手中的红鲤在空中欢喜跳跃着,趁机一头跃入汉江的碧水长流之中。

本来是个玩笑,可大可小,但因涉及人命,秦兵围在主将窦滔帐前,跪请将军为同袍报仇。窦滔想,在河岸叫骂,朝对方放冷箭,只是莽夫之勇,不如趁机杀过江去,拿下襄阳,为属下报仇,也给同生死的弟兄们有个交代。但又不敢擅自做主,便将此事上报天王。

天王召来慕容垂问话,慕容垂笑道:"恭喜陛下,伐晋南征师出有名了。"

天王点头道:"爱卿说来听听。"

慕容垂拱手道:"晋军射杀我兵士,明摆着是挑衅。襄阳自古为兵家必争之地。拿下襄阳,无疑打开了晋国西大门,那时以秦兵之勇猛,周边的彭城、淮阴、盱眙唾手可得,逼剩建康一座孤城,最终落入我大秦囊中。"

天王想,慕容垂果然智谋了得,这一口气将朕想到的都说了出来。点头道:"爱卿所言有理,只是南征之事,尚无胜算。"

慕容垂道:"陛下不必多虑,南征之事,确无胜算,但若借机拿下襄阳,便多了几分胜算。"

天王颔首,又召来秘书监朱肜问话。

朱肜亦赞成给晋军还以颜色,为秦兵报仇。

天王命人召来熊邈,问战船何日能完工试航。熊邈担忧家人安危,支支吾吾半天不敢给天王准信,又不愿辜负天王厚爱,便道:"昆明池的船日行五百里,足以为陛下分忧解难。"

天王点头道:"朕知道你技艺精湛,而且精益求精,战船按你心意完工即可,不必受时间束缚。若有难处,直接告诉朕。"

熊邈含泪谢恩拜退。

天王想:"襄阳一直轻易不去攻打,一来欲养精蓄锐,准备厚积薄发;二来有汉江之隔,秦无战船,不善水战,军事上不占优势。如今若用熊邈造的船载两百精兵,再加上孔明连弩,当年孔明可以草船借箭,秦为何不能渡江借船呢?若能缴获晋军战船,任凭襄阳固若金汤,也难挡秦兵之勇。何况,趁机试探一下晋的军事实力,也好做长远打算。"主意拿定,便召来几位重臣排兵布阵,商议战略部署。

两日后早朝,天王遣其长子征东大将军、长乐公苻丕为首,武卫将军苟苌、尚书慕容暐为辅,率步骑七万攻打襄阳。同时,命荆州刺史杨安率樊、邓之众为前锋,征虏将军石越率精骑一万出鲁阳关,京兆尹慕容垂、扬武将军姚苌率兵五万出南乡,领军将军苟池、右将军毛当、强弩将军王显率兵四万出武当,合攻襄阳。

这么大的动静,为何不见两个万人敌的影子呢?原来,天王得知拓跋什翼犍被其子拓跋实君所杀后,车裂其子及拓跋斤,派张蚝与李柔率兵开赴代国都城盛乐的所在地云中郡,将代收入囊中,并就地镇守。而另一位邓羌大将军竟然因为受人挑拨,以为可足浑氏将拓跋月明献给了天王,一怒之下,留下官印,不辞而别,归隐山林去了。

言归正传,且说这五路十七万大军浩浩荡荡,气势汹汹,一副要讨回公道的样子,分别从东、西、北三面夹击襄阳。传说中铁打的襄阳,能顶得住吗?

兵贵神速,四月初,石越、窦滔率一万精锐骑兵出鲁阳关到达沔水之北。驻守襄阳的东晋梁州刺史朱序,想着秦军无船,难渡沔水,故而松懈防务。哪料到顺渭水而下的船刚好抵达沔水,英勇的石越亲率精兵二百登船,窦滔率五千骑兵游马渡水随后,神不知鬼不觉地攻取襄阳外城,且缴获战船百余艘以渡后军。次日,苻丕所统中军亦至,合军共攻襄阳内城。

襄阳告急!

朱序乃东晋名将,因一时大意,眼看着要失掉"荆州",懊悔不已,命几名兵士护卫府中家眷,自己则登上城楼,衣不解带,寐不闭眼,昼夜巡视,动员兵众坚守内城,誓与襄阳共存亡。

一向沉默寡言的皇长子苻丕率将士攻城三日,襄阳内城毫发无损,没讨到半点便宜,反而让晋兵居高临下,滚石、乱箭、沸汤损伤了百十兵士。苻丕表面沉静,但心中恼怒不已。在营帐中翻开《孙子兵法》呆坐走神,心想:"我苻丕只因庶出,与太子之位无缘。虽无雄才大略,但身为皇长子,因能驰骋疆场,开疆辟土,为父皇分忧,故受到父皇厚爱器重。襄阳只是父皇南征的开始,若能一举拿下,既能立功扬威,又能讨得父皇欢喜。若父皇开恩,能赏个七珠亲王,将来便能在万人之上。"想到此处,长乐公合起卷册,召来部将,商议次日再攻襄阳之事。

是夜,朱序头戴红缨铜盔,身着亮银铠甲,手提紫铜雷霆之怒长枪,正在城墙上巡查,远远看到母亲带领了一群婢妾妇人匆匆赶来,皆赤衫束腰,宽裤扎腿,手提木棍长枪。朱序尚未开口,身披猩红大氅,精神矍铄的韩老夫人舞着手中的鸠头玉杖,叫着朱序的乳名道:"伦儿莫慌,为娘在此为你助阵!"

朱序急忙迎了上去,单膝跪在母亲跟前,道:"孩儿不孝,深夜还劳母亲大人亲自登城探望。"

韩老夫人扶起朱序,道:"为娘不是登城探望,而是陪伦儿共守城池,保家卫国。"

后面的妻妾婢女亦齐声脆脆道:"陪将军共守城池,保家卫国!"

夜深人静,月弯如钩,巾帼上阵,英姿飒爽,鼓舞士气,众志成城!身经百战的朱序禁不住热泪盈眶。

韩老夫人心疼儿子,理理被夜风吹散的鬓角银发,道:"为娘方才带众人城墙上走了一趟,发现西北角城墙不够坚固,倘若明日敌军再攻,怕会溃塌。不如连夜命人筑斜城于后,以防患于未然。"

朱序咽下热泪,低头拱手道:"孩儿这就传令下去,天亮前筑好斜城。"

韩夫人点头道:"好,为娘率众女眷一起修筑斜城。"

鸡鸣时分,苻丕传令众将士率秦兵分四路猛攻襄阳。并有令,午时前攻下襄阳城,每人赏金百两。秦兵素来作战勇猛,何况重赏之下,更是如狼似虎,死拼猛冲。不到两个时辰,西北角城墙果然在秦兵的猛攻下溃塌,秦兵以为破城在即,拼死进逼,晋人退入筑好的斜城拼死坚守。杀到日落,斜城上堆满了双方兵士的尸体,鲜血浸透了斜城的新土,晋人依然不惧不退,寸步不让。秦军锐气受挫,只好鸣金收兵,再做计议。

苻丕的表舅、率军灭凉的武卫将军苟苌在军帐中劝导急于求成、屡屡受挫的外甥道:"我军十倍于敌,粮草如山,只要将汉、沔沿岸的百姓迁往许、洛,断其粮道,阻其援兵,困朱序于孤城,粮竭矢尽,定当擒获。今急攻,伤亡无数,即使得城,杀敌一千自损八百,又有何益?"

苻丕正骑虎难下,攻城数次,次次受挫。继续攻吧,伤亡太大,士气大减;不攻吧,脸面难堪,长了他人志气,灭了自己威风。听苟苌如此一说,力赞道:"舅父大人说得极是,正合丕儿心意。"果断传令下去,围而不攻,从长计议。

再说力促此次南征的战神慕容垂,跨着他的五花追风马,提着他的紫金虬龙狼牙棒,率兵出南乡,轻轻松松攻下了南阳城,顺便俘获了太守郑裔,进兵襄阳外城,与苻丕会合。

眼见南征形势大好,十七万狼虎秦兵合攻襄阳,兖州刺史彭超亦不甘寂寞,向天王主动请缨,要率部众在彭城、沛郡另辟战场,与苻丕形成"棋劫之势"。并献策:"若东西两头共进,晋则不足平也!"这话说得多动听多艺术,简直说到天王的心坎上了。天王当下准奏,命彭超即刻攻打彭城。且命后将军俱难、右将军毛盛、洛州刺史邵保率步骑七万南下攻淮阴、盱眙,矛头所指,直逼建康城。

提起打仗攻城,勇猛秦军热血沸腾,个个摩拳擦掌,欲立战功。梁州刺史韦钟也主动请缨出击,率兵围晋魏兴太守吉挹于西城。

顿时,黑云压境,号角声声,星垂平野,月涌大江。秦军在东西两线同时开辟三个战场,投入三十多万兵力,开始了攻打东晋的战争。

第五十五章　秦强大西域入贡　女儿羹参汤有毒

三十多万秦军怀着必胜的信心,在东晋西门口悍猛酣战。运筹帷幄的天王稳坐太极殿,从容镇定地处理着天下大事,静候攻取襄阳的佳音捷报。

转眼金秋,霜叶如花,万山红遍,层林尽染。西域十余国入贡于秦,大宛向天王献上汗血宝马。天王大喜,命在建章宫设宴,款待各国使臣。

西域诸国使臣何曾见过如此金碧辉煌、奢华巍峨的宫殿,走进建章宫,东瞅瞅,西瞧瞧,用长长的大鼻子闻到如痴如醉的龙涎香,用深如碧潭的蓝眼睛看到丹楹刻桷、雕梁画栋、到处陈设的奇珍异宝和盛开的奇花异草,赞叹着,震撼着。入席坐定,边看着美若天仙的舞姬们随宫乐翩翩起舞,边用精美的金碗银箸享用各种山珍海味、龙肝豹胆,除了对秦的富饶强大的叹服,对秦天王圣明神威更加敬畏!

酒酣之际,焉耆国使臣起身道:"尊敬的天王陛下,我鼓足勇气,想把这顶我母亲亲手绣制的朵帕献给陛下。"说着摘下自己头上的朵帕,捧在手中,弯腰献上。

天王哈哈大笑道:"朕听说焉耆人头上的朵帕只送给最亲近的人,以示信任和诚意。朕收下了。"

焉耆国使者开心地拍着手鼓,在宴会上跳起了耸肩动脖子的舞蹈。

龟兹国使者举杯道:"尊敬的天王陛下,我要代表我的国家敬陛下一杯美酒,龟兹国愿意永远和大秦国一条心,使黄土变成金!"

天王豪爽举杯,饮了。

其他使节见秦天王虽然远看高贵威严,宴会上却如此温和近人,便慢慢不再拘束,争相敬酒献上祝福,并随着宫乐、手鼓跳起了异域风情的舞蹈来。

不知道何时,宴厅中央多了一个梳了十几条细辫子舞蹈着的曼妙少女。只见她身穿一袭大红色的舞裙,上面用金线绣着带有浓郁异域民族风情的花纹,头上戴着一顶俏皮可爱的朵帕小花帽,帽檐上插着一根翠绿的羽毛。一双碧绿幽蓝的眸子,如同深陷沙漠里的一泓碧水,闪亮而深邃。挺拔高耸的鼻梁,丰润的红唇和贝壳般洁白的皓齿,吹弹可破像羊奶凝乳一样的脸蛋。赤裸的玉足,马奶提子一样白嫩晶莹,小巧的脚指甲上染上了火红的蔻丹,纤美的脚踝上戴着一对随着舞步叮叮当当的金铃铛,闪闪亮亮。性感迷人,让人不忍多看,又忍不住想多看。

那少女脸上的笑容如奔跑的梅花鹿一般活泼可爱,昂首、挺胸、立腰,似乎身体的各个部位都会动,都要参与舞蹈,都要表达热情、奔放和欢乐。只见她一会儿用脚尖如陀螺般旋转成一团红彤彤的火焰;一会儿俏皮地如木偶般一手扶着下巴,一手弹着响指,绿宝石般的明眸和脖子左右游动,时而扭腰,时而耸肩,时而摇身,时而颤胸。看得人热血沸腾,眼花缭乱。伴着鼓点韵律,美少女轻盈地旋转到天王龙案前,右手放在左胸前,左手做出了"请"的姿势,碧眸闪烁,热气腾腾地脆声道:"楼兰国公主热力·古丽娅拜见天王陛下,邀请尊敬的天王陛下共舞一曲。"

天王哈哈笑道:"美丽奔放的古丽娅公主,你的热情感染了朕,只是朕不会你的胡旋舞啊。"

古丽娅并不说话,只是闪动着明亮的大眼睛,伸出白藕般的手臂来,将天王拉到了自己身边,围着天王,欢快地耸肩、颤胸、扭腰、翻腕,一双碧眼大胆地盯着天王如天上的星星般闪烁不停。天王被古丽娅的美妙舞姿和率真热情所感染,亦随着节奏大步动了起来。

驯马师将大宛进献的汗血宝马牵至宫外。天王兴起,出宫一跃跨上一匹精壮挺拔、长鬃飘飘、四蹄踏雪的紫鬃骢,策马扬鞭,绝尘而去。驯马师对着已经看不到背影的天王大声喊道:"陛下小心,这匹马性情最烈,尚未驯服!"

外使和陪臣们还在震惊中,不知如何是好,却见一道紫色闪电飞驰而来,天王大笑着跳下马来,手里举着一枚红叶,道:"宣明台上的霜叶,红于二月春花啊!"眨眼工夫,天王骑着宝马采回了西郊宣明台上的霜花,再看踏雪紫骢,出汗如血,嘶鸣兴奋不已。天王大喜,命群臣陪各国使者以极醉为限,纵欢尽兴!

楼兰公主热力·古丽娅则两眼放光,小脸通红,小嘴嚅动着喃喃自语道:"这是萨满赐予古丽娅的男人吗?"

侍郎赵整拱手对天王道:"吾皇圣明,大秦威武,微臣愿为陛下献歌助兴!"

天王边走边将手中的霜叶插在了呆立一边的古丽娅公主的小花帽上,点头应允。

只见赵整理理头冠,拉平衣袍,走到乐师的琴旁坐定,抚琴深沉唱道:

地列酒泉,天垂酒地。

>杜康妙识,仪狄先知。
>
>纣丧殷邦,桀倾夏国。
>
>由此言之,前危后则。

本来嘈杂热闹的宴会渐渐安静下来,异国使臣不懂其意,只觉琴的声音平和沉稳,委婉悠远,配着歌者的声音不温不火,不急不躁,如滚滚大江,缓缓向东。

赵整伴着琴声继续歌道:

>获黍西秦,采麦东齐。
>
>春封夏发,鼻纳心迷。

外行听热闹,内行听门道,大臣们面面相觑,心想,赵整真是胆大,平时喜欢直谏也就罢了,今日竟当着各国使臣的面,放歌止酒,这不是明摆着让陛下难堪吗?天王已经明白赵整心意,放下手中的御龙金樽,笑道:"朕酒浓眼花,怎么看赵侍郎满身都长着刺呢?"

赵整低头抚琴,自弹自唱道:

>北园有一树,布叶垂重荫。
>
>外虽饶棘刺,内实有赤心。

天王哈哈爽笑道:"赵侍郎方才所唱的止酒歌,宴会结束后,写刻出来,作为对饮酒的禁戒。此后再有宴请,浅尝辄止,礼到即可。"

群臣顿时松了一口气,暗责赵整的鲁莽,又赞叹天王的从谏如流,伏地高呼万岁万岁万万岁。

使臣们大概也明白几分,被秦天王如大海一般广阔的胸怀折服,单膝跪地,施礼致敬。

天王道:"大宛国使者何在?"

一位高个子、高鼻梁、深眼窝、深褐色眼睛、棕色鬈发的白皮肤使者上前一步,鞠躬道:"大宛国卡瑟莫夫拜见天王陛下。"

天王道:"大宛国的五色宝马果然名不虚传,皆汗血朱鬣,五色斑斓,凤膺麟身,风驰电掣。朕思当年汉文帝怕宝马养在中原水土难服,失了本性,便遣返大宛国进贡的五色天马。朕如今亦效仿之,愿大秦与大宛永结相好,国泰民安。"

卡瑟莫夫屈膝跪下,模仿着臣礼叩拜高呼道:"陛下万岁万岁万万岁!"

天王又命群臣作止马诗,赠与卡瑟莫夫,随五色宝马一起带回,呈与国王以示两国世代友好。

曲终人散,天王回到光明殿继续批阅奏折。

近侍太监、赵整的徒弟小德子小心翼翼地对天王低头弯腰禀报："陛下,楼兰国公主古丽娅求见。"

天王抬头看了小德子一眼,不予理睬。

小德子低头,不敢多言。

等天王批阅奏折有些劳累,活动着肩膀脖子起身走动时,小德子又想提醒天王古丽娅公主还在殿外等候,但又怕打断天王思绪,将嘴边的话咽了下去。

天王看了紧跟自己来回走动的小德子一眼,道:"古丽娅还在殿外候着?"

小德子赶紧上前一步,弯腰低头回道:"是,陛下,已经候了一个多时辰了。"

天王道:"传吧!"

古丽娅手里紧紧握着那枚红叶,如小鹿般急急忙忙闯了进来,差点被高高的门槛绊倒,嘟着嘴给天王施过礼,道:"令人仰慕的天王陛下,我急着见您,是因为我想告诉您,您如雪山般圣洁伟岸的龙颜和沙漠般辽阔高远的胸怀打动了我,我必须告诉您,我爱上了您,我要嫁给您!"

天王看着古丽娅稚气尚存、涨得通红的脸,一身洁白的纱裙,外套一件绣满雪绒花的嫩粉色齐腰坎肩,一顶簇拥着一圈嫩粉色雪绒花的乳白色朵帕,帽檐上插了一根嫩粉色的羽毛,脚踩一双嫩粉色的羊皮小靴,如天使般认真严肃地诉说着自己的心事。天王忍俊不禁,从龙案旁踱到古丽娅身边,笑道:"你多大了?"

古丽娅闪动着一对深邃清澈的蓝眼睛,回道:"十三岁了。"

天王微笑着点头道:"朕很欣赏你的率真和勇气。只是十三岁在我们大秦谈婚论嫁尚早了些,何况婚嫁大事,需遵父母之命媒妁之言。"

古丽娅急忙摇头辩道:"可是在我们楼兰国,女孩子十二岁就可以嫁人了,只要两个人相爱,在孔雀河边对着月亮向萨满起誓就可以做夫妻了。"

天王看着古丽娅认真的模样,不禁也认真起来,抚着她的肩膀道:"我大秦女子十五岁及笄方可谈婚论嫁。不如这样,你先回去,两年后,若你依然想嫁给朕,朕就派使者带上聘礼前往楼兰国迎娶你做朕的夫人,如何?"

古丽娅闪动着一双水汪汪的大眼睛点头道:"陛下一言九鼎,可要说话算数!"

天王捏捏古丽娅粉粉嫩嫩的脸蛋,笑着点头应了。

古丽娅仰着头又道:"两年后您派使者带聘礼来迎娶古丽娅的时候,可别忘了给我父王带一些美酒和一把大秦国的宝刀!我父王常常赞美大秦国的宝刀削铁如泥,所向披靡!"

天王笑着也点头应了。

小德子捧来参汤,低声道:"陛下,该喝参汤了。"

天王点头接了过来,道:"可爱的古丽娅公主,时候不早,你该回楼兰馆休息了。"

古丽娅却恋恋不舍地盯着天王不愿离去。天王端着参汤,转身欲回龙案继续批阅奏折,古丽娅随后追了几步,道:"亲爱的陛下,我一点都不愿离去,就像花朵不愿意离开阳光一样,请问我可以陪在您身边,看您处理国事吗?"

天王龙案旁坐定,笑着摇头道:"有违礼法,不可。"旁边小德子急忙提醒道:"公主殿下,您该退下了。"

可爱的古丽娅手里摆弄着红叶,依然不肯离去,想在天王身边多待一会儿,看天王端起参汤要饮用,急中生智,道:"亲爱的陛下,我可以分享您的圣汤吗?"

小德子脸色大变,急忙制止道:"公主不可无礼,请您速速退下!"

天王面对古丽娅的孩子气一脸无奈,学着古丽娅耸耸肩,道:"那就尝一口吧!"将手中的参汤递给了用大眼睛直勾勾地盯着自己的古丽娅。

古丽娅欢快地接过金枝玉叶碗,得意地踮起脚,轻盈地旋转三百六十度,朝天王俏皮地眨着眼睛,美美喝了一大口。

天王突然对这个浑然天成的小公主心生怜爱之意,道:"这下满意了吧?回去好好休息,离开长安前,想朕就可以来看朕,不必拘礼。"

古丽娅开心得像只快乐的小天鹅。突然,这只小天鹅好像被猎人射中,伸开羽翼般的双臂,挣扎着扑向天空,又扭动着跌落在天王的怀中,嘴角渗出殷殷鲜血,微笑着对愕然的天王喃喃道:"感谢萨满,赐予古丽娅如此宽阔温暖的怀抱!"

红叶飘零,玉碗落地,参汤有毒!

第五十六章　可足浑氏欲弑君　楼兰公主误殒命

慕容垂率兵南征，徐嵩如今暂代京兆尹之职，殿外闻听太监高呼有刺客，急忙提刀冲了进去护驾。天王铁青着脸，抱着古丽娅，怒道："封锁消息，彻查此事！"

可足浑氏在清河宫一夜无眠，等着自己的阴谋得逞，派贴身宫女偷偷窥探多次，回禀光明殿一切如旧。

可足浑氏想："此次计划应该万无一失，如果顺利，此时苻坚应该已经命丧黄泉，为何却迟迟不见动静？莫非小德子临阵变节？不可能，难道他不要自己的命，也不要老父老母的性命不成？何况他偷了建章宫的那对金麒麟的把柄还攥在老娘的手中，那可是灭九族的死罪！"

可足浑氏机关算尽，为稳固慕容氏在秦的势力，献上一对儿女，还献上儿媳，又设计害死王猛，还想害死张子姝，却一直未能得逞。如今冲儿在范阳任太守慢慢历练成熟，慕容暐亦得天王信任，子侄们也掌握了一些兵权。慕容垂虽然一向与自己不和，但毕竟不是外人，深得苻坚信任和重用。随着慕容氏势力的壮大和稳固，可足浑氏突然觉得没必要再私下偷偷摸摸做些小动作了，干脆直捣龙巢，毒死苻坚，杀掉苻坚旧臣，恢复国号，扶持儿子慕容暐在长安城登上皇位，自己继续如当年在燕国一样，把持朝政，重新风光一番。一来报了当年的灭国之恨，二来完成了复国大业，三来鸠占鹊巢，坐拥半个天下，一石三鸟！只是苻坚随侍护卫一向森严，想找到机会难上加难。但世上无难事，只怕有心人。可足浑氏如秃鹫般远远盯着未央宫的一草一木和苻坚的一举一动，时刻寻找机会。俗话说得好，不怕贼偷就怕贼惦记，可足浑氏还真逮住了一个机会。一日，赵整的徒弟小德子从建章宫偷了一对金麒麟，想偷偷转给宫外的爹娘，被可足浑氏的人发现，劫到暗处，威逼利诱一番，小德子怕被告发连坐家人，只好屈从，愿为内应。

将天王身边伺候的人捏在自己手中,可足浑氏胆子大了起来。前几日知道天王今日会在建章宫宴请西域各国使臣,可足浑氏便暗地里谋划布置起来,本想趁着宴会人多混乱,命小德子趁机给御酒里投毒,无奈赵整、权翼一伙人寸步不离,十分细心警惕,没有任何下手机会。好不容易熬到宴会结束,天王移驾光明殿,赵整遵旨记录酒德歌,留小德子一人伺候。

机不可失,时不再来。

可足浑氏命人暗中传话小德子尽快动手,将鸩毒投进苻坚每晚必饮的参汤之中。

如今看光明殿没有任何动静,看来小德子并不听话,没有按计划出手。这个小德子,非给点颜色看看才会乖乖听话。想到此处,可足浑氏召来贴身宫女,命割一只小德子母亲的耳朵,明日找机会送过去,给小德子提个醒!宫女领命去了,可足浑氏念叨着:"小德子靠不住,看来要从长计议了。"

次日派出去探听消息的宫女回报,天王早朝,册封楼兰公主古丽娅为楼兰夫人,并派特使随楼兰使节一起前往西域,为楼兰王送去珍贵聘礼。小德子尚未找到。

可足浑氏想:"这个氐贼,封古丽娅为楼兰夫人,明摆着是向西域各国示好。想本宫的清河、凤凰伺候他数年,也没有如此荣耀的名分!又恨恨地想,这个小德子,自知理亏,偷偷躲起来了。一个没把儿的阉人,果然靠不住,你能躲过初一,还能躲过十五?本宫倒要看看你有多大的本事,就是挖地三尺,也要把你找出来,剁成肉酱,以防你坏了本宫的好事!"

可足浑氏传来贴身太监余中,道:"务必找到小德子,活要见人,死要见尸。"

余中领命而去。

可足浑氏又飞鸽传书范阳慕容评,询问离间北海公、豫州刺史苻重,鼓动其谋反之事进展如何。

七七八八的事情搅得可足浑氏有点眩晕,斜倚软榻,端着宫女奉上的冰糖血燕窝,正在谋划邪招,余中匆匆禀报,看到小德子了,只不过人多眼杂,没有找到机会问话。

可足浑氏想,看来小德子没有胆量下毒。但既然苻坚没有动静,说明小德子亦不敢背叛自己,这种胆小懦弱之人留着何用?想到此处冷笑道:"还有什么好问的,找机会做了!"

余中迟疑了一下,道:"不留下来吗?也许以后还用得着。"

可足浑氏喝了一勺燕窝，道："诺诺小人，难当大任，留着何用？剁成肉酱才解本宫心头之恨！"

　　余中弯腰拱手答是。正要退下，可足浑氏又补充道："他都没用了，留着他父母又有何用，不留痕迹烧了，以绝后患！"

　　余中诺诺应了，小心退下。

　　其实，小德子不得已将可足浑氏早就交给自己的鸩毒投入参汤之中，没想到却让天真可爱的古丽娅公主先喝了。知道一时糊涂，犯下死罪，上对不起天王，下对不起父母，又得罪不起可足浑氏，不如自行了断，免得连累九族，便仰药自尽了。

　　徐嵩听讼观断案两年，练就了一双火眼金睛，亦练就了一颗严谨缜密之心。参汤里的鸩毒从何而来，御膳房熬出来的参汤皆先由试毒官试过才会呈献给天王，试毒官无恙，说明御膳房不会出问题。试毒官品尝后，交给小德子呈献给天王，为何小德子在大叫一声有刺客之后，亦服鸩毒而亡？看来小德子嫌疑重大！鸩毒猛烈、珍稀，一般只有御医院才有，平常人家若敢私藏必是死罪。那么小德子的鸩毒从何而来呢？宫中谁要置天王于死地？查了御医院的鸩毒出入记录，并无可疑之处，那就是说鸩毒属于私藏，并非从正常渠道所得。徐嵩摇摇他清瘦硕大的脑袋，看来只能顺着小德子这条线索查了。派人搜了小德子的住处，并未发现蛛丝马迹。小德子是赵整的徒弟，与赵整脱不了干系。徐嵩派人暗中调查、跟踪赵整，未发现任何可疑之处。将和小德子平时来往较多的太监宫女一一暗查，还是无任何收获。徐嵩又亲自带人前往小德子的乡梓暗访，邻人说其父母几年前就随小德子去了长安城，具体住处却不知晓。徐嵩赶回长安城，从与小德子相好的宫女处得知小德子父母在长安居处。急忙赶去，却得知住处三天前半夜失火，两位老人被活活烧死。这火着得实在蹊跷，也许放火之人就是幕后真凶！

　　徐嵩突然灵机一动，想："既然幕后真凶杀了小德子父母，想必更不会放过小德子。小德子虽死，但因封锁消息，并无外人知道。如果凶手认为小德子还活着，肯定会想方设法与其联系或者将其除掉，不如来个移花接木，引真凶走出幕后！"

　　徐嵩找来一个身材长相与小德子十分相像的太监，命其如小德子一样天天跟在赵整身边出入未央宫，晚上就宿在小德子监栏院的监舍中。三日后，故意露出破绽，命"小德子"一人前往懿寿宫给皇太后送点心。懿寿宫偏僻，"小德子"刚过了揽月池，就被一蒙面人逼到了假山背后，二话不说，直接来了一招黑虎掏心，将小德子打蒙，又从怀里掏出一根细绳，准备将其勒死。这时，徐嵩大喝一声："大胆狂徒，皇家圣地，岂容你来撒野！"

那蒙面人一愣,飞起一脚,朝徐嵩踢来。徐嵩一招秋风扫落叶,将其扫翻在地,随从侍卫一拥而上,将其生擒。扯下面巾:这不是清河宫可足浑氏身边的太监余中吗?

徐嵩准备将余中押回廷尉府细审,没想到刚走两步,余中竟然咬舌自尽了。

虽然没有人证,但可足浑氏脱不了干系!

事关重大,徐嵩请示天王,密切监控清河宫可足浑氏。

天王默许。

第五十七章　自作孽毒妇暴死　恶满盈慕容评亡

可足浑氏在清河宫转来转去，等不到余中回宫，派人出去寻找打探，亦无消息。宫女又报清河宫外的侍卫突然换人，都是些生面孔。一向工于心计的可足浑氏顿时有种不祥的预感，赶紧飞鸽传书慕容评，让其想办法蛊惑苻重迅速起事，向朝廷施压，吸引苻坚注意力，以便自己金蝉脱壳。

手中的信鸽刚刚松手放飞，就见徐嵩带人进入清河宫，拱手道："太夫人见谅，卑职皇命在身，执行公务。"

可足浑氏故作镇定，呵斥道："清河宫岂容尔等如此鲁莽乱闯！没有天王圣旨，谁都别想动清河宫的一草一木。"

徐嵩右手握腰中宝刀，呵呵两声，左手在空中画了一个圈，并不理会，果断地对属下道："搜！"

可足浑氏机关算尽太聪明，反误了自家性命。

这不搜不要紧，一搜吓一跳。

清河宫不但搜出了鸩毒，还搜出了和慕容评来往的信条，竟然还搜出了孔明连弩的摹本图纸。面对如铁般物证，可足浑氏还是百般抵赖，说是被人陷害，所有证据都与自己无关。

徐嵩命部下严加看管清河宫，防止走漏消息，迅速将证物呈与天王。

天王将证物一一过目，怒道："蛇蝎心肠的毒妇，朕多年来待她不薄，她竟然如此仇恨朕。彻查这个毒妇暗地里都做过些什么！"

徐嵩领命，先从清河宫所有太监宫女查起，果然，可足浑氏所有恶行一一暴露。

有宫女招认，可足浑氏曾派她收买过太后身边的青泉姑姑，打探太后宫闱私事。

有宫女招认,可足浑氏本设计想将张夫人推进揽月池中淹死,未料到清河公主不幸遇难。

有宫女招认,可足浑氏曾派她多次找机会给张夫人下毒,都未得逞。

有宫女招认,曾奉命威胁熊邈,并将熊邈家人关在以前可足浑氏府邸的地牢里。

还有太监招认,可足浑氏曾让他往聚云寺山下送过一个无腿无眼的丑人,具体做什么事不太清楚。

还有太监招认,可足浑氏让他负责偷养信鸽,和范阳单线联系。

还有太监招认,受可足浑氏指使,他和余中几日前夜里潜入长安城小德子家,杀了其父母,并放了一把火,毁尸灭迹。

天王知道了可足浑氏这些罄竹难书的卑鄙勾当,联想到景略死前曾见过一个叫马史的废人,孔明连弩羊皮图就是马史所献。而景略匆匆谢世,也是因其胡言乱语动了肝火,耗尽元气。当时索绊提醒,天王曾派权翼前往聚云寺提审马史,回报马史不知所踪。又想到清河公主的不慎落水,再想到无辜的古丽娅替自己喝下的鸩汤……悲愤不已,亲自攥着徐嵩呈上的案卷,摆驾清河宫。

看一向盛气凌人的可足浑氏如被捕获的狐狸,羞恼而不甘,天王问道:"如今人证物证俱在,你还有何狡辩?"

可足浑氏用阴冷的眼神瞟了天王一眼,戾声道:"你敢杀我吗?你就不怕如今羽翼渐丰的慕容家族团结起来推翻你吗?"

天王淡笑道:"任意一条,便是死罪,你又何必牵连不相干的人陪葬呢?"

可足浑氏傲然地昂头道:"你如何舍得牵连更多的慕容氏?你还要靠他们为你卖命呢!"

天王觉得好笑,道:"死到临头,反而知道为朕考虑。平日朕待你不薄,你又为何恩将仇报,如此处心积虑地害朕?"

可足浑氏呵呵笑道:"待我不薄?你肯将你的江山拱手给我吗?荣华富贵就算不薄?我可足浑不是一般女人,想当年在宫中被昭帝慕容俊封为夫人,因出身低微,备受皇亲国戚歧视欺凌,尤其慕容垂的段妃,自恃贵族,对我各种不恭不敬。我忍辱负重,施尽手段才成后宫之主,并请昭帝立我皇儿为太子,得以和他们平起平坐。天不负人,昭帝逝,终于轮到我儿子当上皇帝。他虽然孱弱,但对我倒是恭敬顺从,尊我为皇太后。从那时起,我终于尝到高高在上、唯我独尊、一言九鼎的滋味。"说到此处,可足浑氏用余光阴冷地挖了天王一眼,道:"这种滋味你懂的,让人着迷,让人上瘾,让人沉醉,让人飘飘欲仙。可是,这种好日子刚刚过了十年,就被你这氐贼占为己有!"

天王冷冷地看着可足浑氏,道:"多行不义必自毙,得道多助失道寡助的道理你应该明白!"

可足浑氏凌厉的眼神突然变得柔软起来,哀求道:"陛下,您一向仁厚,不要杀我,以前的事情是我错了,我会在清河宫禁足思过的。"

天王怒道:"不杀你,我如何向九泉之下的景略、清河、古丽娅,还有那些死在你手中的人交代?你是想拖延时间,等着慕容评蛊惑苻重造反,攻进长安城,拥立你为太后吧?"

可足浑氏看自己的诡计被天王戳穿,恼羞成怒道:"苻大头,你个氐贼,我所作所为都是为了复国大计,你若杀了我,慕容家族是不会放过你的!"

天王蔑视道:"你不用使离间之计,孰是孰非,朕心里有数。朕非但不会杀你,还会替你遮掩恶行。念你乃清河、凤皇之生母,念在你当年献玉玺有功,朕会让你暴病而亡,并以太后礼仪给予厚葬,带上你的种种罪行,去地狱好好思过忏悔吧!"

可足浑氏如一只垂死的狐狸,瞪着恶毒狡黠的双眼,道:"等着吧,氐贼,总有一天,我儿子会为我讨回公道的!"

天王鄙视地扫过可足浑氏那五官已经扭曲变形的脸,不屑地跨出了清河宫。边走边对徐嵩道:"将熊邈家人送归,清河宫一只苍蝇都不要留下!"

半炷香工夫,正在太极殿议事的天王接到消息,清河宫太夫人可足浑氏暴病身亡。

天王对身边的慕容暐道:"可足浑氏乃爱卿清河、凤皇之生母,当年献玉玺有功,朕赐以太后之礼厚葬,清河宫所有伺候过的宫女太监殉葬,以示哀荣。让京兆尹徐嵩协同你去安排办理好此事!"

不管可足浑氏生前曾如何暴戾并不满于慕容暐,毕竟母子一场,如今突然暴毙,慕容暐内心多少有点难过。怀着复杂的心情,披麻戴孝,将可足浑氏送进黄土深处,也算给母子一场有个交代。

可足浑氏暴病身亡,可难坏了范阳的慕容评和洛阳的苻重,究竟是反还是不反呢?

慕容评传信苻重,称事不宜迟,怕夜长梦多,走漏了消息。同苻重约好十一月初四寅时同时从两地起事,苻重攻打荥州,自己就近率兵攻取邯郸,然后同时挺进冀州。合攻冀州后,率部一路向西,直捣长安。初四寅时,苻重集合人马,准备按约行事,被天王早已密旨授权的长史吕光,将苻重以谋反之罪当众拿下,用槛车押回长安。

慕容评狡诈,本来就想着让苻重先蹚浑水,试试水有多深,再做打算。初四早上搂着新宠的小美人睡到日上三竿,收到消息,北海公因行事鲁莽,谋反泄密,被其长史拿下,已在送往长安的路上。

慕容评既喜又忧,庆幸自己足智多谋,又担心苻重见天王后供出自己。便松开怀中的美人,穿戴整齐,召来心腹,命其带几名高手,埋伏在槛车必经的路口准备杀人灭口。吕光早有准备,故意显得疏于防范,引得来者早点下手,并将其一网打尽。

苻重光明殿面见天王,一把鼻涕一把泪说是受慕容评蛊惑,才一时犯傻。哭得如孟姜女一般求天王饶恕,并说愿意戴罪立功,前往范阳杀了慕容评,以解心头之恨。

天王念其头脑简单,又有同宗之情,赦而不咎,命他在长安宗庙思过。不久,便任其为平洲刺史,出镇蓟城。

而对慕容评,外松内紧,故意不闻不问,任其自生自灭。

慕容评看派出去的人有去无回,慌了阵脚,听说苻重被天王圈禁在宗庙思过。想反吧,知道是自寻死路;不反吧,可足浑氏暴病身亡,苻重宗庙思过,明摆着事情已经败露。可是奇怪的是苻坚为何迟迟不对自己下手?莫非碍于慕容氏的朝廷势力,觉得自己还有用处,尚有顾虑?

悬在头顶的尖刀,不知道何时落下。慕容评惶惶不可终日,三魂荡荡,七魄悠悠,茶饭无味,寝食难安。不久便得了癔症,疯疯癫癫,没熬到过年,便一命呜呼了。

第五十八章　窦滔潜城得内应　朱序中计失襄阳

年关将近,襄阳未破,彭超当初请缨时夸下海口,至今未拿下彭城、沛郡。天王坐在太极殿的龙椅上,面色凝重、心事重重地遥望着南方,心想:"若按当年灭燕收凉平代的神速,八个月时间该攻下晋的都城建康了吧,看来丕儿带兵打仗的能力尚需好好磨砺提高。彭超本是一员虎将,如今亦和晋军僵持在彭城,晋军实力不可小觑。"

御史中丞李柔看出天王内心的焦急和不满,持玉笏出列,道:"微臣斗胆弹劾征南大将军苻丕,拥十万之众,攻围小城,日费万金,久而无效,请召回问罪。"

天王点头道:"中丞弹劾在理,丕等广费无成,实宜贬黜。但事已至此,不可虚返。"说到此处,龙目扫了一番站在大殿的百官,道:"黄门侍郎韦华何在?"

韦华赶紧出列,拜道:"臣在。"

天王阴沉着脸道:"持朕的青龙宝剑,即刻启程,前去宣旨:命征南大将军苻丕加紧攻城,以功赎罪!来春不捷,即自裁,勿复见朕!"

韦华跪地双手接过尚方宝剑,拜道:"臣定不负使命。"

苻丕一向胸无大略,有勇无谋。襄阳事关重大,天王斟酌再三,决定御驾亲征襄阳。并发诏命苻融率冀州之兵、梁熙率凉州之兵相继出发,开往寿春。苻融和梁熙当然明白天王的醉翁之意,同时上书,直言劝谏,要进攻晋都城建康,只需分别命将帅统兵出征即可,不必劳天王大驾亲征。何况年关将至,将士征战无法与家人团圆过年,天王还是坐镇长安,慰问军属,安定民心更佳。

天王本来就是虚张声势,给襄阳施压。在众臣的劝谏下,渐渐不提御驾亲征之事。

这年春节,八百里秦川朔风刺骨,天寒地冻,日短光冷,冰厚无雪。南方战场,败鳞残甲,四处横飞,战死将士,血流成冰。

　　长安城花灯斑斓,烟花璀璨,红红的宫灯,噼里啪啦热闹的鞭炮,喜气洋洋的宫乐,美酒佳肴的新年宫宴,慰藉不了出征将士家人期盼亲人回家团圆的焦虑之心。天王派人下发给南征将士们的各种年礼金银,亦无法阻挡兵士们渴望早日归家的迫切心情。

　　漫长的等待,惨烈的杀戮,固若金汤的襄阳城已经被成千上万的士兵鲜血浸染成铁锈红。城内守军已不足万人,朱序燃起狼烟向拥兵七万、退屯上明城的桓冲求救,桓冲畏秦兵之强,不敢过江相救。以一抵十,如何守城?朱序不得已传书朝廷请求援兵相助,晋帝遣南郡太守刘波率众八千赴救。刘波接旨,行至半路,亦畏秦兵之勇,不敢前进。

　　苻丕接到天王"来春不捷,即自裁"的圣旨,惶恐万分,将主簿王施、副将窦滔召于军帐中道:"皇命如天,只准冲,不准退,不惜一切代价,我等拼死也要攻克襄阳!"

　　王施、窦滔高声领命而去。接连数日,苻丕身先士卒,一马当先,率众攻城多次,伤亡无数,襄阳近在咫尺,却依然坚若磐石,纹丝不动。

　　眼看春江水暖,柳色返青,迎春花开满了营地壕沟。

　　苻丕急得如热锅上的蚂蚁,又将众将召进军帐,先将众人大骂一通,又让立下军令状,最晚月底,不惜一切代价攻克襄阳!

　　众将诺诺领命。副将窦滔道:"殿下息怒。我等并非惜命,秦兵作战,向来以勇猛取胜,襄阳之战,一味拼命,难占上风。敌方城池乃天下有名的第一铁城,敌方守将亦是晋国有名的常胜将军,如今敌方男女老幼皆披挂上阵,虽无天时,但却有地利人和之优势。我方围攻襄阳已快半年,天时地利皆无,只能用人海战术强攻,可日费万金,伤亡众多,继续下去,怕军心不稳。"

　　苻丕瞪着虎眼道:"说这么多废话有何用处?纸上谈兵谁不会?我看你就是惜命怕死!"

　　窦滔被苻丕一顿乱喷,脸红脖子粗地立在一旁无语。

　　主簿王施道:"殿下息怒,窦将军说的有点道理。属下有个主意,不知可不可行。"

　　苻丕不耐烦地道:"说!"

　　王施道:"如今敌我两军于僵持之中,皆急于求胜,不如我们使用骄兵之计,引朱序出城而战,我们迎战几个回合假装败退。如此连着败退几回,让朱序尝些甜头,慢慢放松警惕,倘若襄阳城内能有内应,即可打破僵局,迅速获胜。"

苻丕点头面露喜色道:"此计可施。只是内应之事,有些难度。如今襄阳城一只苍蝇都飞不进去,我们城内的细作传不出半点消息,还如何派人潜入?"

窦滔道:"属下愿意潜入城中,以为内应。"

苻丕有些意外,道:"就你一人?"

窦滔道:"一人足矣。"

苻丕赞道:"窦将军勇气可嘉,只是只身前往,如何内应?"

窦滔胸有成竹道:"殿下放心,只是窦某需要两颗稀世珠宝,还请支持。"

苻丕大方地道:"秦国不缺珠宝,若真有用,我有两颗东海明珠,皆为无价之宝,拿去便是。"

窦滔拱手领命谢过。苻丕留几人在营帐秘议计策。

几日后,这边王施负责连连诈败,朱序果然自信自负起来,守城兵士亦将紧绷的神经松懈下来。那边窦滔偷偷从城后用飞檐走壁的绝技趁着夜深值守换防之际,潜入襄阳城,摸到督护李伯护府中。

李伯护暗中一直对窦滔示好,其子常常将晋国茶叶、珍宝、古玩偷偷走私秦国,牟取暴利,多次被窦滔手下截获。若说内应,没有比李伯护父子更合适的人选。

不出窦滔所料,面对窦滔在灯下把玩的两颗放着熠熠绿光的硕大明珠,再加上窦滔承诺事成之后,会将截获财物加倍奉还,李伯护果然动心。贪财之人,只要满足贪心,还管什么国家、城池,要什么忠诚、信仰、品德、廉耻。立马连连点头,愿听窦将军调遣。

这日清晨,春寒料峭,空气中除了腐尸的恶臭,还有呛鼻炊烟。王施又引朱序出城而战,朱序越战越勇,越战越远,李伯护父子趁机打开城门,苻丕率众将士破城而入。

朱序被擒。

天王爱朱序忠义仁孝之气节,任为度支尚书。敬其母韩氏巾帼不让须眉,赐诰命夫人,并将韩母带人修葺的斜城笑赞为夫人城,使其千古留名。

李伯护父子猥琐贪心,失德失节,枉为人臣,天王替晋帝斩首示众!

攻克襄阳,直逼长江,晋西门大开,秦军士气如虹。

慕容越攻陷顺阳,俘了太守丁穆,押送长安。丁穆虽不愿降,但天王仁爱,依然礼遇以待。

发诏命,任梁平老之子梁成为南中郎将、都督荆扬州诸军事、荆州刺史、领护南蛮校尉,配兵一万,镇守襄阳。

第五十九章　北府兵三阿被围　秦铁骑马塘惨败

日费万金的襄阳之战，终于以秦胜而告终。长安城中的天王顿时觉得神清气爽，春光美好。放眼东望，东线彭超正在率兵急攻彭城。彭城守将戴遁第一次面对彪悍玩命的秦兵，没打几个回合，就被秦军横冲直撞得发蒙，忙向朝廷求救。晋遣征西司马、兖州刺史谢玄率兵万余救彭城。谢玄率救兵于泗水、沂水交汇处的泗口，为稳住守城军心，命部将田泓偷偷潜泅过泗水向戴遁报信。结果田泓潜水技术不佳，中途浮出水面换气，被秦兵发现。秦兵故作不知，等田泓好不容易游到岸边，直接来了个岸上捉鳖，将其逮了个正着。逼令其向彭城喊话"援兵被截，大败而逃，戴遁早降"。田泓被秦兵戏弄着捉住，心中很不服气，如今又逼他劝降戴遁，心中更是恼怒，假装答应下来，等到城下，扯着嗓门对着城墙守兵大喊："兄弟们，援军已到泗口，尔等要坚守待援！"还没来得及喊第二遍，就被秦兵剁成八块。

谢玄足智多谋，知道硬拼无益，便心生一计。大张旗鼓地点兵点将，四处嚷嚷着要去袭击秦军存放辎重的留城。彭超虽心有疑虑，但怕后院起火，退兵北向，保护留城。戴遁趁机出城，投奔谢玄。彭超半路接到信报，自知中计，连忙后队变前队，赶回彭城，已经人去城空。彭超恼怒不已，留将军徐褒驻守，自率大军南下攻盱眙。

此时，俱难已经攻克淮阴，和彭超会合，共谋盱眙。

人间四月，紫燕呢喃，满目芳菲。韦钟攻克魏兴城，晋太守吉挹不甘被俘，绝食而死。

转眼五月，芳菲未尽，绿叶葳蕤。秦毛当、王显率兵两万，从襄阳东向淮南，会彭超、俱难共攻盱眙。俘晋高密内史毛璪子，盱眙到手。

形势大好，秦军乘胜南下，围晋幽州刺史田洛于三阿。

建康,仅在百里之外!

长安城天王闻信大喜!

建康城晋廷闻信大震!

醉生梦死的晋孝武帝司马曜,一手举着盛满琼浆玉液的九龙金杯,一手搂着婀娜娇媚的张贵人,睁着迷离不定的醉眼,弱弱地问:"这可如何是好?朕要亡国了吗?"

还是当时主持朝政的谢安比较镇定,沿长江布防同时,急遣征虏将军谢石率舟师屯途中备防。又遣右卫将军毛安之等率众四万驻防堂邑,保卫京都。命其善于治军、有经国才略的侄子谢玄率北府兵出救三阿。

毛安之等在堂邑安营扎寨,正准备埋锅造饭,遭到秦将毛当、毛盛、王显率骑兵奇袭,吓得晋军惊慌失措,锅碗瓢盆扔了一地,作鸟兽散。堂邑转眼易主,晋朝更加震惧。

谢玄北进,前往援救三阿途中,接到堂邑兵败的消息,命兵士改变方向,停驻白马塘。

俱难得信大喜,遣将军都颜率骑兵逆击谢玄于白马塘。

往年的白马塘一池绿翠,满眼碧波。今年大旱,湖泊无水,只有成片的芦苇和成群野鸭在沼泽中追逐嬉戏。是夜,谢玄看着沼泽中随风飘荡、阴森鬼魅的芦苇荡,有了主意。围着沼泽三面埋伏,待都颜骑兵冲锋,将其引入芦苇荡的沼泽地中,泥塘陷马,围而击之。

秦兵兵强马壮,快猛剽悍,铁蹄踏处,所向披靡,如今被晋兵引入沼泽深处,马蹄深陷,寸步难移。挣扎中便被包围的晋兵包了饺子。

都颜将军坐骑亦陷泥塘,左右护卫拼死相护,好不容易弃马爬出沼泽,还没分清东南西北,就被守候在塘口的谢玄挥刀斩于马下。

白马塘之战,乃秦军南征以来的第一次惨败,给剽悍的西北铁骑沉重一击。

谢玄趁机北上,解三阿之围。

秦兵之勇,天下尽知。精于兵法的谢玄通过白马塘之战,马上找到了破解秦兵之勇的办法。解三阿之围后,谢玄遣将率舟师顺高邮湖北上,焚烧淮桥,截断秦军退路,继续北上,会攻盱眙。

谢玄在白马塘斩了其爱将都颜,俱难正窝了一肚子火,没地方出气,见谢玄来战,毫不犹豫提着刀枪怒气冲冲迎了上去。谢玄命几名小将连连佯败,耗其精力,等到秦兵力竭气衰,派精锐部将杀将回去,杀得彭超、俱难损兵折将招架不住,率残部败退淮阴。谢玄岂肯放过战机,步步进逼,焚烧淮桥,绝其退路。彭超、俱难尚未站稳脚跟,仓促出战,其大将邵保被斩,死伤无数,狼狈不堪。

亏得彭超、俱难武艺高强,率众杀出一条血路,奔至淮水,找到几条渔船,退回淮北。

脱离险境,两位将军开始各种悔恨和各种埋怨。

彭超责怪俱难不该逞一时之气,中了晋军奸计,失了盱眙。

俱难回骂彭超,不该让都颜率骑逆击谢玄,送了性命。

彭超指责俱难应该死守淮阴,不该贸然出战。

俱难回责彭超因与邵保有私怨,见死不救,让邵保白白丧命。

二人皆为武将,彭超乃徐州刺史彭越之弟,武艺高强,勇猛好胜。俱难时任后将军,亦武勇不凡。兵败至此,互相埋怨,互相指责,俱难盛怒之下,要斩了彭超。都是西北汉子,彭超亦不示弱,抽刀要和俱难比个你高我低。

天王闻之,大怒,命将彭超槛车押送长安,要亲自问罪。

俱难因曾伐代有功,就地贬为庶人。

彭超想当初信誓旦旦向天王夸下海口,谈笑间,就能让晋灰飞烟灭,如今自己差点在谢玄的嘲笑中葬身淮阴。再想想追随他多年的将士葬身白马塘,弃尸盱眙、淮阴,懊悔不已,突然觉得俱难说得对,连连败退,皆因自负鲁莽所致!想到此处,彭超羞愧万分,仰天长叹道:"我彭超还有何颜面回到长安面见天王!"话落刀起,自刎谢罪。

南征暂时告一段落。

秦虽得襄阳和彭城,但付出了惨痛的代价。天王需要从长计议,赐赏提拔突袭堂邑、军逼建康百里的骑兵将领,以毛当为徐州刺史,镇彭城,毛盛为兖州刺史,镇湖陆,王显为扬州刺史,戍下邳。

谢玄因白马塘大捷后连收两城之战功,被晋帝诏晋冠军将军,加领徐州刺史,与秦的徐州刺史毛当对峙。

月儿弯弯照九州,几家欢喜几家愁。

几家夫妇同罗帐,几家飘零在外头!

去时三十万,如今几人归?老子《道德经》中说:"师之所处,荆棘生焉。大军之后,必有凶年。"为了南逼东晋,襄阳之战劳民伤财,费金无数不说,丁壮及驴车牛马尽被抽调为战争之需。田园荒芜,村庄田野只留老幼,肩不能挑,手不能提,正月不雨,至于六月,整整半年,灾荒饥馑,苦不堪言。

思则睿,睿作圣。天王下诏开仓放粮的同时,还兵于民,以度饥荒。并通过南征中连胜连败反思领悟到,西北骠骑的勇猛蛮拼无法对抗晋北府兵的阴柔作战方法,需好好从战术上训练提高。

天王召来此次南征中战功卓越的慕容垂问话。

慕容垂道:"晋谢安手下的北府兵训练有素,团队作战的能力意识很强;其将领足智多谋,应变能力强,能灵活运用兵法。秦军虽勇猛能拼,但头脑简单,应变能力不及晋军;将领虽个个武艺高强,用兵迅速果敢,但阴阳兵法尚需加强。"

天王点头道:"爱卿所言极是。以秦军之剽悍果敢,伐凉灭代绰绰有余,但面对晋的阴柔兵法,太过简单粗暴。兵者,诡道也。实者虚之,虚者实之,只有自身不被迷惑,才能决胜千里之外。"

慕容垂拱手道:"陛下圣明。此次南征白马塘之战,若是都颜将军能冷静些,辨明虚实,亦不可能惨败被杀。"

天王点头道:"亡羊补牢,为时不晚。朕欲办教武堂,用来训练将士,学习兵法谋略,提高战术能力。不知爱卿以为如何?"

慕容垂拱手道:"陛下圣明。臣亦有此意,只是不知可行与否,未敢贸然进言。"

天王笑道:"君臣同心,教武堂定能培养出一批优秀的军事将领。"

渭城朝雨浥轻尘,咸阳陌上柳色新。

公元380年春,苻天王在咸阳渭城创办教武堂。命太学生中熟读阴阳兵法者,教授诸将分阴阳、明天时、察地理,提高战略战术修养,精通兵法上的排兵布阵等军事理论。

不是所有的理想都能实现。这个比中国近代史上最有名的黄埔军校早一千多年的中国最早军校,不但没有培养出来人才,反而在乌烟瘴气中不了了之。

教武堂开了不足两月,以苻洛为首的将士们便将教授轰出了学堂。嘲笑教授们自以为是,只会之乎者也,纸上谈兵,不配传道授业。并将教官捆了,扔进柴房。将教武堂当成了赌场,自设擂台,自封擂主,以豪金下注,比武赌输赢。

苻洛、苻重、苻菁乃早年在邺城被石虎父子"阴杀"的苻健之兄留下的三子。苻洛力大无穷,凶猛如兽,天王派其长戍边关,伐代时召为帅,凯旋后,好大喜功,请三公之位,天王不准,便心生恨意,四处煽惑着教武堂的将士们找碴捣乱。

秘书监朱肜说道:"陛下东征西战,所向无敌。四海之地,十得其八,虽江南未服,盖不足言。是宜偃武事,增修文德。乃更始立学舍,教人战斗之术,殆非所以驯致升平也。且诸将皆百战之余,何患不习于兵,而更使受教于书生,非所以强其志气也。此无益于实而有损于名,唯陛下图之!"

天王道:"朕本意想让将领们通过学习古典兵法,明确战争真谛、兵法要略,从而提高他们对战争手段的认识,既可增强其制胜本领,又可增强其避战、反战意识,这不是两全之事吗?为何将领们用各种手段抵制和反对呢?"

朱彤道:"若通过增修文德能达到同样的目的,为何要使用战争手段呢?理论来自实践,战术并无定式,将领们皆百战之身,岂肯听几个书生调遣培训。陛下用心良苦,臣亦明白,不如暂停教武堂,将几个带头闹事者分散下去,免得夜长梦多,再生祸端。"

天王点头道:"也罢,停下来让他们消停消停再议。"

第六十章　平规蛊惑苻洛造反　苻融奉命龙城平叛

光明殿，天王召来苻洛道："当年卿伐代归来，请为三公，朕未准。今日朕命卿为使持节，都督益、宁、西南夷诸军事；征南大将军，益州牧，驻守成都，三日后经襄阳沿汉江直达成都。将军勇猛，世人皆知，此去成都，还望好自为之，莫负朕意！"

苻洛伏地长拜道："皇恩浩荡，苻洛定不负陛下隆恩！"

天王命人将车师国进贡来的哈密瓜赏赐苻洛几个，命其带回府邸同家人品尝。

苻洛又谢恩跪拜一番。

回到驻地伊阙府邸，苻洛躺在寝榻上左思右想，难以入睡。夫人枕边问其何忧，苻洛道："我是帝室至亲，不得入为将相，常常被苻大头打发到边远偏僻之地，今又被投到西裔之地。还不让我路经京师，这肯定有阴谋，是想让梁成把我沉到汉水里去！"

夫人细语安慰道："将军多虑，陛下一向仁厚磊落，怎会做如此卑鄙之事呢？"

苻洛在黑暗中瞪圆了眼怒道："妇道人家，你懂个屁！"

次日，苻洛秘召亲信幽州治中平规，将其担忧粗粗透露一番。矮小黑瘦的平规虽然貌不惊人，但却精明善谋，对苻洛拱手道："逆取顺守，商汤、周武皆是如此；因祸为福，齐桓、晋文亦是这样。主上虽未干昏庸暴虐之事，然而穷兵黩武，百姓中盼望安身休息一下的人，十有九家。若明公将神旗一竖，境域之内的百姓一定会随从如云。如今您横跨占据全燕，囊括东海，北边统领着乌桓、鲜卑，东面带领着高句丽、百济，士兵不下五十多万，为什么要束手服从征召，迈向不测之祸呢！"

苻洛一听，醍醐灌顶，撸起袖子大声说："好！本王决意起事，谁敢反对，立刻斩首！"自称大将军、大都督、秦王。任命平规为幽州刺史，玄菟太守吉贞为左长史，辽东太守赵赞为左司马，辽西太守王琳、北平太守皇甫杰、牧官都尉魏敷等人为从事中郎。分别派遣使者到鲜卑、乌桓、高句丽、百济、新罗、休忍各国征召军队,并派出三万兵力协助亲弟弟北海公苻重戍守蓟城。

按平规所说,高句丽、百济、新罗诸国征兵应不下五十万,谁料使者到各国说破了天,各国都不愿蹚这浑水。

苻洛一看,有点害怕,犹豫不决,想停手不干。他所封之辽西太守王琳、北平太守皇甫杰、牧官都尉魏敷知道苻洛起事终将无成,想要告发他,被平规觉察,告于苻洛。平规出计让苻洛谎称议事,将三人招至议事堂,全都杀掉。

左长史吉贞、辽东太守赵赞看着血淋淋的三个人头,心慌不已,道:"如今各国都不跟从,事情与我等本意相悖。明公您若因害怕前往益州,应当派遣使者进奉表章,请求留下,主上也不会不加考虑地拒绝。"

苻洛犹豫,不语。

平规果断道:"如今事情的形迹已经败露,岂能半途而废!主公当假意接受诏令,实则带领幽州的全部军队,南出常山,阳平公苻融一定会远道迎接,我等乘势将其擒获,进军占据冀州,统领关东兵众以图谋西边的领土,天下弹指间即可平定!"

苻洛拍手道:"好!平将军计谋甚好,事不宜迟,速战速决!"

龙城四月,草色遥看嫩青,近观却无。春风略带寒意,却不再凛冽刺骨。

苻洛率领七万兵众从和龙出发。

天王接报,召集群臣太极殿商议此事。

步兵校尉吕光出列拱手道:"行唐公苻洛凭借王室至亲的身份作乱,此乃天下人所共同痛恨之事。请陛下为臣配备五万步骑,把那厮如破烂一样收了。"

天王摆手道:"苻重、苻洛兄弟,占据着整个东北地区,兵源、赋税全都有所依凭,兵强马壮,不可轻视。"

吕光道:"他的兵众是迫于凶狠的威慑,才一时像蚂蚁一样聚集起来的。如果大军前往,势必瓦解,不值得忧虑。"

群臣都支持吕光带兵讨伐苻洛。

天王道:"出兵讨伐,朕于心不忍,毕竟同宗同祖,血脉相连。"

说到此处,天王龙目轻扫,道:"朕先派使者去问责,让他返回和龙,并许以幽州作为他世代承袭的封地。希望他能悬崖勒马,迷途知返。"

天王有心劝和,苻洛执意孤行。

面对使者,自称秦王的苻洛睥睨道:"你回去告诉东海王苻坚,幽州地域狭小,不足以容纳我这万乘之主,孤须在秦中称王以继承高祖之大业。若苻大头能亲自到潼关迎接本王大驾的话,孤就让他位在上公,封爵后回归本国。"

天王闻听此言,大怒。派左将军、武都人窦冲以及吕光率领四万步骑兵讨伐苻洛,派右将军都贵驰马疾行到邺城,统率冀州的三万军队作为前锋,任命阳平公苻融为征讨大都督。

北海公苻重率蓟城之兵马与苻洛会合,聚十万之众,驻扎在中山。五月,窦冲等与苻洛战于中山,大败并活捉苻洛,送往长安。北海公苻重逃回蓟城,吕光追上,流星锤一闪,还没看清招数,苻重人头已如一颗绽裂开的大石榴,红红白白的脑浆如无数颗石榴子,涌了出来……屯骑校尉石越自东莱率骑一万,渡海袭击和龙,斩平规。幽州全部平定。

苻洛被押到长安,苻天王不愿相见,传旨赦其死罪,迁徙凉州之西海郡。

苻洛之反平定,苻天王召阳平公苻融回朝,封为侍中、中书监、都督中外诸军事、车骑大将军、司隶校尉、录尚书事;以征南大将军、守尚书令、长乐公苻丕为都督关东诸军事、征东大将军、冀州牧,代替苻融镇冀州。

转眼六月,干旱还在继续,郑白渠已经断流。僧涉祈雨救灾,大伤元气,如今还在聚云寺闭关静养。本该绿波荡漾的田野,枯黄一片。若是起风,黄土沙尘,遮天蔽日。百姓不甘苦等老天施舍,野外采食,将省吃俭用的水,用来浇灌田地里仅存的一点绿色菽藤。

第六十一章　危社稷特权专横　封藩侯远徙同宗

许久未曾微服私访民间。这日天王带了新回朝的皇弟苻融、宠臣京兆尹慕容垂，着便服信步长安大道。

天王边走边道："官道如今越来越宽阔，为何行人却越来越少？"话音刚落，却见远处疾驶过来五辆装饰精美、华盖绚丽、四匹骏马拉着的豪车，看到路人并不减速，反而快马加鞭，从眼前飞驰而过。

望着车轮过后卷起的漫天黄土，天王连打两个喷嚏，道："好大的排场！"回头问身后的慕容垂："都是些什么人？"

慕容垂放下遮面的长袖，上前一步拱手道："这几辆马车是强西豪所有。"

天王呵呵道："朕就说呢，谁能有如此大的排场。按理可享四匹马车的当是王侯，据朕所知，强西豪不过是个捐了虚衔的司徒，怎能如此张扬僭越？"

慕容垂低声道："京城几乎所有氏族都享有特权。"

天王停下脚步，放眼看路边二十多年前新政期间和景略一起栽植的青槐、梧桐，因根扎得深，干旱并未掠去它们华盖般的绿荫。只是树上停歇的百鸟少了许多，凤凰亦难觅其踪，怕是因为饥渴，飞往南方寻找甘泉嫩竹去了吧。

想到此，天王问身边的苻融："冀州今年收成如何？"

苻融清了清嗓子，回道："比往年大减，但比关中要好许多。百姓温饱无虞，倘若增加赋税，怕是就紧张了。"

天王边听边走，看到路边的凉亭有人卖凉茶，心想，卖茶的每天迎来送往，见识不比普通百姓，多说几句能多了解些民情。便走了过去。

哦，此老者好生面熟！天王正在苦思哪里见过，老者却扑通跪在地上，三叩九拜起来，嘴里诺诺道："草民拜见天王！吾皇万岁万岁万万岁！"

天王扶起老人,道:"荒郊野外,不必拘礼。"问道:"你是何人,如何认得朕?"

那老人紧张地站在一旁,低头回道:"草民当年在王丞相府门房守值,曾有幸目睹过圣颜。草民乃丞相的远房二叔王福财。"

天王点头道:"丞相谢世,朕有过赏赐,你为何流落于此?莫非其子不愿留你?"

老人连忙回道:"并非如此,永儿、曜儿都对我亲如家人。只是老朽尚且能动,不愿坐享清福,便出来卖些凉茶,图个自在。"

天王道:"凉茶生意可好?"

老人渐渐放松下来,道:"如今大旱,水是石缝里渗出的山泉,我接满两桶需要一夜,天不亮从山中挑到此处快到晌午,边煮边卖,消磨时日,止个心慌罢了。"

天王还要问话,却见凉亭不远处,有个老人向这边张望。慕容垂按着腰中的宝刀喝道:"你是何人,为何在此鬼鬼祟祟?"

那老人梗着脖子朝慕容垂喊道:"仗势欺人,连个卖凉茶的都要勒索,这里还是不是天子脚下?"

王福财连忙摆手跺脚道:"别吵,别吵!"

那老人继续嚷嚷道:"你怕他们,我可不怕。我儿子战死淮阴,如今就剩我一人,无牵无挂,天王老子来了我也不怕!王丞相在时的刑律法典如今不知道跑哪里去了。倘若丞相还在,看你们三个大男人,敢不敢光天化日之下欺负一个孤寡老头!"

天王对正准备过去将其拿下的慕容垂道:"这个老翁着实有趣,请来一叙。"

慕容垂拱手道:"遵旨。"

那老头骂咧咧地过来,道:"我不管你是什么人,要钱没有,要命一条!但不许欺负王老头!"

天王缓缓笑道:"老人家误会了,我等并未欺负老人,只是拉家常而已。敢问老者尊姓大名?"

那老头拍着胸脯道:"老汉乃淮阴血洒疆场的邵保之父邵卫。尔等若再以强欺弱,老汉我就闯太极殿找天王告状去!"

天王道:"原来是邵老英雄。当年还是邵老英雄率兵大破柔然,将其逼走朔方塞外的。"

邵卫笑道:"没想到我邵卫退隐多年,还有人记得我。"

天王道:"老英雄保家卫国,两代忠烈,怎能忘记。"

邵卫叹气道:"如今还有几个人记得这些。近年来大兴土木,重赋、杂役还有征伐,将王丞相当年呕心沥血建立起来的法律制度都糟蹋光了!官吏趁机压榨欺凌百姓,选官任贤的制度也随之被打破。贪官污吏遍地都是,贤能刚直之士被排挤压制。前些年天王打压限制的豪强氏族之徒趁机而起。而今连年大旱,灾荒严重,赋役加重,百姓无喘息之力,豪强氏族却依然鱼肉百姓,享受着减租免赋的特权,真是苦不堪言啊。"说到此处,邵卫叹道:"倘若继续下去,怕是会逼百姓造反啊!"

慕容垂呵斥道:"大胆邵卫,不许在此妖言惑众!"

天王摆手道:"真言有理,老英雄刚强硬正,朕要好好赏赐。"

邵卫仔细端详眼前不怒自威、气度非凡,自称朕的男子许久,跪拜道:"老臣眼拙,冒犯天子,还望陛下恕罪。赏赐不必,爱子阵亡,朝廷已有抚恤。"

天王扶起邵卫道:"老英雄耿直畅言,何罪之有!朕命你重入朝廷,做朕的绣衣使者,巡视民间,铲不平路,惩治恶人如何?"

邵卫道:"老夫以为丞相走后,再无为百姓做主之人,没想到陛下依然为民做主。老夫如今了无牵挂,愿意为陛下巡视四方,体恤民情,查处贪官污吏。"

天王笑着点头道:"如此甚好。"

邵卫又道:"恳请陛下让老夫带上王老头,互相也能说话解闷。"

天王点头恩准。

回到光明殿,天王和苻融、慕容垂商议道:"如今几位皇子羽翼渐丰,皇室特权泛滥,贫富差距日益拉大,百姓仇恨豪强氏族与日俱增。矛盾越来越激烈,冲突越来越多,若不想法缓和,怕内乱又起。两位爱卿,不知有何良策?"

苻融拱手道:"臣弟以为当下应整顿风气,从严执行当年丞相建立的刑律法典,体恤百姓疾苦,减免百姓赋税劳役。"

天王点头道:"如此甚好,只是豪强氏族养尊处优多年,百姓减负后,拿什么供养如此庞大的王族国戚?常言说得好,由俭到奢易,由奢到俭难,若强制减免供养,怕是又要跳出来几个苻洛、苻重来了。"

天王将目光投向慕容垂,慕容垂却低头不语。

天王道:"将军有何高见?不必顾虑,说来听听。"

慕容垂低头谨慎回道:"关乎皇亲国戚,外臣不该多言。"

天王道:"所谓旁观者清,朕就想听听你这个外臣的意见。"

慕容垂这才抬头恭谦回道:"自古以来,分封帝王宗亲为公为侯,轮运辐辏,为磐石之宗,向来尽享优养供给和特权尊贵。倘若减免取消,怕是于社稷不稳。当年汉祖曾分藩而治,倒是解除了一些王侯位高逼主之忧,亦镇压了分封之地刁民的野蛮之气,还满足了王公们的特权之需。只是……"说到此处,慕容垂似乎有所顾虑,停了下来。

天王道:"但说无妨。"

慕容垂低头道:"只是,周汉实行分封与郡县同存的郡国制,结果都不尽如人意。"

苻融接道:"结果都是分封的王侯不断叛乱,朝廷难以控制驾驭。"

天王道:"分封制应需而生,适可而止,便不会出现失控局面。如今豪强氏族与百姓矛盾日益尖锐,冲突不断,于社稷极为不利。朕斟酌许久,想将诸氏迁离原地,分封于中原各地。那里地广人殷,一来可满足他们的供养特权,二来又可以治理那里的百姓,三来如今面临的矛盾、冲突自然就缓和解决了。"

苻融道:"如此甚好,只是怕诸王分封下去,天高地远,羽翼渐丰,朝廷难以驾驭。"

慕容垂道:"汉代做法是老弱守住原地,青壮年迁徙关东。一来表示忠心,二来也便于牵制。"

天王点头道:"老弱长途迁徙,亦违仁爱之心,留在原地,也好落叶归根。"

核心人物已经意见统一,天王又召来群臣于东堂,道:"凡我族类,支胤弥繁。今欲分三原、九嵕、武都、汧、雍十五万户于诸方要镇,不忘旧德,为磐石之宗。不知诸位爱卿之意如何?"

群臣中,大部分为皇亲氏族,一听如此丰厚的分封之地,想着天高皇帝远,可以在封地为所欲为,一人之下万人之上,内心欢喜不已。皆拱手道:"周朝因为封地诸侯,所以祚隆八百年。好事好事,于社稷百利也。"

而不是苻姓氏族的,也受够了其平时倚仗身份之尊欺凌蔑视之辱,连声附和:"好好好。"

天王看众人皆赞,便命朱彤参阅周汉分封之法,将种类繁滋诸氏,分三原、九嵕、武都、汧、雍氏十五万户,使诸宗亲各领之,散居方镇,如古诸侯。

其子长乐公苻丕及皇子广武将军苻飞龙领氏三千户,迁往冀州。

以仇池氏酋射声校尉、苻丕之妻兄杨膺为征东左司马,九氏酋长水校尉、杨庸之岳父齐午为右司马,各领一千五百户,为长乐世卿。

长乐郎中令略阳垣敞为录事参军,侍讲扶风韦翰为参军事,申绍为别驾,分幽州置平州。

以石越为平州刺史,镇龙城。

中书令梁说为幽州刺史,镇蓟城。

抚军将军,娶了皇家郡主的毛兴为都督河、秦二州诸军事,河州刺史,镇长水校尉。和苻家结有姻缘的王腾为并州刺史,镇晋阳。河、并二州各配氐户三千。

皇子平原公苻晖为都督豫、洛、荆、南兖、东豫、阳六州诸军事,镇东大将军,豫州牧,镇洛阳,移洛州刺史治丰阳。

皇子钜鹿公苻睿为雍州刺史,各配氐户三千二百。

诸皇子氐族领旨谢恩,七月浅秋,十五万户七八十万人口开始大迁徙。受封的青年才俊、豪强氐族对封地未来充满了美好憧憬,各种别宴聚会应接不暇,而留守的老人幼子暗自垂泪,不忍离别。

灞上柳枯,天王送皇子苻丕、飞龙于灞桥,道:"孩儿们青春正好,重任在身,希望尔等能在冀州有番作为,不负皇子之名。"

苻丕、飞龙伏地三拜,含泪道:"孩儿不孝,不能伺候左右,为父皇分忧,还望父皇保重。"

天王道:"镇守冀州,就是为父皇分忧。好男儿当志在四方,不必凄凄切切。"话落看着四处都是和家人相拥不舍,痛哭流涕,跪拜而别,即将启程的迁户,自己也忍不住悲切起来,左右扶起平时关切甚少的庶长子苻丕和皇子飞龙,道:"父皇忙于社稷,对尔等关怀甚少,此去冀州,遇事勿急勿躁,量力而行。常言道,兄弟齐心,其利断金。尔等当互相提醒,互相激励才是。若有难事,飞马报信,父皇自会为皇儿们做主。"

二位皇子抹着眼泪,伏地再拜,起身上马,向东驰去……

天王看着意气风发、踌躇满志、如蝼蚁般向东而去的黑压压人群,再看河边频频挥手,满脸泪痕,还在目送亲人的孩子老人,想如此匆忙分封,究竟利大于弊,还是弊大于利呢?

秋雨霏霏,枯柳依依。送别的人群中有歌声传出:

灵山卫,灵山卫,几度梦里空相会。
未曾忍心搁下笔,满纸都是血和泪。

灵山卫,灵山卫,一草一木皆憔悴。
闻说灵山高千尺,难觅一朵红玫瑰。

灵山卫,灵山卫,多少情系天涯内?
日日空见雁南飞,不见故人心已碎。

灵山卫,灵山卫,一年一度寒星坠。
　　遥望去年星在北,今年寒星又是谁?

　　灵山卫,灵山卫,灵山何处无血脉?
　　且听夜半松涛声,诉说昨日功与罪。

开始是一两个人诵唱,渐渐合唱的人越来越多:

　　灵山客,灵山客,独自去游天上月。
　　本欲带上花一朵,无奈山上百花谢。

　　灵山客,灵山客,群仙为谁来鼓瑟?
　　遥闻天上鼓瑟声,声声悲愤声声切。

　　灵山客,灵山客,舍身忘情情益烈。
　　不闻雄舟从君走,唯见潮起潮又落。

　　灵山客,灵山客,从此相伴唯黄鹤。
　　昔日良弓和骏马,至今无人能骑射。

　　灵山客,灵山客,悠悠长恨何时灭?
　　李波欲掬灵海水,泪水和流到长夜。

这首不知从何时流传下来的民谣,被成千上万送别的人合唱得荡气回肠。

雨越来越大,人们还是聚在灞桥边不愿离去。又有歌声传出:

　　阿得脂,阿得脂,博劳舅父是仇绥,
　　翼长翼短不能飞,远徙种人留鲜卑,
　　一旦缓急当语谁?

天王举目望去,原来是赵整面对滔滔河水,素袍飘飘,放声悲歌。天王想缓和一下送别的悲壮气氛,召来赵整笑道:"雨大风急,赵卿还是随朕回宫吧。"又命慕容垂留下安抚劝回送别众人。

七八十万人口大迁徙,分多次,从七月流火直到岁末冬寒,才算在悲喜交加中完成。

第六十二章　天王仁爱释晋俘　周虓愚忠刺圣明

"远徙种人留鲜卑,一旦缓急当语谁?"夜里月光清冷,天王批完奏折,走在御道上,心里默默念道:"长安城倒是清静许多,可赵整放歌分明是在提醒朕异族离心啊!《淮南子》中道:'宽而栗,严而温。'对于异族何尝不是如此?《左传》中亦有'宽以济猛,猛以济宽,宽猛相济'之警句。"想到此处,天王拿定主意,不管是分封诸侯,还是下一步调整州郡建置,都要为终极目标——伐晋做准备。只要伐晋功成,天下一统,将士们解甲归田,不再动兵征战,一切矛盾都会迎刃而解。诸侯得到更多的利益,鲜卑族可以重回燕地,告祖慰宗,四海之内,你中有我,我中有你,亲如异姓兄弟。使老有所终,壮有所用,幼有所长,鳏、寡、孤、独、废疾者皆有所养……实现圣人的大同理想,重现秦皇一统天下的辉煌盛世,再振汉武时期的赫赫雄风,做一代明君贤帝,岂不指日可待?!

次日早朝,天王太极殿降旨:"任左将军、驸马杨壁为秦州刺史,尚书赵迁为洛州刺史,南巴校尉姜宇为宁州刺史。"又问道:"上年所俘的晋高密太守毛躁之等劝降如何?"

将军毛当出列回道:"晋军死犟,宁死不降。"

左将军都贵出列道:"毛躁之非但不降,还私下激励部下为国尽忠守节,死不降秦。"

权翼出列道:"败军之将还谈什么气节?恳请陛下准臣先剐下几个犟尿的腿骨敲锣打鼓,看他们还如何嘴硬!"

有些文臣武将亦附和请杀之。

天王道:"将毛躁之带上殿来,朕要亲自问话。"

片刻,毛躁之被捆绑着带上。

天王下殿，亲自解了绳索。看毛躁之衣衫单薄，解下自己的金丝鹤氅，披在毛躁之身上，道："朕爱毛将军虎勇，不如留在朕的身边，一样可以建功立业，一样可以汗青留名。"

毛躁之并不领情，抖掉鹤氅，昂首道："我生不移志，死仍守节。要杀要剐随便。"

天王俯身捡起金丝鹤氅，再次披在毛躁之肩上，拍拍肩膀，哈哈笑道："好，那朕就成全你！"

转身登上丹墀，在龙椅坐定，道："年关将至，朕念晋军忠君守节，释放回晋，和家人团圆吧。"

权翼急忙拱手道："陛下三思。晋军顽劣，放回去也不会感念圣恩，不如全部杀掉，过年时祭奠南征时血洒疆场的英烈亡魂。"

天王道："两军对阵，各为其主，皆为热血之躯，晋军亦有妻儿父母，如今胜负已分，朕岂忍心再举屠刀。"

权翼不甘，辩道："好赖将这个茅厕中又臭又硬的毛躁之劈掉，也好杀一儆百，给晋军些颜色看看。"

毛当、都贵亦赞成权将军之说。

天王道："方圆处世，宽严待人，待善人宜宽，待恶人宜严，待庸众之人当宽严互存。晋军受俘被囚经年，也算惩治。诸位爱卿不必再言，朕意已决，明日释放高密太守毛躁之等二百余人归晋，以示皇恩浩荡。"

权翼狠狠地瞪着也不跪地谢恩的毛躁之，心想："你小子以后别犯在权爷爷手里！"极不情愿地跟着众臣拱手道："皇恩浩荡，吾皇万岁万岁万万岁！"

天王再看晋的降臣周虓，面无表情，将双手筒到袖中，如木桩般不言不语。道："周虓去年密书于桓冲，透露朝廷机密，奔逃汉中，被追回，朕并未怪罪，你若思乡心切，朕准你同毛躁之一行落叶归根。"

周虓一如往日，翻着白眼，抬头看着大殿上的雕花刻龙横梁，从嘴里恨恨地吐出两个字："氐贼！"

天王宽仁一笑，并不计较。

秘书监朱彤奏道："禀陛下，东夷、西域六十二国来书，言年后二月要入秦朝贡。"

天王道："按往年礼数接待安排，不得有误。"

朱彤道："往年最多时不过一二十家，此次来六十二国使臣，加上随行杂役，外驿馆根本就容不下。"

天王道："朱爱卿可有良策？"

朱肜道："臣以为，若长远考虑，不如扩建外驿馆数倍，千秋万代皆可沿用。"

天王点头，道："扩建数倍，劳民伤财，工期紧迫，一两个月难以竣工使用。"言毕将目光投向其他朝臣道："诸爱卿还有何高见，不妨议议。"

权翼拱手道："臣以为，虽是六十二国，其实都是些蛮夷粗野之众，听说他们那里到处都是戈壁荒滩，天为被，地为床，走哪睡哪，拉屎都是用牛粪擦屁股的。有个干净的客栈住下，美酒佳肴伺候，他们便会心满意足，何必费时费力扩建外驿馆！"

天王将目光投向皇弟苻融，苻融拱手道："权将军话虽粗了些，但有些道理，再说使臣走后，扩建的驿馆将要空置到来年，实在可惜。"

慕容暐出列，低头拱手道："臣以为，安排万国来使衣食住行，关乎秦国形象，我泱泱大国，正是要通过各国使臣朝贡时在长安的所见所闻，将秦的强大和富饶传播到五湖四海，一来震慑，二来使更多小国小家仰望臣服。故而外驿馆不但要扩建，而且要建得比现在的更豪华气派。"

权翼豹眼怒睁，对慕容暐道："慕容暐你什么意思？陛下近来一直在整顿奢靡风气，从严执行当年丞相建立的刑律法典，体恤百姓疾苦，减免百姓赋税劳役。你却在此吵吵着要大兴土木不说，还厚颜无耻地煽惑着将外驿馆建造得更奢华，你居心何在？"

慕容暐怯怯地看了权翼一眼，将委屈的目光投向天王。天王却将目光投向了低头不语的慕容垂，道："道明有何高见？"

慕容垂低头出列，拱手道："彰显国威，不必在使臣的住行上过于奢靡，干净舒适，有礼有节即可。臣以为只需将长安街胡人巷里的众多四合院粉刷白净，饰以各国风情的民族壁画挂毯，酒具烛台，再由陛下亲笔题写各国院匾，既不用大兴土木、劳民伤财，又显得皇恩浩荡！"

天王道："胡人巷倒是个宽敞的地方，只是现住的胡人如何安置？"

慕容垂依然低头道："这个好办。现在胡人不过二十来家，换置外驿馆暂住，等各国使臣回国后，赏些安置银两，顺便照看打理闲置驿馆，胡人必会欢喜领命。"

天王点头道："如此甚好。爱卿督办好此事，有何需求，只管找博休要去。"

慕容垂、苻融拱手领旨。

天王问朱肜道："此次朝贡，楼兰国可有使者来？"

朱肜拱手道："楼兰国单独有信使来，称楼兰王思念公主，专程派王子带人前来，一来朝贡，二来探望楼兰夫人。"

天王点头,转了话题,询问起各地灾情。

散朝,天王只带赵整,想去楼兰宫看看。腊月天寒,虽有太阳,却苍白无力,抵挡不住北风的刺骨冰凉。天王边走边想:"古丽娅已经遇害三年,为掩人耳目,不引起不必要的两国纠纷,当时让徐嵩悄悄安葬,对外只说楼兰夫人水土不服,身体不适,在楼兰宫静养。两年来,每次楼兰国使臣进贡,都用各种理由敷衍推掉使臣要求面见公主的要求。此次楼兰王专程派王子前来看望妹妹,莫非听到了什么风声?此事须早做准备才好,万一处理不当,惹怒了在西域威望颇高的楼兰王,好不容易打通的丝绸之路将会后患无穷。"想到此处,天王命赵整速传徐嵩前往东堂议事。

赵整遵命而去,天王站在揽月池边,看着湖边的枯树乱枝,寒池瘦水,想起古丽娅火焰般热情,可爱活泼的样子,心底涌上几丝温热。突然,池面有一个黑色倒影向自己袭来,天王本能一闪,好险,一把尖刀贴着左腰刺过,来人反身大喝道:"氐贼,再吃一刀!"冲向天王胸口又补一刀。天王一个鹞子翻身,敏捷躲过,回身使出天龙旋风掌,一掌将其劈瘫在地。收手一看,竟然是晋国降将周虓。

传命回来的赵整愣在了一旁。

权翼带御前侍卫闻声赶来,将周虓团团围住,等候天王发落。

天王看看周虓,苦笑道:"尚书郎好身手啊。你降秦十年,从未真心臣服,去年密书于桓冲,后又潜入汉中,被朕追回。朕一直惜你人品端正,有操守有气节,才任命你为尚书郎,你却恩将仇报,谋袭朕,操守何在?气节何在?"

周虓坐在地上,翻着白眼,道:"从前燕国高渐离,被弄瞎双眼,还给筑中灌铅砸秦王。燕国豫让为了给主人智伯报仇,还能漆身毁容、吞炭变哑来伺机谋刺赵襄子,始终不忘友心臣节。何况我周虓世代蒙受晋朝大恩,岂敢忘恩负义?既然天不助我,被你所擒,不必多问,我生作为晋臣,死作为晋鬼,随你发落便是。"

权翼举起手中的伏虎宝刀,喝道:"煮熟的鸭子——嘴硬。你再啰唆,爷爷这就送你到阴曹地府做鬼去!"

天王摆手道:"此时杀了周虓,正好让他成就名节。鞭打一顿,押入大牢,年后再做发落。"说完拂袖而去。

权翼挥着寒光闪闪的宝刀在周虓眼前比画几下,接过属下送上的蟒蛇豹尾鞭,自是狠狠一顿饱揍不在话下。

天王东堂和徐嵩商议好如何应对楼兰王子朝贡之事,又想起周虓近来和东海公苻阳暗中来往密切,今日谋袭之事,苻阳必有参与,便命徐嵩盯紧苻阳行迹,若有风吹草动,及时报来。

徐嵩领命而去。天王揉揉脸颊，伸了个懒腰，觉得腰部刺痛，低头翻看，龙袍开裂，腰部被浅浅划出两寸来长的一道伤口，血渍已经凝固。

赵整忙传太医前来清洗，还好只是皮外伤而已，包扎妥当，天王命太医勿要外传。此时天色已晚，劳累一天，好想在跰跶宫的锦榻上伸展开来，在翩翩的温柔乡里好好放松一下，可又怕翩翩看到伤口担惊受怕，临时改了主意，带着赵整前往南郊五重寺清静清静，理理思绪。

年前攻克襄阳，天王终于找到了慕名已久、心心念念的高僧释道安，用驷马华车请入长安，入住五重寺。天王对释道安的佛法功力钦佩不已，一有闲暇，就去请教古今典籍，谈禅论道。

天王一路疾行，额头上竟然沁出汗来。深夜突访，寺门紧闭，露重霜浓。天王怕高僧已经禅定，不愿打扰，正欲反身离去，寺门旁的松林中却传来气沉丹田、宽阔浑厚的声音："阿弥陀佛，善哉善哉。陛下匆匆而来，只为匆匆而去吗？"

天王停下脚步，笑道："道安难道要朕月下敲门不成？"话落，释道安已经双手合十，仙风道骨地站在了眼前。

道安亦笑道："知道陛下今夜要来，特地在此恭候。不如屈驾松林听涛亭避寒取暖，饮两口热茶如何？"

天王点头道："如此甚好。"

月光透过密密匝匝的松枝松针洒在了听涛亭的石桌上，石桌上的紫金香炉里燃着三支松香。赵整上前在石凳上铺上厚厚的金线祥云莲花宝垫，天王坐定，接过道安奉上的热茶，吟道："月色寒清簟，松香暖墨涛。"

道安合掌盘坐在蒲团上，回道："陛下深夜至此，只是为了吟诗品茶吗？"

天王放下手中粗陶茶杯，笑道："不如道安陪朕月下对弈一局如何？"

道安笑道："棋已备好，陛下请。"

一局罢，天王道："今夜有茶有松有菊香，有弈有友有月色，也算风雅。可为何朕神思难安，心不在焉？道安见识非凡，不如说来听听。"

道安收了棋子，道："《华严经》偈语：'若人欲了知，三世一切佛，应观法界性，一切唯心造。'佛家亦有偈语：'说柔软语，做慈悲事；行忍辱法，修大乘道。'道安转赠陛下，或许能解陛下心结。"

天王举杯自饮，细细琢磨，渐渐觉得云开雾散，心底清透许多。看道安已经在蒲团上禅定，起身悄然离去。

第六十三章　王皮失手杀亲舅　苻阳谋反报父仇

次日尚未早朝，天王习武完毕，尚未收起手中的宝剑，徐嵩求见。原来东海公苻阳与外散侍郎王皮于昨夜寅时起兵造反，此刻带了两万人马夜奔至三原古龙桥附近，扬言要为父亲讨回公道。

天王将宝剑入鞘，笑道："皇兄已死二十五年，丞相亦入土有七年之久，若要讨回公道，早做什么去了？两个孩儿怕是受别有用心之人挑拨，才如此鲁莽行事。莫要伤及无辜，命慕容垂带些人马，将两个逆子擒来见朕。"

苻阳造反，早有预谋。只是苻洛、苻重相继造反被剿，动摇了其决心，蛰伏了一段日子。近期皇子重臣相继封侯封地，自己虽有东海公之名，却无实权，平时做些劝课农桑之事，没有多少油水可捞。本想以其父当年的开国功勋，此次能够得到分封，提前将上下关系打点一番，谁料竹篮打水一场空，莫说分封，天王想都没有想起自己。气恼之际，周虓来信，商议谋刺造反之事，并许诺事成之后，请晋帝封苻阳为三秦王。苻阳暗喜，连连答应。本来约好昨日周虓负责谋刺苻坚，事成发信号给苻阳，苻阳负责起兵杀进长安城，成就好事。谁料，周虓谋刺被擒，苻阳等到天黑，等不到信号，怕夜长梦多，事情有变，不敢拖延，只好连夜起兵，杀往长安。

苻阳因其父被太后赐死，多年来耿耿于怀，要为父亲讨回公道，于情于理，勉强说得过去。王皮无缘无故，此时跟着来凑什么热闹？

说来话长。

当年王猛病危时，天王欲授其幼子王皮官职，以慰其心。王猛力辞道："知子莫若父，休儿、永儿、曜儿沉稳博学，才智俱佳，可酌才录用，替君分忧。独幼子皮儿不学无术，头脑简单，遇事鲁莽冲动，万莫官用。臣已在新平郡为其购置田地犋牛，勤耕传家，独善其身即可，陛下切勿勉强。"

天王知道王猛一向自律，便不再提起。王猛辞世后，天王每每念起，便觉歉意，虽知其幼子王皮不堪重任，但还是将其封为员外散骑侍郎，以示恩宠。

父亲谢世，王皮仿佛瞬间长大，遵父遗命，带着母亲回新平郡耕田种地，准备独善其身。可是，从小顽劣淘气，备受母亲溺爱娇惯的王皮岂能受了耕种劳作之苦。正在不满和烦闷之际，被天王特别关照，命为员外散骑侍郎，甚是欢喜。能在长安城穿上威武的铠甲挎着大刀来回巡视，保护天王安危，维护城内秩序，让王皮倍觉荣耀知足。眼看临近中秋，朝廷放假沐休三日。王皮惦念母亲，在长安城老字号的全盛斋点心铺买了两大包月饼点心，想起上次回家谒亲时，看到母亲的衣袖上打了块补丁，又去绸缎庄给母亲买了一件绣满金桂盘枝、福寿满堂的墨色绸缎夹衫。知道母亲一向节俭，配了一条褐色粗布夹裤，这样秋深霜厚，母亲也不会受冻了。王皮为自己的细心感到得意，带着精心挑选的礼物，一匹快马，美滋滋地奔回新平郡。谁料晌午到家，柴门紧闭，不见母亲人影，问邻人说舅舅家给表兄娶亲，请母亲去吃喜酒了。

其舅谷满仓，本来一直在华山脚下的家中砍柴种地，随着王猛岁中五迁，不愿再受劳作之苦，来到长安城想靠姐夫谋个肥差。谁料王猛对家人亲戚一向严格，小舅子一不能识字，二不能吃苦，果断拒绝。

长安繁华，山中清苦，谷满仓怎愿回去继续面朝黄土背朝天？整日游荡在长安的大街小巷，靠着姐姐的私下接济和姐夫的赫赫威名，夏天贩卖水果，短斤少两，冬天倒腾假冒伪劣皮靴皮袄，牟取暴利。瞒着姐夫勾结府衙贪官，垄断市场，抬高物价，积累了不少不义之财。旁人看在眼里，骂在心里，有人举报到京兆尹慕容垂处，慕容垂城府深重，睁一只眼闭一只眼，不了了之。后来因其欺行霸市太过嚣张，终于被王猛知道，王猛大怒，将其不义之财全部没收充公，永远逐出长安城。

风过无痕，眨眼几年。

王猛谢世后，夫人谷氏念及姐弟之情，与王皮四处打听寻找，将流落流沙城的谷满仓招至新平郡，安置下来。谷满仓用当年在长安城积累的投机经验，用姐姐的接济、姐夫的余威，七年时间又成了新平郡街上的一霸。儿子大婚，自然要风光一番。美酒鲜果，鸡鸭鱼肉，堆满喜桌。请了当地的权贵富绅，请来伶人戏子，还请来了街上的泼皮无赖，从早到晚，热闹不停。

虽然这个舅舅每次来家，总是鬼鬼祟祟，贼眉鼠眼，但对王皮却格外友好亲热。王皮想着，赶巧了，正好去舅舅家贺喜，顺便酒席结束，接回母亲。酒席正酣，伶人戏子们唱得正热闹，王皮被迎进酒席坐了。左瞧右看，没寻着母亲，被同桌土豪按住连干数碗喜酒,不觉内急,脱身出恭,却看到母亲同几个村野孤寡坐在膳房矮几旁用餐。王皮禁不住怒从心头起,恨从脚底生,忍住眼泪去找舅舅谷满仓。

谷满仓正面红脖子粗地前后左右应酬,见了王皮,手一招道:"皮儿,过来敬咱们的父母官一杯酒!"王皮端着酒杯一口饮了,低声对舅舅道:"我母亲为何不能坐在这里,莫非你怕她丢人不成?难道亲姐姐还不比这些人亲近?"

谷满仓高声道:"那当然,坐首席的可都是舅舅的贵人。来来来,外甥散骑侍郎王皮再替舅舅敬各位贵人一杯!"

王皮端起酒碗,狠狠地泼在谷满仓脸上,道:"敬个辣子!势利小人!"

谷满仓本想让外甥给自己长长脸,没想到却被当众泼了一脸浊酒,顿时脸面尽失,恼羞成怒,抬起胳膊,对着王皮抡了个大耳刮子,狠狠骂道:"给脸不要脸的狗崽子,你以为你是谁啊?不过是个跑腿打杂的员外散骑侍郎,要不是沾你父亲光,当个马凳都嫌你龌龊!"

王皮伸手回了一拳,骂道:"你个忘恩负义的小人,你有今日,还不是仗着我父亲的余威和声望。"

谷满仓急红了双眼,呵斥道:"休得再提你六亲不认的父亲!"

王皮大声骂道:"我母亲于你,至亲至真,恩重如山,你不善待也罢,竟然将她老人家打发到膳房同村野孤寡一起,你良心何在?"

谷满仓道:"你母亲本来就是孤寡,如何上得厅堂?"

王皮怒上加怒,含泪骂道:"你当年初到新平郡,新店开张,衙门走动,哪次不是将我母亲推到人前,打着王夫人的旗号为你长脸牟利,那时候你为何不提她孤寡?如今用不上了,就白眼狼翻脸不认人了,就将自己亲姐姐当要饭的打发啦!"

谷满仓被外甥当众揭短,气得脸上肥肉乱颤,骂道:"你个王八羔子还成精了,竟敢在这里教训起亲舅舅来。"大声喊道:"来人啊,打,给我把这狗杂种往死里打!"顺手举起酒桌上的酒坛朝王皮砸去,顿时酒桌上鸡鸭鱼肉横飞,酒坛酒碗乱窜,好好一顿酒席,变成了乱糟糟的战场。王皮不爱读书,却武功了得,虽然满身狼狈,却并不和那些下人、家丁纠缠,任凭各种器皿食物往身上乱砸,只逮住谷满仓,铆足劲饱打一顿,甚觉解气痛快,扶着母亲扬长而去。

回到家中,母亲清洗着幼子脸上的血渍,责备道:"你也老大不小,以后遇事切不可如此鲁莽。无论如何,他毕竟是你亲舅舅,极其好面之人,今日这么一闹腾,让他往后如何在新平郡街上行走?明儿个随我上门赔不是去!"

王皮脖子一梗,愤愤道:"我没那个白眼狼的舅舅。他还知道要面子?若是知道,就不该如此对你!"

母亲抬手擦擦眼泪,拉着王皮的手软言道:"儿啊,自古以来,人情冷暖,世态炎凉,莫不如此,人走茶凉,亦是自然。皮儿不必太过计较。"

王皮驳道:"人未走,茶就凉,便是势利!便是淡薄!"

王皮继续顶嘴道:"别人孩儿不管,但他这样轻贱母亲,我是断不能忍的!"

谷氏抚摸着儿子的头,眼眶里又涌出两行浊泪。

王皮正想安慰母亲,有一好心人跑进来喊道:"王夫人,你们母子快逃吧,出人命了!"

原来,王皮本来只想出拳教训教训舅舅,没想到肥头大耳的谷满仓竟然如此不经打,几拳下去就死了。

王皮一时慌了神,不知如何是好,拉着母亲就要跑。母亲流泪道:"事已至此,跑有何用?跑得了和尚还能跑得了庙?今日已晚,明日大早,我去你舅舅家登门赔罪,你去官府投案自首才是。"

王皮知道闯下大祸,失手打死舅舅并未愧疚,想大不了一命抵一命,但看到母亲浊泪涟涟、伤心不已的样子,后悔起自己莽撞来了。他乱想一通,到后半夜,骑马朝长安逃去。

天亮时分,糊里糊涂竟到了五丈原上。虽已天亮,圆圆的月亮尚未落下,北边的启明星从未有过的清亮,五丈原霜叶红遍,落叶金黄。王皮远远就看到兄弟四人种植的几棵青松,松针墨绿、松身耿直,傲霜耸立,父亲的坟茔上挤满了紫色金色的野雏菊。

王皮踉踉跄跄奔跑过去,扑通跪在父亲坟冢前,委屈地放声大哭起来。边哭边痛骂谷满仓是势利小人,白眼狼。边哭边问父亲自己如今闯下大祸,该如何是好。不知过了多久,突然耳边响起一个声音道:"你如此凄凄切切、哭哭啼啼,哪里还像个男人?丞相若泉下有知,还不出来揍你!"

王皮抬起红肿的眼睛一看,这不是当年太学里的同窗好友苻阳吗?觉得有失颜面,站起来,抹掉眼泪,道:"你为何在这里?"

苻阳道:"兄弟如此啼哭,土地爷都惊动了,何况为兄我呢。"其实,苻阳准备起事,大清早特地来五丈原上告祭父亲,求父亲的在天之灵保佑自己能够马到功成。当年苻法被太后赐死,天王念及兄弟情深,谥号哀公,厚葬于五丈原,与王猛坟冢不过一箭之遥。

王皮正在无助惊吓之际,看到苻阳,一问一答地将失手打死舅舅之事全盘托出。

苻阳听后冷笑道:"我还以为何事,不过是条人命而已,贤弟不必慌张。怪来怪去,还不是应该将这笔孽债算到昏君苻坚头上。想当年,丞相在世,为其当牛做马,呕心沥血卖命,才换来秦的国富民强。丞相谢世后,昏君朝政凌乱,南征伐晋,日费万金,民困兵疲。对你们王家,用的时候敬为王侯,不用的时候弃之山野,所谓人情冷暖世态炎凉,皆为昏君所赐!"

王皮这时倒不糊涂,驳道:"我和母亲定居新平郡,并非陛下所弃,而是家父谢世前的安排。"

苻阳冷笑道:"兄弟不要太傻太天真,若是昏君想留你们母子在繁华长安,还不是一句话的事情。只是你们已经没了利用价值,打发远些,省得累赘!"

王皮一时语塞。

苻阳看着王皮越来越黯然的脸色,道:"如今你打死自己的亲舅舅,若是往年,昏君也许会看在你父亲面上,放你一马,可谁让你时运不济,偏偏赶上昏君整顿风气,严肃律法之际。"边说边装作惋惜道:"兄弟此次怕是性命难保啊。"

王皮听苻阳一说,懊悔不已,长吁短叹道:"唉,都怪我一时鲁莽,闯此大祸。我被绳之以法倒是活该,只是连累了几个兄长和年过花甲的母亲,给九泉之下的父亲脸上抹黑!"

苻阳斜睨着王皮道:"看你这怂样,哪里还有当年王丞相的凛然风骨和浩然正气?晋桓温有言:大丈夫在世,不能默默无闻,即使不能流芳百世,也要遗臭万年!你这么窝窝囊囊地死了,到阴间见了丞相如何交代?"

王皮瞪大肿胀的眼睛看着苻阳,道:"难道还有别的死法不成?"

苻阳笑道:"为兄有一法,非但保你不死,还能像九泉之下的王丞相一样,安邦定国,出将入相,流芳百世!"

王皮急忙讨教。

苻阳将与朝中周虓里应外合谋反之事细细道来。王皮虽然从小顽劣,但还是能分辨出是非曲直,摇头道:"不可不可,君臣之礼不可违,如此大逆不道、株连九族之事,万万不可。"

苻阳道:"有何不可?这天下本来就是我父王的,昏君篡位多年,若是只为报仇,显得我苻阳小气。只是如今连连举兵,搞得天怒人怨,大旱不断,民不聊生,我要替百姓出头,还天下太平,万民安康!你作为丞相之子,难道没有责任救黎民于水火之中?难道不该有所担当吗?"

王皮头脑简单,听苻阳如此慷慨激昂一番,觉得好像有点道理,不觉点点头。苻阳接着道:"你武艺高强,又是丞相之子,若能助我推翻昏君恶政,便有开国之功。到时候我为君,你为相,一人之下万人之上,既告慰了令尊的在天之灵,也成就了好男儿的一番伟业。令堂亦会为你骄傲,让那些势利小人见鬼去吧!"

　　王皮越听越觉得合自己口味,点头道:"还是苻阳兄胸有大略,此事可行。只是先容我潜回新平郡安置好母亲,再回来助兄一臂之力。"

　　苻阳看王皮已经动心,想着要趁热打铁,笑赞道:"兄弟忠孝当先,为兄敬佩不已。只是事不宜迟,与其来回耽搁,不如事成之后,将令堂接到长安,直接入住丞相府,岂不是一个天大的惊喜?何况,新平郡必定已经布下天罗地网,四处捉拿你,回去便是自投罗网!"

　　王皮点头道:"阳兄言之有理。"想着如果自己真的当上丞相,大摇大摆回新平郡,将母亲接回长安,那将是何等荣耀风光,何等扬眉吐气!到时候他要将那些欺辱过母亲的人,瞧不起自己的人统统绑到长安街上游街示众!想到此处,精神一振,挺挺胸膛,道:"好,王皮任凭阳兄调遣!"

　　慕容垂在渭河东岸密林中布下兵马,等苻阳、王皮率的两万兵马刚渡过渭河,轻轻松松收紧口袋,擒入囊中。

　　天王在东堂给二人松绑,问苻阳为何谋反。

　　苻阳不惧不悔,朗声道:"《礼》云:父母之仇,不同天地。臣父哀公,死不以罪。齐襄复九世之仇,何况臣呢!"

　　天王想起二十多年前和兄长齐心协力铲除暴君发动的云龙门之变,仿佛昨日。如今其子替父寻仇,不如将其父派人谋杀自己之事告知,也好化解苻阳心结。但又想,算了算了,真相从来都是躲在各种仇恨猜测之后的,天子的宝座本来就是由无数白骨和仇恨打造而成。罢罢罢,咽下热泪,道:"哀公之死,事不在朕,卿宁不知之!"

　　天王又问王皮为何造反。王皮跪在地上,诺诺道:"臣父丞相有佐命之功,而臣不免贫馁低贱,所以图富贵也。"

　　天王看着王皮,想起王猛,潸然泪下,道:"丞相临终,托卿以十犋牛为田,不闻为卿求位。知子莫如父,何斯言之征也!"

　　话毕,不再言语,与二人默然于东堂,各自哀伤……

　　法不容情,天王黯然道:"将二人下入大牢,年后,苻阳徙往高昌,王皮同周虓流放朔北!"

第六十四章　楼兰王复仇入关内　吕将军西征出关中

回到翩跹宫，天王身心疲惫，子姝笑脸相迎，却被天王冷面相拒。子姝知道天王为朝政所累，默默伺候着天王沐浴更衣，伺候着天王伸展在锦绣龙榻上沉沉睡去，才悄悄起身，如往日一般，巡视了一番宫门值守，查看了宫内火烛，这才卸下玉簪，脱了罗衫，轻轻放下杏黄色龙凤呈祥锦帐，准备歇息，却被天王伸臂揽在怀里。

子姝柔声自责道："臣妾千万个小心，还是吵醒了苻郎。"

天王懒懒地摆弄着子姝的青丝，道："打了个盹，精神多了。朕有一事，需你来帮忙。"

子姝贴着君王的胸口道："苻郎只管吩咐就是。"

天王道："楼兰公主兄长二月要来长安朝贡，他非要见亲妹妹一面。"

子姝道："可楼兰公主误饮鸩汤，已经香消玉殒三年有余，如何见面？"

天王道："朕正在为此事烦扰。徐嵩已经安排妥当，明日早朝时，禀报楼兰夫人暴病身亡，朕会为其厚葬并派使者前往楼兰报丧，这样一来，二月朝贡时就会避去一些不必要的纠纷。"

子姝点头道："如此甚好。只是不知道需要臣妾做些什么？"

天王道："徐嵩在大殿禀报此事，朕觉不妥，若由主理后宫的张夫人禀报此事，显得更为真实自然些。"

子姝道："这个容易，明日早朝，臣妾亲自前来就是。只是厚葬之事如何安排？"

天王道："朕已经安排徐嵩选好福地，到时，莫让旁人看到，你往紫金棺中置放些楼兰公主生前的衣物，再配上金缕玉衣，建个衣冠冢吧。上次为避人耳目，偷偷将公主安葬，此次隆重风光些，也算给公主和其父有个交代。"

子姝依偎在天王怀中，心中满满都是爱，柔声道："苻郎如此重情重义，让臣妾想起了一句古诗:陌上人如玉,公子世无双!"

志士惜日短,愁人知夜长。

天王日日都觉得时日苦短,大到国际形势,小到百姓温饱。大风吹坏了长安西门,拔起了宫中大树。六州发生罕见蝗灾,蝗虫所到之处,寸草不留。天王派人灭蝗救灾的同时,不但要辟谣省身,还要眼观六路,耳听八方,着实辛苦。还好天道酬勤,雨雪适时,大旱得以缓解。

匆匆过年,匆匆立春,匆匆二月,东夷、西域六十二国入贡于秦。

一切准备充分,热情周到的接待,精细味美的食物,干净舒适的驿馆,让各国使者赞不绝口。匆匆到了月底,逛够长安城的使节们带着秦国的金银瓷器,锦缎丝绸,各种特产及满满回忆,恋恋不舍地回国复命。天王专程留下此次朝贡的车师前部王弥寘、鄯善王休密驮和楼兰王子热力·赫尔汗,在未央宫西堂为其饯行,以示恩典。

车师前部王弥寘赞叹道:"秦国果然名不虚传,国富民强,光是这些矗立在未央宫门口金光闪闪的巨型骆驼、宝马、翁仲,都让人眼花缭乱,还莫说一个个金刚铁塔似的威严侍卫、凛凛大将,让本王着实开眼喜爱啊!"

鄯善王休密驮亦高声附和道:"往年国使复命,说秦国宫宇如何壮丽,楼台如何华美,本王尚未全信,此次亲眼所见,才知什么叫瑶台仙境,大国神威!"

天王笑道:"二位爱卿言重,天下太平,还靠大家一起尽心尽力!两位国王威名,在中原亦如雷贯耳,拥戴者无数啊!"

车师前部王和鄯善王哈哈大笑道:"陛下言过了,臣等实不敢当。若是陛下不弃,我二人愿为向导,引王师一路向西,降服诸国,依汉置都护府,福泽西域,安定边陲。"

天王朗笑道:"有爱卿向导,朕有意向西!"话毕举杯和两位国王痛饮。看楼兰王子赫尔汗默饮不语,道:"听闻赫尔汗王子骑射绝伦,英勇不凡,不如露上一手,让秦国的勇士一睹风采。"

赫尔汗王子面色沉重地拱手道:"陛下过奖,赫尔汗不敢在秦国的土地上放肆。"

天王道:"公主突然病逝,如晴空霹雳,让朕伤心不已。还望王子回国后将朕的悲痛转告楼兰王,古丽娅虽然追随朕时光短暂,但率直可爱,朕每每想起,痛惜难忘。"

鄯善王大口吃着肉,笑道:"没想到赫赫天王,竟然如此儿女情长,本王认为是古丽娅公主福浅命薄。陛下不必伤心,等我家公主再长几岁,我就送她到长安城里来伺候陛下!"说完自己哈哈大笑起来。

车师前部王大笑道:"鄯善王可真会开玩笑,你家最大的公主耶利亚不过七岁,你要让陛下等几年啊?"

天王看赫尔汗勉强在众人说笑中举杯痛饮,才放下心来。宴罢,天王独留赫尔汗王子,道:"知道王子善骑射,朕将当年射过大雕的金弓赐予王子,望王子好自为之!"

赫尔汗道:"谢过陛下,臣子还想要妹妹随身的一件遗物,好带回给父王复命。"

天王点头道:"理应如此,只是公主随身之物,皆已随葬,实难遂愿。"

王子含泪拜别。

是夜,楼兰馆里王子叫来两名亲信随从,道:"明日就要启程回国,今日面见天王要件公主生前遗物带回楼兰,却说皆已随葬,不如你二人随我趁着天黑夜冷,掘开坟茔,拣一两件,回去也好给父王交代。"

一亲信道:"属下当然愿往,只是不知道公主葬于何处?"

王子道:"我这几日无事便在长安城闲逛,已经打听清楚。"

另一名亲信诺诺道:"会不会惊动了公主的亡灵?"

王子道:"不会,萨满会为公主祈福的。"

两名亲信同时道:"属下遵命,全听王子吩咐。"

王子道:"先睡一个时辰,等三更再去,那时守陵人定已睡死。"

古语说得好:一更人,二更锣,三更鬼,四更贼,五更鸡。

至四更,三人手刨镢挖,因是新坟,没费多少力气,便挖到紫金棺,轻移棺盖,只看到金缕玉衣、凤冠霞帔和公主生前衣物,并不见公主真身,原来是座衣冠冢。王子心下大惊,想:"看来长安城茶馆里的人闲聊时说楼兰夫人三年前在光明殿被天王鸩杀,并非子虚乌有。"怕夜色黑重,看花了眼,将棺内仔仔细细翻看几遍,未见半根遗骨。眼看鸡鸣,王子强忍悲痛,匆匆拣了顶公主粉色朵帕,将坟冢复原,悄然隐去。

天亮,未及朝廷官员送别,楼兰王子便带了亲信随从,策马往西,一路向楼兰狂奔而去。

守陵人发现坟冢异常,怕追究责任,不敢上报,偷偷将坟冢修整如初,就当一切没有发生过。

天王欲随鄯善王、车师前部王出兵西域,建立超过汉武大帝的不朽功业,对于楼兰王子的不辞而别,并未在意。召来几个近臣在东堂研究边疆地图,商议降服西域诸国之事。

阳平公苻融谏道:"西域荒远,得其民不可使,得其地不可食。汉武征之,得不补失。今劳师万里之外,虚耗中国,以蹈汉氏之过举,臣窃惜之。"

天王摆手道:"此言差矣。两汉力不能制匈奴,犹出师西域。今匈奴既平,易若摧朽,虽劳师远役,可传檄而定。化彼昆山,垂芳千载,不亦美哉?"

再看身边慕容垂、薛赞、朱肜、吕光、裴元略等,有的双手赞成出兵西域,有的旗帜鲜明地反对虚耗中国。正方反方各执一词,互不相让,争论不休。

天王看意见无法统一,便将此事搁置起来。这一搁置就是半年,其间,为充实凉州人口,天王下令将与东晋交界的江汉地区百姓迁往凉州。东晋将领桓冲派扬威将军朱绰袭击秦荆州刺史都贵于襄阳,践踏、焚烧秦在沔水以北的屯田,并俘掠江汉百姓百余户扬长而去。天王正召见群臣商议伐晋之事,侍卫禀报:"鄯善王和车师前部王来朝求见。"原来,鄯善王和车师前部王二月回国,左等右等不见王师来,二人于九月相约来到长安,朝见天王,再次请征西域。

伐晋之事暂缓,天王再次征询西征之事。

裴元略道:"二王如此殷勤请征西域,是想借秦兵之力,替自己消灭敌对势力,还望陛下明鉴!"

天王哈哈笑道:"司马昭之心路人皆知,不用裴爱卿提醒,朕当然明了。此时不用计算别人获利多少,要先计算自己是否可以从中得利!"

苻融道:"臣弟还是坚持自己所见,实在没有必要劳师万里,去征服那些粗鲁顽劣的野民和无法耕种使用的土地!"

薛赞谏言道:"阳平公言之有理,还望陛下三思。举师西进,于国于民并无厚利。大旱刚有好转,百姓方得喘息,若为一些不毛之地,虚耗民生,实在得不偿失啊!"

天王道:"薛爱卿此言不是灭自己威风,长他人志气吗?若百害而无一利,为何当年汉武帝多次征伐?人无远虑必有近忧,若将西域平定,使疆土安宁,百年之内,尽享太平,功在千秋。卿多年来助朕安邦定国,为何此次眼光如此短浅?"

薛赞干咳几声不再言语。

吕光大声道:"陛下圣明,西域若不平定,隔三岔五有胡人跨过阴山,抢我百姓财物,淫我秦国女人;若不平定,时不时抢我疆土,挑衅是非。如今匈奴已平,二王又自荐带路,平定西域,易如反掌。既然天时、地利与人和都已经具备,我们为何不趁机出兵,传檄而定?"吕光看天王领首认可,继续道:"何况西域并非不毛之地,二王曾私下向臣夸耀,西域珍宝奇美,金银充盈,女人个个风姿妖娆,丰腴妩媚。"

天王看吕光说着说着有点跑题,打断道:"朕意已决,派兵十万,准备西征。博休准备好物资供给,吕光调度训练好兵马,随时准备出发!"

虽然西征之事被天王小范围内定下,但朝臣闻知,还是不断谏阻。又加上十万军需一时难以准备充足,天王还想对晋还以颜色,忙于思略谋划,无暇催促,拖拖拉拉,及至年终,西域边陲突然狼烟升起,号角狂鸣。原来楼兰王子赫尔汗回国后,将在长安城听到的传言和自己偷偷掘墓之事,禀报楼兰王。楼兰王亦感到自己的宝贝女儿绝非暴病而亡,其中必另有原因。派细作潜入长安城打听,果然探听到古丽娅三年前就被苻坚在光明殿鸩杀。细作还通过重金收买,找到了公主真正的葬身之地。当楼兰王接过细作呈上的公主遗骨上挂的金铃铛时,顿时怒发冲冠,纠集了龟兹、大宛、于阗、若羌、焉耆六国,共六万兵马,过黑水城,向关内杀来。

看来箭在弦上,不得不发了。

天王命骁骑将军吕光为使持节、都督西域征讨诸军事,与凌江将军姜飞,轻车将军彭晃,将军杜进、康盛等,率兵十万,铁骑五千,以休密驮、弥寘为向导,出长安西门,以伐西域。正月初八,天王亲自设宴,在建章宫为吕光、姜飞、彭晃等人壮行。

天王叮嘱吕光道:"西戎荒俗,非礼仪之邦,羁縻之道,服而赦之,示以中国之威,导以王化之法,勿极武穷兵,过深残掠!"

吕光拱手遵命。

天王又道:"吕卿文武双全,多年来,随朕无论疆场杀敌,还是朝中理事,尽忠尽职,又与朕从小一起长大,情同手足,西征大任,交付于卿,朕甚为放心。西域统一安定后,留他人镇守,爱卿速回长安,朕还有大事委任于你!"

吕光拍着胸膛,高声道:"陛下放心,不用一年半载,臣定能凯旋!"

天王又道:"还有一件大事,朕闻龟兹国有位叫鸠摩罗什的高僧,精通佛法,智慧了得,此次西征,朕并非贪图西域辽阔,而是为了得到鸠摩罗什。贤哲之人乃国之大宝,若是寻得,以礼相待,送回长安。"

吕光拱手领命。

第六十五章　秦王狂投鞭断流　晋臣慌以攻为守

西门城楼上，天王迎着凛冽的寒风，目送吕光率十万余众，整齐有序，浩浩荡荡地向西逶迤而去。天王透过被朝阳染红的半个天空，似乎看到了西域平定、名垂青史的历史场面，顿觉天下归一指日可待，问身边皇弟苻融道："晋最近有何动向？"

苻融道："去年三月，林邑王范熊遣使向晋朝贡，并献方物。四月，皇太后下诏，慰问水旱百姓，并免除重灾者一年粗布，轻灾者半年粗布。还剪裁官吏七百人，减轻百姓负担。年终太后大赦境内，平民赐谷五升，朝官各晋一级。王谢两大士族齐心事主，境内安定祥和。"

天王不屑道："交州九真太守李逊反叛，不做些减负动作，如何收买民心？这个摄政的皇太后倒是有些能耐。安定祥和，就出兵袭我襄阳，焚我良田，夺我百姓？多年来，边境虽有摩擦，但因丞相临终遗言，伐晋之事朕一拖再拖，一忍再忍。如今西征之事交与吕光，南征伐晋之事，该详细谋划一番了！"

前一年十月，晋军偷袭襄阳后，天王就曾在太极殿召集大臣商量伐晋之事。

当时天王道："朕统承大业已经二十五年，东、西、北部均已平定。只有盘踞东南一隅的晋国还不肯降服。朕每每想起，寝食难安。如今，晋军袭我襄阳，朕欲召集天下九十七万精兵，亲自带领去讨伐晋国，诸位爱卿以为如何？"

大臣权翼出列道："晋国虽然弱小，但是他们盘踞东南多年，虽说皇帝是个软蛋，但因有谢安、桓冲那样的文武大臣忠心辅佐，还有他们训练的北府兵，有勇有谋，甚是了得。咱们要大举攻晋，太过鲁莽。"

天王不悦，将目光扫向群臣。

武将石越出列道："臣以为，晋国有长江作为天然屏障，再加上他们天天宣扬忠君爱国、礼义廉耻、气节风骨，搞得民众都被洗脑奴化，拼了命地要保家卫国，臣怕秦出师受挫。况且今岁镇星守斗牛,福德在吴。天象如此,最好不要轻举妄动。"

天王道:"长江天险有何畏惧?我秦兵近百万之众,将手中的马鞭投入江中,就可使长江之水断流,看他们还能拿什么来作屏障!至于天象,时时变化,不足为信。"

石越辩道:"晋中宗虽然软弱,但常施惠于民,百姓一心拥戴感恩于他,朝内也没有昏暗二心的叛臣。臣愚蠢地以为应该修养德行,不适合动用军队。孔子说:'远人不服,修文德以来之。'还望陛下能暂缓伐晋,保境养兵,伺机再动。"

天王伐晋,并非一时冲动,看两名重臣爱将齐声反对,心中甚是不悦。此时,秘书监朱肜出列道:"陛下应天命顺时势,奉天之命伐晋,对山川大吼,便可让五岳摧覆;对苍天长啸,便可让江河倒流。若出兵百万,定会有征无战。晋朝的主子自会口衔玉璧、车载棺材,到军营门前叩头请降。若其执迷不悟,逃命江海,陛下派猛将追击,将他擒获,流放天涯,中原的百姓,就可回到故乡。然后陛下銮驾行巡泰山,完成封禅。在封礼的中坛看云卷云舒,在泰山的主峰听群臣高呼万岁。陛下有如此丰功伟绩,便为千古一帝!"

天王乐呵呵地听完,心里想,还是朱肜甚合朕意!谦虚道:"朱爱卿言过了,不过,这正是朕多年来的夙愿!"

慕容垂见状,亦拱手出列道:"自古以来,哪个有抱负有魄力的明君不以一统天下为己任,哪个胸怀天下的明君不以天下百姓康乐为己任?陛下胸怀天下,乃百姓之福,天下之福。若是南居百姓回到中原故土,定会对陛下感激涕零,将陛下奉为神灵!"一些大臣觉得朱肜、慕容垂说得有理,便附和赞成。

但还有一些大臣觉得劳民伤财,倾全国之力伐晋,胜负难料,搞不好赔了夫人又折兵,丢了当下的富贵和安逸,不该冒险!正方反方各执一词,开始辩论吵吵起来。天王知道一时半会儿统一不了思想,摆摆手道:"先散了吧,下殿后将个人见解奏本呈上,朕自有决断!"

大臣们意犹未尽,边悄声争辩着,边退出太极殿。独独阳平公苻融面色木然地站立不动。

天王笑笑,起身踱步下殿,对其弟说道:"自古以来,决定国家大计的,总是靠一两个人。方才大殿之上,争论半天,未议出个子丑寅卯来,看来此事还需你我二人定夺。"

苻融面色凝重地回道:"博休知道皇兄心思,但以臣弟之见,伐晋困难重重,并无全胜把握。而且,我军连年打仗,兵士们也已经精疲厌战,不想再打。今日站在这里反对出兵的,都是陛下的忠臣,希望陛下采纳他们的意见。"

天王本想只要得到代理丞相的支持,其他人就无话可说,没料到苻融也会反对。他沉下脸来,道:"连你也会说出这种丧气的话来,天下之事,朕还能和谁说呢?真叫人失望!今我拥精兵百万,兵器、粮草堆积如山。朕虽算不上英明圣主,但也不是昏劣之君,以我秦军屡战屡胜之威,收拾攻打晋国这样的残余之寇,哪有不胜的道理?其实,长远考虑,朕还不是想为子孙后代扫清障碍,为宗庙社稷千秋永固而排忧!"

苻融看天王一意孤行,有点小激动,便苦苦劝告道:"此时伐晋,非但没有必胜的希望,而且京城里还有许许多多鲜卑人、羌人、羯人。陛下离开长安远征,若是他们起来叛乱,那时首尾难顾,后悔也来不及了。陛下难道忘记王丞相临终前讲的一番话了吗?"

天王沉默不语,挥挥手,让苻融退下。

之后还有不少大臣谏言天王莫要伐晋,天王一概不理睬。

今日,送吕光西征而去,天王又对苻融提起伐晋之事,并将慕容垂召上城楼,问道:"伐晋之事,为何爱卿无奏折呈上?"

慕容垂低头拱手道:"强国吃掉弱国,大国吞并小国,此乃自然规律。像陛下这样的明主,手握雄师百万,满朝皆为良将谋士,要灭掉小小晋国,易如反掌。陛下只要自己拿定主意就是,何必去征求众人意见?"

天王听了慕容垂的话,笑道:"还是道明鉴往知来,头脑清楚!看来只有爱卿能助朕平定天下了!爱卿直言不讳,朕要重赏。"回头对身后赵整道:"拣五百匹贡缎赏宾徒侯。"

慕容垂的一席话,是天王准备伐晋以来听到的最有高度最有水准的支持表态。经慕容垂一怂恿,天王顿时觉得云开雾散,海阔天空。"对啊,朕乃天子,一言九鼎,秦的这辆无敌战车由朕来掌控,朕指哪里,就驰骋到哪里!"想到此处,天王兴奋难忍,召来群臣道:"朕意已决,即日起,望众卿齐心协力,为伐晋功成,献计献策,恪尽职守。"

且说东晋孝武帝听闻秦要出百万之众南征,恐慌不已,同皇太后召来谢安、王彪之、桓冲问对策。

儒雅洒脱的谢安不慌不忙道:"苻坚此次举国南征,气势汹汹,若以硬碰硬,必是以卵击石,自取灭亡。"

十六岁的晋帝怯怯道:"丞相意思,莫非听天由命?"

桓冲淡定拱手道:"陛下勿惊。晋乃正统,秦乃五胡蛮夷,蛮夷虽有狼虎之众,晋亦有北府精兵,还有长江天险。蛮夷杂胡若自不量力,想渡江灭我正统,天地鬼神都不答应!"

王彪之亦从容不迫道:"秦虽有百万之众,但族姓繁杂,看似强大,其实各存异心,不足为惧。"

此时,坐在孝武帝身边的皇太后抬起凤眼,挑起蛾眉道:"几位爱卿可有御敌之策?"

谢安拱手道:"臣以为秦若举百万之众,备战少则半年,多则一载。既然战事难免,不如我们表面上继续以静和之策迷惑敌人,利用这些时间暗中备战谋划。"

皇太后微微点头,道:"丞相的静和之策,以柔克刚,的确有过人之处。"

桓冲道:"臣有一策,兵法云,最好的防守就是进攻。秦天王刚愎自用,狂妄自大,趁其准备不足,逼其出动,扰乱其战略部署,让其尝些甜头,再诱敌深入,利用水军优势,如当年东吴孙权一般,来个火烧赤壁,以少胜多如何?"

王彪之笑赞道:"桓将军有当年的周郎之智啊!"

谢安道:"不如我们放出风去,扬言要伐秦,趁苻坚的百万之众尚未到位,逼其动手。一来让他落下出师无名的千古罪名;二来打乱他全面的排兵布阵部署;三来打个头阵,探探虚实。"

桓冲拍手道:"还是丞相深谋远虑!"

晋武帝看着有人撑腰,这才直起身来,脸上有了笑意,道:"有众爱卿齐心护国,朕放心多了。"

皇太后亦微笑道:"如此看来,哀家只能继续安定民心,显民宽和,导人向善了。"

三人异口同声,恭恭敬敬伏地长拜道:"皇太后圣明!"

次日,皇太后降诏:"蠲免百姓所欠租赋,鳏寡孤独者每人赐米五斛。"至四月,晋武帝下诏:"为疆场之虑,内外众官,需悉心努力,皇宫所供,节俭节约。九亲供给,众官俸禄,全部减半。若非军务急需,其他工役,全部停工。"

这边静静守望,和谐平静,毫不张扬,秘密有序备战。那边锣鼓喧天、阵势浩大地全国总动员,要威风凛凛地跨过长江天险,彻底消灭江南残余之寇,救百姓于水深火热之中,实现六合统一的千古大业。

第六十六章 百官上书劝慎行 道安合掌念苍生

这日,天王下朝,想到多日来忙于备战,应当去听讼观看看,带赵整、苻融出宫门向北。一路上,田野里的麦苗棵棵茁壮,绿色的麦浪在微风轻拂下碧波般荡漾翻滚。天王本来因百官劝谏莫要伐晋之事烦恼,看到大自然赐予天下的满目葱茏,渐渐喜悦起来,对苻融道:"孔子曰,得道多助,失道寡助,博休看看这地里庄稼的长势,分明今年关中麦要大熟,这不是老天都在助朕完成伐晋大业嘛!"

苻融轻叹道:"不瞒皇兄,臣弟心中依然不赞成此次贸然伐晋。晋虽然被我大秦逼到东南一隅,但近年来国力不容小觑。陛下调百万之众,若能一举拿下自然最好,若是被拖进去耗上三五年,福祸难测啊!"

天王不悦道:"皇室之中,朕独偏爱于你,如今伐晋事宜,已经铁定,你该全心全力助朕,为何还有诸多丧气之言?"

苻融停下脚步,双目含泪,伏地长拜道:"臣弟皆为社稷永固、陛下神威所忧,还望皇兄三思啊!"

天王好好的兴致,被苻融这样一搞,晴转多云,听讼观也不去了,拂袖回宫。

翩跹宫里,烛光温暖,美人浅笑。天王渐渐静下心来。子姝奉上热巾,伺候着夫君洁面净手,又端上热茶和小点心,温婉道:"陛下近来夜里总是不能安睡,臣妾想请御医给陛下瞧瞧。"

天王浅饮一口热茶,道:"不必传唤御医,母后倘若知道,又要叨叨半天。哦,你不提朕差点忘了,太后近日身体如何?"

子姝边揉摩着夫君的阔肩,边回道:"总是不见大好,御医说是心气郁结,血脉不通,需要慢慢调理。陛下放心,臣妾得空就在懿寿宫伺候着呢。"

天王按按子姝的手,道:"如此甚好,朕国事繁忙,你多替朕尽尽孝心。"的确,自从王猛谢世后,天王一天忙到晚,实在无法像以前一样常去懿寿宫陪母亲闲坐聊天了。

子姝柔声道:"那是自然。只是臣妾担心苻郎龙体,白天劳心费神,晚上还不能安然入梦,纵是铁打的身子又如何受得住?"

天王拉着子姝的手,道:"朕决意取江东,此事已定,但朝中反对者依然众多,让朕如何安睡?"说到此处,天王叹气道:"尤其博休,从朕欲伐晋开始,各种理由反对至今,折子上了不止十本,今日竟然跪在长安街上哭谏,真是扫兴!"

子姝边替夫君揉按着解乏,边柔声细语道:"博休年轻,谋略定不如陛下周全,但忠君爱国之心,日月可鉴,还望陛下莫要动怒伤身。"

天王在子姝的软言细语下,烦躁的心平和了许多,点头道:"这个朕自然明白。"

子姝看天王脸色渐渐柔和起来,道:"安神汤已经备好,请陛下泡泡解乏,也好安睡。"

天王点头,子姝同宫女们细心伺候着天王宽衣解带,迈入双龙戏珠芙蓉汤池,边伺候夫君沐浴边道:"臣妾听说天地生万物,王者治天下,都是因为顺应自然的趋势,所以没有不成功的。黄帝使牛马负重而致远,是顺应了牛马的本性;大禹疏通九川,堵塞九泽,是顺应了地势;后稷播种百谷,春种夏锄秋收冬藏,是顺应了天时;商汤、周武王率领官兵杀掉夏桀、商纣王,是顺应了人心。况且去年秋冬以来,雄鸡时常半夜就鸣,家犬经常聚在一起哀吠,兵器常常自动发出声音,厩马动不动无故惊跳,这些都是出师不利的坏兆头。如今,连对陛下言听计行的博休都哭谏力阻伐晋之事,臣妾实在想不通,究竟为何?"

君王看着爱妃虽已生养,但玉骨冰肌的胴体在热气氤氲中依然美艳如初,泡着安神汤,紧绷的神经刚刚松弛下来,什么都不想,正在闭目享受这难得的安静和放松,却听子姝亦在婉转阻谏南征伐晋,顿时恼怒起来,一把拨开细语的子姝,赤条条地从汤池中站了起来,气呼呼地道:"妇人之见,滚!"

宫女太监们吓得哆哆嗦嗦跪了一地,屏住呼吸,不敢乱动。

天王扯过浴巾裹了,一脚踢翻汤池旁的美人出浴屏风,扯下珠帘纱帐,又将殿内摆设的瓷器玉璧摔了一地,狠狠地用脚踢飞,以雷霆之怒喊道:"为何皆为贪图安逸富贵之徒,就没有一个胸怀大志之人吗?朕要伐晋,朕要伐晋,朕就是要伐晋!一统天下,建立秦皇汉武一般的丰功伟业!"

盛怒之余,天王摆驾贤鲜宫。黎夫人憨厚寡言,不甚解意,只会不哼不哈地忙前忙后,端上许多天王爱吃的美食。气都吃饱了,哪来的胃口?天王一脚将食案踢翻，又摆驾皇后处。皇后看到许久未见的天王这么晚突然驾临凤仪宫，既欢喜又刻薄，迎着天王坐了，殷勤地奉茶倒水，道："看陛下脸色，莫非在翩跹宫受气不成？"

天王沉着脸喝茶，并不理会。皇后见被自己猜中，壮着胆子酸溜溜道："她那狐媚样，还不是仗着陛下的宠爱才越来越放肆！"觉得不解恨，又补充道："还不是你惯的！"

天王来来回回一番走动发泄，本来气已经消得差不多，听皇后如此口无遮拦，火上浇油，火气腾一下又蹿了起来，将手中的玉杯狠狠掷在地上，道："传朕旨意，即日起，后宫之事由皇后打理。张子姝妄议国事，翩跹宫禁足自省，无朕旨意，任何人不得入内！"皇后万分激动，望着负气而去的天王，伏地叩拜，难以抑制内心的欢喜，大声道："臣妾领旨谢恩，吾皇万岁万岁万万岁！"

皓月当空，碧水清风。

天王站在未央宫的凤凰台上，举目远眺，红彤彤的宫灯已经亮起，不时有巡逻的羽林郎精神十足地手握红绸飘飘的宝刀，警惕威武地列队从宫道上走过。四月的长安城，又到了春花怒放、万紫千红的季节，夜风伴着百花清香，飘荡在长安城的空气中，萦绕在天王眼前身后，痒得天王忍不住打了个喷嚏。远远跟着的赵整怕春夜寒凉，赶紧从太监手中取过黑绒章纹绲边杏黄锦缎精绣了翻江搅海蛟龙的薄披风，轻轻给天王披上。天王举头望月，想："以前，只要朕一有想法建议，众人都会一呼百应，趋之若鹜，为何近年来，朕要西征，朝臣们反对抵制，朕欲东伐，更是阻谏不断，连身边最亲近的人，都不支持不理解。欲完成统一大业为何就如此艰难？安逸的日子过得太久，臣民们都以为天下太平，可以尽情享受、放纵了。可有几人想过，人无远虑必有近忧，天下若不统一，哪来的永享太平？慕容垂一语中的，弱肉强食乃自然规律，若不趁秦国力正强，吞掉晋，待晋强大反咬过来，就怕臣僚们醒悟过来却为时已晚。"

天王脱口大声吟道：

至亲皆谏莫向东，天下岂能两帝侯？

投鞭百万长江上，任尔天堑亦断流！

吟罢，天王顿时觉得气势磅礴起来，心情亦好转许多。晚上去哪里安歇呢？天王有点纠结。只剩下胡姬的逍遥宫了，天王却不想去。一来胡姬近年来发福，肥硕而油腻；二来龙榻之上，风骚狂荡，如狼似虎，天王有点力不从心，难以招架。繁华看透，春色阅尽，天王越来越依恋享受和子姝一起细腻柔婉、琴瑟在御、莫不静好的日子。

不如去懿寿宫看望抱病卧榻的母后吧,许久未见,甚是想念。但一想到前几日因段元妃暗地示意,车敬隐匿国史《起居注》,有失皇家体面。天王不解其意,收缴《起居注》翻开,竟然看到其中有李威醉宿懿寿宫之事,还有太后三别灞上,与李威携手河滩,赏月亮,数星星的浪漫记载,不禁大怒,焚烧国史及《起居注》,十不留一。

"唉,还是不去的好!"天王心中叹道,"可怜朕也是一言九鼎、坐拥天下的皇帝,此时此刻,在最困惑最孤寡之时,在自己打造的碧瓦朱甍、贝阙珠宫里,却没有一处可以去停靠歇心的港湾。自古以来天子自称寡人,说是谦称自己是寡德之人,无德无能,有负臣民重托,依朕看来,寡人寡人,应该还有高处不胜寒的孤寡之意啊……"

月下信步,思绪乱飞。不知不觉天王踱到南苑学宫,看到南书房灯火明亮,宫女太监门外恭顺静立。"已到亥时,不知道哪位皇子还在读书?"天王心里想,摆手不让迎驾,停步细听,一个沉稳些的声音问:"伐晋乃国家大事,韩非子曰:'精诚为道,运筹为术,组织为器,人才为本,制度为体,文化为魂。'如今秦国已经不是当年只知道攻城略地的创业型秦国,而是有父皇雄才大略掌控的成熟型帝国。伐晋固然胜负难料,但若无此惊险一跃,如何修炼成照亮星空、名垂千史的绝代帝王?"天王听出是太子苻宏的声音,心里赞道:"太子勤读,见识大有长进。"

"不过……"天王听太子继续道,"天象明示,不可伐也。且晋主无罪,重用人才,谢安、桓冲兄弟皆为英雄才俊,君臣团结,又有长江天险,不可图也。不过亦非不图,以本宫愚见,不如暂且厉兵秣马,以待暴主,一举灭之。今若动而无功,则威名损于外,资财竭于内。所以圣王若欲举兵,内断必诚,然后用。晋军若以长江固守,迁徙江北百姓于江南,增城清野,闭门不战,我已疲惫,敌未引弓,上下气馁,不可久留,父皇该如何收场呢?"听到此处,天王想抬声回复,却听到一个清亮稚嫩些的声音回道:"天地之道:博也,厚也,高也,明也,悠也,久也。若遵从,便能绝代独立,万古流芳;反之,则悔之晚矣,万劫不复!"天王一向偏爱幼子苻诜聪颖仁爱,与众不同。听诜儿小小年纪,竟然能将天地之道说得如此清楚透彻,忍不住点起头来。却听苻诜继续道:"《左传》中季良在随,楚人惮之,宫奇在虞,晋不窥兵。因为国有人才也,及谋之不用,而亡不淹岁。前车之覆轨,后车之明鉴。皇叔阳平公,国之谋主,而父皇违之。晋有谢安、桓冲,而陛下贸然伐之,诜儿实在想不明白到底为何。"说到此处,苻诜有点小激动,接着道:"不如你我二人明日去光明殿劝谏父皇!"

天王剪手穆然,沉声道:"不必了!"步履缓重,踱入南书房,苻宏、苻诜急忙伏地拜见父王。

天王尽量让自己显得温和些,对太子道:"往年车骑灭燕,亦犯太岁,出师大捷。天道幽怨,非你所知也。昔日始皇灭六国,难道所有王都暴虐吗?况且吾内断于心久矣,出师必胜,怎么能无功呢?朕准备命蛮夷以攻其内,精甲劲兵以攻其外,里应外合,岂有不胜之理?"

太子伏地诺诺。

天王将目光投向宠爱有加的幼子符诜,一改往日慈爱,虎着脸道:"国有元龟,可以决大谋;朝有公卿,可以定进否。你个碎尿娃不好好读书解意,妄论军国政事,小心老子宰了你!"

回到光明殿,已到三更,天王睡意全无,想:"一日之内,从博休,子妹,再到太子宏儿、幼子诜儿,都在以不同的方式,表达同样的内容。其他人暂且不说,他们都是朕至亲至爱之人,对朕绝无二心,难道伐晋真的不可贸然为之?吕光奉命西征,胜券在握,泱泱六合,仅存盘踞于江南的晋。多年来,如鲠在喉,我不犯他,他必犯我!朕的龙榻之侧,岂容他人酣睡?景略,你且告诉朕,究竟该不该伐晋?"坐在紫檀镏金盘龙书案前,翻开王猛在世时的各种奏章,看着王猛严谨、工整的字迹,天王恍惚中看到王猛立于身侧,青衣广袖,不染纤尘,风骨灼灼,明净坚定道:"晋虽僻陋吴越,乃正朔相承。亲仁善邻,国之宝也。臣殁之后,愿不以晋为图。鲜卑、羌虏,我之仇也,终为人患,宜渐除之,以便社稷。"

景略,景略,景略!天王伸手拉住王猛的宽袖,想如当年一般,促膝而言,共赴夙愿。却见景略抬须浅笑,飘然而去。景略,你也不明白朕吗?景略,景略……天王心底涌起无数伤感,眼眶湿润起来。

"陛下,陛下!"赵整在旁边轻声唤醒了梦中的天王,奉上热巾。敷面静心后,天王道:"传释道安即刻进宫侍驾!"

赵整躬身领命,低头道:"此时三更已过,还望陛下保重龙体,早点安歇,明日一早请释道安入宫伺候陛下吧!"

天王扭动着酸痛的脖子,闭着眼睛点头道:"也罢!"

赵整又问去哪位妃嫔处就寝,天王心烦,随便点了一个新纳的美人,在龙床上驰骋发泄一番,才静心入梦。

次日清明,扫墓祭祖,踏青郊游,朝廷沐休一日。雄鸡高唱,旭日初升,天王多年习惯,四更习武,五更上朝。不上朝的日子依然早起,在东堂静读了半个时辰的史书古籍,前往上林苑练一个时辰的骑射箭法。

释道安踏着沾满露珠的落英而来，天王热气腾腾地跳下了爱骑绝影赤风，收起赤金龙鳞乾坤剑，远远招手道："道安过来，陪朕前往新修的东苑一游。"

道安双掌合十，念道："阿弥陀佛，草芥之身，岂敢与陛下同辇而行。"

天王笑道："来来来，不必拘于俗理，你坐于朕身边，好说说话。"

道安依然低头念道："阿弥陀佛，贫僧不敢。"

天王催促道："大师既然已经跳出红尘外，不在五行中，此处何来天子？朕只是需要以慈悲为怀的佛祖超度的众多信徒之一！"

道安合掌点头，念着阿弥陀佛准备登辇。陪天王练完骑射剑法的权翼，抹着脸颊上的汗珠，瞪着豹子眼，像门神一样拦住释道安，单膝跪拜天王道："臣有谏言要奏。"

天王借口同游东苑，其实想请教释道安伐晋之事，道："爱卿有何谏言，从简奏来。"

权翼拱手道："陛下的龙辇，应由侍中陪乘，清道而行，进至有度。三代末主，或亏大伦，适一时之情，书恶来世。故班姬辞辇，垂美无穷。道安毁形贱士，不宜参秽神辇！"

近年来，权翼经常追随天王左右，因崇拜天王，受天王熏陶，慢慢变得爱学习有文化了，闲暇之余，不再去斗鸡撵狗，宿醉赌钱，开始看书练字。今日一激动，竟然能引经据典，出口成章，着实将自己吓了一跳，不禁面露喜色，得意起来，等着天王表扬。偷偷看天王，却见刚才明明还喜气洋洋的圣颜突然乌云密布，天王如黑脸的雷公呵斥道："道安至长安，德为时尊，朕拿天下换，不一定能换得来。不是道安乘龙辇光荣，而是朕能与安公同辇而行荣耀也！"厉声命令道："还不过来扶着安公升辇！"

天王转目安慰道安道："朕今日非但要与公同辇游东苑，伐晋功成后，还将与公南游吴越，整六师而巡狩，到疑岭拜谒虞陵，到会稽瞻仰禹穴，泛长江，临沧海，不亦乐乎！"

道安手捻佛珠，沧海一笑，道："陛下应天于世，居中土而制四维，逍遥顺时，以适圣躬。动则鸣銮清道，止则神栖无为，端拱而化，与尧舜比隆。何必身劳于驰骑，口倦于经略，栉风沐雨，蒙尘野外呢？且东南区区，地下气疠，虞舜游而不返，大禹适而不归，何必上劳神驾，下困苍生？《诗》云：'惠此中国以绥四方。'苟文德足以怀远，可不烦寸兵而坐实百越。"

天王摇头笑道："道安此言差矣。伐晋非为地不广、人不足也，但思混一六合，以济苍生。天生烝庶,树之君者,所以除烦去乱,安得惮劳!朕既大运所钟,将简天心以行天罚。高辛有熊泉之役,唐尧有丹水之师,此皆著之前典,昭之后王。诚如公言,帝王无省方之文乎?且朕此行也,以义举耳,使流度衣冠之胄,还其墟坟,复其桑梓,止为济难铨才,不欲穷兵极武。"

道安摇头道:"若銮驾必欲亲动,犹不愿远涉江、淮,可暂幸洛阳,明授胜略,驰纸檄于丹阳,开其改迷之路。如其不庭,伐之可也。"

天王摇头爽笑道:"朕欲投鞭百万长江上,岂能蜗居洛阳,做个狗头军师?"说完哈哈大笑起来。

有宫女禀报皇后娘娘有事求见。天王摆手道:"朕忙于国事,后宫之事全凭皇后做主,若实在拿不定主意,请太后定夺。"宫女诺诺退下。

各种反对奏折堆积如山,天王不再理睬,天天召来苻融、慕容垂、朱彤和石越等重臣商议伐晋事宜,谋划战略部署,起草作战方案。苻融、石越虽然竭力反对伐晋,但君臣之礼不可违,随着天王将部署一步步反复推敲,将作战方案一遍又一遍地细化,慢慢觉得成功好像并不那么遥不可及。这个高级智囊团队,不约而同地凝聚起必胜的决心,等粮草丰盛,兵马到位,按计划兵分多路,齐头并进,步步为营,一路往东,只要攻下寿阳、郧城,渡过淝水,实现天下大统的梦想就成真了!

第六十七章　晋攻襄阳试深浅　秦还颜色探虚实

五月绚烂，夏花如梦。

太极殿早朝，星官太史令魏延报："彗星扫东井。"又有奏报："上林竹死，洛阳地陷。"京兆尹徐嵩亦启奏："长安有水影，远观若水，视地则见人，至是则止。"

天王不信谶言蛊惑之事，不让再报。问及兵马调度，大司马苻融回禀道："按计划进行，只是数量过多，路途遥远，还需些时日才能各就各位。"

天王点头道："悉心落实，不能有任何差错，争取六月中，兵马全部到位！"

苻融领旨。

慕容垂出列，奏道："禀陛下，拓跋部遗孀贺兰氏请求陛下恩准其携子拓跋珪回归母家贺兰部。"

天王道："拓跋珪受教秦学宫多年，随归母家，正好替朕规范安抚贺兰部落。准。"

慕容垂低头回道："臣有异议。拓跋珪少年英雄，若归母家，如虎归深山，日久天长，羽翼渐丰，于秦不利。"

天王摆手道："朕闻拓跋珪儒学优秀，少年老成，若其能定一方安宁，也算替朕分忧。"

慕容垂还想再辩，谏言大夫裴元略出列，手持玉笏，拱手拜道："臣弹劾散骑常侍刘兰，赴幽州督助苻丕、王永等扑杀蝗虫，治理虫灾，久扑不灭，请陛下治罪！"

天王看裴元略严肃的模样，笑道："天降灾害，由朕失政所致，如何怪得了刘兰？况且昨日有奏报说蝗虫已不出幽州境，不食麻豆。"

裴元略依然严肃道："据臣所知，幽州蝗灾依旧，并未缓解。"

天王知道裴元略固执认真，还想再说几句，身边侍中赵整悄声叫了声"陛下"。

若非急事,赵整定不会如此失礼,天王将嘴边的话咽了下去,只见赵整双手奉上一束体温尚存的八百里加急军报。

天王示意赵整打开,接过一看,心中冷笑几声,这不是冬天卖凉粉——不识时务么! 怒道:"念!"

赵整挺直身子,面对太极殿的文武百官朗声念道:"晋都督江、荆等七州诸军事、骑将军桓冲突然率十万大军攻我襄阳,另派前将军刘波等攻打沔北诸城。辅国将军杨亮进攻巴蜀,克五城,进击涪城。鹰扬将军郭铨攻打武当。晋敌目标明确,有备而来,襄阳告急,西南告急,请陛下速派兵增援!"

听到晋突然攻打襄阳,并同时进击西南各处,且已有多城失守,太极殿上惊恐的、惊怒的、惊慌的、惊讶的表情顿时汇成了一幅"百惊图"。

权翼出列道:"瞌睡就送枕头,来得正好! 还是陛下英明,若半年前将龟孙子灭了,哪里还有今天这般耻辱! 臣请带兵杀过长江,砍了鸟皇帝的脑袋回来献给陛下当夜壶!"说完就后悔了,一时着急爆粗口,显得多没有文化!

石越亦出列道:"看来对敌人的仁慈就是对自己的残忍这句话是对的,臣恳请陛下下令伐晋!"

顿时,朝堂上地动山摇地高呼:"伐晋,伐晋,伐晋!"

天王此刻却冷静下来,心想:"贸然出兵,便会打乱战略部署和作战计划。但若不还以颜色,有失国威不利士气。不如先派几队人马救急,探探虚实,再做定夺。"天王早已有了主意,肃然而坐,龙目含威,掷地有声道:"皇子征南钜鹿公苻睿及冠军将军慕容垂、左卫毛当听令,朕命汝等率步骑五万速救襄阳!"

苻睿、慕容垂、毛当昂然出列领旨。

天王又道:"扬武将军张崇救武当,后将军张蚝、步兵校尉姚苌救涪城。"

几名虎将亦威武出列领旨。

天王沉稳从容,停顿片刻,安慰文武百官道:"伐晋之事,尔等切勿意气用事,要同仇敌忾,从长计议。"

收麦后,出兵救急。

不久,捷报传来,苻睿进至新野,慕容垂进至邓城,张蚝出斜谷,杨亮引兵退归。王师败张崇于武当,掠二千余户而归。苻睿派慕容垂及骁骑石越为前锋,战于沔水,难以取胜,苻睿恼火不已。慕容垂对苻睿道:"殿下莫急,强攻不得,只有智取。"

苻睿问:"将军有何良策?"

慕容垂上前耳语一番,苻睿连连点头。当晚,趁着黑夜,苻睿命兵士手持火炬,将火炬系于树枝上。开始星星点点,不久火光冲天,照亮十里之外,慕容垂趁机出兵,桓冲不知秦军虚实,大惧,退还上明。

天王接到战报,心想,赫赫有名的北府兵也不过如此。遂下书道:"吴人敢恃江山,屡寇王境,宜时进讨,以清宇内。便可戒严,速修戒备,征发各州郡公、私马匹,平民十丁抽一。高门富豪子弟、精通武艺的皆授以羽林郎。"此诏一下,上上下下一片忙碌。高门富豪子弟个个摩拳擦掌,想去征战沙场,顺便见见世面,混个战功。不出几日,共得少年郎三万多人,天王大喜,任命秦州主簿赵盛之为建威将军、少年都统,操练羽林郎。

这日,天王御驾亲临重玄门的点将台,观看羽林郎操练。

放眼望去,三万多羽林郎头戴红缨青铜盔,身穿青铜虎头铠甲,足踏马到功成军靴,手中的银枪熠熠放光。个个生气勃勃,虎虎生威,打拳跺脚,半个长安城黄土飞扬,舞枪喊杀,整个重玄门地动山摇!

天王看得心花怒放,对随行的慕容暐道:"且不说其他狼虎秦军,仅凭这三万羽林郎的喊声,就足以让晋军魂飞魄散!"

慕容暐躬身阿谀道:"陛下之武威,古今无人能及。臣此刻开始担心亡国君臣如何封赏安置了。"

天王哈哈大笑,道:"尚书令莫非担心自己的府邸被别人占去不成?放心吧爱卿,朕自有安排。"

此时操练结束,赵盛之手持令旗策马而来。远远跳下马来,单膝跪地,双手作揖道:"微职铠甲在身,不能行大礼,请陛下恕罪。三万三千三百名羽林郎操练结束,请陛下训示!"

天王笑道:"爱卿平身。羽林郎训练有素,甚合朕意。朕特命宫匠打造御用金刀二十把,今日点将台比武,出类拔萃者朕要御赐金刀。"

赵盛之道:"五日前微臣接到比武通知,经过报名海选,初选今日有资格参加终极决战者一共三百人,请陛下指示!"

天王点头道:"比武开始!"

赵盛之拜过,飞身上马,手持令旗,左右摇摆,便见密密麻麻的羽林郎中,三百名左臂上系了条红绸带的少年从前几排大步出列。

这三百名羽林郎左手举铜盾,右手持银枪,先来了段彰显贵族子弟阳刚之气的广陵破阵舞,渲染了一下气氛。随后十人一组,比赛骑射,谁射中百步之外麻布上描画的虎脸豹头谁就胜出。

三万多人,齐声呐喊助阵,天王一人,御台高坐,静等少年英雄胜出。

终极决战结果并不理想。三百羽林郎,只有九人百步之外射中虎头豹脸,少年都统赵盛之觉脸上无光,自己飞马拉弓,射中豹眼,才算挽回点颜面。

天王宽慰道:"赵将军不负朕望,羽林郎武艺还需在实战中慢慢磨砺提高。朕要留十把金刀,等凯旋之时,再论功行赏!"

为鼓舞士气,天王豪迈演讲道:"儿郎们,自古英雄出少年,尔等满腔热血,有志报国,朕为你们自豪骄傲!方才操练,尔等出拳飞脚,能令敌人魂飞魄散;尔等舞枪喊杀,能令敌人肝胆俱裂。有你们这些少年英雄,伐晋必胜!"

赵盛之振臂高呼道:"伐晋必胜,伐晋必胜!"

羽林郎们亦排山倒海地响应道:"伐晋必胜,伐晋必胜!"

如此热烈激昂的场面,天王深受感染,对身边随侍的慕容暐道:"爱卿方才倒是提醒了朕,朕此刻就将晋君臣做个封赏,晋帝司马昌明做朕的尚书左仆射,谢安为吏部尚书,桓冲为侍中。"说到此处,天王哈哈大笑道:"很快他们就会回到中原故土了,该给他们选址造府邸了。"然后将手一挥,操练场顿时安静下来,天王气势磅礴地道:"朕要御驾亲征,同尔等投鞭断流,立马晋第一峰!"

天王回到未央宫,兴奋的心情难以平静。想到多年来为之奋斗不息的梦想即将实现,六合清明、天下归一指日可待,他将成为一代圣主名垂千古。那时,大秦始皇,略输文采,汉武大帝,稍逊风骚。数风流人物,舍我其谁!想到此处,顿觉风雷纵横,豪气冲天,召来爱弟苻融分享喜悦,再次敲定伐晋方案。

阳平公苻融却忧心忡忡地道:"鲜卑、羌虏,皆为我之仇敌,常常暗地里盼望着风云之变,以逞其志,陛下和他们一起谋划作战方案,还要重用他们为前锋大将,号令三军,一旦反叛,如何是好?良家少年皆富饶子弟,一向养尊处优,如何适应军旅之苦?花拳绣腿,如何疆场杀敌?慕容暐的诡谀之言,哄陛下高兴罢了。今陛下信而用之,并托付大事,臣深感担忧,恐功既不成,还有后患,悔之晚矣!"

天王正沉浸在对锦绣前景的无限遐想中,并未在意皇弟的忧虑,笑道:"博休多虑了,让鲜卑、羌虏出征,就是为了纯洁队伍,辨清忠奸,朕不怕他们望风尘而变,就怕他们谋逆之心深藏不露!富饶子弟,多年安逸处优,此次参战,一来让他们吃吃苦,磨砺一番;二来为社稷千秋培养锤炼些栋梁之材,将来以当大任!"

苻融不甘心又劝道:"陛下亲征之事,还望三思!太子毕竟年龄尚小,独自监国,让人心忧。"

天王哈哈笑道:"太子已经加冠,朕如他这般年纪,已经出入疆场无数,他该多多磨炼才是,朕会留薛赞协理国事。"看苻融依然心事重重,补充道:"何况还有母后坐镇。"苻融摇头。天王道:"不如你我兄弟二人比比骑射如何？若你胜了,朕就留守长安,静等捷报；若朕胜了,就御驾亲征,统一六合！"

苻融自知骑射和皇兄相比尚差几分。明摆着皇兄铁心伐晋,再劝无用,便拱手道:"陛下决意亲征,臣弟恳请追随左右,保驾护航,尽绵薄之力！"

天王笑道:"母后常说兄弟齐心,其利断金。东征伐晋,怎能没有我们的阳平公呢！"

次日,天王下诏:"遣征南大将军、阳平公苻融,骑从张蚝,抚军大将军、高阳公苻方,卫将军梁成,平南将军慕容暐,冠军将军慕容垂率步骑二十五万为前锋,八月二日先行出发。"

第六十八章　懿寿宫乱点名册　翩跹宫冰释前嫌

天王就要出征,尽管怒焚《起居注》的阴影尚在心头,但还是要去懿寿宫向皇太后问安辞行的。

晚膳后,天王头戴明珠金镂冠,身着宝蓝暗花绸袍,命赵整捧了鄯善王进贡的用当地出产的美玉雕成的一朵灿若凝脂、莹透温润、栩栩如生的羊脂粉雾雪莲花,又命宫人将御膳房新做的冰糖绿豆翡翠糕提在食盒,一起孝敬皇太后。

夏风微暖,夜色如画,路过揽月池,一池荷花在夜色中亭亭玉立、倩影绰绰。清澈静谧的深蓝色天空,繁星点点,闪烁迷离,和御道边红红的宫灯遥相呼应,倒映在浓荫碧水之中,如诗如画。湖面升起一层薄雾,朦朦胧胧,恍如仙境。

坐在龙辇上的天王有点陶醉。

步入懿寿宫,却看到皇后惊喜地迎了出来,殷勤拜过,道:"臣妾听闻陛下要御驾亲征?天神啊,这可如何是好,万万使不得!"

天王大步走到皇太后面前,跪地拜过,皇太后伸手扶起,上下左右细细看了一遍,眼里浮起一层薄泪,疼爱道:"多日不见,皇儿清瘦许多。"

天王笑着安慰皇太后道:"孩儿要出征,瘦些打起仗来灵活,跑起来也快些。"边说边用母亲手中的丝帕替她拭去泪水。

皇太后不好意思地自嘲道:"人老了,眼泪便多起来。常常自己都不知为何,就流出来了,皇儿莫要见笑。"

侍立身边的皇后笑道:"说曹操曹操到,你方才还抱怨见不到陛下,这不就上门来了嘛!快将名册呈上,让你的皇儿挑一挑。"

天王靠着皇太后坐了,接过名册一头雾水地问道:"挑什么啊?"

皇后挑了挑描得有些重的卧蚕眉,满脸喜色道:"臣妾心疼陛下,给陛下后宫选了几名姬妾,想请陛下看看有没有合意的。"

天王皱起眉头粗粗扫了一眼名册,道:"皇后有心了!出征在即,朕可没空搞这些事情。"心想,皇后一向心胸狭窄,怎么突然如此大方贤惠起来?敷衍道:"这些女子家世可都清白?"

皇后急忙满脸堆笑回道:"清白清白,内务司反复查过的。陛下,臣妾看过,这些女子中,最数苟珍珠貌美端庄、聪颖大气、善解人意,不如此刻召来请陛下过目?"

天王看着皇后期待的神情,忍俊不禁,笑出声来,道:"珍珠不是你侄女吗?小时候见过,长得和你很像。"

皇后脸一红,道:"正是她,不知陛下合不合心意?"

天王正准备回绝,皇太后笑道:"皇儿若是不满意,这名册里面再挑挑,后宫也该添些新人了,哀家还想多抱些龙孙呢!"

天王玩笑道:"母后莫急,孩儿听说江南有二乔,回头将她姐妹二人迎回长安,建个铜雀台,好了了母后心愿!"

皇太后用布满皱纹的凤眼慈爱地看着天王,摇头道:"二乔是几辈子前的事情了,你少拿来糊弄哀家,哀家还没老糊涂呢!"

天王赖笑道:"母后英明,方才不过说笑,逗您开心而已。不过晋谢安有一侄女,据说才华出众,美貌倾城,等伐晋成功,孩儿给您带回来,生上一群聪明漂亮的龙孙龙女,给臣民们率先垂范,实现南北民族大融合!"说到此处,自己忍不住先爽朗地笑了起来。看母亲认真的样子,收起笑脸,认真道:"要不都留下,等孩儿凯旋之时,再开枝散叶。"

皇太后也忍不住被逗笑,坚持道:"挑两个带在身边,也好有个照应。"

天王不忍拒绝,又扫了一眼名册,指着"朱媞婳"三个字,笑道:"战国,楚宋玉《神女赋》中有'素质干之醴实兮,志解泰而体闲。既媞婳于幽静兮,又婆娑乎人间'。那就这个吧。"

皇后急忙道:"陛下将珍珠也带上吧,征途辛苦,也好让她替臣妾伺候陛下。"

皇太后也婉转劝道:"带上两个吧,互相也有个照应。"

天王对母亲笑道:"请母后放心,孩儿再带一个就是。"本来天王并未想到要带嫔妃随行,见皇后如此力挺她的侄女,突然想到了禁足的子姝,便敷衍着将母后千叮咛万嘱咐的"路上小心啊,亲征只是为了鼓舞士气,可千万不敢真的冲锋上前,挥剑杀敌啊,每天要给母后报平安啊,秋深风寒,要记得随时添加衣裳啊……"耐着性子听完,拜别皇太后摆驾翩跹宫。

亥时,翩跹宫外一片漆黑。

天王推门而入,只见微弱的美人灯下,子姝正歪着头,手捧书册,唇色黯然地念着:"白露有三候,一候鸿雁来,二候玄鸟归,三候群鸟养羞!"

"翩翩!"天王脱口叫了一声,大步过去,将子姝拥在怀里,道:"不到一月,如何能憔悴成这般模样?"

子姝紧紧贴着君王的胸口,泪眼蒙眬道:"四候苻郎回头!"

天王捧起爱妃的脸道:"陪朕出征吧,有你相随,心里踏实些!"

子姝两行珠泪簌簌滑落,点头道:"既然君意已决,臣妾愿意追随左右!"

天王替子姝拭去泪珠,软言道:"时辰不早了,陪朕沐浴安歇吧。"子姝点头起身,叫人伺候,宫女太监只来了两人。天王奇怪问道:"其他人呢?你的那个贴身宫女柔桑哪去了?她做起事来仔细些。"

子姝咽下泪水,低声道:"被皇后杖毙了。"

天王道:"因何犯了死罪?"

子姝不忍君王劳神动怒,摇摇头,不愿多说。

天王问伺候的小太监,小太监扑通跪在汉白玉铺成的宫地上,连磕了三个响头,头埋在地上低声回道:"回禀陛下,夫人禁足后,皇后娘娘要撤走翩跹宫所有的宫女、太监。柔桑不愿离开夫人,求皇后开恩留下自己照顾夫人,便被皇后娘娘杖毙了。奴才二人是皇后娘娘在陛下来翩跹宫的路上,派来伺候的。"

天王一听,怒不可遏,一掌将昏暗的宫灯打翻在地,道:"荒唐之至!贵为国母,如此草营人命,成何体统!"

众所周知,皇后看着子姝长期沐浴龙宠,恩泽不衰,羡慕忌妒恨藏在心头都快成灾,好不容易逮着机会,就想趁机将其除去。先杖毙了张子姝的贴身宫女,计划等天王出征一走,随便找个由头将张子姝处理掉。皇后想,只要侄女苟珍珠争气,随天王出征,怀上龙胎,等天王大胜而归,张子姝早就死翘翘啦!那时后宫就是苟家的天下!

多蠢的女人为了争宠,瞬间都会变得机智毒辣起来。

苟皇后很为自己突然提高的智商得意。可此时,路过翩跹宫的苟皇后很为自己的智商感到恐慌,她听见天王发怒的声音,她听到天王摔东西的声音,她还听到天王谩骂她的声音。不行不行,还是赶紧躲到懿寿宫去吧,关键时候,皇太后会帮她的。皇后想到此处,慌忙溜走了。

子姝等天王怒气渐消,哀叹道:"木已成舟,陛下莫要伤了龙体,只是望陛下开恩,念在柔桑多年来精心伺候臣妾的分上,恤慰恤慰她的家人。"

天王点头,吩咐太监速传内务司办理。

小别再聚,翩翩悔那日劝苻郎过急,惹怒龙颜。苻郎悔一时怒气,禁足翩翩过久。二人四日相迎,千言万语尽在不言之中,只能在红烛下执手相看,无语凝噎,耳鬓厮磨,拥吻交缠。只能在鸳鸯池中,在红绡帐里,一个雄壮威武,一个温润丰盈;一个龙腾虎跃,一个绕指相迎;一个久战不疲,一个体软骨酥。翻云覆雨中,二人一起翱翔苍穹,一起飘荡尘间,迷离沉醉,温慰流连,还记得什么前嫌!

公元383年八月初八,天色微亮,天王率太子于太庙祭过祖宗社稷,头戴黄金盔,身着黄金大叶龙鳞铠甲,腰悬赤金龙鳞乾坤剑,足蹬龙跃四海赤鳞靴,踌躇满志,志在必得,骑在自己的绝影赤风之上,微风吹过,红缨飘飘,龙威凛凛。

天王身后紧跟八百名大内侍卫,怀抱寒光闪闪的鬼头错金刀,肩飘墨色披风,身跨九花如意马,个个虎背熊腰,威武挺拔,眼放冷光,个个都是绝顶高手。他们警惕地观察着路边两侧送行的百姓,守护着万民敬仰拥戴的天王御驾及身后的夫人凤辇。

权翼率三千名羽林军,清一色金盔金甲,银鞍骏马,左手擎金木水火土的五色旌旗,右手斜握长枪,整齐划一,护卫在天王及夫人乘舆左右。中间由五百名手持拂尘、器皿,新衣新帽的随侍太监和五百名手捧各色吉品,青衣红裙的靓丽宫女快步紧随。随后由王洛指挥的一百二十八名宫廷乐师组成的鼓乐方队,击鼓鸣锣,吹管弹弦,步调一致,徐徐而进。

再看随天王出征的加长御辇,左右车辕各插一杆金黄色迎风飞舞的皇家龙旗,六匹长鬃的雪白宝马,披金色绣龙护衣,由奉车都尉亲自驱策。车轮用胶漆麻布缠裹,防滑减震,造型霸气,乃熊邈带人专门为天王出征设计打造。内饰奢华,最里面置长二米五、宽二米二的金丝檀香木龙床,坐则鳞、鬣爪、角皆动。床的四边挂着杏黄色织锦罗帐,正面加双层金丝纱幔,两侧配玉柄金钩。龙床被四扇红木镶嵌贝壳花卉屏风与前面相隔,置描金紫檀案几和御笔浓墨,可批阅急件,旁边摆放了四箱天王最爱读的书简。四角分别设有一对镏金仙鹤熏香炉、匜盆和青瓷虎子。车厢宽敞,四面开窗,窗上装了透明云母,既可遮挡风尘,又可隔窗而望,欣赏沿途美景。车饰以金为主,无论车门把手还是车厢上的雕饰皆以黄金做成。为了更显国力富强,黄金上又镶上各色珠宝美钻,璀璨闪耀。最奇特的是熊邈竟然精巧地给车上铺了地火龙,不论外面多冷,车内总是温暖如春,寸把厚的波斯长绒地毯,踩上去柔柔的,暖暖的,如腾云驾雾般舒服极了。

天王出征,为壮士气,跨马而行,加长御辇紧随其后。再后面是张夫人乘坐的五彩凤辇。此刻,张夫人静静地坐在里面,看外面送行的百姓热烈欢呼,听着数十辆载着皇上和嫔妃日常用品的辎重车吱吱呀呀地紧随身后,延绵不断的二十七万大队人马气势如虹,还有六十多万步兵强势殿后。再远远凝望着自己的伟岸郎君傲视群雄、心怀天下、志在必得的自负背影,有点崇拜,还有点担忧……

第六十九章 谢安围棋赌别墅 婉嬎承恩埋祸根

九月初九,天王率前军过汾水至项城,命后续人马就地驻扎待命。项城太守刘皆平率当地命官迎驾,天王对刘皆平道:"朕暂住于此,当地事务一如往日,勿因圣驾在此清街扰民。"

刘皆平拱手遵命。

天王翻阅权翼送上的飞马快报,后续凉州兵始至咸阳。西路蜀汉方向的兵力正在顺江而下,已至石门。东路幽、冀方向的兵力到达彭城。东西绵延万里,水陆并进,仅运粮船计有万艘。苻融统率的先遣部队到达颖口。

天王边看边点头,想:"虽然凉州之兵才至千里之外的咸阳,但其他一切均在有序进行。百年前晋的龙骧将军王浚率舟师沿江直下,攻入建康城,一举灭吴。如今熊邈已经秘密将东吴战舰打造成功,大军出发前,朕特意赐兖州刺史姚苌为龙骧将军,命其为督都益梁诸军事,与巴西、梓潼二郡太守裴元略率舟师沿长江东下,开辟水路进攻路线。试想百万大军,立马建康城外,场面将是何等震撼,何等壮观!到时候,舟师封锁江面,还有蛮夷内应,纵然谢安子侄、桓冲兄弟有天大的本事,也翻不出朕的如来神掌!"想到此处,天王攥紧腰中佩剑,起身准备巡营。

身边侍立的权翼拱手道:"启禀陛下,凉州兵按计划至少应该兵至陕城,如今才至咸阳,有违军令,按律应问罪。"

天王停步笑道:"爱卿多虑了,凉州兵只不过是后备军,用不用得上,尚不确定。迟上几日,并无大碍。"

权翼道:"微臣近日看《六韬》里,武王问太公曰:'王者帅师,三军分数处,将欲期会合战,约誓赏罚,为之奈何?'太公曰:'凡用兵之法,三军之众,必有分合之变。其大将先定战地、战日,然后移檄书与诸将吏,期攻城围邑;各会其所;明告战日,漏刻有时。大将设营而陈,立表辕门,清道而待。诸将吏至者,校其先后,先期至者赏,后期至者斩。如此则远近奔集,三军俱至,并力合战。'"

天王哈哈笑道:"权将军也开始研究兵法了! 好好好,若兵将皆能如此,朕何须担忧天下一统之大业!"

是夜,君王夜半梦醒,对身边的翩翩道:"朕方才梦见城中尽是成片成片金黄色的葵花,刺得朕眼睛都睁不开,不知何意。"

翩翩侧身替苻郎披好锦衾,软言道:"军队远道征战,主将难当,苻郎莫要太过焦虑。"

天王喃喃自语道:"满城黄金甲,莫非周公托梦预言朕伐晋必定功成?"辗转几番,才在翩翩的安抚下渐渐入睡。

再说苻融所统三十万大军集于颍口,东晋百姓惊恐不已。

晋相谢安依旧镇定自若,以征讨大都督的身份负责军事,并派谢石、谢玄、谢琰和桓伊等率兵八万前去抵御。

谢玄等人接令,心里忐忑难安,手下的北府兵虽然勇猛,但满打满算,不过十万。面对一望无际、浩瀚绵长的十倍于己的秦兵,谢玄心里七上八下,忧心忡忡。出发之前,谢玄特地去向叔叔告别,想请示一下这个仗怎么打。

谢安正在品茗,听夫人抚琴,神情悠然淡定,心不在焉地对侄子道:"不要扰了我的雅兴,朝廷已另有安排。"继续品茗听琴,不再多语。

谢玄不敢再问,怅然退出,次日又派好友张玄再去请示。谁料谢安一大早驱车前往山中别墅,与亲朋好友聚会。张玄追随至别墅,问拒秦之计。谢安笑道:"山中幽静,莫谈国事。秋高气爽,大雁南归,天高云淡,枫叶红遍,不如你我围棋赌墅如何?"

张玄心想,都什么时候了,丞相还如此有雅兴。看谢安一脸认真模样,只好耐下性子,执白让先。平日谢安棋艺不及张玄,这日张玄心中有事,做的两条大龙被谢安倒扑回来,活活拦腰斩断,有心扳回,却为时晚矣,只好投子认输。

谢安微微一笑,回头对围观的外甥羊昙道:"别墅给你啦。"

说罢起身,携了一名美姬,邀众人一起登山游玩赏红叶去了。

谢玄等人山下坐卧不安。

谢安等人山上风流潇洒。

暮色朦胧时,风流丞相才下山回府,召集即将出征的子侄爱将们,面授机宜,密语至鸡鸣天亮。

九月十三,阳平公苻融率三十万大军渡过淮河,围攻寿春。

寿春,东据淮河,西扼涘河,襟江而带河,秦汉以来,作为州、郡府治所在,成为江淮重镇,舟楫如梭,商贾云集,居民万户,喧闹繁华。北边一山,因当年刘邦之孙淮南王刘安召集八公编撰《淮南子》一书,名噪一时,称为八公山。汉末袁术称帝,定为国都。晋南迁之后,寿春自然成了晋国都的北大门,无论经济、交通还是战略重要地位,都不言而喻。晋廷派大将徐元喜、王先率重兵防守。

围攻寿阳,各有胜负,拉锯战持续月余,双方死伤惨烈。十月十八,苻融以人海战术破城而入,攻下寿春,俘晋将徐元喜、王先,并任命参军郭褒为淮南太守。与此同时,慕容垂攻陷郧城,斩守将王太丘。

梁成与扬州刺史王显、弋阳太守王泳等率众五万,屯于洛涧,将平城址铺夷为平地,后称秦墟。一路屡败晋师,又在淮河中设置木栅,将谢石大军遏阻于洛口之东。在此以前,晋遣龙骧将军胡彬率水军溯淮水而上,以救寿春。胡彬闻寿春失守,退至寿春城北峡石,进退无路,只能困守。

项城天王接到捷报,大喜,对随行秘书监朱肜、尚书令慕容暐道:"胜负由朕不由天,博休攻陷寿春,道明拿下郧城,梁成又设栅控制淮河,既遏制东来晋军,又可阻挡西退胡彬之师。建康已近在咫尺!"

朱肜、慕容暐本来就是主战派,自然将天王的英明威武、运筹帷幄百般恭维夸赞一番,并建议犒赏三军,以壮士气。

天王虽然得意,并未忘形,摇头道:"此时犒赏,为时过早,等入住晋宫,阅其图籍,大赦天下后,再犒赏不迟。"

朱肜道:"臣以为若无犒赏,至少应通报各军,以壮我军士气!"

天王点头道:"朕亦有此意。"并道:"朕还要传书博休、道明和梁成,命其速速收集情报,做好防守,准备总攻。"

朱肜领命。

慕容暐偷偷看天王在揉眼睛,便拱手道:"陛下调兵遣将辛劳,臣闻城南有个光武庙,乃东汉明帝即位后下诏兴建的皇家庙院,曲径通幽,潭深花浓,不如陛下偷得半日闲暇,前往一游。"

天王放下手中快报,道:"光武帝刘秀在此降伏了声势浩大的赤眉起义军十万余众,从此奠定了东汉王朝二百余年的帝王基业。该庙是降伏赤眉军这一大事的标志,没想到多年战乱,还能保存下来,着实不易,只是不知一个时辰可否往返?"

慕容暐拱手道:"庙小路短,足以往返。"

天王点头道:"好,正好可以让庙中住持率和尚为出征战死的将士们诵经超度。"

说走就走,话落,天王已跨上自己的爱骑,如一团旭日赤焰朝东飞驰而去。

光武庙并没有想象的气派,大开的庙门斑驳陈旧。石阶上青苔湿滑厚重。拾级而入,庙内倒还宽敞洁净,左右两棵菩提树,枝叶茂盛,树冠硕大无比,虽已深秋,却依然挺拔苍翠,不染尘埃。

迎面便是大雄宝殿,供有阎罗王、南海观音,左右两侧并排立着二十八尊罗汉,供品寒酸,烟火寡淡,不见僧人更不见住持方丈。天王边摇头边绕到后殿,后殿中央赫然矗立着光武帝刘秀的高大泥塑彩绘坐像。

塑像前摆着鲜果甜点,陶罐里还插了满满一束黄艳艳的野菊花,一绿衣女子正双手合十,跪在光武帝脚下垂眸低拜,喃喃细语道:"保佑王师凯旋。保佑天王陛下平安顺利,吉祥如意!保佑我爹爹再立战功,早日回归故里……"

天王想:"如此人迹罕至之地,怎会有此等俊俏姑娘?看桌上甜点,分明是御膳房所制。她求光武帝保佑朕平安如意,保佑她爹爹再立战功,莫非她是……"想到此处,脱口而出:"朱婉姮!"

那姑娘回眸一笑,从地上起身,揉着双膝,道:"哎哟妈呀,吓我一跳,我还以为光武帝下凡来了。"一瘸一拐走到天王面前,上下打量一番,道:"你是谁啊?如何知道我的名字?"

天王笑道:"我不但知道你的名字,还知道你爹爹叫朱序。"

那姑娘星眸微瞋,惊讶道:"你,你,你,你究竟是何人?"

天王反剪双手,踱步到光武帝泥像前,仰头边看边道:"多俏丽的人儿,可惜是个结巴。"

那姑娘却不示弱,跳到天王面前不依不饶道:"你说谁是结巴?本姑娘我一不是瘸子,二不是结巴。本姑娘不但口齿伶俐,还上知天文下知地理!"

天王并不理会,继续仰头看着光武帝,接话道:"本姑娘还曾在襄阳得到王羲之的指点,写了一手烂字呢!"

那姑娘急了,拽住天王的衣袖道:"你为何什么都知道?还知道什么?是不是刚在大殿偷听我说话了?"

天王微笑着道:"俏丽若桃,清素如菊,名叫婉姮。有意思,有些意思。"

此时慕容暐一行带了祭品匆匆赶来,跪地道:"陛下神速,微臣来迟,还望恕罪。"

天王挥手道:"好好祭拜,为阵亡将士招魂安灵。"

朱婉婳何等机灵,伏地拜道:"臣妾方才鲁莽冒犯,还望陛下恕罪。"

天王看了朱婉婳一眼,道:"不守宫规,私自离营。今夜云母车侍寝,朕要亲自教教你何谓规矩!"话落,肆意大笑,跃上宝马,绝尘而去。

稚气明媚、俏丽灵动、笑语如珠的朱婉婳如一朵摇曳在秋风中的绿菊,清香萦怀,让精神一直处于紧绷状态的天王眼前一亮。任你是绝世英雄,也要在我的盈盈秋波里停下马蹄……朱婉婳呆立庙中,闭目合掌,心想:"我曾设想过无数次与你邂逅的场景,或是花前,或是月下;或有清风,或有明月。却万万没有想到,老天安排,让你我相遇在枯庙佛前,菩提树下……"

朱婉婳,朱序幼女,从小备受祖母溺爱,不学女红,成天跟在哥哥们身后,下河摸鱼,上树掏鸟蛋,大胆心细,古灵精怪。五年前秦军攻克襄阳,俘朱序,天王爱其气节忠义,任为度支尚书,在长安东为其建造府邸,安置其母亲及家人。那年婉婳刚过十一,懵懂单纯,并不明白父亲被俘给整个家族带来的奇耻大辱。迁至长安,小婉婳甚至觉得长安如此繁华热闹,洁净宽敞,为何家人还念念不忘尘土乱飞、污水横流的襄阳?她常常瞪着一双明亮的眼睛透过窗纱看父亲在月下徘徊、忧叹,还看见父亲酒后在庭院中吟诗舞剑。父亲郁郁寡欢,家人脸上亦很少浮现笑容。为讨父亲欢心,小婉婳收起自己的任性顽皮,学着读书练字。一日,她无意中在父亲书房翻看到西汉董仲舒的《春秋繁露》,有些好奇,有些痴迷,傻傻地读到掌灯时分,被下朝回府的父亲看到。父亲问她能不能看懂,她答非所问,一口气将所看的篇章从头背到了尾,父亲大惊,低声嘱咐小婉儿要秘而不宣。从此刻意培养,并不断灌输天王的圣明威武,宽爱仁厚,让小婉婳将天王视为偶像神灵。时光荏苒,日月如梭,四年光阴,让傻傻痴痴的小婉婳出落得灿若桃李,宛如清露,四书五经过目不忘,琴棋书画信手拈来,最重要的是花拳绣腿还能糊弄外行。

将女儿送进宫去,朱序并非为了荣华富贵,而是五年来虽然身为降臣,天王对其宠信有加,富贵不减,但对朱序来说,无论表面如何迎合,却一直身在曹营心在汉,从未忘记过家仇国恨。支撑他苟活至今的,只有一个信念,那就是潜伏下来,取得符坚信任,寻找机会,传递情报,助江东北伐成功。

单纯俏丽、精心调教的女儿,只是一枚棋子。

朱婉婳如何知道这些!身边丫鬟、奴仆都在传说天王的种种传奇,和所有情窦初开的少男少女一样,春心初绽的小婉婳也开始幻想着有朝一日能承恩泽,陪伴君侧,也向往着皇宫的锦衣玉食,凤辇龙榻。正月选秀,才貌俱佳的婉婳毫无悬念选进宫去,只是宫深渺渺,君恩遥遥,半载飞逝,尚未得君王眷顾,朱婉婳难免有些沮丧。宫规烦琐，皇后刻薄，朱媲娞好几次都想溜回家去，无奈宫墙高大，守卫森严。心灰意冷之际，竟然喜从天降，朱媲娞被召侍驾南征。一路风尘，月余已逝，除过八月初八朱媲娞在舆车里偷偷从锦帘缝隙中远远看到了天王模糊不清的背影，就再也无缘相见。不过行军途中少了宫中那些烦琐的规矩，父亲也伴驾南下，抽空父女二人还能说上几句贴心话。朱媲娞听父亲说项城有个光武庙，有求必应，便悄悄提了些鲜果点心，在路边采了捧野菊花，想求神灵保佑，成全自己的春心夙愿。

机会总是偏爱有准备的人。

朱序所有准备都没白费，女儿能峰回路转，伴君伐晋，朱序在心里长出一口气。出征前他在庭院中面南摆好祭品鲜果，点燃香烛，三叩九拜，祈祷晋帝能趁此收复中原，回归桑梓。此次为了让天王与女儿在光武庙邂逅，朱序不惜名节傲骨，拜倒在慕容暐脚下，以重金相托。慕容暐此次伴驾南征，亦心怀鬼胎，乐意做个顺水人情……

是夜，朱媲娞被宫女太监伺候着沐浴熏香，裹了锦衾，送上天王移动的宫殿——御辇云母房车的龙床之上。

天王在军帐中议事，尚未归来。

娞儿开始有点紧张，慢慢在绵软、清香、厚绒绒的龙床上舒展放松下来，隔着幔帐纱帘，滴溜滴溜转动着像猫一样的眼睛，将帐内帐外仔仔细细欣赏端详一番。又将庙中邂逅细细回味一遍，咬咬小指，心想："还好，小指疼痛，说明今日偶遇天王和此刻的龙床侍寝都非梦中。天王比传说中的还要雄俊儒雅，龙床比想象的还要金碧辉煌。"锦衾裹得玉体发热，朱媲娞扭动了几下，龙床竟然也随之动了起来，吓得娞儿赶紧作木头状，不敢乱动，龙床才慢慢安静下来。十六岁的朱媲娞虽为处女之身，但敬事房姑姑已经教导过侍寝房术，联想到天王，还有会动的龙床，不禁脸红起来……

天王回到云母车，看到龙床上一个粉面娇娃，锦衾半裹，玉臂横陈，美腿侧露，青丝绸缎般柔顺地搭在微微起伏、如蜜桃般白嫩高耸的秀乳之上，伊人春睡，却小嘴微翘，梦中浅笑。

天王心动，坐在床边，指尖滑过婴儿般娇嫩光洁的胴体，笑道："静若处子，艳若朝霞，神似秋月，只是懒散如猫。"

朱媲娞只是假寐而已，被天王的话逗乐，忍不住扑哧笑出声来，伸长玉臂，钩住君王的脖子，调皮地学猫喵喵喵叫了几声，娇嗲道："臣妾一直在等陛下，不知怎的，竟然糊里糊涂睡着了，还望陛下恕罪！"

此时,面对娇靥含羞,梦眼迷离,笑窝荡漾,柳腰微颤,撩人心怀的娇娃,还有什么陛下! 天王霎时觉得血脉偾张,身体火一般沸腾燃烧起来,心头胸口涌起一种久别的、迫不及待的冲动和激情……

　　秋月如钩,春宵如梦。一夜痴狂,春风几度。男人的雨露恩泽让胯下的娇娃变得更加水嫩多汁,而雄狮一般的男人变得更加雄勇无畏!

　　三日之后,天王略感疲倦,换来翩翩侍寝。

　　在翩翩白云一般柔软,青泉一般温润的温柔乡里,天王才算美美酣酣地睡了个好觉。次日清晨,天色微亮,天王边伸懒腰边对已梳妆得体伺候在侧的子姝道:"昨夜又梦见大地向东南方向倾斜,不知该如何解释。"

　　翩翩卷起珠帘,挂起薄烟曼纱帐,微微笑道:"东边为左,地向东南倾斜,意思是说江左不能平复,您不要再南下讨伐了,这可能是失败的征兆!"

　　君王从龙榻上腾地翻身坐起,怒道:"胡言乱语! 如今形势大好,何来失败之说? 一大早就说如此不吉利的话,故意添堵是不是? 滚!"命人传来朱婋娾伺候。子姝并不恼,依然柔声软语道:"陛下难道不知忠言逆耳利于行的古训? 晋真真不如陛下所想得那么弱小、不堪一击! 那谢安诡计多端,非常人能及,陛下万勿冲动,还请三思后行!"

　　此时朱婋娾奉召而来,子姝不再多言,拜过退下。呵斥走子姝,天王想起身边重臣已经上书几次,说可趁士气正旺,率众集结于寿春,一鼓作气,渡过淝水,直捣建康。百万大军,岂可如此草率,若无绝对把握,绝不可鲁莽行事。天王之所以长驻项城观望,一是静等百万大军集结完毕,大兵压境,从气势上压倒晋廷,最好能不战而胜,免得生灵涂炭,百姓遭殃。二是因为安插在晋廷的细作密报不断,谢安虽然作为主帅避隐山间,但手下子侄皆为有勇有谋之虎将,个个熟读兵书,武艺卓越,带兵有序,诡计多端。如今严阵以待,各守其营,若无必胜把握,切不可轻举妄动。想到此处,天王命朱婋娾笔墨伺候,回书寿阳博休,少安毋躁,继续打探敌情,搜集情报,等大军集结,按计划行事。

第七十章　将干送密信被擒　苻融审细作中计

任凭谢安各种设局，天王就是按兵不动，静等百万大军集结到位！这可不行，若等百万大军全部南下，莫说投鞭断流，一人一口唾沫就能淹了整个建康城！谢安虽然整日游山玩水，貌似逍遥，其实心急如焚。这日，谢安密书谢石，谢石又飞鸽传书于困守峡石的胡彬。

不日，有密报峡石水军粮尽，靠捕鱼充军粮。

苻融深知兵不厌诈的道理，且一路南下，除过寿春，其他城池获胜太过容易，让人生疑，故命人再探。

再过几日，密报水寨中扬沙以充军粮。雕虫小技，如何骗得过我们善用谋略、聪慧的征南大将军？苻融呵呵两声，命再探。

水寨中细作密报，主帅胡彬下令，即日起，一日一顿，坚持数日，便有军粮送到。苻融想，胡彬水军困在峡石，算下来已月余，按正常军粮储备，也该粮尽，只是胡彬扬沙以示粮尽，明显是想迷惑秦军，好拖延时间，取得外援。正在思考，部下禀报，抓到一名晋军细作。苻融命带进帐来。

只见那细作身高不过四尺，白白净净，微胖身材，小鼻子小眼睛，配上宽脸阔唇，看着很是精神。

苻融将他上下打量一番，笑道："你只身一人，不走便捷水路，却独独找悬崖峭壁攀登赶路，想必有要事在身。不如说来听听。"

那细作辩道："草民从小在山野中长大，就喜攀峭壁，越悬崖，难道这也犯了王法不成？"

苻融绕着细作转了一圈，笑道："山野之人，如此细皮嫩肉，倒是少见。"

跟随苻融多年的副将曾剑拱手道："启禀将军，此人极其狡猾，身上除过盘缠，别无他物。"

符融点点头，拉起细作的左手，边看边道："先生这枚扳指倒是不错，只是小了点，大拇指都快被勒断了！"

那细作神色略变，但稍纵即逝，昂首道："草民最近发福，这扳指跟随草民多年，没舍得换下。"

符融点头道："本公看你这枚扳指不同寻常，不如摘下和本将军的扳指交换如何？"

那细作道："草民的璞玉扳指岂敢与将军的翡翠扳指相换。"

符融转身坐到案前，副将曾剑从细作手上撸下扳指呈上。

符融仔细观赏片刻，脸上露出一丝微笑，说道："说吧，胡彬派你避开水路翻山岭攀悬崖，一路往东，究竟去干什么？"

那细作看行踪已经败露，便不再掩饰狡辩，头一仰，冷笑道："事关国家的生死存亡，我将干岂能向你招供！"

符融将扳指举在眼前细细琢磨一番，笑道："尔忠心耿耿，符某佩服，只是你若不说出些什么，且莫说国家存亡，怕先要考虑考虑自己的生死了。"

那细作哼哼两声，一副死猪不怕开水烫的样子。

副将曾剑拱手道："属下请将军下令先打这厮三十军棍！"

符融摆手，将扳指放在案几上，气沉丹田，暗暗运功，一掌劈下，扳指顿时化成碎末，一片极小的白绢如梨花般在碎末中绽放开来。

符融微微一笑，捡起细看，上面小字，写着："今贼胜粮尽，恐不见大军。"点头问道："将干，你若从实招来，本将军饶你不死。谢石率兵何处？距离寿春还有多远？"

将干见事已败露，昂然道："怪我行事不周，如此普通常见的扳指都能被你识破，将干我心服口服，只是若让我再多说一个字，痴心妄想。"

符融笑道："如此说来，别怪本将军不客气。"大声道："将晋国细作押入死牢，等候发落。"

等属下将将干押走，符融对着副将曾剑耳语一番，曾剑领命而去。

且说将干被投入死牢，看里面还有一人，虽不认识，攀聊起来竟然也是前几日由胡将军派往江东送信被抓的细作。那人自称胡本，看来受过刑，满脸尽是干结的血渍。死牢昏暗污浊，关了几日，已经不知道白天黑夜了，睁着绝望的双眼问将干知不知道谢将军到哪里了，能否杀到寿春为胡彬将军解围，救五千水兵于忍饥挨饿之中。将干道:"胡兄坚持几日,谢将军据此不过三十余里。"

胡本睁大红肿的眼睛问道:"三十余里?不过一两个时辰的路程,为何还要等几日?"

将干叹气道:"胡兄有所不知,谢将军畏秦军浩荡,心生退意。故而胡将军才命我攀崖走壁送信再催,求其无论如何替五千水兵解围再退不迟。"

胡本点头道:"是啊,总不能让五千兄弟白白送命!"

二人又聊了些闲话,迷迷糊糊睡了。

等将干醒了,看死牢只剩自己一个,嘴角泛起一丝黑暗中看不到的笑意。

苻融得到专门被安排在死牢里获取将干情报的胡本汇报,得知谢石竟然就在三十里之外的淮水之上,喜出望外。为了确认情报,又遣属下化装成渔夫和百姓,分别从水路、陆路潜入三十里之外的淮水打探。两路回报果然有数艘船头高悬"晋""谢"二字军旗的兵船,一路排开,不进不退,原地停泊。苻融大喜,修书一封,派人马不停蹄报告项城天王。

第七十一章　抢先机蛟龙出海　袭洛涧梁成惨败

天王接到密报,将所获关于胡彬水军的消息摊在龙案上,前前后后仔细琢磨一番,确定水寨粮尽,确定谢石率三千精兵就在淮水之上,心中暗喜。心想:"谢玄啊谢玄,你再狡诈,也逃不过朕的火眼金睛。朕这就率飞骑八千,在你侄儿逃遁之前赶到寿春,亲自擒了他,看你还如何逍遥山水!项城到寿春,昼夜兼程,亦需两日。两日之内,谢石很有可能已经逃逸。"想到此处,天王命权翼秘密调来八千精兵铁骑,至项城东郊光武庙旁。

天王安排好项城大军,命随征重臣各司其职。回到云母车上,换好戎装盔甲,准备出发。朱婠婳车外娇声求见,天王说不见,婠婳已经娇滴滴地自个儿卷起珠帘,闪了进来。

虽然有违宫规,可侍卫、太监皆知这位小主圣眷正浓,谁敢阻拦!朱婠婳俯身拜过,翠鸟一般飞进天王怀里,撒娇道:"陛下三日未召婳儿侍寝了,婳儿好想陛下。"

天王推开怀中的俏佳人,道:"军务繁忙,你且回去,朕有要事要走。"

朱婠婳闪烁着一双迷离的琥珀眼,踮着脚亲了天王一口,道:"陛下要去哪里,带上婳儿可好?婳儿想陪伴在陛下身边。"

天王耐着性子道:"你好好待在项城,等朕回来。"边说边命奉车都尉速速起驾。朱婠婳站在风中,看着载着君王的云母车绝尘而去,擦拭着粉脸上的两行热泪,跺脚道:"婳儿只是想陪在陛下身边,有何不可?"

光武庙前,八千精兵铁骑早已以皮环束了马口,粗布包裹了马蹄,整装待发。天王用炯炯有神的龙目扫视一番,威严沉声道:"尔等随朕即刻出发,飞驰寿春。此行绝密,谁若敢透露半点消息,拔舌!"众将士压低声音齐声喊"是"。以口衔枚,训练有素地追随天王,悄无声息地潜入黑夜之中……

俗语说得好,不怕贼偷就怕贼惦记。天王舍大军于项城,以轻骑八千秘赴寿春,行迹如此隐秘,还是被朱序探知。

朱序自从女儿受宠,每日都找机会向女儿问寒问暖。说者无意,听者有心,关于天王的起居饮食,床上戏语,案前奏书,以及寿春送来的战报敌情,朱序都会有意无意问起女儿。心地单纯的朱婠婳正沉浸在浓情蜜意之中,便将自己看到听到的,如倒豆子般一股脑全倒出来。一次无意说到天王回到云母车上,还在研究调整布兵战略图,朱序心中暗喜,巧言哄骗女儿说,若能得到行军图,自己便能知道陛下意图,顺势而为,立下战功,加官封侯,光宗耀祖。婳儿心思单纯,道:"那有何难,女儿看过几眼,画给父亲便是。"

且说这日天王匆忙一走,朱婠婳受了冷落,感到委屈,便去营帐找父亲诉苦。婳儿希望得到父亲安慰,父亲希望得到天王行踪,二人话不投机,婳儿哭哭啼啼回了自己的寝帐。朱序根据婳儿的叙述,偷偷向东寻去,却远远听到了那熟悉浑厚的声音。

哈哈,鱼儿终于上钩。谢玄、谢石得到天王奔赴寿春的消息,同时在心里笑出声来。三十里之外的谢石遣鹰扬将军刘牢之率八千北府兵,欲先剁了雄踞洛口寨的梁成,给不可一世的秦天王一个下马威!

这边天王率轻骑八千马不停蹄地赶往寿春,想抓住机会生擒贼王。

那边谢玄精心布局,终于等到真龙出海,要斩了其爱将梁成,断其龙爪龙臂。

当日,谢玄派大将刘牢之率五千北府军精锐偷袭洛涧。刘牢之军未至洛涧十里内,身经百战的梁成已然沿岸列阵以待。刘牢之见偷袭不成,命其参军刘袭、诸葛求道:"你二人今夜率兵偷渡淮水,直捣梁成军帐。"

刘袭迟疑道:"白日偷袭已被其识破,晚上再去,怕是凶多吉少,还望将军三思。"

刘牢之乃东晋名将,自幼生长于尚武世家。曾祖刘羲,以善射跟随晋武帝,历任北地、雁门太守。父亲刘建,有将才,官至征虏将军。虎父无犬子,刘牢之性格深沉刚毅,足智多谋。最初应谢玄之募入北府兵,为其参军,后因战功卓越,升鹰扬将军、广陵相。因其面色紫赤,丹凤细眼,美髯垂胸,无论武艺和面相像极三国时的名将关云长,部将兵士皆私下称其为"关公刘"。秦军压境,作为国之栋梁,保家卫国,义不容辞。刘牢之临危受命,立军令状,要斩梁成于洛涧,灭秦威风,为国解难。

诸葛求亦拱手道:"梁成骁勇多谋,一袭已被识破,夜里必定严加防守,还望将军三思。"

刘牢之摆手低语道："梁成乃秦名将,身经百战,精于兵法,夜袭他必有防备,但本将军'关公刘'亦非虚名,今夜我等须出奇制胜。连袭三次:第一次刘袭带八百人,于二更三点,于敌营附近虚造声势,点火呐喊即可。三更过后诸葛求带一千人,潜入敌营与敌交手,让其尝些甜头,佯败速归。黎明时分,你二人带三千人,渡淮水,潜入贼营,杀个回马枪,直捣贼窝!"

刘袭和诸葛求互相看了看,喜形于色,同时拱手道："将军果然足智多谋,谅他梁成就是孔明在世,也破不了将军如此紧扣的连环计!"

刘牢之接着道："你二人事成,勿要恋战,挥军断其归津。以火光为号,我自会纵兵追之。"二人欣然领命,高兴而去。

且说梁成身为将门虎子,武艺高超,骁勇善战,通晓兵法,因灭燕有功,被天王封为中垒将军,后又镇守襄阳。此次与扬州刺史王显、弋阳太守王咏率众五万,将平城址铺踏为废墟后,更是名声大噪。晋军皆畏其骁勇狠辣,莫说迎战,就是闻其大名,亦不寒而栗,落荒而逃。几日前梁成巡营,曾对部将及其弟梁云道："洛涧关乎战局胜败,乃敌军必争之地,但晋惧我军强大,不敢强攻,必定会算计着偷袭。传令各营,严加防守,不得松懈!"

不出所料,今日刘牢之率兵来袭,梁成接到探报,呵呵两声,道："好你个关公刘,梁爷爷等你多时了。"披挂上马,雄姿英发,居高临下,傲然列阵于洛涧十里之外淮水两岸,并派鼓手乐师,擂鼓鸣号以示轻蔑。

本想偷袭,没想到敌军列队于淮水两岸,奏乐夹道欢迎。刘牢之心中暗喜却面露愧色,黯然而退。

其实,这只是智取洛涧的计谋之一,面对强敌,刘牢之白天所谓的偷袭,只不过是先探虚实,然后准备用夜战以寡击众、出奇制胜。

白日列队识破刘牢之偷袭诡计,又将其在淮水上羞辱一番,众将好生得意。回到洛涧营地,嚷嚷着要喝酒庆祝。梁成道："关公刘白日让我等耻笑于众人之下,只是苦肉计而已,欲探我军虚实,今夜定会偷袭劫营。诸位切勿大意,趁天亮好好休息,一更后打足精神,我梁成要将计就计,设置埋伏,给他来个瓮中捉鳖!"

众将哈哈大笑着狂赞梁将军威武,今夜多捉些鱼鳖海怪,明日正好可以做下酒菜!嬉闹着领命布防去了。

梁成留下梁云、王显、王咏道："在各营帐门外挖长宽各三丈的陷阱,上覆以枯枝干草,黄土覆之。营寨四周埋伏兵士,敌人若来,勿要妄动,只管放进来,举火为号,里应外合,让敌军有来无回!"四人又商议一番细节,巡营督促落实去了。

梁成手握腰间伏虎金刀巡视一番,回到军帐用过晚膳,准备小憩一番,却觉得心神不宁,叫来其弟梁云说话。梁成道:"今日虽然识破刘牢之诡计,但为何我总觉得心神不安,有不祥之感?"

梁云道:"兄长治理军中几万人事务,劳累过度,应当好好休息放松才是。"

梁成摇着虎头道:"打仗岂是儿戏,岂有放松之说!"

梁云心疼兄长,道:"不如我陪兄长小饮几杯,张弛有度,才是文武之道。"

梁成点头道:"天王在长安时口口声声说要挥师百万长江头,立马江南第一峰。还说要秋风扫落叶,投鞭断江流。如今屯军项城,按兵不动,不知何故。"

梁云边给兄长斟酒边道:"陛下按兵不动,自有按兵不动的道理,切勿私下议论。"

梁成接过酒杯,豪饮道:"怕什么,陛下仁厚,纳谏如流,你我兄弟私下疑问几句不必当真。"

梁云干杯道:"不过兄长所言也有道理。兵书上说,兵贵神速,我军久久按兵不动,有违用兵之道。"起身道:"兄长慢饮,我去巡查一番防守,再来陪饮。"

梁成拉着其弟衣袖,笑道:"放心吧,你我兄弟就在此饮酒,等候佳音。"又道:"两个大男人喝酒好生无趣,不如叫慕容屈氏前来歌舞助兴。"

梁云暗中爱慕慕容屈氏娇美容颜,红着脸点头道:"这个甚好。"

不时,梁成带的随军妾姬慕容屈氏袅袅进入帐中。歌声甜美,舞姿婀娜,美人、美酒、英雄好汉,多么浪漫柔美的军帐画卷。酒不醉人人自醉,画面太美,二位将军有些醉了……

二更三点,刘袭按计带兵在洛涧附近点火呐喊,说来劫营烧寨。梁成边喝酒边安慰有点惊慌的梁云道:"此为虚招,不必当真!"梁成派王显带兵擒拿,王显领命而去,空手而回,说只见绑在树梢上的火炬,却空无一人。

梁成冷笑道:"刘牢之啊刘牢之,你这招虚造声势想扰乱我军部署,下一步就该派人来偷袭了吧。"起身对梁云、王显道:"敌军一个时辰后还会再来袭营,继续埋伏,按计划行事!"

果然,三更刚过,诸葛求带一千人袭营而来,两百多人掉入陷阱,三百多人被埋伏多时的秦兵生擒,诸葛求狼狈而逃。

清点着俘虏,打扫着战场,秦军欢喜不已,大赞特赞主帅神机妙算,如三国周郎,谈笑痛饮间,樯橹灰飞烟灭。有几个人能在赞美和崇拜的眼神中镇定自若?神都经不起几炷高香的膜拜,何况血肉之躯的梁大将军呢。梁成禁不住暗自得意,为自己的料事如神飘忽自傲起来。

喝酒喝酒,睡觉睡觉。

梁成和梁云在帐中边欣赏着慕容屈氏的曼妙舞姿,边喝酒分享着胜利的喜悦。

梁成毕竟身经百战,酒浓之际还不忘军务,对梁云道:"这个关公刘不会再来吧?"

梁云盯着慕容屈氏轻歌曼舞中的一颦一笑,一起一伏,不带回头地道:"事不过三,今夜连偷袭三次,且以大败而归,何况已近五更,天将大亮,兄长放一百个心,绝对不会!"

梁成举着酒坛将慕容屈氏揽在怀中,笑饮道:"如此甚好,不如你我兄弟来个不醉不休!"

梁成死前听到慕容屈氏的一声尖叫,努力睁开醉眼,只看到血光一闪,弟弟清秀惊慌的人头如鞠蹴般在空中飞过。还没看清落到了哪里,自己的头瞬间亦离开了身体,飞到了自己脱下的盔甲上,又苍然滚落在自己的战靴旁。

晋军刀光闪闪,帐外杀声一片……

刘牢之,算你狠,我梁成死不瞑目!

梁成瞪着眼睛,看到自己的头被诸葛求拴在了腰间,看见晋军斩了王咏和几名睡眼蒙眬的爱将,看见晋军生擒了王显和正在饮酒的梁悌,他还看到刘牢之狂笑着将自己宠爱的慕容屈氏粗暴地掳上了马背……快跑,快跑,顺淮水而下,或许还能活命,梁成张大嘴想对追随他多年的生死兄弟、属下兵士下命令,却没有声音。他看到洛口寨血流成河;他看到了五万秦兵因主帅被斩,自乱阵脚,溃不成军;他看到晋的五千精兵,以一当十,气冲斗牛……为何会这样?想我梁成驰骋疆场,百战百胜,也算半世英雄,没有倒在冲锋陷阵的沙场,却死在酒醉的军帐;没有倒在敌人的长矛银枪之下,却死在自己的自负狂妄之中……当刘牢之将梁成等十将的头颅献给谢玄为将士请功时,梁成依然怒瞪双眼,死不瞑目!

洛涧之战,晋以少胜多,大获全胜。秦十将殒命洛口,步骑皆崩溃,争渡淮水逃离,死者达一万五千余人。秦、晋两军局势逆转,有征无战的美梦如七彩泡沫瞬间破灭,志在必得的秦军,没想到盛行斗富、比腰的江南吴寇竟有如此多的善战好谋之士,不屑一顾的北府兵竟然如此英勇善战。军心开始动摇。刘牢之四袭洛涧,大获全胜,为谢玄的淝水之胜打下坚实基础。晋军因奇袭大胜,士气高涨,誓要将氐贼秦寇灭在淝水之中!

379

第七十二章 八公山草木皆兵 寿阳城暗流涌动

谢石用梁成等秦十将头颅祭过军旗,即统八万晋军,逆水而上,兵临寿春城下,摆出与秦军拼死对决的阵势。

此时风尘仆仆、披星戴月的秦天王率八千轻骑刚刚赶到寿春,被苻融迎进淮南王府,尚未来得及洗尘用膳,便迎来了梁成惨败的战报。

闻此战报,天王神色笃定,沐浴、更衣、用膳,不慌不忙召来苻融等臣嘱道:"梁平老乃佐命元勋,威震朔方十余载,深得北番夷夏之心,十年前病逝朔北,被朕谥为朔方桓侯。长子梁成,骁勇善战,镇守襄阳,多年来与桓冲抗衡,屡立战功。今日洛涧惨败,为国捐躯,朕心痛不已,追封征南大将军,抚恤家眷,厚葬之。"

臣属拱手遵命。

天王看众臣面色忧郁且神色紧张,笑道:"大丈夫驰骋疆场,早已将生死抛于脑后。胜败乃兵家常事,想我大军一路南下,拔寨夺城,如探囊取物,洛涧失守,非我军不强大,而是晋军太狡猾!心痛之下也算是个教训,自今日起,诸爱卿务必吸取教训,恪尽职守,从严治军,酒色皆禁!"

臣属拱手高声道:"诺!"

天王道:"传令张蚝,带三千骠骑,过淝水,袭谢石中军,让晋军尝尝我大秦西北铁骑的厉害!"

张蚝早就牙咬得咯吱咯吱响,欲追上谢军为好友梁成报仇。接到君令,伏地叩了三个响头,高声领命,率部如秋风一般卷着路上的沙石落叶,风驰电掣般朝南追去。

天王又道:"都说江南景色如画,一路疾驰,未及欣赏,又闻晋寇就在城外,不如众卿陪朕前往城楼一览水色美景,顺便看看敌军布防阵容。"话毕大步出王府巡城而去。

借此机会,介绍一下天王即将登临的宾阳楼。宾阳楼乃寿春东城楼,屹立于淮淝之滨。城东南两面有护城壕,北环淝水,设有水关。高近三丈,墙体以土夯筑,外侧贴青色大砖,外壁下部用条石砌筑两米高的墙基。垛口方正,射洞精巧,脚下城墙砖石之间都是用糯米汁拌石灰等物弥合,非常牢固,有"铁打的寿州城"之誉。

寿春城独特之处在于墙外再设瓮城,内外门洞均为砖石券顶结构。除南门外,东北西三门的瓮城门均与城门不在同一中轴线。西瓮城门朝北,北瓮城门朝西,均与所在城门在平面上呈九十度直角,而东瓮城门与城门平行错置四米。这种巧妙设置是基于军事防御上的考虑,即敌军突破瓮城后,需改变方向才能攻击城门,守军可趁机关门打狗,灭敌于瓮城内。

天王登楼远眺,天边红日高照,远山如黛,淝水东流,骄阳照耀着水面,金光灿烂,水中有白鹤追逐戏水,有鸿雁交颈传情,还有银鱼跳出水面。天王笑道:"江南湖光山色,果然与中原不同。当年曹操北征乌桓,消灭了袁绍残部,班师回邺途中东临沧海,赋诗咏志道:'水何澹澹,山岛竦峙。树木丛生,百草丰茂。秋风萧瑟,洪波涌起。日月之行,若出其中。星汉灿烂,若出其里。'用到此处,再好不过。"

苻融被天王的谈笑自若和帝王胸怀所感染,拱手道:"皇兄何不亦淝水赋诗,歌以咏志,传为美谈呢?"

天王摇头道:"此时尚早,等灭了贼寇,再赋不迟。"然后举目远眺,指着北边道:"那里层峦叠嶂,绵延数里,可是西汉淮南王刘安和八公编著《淮南子》而名垂至今的八公山?"

苻融点头道:"正是。传说后来他们也是在八公山上得道成仙的。"

天王哈哈笑道:"一人成仙、鸡犬升天的典故便由此而生了。"停顿片刻,手搭凉棚,仔细远眺,道:"谢家父子果然心机深重,自知兵力不足,竟然给山上的草木穿上战袍,戴上头盔,以充兵力,胆识可嘉啊!"

苻融对洛涧惨败尚耿耿于怀,不屑道:"雕虫小技罢了。"

天王面色凝重,若有所思,道:"看山下晋军阵营,队列整齐,军纪严明,盔甲鲜亮,精神抖擞,万不可轻敌。"

苻融觉得有些失礼,调整好状态,拱手高声应道:"是!"

回到淮南王府,苻融早已安排好闻名天下的八公山豆腐、豆豉淮王鱼等美味佳肴为天王接风洗尘。天王看着杯中当地有名的迎驾酒,心想:"一夜之间,痛失梁成十位大将,怎不让人心痛!但谢石率八万之众,兵临城下,朕若露出半点痛色,定会影响三军士气。"想到此处，面带笑容，和众位将军臣属举杯道："既然已下令禁酒禁色，今日接风，手中之酒，当祭奠将士亡灵。"言罢将杯中之酒奠洒于地下，众人效仿之。

宴后天王留苻融、权翼、朱肜等聚议事厅。天王道："大战当前，朕欲先礼后兵，免得日后落人口实。不知诸位以为如何？"

众人点头道："陛下周全。"

天王道："众卿以为派何人前往最佳？"

朱肜拱手道："臣愿前往，说服谢石。"

权翼道："臣愿前往，若能说服最好，若贼寇傲慢，臣会一刀宰了谢石，为梁成报仇！"

苻融道："不知陛下心中可有人选？"

天王道："今日在宾阳楼上，朕在思索，觉得此去非朱序莫属，不知诸位以为如何？"

苻融听说是朱序，急忙拱手劝道："朱序乃晋旧臣，虽然降秦，但人心叵测，谁知道是真降还是诈降，此人万万不可！"

权翼道："大将军言之有理，还是让臣去最好。臣会藏一把鱼肠短剑，瞅准机会擒了谢石，让贼寇们自乱阵脚。"

天王笑道："权将军勇气可嘉，只是君子有所为而有所不为，此举不可。"

朱肜道："陛下遣朱序前往，怕正是看中朱序乃晋旧臣，最容易说服谢石。朱序降秦以来，受恩于天王，开始还为故国守节，后被陛下惜才、博爱之心感动，才一心事秦。近年来，身为度支尚书，掌管财政收支，冰壶秋月，不染一尘，廉洁奉公，忠于职守，备受朝臣赞服。年初又将小女送进后宫侍奉陛下，以臣之见，朱序也算皇亲国戚，岂能不知孰轻孰重？陛下派朱序前往，说服谢石，打开城门，迎入王师，免得兵戎相见，伤及无辜。臣以为朱序前往最好不过！"

权翼道："可是陛下并未册封朱序之女。"

朱肜道："那又何妨，陛下即刻册封便是，也好让朱序心里踏实些。"

天王道："本欲凯旋长安后，再交由皇后打理册封之事，如此说来，先下旨册封为容华，仪式回长安后再补。"

朱肜道："朱序之女碧玉年华，聪敏烂漫，陛下何不直接封为婕妤，以示皇恩浩荡。"

天王笑道："按理应先为美人，再晋为容华，直升三级，岂不……"天王看着朱彤哈哈大笑道:"好好好,传朕旨意,朱序之女朱婗婳柔明毓良,率直敏惠,即日起封为朱婕妤。"

朱彤喜颜道:"陛下圣明。"

守在项城的朱序正愁无法脱身潜回故国通风报信,献上婳儿凭记忆描绘出的行军图,突然喜从天降,接到天王口谕,速往寿春听命。

朱婗婳正在寝帐嘟着小嘴,百无聊赖,接到册封为婕妤的诏书,欢喜雀跃。捧着诏书去找爹爹报喜,却见朱序正在打点随身物品,准备出行。一听说是天王召见,婳儿拉着爹爹的手,撒娇耍赖,死活要跟着一起前去,面圣谢恩。

朱序想,女儿若能侍奉氐贼左右,既能及时掌握大军行踪和作战计划,又能遂了傻姑娘的心愿,便半推半就地应了。

朱婗婳急忙去向张夫人请行。张夫人道:"妹妹既然执意前往,还请将此件金丝龙鳞软甲带给陛下,请陛下务必贴身穿上,以防万一。"

朱婗婳轻盈施礼,双手捧过,道:"姐姐放心,妹妹一定将姐姐心意带到,伺候陛下穿上。"此刻,陷入热恋的婳儿,心早就飞到天王身边,何曾留意到张夫人眉梢、眼角深深的牵挂与淡淡的担忧……

天王已下令禁酒禁色,朱婗婳却顶风而来,着实让天王恼怒。但天王制怒于心,只命其先回后室,独留朱序于议事堂。道:"朕思虑再三,还是请朱爱卿亲往晋营,说服谢石,以天下苍生为重,早做归顺之计。秦军威猛,天下皆知,百万雄兵,无人能敌。识时务者为俊杰,若谢石能迎秦师过淝水而入建康城,助朕完成统一大业,朕定会以三公之位相许,让其世袭,替朕镇守江南。还望朱爱卿莫负朕意!"

朱序一脸诚恳,俯身长拜于地,道:"陛下对臣宠信有加,臣一直苦于无法报答。今日蒙君不弃,托此大任,臣就是肝脑涂地,也一定要说服谢石,弃暗投明,顺时而谋!"

天王扶起朱序道:"朕命左右镇郎乞活夏默和护磨那护送你前往贼营,万一谢石旧事重提,责你降秦,要杀要剐,也好有人保护。"

朱序眼角含泪,道:"陛下考虑如此周全,微臣感激涕零。不过自古两军交战,不斩来使,若谢石真要旧账重提,要杀要剐任凭处置,何必连累两位镇郎,臣只身前往便是。若能回来,说明不虚此行;若回不来,陛下只管挥师讨伐便是,无须顾虑。"

天王被朱序的大义凛然所感动,攥紧朱序的手,道:"速去速回。若能不战而胜最好,若谢石顽固不化,爱卿务必全身归来!"

第七十三章 天王巡营运筹帷幄 朱序叛秦釜底抽薪

朱序拜别天王时，突然有些不忍。回想几年来天王对自己的庇护和厚爱，如今又对自己信任有加，托以重任，这样背信弃义，岂不是小人所为？但又想月是故乡明，晋为母国故土，岂能任秦军肆意践踏？！想到此处，摸摸怀中的行军图，心一横，跨上骏马，朝晋营奔去。

谢石正在帐中气恼，晌午张蚝带三千骠骑冲过淝水，疯子一般连杀带砍，晋军死伤过百。令谢石恼怒的是，张蚝来无影去无踪，等他带了人马回头救援，只看到遍地的尸体伤兵，秦军竟然将其虎贲中军手中的武器和身上的盔甲全部掳走。闻听朱序归来，谢石来不及整好衣冠，赤脚趿拉着鞋从帐中迎出，先给了朱序一个大大的拥抱，然后哈哈大笑着将朱序迎入帐中。

二人免去寒暄，烹茶密谈至次日早晨，朱序才匆匆策马而去。

及至后晌，朱序回到寿春城，喜形于色回禀天王道："谢石开始非但自己不愿投诚，还再三责骂微臣失节求荣。后经臣苦口婆心再三劝说，为其权衡利害，分析利弊，他才勉强转意，愿意顺时而谋。"而后又将劝降经过滔滔不绝详述一番。

天王仔细听过，笑道："谢石果然识时务。爱卿辛苦，快下去好好休息。"然后对身边苻融道："博休以为如何？"

苻融剑眉紧蹙道："朱序降秦后，一向寡言少语，埋头做事，低调做人，为何今日劝降归来，红光满面，神采飞扬，口若悬河？好生让人怀疑！"

天王道："博休多虑，朕一向用人不疑，朱序能通宵达旦不避凶险说服谢石，免去兵戎相见、涂炭生灵，自然兴奋不已。"

苻融边摇头边苦苦思索道："臣弟总觉得此人哪里不太对劲。"

天王笑道："莫管他是敌是友，我等只以不变应万变就好。"还欲言语，有侍卫呈上飞骑送来的项城急报。

原来,索绊率领的二十万凉州骑兵终于到达项城,索绊请示是于项城休整待命还是直抵寿春。

天王道:"到得正好。既然谢石欲降,且在项城休整,作为后备军,原地待命!"信骑领命而去。

又有侍卫来报:"谢石信使求见。"

天王避到后庭,苻融召见。

原来谢石遣信使送来战表,相约次日巳时于淝水决战。苻融收了战表,安排下属款待信使。攥了战表,回后庭呈与天王。

天王笑道:"这谢石真是性急,晌午才说要降,日落就送来战书!"

苻融道:"我军列阵淝水北岸一月有余,敌寇一直缩头缩脑,不愿迎战,为何今日朱序一去,立刻就下战书?着实蹊跷,不可不防。"

天王踱步道:"按朱序所言,谢氏乃江南名门,若明降,一来顾及名节,二来怕殃及建康城中的家眷,三怕将卖国求荣载入史册,留千古骂名,故才提出在淝水一战,光明正大败于我军。一来好洗自己清白,二来好给他们的朝廷百姓有个交代。"

苻融道:"如此解释还算在理,只是臣弟总觉得谢氏投降得太过容易!"

天王哈哈大笑道:"貌似容易,实则不易!谢安性情娴雅温和,行事风流率性,本是隐遁山林、淡泊名利之人,后因桓温力请,才东山再起。桓温死后,晋帝一直仰仗谢王二人支持辅佐。你也知道,谢王两大士族政治争斗已久,门阀之间的明争暗斗使得晋廷政局腐败,法纪颓废,攀比斗富,贫富差距大成为阻碍晋发展的主要因素。洛涧败我秦军的刘牢之,还有北府兵团首领谢石、谢玄皆为谢安兄弟子侄,均为王导排斥打压对象。八月尔等前锋先行南下,攻城拔寨,晋军多不能挡,随后朕又率六十万大军御驾亲征,王导自知不敌,才请谢氏出马,保江南周全。其实,谢氏若胜,王导则会进言晋帝,提防谢氏功高盖主;若败,则会斥责谢氏指挥不当,御敌不力。横竖均可治罪。王导请谢氏出马,只不过是想借此除掉或者削弱谢氏势力。那谢安智谋超群,岂能不知王导的心思?若朕没猜错,谢安怕是一个多月前寿春失守就开始做弃暗投明的打算了。"

苻融赞道:"听皇兄一席话,臣弟醍醐灌顶。还是皇兄高屋建瓴,臣弟为何就没有想到这些!难怪细作暗报,谢安如今躲在东山上,天天长吁短叹,饮酒消愁呢!"

天王哈哈大笑道:"谢安之才不可多得,平复江南后,朕要委以重任!"

苻融道:"那是自然。只是明日淝水之战,我百万大军尚未集结,淝水内外,加上陛下带来的八千铁骑,不到二十万人马,万一敌军使诈,我军岂不危险?"

天王收起笑容道:"无论谢石投诚是真是假,他们倾国之力,不过八万之兵,我秦二十万精兵铁骑还不敌几万晋军不成?"说到此处,天王又道:"博休所虑亦不无道理。万一对方有诈,项城屯军加上凉州之兵足足五十万众,前来增援也不过两日路程,何况龙骧将军姚苌和裴元略所率舟师就在荆州,牵制桓冲同时,随时待命。若淝水救急,顺江而下,不到一日行程。博休尽可安心,只管按计划布置好防线就是。"

苻融听了长出一口气,道:"皇兄雄才大略,臣弟自愧不如。"

天王道:"虽说胜券在握,但也不能大意。胡彬的水军如今何在?"

苻融道:"尚困守峡石。"

天王道:"莫要伤了他们,明日决战之后,便可收为秦用,善待为好。"

苻融道:"臣弟明白。"

天王道:"张蚝何在?"

苻融道:"张将军袭谢石中军,大胜而归,回军淝水北岸,列阵以待。"

天王又道:"辎重营的孔明连弩可都到位?"

苻融道:"连弩阵营就在淝水北岸东侧,左有张蚝列阵以待,后有赵盛之率领的三万羽林郎助阵。"

"冠军将军可是在西翼?"

苻融道:"正是,按计划慕容垂率三万人马负责西翼防守进攻。"

天王道:"好!"上下打量打量苻融,笑道:"若大将军再无异议,还请批了战书,让信使早些回去复命,你好陪朕巡营才是!"

苻融拱手笑答道:"臣弟遵命!"

秋月高悬,夜凉如水。

慕容垂的两个侄儿恭送天王和大将军巡营离去后,偷偷地对慕容垂道:"皇上骄傲得过分了。看来,此战正是我等复燕的好机会!"

慕容垂瞪了侄儿一眼,仰望星空,一声不吭。

且说天王兄弟二人巡营归来,又上城楼,将次日战场鸟瞰一番。

淝水之西,秦军如银河繁星,密密麻麻,难以数清。

淝水之东,晋军却寥若晨星,稀稀落落,尽收眼中。

苻融本来有些心虚,陪着天王巡营一番,此刻站在城楼之上,看着秦军的阵营,想着万无一失的策略,紧张之心慢慢放松下来,抬头望着夜空中那轮镶了一圈金边的皎洁明月道:"朝饮木兰之坠露兮,夕餐秋菊之落英。皇兄在博休身边,博休觉得如沐春风,信心百倍,明日之战,必胜无疑!"

天王点头道:"自古以来,天下合久必分,分久必合!天下一统之后,将士们不用再出生入死,马革裹尸!黎民百姓亦不用再因战乱而流离失所,家破人亡。朕要刀枪入库,马放南山,让将士们解甲归田,铸剑为犁,让家家团圆,户户安康。朕要将王丞相当年的新政推行落实到大江南北、六合之内,实现圣人所描述的天下大同!"

苻融笑道:"皇兄总是说博休大略欠缺,博休不解。此次南征,臣弟越来越钦佩皇兄的雄才大略和磅礴胸怀。往后还望皇兄多多训导才是。"

天王笑道:"如今天下越来越大,凭朕一人之力,如何能及?江南人才济济,很多因出身低微,无法施展抱负才华。江南收复后,朕欲留你镇于建康城,打理江南政务,打破世袭门阀制度,唯才是举,广纳贤良,替朕分忧,为江南安康竭力而为。"

苻融道:"如此重任,臣弟如何担当!"

天王道:"博休之才,皇兄心中有数,朕说你能担当,你必能担当!"

兄弟二人好久没有如此推心置腹地倾心而言。下了城楼,依然追古抚今,探讨天下荣衰,意犹未尽。

天王道:"已过三更,久不与博休同榻,不如今宵博休和朕同回淮南王府,像小时候一样抵足而眠。"

苻融顽皮笑道:"遵命皇兄!只是不知道皇兄的酣声能否赛过博休的呼噜声?"

天王哈哈大笑道:"好,今宵比比高低!"

同样的圆月之下,这边一对兄弟已经鼾声如雷,那边一对叔侄却相对无眠,对月沉思。

谢玄问道:"六叔,您老盯着月亮看,你说三叔定的以少胜多之计行得通吗?难道那轮煞白的月亮能告诉您答案不成?"

谢石道:"这可未必,月亮还真给了点提示。"

谢玄笑道:"六叔可真幽默,您倒是给侄儿说说,月亮都说了些什么?"

谢石动了一下身子,抬手指着夜空道:"你看月亮镶的那圈月晕,常言说得好,日晕三更雨,月晕午时风。若是明日正午有风,那就是老天存心要助我等一臂之力。"

谢玄张大嘴道:"人人都说三叔足智多谋,六叔夜观天象,能预知天机,侄儿佩服佩服。"

谢石叹道:"这有何难,山野农妇尽知。"

谢玄顿悟道:"侄儿明白,若是有风,就能助我水军快速出击!"说完又叹道:"只是不知道是北风还是南风,若是北风反而对我们不利。"

谢石道:"水军不用出动,只要风足够大,我等就好趁势将水搅浑,摸到大鱼!"说到此处,谢石仰天叹道:"谋事在人成事在天,愿天佑我晋。"一阵寂静之后,谢石催侄儿道:"快去歇着吧,明日你责任重大。你若得手,我们以少胜多的胜算就更大些。"

谢玄道:"六叔放心,谢玄论智谋稍差些,可论冲锋陷阵,无人能敌!"

第七十四章　战淝水苻融殒命
　　　　　　　钻密道烈火逃生

　　公元383年十一月十六,破晓时分,薄雾蒙蒙,天气阴冷。

　　秦军虽然攻破寿春月余,却仍然难以适应淝水边的湿冷和空气中软绵绵的黏潮,士兵们高声粗骂着用热腾腾的羊肉汤泡着秦地的锅盔,呼噜呼噜吃了几老碗,才满血复活,精神抖擞起来。天王和苻融闻鸡起舞,已经练武用膳,准备更衣出战,朱婕妤求见,天王摆手道:"不见。"

　　却见朱婕妤手捧金丝龙鳞软甲袅袅婷婷地进了厅堂,娇声拜道:"臣妾受张夫人之托,伺候陛下更上战衣,自会退下。"

　　天王看了软甲一眼,心想,子姝倒是心细,虽然今日之战形如演练,软甲无用,但穿上亦无妨,不能拂了她的美意。便伸出双臂,道:"速速替朕穿上。"

　　刚过辰时,一轮旭日跳出水面,冲破薄雾,红彤彤地高悬于淮南山水之东。

　　未及巳时,双方已经森严列阵,弩张剑拔,对峙于淝水两岸。

　　淝水西岸,秦军步军十万,左手持盾,右手持刀,肃立于阵营中央。两翼由冠军将军慕容垂和张蚝各率铁骑三万,青盔铁甲,腰挂弯弓,剽马长戟,巍然坐于马背之上,营风整肃,井然有序。秦军中最抢眼的是强弩阵营后面斜坡上赵盛之率领的三万羽林郎,棕马红缨,银盔雪甲,英姿如玉,气概昂扬。还有万人组成,百辆战车上拉的当时最霸气先进、改良过的诸葛连弩重甲阵营。这二十万漫漫黑色如遍野松林,涛声阵阵,尚未开战,便有排山倒海之势。

　　淝水东岸,谢玄率八万赫赫有名的北府兵,步兵持剑,骑兵持枪,每人怀中还藏有一把精铁匕首,头戴铜色铁帽,身着铜色诸葛筒袖藤铠,褐裤黑靴,精悍利落,如深山恶虎,个个目露凶光,临危不惧。

　　再看两岸主帅,西边征南大将军苻融,头戴雪羽银盔,身披兽面吞头连环银襦铠,手持长蛇子龙亮银枪,腰系勒甲玲珑狮蛮带,弓箭随身,脚踏鹿皮快靴,长身玉立,神色肃然,静坐于机警轩昂的凝雪青海骢之上。

东边前锋都督谢玄,兽头紫铜头盔,诸葛筒袖铜铠,红裤黑靴,手持云长青龙偃月刀,目怒脸紫,勒紧胯下蠢蠢欲动的嘶风赤兔马。

山雨欲来风满楼。

眼看巳时已到,宾阳楼上,天王头戴三叉束发紫金冠,身着墨色蜀锦百兽战袍,腰缠金丝蛛纹带,悬赤金龙鳞乾坤剑,外披金丝镶边腾云祥纹玄色大氅。龙目深邃自负,凭栏远眺,觉得胜券在握。

突然,东岸晋军打出旗语,要求暂缓开战。

不时,传令兵来报,说谢玄传话,两岸对峙,隔水而望,无法对决,请秦兵小退,让出阵地,使晋兵能渡水开战。

天王听后,哈哈大笑,点头道:"准!"

片刻,苻融策马奔驰而来,对天王道:"敌军突然要我军小退,臣弟生怕有诈,特来请皇兄三思。"

天王低语道:"此乃掩人耳目之策,好让谢玄输得更加真实,另外也好保北府兵周全,日后为我所用。只管退让便好,不必疑虑。"

苻融道:"为何昨日不见朱序提起?"

天王靠近苻融低声道:"寡人也是一个时辰之前听朱序秘奏说谢玄捎来口信。"

苻融道:"晋军虽少,但观其气势,同仇敌忾,万众一心,似有鱼死网破之意,陛下还请三思!"

天王笑道:"强弩之末,势不能穿鲁缟者也。"

苻融又道:"今日阵中不知为何不见谢石、刘牢之二人?"

天王笑道:"怕是不想受大败之耻,找谢安躲起来了。博休放心,一切都在朕的掌握之中,你只管命旗兵指挥小退,等晋军渡水中央,我军快马败之,岂不痛快哉!"

苻融恍然,道:"原来如此,陛下是要将计就计。臣弟愚笨,怎就没有想到!"

天王道:"北府兵尽量只俘不杀。还有,若遇到刘牢之,朕要活的!"

苻融脸色释然道:"臣弟明白!"欣然而去。

说来奇怪,秦军刚下令后退,大太阳下突然铺天盖地刮起一阵诡异妖风,风力强劲,竟然使人难以睁眼,难以迈步,并将几名壮汉扛的"秦"字帅旗吹得东倒西歪。苻融心中一惊,暗叫不好,忙挥旗语命停,谁料风力太大,竟将令旗吹飞。苻融又命传令兵鸣锣止步。就在这凌乱时刻,淝水对岸,晋军一阵嘹亮劲急的号角,骑兵以迅雷不及掩耳之势,顺风而驰,破水奔来。

苻融虽然慌乱,但也是见过大世面的人物,劲敌当前,岂能自乱阵脚!高举手中的长蛇银枪,命击鼓迎战!

世事如棋,乾坤莫测。试想片刻工夫,二十万兵马,一会儿命退,一会儿命停,一会儿又命攻,如何不乱?

就在秦军还在重新调整阵营之际,晋军骑兵已经冲上西岸,万箭齐发,占了先机。秦军强弩尚未及发射,晋骑已冲进步兵阵营一阵狂砍乱杀,苻融命两翼骑兵出动,迎战渡水而来的晋兵,自己则策马挥枪,率众迎敌。

战场之上,变化瞬息。秦重甲兵营虽然厉害,但因后退,阵型已乱,如何挡得住以命相搏、前仆后继、狰狞逼近的晋军。不到半炷香工夫,双方大军排山倒海般相撞,如隆隆沉雷响彻长空,又如万顷怒涛扑击群山。长剑与大刀铿锵飞舞,长戟与投枪呼啸飞掠,密集箭雨如蝗虫过境铺天盖地,沉闷的喊杀与短促的嘶吼直使淝水倒流,山河颤抖!

一方为千秋霸业而战,一方为国家存亡而拼。

一方是威震天下,誓要踏平江南的西北铁骑,一方是不屈不挠,视死如归的北府精锐。

这两支当时最为强大的铁军,都曾拥有常胜不败的辉煌战绩,都有着慷慨赴死的勇士胆识。铁汉碰击,死不旋踵,狰狞的面孔,带血的刀剑,低沉的号叫,弥漫的烟尘,整个青山碧水都被这种原始搏杀的惨烈气息所笼罩所淹没……

晋军兵士敏捷灵巧的身影,如波浪般起伏,他们口中发出了震天动地的喊声。这种喊声,互相传染,互相激励,消退了心中的恐惧。健硕的秦军也慢慢在血肉横飞中清醒过来,个个怒目圆睁,杀声震耳欲聋,空中箭矢狂飞,不断有晋军中箭倒地。疯狂的杀戮,炽热的战火,使得两军兵士欲加愤怒疯狂,战斗进入了胶着的白热化状态。

此时,八公山上,晋军征讨大都督谢石,羽扇纶巾,白面长髯,翘首西望,忧心忡忡地看着自己精心布的这盘胜负难料的棋局。

谢玄看到八公山上谢石升起的帅旗,马上会意,撤下对战的万人敌张蚝,策马而逃。其实,谢玄并未逃跑,他按计划带一队龙虎大将,将大将军苻融里三层外三层团团围住。是的,谢玄今日最主要的任务就是杀掉秦主帅苻融!

且说苻融,可不只是个明辨聪慧、下笔成章的文艺青年,阳平公不但明辨过人,还有耳闻则诵、过目不忘的真本事。虽大略不及皇兄,但力敌百夫,骑射精湛,武功绝伦。此刻银枪上血迹斑斑,额头上热汗乱飞,已经算不清杀死多少敌兵敌将。面对劲敌,苻融越战越勇,舞着手中的银枪,时而长立马背来个秋风扫落叶,时而俯身马鞍来个蛟龙搅海,身手灵动敏捷,枪法出神入化。谢玄、谢琰、谢伊多人将苻融团团围住,纠缠许久,占不到半点便宜。突然,谢玄使阴招,俯身用青龙偃月刀去砍马腿,青海骢机警,四蹄腾空躲过,苻融回马枪替坐骑解围,却被晋军副将谢琰偷袭刺中左臂。苻融忍着疼痛,英勇奋战,副将曾剑、曹正见状摆脱敌军,冲进包围圈内支援。大战三十多个回合,曾剑技不如人,被谢玄砍于马下。曹正护着主帅孤身御敌,奈何敌众,被谢伊一枪刺中胸口,血流如注,坠马身亡。苻融失血过多,体力不支,咬牙在包围圈中拆招攻防,终因老虎抵不过群狼,被晋军小卒们趁机用绊马绳绊倒凝雪青海骢,将苻融乱刀砍于马下……

谢玄大喜,用青龙偃月刀挑着苻融依然清俊轩昂、英气内敛的头颅,高声大喊:"秦军主帅头颅在此,尔等速速投降!"

晋军跟着大喊:"苻融已死,尔等速速投降。"

"败了败了!"后面正在奋勇杀敌的秦军听了,莫名其妙。又有人喊:"秦军败了,快跑,快跑!"顿时,已占上风的秦军,因主帅被斩,群龙无首,阵脚大乱,没了主意,糊里糊涂地后退了。可怜大秦最精锐的十多万兵马瞬间被杀被砍,被踩被踏,溃不成军……

宾阳楼上,天王看不到细节,但真真切切看到了秦军虽未占得先机,但还是占了上风。"谢玄想诈降取胜?小小伎俩,朕如何不能识破?朕就是要将计就计,谈笑间,让樯橹灰飞烟灭!可明明大好形势,为何突然逆转?"此刻,秦军如黑色海潮向西平地席卷而去,褐色晋军如蝗虫般遮云蔽日澎湃而来。天王定定神,道:"博休何在,为何不用强弩居高临下御敌?"

再看,重甲军营虽原地未动,但兵士却丢弃了战车强弩,如蝼蚁般纷纷逃命。

天王不敢相信眼前一切,怒道:"主帅何在?自乱阵脚,如何不败!"

话落,看到一队人马,由南向北簇拥着青龙偃月刀上挑了人头的谢玄,策马冲阵,高声呐喊道:"秦军已败,主帅苻融头颅在此,尔等速速投降!"

博休!博休!博休……

天王眼前一黑,差点晕了过去。他扶着玉雕朱栏,迫使自己镇定下来,对身边权翼道:"速去传旨,命慕容垂、张蚝率铁骑,两翼包抄围堵,你带令旗,重整步兵,反攻回去!"

权翼领命而去。

天王对身边朱肜道:"派一队人马,飞驰战场,喊主帅未死,敌军使诈,扰乱军心,勿要轻信!"

朱肜拱手道:"臣马上去办!"

此刻天王已笃定许多,道:"传朕旨意,荆州龙骧将军姚苌和裴元略率舟师南下,速到淝水歼敌!"

朱肜领旨而去。

身边左右镇郎道:"微臣愿意前往战场杀敌,请陛下恩准。"

天王道:"尔等少安毋躁,赵侍郎速命人传旨项城慕容暐、索绊率六十万人马两日内抵达寿春,朕要力挽狂澜,反败为胜!"

赵整拱手领旨,正欲离去,却见权翼、朱肜等人手持宝刀长剑,退上宾阳楼。高声喊:"护驾!"

原来,晋军不知何时已埋伏在城内,趁着城外正在酣战,里应外合,为刘牢之偷偷打开西门。刘牢之率五千精兵已将城中守兵全部拿下,并且俘虏了负责守城的寿春城太守郭褒,如今正向东门挺进。

话音刚落,朱婉婳一袭绿衣,飞奔而来,神色惊惶地喊道:"陛下快跑,刘牢之已围在楼下了。"

天王呵斥道:"兵来将挡,水来土掩,慌张何用!跑?高楼之上,往哪里跑?"

俯身看去,果然宾阳楼下晋军乌压压一片。

骑在马上的正是紫脸关公刘,天王威然道:"城下可是刘牢之?朕素爱将惜才,尔等还不速速降秦,朕会赐以千金,封官加爵,予以重用!"

话音未落,一支冷箭射来,被权翼挥刀挡掉。

刘牢之仰头哈哈冷笑道:"氐贼休要污我清白,快快束手就擒,否则明年今日,便是尔等的祭日!"

权翼未等话落,一箭射去,射掉了刘牢之铜盔上的红缨子,喊道:"好你个刘牢之,你的口气竟然比爷爷的脚气都大,要不是陛下惜你留你,爷爷这一箭早就送你上西天了!"

刘牢之回射一箭,权翼头一偏,箭羽擦耳而过,扎在了城楼的红柱上。

城楼上天王的贴身羽林侍卫也不是吃素的,居高临下,拉弓放箭,箭箭毙命,射死晋军一片。但晋军似乎并未减少,反而越聚越多。

天王道:"敌众我寡,箭囊将尽,如此僵持,不是办法,得设法突围。"

权翼拱手道:"陛下,臣请先杀出一条血路,左右镇郎及羽林军护驾趁机突围。"

天王道："切勿鲁莽，你虽艺高胆大，但晋军太多，硬拼不是上策。"

朱肜道："不如我等兵分两路，臣穿上陛下大氅，同权将军朝西突围，引开晋军，羽林军护驾朝东转移。"

权翼道："此法可行。"

神色焦灼的朱婠婳道："我和权将军同去引开敌军。"

权翼看了朱婠婳一眼，道："好！"

天王道："城已失守，就算冲出宾阳楼，城里城外尽是敌军，凭楼上这些人马，如何自保？少安毋躁，让朕想想。"

朱婠婳神色纠结，叫了一声："陛下……"却欲言又止。

天王问道："婕妤有话要说？"

婠婳犹豫片刻，断然道："臣妾知道一条密道通往城西，不过密道入口在淮南王府内。"

天王道："淮南王府有条密道？你来寿春，不过几日，如何知晓？众卿可知道此事？"

众人皆摇头不知。

朱婠婳珠泪盈盈，粉面涨得通红，跺脚道："陛下相信就是，臣妾绝无虚言！"

天王看着朱婠婳，点头道："如此甚好，想必刘牢之尚未来得及占领淮南王府，权翼带左镇郎乞活夏默及一百羽林军下楼由东边引开敌军，其余人同朕由西边突围。勿要恋战，半个时辰后在淮南王府会合。"

幸亏张蚝听闻天王被困宾阳楼，带了一队人马杀将过来，无意中配合权翼等人引开晋军，使得天王突围至淮南王府。不过损失惨重，短短两里路程，左镇郎乞活夏默战死，羽林军损伤过半，朱婠婳胸口中箭，命悬一线。

淮南王府后花园，满园怒放的金菊被夕阳落日染成猩红，婠婳用尽最后一点力气，指着菊花深处，挣扎着没有说出一个字，倒在了天王的臂弯里，眼角含泪，一缕香魂随风而去。

此时的天王，亦在方才的混战中，身中两箭，一箭射中后胸，所幸有金丝龙鳞软甲庇护，只伤皮肉，逃过一劫；一箭正中左臂，箭力凶猛，直刺筋骨。几百羽林军，此时满打满算不到五十。而刘牢之知道中了调虎离山之计后，带了大队人马已将淮南王府围了个水泄不通，高声鼓噪着："丞相有令，歼灭氐贼，活要见人死要见尸！"并开始放火箭，欲火烧淮南王府，逼秦天王缴械投降。

天王面色峻冷凝重。将婳儿缓缓放在菊花丛中，单手折断箭羽，脱下百兽战袍,将婠嬺遮盖了,说道:"事已至此,回项城再做打算。"

寿春城淮南王府的密道,显然年代已久,且有人出入,四壁光滑洁净,脚底平坦无尘。莫非,晋军就是从此处潜入城中?博休攻破寿春月余,从未提起,众人亦不知晓,为何朱婠嬺却独独知道?莫非……

天王不愿细想,逃出地道。

天色昏暗,暮色中,天王回望寿春城,熊熊战火燃起的滚滚浓烟弥漫了整座城池的上空。那风中猎猎招展的"秦"字旗,已经残破褴褛,似乎顷刻间就会坠落。淝水西岸,更是死尸伏地,血流成河,浓浓的血腥与汗臭相互夹杂着,飘浮在西边最后一丝晚霞寒风中,令人作呕。

天王想仰天长啸,又想号啕大哭!

战争,还要继续吗?

一轮满月挂在城头,月色清冷,皎皎凄凄。十五的月亮十六圆,可今夜的月亮圆得触目惊心,让人不敢不愿多看,仿佛多看一眼,就要破裂成成千上万块碎片似的。

自此,多少人家,月圆人难圆了……

第七十五章　毛躁之青冈报恩　淮水岸风声鹤唳

权翼怕有追兵，提醒天王勿要久留。一队人保护着天王向北踯躅而行，北逃的残兵败将怨声载道，哀声遍野，官道上尽是秦军丢弃的粮草、衣甲军车和辎重器械，还有牛马、骆驼。夜里风寒天冷，天王没了战袍，只披大氅，箭伤血流不止，赵整帮着草草包扎一番。权翼捡了几匹战马，将天王扶上马，混在败逃的士兵之中，仓皇而行，却听见身后追兵将至。权翼道："陛下撑住，过了前面青冈，晋军就不敢再往前追了！"

天王脸色乌青，强打着精神笑道："朕若是谢石，在青冈置一队人马，伏击败逃之众，定能合了他要取朕性命的心愿！"权翼瞪瞪豹眼，心想："天王的心可真大啊，都啥时候了，还有工夫想这些，还是逃命要紧吧。"正想着，看到前方火光冲天，一片鬼哭狼嚎，原来北逃秦军果然被伏击！

权翼道："我等保护好陛下，打马冲过去！"

朱彤道："不如我等骑马杀过去，缠住晋军，请天王弃马而行，更稳妥些！"

天王断然道："朕乃真龙天子，自有神灵庇护。勿要啰唆，一起冲杀过去！"话落扬鞭策马，向前冲去！权翼见状，高喊道："秦国勇士们，后有追兵，前有拦截，握紧手中的刀，杀啊！冲过拦截，便能生还，便能和亲人团聚，否则死路一条！"

星星之火，可以燎原。身处绝境的秦兵正不知如何是好，突然看一身着盔甲的威武将军在马上声如虎豹，大喊冲锋，顿时觉得找到了组织，受伤没受伤的，都提起手中的武器，如困兽般狂喊乱叫着向前冲杀过去……

在青冈奉命截击的是三年前被天王开恩遣返回晋的俘将毛躁之。毛躁之当年带两百多战俘回晋，备受谢石猜测刁难，一直未得重用。今日淝水之战，毛躁之奉命在此拦截溃逃秦将秦兵。另谢安专门嘱托，若能截获秦天王苻坚，赏金万两，官升三级。这明摆着是个空头支票,将自己当猴耍呢。此地离寿阳城三十里,就算秦王不能丧命淝水之东,亦被擒寿阳城中,怎可能逃到此处?毛躁之虽然知道规则一向都是有背景靠山的吃肉啃排骨,自己这种只有背影的只能靠实力和运气喝点剩汤,嚼点碎骨渣渣,但既为晋将,受命于此,亦当尽忠守职,不可懈怠。

举目望去,秦军犹如饿狼般疯了似的冲杀过来,一队人马身影绰绰,翻江倒海,出手不凡,边杀边冲,好生凶猛。定睛一看,一人身着黑色大氅,体态高贵伟岸,剑锋凌厉,剑气纵横,时而白虹贯日,时而金雁横空,让人望而生畏,身影有点眼熟。再一细看,其目光冷峻威严,面阔耳厚,一臂舞剑,一臂垂膝,不是秦天王苻坚还能是谁!再看左右猛将,如发怒的雄狮一般刀光乱闪的就是那个当年在太极殿上口口声声喊叫着要杀自己的左仆射权翼;另一个面生。毛躁之心头一愣,犹豫着,擒还是不擒?杀还是不杀?看天王垂膝之臂,明显中箭受伤。三年前,太极殿上,毛躁之被天王亲手披以金丝鹤氅御寒,放归回晋,得以见上了卧病在床,痴盼自己的老母最后一面。母亲临终前含笑道:"秦王仁厚,俘而不杀,还成全我们母子相见,若有机会,我儿当报之!"毛躁之想:"我若擒他杀他,岂不恩将仇报,于心何忍?可我若草草放过,作为晋将,又该如何向朝廷交代?"左右为难之际,权翼已经怒发冲冠横刀立于马前,粗声道:"哟嗬,这不是毛大将军么,别来无恙乎?"

毛躁之看着权翼,顿时有了主意,横眉冷对,轻蔑道:"托权大将军福,好得很呢!"回头对身后部将道:"此乃敌国尚书左仆射权翼,这可是条大鱼,他的人头极为珍贵,儿郎们,杀他,赏金千两!"部将们听了,欢呼高喊着:"杀权翼,杀权翼!"潮水般涌了上去。权翼和护磨那岂肯示弱,胆粗气壮地率羽林军及残兵败将迎了上去,杀作一团。朱彤和赵整趁机护着天王,拼杀着闯过青冈。一路,北风带着哨声,呼呼地迎面乱吼乱叫,身后总觉像听到晋骑急促的马蹄在拼命追赶。天王想到被谢玄挑在刀尖上的博休头颅,终于忍不住,在黑夜中两行热泪喷涌而出。

不知过了多久,风声渐消,马困人乏,朱彤道:"陛下龙体要紧,此地已在寿春百里之外,不如下马歇息,天亮再赶往项城。"

天王身心疲惫,点头道:"找户农家歇息吧。"

三人正要松弛下来,突然,淮水边有一群夜寐的灰鹤被人马的动静吵醒,鸣叫着扑打着翅膀,在水面上飞起落下。几人惊得一身冷汗,以为追兵将至,不敢松懈,强打起精神,蹚水过河,专走荒草丛生的小路,昼夜不停,朝北奔去⋯⋯

此时谢安正襟危坐,在山中与名士好友张玄黑白对弈。临近收官,张玄道:"丞相今日棋路凌乱不堪,不如往日潇洒飘逸,不知何故?"

谢安浅笑道:"与强手对弈,唯有乱中方能浑水摸鱼、趁机取胜啊!"

张玄道:"丞相棋风一向潇洒任性,我行我素,今天却步步惊心,刀光剑影,杀气逼人,令玄费解。"

谢安正要启口,部将送来淝水大捷的战报。谢安看完捷报,置于身旁,不动声色,继续对弈,不过持棋子的手却在微微颤抖。张玄忍不住问他战况如何。谢安故作淡定,轻轻一笑,道:"没什么,孩子们已经打败敌人了。"张玄不再多说,抬手收官。奇了怪了,明明稳胜的棋局,收官后却以一目之差,败于谢安。张玄恍悟,哈哈大笑道:"丞相运筹帷幄,决胜千里,张玄佩服!"

谢安笑道:"天意罢了,险胜险胜!"送走张玄,谢安抑制不住内心的喜悦,舞跃入室,一激动,让门槛将木屐底上的屐齿碰断,摔了一跤。

有人因险胜欣喜若狂,有人因大败狼狈不堪。

次日天色微亮,马累得四蹄打战,口吐白沫。三人好不容易看到一户人家,忙下马打尖。

开门的是位老者,看三人狼狈模样,也不多问,招呼进屋,命老妻快去备姜汤、茶饭。

天王喝过老人捧上的姜汤,逼出一夜寒气,慢慢缓过神来。问道:"此地何处?"

老者道:"此乃大别山中的龙井峡,前面五里是别山湖,后面是四望山,往北便是洛阳。"

天王笑道:"西汉司马迁一生游历山川美景无数,相传登上大别山主峰时曾感叹道'山之南山花烂漫,山之北白雪皑皑,此山大别于他山也'!大别山由此得名。没想到今日竟于慌乱中,到此一游。"

赵整担忧地看着天王的左臂,低声道:"陛下,您的箭伤要尽快疗治,若是发作,怕危及龙体。"

天王道:"好,那就速帮朕刮骨疗伤。"

赵整一愣,道:"山野僻壤,缺医少药,如何整治?"

老者道:"贵人落难于此,草民家中有些金疮药,可疗治箭伤。"

天王笑道:"多谢老者!"看了赵整一眼,道:"还不快些。"

赵整看看朱彤,又看看老者,再看看天王的左肩,犹豫不决,天王解下大氅,举手撕开深衣。

赵整无奈,问老者可有烈酒。老者道:"自家酿的稻谷酒,性子绵柔,不知可用否?"

赵整点头道："凑合着用吧！"

老者应声而去。

同时，其妻端上一个热气腾腾的黑粗陶盆，里面盛满用吊在房梁上的隔年火腿腊肉炖的白嫩嫩的豆腐和绿油油的黄心菜，香气四溢，扑鼻而来。片刻，又端上一粗碟红艳艳的香辣豆腐乳和一碟黄灿灿的腌脆酸豆角。一桌红红绿绿、色香味俱全的喷香美食，如还魂丹似的将几人从生死边界拉回到了活色生香的滚滚红尘之中。

天王大喜，汤汤水水配三大陶碗米饭，尚不过瘾，高喊着再盛一碗。赵整趁着天王海吃，用稻米酒喷过伤口，从怀中掏出银刀，火上烤过，挖出箭头，刮掉污血腐肉，再将老者送上的金疮药膏敷上，包扎整齐。正好天王膳毕，哈哈大笑道："朕一向不喜稻米，今日觉得稻米晶莹筋道，分外可口绵香。"

赵整眼角含泪，哽咽道："陛下还是好好歇息歇息吧。"

两位老人这才知道是天王驾临，惊乱中不知所措，跪在地上只是磕头。

天王道："快快平身！当年光武帝为王朗所逼，饥寒时得冯异献豆粥而得以解饥渴除困乏；今朕为贼寇所逼，落难于此，幸得龙井峡百姓献食腊肉火腿。今朕赐你夫妇二人帛十匹，棉十斤，待朕回到项城，自会派人送来。"

夫妇二人伏地长跪。老头道："陛下圣明博爱，秦人多年来备受圣上恩泽，今日蒙难于此，草民有幸能奉以粗食，不胜荣光。身为秦人，为秦王效力舍命，天经地义，草民愧领陛下赏赐！"

天王感动不已，扶起夫妇二人闲聊。方知老人有四子，长子因当年随王丞相在平燕之战中被敌军射中左眼，虽保住性命，但落下眼疾，归家与父母相依为命，至今未娶，近日进山狩猎，尚未归来。方才献与陛下的金疮药乃当年王丞相赐予长子疗伤所剩。二子随军在攻取襄阳时阵亡。三子随梁成将军在洛涧大战中溺水后不知所踪。幼子此次参与淝水大战，音信尚无，生死不明。

提起儿子们，老妪暗暗垂泪，老者默默无语。

天王心生愧意，卧榻静养，不再言语。

日落时分，天王依然在血光冲天的梦中厮杀，突然被一阵熟悉的马嘶声惊醒。听到屋外朱肜惊讶道："如此偏远之地，权将军如何循迹而来？"

权翼粗声道："若不是遇到它，我哪能寻到此处。"

原来权翼和护磨那率逃散秦兵拼杀着冲出了青冈，循迹追来了。

天王起身走到院中，看到权翼血人一般的脸上，只露出白森森的一排牙齿傻笑,抬手正指着一匹浑身血迹斑斑的高头大马。

绝影赤风!

赤风看到主人,嘶鸣着撒开四蹄,冲到了主人面前转圈撒欢。天王抚摸着赤风血汗连连的额头,百感交集。赤风看到主人,欢叫着用头抵着天王的胸口撒娇缠绵。只有经历过大起大落,生死别离,才会怜惜世间的一草一木,才会爱惜身边的万物生灵,才会珍惜拥有的点滴平安幸福!

天王擦拭着赤风眼角流下的热泪,自己亦禁不住泪眼蒙眬,哽咽着摸着它伤痕累累的身体,问道:"你一个畜生,是如何从淮南王府冲出重围,又是如何循迹而来的?"

生死重逢,恍如梦中。

天不怕地不怕的权翼,伏地长跪,热泪滚淌,半天说不出话来。

天王扶起道:"权将军辛苦了!下去好好休息,明日随朕直奔项城!"

权翼抹去眼泪道:"毛躁之那厮,好像没睡醒,不知为何,在青冈与臣交手,招招凶猛,却点到为止,纠缠了半个多时辰,搞得臣也不好意思取其性命。半个多时辰后,才使毒招,欲取臣性命,可惜技不如人,未能得手,臣因急着追随陛下,就放了他一条生路。现在悔得肠子都青了,想想护磨那和那么多的兄弟将士都命丧淝水青冈,恨不得再杀将回去,一雪前耻!"

天王道:"毛躁之知恩图报,真君子也!"

权翼不解地看着天王。

朱肜道:"毛躁之故意与你纠缠,让陛下趁机过冈,是报陛下三年前放他归晋之恩。权将军该明白了吧?"

权翼拍拍脑袋,道:"难怪,幸亏我放他一马,否则岂不错杀好人了?"又道:"陛下圣明。昨日宾阳楼被围,幸有朱婕妤告以密道,我等才能脱险。不过臣一路苦想,朱婕妤前往寿春不过两日,如何知道密道?还有朱序早上陪陛下一起在宾阳楼观战,后来不知道何时就不见了,着实蹊跷。臣想肯定是朱序这老家伙出卖了我们!"权翼还欲再说几句,看天王神色黯然,脸上浮起一层冰霜,赶紧闭口垂目,不敢再言。

第七十六章　归靡靡西途安民　路漫漫护驾追主

君臣几人一路风餐露宿，三日后总算回到项城。天王一路深埋悲痛，想着只要赶回项城，重整六十万人马，杀将回去，尚可反败为胜。

没想到远远便看到城门大开，城上无一守将。放眼望去，城外到处都是怨声载道的游兵散将和拖儿带女逃难的庶民百姓。

几人正在疑惑，却见一群乌合之众喊叫着手提棍棒刀枪迎面冲来。为首一黑脸莽汉凶神恶煞道："此路是我开，此树是我栽，要想从此过，留下买路财！"

朱彤打马上前，呵斥道："哪里来的毛贼，光天化日之下，竟敢拦路抢劫！尔等眼里还有没有王法？"

那群盗匪怪声怪气狂笑不止，为首莽汉道："王法？爷爷们就是王法！留下马匹细软，爷爷自会放你们一条生路，否则，别怪我黑魔怪下手狠辣！"

权翼抽出伏虎刀，瞪着豹眼，呵呵两声，道："尔等鼠辈，竟敢在此撒野！天王驾到，还不跪地求饶！"

黑魔怪哈哈大笑，道："天王？少拿天王吓唬本大王，谁不知道，苻坚那狂妄之徒，几日前在淮南王府已被烧成焦炭，被谢安挫骨扬灰了！哈哈哈，如今，我黑魔怪就是天王！"

权翼看那盗贼有恃无恐的张狂模样，牙咬得咯吱咯吱响，道："目无天子，满口喷粪，以下犯上，欺君之罪！光天化日，拦路抢劫，亦是死罪！权爷爷今天就让你见识见识什么是王法！"

话落，只见寒光一闪，那黑魔怪的头冲天而去，又嗖地落在路边的荒草之中。

小贼们看了，惊若木鸡，吓尿几个，吓跑几个，瘫在地上求饶几个。权翼提着刀举到眼前看了看，笑嘻嘻地对宝刀说道："刀啊刀，咱们先剁哪个好呢？"

401

一个小贼直接吓晕过去。一个胆子稍微大点的捣蒜般跪在地上直呼:"好汉饶命,好汉饶命!我等上有老下有小,为混口饭吃,不得已才干这等勾当。"

天王痛心道:"虽说南征失利,尔等亦不至于趁火打劫,为匪为盗!"转身对权翼道:"绑到城楼上,示众一月,看谁还敢以身试法!"

权翼领命,将几人蚂蚱似的绑成一串,拴在马尾上。进城打听,得知守城兵士大都四散而逃,只有太守带几十个亲信驻守太守府,听说是为了保天王的宠妃张夫人周全。而城外西凉军和各部驻军闻听淝水大败,大元帅被谢玄在北岸斩首,天王在淮南王府被刘牢之放火烧死,乱作一团。两日前就各做各的打算,撤军北退了。如今流言蜚语漫天飞舞,到处流传说晋军北上,要收复中原,只要非我族类,格杀勿论。一时项城人心惶惶,携家带口,四处逃难。

走进太守府,刘皆平正同慕容暐高声争论守城还是弃城之事。

看到天王大步而入,一时愣住。二人看着天王面面相觑,忘了行跪拜之礼,不知是不是在梦中。

天王点头落座,声音有点嘶哑,咳了几声,道:"爱卿不必惊讶,朕贵为天子,自有天神庇护,岂能被一把火说烧死就烧死!"

二人这才如梦初醒,慌忙跪地,词不达意道:"陛下,陛下生猛,陛下万岁万岁万万岁!"

天王面色沉静,道:"爱卿平身。尚书令速去分派人马,沿途张贴安民告示,安抚将士百姓,就说朕完好归来,淝水小败,不足挂齿,不日之后,朕还要重整人马,杀将回去!命各自安心回营归部,各司其职。百姓各回各家,织布耕田一如从前。"

慕容暐领命而去。

天王对刘皆平道:"刘卿速去收拢城内城外残兵败将,登记造册,有伤的医伤,无伤的收编起来,加强项城防守,以防敌寇来袭。命人将权将军路上擒的几个盗匪绑于城楼示众,以肃法纪!"

天王归来,如春回大地,阳光普照,万物向荣。刘皆平一扫愁容,高声领命而去。

天王不顾伤痛,正欲上城墙巡视,以安军心,却见子姝素衣青裙,匆匆由后庭奔来。远远看到天王泪流不止,也不顾礼仪风范,扑到天王脚下,抱着天王的双膝,且泣且笑道:"我就知道,苻郎吉人天相,定会安然无恙!"

朱彤、权翼等人知趣退下。天王抚摸着子姝的一头秀发,苦笑无语,喃喃道:"怪朕狂妄自大,自食其果。不过你能安好,朕就放心了。"

子姝珠泪滚滚，道："臣妾安好，幸得慕容暐和刘皆平尽忠尽力。慕容暐的叔父慕容德从邺城北上，路过项城，要慕容暐随行。慕容暐请保护臣妾一同北上，其叔父说臣妾为不祥之人，不允，还让慕容暐掩目而过。暐未听从，护送臣妾到了太守府，刘太守加以重兵保护，才得今日相见！"天王执手相看，叹道："疾风知劲草，国乱显忠臣啊！"沉默片刻，心头一酸，道："博休死了……"

　　形势残酷严峻，不容儿女情长。天王吞下眼中热泪，要去巡察安民，子姝婉言道："陛下满面风尘，衣冠不整，匆匆出去，有失龙威，待臣妾伺候陛下沐浴更衣，龙颜奕奕，再去不迟。"

　　天王点头道："还是爱妃周全。"

　　天王沐浴时，子姝才知道天王负了箭伤。心疼之余，庆幸天王穿上金丝龙鳞软甲护住了后心，又自责只顾凄凄切切，忘了关心天王安危。欲命人去找郎中，天王不想因伤引来无端猜测，只让赵整进来换了金疮膏，重新包扎了伤口。

　　子姝找出天王备用的金冠龙袍，理正平天冠，穿好黄龙袍，束上蛟龙出海云纹金丝玉带，脚踏通天金靴，高贵威严，王气逼人。朱彤已经奉命召回一些宫女侍卫，凑成旌旗华盖、仪仗卫队。

　　子姝亦精心修饰一番，高绾如意鬟髻，内着金黄绣凤云烟衫，外罩白色紫花宫服罗衣，绢纱金丝绣花长裙在秋风中翩翩飞舞，碧色流苏步摇在秀发旁微微颤动，端庄不失灵气，华贵不失典雅。前有仪仗旌旗华盖，后有宫女太监护军，虽然满打满算不过百人，无法与往日的浩大奢华宫廷仪仗相比，但也算不失皇家风范。对从未见过世面的项城黎民百姓来说，简直如天帝降临凡间，如梦如幻。天王巡城的消息传开，臣民们呼朋唤友，携妻带子，正街上黑压压地伏了一地，高呼万岁万岁万万岁！

　　老人们感念天王圣恩，于危难中，与民同心。女人们偷偷看着随风摆动、暗香盈袖的夫人裙袂，惊叹羡慕不已。逃亡的游兵散将则为天王闲庭信步的气度折服羞愧不已。

　　天王携夫人巡城，项城民安。关闭的街铺重新开张，准备逃亡的百姓安心守家，游兵散将重新入伍受编，守城官兵各就各位，朝廷命官，只要归来，擅离职守之罪既往不咎，官复原位。项城秩序瞬间有序起来。

　　天王身边虽有些护卫，但多为收拢散兵，底细不明，且不知晋军会不会追来，权翼怕夜长梦多，催着天王速速离开项城。

　　天王忧念长安，身疲伤痛，暮色中站在城墙上远眺江南，想着成千上万的秦军葬身淝水，无法魂归故里，想着博休身首异处，魂魄难以安息……禁不住百感于心，思绪难平。

突然听到风中传来一个声音："陛下，石垣来也！"石垣？天王奇怪，石垣行走江湖，萍踪侠影，多年没有音信，从何而来？权翼握紧宝刀四下寻找。

子姝怕是歹人，移步挡在天王身前。石垣已经风一般旋转上城墙，肩上扛着一副马鞍，也不施礼，笑道："那匹凝雪狮子骢恋念主人，守在主人身边不吃不喝，死了，谢石命将其同主人一同盛葬于淝水之滨。石垣感念当年曾与陛下有一面之缘，夜里潜入谢石收缴的军资宝库，将其扛出，追送陛下，落个顺水人情。"

天王在幽暗摇曳的风灯下，抚摸着曾陪弟弟征战南北的镏金银边绣着长春花和"博休"二字的红木马鞍，心想："这名字、长春花还是母后亲手绣的，如今博休魂断淝水，回去如何向母后交代……"心中一片湿凉。抬头看着石垣，道："石帮主古道热肠，雪中送炭，令朕感动。你说说，要何赏赐？"

石垣摆手一笑，道："谈何赏赐，顺水人情罢了。我已从宝库中取了不少财物，可惜宝库内的云母车太过招摇庞大，否则石垣倒想坐上试试。"

天王无语。

石垣哈哈大笑道："陛下虽败，依然英雄！苻融虽死，还是好汉！我石垣行走江湖，不爱金银财宝，只敬英雄好汉。不贪荣华富贵，只爱红粉佳人！"话落拱手道："石垣去也……"

飞下城墙，瞬间不见。

天王睹物思人，一阵凄然。子姝软言安抚，默默陪伴。

次日鸡鸣，天王早起带了子姝等人，轻车简从，朝西奔去。一路有游散骑兵，权翼招于旗下，快至颍川城时，已经聚得万余之众。

强者总是百折不挠，愈挫愈勇。

虽然淝水大败，但经过项城休整，一路又凝聚了万余兵马，受伤的天王又开始踌躇满志，盘算着如何扳回败局。

至离颍川城二十里外的阳关山上，天王用马鞭指着隐约可见的颍川城，对子姝道："皇子平原公、镇东大将军苻晖既为州牧，又兼豫、洛、荆、南充、东豫、扬六州诸军事，驻颍川做前后接应。此地离寿春千里之外，亦无战事，想必晖儿该在此地收拢败兵，前来接应吧。若能在此整军再战，尚可挽回败局。"

子姝不忍伤夫君颜面，莞尔道："陛下永不言败，真乃盖世英雄！只是能否力挽狂澜，进城再说不迟。晖儿在此，臣妾就不用担忧陛下安危了。"

至颍川城内,瓦砾焦土,满目疮痍;颍川府里,人去楼空,看不到一个活人。权翼看到一个奴仆趴在荷花池边似乎还有气息,问平原公去向。

那奴仆喘着气道:"平原公前日闻知淝水大败,带了家眷弃城而去,昨天逃到颍川城的秦兵洗劫了颍川王府……"

权翼问道:"城内到处都是瓦砾焦土,难道都是败兵所为?"

那奴仆挣扎着道:"有些是暴徒恶人趁火打劫……"

权翼还想再问,那奴仆却翻白眼死了。

朱肜看天王脸色阴郁,龙颜将怒,忙劝道:"陛下息怒,谣言猛于虎。想必平原公听信谣言,不得已才弃城而去。留得青山在,不怕没柴烧。镇东将军出走,亦是为长远打算。"

天王深呼吸,深呼吸,再深呼吸,仰天长叹道:"事已至此,天意啊。"对朱肜道:"速去张贴安民告示,如项城,收拢失散秦兵,朕要巡城,以安民心。"

朱肜领旨而去。

侍卫禀报有人前来护驾。

天王召,来人竟是绣衣使者邵卫。

几年不见,邵卫依然面色红润,声如洪钟。伏地阔声拜道:"老臣不信流言蜚语,从南充一路打听过来,得知陛下安好,前来护驾。见到陛下,老臣就放心了。"

天王道:"爱卿近年来巡视各乡,尽心尽责,每有奏折,朕都有批复。只是政务繁杂,无暇召见。爱卿近年可好?还有那位王老……"

邵卫爽笑道:"国泰君安,臣民之福也!王老头子不愿意跟着老臣东奔西跑,要落叶归根,回归乡梓了。老臣尽犬马之劳,为君分忧,本分也。陛下倾举国之力,穷兵黩武,民如何能好?"

天王语塞,双手扶起邵卫,道:"可惜一座繁华郡城,如今满目疮痍,遍地焦土。卿可愿意留在此处守城安民,为朕分忧?"

邵卫拱手道:"廉颇老矣,尚能饭否?但尽忠报国,义不容辞。陛下只管放心,老臣定不辱使命!"

天王命朱肜协助邵卫打理颍川政务,二人领命退下。

天王命权翼准备仪仗,即刻巡城。慕容暐满面喜气而入,拱手道:"陛下,冠军将军率部前来颍川护驾。"

天王脸上阴云顿散,喜道:"快请!"

慕容垂远远长跪在地,手捧官帽,跪膝而行,至天王面前,痛哭流涕道:"臣该死,护驾来迟,望陛下治罪!"

天王双手扶起,道:"爱卿率部杀敌,还能全身而退,何罪之有!"

慕容垂用袖口擦拭着泪水,哽咽道:"谢安狡诈卑鄙,设奸计动摇军心,乱我阵脚。八公山上假以草木为兵,其实藏了两万精兵,虚虚实实,乱我耳目。主帅被围,臣欲率部增援,怎料被八公山上的精兵左右包抄,淝水之中又冒出了胡彬的五千水师,腹背受敌。等率部杀出重围,才知阳平公被斩,陛下被焚于淮南王府之中。不得已,率部北归,准备回长安请罪太子,听凭发落。至项城听说陛下有惊无险,全身北退。一路追来,竟然真的能君臣再见……"说到动情处,清泪长流,不能自已。

天王眼角含泪,无语凝噎。

君臣二人坐定,天王道:"爱卿还有多少人马?"

慕容垂拱手道:"禀陛下,伤了百余人,三万人马,还算周全。"

天王点头道:"如此甚好,爱卿以为此时若杀个回马枪如何?"

慕容垂拱手道:"倘若能在颍川召集收拢到十万王师,臣愿意杀将回去,一雪前耻,为阳平公报仇!"

天王沉思片刻,道:"罢罢罢,有道明护驾,朕心里踏实许多。安排爱卿的将士守卫朕的颍川府吧。其他回到长安再做打算!"

且说慕容垂回到军帐,其弟弟慕容德、儿子慕容宝迎了上来。慕容宝道:"父王见到苻坚了?"

慕容垂点头。

慕容宝道:"氐贼果然福大命大,听说淮南王府烧了一天一夜,竟然还没将他烧死!"

慕容垂瞪了儿子一眼,坐在案前。

慕容宝上前又道:"十四年的亡国之耻,父王难道忘记了吗?寄人篱下,晦迹忍辱的日子,难道父王还没过够吗?如今氐贼如丧家之犬,随从护卫不过是些乌合之众,不如我们趁机取了其性命,一来报仇雪恨,二来取而代之,坐享天下!"慕容德随声应和道:"宝公子言之有理,机不可失,时不再来,兴燕复国,谋取中原,就在当下!"

慕容宝拔出宝剑,杀气腾腾,道:"父王,天赐良机,怎可错过。莫因氐贼的旧义微恩,误了大局!下令动手吧!"

慕容垂沉默不语,慕容宝又以种种理由劝父亲下令。看父亲依然不为所动,愤愤道:"父王不想背信弃义,遭世人唾骂,孩儿不怕。这万难之事,今夜就交给孩儿去做!"说完转身就走。

慕容垂一脚踹翻案几,厉声道:"你虽有理,但彼以赤心投命,如何害之?"起身冷冷道:"今夜我亲自当值,护驾颍川府,看谁敢动!"

次日,天王午膳后在颍川府休整,一妇人府外求见。天王召入,竟然是身着女装的王洛。王洛悲切道:"金石雅乐皆被敌缴获,伶官乐工亦全被押往建康,奴家趁天黑不备,偷偷逃了出来,一路打听,向北寻来,不想有缘再见陛下!"

天王宽慰道:"回来得正好,速去助慕容垂组建旌旗旄盖、仪仗卫仪、乐队号角。"

王洛收起凄容,长拜领命而去。

四日后,颍川安稳。天王命向荥阳进发。

通往荥阳的官道上,旌旗飘飘,仪仗鲜亮,华盖高张,鼓角嘹亮,威仪棣棣,有了慕容垂交给天王调遣的三万军纪严明、步伐规整的正规王师护驾殿后,北归之路显得从容气派许多。且行且歇,至荥阳,再至洛阳,一路收拢离散,竟聚十余万众。

天地孤冷,深冬寒冽。洛阳连降三日大雪,到处银装素裹,冰天雪地。张蚝早已率部列队城外,跪迎天王入城。

原来张蚝那日率部一直与敌军勇猛厮杀,闻听天王被困宾阳楼,率部赶往宾阳楼救驾。怎奈寡不敌众,死伤无数,败退。本想休整一夜次日再战,却闻天王被焚淮南王府,只好率残部退守洛阳。

洛阳府的议事厅温暖如春,红彤彤的兽炭烧得正旺。天王环视一番,前来参拜的文臣武将越聚越多,悬着的心渐渐落到地上。

天王对侍立一侧的张蚝道:"岁暮天寒,想办法为收拢兵士们添些棉袍御寒。"

张蚝拱手道:"将士棉袍倒有,本是要发放给守城将士的,臣这就命先发放给收拢的将士。"

天王点头道:"甚好。"

张蚝看天王和颜悦色,上前一步拱手道:"陛下,平原公跪在厅外负荆请罪。"

天王抬眼看了张蚝一眼,又扫视一番厅内大臣,看着大臣们让开一条通道的门外。果然,皇子苻晖,赤膊露身,背上绑了荆条,跪在冰天雪地中。

天王沉脸斥道:"你贵为皇子,更为镇东大将军,大敌当前,不战而退,弃城而逃,还有何颜面跪在此处?战国赵将廉颇,为人勇猛而爱士,知难而忍耻,威风凛凛,壮气熊熊。你胆小如鼠,猥琐不堪,真是丢尽了皇家颜面!如今还有脸学老英雄廉颇,绑个荆条请罪,纯属辱没先人!"

苻晖伏地痛哭流涕，认罪道："孩儿知错，恳请父皇降罪惩处！"

天王怒道："可惜一城繁华，就因你贪生怕死，不顾百姓死活，弃城而逃，如今尸横遍野，焦土遍地！你华而不实，不忠不孝，着实窝囊无用……来人，将这逆子枭首示众！"

大臣们一听，齐刷刷跪地高呼道："陛下息怒。陛下息怒！"

朱肜道："陛下息怒。此乃非常时期，平原公一向自律检点，爱民如子，离城北退，实为形势所逼，有罪但不致死，请陛下开恩。"

慕容垂亦拱手道："秘书监所言极是。如今人心惶惶，因陛下仁厚圣明，沿途安抚民心，一路收拢逃兵败将，不过数日，便聚得十万之众。若洛阳突然降重罪于皇子，岂不断了他人的汇拢之路？"

权翼亦拱手跪地高声道："臣等请陛下三思啊！"

大臣们伏地长拜，异口同声道："恳请陛下三思！"

天王静默片刻，叹气道："身为将军，弃城而逃，罪不可赦！但南征之失，朕亦难辞其咎。既然众卿求情，朕命你戴罪立功，即刻返回颍川，安抚民心，收拢旧部，驻守同时，搜集各方消息，快报于朕。"

苻晖伏在雪地里，又冷又羞，牙齿打着战，道："孩儿绝不负父皇宽厚隆恩，定让颍川尽快恢复往日的繁华和坚固！"

天王既心疼又失望，摆摆手道："言必信，行必果。朕今日且信你一回！还不快滚！"看苻晖依然跪着不动，知道天寒地冻，跪久冻僵了，厉声对身边赵整道："还不快把这逆子拉下去，省得朕看到生气！"

众臣忙伏地长呼道："陛下圣明，万岁万岁万万岁！"

第七十七章　收残局天王忧心　放北归君臣缘尽

夜色深沉，星光点点。天王回到府邸后庭，对子姝道："臂上箭伤疼痛难忍，你看看是不是快好了？"

子姝轻轻除去绷带，一股恶臭扑鼻而来。子姝心一缩，隐隐发痛，道："连着几日车马劳顿，陛下未顾及伤口，不想箭伤却感染了。"

天王不屑道："小伤而已，勿要大惊小怪。"

子姝柔声驳道："莫掉以轻心。深冬养伤，本来就难，何况陛下日理万机，无暇顾及。"命人传军医速来替天王医治。赵整门外禀报："张蚝求见。"

子姝担忧夫君伤口，却并不多言，默默替天王穿上刚脱下的外袍，理正金冠。

外厅，烛光闪亮，张蚝看到天王，上前一步拜过，道："臣有一事，辗转难眠，不吐不快，故深夜求见陛下。"

天王坐了，道："但说无妨。"

张蚝道："冠军将军同臣各率三万精骑，臣不才，淝水一战，损兵折将，杀出重围，只带回不到五千人马。为何慕容垂麾下兵将毫发无损，全身而退？"

天王道："有话直说！"

张蚝点头道："臣怀疑此次淝水之战，有人暗通敌国，才使得战情逆转，主帅被斩，王师溃败！"

天王道："将军说得不错。谢氏以少胜多，除了工于心计，若无王军准确的行军布阵图纸，若无详细的我军战略部署，怎能侥幸获胜。"

张蚝道："陛下前往寿春，在宾阳楼观战，知情者甚少，敌军却有的放矢，只斩主帅，只围宾阳楼。战场上不见慕容垂，护驾亦不见慕容垂，而慕容垂的三万精骑毫发未损，不是他卖国投敌还能是谁？"

天王呷口茶道:"非常时期,最忌讳互相猜忌,自乱阵脚。淝水之败,其罪在朕,回到长安,朕自会告罪于太庙。"

张蚝还要多说,赵整禀报军医在门外候着,张蚝只好退下。

洛阳府邸的镂花红木大床,铺了厚厚的熊皮绒毯,多日来,天王终于可以伸展开来,躺直身体,细细地想想淝水之战的前前后后,理理大败的经纬。

张蚝所言不无道理,但是慕容垂投秦多年,克己奉公,尽智竭力,做事一向谨慎低调,腹有甲兵。乱战之中能全身而退,虽有自保之私心,也在情理之中。淝水之败,明显谢氏对此次南征路线布阵计划了如指掌,才能定下专斩博休、取朕性命的毒计,趁乱得胜。这些绝密军机,除了朕身边的人,谁还会叛国通敌、卖主求荣? 其实,天王心里这几日一直盘旋着一个名字,只是不愿意正视罢了……

天王想起,宾阳楼上伴驾的朱序当时不知何故就没了踪影。

天王想起,曾有人禀报,苻融被斩后,是朱序在军中高呼:"败了,败了,秦军败了! 快跑,快跑!"

天王想起,博休曾提醒自己朱序劝降谢玄后,回来红光满面,神采飞扬的异常模样。

最让天王痛心的是,婳儿临死前给他指的密道和不愿解释的密道秘密……

"朱序啊朱序,朕用人一向唯才是举,不拘一格,内不避亲,外不避仇。你降秦五年,朕对你偏袒有加,委以重任,没想到你竟然在关键时刻,如喂不熟的豺狼反咬一口,坏朕大事! 朕受点小伤倒无大碍,只是可怜天下难统,多少将士魂断江北,多少父母妻儿,自此骨肉难聚!"令天王最为忧心难眠的是,许多敌对势力,定会趁机作乱,天下又要大乱,血雨腥风再现,狼烟再起!

虽然天王已派人飞马将平安报于长安,但太子监国,毕竟稚嫩,若宫廷有变,太子定难掌控局面。想到即将面对的暴风骤雨,天王不敢大意,昼行夜宿,一刻都不耽误。慕容垂、权翼、张蚝等人策马护驾,丝毫不敢懈怠。天王于马背上问众人此次淝水失利原因。权翼怒气冲冲道:"还不是因为谢氏诡计多端,阴险狡诈!"

张蚝道:"权将军说的有理,晋人口口声声讲孝悌忠信、礼义廉耻,可打起仗来,言而无信,既不遵守规则,也不按兵法行事!"

朱彤点头道:"晋人一向看重气节,提倡风骨正气。其实道貌岸然,阴险卑鄙,非真君子也!"

独慕容垂策马相随,默然无语。

天王勒马道:"慕容爱卿为何不语?"

慕容垂收紧马缰绳,道:"臣以为,一来,陛下南征,臣不该因一己私利,力挺陛下冒险!二来,举百万之众,南下伐晋,虽然人多,但末大必折,尾大不掉。三来,斗智胜过斗勇。两军交战,大多以多胜少,以强胜弱,可如今看来,与王师的骁勇善战相比,敌方的谋略心计更胜一筹。不过臣以为胜败乃兵家常事,陛下莫要太过纠结,仅覆车之鉴也。"

权翼不满道:"什么斗智胜过斗勇,全他妈扯淡!明明是南蛮子不遵守约定!"

慕容垂并不理会,继续道:"此次南征不利,损兵折将,民怨沸腾皆不为患,陛下回到长安,休养生息,减赋免税,施以恩惠,好生安抚即可。臣最为担忧的是,各种地方势力会趁机滋事,扰乱朝廷安宁……"

天王手持马鞭,望着远处的寒山瘦水、老树昏鸦,点头不语。心想,慕容垂见解果然言浅意深,一语中的!

张蚝冷笑道:"什么地方势力,只要冠军将军没有趁机滋事、祸乱朝廷,便是好事!"

慕容垂并不反驳,面无表情,策马追随天王而去。

权翼对张蚝低声道:"张将军眼亮,看这只老狐狸还能装模作样多久。若说趁机滋事,非他莫属!"

张蚝点头道:"只是陛下被他花言巧语蒙了心智,对他深信不疑,我等又能奈何!"

权翼道:"暗中盯紧,狐狸的尾巴总会露出来的!"

至渑池,慕容垂拜见天王道:"王师不利,北境之民或因此轻动。请奉诏辑宁朔裔。且龙、邺旧都陵庙所在,乞过展拜,以申罔极,因张国威刑,以安戎狄!"

天王道:"爱卿所言,正合朕意。"

权翼得知,私下进谏天王道:"慕容垂至渑池后,行动诡异,令人生疑。如今请诏安抚戎狄,其实意在龙、邺旧都。其狼子野心,昭然若揭。恳请陛下收回成命,莫要放虎归山,留下后患!"

天王放下手中书简,笑道:"权将军过虑了。道明多年来忠心耿耿,此次南征失利,幸得道明一路护驾,才得平安顺利。如今北归安抚戎狄,正合朕意。拜祭宗庙,亦是人之常情。何况朕已准允,岂能食言?"

权翼豹眼圆睁,跺脚叹道:"陛下重小信而轻社稷,就怕其一去不返,关中之乱,自此始也!"说完气鼓鼓地退下。

天王看着权翼负气而去,想晌午慕容垂辞行匆忙,未来得及叮嘱速去速回。博休战死,群臣无首,纵观朝野上下,堪当首辅之臣者,除了慕容垂,再无更合适的人选。抬眼问赵整道:"慕容垂可否启程?"

赵整拱手回道:"未时已经出发。"

天王翻着手中竹简,心里赞道:"道明做事雷厉风行,干练务实,不愧是朕的股肱之臣。"

权翼负气喝了几口闷酒,找到张蚝,道:"慕容垂以安抚戎狄之由,脱身北归,这可如何是好?"

张蚝道:"刚接陛下旨意,命我传口谕给慕容垂,安抚好戎狄,速回长安,替陛下分担安邦定国之重任。"

权翼愤愤道:"如此说来,陛下是要拜其为相喽?王丞相临终有言,鲜卑、羌虏,我之仇也,终为人患,宜渐除之,以便社稷。陛下好像已经忘得一干二净了!"

张蚝道:"陛下如今重用鲜卑,哪里还记得这些。"

权翼豹眼骨碌骨碌转了几圈,道:"不如我秘遣壮士,埋伏于河桥南空仓中,你追上传旨,将其引到桥南钱行,令壮士趁机除之,以绝后患!"

张蚝点头赞道:"将军智勇双全,如此甚好。事不宜迟,我带人沿近道至桥南守候,你派壮士黑衣蒙面,事成就说被贼人所杀,与我等毫无干系!"

权翼转怒为喜,点头道:"好好好!骠骑将军高明!"

慕容垂是何等之人,当年王猛还能压其光芒,制衡一二。王猛死后,秦廷内外,无论智谋大略,还是胸怀气度,拔山超海,无人能及。但慕容垂心机深重,在曾经的燕国因功高震主,备受排挤迫害,故投秦后悟出"堆出于岸,水必湍之;行高于人,众必非之"的道理,更知自古以来权高位重之人大多下场惨烈的政治规律。所以多年来韬光养晦,夹着尾巴,低调做人,倾心做事,隐忍负重,恭恭敬敬,才使得慕容家族赢得天王宠信袒护。

岁月无情,英雄迟暮。十多年的效力事秦,让当年的赫赫战神如今美髯落霜,白雪覆头,韶华褪尽,沧桑不堪。五十知天命,年近六十的慕容垂如今只想策马归去,归去!

淝水之战,三万人马能全身而退,既是人为亦是天意。谢石有意只派精兵对抗张蚝、苻融的嫡系部队,忽略慕容垂的三万精兵,一来因兵力有限;二来算准慕容垂不会为南征倾心而战;三则无论输赢,留下慕容垂,何愁中原不大乱?谢安派人暗中施以重金买通其嫡长子慕容宝,并许诺复国之时,定会鼎力相助。其子慕容宝、慕容农,侄慕容楷、慕容绍个个都有复国心思,嫡长子慕容宝更是做梦都想着有朝一日黄袍加身,复国功成。

乱世之中,抱团才能取暖,合作才能共赢,整合资源,旧燕与谢氏一拍即合,决定共同撑起淝水两岸的碧水蓝天!

慕容宝知道父亲一向行事高深莫测,怕遭拒绝,暗中和谢安约定,对决时只负责摇旗呐喊围观做戏,绝不真刀真枪实战。所以慕容垂兵马虽遭胡彬五千水师进逼,但并未真正交手,对峙半晌,各自散去而已。至于八公山上的刘牢之率领的几万精兵,意在攻取寿春城,活擒秦天王苻坚,分些人马包围慕容垂,做做样子而已。只要慕容垂不去救驾,便相安无事,各自平安。慕容垂明白谢石用意,得知天王宾阳楼被困,有心救驾,其兄弟、子侄坚决不肯,并进言正好可以借晋之刀,杀掉窃国之贼,自己可保全军队,以谋复国。慕容垂看众人抗命不遵,拒不救驾,一怒之下,单枪匹马,前去救驾,却已错失良机,天王被逼进淮南王府,熊熊大火已经将王府化为灰烬……

天王对慕容垂有知遇之恩,慕容垂对天王有感恩之意。天王爱惜看重慕容垂胸有甲兵、骁勇深沉之气度,慕容垂仰慕敬佩天王的英雄气质、海纳百川之胸怀。君臣之间十多年来也有过隔阂不快,但此刻,火光烈烈,热浪袭人,空气中弥漫着毛发焦煳的恶臭,让人难以呼吸。慕容垂突然觉得天地混沌,肝胆俱裂,眼前火星四溅,一头栽下了马……

夜半惊醒,躺在军帐中的慕容垂挣扎着问守在身边的儿子慕容宝:"陛下安危如何?"

慕容宝难掩内心喜悦,兴奋回道:"同随行皆丧命火海,无一生还!"

慕容垂将脸转向烛光暗处,两行热泪,滚滚而下……

既然天王已死,长安何必回去!次日,慕容垂派数名亲兵,抄近路赶往长安,打算将段元妃秘密接往渑池会合,准备取道北归,为王为寇,回龙城再议。谁料峰回路转,慕容垂率三万兵马至项城,得知天王并未遇难,巡城安民后已前往颍川。诸将都劝慕容垂不要追随而去,慕容垂道:"天王虽逢凶化吉,有惊无险。但此刻手无存兵,孤家寡人。盗贼溃兵,比比皆是,处处为患,若有趁机行刺谋反之徒,北归之路,甚为凶险。就算我等去意已决,也可追随护驾至渑池,一来报恩于天王,二来也算有始有终,自求心安!"诸将看劝阻无效,密谋追上之后,趁机除掉苻坚,便假装顺从。

如今至渑池,天王安危已不足牵挂,段元妃也已秘密来到渑池。大败之后,必有大乱。若随天王回到长安,待天王冷静下来,追究问责,张蚝、权翼等人岂能放过自己？若晋再使些手段，挑拨离间，长安岂能再有自己的立身之地？罢罢罢，机不可失，趁机北归，或图谋复国或静观其变，皆为上策。天王既然已经恩准，为免夜长梦多，慕容垂带了段元妃及兄弟子侄亲信，绕过官道——桥河断不可过，虽然天王信任有加，但权翼、张蚝不能不防。慕容垂做事一向缜密，不时改变北上路线。后为稳妥，兵分两路，与典军程同换衣换马，命程同与童仆扮作自己过桥，自己则带段元妃等人自凉马台，结草筏渡河。可叹的是，权翼在空仓中埋伏的黑衣壮士齐出，却未伤到程同二人半根毫毛，而奉旨传诏的张蚝，一路追至河桥，亦未见到慕容垂的踪影。

二人沮丧不已，只得将实情禀告天王。

天王静思许久，心痛道："慕容垂心思缜密，朕多年来恩威并用，封侯拜将，才使得其安心于秦廷。今日出走，想必非一时起意。若朕没有猜错，段元妃也已经从长安赶来同他会合，一起北归了。"

权翼涨红了脸，不知如何是好，拱手道："臣恳请陛下给臣些兵马，去追杀那厮！"

天王摇头苦笑道："护驾兵马，皆为慕容垂旧部，能平安回到长安便为大幸，哪有人马可派？"

张蚝拱手道："只是慕容垂离心已明，陛下不得不防！"

天王神色黯然道："你们且退下，容朕想想。"

窗外北风怒号，室内静谧安详。天王心中起伏难定，坐在案几前，闭目养神。子姝轻轻收起君王手中的竹简，熄灭几盏烛灯，柔声道："陛下，三更了，歇息吧。"

天王搓搓脸颊，睁开眼睛，凝神看着闪烁不定的烛光，叹道："茫茫四海人无数，哪个男儿真丈夫？"

子姝递上热巾，劝道："君臣也有缘分，缘起缘落，自是天意。陛下拥有天下，何愁没有真丈夫？回到长安，昭告天下，招贤纳良，收拢各方英雄豪杰，为陛下分忧解难。"

天王摇头道："贤良易得，封侯拜相之人却难觅啊！如今博休殂，道明归……"

天王不想再说下去。

子姝明白君王内心的失落，忍住珠泪，宽慰道："臣妾知道陛下忧心何处。常言道：'山有峰顶，海有彼岸。路途虽险，终有回转。余味苦涩，终有回甘。'齐相管仲曾言：'大厦之成，非一木之材；大海之阔，非一流之归！'陛下莫要伤神，养好身体，回长安再做打算吧。"

君臣缘尽,覆水难收。

天王有点后悔放慕容垂北归,为防有变,次日遣骁骑将军石越率卒三千戍邺,骠骑将军张蚝率羽林军五千戍并州,留兵四千随毛当戍洛阳。

想想一个月前,手中握有百万之众,欲投鞭断流的天王是何等威武自负,气吞山河!如今,砸锅卖铁,东拼西凑,能调遣的兵马勉强过万。

天涯梦醒,恍若隔世啊!

第七十八章　祭天地告罪太庙　悔自负追念王猛

继续向西,过淮南,再到潼关,眼看长安越来越近,天王的心情却越来越沉重悲伤。不过月余,山水依旧,秦川依旧,官道依旧,可归途的人马,却到阎王殿走了一遭,经历了刀山火海,经历了轮回重生。

快至东郊行宫,灞桥两岸如送行时一样,挤满了翘首以待的男女老幼。等到亲人的喜极而哀,相对无语,唯有抱头痛哭;没有等到亲人的捶胸顿足,痛哭号啕!天王在悲天泣地的哭声中想到符融,心如刀绞,加快脚步,侧目而行,于行宫外,强忍热泪,设坛祭天祭地,奠酒祭拜阵亡将士英灵。

次日,素冠素服,告罪于太庙。回到未央宫,召重臣商议大赦天下、休养生息等国事。

掌灯时分,天王走出太极殿。夜色冰凉,曾经辉煌绚丽的巍峨宫殿,亭台楼阁,在墨色流淌的夜中显得阴气逼人;曾经流光溢彩的旖旎宫灯,如今却愁红怨绿,刺眼灼目。天王本想去给皇太后问安,但不知如何向皇太后提起博休遇难之事,临时改了主意,准备去东堂看书用膳,却见皇太后的贴身宫女青泉低头候立于阶下。天王心里叹道:"既然迟早要面对,去去也罢。"转身命赵整将石垣献上的马鞍带上,移驾懿寿宫。

宫灯凄凄,宫道漫漫。天王远远看到雪鬓霜鬟的皇太后如一株枯叶将尽的老树,摇摇曳曳,立于宫门外刺骨的寒风之中,翘首而望。

"母后!"大难而归的孩子看到衰暮的母亲,忍不住叫了一声,下软辇,大步朝太后迎了上去。

天冷风寒,太后清泪涟涟,冰凉的手攥紧自己的孩儿,步入正殿。

殿内银霜兽炭,红彤彤,暖融融。描金百花案几上的一盆水仙,细叶莹莹,纤纤绿绿，娇小玲珑鹅黄色的花骨朵簇拥在一起，含苞待放。

太后将爱子牵了入座，命人烹茶上膳。

天王看着太后的容颜，抚摸着太后皱巴巴的双手，心头一酸，咚地跪在地上，将头埋在了太后温暖如初的怀里，深深地呼吸着母亲特有的温热体香。小时候，多少次生病或者受到伤害，都是这个怀抱和这种熟悉的味道让自己无医自愈，无所畏惧。

"博休，博休回不来了……"孩子伏在母亲的怀里，尽情地流着眼泪，嘤嘤啼啼道，"是孩儿的错，孩儿对不起母后和胞弟，请母后狠狠责罚问罪！"

太后怜惜地抚摸着爱子早生的华发，默默流泪，不言不语。

对于一个女人来说，还有什么比般般入画时丧夫、青丝落雪时丧子更悲痛的事情呢？苻融乃苟太后一向宠爱的幼子，如今战死疆场，怎不让她悲痛欲绝，肝肠寸断呢！泪已流干，心已痛得麻木。虽已忧思成疾，将要油尽灯枯，但这位要强坚忍的母亲还是硬撑苦等，要让自己尚存的萤火之光，温暖爱子的蒙难之心。

作为一个饱经世变的宫廷女人，她知道逝者不能复生，岌岌可危的江山社稷、膝下皇儿安危才是眼前最要紧的事情！母子二人凄凄切切，彼此怜惜，收起泪水，互相安慰一番。博休的离去，反而使得天王与太后忘了前嫌，比以前贴心了许多。

晚膳毕，太后道："朝中传言皇儿东征失利，寿春蒙难，一些豪氏旧族，趁机兴风作浪，处处与宏儿作对。若不是薛赞从中周旋，怕早会生出些异端！"

天王道："孩儿听说母后不顾年迈体弱，前往太极殿替宏儿做主，才震慑住了那些居心叵测之辈。"

太后道："日落西山，尚能散些光热，助子孙以绵薄之力，也算对得起祖宗社稷。亏得皇儿飞马报信，平安无事，母后才有底气在太极殿上帮宏儿稳住政局。"

天王道："母后舐犊情深。孩儿不孝，未侍奉母后颐养天年，还劳累母后为孩儿安危牵肠挂肚，为江山社稷亲力亲为。宏儿年幼，心性纯良，虽过弱冠，但未上过疆场杀敌，亦未独自料理过朝政。旧族此刻发难刁难，正好借机苦其心志，劳其筋骨，母后不必担心。"

太后道："母后非担心宏儿，是怕皇儿闻知，问罪臣子。如今非常时期，以安抚维稳为重！"

天王点头道："母后所言极是。非常时期，牵一发而动全身，唯有以大局为重，方能有时间休养生息，平衡各方势力，安抚天下百姓。"

太后用绢帕拭着眼角泪珠，道："皇儿英明！母后还有一忧心，慕容氏此次打着安抚戎狄的旗号,北上旧都祭拜宗庙,其心叵测,皇儿还是要早做防备才是。"

天王道:"慕容垂事秦多年,于公于私,孩儿对他恩宠有加,若说要反,我看未必。若说他一去不归,倒是可能。孩儿已加大中原防守力量,有备无患。"

太后点头道:"如此甚好。坚儿失利归来,并未怨天尤人,萎靡不振,面对政局,尚能如此笃定周全,有所担当,真乃圣明之君也!母后为何还将你当个孩子,怕你经此大难,身心俱损,唠叨个不停……"

天王拉起太后的手道:"母后殚精竭虑,替孩儿未雨绸缪,在母后面前,坚儿永远是长不大的孩子。母后常常在耳边絮叨絮叨,孩儿还觉心里踏实安稳,觉得自己还是个有人疼爱怜惜的孩子!"

太后泪珠滚滚而下,将儿子揽入怀中,道:"天下虽重,但在母后心里,皇儿安好,便是大幸。母后尽量陪你走下去,能陪多久,就陪多久!"

每个民族或家族,都有一些坚忍、卓越的女性,她们不一定知书,但一定达理;不一定能熟背圣贤语录,但总能说出一些朴素道理;不一定独具慧眼,但却能凭直觉判断曲直。她们也许说不出什么惊世骇俗之语,却能以一颗慈母之心,在逆境中保持坚忍从容,百折不挠;在顺境中明慧得体,明辨是非!

青山依旧,碧水长流。

次日是腊月初八,天王下诏:"赦殊死以下,文武增位一级。厉兵课农,存恤孤老。诸士卒不返者皆复其家终世。赠融大司马,谥曰哀公。"

当天日昳时分,长安城西建章路兰苑墙角燃起一堆桔梗麦草,一素衣女子用纤纤兰枝拨弄着枯草,且泣且歌道:

> 伯兮朅兮,邦之桀兮。
> 伯也执殳,为王前驱。
> 自伯之东,首如飞蓬。
> 岂无膏沐?谁适为容!
> 其雨其雨,杲杲出日。
> 愿言思伯,甘心首疾。
> 焉得谖草?言树之背。
> 愿言思伯,使我心痗。

凄凄冬夜,在自家门前煨起一堆烟火,也许能照亮逝者回家的路!数日前传来襄阳失守、窦滔战死的噩耗,让半年前回到长安养病的苏蕙肝肠寸断,痛彻心腑……今日腊八正好头七,她洗去泪痕,下厨擀了夫君最爱吃的腊八面,于门前泼洒祭奠。又在暮色中煨火举烟，一来为了默诉哀怨愁肠，温暖青灯孤影下的自己，二来为了照亮归路，引领亡灵回家。

苏蕙的无心之举，一传十，十传百，荧荧之火，如满天繁星，照亮了公元384年长安城的除夕之夜，疗慰着沉浸在悲痛之中的民心。自此，秦川大地便有了腊八、小年、除夕、大年初一至初七，日昳时分在自家门前煨火的习俗。

举国南征，本想取胜，天下财富，尽入囊中。可如今，金尽袭敝，十室九匮，眼看春节将至，户部东挪西凑才勉强将抚恤银两及百官年俸拨出。为开源节流，各种赏赐及节礼全免。天王于光明殿命小年封笔封玺，除过兵部值守，朝廷百官皆提前沐休。

是啊，谁家没有血染战袍的夫婿，谁家没有出征未归的儿郎！想那三万多翩翩如玉、滟滟生光的羽林少年，大多为宗室百官富家子弟，本想着趁南征之机，混得战功，光宗耀祖。谁料，除过两千七百三十二名幸运逃还，其他或被杀被俘，或被踩被踏，或被吓被伤，或失踪，或溺水，有去无归，亡命淝水之西。与其在衙门悔天怨地，无心职守，不如早早回家，关起门来痛哭一场！

谁都可以闭门疗伤，独独天王不行。

八百里急报，丁零族酋长翟斌叛秦！天王下诏命邺城皇长子苻丕遣慕容垂速速南下平叛。

除夕之暮，天降瑞雪，铺天盖地，苍苍茫茫。

天王率皇子们拜过宗庙，祭过先祖，阴沉的心情在瑞雪兆丰年的宽慰下，渐渐明朗起来。披了黑貂大氅，翻身上马，只带赵整，朝五丈原驰去。

五丈原已被皑皑白雪覆盖，抬眼望去，银装素裹，苍茫洁净。几株青松，白雪压枝，如琼山玉塔风姿凛凛，挺拔耸立。

赵整用翡翠玉盘献上点心干果，天王接过金壶，斟满金樽，奠于松前，心里道："景略，朕一意孤行，自以为胜券在握，未想到惨败至此。归途中常想起卿临终之语，可惜后悔晚矣。你若安在，定能助朕识破敌之诡计，踏破江南！今日除夕，思卿甚切，特来拜祭，望景略在天之灵，辅佐朕休养生息，安抚民心，重振国威，再图大业！"赵整替天王跪在雪中，长拜三次。起身欲扶天王离去，天王又道："嫂夫人在新平郡，朕派了专人伺候；长公子王休任河东太守，二子王永为幽州刺史，文韬武略，颇有卿遗风；只是幼子王皮，因受苻阳蛊惑，起兵造反，被朕流放朔北。卿解朕意，让其与周虓同住同眠，好好磨砺调教一番，或许能打造成栋梁之材。"

懿寿宫家宴已备好，天王匆匆赶回。为慰藉皇太后，率皇后、各夫人及皇子公主陪皇太后守岁懿寿宫。

年难过,年难过,年年难过此年最难过！再难过还得过！

大年初一,按例于凤凰台设宫宴,聚请文武百官。国库空虚,往年的奢靡铺张一律屏弃,各公侯王府赐菜皆免,百官私宴皆停。

无丝竹之乐,无婀娜宫舞,百官神色悲楚,场面戚戚。

天王道:"淝水之败,其罪在朕。朕痛失胞弟,卿们痛失爱子至亲,凄切之心,朕与卿同感。只是为国赴难,虽死犹荣,精神长生！愿众卿同朕不负亡灵,重振朝纲,抚恤孤老,举贤荐能,再图天下大同！"

百官不敢君前失仪,咽下热泪,拱手齐声喊道:"不负亡灵,再图大同！"

气氛稍微有点缓和,天王邀请百官共饮三杯。刚举起酒杯,军中急报送上凤凰台——慕容垂反了！

第七十九章 丁零王推举盟主 慕容垂坑杀飞龙

且说那日慕容垂以金蝉脱壳之计,躲过权翼的南空仓伏击,不动声色,继续北上。到达冀州邺城外,先派程同等人护送段元妃继续北上,前往龙城。再派亲信赵秋进城请见冀州牧苻丕,说奉诏巡抚燕代,瞻拜祖坟。

苻丕看过诏书,不得不出城相迎,并在郊外驿馆为其设宴洗尘,以谢慕容垂在天王蒙难之时挺身护驾。

宾客酒酣宴散。

送苻丕率众离去,慕容宝暗中问父王道:"今日酒宴,机会正好,父王为何不让孩儿动手?"

慕容垂并不言语,独自回房。慕容宝跟进,拱手道:"孩儿就是不明白,事已至此,父王为何还要继续隐忍?杀一个少一个,在渑池,您不让杀那个老氐,今日酒宴之上,又不让杀这个小贼,究竟为何?孩儿实在想不明白!"

慕容垂沉默许久,走到门窗前,看室外无人,回到儿子身边,低声缓语道:"人无远虑,必有近忧。苻丕这等胸无大志之辈,多一个少一个又如何?"

慕容宝似懂非懂道:"但万一苻丕探知我等之意,定不会坐视不理!"

慕容垂道:"所以尔等更要沉住气。近日,我们要暗中联络好燕朝旧臣,邺都旧部,以备起事之需。我已拟好名单,用你母妃带来的金银珠宝,按官品大小备了厚礼,你暗中安排亲兵一一送去。"

慕容宝喜色道:"还是父王思虑周全,孩儿这就去办。"

慕容垂若有所思,道:"记住,只叙旧情,不谈来意!"

慕容宝不解,道:"那礼不是白送了?不谈来意,起事之时,他们如何效力?"

慕容垂摆手道:"速去。"

段元妃从长安带来的十二车金银财宝送出一半，慕容垂依然在驿馆中闲庭信步。侄子慕容楷道："侄儿请教伯父大人，兵书言兵贵神速，为何我等困于此处，伯父既不去安抚戎狄，亦不去拜祭祖庙？是在等什么人吗？"

慕容垂轻捻白须，道："是！"

是的，慕容垂是在等，不过不是等人，而是等一个机会！

机会像春日里秋千架上的碧玉少女，听到陌上有翩翩公子痴痴等候，跳下秋千，提起青裙，不管不顾地跑来了……

丁零族酋长翟斌叛秦。

丁零族本是贝加尔湖南一支古老的游牧民族。三国时，丁零族除部分继续留守贝加尔湖，一部分迁徙至今新疆阿尔泰山和塔城一带，南与乌孙、车师，西南与康居为邻，称西丁零。西丁零拥兵六万，随水草游牧。还有一部分从东汉建武时就到了西凉一带游牧。百年前随着天下大乱，西垂游牧的丁零人顺着丝绸之路南迁至燕地。秦灭燕后，丁零族被迁徙安置于渑池东。为安抚其酋长翟斌，天王任命其为卫军从事中郎，丁零王兼统其族。

多年来秦境太平，百姓安康，丁零族和周边汉、氐、戎狄、羌通过婚娶，你中有我，我中有你，融融洽洽，往来友好。此次南征，渑池乃往来大军必经之路。去时尚好，败退之时，军纪军法荡然无存，烧杀抢掠无所不为。翟斌本想趁乱打点秋风，谁知天王在渑池整顿军纪，安抚百姓，无机可乘。天王走后，渑池治安转好，翟斌虽一向狂妄，但并不鲁莽，想只要不危及辖内族人，闲事少管，忍过一时，风平浪静。眼看败军退完，四下安宁，不料，前天晌午，一群虎狼禽兽，竟然将怀有身孕，在城郊观音庙里祈福的王妃强暴致死！保护王妃的一名亲兵逃回，说听得清清楚楚，满口秦腔秦语；看得仔仔细细，从头到脚，皆着军衣战袍，正是退败王师！

光天化日，朗朗乾坤，奸妻杀子，一尸两命，此仇不报，誓不为人！此时不反，更待何时？苻坚老儿，你翟爷爷反了！

可仅凭丁零勇士，不过一两千人，如何攻城拔寨，如何杀往长安？

翟斌正在为底气不足而纠结懊恼，身边长史郭通善谋，献策道："大王只管负责打雷，自有人会替大王下雨！"

翟斌不解。

郭通道："如今想叛秦的人皆在蠢蠢欲动，只是都未寻到合适理由。如今大王举竿而起，于私而讲，是替王妃王子报仇雪恨，讨还公道；于公而言，是讨伐昏君，替天行道！臣若没有算错，大王将叛秦的消息放出，自会有人呼应。"

果然,不出三日,当年秦灭燕时,其父慕容桓被秦所杀的泣血少年,如今的骁勇儿郎慕容凤,联络燕朝旧臣,长槊立马,率部响应。翟斌大喜,请慕容凤速往渑池共谋大事。

慕容凤带了王腾、段延两位属下欣然前往,达成了统一战线后,劝翟斌拥慕容垂为反秦盟主。

翟斌斧眉倒竖,正想否定,却见郭通上前一步,拱手道:"宾徒侯武功盖世,威望素著,若为盟主,时望所归也。"

慕容凤哈哈笑道:"郭长史倒是个急性子,如此越俎代庖,不知丁零王以为如何?"

翟斌看郭通连使眼色,便含糊答道:"正是,正是!"

宾客散去,翟斌问郭通为何要拥慕容垂为盟主。郭通道:"大王英武众所周知,只是我丁零族兵力单薄,欲成大事,需借力借势而为。拥慕容垂为盟主,一来他威名赫赫,推为盟主定会一呼百应,人多势众,容易成事;二来若是事败,首罪在他,丁零只是附和而已,秦王一向仁厚,定不会遭灭族之灾。若是功成,丁零当属首功,大王必然是一人之下,万人之上,岂不美哉!"

翟斌不愿居于人下,呵呵冷笑两声,道:"一人之下,如何美?"

郭通意味深长地笑道:"大王若嫌那一个多余,除掉还不容易!总比此刻冲在最前面,成为众矢之的稳妥许多……"

翟斌笑声震天,赞道:"还是郭长史周全!"

翟斌这边正笑得须发乱颤,慕容垂那边却气得怒发冲冠!

原来,慕容垂闻听翟斌叛秦,便知自己苦苦等待的机会来了。捧了本兵书,气定神闲地坐在驿馆的院子里,边晒太阳,边看兵书。

一切皆在谋划之中。苻丕奉诏命自己南下平叛,只给两千赢兵,还派了广武将军苻飞龙率一千氐兵为副将相随。慕容垂心里虽对苻丕的雕虫小技嗤之以鼻,但表面依然忠诚如旧,恭敬领命,并请南下之前能够拜祭宗庙。

苻丕道:"局势动荡,叛兵汹汹,宾徒侯定知道兵贵神速的道理,耽搁一日,怕有变数。不如速去平叛,为陛下解忧,替百姓除害,凯旋之时祭拜宗庙岂不更好!"

慕容垂道:"祭拜祖庙,乃陛下恩准,臣拜过就走,耽搁不了多少时间。"

按理,苻丕应该准允其祭拜后再走,只是一大早接到消息,说昨日夜里燕宗庙被一群黑衣盗匪将陈列神器洗劫一空,临走时还放火烧毁了慕容家族列祖列宗的灵牌神位。唉,怎会如此不巧!苻丕想,早不烧晚不烧,偏偏这个时候烧,若准慕容垂前去拜祭，定会惹怒于他，莫说遣其南下平叛，搞不好，他也反了！

故苻丕任凭慕容垂如何恳请，就是各种借口不准，催促其速速南下平叛。

慕容垂假装答应，私下换了一身便服，潜入宗庙。被亭吏发现，呵斥赶出。慕容垂大怒，拔刀劈了亭吏，尚不解恨，放火烧了破败不堪、残垣断壁的庙亭。次日，假装领命，留子农、侄楷、绍于邺城，明为人质，暗为内应，自己则率两千赢兵，向南而去！

苻丕闻报，赶往庙亭，看着被劈为两半的亭吏尸体，看着余烟未尽的宗庙遗迹，惊心不已，问计于石越。

石越道："慕容垂如今竟敢轻侮方镇，杀吏烧亭，反形已露，应速速除之，以绝后患。"

苻丕道："那日驿馆设宴，将军就曾劝本公将其擒斩。我念王师新败，民心未安，邺乃垂之旧地，旧臣旧部，余温尚存，不可妄动，若贸然行事，怕有肘腋之变。遣其南下平翟斌之叛，让其两虎相争，我等只管置身事外，坐山观斗即可，何必此刻招惹他！"

石越道："慕容垂，燕之宿望，有兴复旧业之心。今复资之以兵，此为虎傅翼也。既然已经公开叛秦，殿下万万不可犹豫，当果断派兵追袭，斩草除根，以绝后患。"

苻丕道："我派飞龙率一千氐兵相随，他若真的要反，我已密语飞龙，斩立决！何况其子侄尚在郊外驿馆，我已派人严密监视，以慕容垂之精明，不会不顾及子侄安危，贸然起事。等他平了翟斌之乱，再做了断不迟！"

石越继续劝道："人心难测，只怕那时已经虎归深山，龙腾云海，悔之不及啊！慕容垂尚不忠于燕，安能尽忠于我？失今不取，必为后患。"

苻丕犹豫道："只是淮南之败，他侍卫乘舆，此功不可忘也。"

石越还是不甘，继续苦劝。

苻丕依旧不从。

石越无奈告退，对左右道："公父子好为小仁，不顾大计，终当为人擒耳。"

再说慕容垂南下故意和苻飞龙一队保持距离，至安阳，其旧部闵亮、李田此偷偷从邺城追来，密语苻丕及飞龙之谋，慕容宝亦趁机托出淝水之战时与谢氏之秘盟。慕容垂长叹道："天意如此，反也得反，不反也得反，既然已无退路，不如顺应众心！"

决心已定，慕容垂一扫往日沉默低调，站在帐前，银须飘飘，老眸犀利，对众部振臂高呼道："我慕容垂对苻氏之忠心，天地可鉴。而彼却处心积虑，欲图慕容族老少性命。我想继续效忠,然彼肯容吗?"

旧将闵亮趁机声泪俱下,痛诉侯爷如何在苻氏蒙难时忠心耿耿,护驾左右,多年来如何为苻氏俯首为牛,鞠躬尽瘁,而苻氏又如何玩弄权术,处处设防。此次在邺城不但毁其宗庙,还曾设宴欲取众人性命。

如此煽情的演讲和悬疑的气氛:一个表现出来忍辱负重,想委曲求全;一个抱打不平,为主喊冤。一边控诉苻氏的滔天罪行,一边指引着众人日后的光明大道。两千多人如鬼神附身,同情、醒悟加上对未来荣华富贵的无限憧憬,纷纷振臂高呼:"还我邺城,还我大燕!"

慕容垂看炉火上的水已烧沸,挥手道:"众亲少安毋躁,宁可苻氏负我,我慕容垂绝不负彼。如今两千羸兵,若南下平叛,无异于以卵击石,不如暂停河内募兵,以观其变。若无变故,多些人马,自能取胜;若有变故,再做他谋。"

众人深深同情慕容垂的不幸遭遇,并被慕容垂都到这份上了还低头忍对千夫指、俯首甘为孺子牛的博大胸怀所折服。自此,对慕容垂的话遵若圣旨,言听计从。

飞龙的兵马与慕容垂前后不过十里,听到隐藏在慕容垂兵营的细作禀报,召集兵马道:"慕容垂公然在河内招兵买马,谋逆之心,昭然若揭。众亲随本将军趁天黑追而诛杀之,以绝后患!"

飞龙随皇兄迁至冀州后,迅速成长起来,骁勇仁爱,善于带兵。一队劲骑,在夜色的掩护下,随飞龙直奔河内。慕容垂早有防备,命旧将李田此率人在官道上设了绊马坑,埋伏于两侧荒草沟壑。又命闵亮率人绕于飞龙之后,前后夹击,将苻飞龙及所率一千亲兵,全部坑杀。

第八十章　慕容凤镖取毛当　慕容垂自立燕王

慕容垂设计坑杀飞龙，济河焚桥，聚众三万，一路南下，步步赢胜。翟斌也没闲着，和慕容凤联手，直逼洛阳。

苻晖有了上次因弃城被父皇当众斥责训骂的耻辱，面对翟斌、慕容凤逼城，一心想挽回颜面，重获圣宠，派骠骑将军毛当迎战。

毛当与石越之武勇，名扬天下。天王返西时封毛当为武平侯，留四千兵配给毛当，协助皇子苻晖戍守洛阳。毛当出战，定能稳胜！

励志的战前总动员在此一概略过。

话说骠骑将军喝过平原公敬的壮阵酒，拍马提枪，直奔敌阵。

慕容凤看到翟斌摩拳擦掌欲上前迎战，冷笑着道："丁零王勿要相争，让我亲手杀了这个氐奴，好祭奠家父的在天之灵！"

话落，只见慕容凤策马飞驰，挺身迎战，丁零的凶蛮兵众紧随其后。毛当和其大战六十多回合，难分胜负。苻晖没想到叛贼之中竟然有如此勇猛大将，怕毛当体力不支，鸣金收兵，想改日再战。毛当正杀得眼红，一心想胜，哪里听得到鸣金之声。八十回合，毛当故意露出一个破绽，策马向前，慕容凤岂肯放过，红缨长槊，追上欲袭其后背。毛当于马背上俯身，银枪舞动处，来了个回头望月，差点将慕容凤挑下马去。眼看日昳，慕容凤负伤而战，有些苦撑不住，心里暗赞毛当万夫莫敌的精湛武艺。但沙场之上，不是你死，就是我亡，慕容凤边用长槊拼死抵挡着眼前如银龙般飞舞的长枪，边侧身从怀中摸出一枚夺魂镖，神不知鬼不觉地飞了出去。毛当不备，正中左胸，慕容凤趁机挥槊急追，将毛当挑下马去。主将被杀，秦兵与丁零兵杀作一团。自古战场一个模样，怒火、鲜血、残肢、断臂、尸体……秦兵大败。翟斌和慕容凤早有计划，一鼓作气，攻克洛阳城西屯兵重地陵云台，得兵器铠甲过万。

衣衫褴褛的乌合之众,换上崭新的铠甲兵器,摇身一变,成了反秦的威武之师!

洛阳被围,中原乱起。

此刻,慕容垂已得沙城,留下外亲表弟可足浑谭镇守,同时遣田山潜入邺城,密召慕容农等起兵响应。

慕容农等子侄按计划早已准备妥当,趁着暮色,慕容绍率亲兵潜入蒲池军马场,杀尽正在欢度除夕的马场守兵,得骏马数百匹,静等农、楷会合。

留在邺城的慕容农、慕容楷,假意在郊外驿馆设除夕年宴,着绣衣朱履,觥筹交错,大赏驿馆上下美酒岁银。待亲信将几个苻丕安插监视的守卫杂役灌得酣醉,率数十骑,微服便装,奔往蒲池与慕容绍会合后,连夜又奔往邺城东北的列人县。

此时,翟斌遣使前往慕容垂帐中求见,欲推拥其为盟主,共同反秦。

慕容垂命人好生招待一番,并不接见,传话使者道:"吾父子寄命秦朝,危而获济,荷主上不世之恩,蒙更生之惠,虽曰君臣,义深父子,岂可因其小隙,便怀二三?吾本救豫州,不赴君等,何为斯议而及于我?"

使者将话带回,翟斌心中极其不爽,问郭通道:"慕容垂哼哼唧唧半天究竟几个意思?明明杀了人家儿子,还说什么义深父子;明明斩吏烧亭,还说什么小隙。还说是来救豫州的,不是来联合我们的,意思就是不愿意为盟主喽?"

郭通道:"大王放心,慕容垂此番推辞,只是为了试探大王推拥之诚意,做给苻丕、苻晖看罢了,不必当真。等其到了洛阳,苻晖将其拒之城外,再请立,必定应允。"

翟斌哼哼道:"行就行,不行拉倒,我丁零人一向行事直白于心、光明磊落,如此口不对心,表里不一,实在累心!燕人狡诈,以后要多提防才是。"

郭通拱手道:"大王尽管放心,无论慕容垂如何算计,也不过是大王的马前卒而已。"

话虽如此,但翟斌咬牙切齿地骂道:"慕容垂,你个老王八,总有一天,本王要让你不得好死!"

正月初二,慕容垂兵至洛阳。

苻晖已知飞龙被杀,紧闭城门,拒不接纳。

慕容垂城下喊话道:"飞龙率氐兵杀我父子,不得已才反击自卫,误杀飞龙,望平原公体谅臣之迫不得已,待平叛翟斌后,臣定当请罪于天王。"

苻晖城墙上回道:"逆贼杀我兄弟,坑杀氐兵,谋逆之罪铁证如山,还有何颜面在城下巧舌狡辩!先吃我一箭,为我飞龙兄弟报仇!"话落一箭飞下,射中马头,马儿疼痛嘶鸣，前蹄踢空，挣扎扭动起来，慕容垂被甩下马背。

身边闵亮看主公落马，连忙翻下马来，扶起慕容垂，不顾身份对城墙上的苻晖喊道："飞龙只不过是个来历不明的野种，我家侯爷替陛下清理皇脉血统，无意冒犯平原公，平原公何必如此动怒！"

苻晖看一个小小无名之辈，竟敢如此大胆妄为，在众人之前，大谈父皇风流韵事，万分恼怒，命城墙上早已准备好的弓弩手，万箭齐发，将城下贼兵射了个七零八落，哭爹喊娘。

慕容垂本想着苻晖淝水之战时弃城而逃，定是个好糊弄的纨绔皇子，哄哄骗骗就会开了城门，轻易拿下洛阳。没想到苻晖被天王斥责后，突然一改往日怀柔懒软，变得强硬智慧起来。再看看苻晖身边站的邵卫老将军，知道苻晖有高人指点，已不是软柿子，便扎营洛阳郊外，派人四处打探洛阳防守，想强攻。探子回报，洛阳防守滴水不漏，难以得手。慕容垂想："若强攻得了洛阳，秦廷定会派援兵围城，那时四面受敌，岂不是自掘坟墓？不如保存实力，挥师北上，去攻邺城。还好苻晖不知虚实，只是固守。若其主动出击，岂不是让自己由主动变为被动？"想到此处，正要传令北上，帐外翟斌使者郭通求见，再次劝慕容垂立为反秦盟主。罢罢罢，谁能阻挡命运的安排？老天既然要降大任于我，就不用遮遮掩掩、扭扭捏捏了！慕容垂决心已定，招郭通进帐道："蒙丁零王信任，本王暂领盟主之名，待复国功成，就将盟主之位还与丁零王！"

郭通拱手道："盟主果然朗朗英雄，不如趁此机会，直称帝尊，以号令天下旧臣故部。"

慕容垂摇头道："旧帝健在长安，当迎归俯首，岂能失去纪纲，目无尊卑？万万不可，万万不可！"

盟主，盟主，怎么听着像江湖门派地位之争，一点都不像皇室之胄复国寻仇！

慕容垂北上过荥阳，荥阳太守余蔚，如当年打开邺城北门接纳王猛所率秦师一样，早早打开城门，举郡降垂。有一种人总是这样，有奶便是娘，有钱便是爹，风怎么吹，我怎么倒。让人鄙视，却混得不错……

荥阳土地肥沃，粮草丰盛。东有鸿沟连接淮河、泗水，北依邙山毗邻黄河，南临索河连嵩山，西过虎牢关接洛阳、长安。地势险要，交通便利，荥阳关、虎牢关等险关要隘易守难攻，自古以来为郡治要地。

慕容垂安置好兵马，看时机成熟，心底谋划一番，召子侄、亲信于荥阳府议事。

其子慕容宝道："自古英雄起事，轰轰烈烈，快意恩仇。既然已反，还做什么盟主,不如父王称王称帝,号令群雄,为故国报仇,为复国效忠。"

身边亲信子侄皆附议。

慕容垂摇头道:"旧帝健在,万万不可。"

众人再请,慕容垂依然摇头不应。

众人三请,慕容垂还要力辞,有亲兵帐外报长安密函到。

慕容垂命呈上。阅过,叹道:"既然有旧帝诏命在此,恭敬不如从命。"

慕容宝接过父王手中密诏大声念道:"秦历世三十有三,四海困穷,王纲不立,五纬错行。吴王起事复国,民神之意,朕今诏命其为大将军、大都督、燕王,承制行事,替朕号令旧臣故部,行天子之事。并谨择元日,与群寮登坛受燕王玺绶,告类于尔大神;唯尔有神,尚飨永吉,兆民之望,祚于有燕世享。燕帝晞,钦此!"

这个诏书像提前安排好了似的,来得正是时候。部众早已伏地,听完诏命,高呼:"皇上万岁万岁万万岁,燕王千岁千岁千千岁!"

慕容垂领诏命,谦笑道:"蒙皇上抬爱,受命于危难之时,还望诸位同仇敌忾,共谋复国大计!"

李田此拱手道:"臣占卜初六辰时为元日吉时,请燕王登坛受封,告类大神,以遵帝诏。"

正月初六,辰时,朔风刺骨,天阴地寒。慕容垂于荥阳设坛祭天,自称大将军、大都督、燕王,命翟斌为建义大将军,封为河南王。将兄弟子侄辈皆封为王,立嫡长子慕容宝为太子,大封功臣百余人为公侯伯子男爵。打出反秦复燕的黑黄双色龙旗,举兵二十万,进逼邺城。

邺城苻丕本想遥看两虎相斗呢,没想到,两只老虎不但不斗,反而联合起来,找上门来要斗他了。

此时的皇长子苻丕,正在正月十五锣鼓喧天地踩高跷、耍社火、舞龙灯的喧闹中发愁呢。

慕容农着实可恶,竟敢在除夕之夜,在苻丕眼皮子底下盗走御马,这不是打苻丕的脸嘛!

苻丕命大将石越率步骑万余赴列人县讨伐慕容农!

石越拱手领命,率甲仗精兵奔赴列人县。

慕容农属将素闻石越不但能征善战,还颇具谋略,心生怯意。

属将道:"秦军军服鲜亮,武器精良,光从外貌气势上看,就甩咱们几条街,更别说交战了。"

慕容农不想让属将小看，故作镇定道："彼甲在外，我甲在心，不用惧畏。"

属将道："大名鼎鼎的石越威震四方，如何不惧？"

慕容农斥道："怕啥？咱光脚的还怕他们穿鞋的？只要杀了石越，军服、武器就都是咱们的！"

属将道："石越智勇双全，乃秦名将，如何能轻易杀之？"

慕容农道："论实力，当然不能，但有志者事竟成！古有百二秦关终属楚，三千越甲可吞吴，今日，我慕容农就要出其不意斩石越！既然士卒看到他们外貌气势惧惮，不如等天黑看不见时，袭其不备，定能克之！"

属将不敢违命，应和道："如此可试！"

在邺城时，石越和慕容农有过公务往来，知道慕容农并非有勇无谋之辈，故而在率兵前往列人县讨伐的路上，石将军已经做好部署，先在离列人县十里的落石村秘密安营扎寨，打探敌情，确保慕容农没有设下埋伏，次日寅时以万骑精兵合围列人，一举歼灭反贼。

如此部署，当是万无一失。可世事无常，往往计划时万无一失，偏偏落实下去就会遇上一失万无。

石越所率步骑中有一个慕容氏旧部，在邺城时已被慕容氏用珠宝笼络。夜过三更，那人偷偷潜出营帐，徒步奔往列人县通风报信。

慕容农大喜，在此人带领下，夜袭落石村。俗话说得好，明枪易躲暗箭难防，可怜这位智勇双全的秦之名臣勇将，黑夜之中，睡眼蒙眬之时，赤手空拳，十分武功尚未使出两分，竟然死在一群无名之辈的乱箭之下。秦军大败，慕容农把石越首级献与慕容垂，当作恭贺其称王之大礼。

短短数日，平叛不成，朝廷连殒两员大将，慕容垂的喉舌们借机大肆渲染鼓噪，制造紧张恐怖气氛，搞得民心骚动，盗匪趁机滋事。别有用心的不法之徒，更是四处煽风点火，散布谣言，唯恐天下不乱。

第八十一章　姜让怒斥伪君子　天王绝书负心臣

邺城的苻丕得知备受倚重的智多星石越阴沟里翻船,既痛心又恼怒。见慕容氏王者归来,要实力有实力,要人才有人才,自知难敌,哪里还顾得上正月十五的欢庆,全城宵禁,召集属臣连夜开会商议。

刚烈些的主战。

阴柔些的主和。

圆滑些的看着主子的脸色,一会儿主战,一会儿主和。

苻丕看着叽叽喳喳的僚臣,心里没有主意,道:"若慕容垂兵临城下,大战在所难免。只是如今的邺城,一无大将,二无先锋,到时何人领兵守城,何人率部上阵?今慕容垂兵多将广,难以与敌,若其攻城,我等用何计可以破之?"

属将韩晃道:"慕容垂锐气正盛,石越之兵新亡,谁人再敢与战?若守此城,城郭不固,兵甲不坚,不如退守中城。"

有臣属诺诺道:"殿下何不向朝廷求助?"

苻丕斥道:"不过数日,连折两员大将,风云变色,辖内大乱。尚未过十五,上报朝廷,不是成心给陛下添堵嘛!"

老臣侍郎姜让拱手道:"依老臣之见,殿下孝心可嘉,只是事关大局,不可不报。臣请殿下即刻派兵飞马长安报信,老臣愿意前往贼营,劝慕容垂悬崖勒马,悔过自新,以拖延时日,等陛下增兵。"

苻丕连连点头,道:"姜侍郎言之有理。多备些珠宝,明日就去,若能劝降招安最好,若逆贼意绝,拖些时日亦可。"

姜让拱手领命。

智者坦荡,勇者无畏。

431

姜让见到慕容垂，拱手道："宾徒侯投秦多年，深得君恩荣宠，侯爷亦不负陛下，呕心沥血，报国报君。今日举兵，直逼邺城，不但毁了多年来君臣相惜之情，更毁了侯爷的半世英名，还望侯爷终忠贞之节，传千秋美名！"

慕容垂苦笑道："造化弄人，乱世之中，人如草芥，身不由己。红尘滚滚，岂是我等能够左右？事已至此，本王只想入邺复国，若长乐公答应西归让城，本王定不忘旧恩，秋毫不犯。"

姜让呵呵两声，道："身之主宰乃为心，心若不动，神仙又能奈你何？何必将狼子野心推脱于乱世之中！"

慕容垂沉默片刻，请坐上茶，道："孤受主上不世之恩，故欲保全长乐公，使其赴京师，然后修复旧业，永为邻好。若不以邺城见让，当穷极兵势，恐单马求生，亦不可得也。"

姜让厉色斥责道："将军不容于家国，投命圣朝，燕之尺土，将军岂有分乎？主上与将军，一见倾心，亲如宗戚，宠勋逾旧。一旦因王师小败，遽有异心，长乐公受分陕之任，宁肯拱手输将以百城之地乎？将军欲裂冠毁冕，自可极其兵势，但惜将军以七十之年，悬首白旗，高世之忠，更为逆鬼耳！"

慕容垂不动声色，默然无语。左右部将愤恨姜让出言不逊，冒犯主公，请杀之。

慕容垂转身不允，背对姜让道："彼各为其主，好生安顿，以礼相待。明日请姜侍郎带书信与天王，以表本王心志。"

慕容垂的书信送往长安，哪里是对天王表心志，分明是雪上加霜嘛！长安城里的新年过得实在是寡淡清冷，伐晋失利而归后，朝廷上下，君臣离心，各自伤悲。天王尚未来得及统一思想，稳固时局，慕容垂与翟斌就联手叛秦。内忧外患，煎心熬骨，任凭铁打的身子，也有倒下的时候。天王箭伤感染未愈，夜里突然发热不止，虚汗不停。子姝忙宣御医诊治，汪御医望闻问切一番，知是箭伤所致，便用麻沸散麻醉止痛，重新清理了天王伤口的腐肉，再烙烫消毒，敷上自配的金疮止血散。最后开了消炎调理的汤药方子，伏地埋头回道："夫人勿要忧心，陛下龙体一向健壮，虚汗发热皆因箭伤而起，臣已将伤口处理干净，隔两日换药，不出正月，便可健壮如初。"

子姝道："有劳汪御医，不知何时能够祛汗退热？"

御医回道："两个时辰服一次药，明日午时定能退热。"

子姝这才放下心来，伺候在天王身边。

次日午时，天王果然退热。子姝服侍着天王喝过汤药，柔声安慰好好静养，并无大碍。

殿外侍卫禀报有邺城安乐公飞马急报。

子姝正想命其退下,已经躺下的天王却撑着坐起来,命呈上。

两封书信,一封长乐公求援解围城之困。一封慕容垂索要邺城,要修复旧业。

天王捧着这封千古奇文,既为一向沉默寡言的慕容垂的滔滔狡辩之才而惊叹,又为自己养虎为患、蓄水覆舟的无原则无底线的仁厚而悔恨。

子姝看天王捧着书信的手在微微发抖,怕动怒伤身,扶天王靠在软枕上,安慰道:"君子坦荡荡,小人长戚戚,陛下静养伤口要紧,待龙体康复,再处置不迟。"

天王将书信甩给子姝,闭眼躺下,不愿多说。

子姝捧起书信,心里默默念道:"臣才非古人,致祸起萧墙,身婴时难,归命圣朝。陛下恩深周、汉,猥叨微顾之遇,位为列将,爵忝通侯,誓在勠力输诚,常惧不及。去夏桓冲送死,一拟云消,回讨郏城,俘馘万计,斯诚陛下神算之奇,颇亦愚臣忘死之效。方将饮马桂州,悬旌闽会,不图天助乱德,大驾班师。陛下单马奔臣,臣奉卫匪贰,岂陛下圣明鉴臣单心,皇天后土实亦知之。臣奉诏北巡,受制长乐。然丕外失众心,内多猜忌,今臣野次外庭,不听谒庙。丁零逆竖寇逼豫州,丕迫臣单赴,限以师程,惟给弊卒二千,尽无兵杖,复令飞龙潜为刺客。及至洛阳,平原公晖复不信纳。臣窃惟进无淮阴功高之虑,退无李广失利之愆,惧有青蝇,交乱白黑。丁零夷夏以臣忠而见疑,乃推臣为盟主。臣受托善始,不遂令终,泣望西京,挥涕即迈。军次石门,所在云赴,虽复周武之会于孟津,汉祖之集于垓下,不期之众,实有甚焉。欲令长乐公尽众赴难,以礼发遣,而丕固守匹夫之志,不达变通之理。臣息农收集故营,以备不虞,而石越倾邺城之众,轻相掩袭,兵阵未交,越已殒首。臣既单车悬軫,归者如云,斯实天符,非臣之力。且邺者臣国旧都,应即惠及,然后西面受制,永守东藩,上成陛下遇臣之意,下全愚臣感报之诚。今进师围邺,并喻丕以天时人事。而丕不察机运,杜门自守,时出挑战,锋戈屡交,恒恐飞矢误中,以伤陛下天性之念。臣之此诚,未简神听,辄遏兵止锐,不敢窃攻。夫运有推移,去来常事,惟陛下察之。"

子姝读着忍不住抽泣道:"慕容垂自立为王,进逼邺城,明明反叛,信上却口口声声称臣表忠,巧舌狡辩。明明坑杀飞龙,却说飞龙潜为刺客。明明杀我秦将,夺我秦城,却说泣望西京,挥涕即迈。真乃衣冠禽兽也!"

天王睁开眼睛,坐直身体,长叹两声,道:"慕容垂之叛,已在意料之中,只是他突然冰操俱毁,让朕寒心不已……笔墨伺候,朕这就回信,与其清结了断,永不相见!"

飞龙随苻丕驻镇六州,每月都有问安书信,过年前后却没了音信。腊月二十七夜里,子姝迷迷糊糊中突然看见一向沉默寡言、少年老成的儿子,一头扎进自己的怀中,瓮声问道:"母妃,他们都说我是宫外的野种,孩儿究竟是不是父皇亲生?"子姝刚想说话,却见飞龙突然眼鼻流血,痛苦万分地在怀里挣扎扭动。子姝大喊:"龙儿,龙儿……"惊醒了身边的君王,才知是噩梦一场,心里慌乱。所谓母子连心,飞龙正是那夜被慕容垂设计坑杀。两日后天王得到快报,不想让子姝悲伤,故只字未提。

此时子姝知道飞龙被坑杀,悲伤不已,但又怕给天王徒添烦乱愁绪,故强忍泪水,命宫女们抬上案桌,奉上笔墨纸砚,伺候在榻前。

天王提笔,言辞率直,刚柔并济,不恼不怒道:"朕以不德,忝承灵命,君临万邦,三十年矣。遐方幽裔,莫不来庭,惟东南一隅,敢违王命。朕爰奋六师,恭行天罚,而玄机不吊,王师败绩。赖卿忠诚之至,辅翼朕躬,社稷之不殒,卿之力也。《诗》云:'中心藏之,何日忘之。'方任卿以元相,爵卿以郡侯,庶弘济艰难,敬酬勋烈,何图伯夷忽毁冰操,柳惠倏为淫夫!览表惋然,有惭朝士。卿既不容于本朝,匹马而投命,朕则宠卿以将位,礼卿以上宾,任同旧臣,爵齐勋辅,歃血断金,披心相付。谓卿食椹怀音,保之偕老。岂意蓄水覆舟,养兽反害,悔之噬脐,将何所及!诞言骇众,夸拟非常,周武之事,岂卿庸人所可论哉!失笼之鸟,非罗所羁;脱网之鲸,岂罟所制!翘陆任怀,何须闻也。念卿垂老,老而为贼,生为叛臣,死为逆鬼,侏张幽显,布毒存亡,中原士女,何痛如之!朕之历运兴丧,岂复由卿!但长乐、平原以未立之年,遇卿于两都,虑其经略未称朕心,所恨者此焉而已。"

慕容垂接到回信,闭门三日。四日后命太子慕容宝传令各部:挖地道,飞梯攻城!

天王知道慕容垂收到回信后,定会恼羞成怒,会变本加厉攻打邺城,欲派左将军窦冲率兵增援邺城。谁料未及传旨,兵部急报,旧燕帝慕容暐之弟慕容泓得知慕容垂攻邺,奔逃至关东,发动鲜卑旧人,聚众数千人,率还关西,驻屯华阴。兵部派秦将强永平叛,大败,如今慕容泓气焰嚣张,其众更盛,自称使持节、大都督、陕西诸军事、大将军、雍州牧、济北王,驻扎华阴,扬言要迎接旧帝回邺城复国。

若说慕容垂之叛,尚在天王的意料之中,近在咫尺的华阴之叛,着实让尚未康复的天王有些恼怒,对权翼道:"朕未听卿言,鲜卑才会如此嚣张。关东之地,朕不想与之争,不如给他算了。"

权翼忙上前拱手道:"贼寇不可让!慕容垂正在山东作乱,顾不上进逼。今慕容暐及宗族种类尽在长安,鲜卑之众也分布京师附近,实在是社稷之元忧,宜派重将讨伐!"

天王点头道:"只是如今放眼朝廷,重将何在?"

权翼拱手高声道:"臣请战,讨伐叛贼慕容泓!"

天王摆手道:"非常时期,你坐镇长安,统领好羽林军便是替朕分忧。"

权翼道:"臣明白。不如派龙骧将军姚苌率兵讨伐,定能不负圣意,剿灭贼寇。"

天王不语,权翼又道:"左将军窦冲亦能担当此任。"

天王沉思片刻,道:"钜鹿公苻睿如何?"

权翼摸摸脑门,道:"镇东大将军精于武艺,又能统兵,只是远在蒲阪,怕是远水解不了近渴啊。"

天王捻着手中道安赠与的菩提佛珠,道:"外松内紧,晾慕容泓十日八天,正好挫其锐气。"

天王想,权翼说的在理,慕容垂攻打邺城,无暇进逼京师。唯有集中精力先剿灭慕容泓,才能打压住四处蠢蠢欲动的野心。邺城、洛阳且由两个皇子自行周旋守护。天王思虑一番,传旨:"命苻熙为雍州刺史,出镇蒲阪,换回四皇子苻睿,命其为都督中外诸军事、卫大将军、司隶校尉、录尚书事,同时为元帅,配兵五万,左将军窦冲为长史,龙骧将军姚苌为司马,前往华阴平叛!"

第八十二章　四皇子战华泽毙命　慕容族乱中原逼都

讨伐慕容泓的人马尚未出征，飞马急报：平阳太守慕容冲拥兵两万起事，攻打蒲阪。新上任的苻熙之前一直在长安城养尊处优，虽熟读圣贤书，熟背兵法，可面对真刀实战，顿时傻了眼：怎么眼前的布阵、攻城方式和所学理论知识完全不同？恐慌之下，只好飞马向天王求救。

"慕容冲也反了？"天王将快报看来看去，连问三遍。

真是只有想不到，没有做不到！天王想起当年在清河宫受龙阳之宠的慕容冲是何等乖巧温顺，那细媚的丹凤眼是何等深情投入……慕容冲怎么也反了？

手中的菩提珠泛着幽幽的青光，不言不语。

侍立一旁的被天王接到未央宫答疑解惑的释道安双手合十，闭目缓缓吟诵道：

是风是幡君莫疑，凤凰寒冬亦北归。

王道太平皆归舍，心魔作乱只因贪！

残酷的现实，只能面对。天王道："姚苌辅佐苻睿率兵继续东伐华阴，左将军窦冲率众向北，速救蒲阪，讨伐慕容冲！"

慕容泓闻苻睿、姚苌率正规军前来讨伐，知道自己临时招募的这些拖家带口的乌合之众远远不是对手，准备逃出潼关，奔往荥阳投奔叔父慕容垂。

苻睿年轻气盛，初得天王重用，立功心切，见慕容泓要逃，岂肯放过，点兵点将，准备截击。

姚苌善谋，进谏道："既然鲜卑有思归之心，不如殿下将其驱逐出关，万不可强行遏制截击。"

苻睿道："一群异族反贼，逐出关去，站稳脚跟还要兴风作浪，不如趁此剿灭，以绝后患。"

姚苌道:"陛下临行曾嘱咐殿下,形势紧张,保固关中,不争关东。逐走慕容泓,先保关中安定是大事。若是赶尽杀绝,一来怕慕容泓会狗急跳墙,拼个鱼死网破;二来将士们也不忍心斩杀妇孺老少。"

苻睿果断挥手道:"将军多虑,看本王如何收拾这群不知天高地厚的反贼!"

姚苌还要谏阻,苻睿怒道:"你若胆怯,只管留在帐中,等本王凯旋即可。"

次日,苻睿花马绿袍,率麾下装备精良、训练有素的皇家嫡系部队,截击慕容泓,战于华泽。

慕容泓看形势大为不利,便用民族恨、阶级仇将属众煽情鼓动一番,准备拼个鱼死网破。

一战,无悬念,王师小胜。苻睿得意,命属下勿要迟疑,务必在晌午饭时,将叛贼赶尽杀绝,挖出心胆,下酒烹菜。

属下有人表示不忍,被苻睿一刀削去半个脑袋。

慕容泓趁机在包围圈喊话道:"四海之内皆兄弟,王师中有我们的兄弟姐妹,我部也有尔等亲属,同室操戈,相煎何急?苻睿粗暴跋扈,不恤士卒,大家何必为其卖命?"

苻睿属下本来慑于王威,举起刀准备向前冲杀,听慕容泓一番怀柔煽情,犹豫起来。慕容泓见状,振臂大呼:"兄弟姐妹们,既然生路已绝,不如万众一心,拼死一搏,或许还有活的可能!"正规军本无斗志,一看对方不要命的架势,觉得拼命划不来,掉头四散奔溃。苻睿制止不住,急得哇哇大叫,在马上挥舞着紫金日月槊,不管敌我,狂劈乱杀起来。这等统帅,不作不死,混乱之中,不知被哪方斩首。可怜天王,朝中无大将时,刻意栽培提拔还算成器的皇四子苻睿,没想到,尚未上位,竟然就命殒华泽了。

姚苌自知难辞其咎,不敢面圣请罪,派一向不太听他话的长史赵都回京面圣请罪。

天王痛失皇子,正在气恼愤恨之中,赵都前来请罪,这不是送到眼前的出气筒嘛!

"来人,拖出去,斩了!"

姚苌没想到一向宽厚的天王竟然二话没说将赵都斩了,吓得满身起鸡皮疙瘩,庆幸自己高明,送了个替罪羊去消灾挡难。长安断不敢回去,姚苌率所部奔向渭北马栏山区躲了起来。

慕容泓大胜,当然不愿东去,挥师西移,同时派使者给天王送上书信。

天王命赵整念。赵整浏览一番,诺诺念道:"秦为无道,灭我社稷。今天诱其衷,使秦师倾败,将欲兴复大燕。吴王已定关东,可速资备大驾,奉送家兄皇帝并宗室功臣之家。泓当率关中燕人,翼卫皇帝,还返邺都,与秦以武牢为界,分王天下,永为邻好,不复为秦之患也。钜鹿公轻懯锐进,为乱兵所害,非泓之意。"

天王大怒,召慕容暐至太极殿,将书信掷其眼前,怒斥道:"卿父子干纪潜乱,乖逆人神,朕应天行罚,尽兵势而得卿。卿非改迷归善,而合家蒙宥,兄弟布列上将、纳言,虽曰破灭,其实若归。奈何因王师小败,便猖悖若此!垂为长蛇于关东,泓、冲称兵内侮。泓书如此,卿欲去者,朕当相资。卿之宗族,可谓人面而兽心。殆不可以国士期也。"

慕容暐捡起书信一看,脸都绿了,心想,幸亏不是自己潜使诸弟及宗人起兵于外之事败露。扑通一下跪在地上,痛哭流涕,叩头流血,连呼冤枉,赌咒称和慕容泓绝无丝毫瓜葛。

天王召来慕容暐,只想撒撒气,敲打敲打,并非要杀要剐。看慕容暐叩头流血,心生慈悲,摆手道:"你若真有忠心,速写书信与你那些不忠不孝的子侄兄弟,命其迷途知返,息兵归顺,朕会法外留情,既往不咎。"

慕容暐以为自己马上就要人头落地,没想到却突然云开雾散,侥幸之余马上跪在大殿上,提笔写了一封苦口婆心、微言大义的劝归书信。末尾还咬破手指,按上血印,哆哆嗦嗦呈与天王。

回到府邸,侧妃侍妾看到侯爷狼狈阴戾模样,吓得跪了一地。慕容暐只留拓跋月明,命其他人全部退去。月明看其满脸污血,扶入厅堂,传府医速来疗伤,命丫鬟们奉水洁面,换了干净衣袍,屏退左右,小心翼翼奉上热茶,怯声问道:"您如何这般模样?"

慕容暐抓过金丝祥云骨瓷杯,狠狠摔到月明脸上,道:"贱人,笔墨伺候!"

月明忍着脸上的烫伤,奉上笔墨。

慕容暐满脸怒气,提笔写道:"今秦数已终,长安怪异特甚,当不复能久立。吾既笼中之人,必无还理。昔不能保守宗庙,致令倾丧若斯,吾罪人也,不足复顾吾之存亡。社稷不轻,勉建大业,以兴复为务。可以吴王为相国,中山王为太宰、领大司马,汝可为大将军、领司徒,承制封拜。听吾死问,汝使即尊位。"

写罢,火漆封口,命亲信带了信物,连夜送往慕容泓营寨。

一切安排妥当,换了个人似的将月明拉到怀里,抚摸着被热茶烫伤的脸庞,道:"听说晋的皇室贵族之中,盛行美人盂之风,你可知何谓美人盂?"

月明不知慕容暐意在何处,恐慌地摇头。

慕容暐乖戾一笑,用手指挤破月明脸上被热茶烫出的水泡,又将手指停在月明温润的红唇上,来回拨弄着,道:"挑最艳丽乖巧的女人,伺候左右,当其主吐痰时,便张开嘴巴,伏于脚下,将痰接入口中咽下,此为美人盂也。"月明强忍着恶心,不敢乱动。慕容暐咳了一声,吸出一口浓痰,猛地卡住月明纤细光洁的脖子,含着浓痰恶狠狠地道:"别怕宝贝,我已经挑好了美人,不用多久,朕要苻坚的宠妃张子姝做我的美人盂!"

……

慕容泓接到慕容暐劝归之信,甚是迷惑。正在埋怨慕容暐出尔反尔,搞得自己不知该进该退时,亲兵又送来第二封书信及信物。看罢,笑声震天,道:"燕帝有旨,即日起复建燕国,改年号为燕兴,进向长安!"

慕容泓刚刚开拔,慕容冲就追随而来。原来,窦冲带兵马在黄河东岸伏击慕容冲,慕容冲大败,不得已率八千鲜卑骑兵投奔慕容泓。堂兄弟合兵一处,胆子更肥,大摇大摆向长安进发。

第八十三章　姚苌趁乱称秦王　天王亲征挽狂澜

再说姚苌躲进马栏山区，得知慕容氏进向长安，想着天王无暇问罪自己，便偷偷在马牧一带活动起来，试探着联系一些曾有反意的旧部豪族。未承想，一呼百应，西州豪族尹详、赵曜、王钦卢、牛双、狄广、张乾等率五万余家，推举姚苌为盟主。

姚苌想试探诸豪诚意，故作淡泊，道："老夫已年过半百，不想卷入血腥争斗之中，只想回到故居旧地，平安度日，颐养天年。"

在秦任尚书令史的天水人尹纬才高当世，但因当年同族尹赤降秦后又叛归姚苌的哥哥姚襄，小人之举，让天王十分厌恶，故对尹氏不再信用。尹纬虽有薄名，但在秦多年，不过是个年俸两百石的小吏而已，对秦早生不满。今淝水失利，烽烟四起，想在乱世之中有番作为，故极力推举姚苌举旗反秦。

他对姚苌拱手劝道："中原混乱，生灵涂炭，乱世之中，谁又能独善其身？当年是谁杀了雄武冠世、高名震天的姚襄大将军？杀兄之仇，难道盟主忘了吗？"

姚苌觉得以报私仇为由起事，过于浅薄，摆手道："旧日恩仇，何必再提。兴衰自有天命，岂是我等能够左右？匡济时艰，自有英雄辈出，我一匹夫老朽，如何当此大任？"

尹纬泣道："今百六之数既臻，秦亡之兆已见，以将军威灵命世，必能匡济时艰，故豪杰驱驰，咸同推仰。明公宜降心从议，以副群望，不可坐观沉溺而不拯救之。"

诸豪族皆劝。

姚苌看众人诚意十足，皆愿以身相托，遂自称大将军、大单于、万年秦王，大赦，年号白雀，史称后秦。

以尹详、庞演为左右长史，南安姚晃、尹纬为左右司马，天水狄伯支、焦虔、梁希、庞魏、任谦等为从事中郎，姜训、阎遵为掾属，王据、焦世、蒋秀、尹延年、牛双、张乾为参军,王钦卢、姚方成、王破虏、杨难、尹嵩、裴骑、赵曜、狄广、党删等为将帅,进屯北地。北地、新平、安定十余万户羌人归附姚苌。姚苌暗喜,厉兵积粟,以观时变。

机会可以让君子名垂千古,也可以使小人遗臭万年。犹如同样一个翡翠玉镯,戴在美人的纤纤玉腕上便熠熠生辉,而戴在莽夫的粗胳膊上便觉暴殄天物一般。

姚苌、慕容垂以同样的方式,口口声声说不愿负主圣恩,推脱再三,才勉强同意成为反秦盟主,谁信啊?看看姚苌组建的新内阁豪华阵容,就知道这个万年秦王,有没有图谋已久了。

遥想当年,后赵石虎朝中,有两位肱股之臣,一位是天王心中最崇拜爱戴的祖父苻洪,一位是姚苌一直高调炫耀的父亲姚弋仲。两位前辈皆为人中龙凤,心怀大志。

石虎末年,苻洪、苻健父子智者先行,抢先占了关中。姚弋仲晚行一步,其子姚襄看在中原难以立足,为谋长远,率羌族去投东晋。当时的苻生虽对内昏庸暴虐,但对外敌还算头脑清醒,派苻黄眉、邓羌及二十岁的龙骧将军苻坚率军,讨伐叛臣姚襄于三原。三原之战,血气方刚的龙骧将军苻坚,擒获曾兵逼堂邑、震恐晋室的姚襄,姚襄被苻生车裂于云龙门外,苻坚声名大震。苻黄眉擒了其弟姚苌,要斩,苻坚阻止道:"《书》云,父子兄弟,罪不相及。如今其兄已车裂示众,若其弟愿意归顺,还请叔父大人饶他死罪。"

姚苌聪敏,抓住时机,伏地叩头不已,口口声声称愿意降秦。

苻坚间接杀了威武冠世、高名震天的姚襄,救了聪哲善谋、颇具心机的姚苌。二三十年前的恩恩怨怨,在心阔如海的苻坚心里早已无影无踪。但在阴险狡诈的姚苌心里,却越积越厚,越聚越浓,暗中谋划准备多年,只等机会成熟,替父兄报仇,使自己上位。

姚苌反叛,太极殿的天王如何安坐龙椅?

多年来天王之所以对姚苌恩威并施,忽近忽远,不就是知道他性情无常,忠心难测嘛!其任陇东太守时,曾有密折奏其暗中笼络羌豪族旧部,形迹可疑。天王念其征战有功,只将其派往涪城救急,并未深究。如今敢公然犯上作乱,天王传旨:"太子监国,朕要提剑上马,亲征反贼!"

骄阳似火,炙烤着关中大地。人倒霉时喝凉水都塞牙。除夕降过瑞雪,按理夏麦定是丰年。但一个月的连绵暴雨,将嫩嫩的青苗全部打倒在地。接着又来了一个月的暴晒,田地干裂,奄奄一息的麦苗,要么不吐穗,要么吐穗不挂浆,减收绝收,已成定局。

　　天王一路肃然，不敢相信眼前的一切：中原大乱，天灾连连，当年秦之繁华，骤然无踪。曹孟德《蒿里行》所写"白骨露于野，千里无鸡鸣。生民百遗一，念之断人肠"的画面，如今竟然就在眼前。想当年挥斥方遒，气势如虹，一心只想天下繁华，百姓安康，二十七年来，殚精竭虑，勤政爱民，好好的壮美河山，为何变成了这等模样？是朕失德失道，遭天谴至此，还是人心不古，世风日下？

　　天王率步骑两万，头顶烈日，一路北进，思绪万千。至耀县赵氏坞，命女婿杨壁率游骑三千绕于姚军之后，断其归路。命大将徐成、窦冲、毛盛正面出战，首尾相逼，直捣姚苌老巢。徐成虽连连获胜，但姚苌防守诡异，无法如愿。天王看此计不成，又命截断安公谷、同官水，以困姚军。

　　水乃万物之源，没水可怎么活？姚苌心惧，派属下偷偷联络频阳城游钦，许以重金和美好愿景，求粮求水。

　　淝水之战时，游钦、窦滔等驻守襄阳，淝水失利，晋趁机攻打襄阳，窦滔迎战以身殉国。游钦惧晋，在城破前早早换上粗衣烂衫，趁乱躲逃回老家耀县，怕被天王问罪，不敢现身，一直潜居观望。如今看关中大乱，自己聚众数千，占据频阳城，为王称霸，自是逍遥。接到姚苌求救，看着姚军抬来的金银珠宝，想姚苌许诺，助其一臂之力，他日功成，便封为关中王，这笔交易实在划算，便满口答应，暗中偷偷给姚苌供水供粮。

　　数日后，天王远眺姚军虽被困，但士气精神如故，派杨壁暗中巡查，果然将从后方给姚军供水、供粮的游钦属下截获。姚军甚渴，姚苌派其弟姚尹买率劲卒两万决河放水。天王早有安排，窦冲率众击之于鹤雀渠，斩尹买并获劲卒首级一万三千。

　　损折过半，加上渴死一些，眼看姚军就要成为煮熟的鸭子。谁料，烈日当头的姚营竟然天降大雨，一炷香工夫，水深三尺，姚军在水中打滚撒欢，欢呼雀跃，痛饮如牛。姚苌狂喜，趁机借雨煽情，道："天意护我，赐甘露于困境。苻坚失德无道，人神共愤。勇士们，莫惧贼军，有天助神威，我等必成大事！"

　　天王眼睁睁看着姚营暴雨如注，秦营却是烈日当空。仰天怒问道："天其无心，何故降泽贼营？"

　　说来奇怪，老天似乎听到真龙天子质问，瞬间雨停，碧空如洗，像什么也没有发生过似的。可千万别小看这场在黄土地上溅起朵朵泥花的暴雨，虽然来去匆匆，但却在历史的长河中留下了短暂的浓墨重彩的一笔。

　　因为这场暴雨，使得乾坤颠倒，剧情逆转，苻坚大帝叱咤风云的峥嵘岁月从此渐渐暗淡下来。

姚军得天神相助，士气大振，不惧不降，不退不战，与秦军相峙。

话说慕容冲追上叔父慕容泓，一起西进，途中慕容泓因得旧帝诏书，持法苛峻，刚愎跋扈，属下纷纷向温和的慕容冲抱怨。慕容冲趁机暗示其谋臣高盖等杀掉叔父慕容泓，拥自己为皇太弟，承制行事。

姚苌一边与王师相峙，一边整合资源，提高战斗力，遣其子姚嵩为质子于慕容冲，联合慕容冲攻秦。

慕容冲满口答应。

有了慕容冲这个强大后盾力挺，姚苌顿时凶猛强硬起来，像恶狼一样，目露凶光，倾巢而出，与王师恶战一场。王师大败，天王的女婿杨璧，大将徐成、毛盛等被俘。

姚军将士狂欢不已，喊着叫着要用秦将人头为鹤雀渠死难的一万三千多亡灵报仇。

姚苌不许，道："逝者已逝，何必再涂炭生灵。"并不问罪，反而宽宥不杀，礼遣而归。左司马姚晃不解，暗中问为何放虎归山。姚苌诡异笑道："迟早要杀，只是此时放回，更能瓦解秦之军心，等无用时，自会人间蒸发。"姚晃听完，心中一阵发冷，对新主的阴险狡诈既敬佩又害怕，提醒自己伴君如伴虎，以后要谨慎行事才是。

诸将败丧而归，天王本想调整部署再战，谁料，接连三封长安急报：皇太后昨夜崩薨于懿寿宫。张天锡逃奔东晋。慕容冲已兵逼长安城！

扬汤止沸，不如灭火去薪。可如今的天王，既要止沸，又要灭火，还要去薪，偏偏皇太后又山陵崩薨，心乱如麻，无心再战，只得收兵奔回长安。

第八十四章　添新陵太后崩薨　寻旧仇凤皇围城

懿寿宫素纱白绸,子姝已按礼制,由奉常、宗正安排葬礼。自己和皇后亲手为皇太后沐浴更衣,梳理银发,整理好遗容,安于凤榻上,等天王回来。

道安带了寺庙里的僧侣正在庭院念经,天王卷着一阵热风奔了进来,扑跪在母亲身边,泪如泉涌,却哭不出声来。

跪在地上的皇后、夫人、侍妾哀伤哭泣,有的细诉着皇太后往日的慈爱关怀,有的号啕着皇太后的懿德风范,有的借着皇太后归天哭着自己的凄楚。天王听着吵吵嚷嚷的哭声和诵经声,还有各种法器的敲打声,突然虚汗淋漓,头痛欲裂,眼前一黑,一头栽倒在母亲身旁……

多么希望一切都是一场梦!多么希望时光能够流转到十多年前,那时,秦在朕与景略的治理下,政治清明,市贸繁荣,国富民强。那时马放南山,刀枪入库,没有征伐,没有杀戮,也没有谋反叛逆。天下太平,百姓安康。那时的博休清朗倜傥,玉树临风;母后的手柔软温暖,母后的目光深情满足;那时皇子绕膝,嫔妃相伴,四方辐辏……

天王在昏迷中看到了景略,看到了博休,看到了飞龙,看到了符睿,一个个面目狰狞,血肉模糊,站在眼前,若即若离。直到母亲手提一副马鞍出现,怒斥之下,才一个个渐渐隐去……

"母后,母后……"天王大声喊着,母亲却没回头,走着走着化作一簇艳媚的火苗,鬼魅般舞动着,又化为几缕青烟,飘飘袅袅,渐渐散去……"母后,母后!"天王在梦中将自己叫醒,身边皇后、夫人焦急地围了一圈。

皇后见天王醒了,面露喜色,大声道:"阿弥陀佛,陛下终于醒了,吓死臣妾了。"

子姝奉上汤药,伺候天王服下。天王缓缓神道:"都退下吧,命奉常见驾议事。"

天热心燥，天王马不停蹄赶回长安，劳累悲痛过度，引发刚长好的箭伤崩裂。虽然汪太医一再叮嘱要静养，可内忧外患，如何静得下来？

伐晋后，国库空虚。本想支撑些日子，等夏月麦熟，便可充盈国库。谁料水灾加大旱，还要养兵喂马，讨伐叛乱，巧妇难为无米之炊，户部叫苦连天，一向挥金如土的内务府也一天到晚一毫一厘地掐着算着过日子。天王有心风风光光厚葬太后，却捉襟见肘，有心无力。有臣献策，请天王下旨，讨伐逆贼，秦境收平叛税，以充军资，早安天下。天王呵斥制止道："税中奇葩，闻所未闻，你想让朕遗臭万年吗？"

太后贴身宫女青泉求见天王，奉上太后遗诏。当中写道："哀家百年之后，黄土一抔，水仙一盆，薄棺一口，博休马鞍陪葬身旁。不吊唁，不国葬。一切从简，务必务必！"

天王捧过遗诏，泪如雨下……

可怜堂堂天朝皇太后的葬礼，还不如那个毒辣的可足浑氏葬礼风光！皇太后草草入土同时，败讯频至。

鲁阳失守，荆州刺史都贵弃城逃回长安。

梓潼失守，梓潼太守垒袭降晋。

巴西失守，巴西太守康回败于晋，弃城逃回成都。

丰阳城失守，洛州刺史张五虎不战降晋。

慕容鳞攻拔常山、皇侄高邑侯苻亮、堂皇兄重合侯苻谟皆降于燕，慕容鳞乘胜进击中山，俘天王堂皇叔固安侯苻鉴。

为换回被晋所俘的赵盛之和三百名羽林郎，洛阳归晋。二皇子苻晖率众回归长安。

苻丕依然困守邺城。

短短几日，慕容冲已经兵至下邳。天王将朝廷文臣武将在心中清点一番，朱肜因力挺伐晋，败归后，众臣力请降罪追责，朱肜不愿天王为难，请罪辞呈，归隐故里。月初得报，朱肜归隐后心肝郁结，神气昏昧，医治无效，郁郁而终。

老臣之中，只剩以"头悬梁"而名扬天下的御史中丞、尚书姜宇宝刀未老，智勇尚在。

天王召来问道："姜卿学富五车，仕秦多年，勤俭自律。如今叛贼进逼长安，不知有何见解？"

姜宇跪地长拜道："臣少孤贫，流落河北，白天牧羊，夜晚读书，头悬梁，刻苦勤勉，略得薄名。因陛下惜才重贤，有幸仕秦，得以重用。今贼人逼城，臣请命出征，为国赴难,替君分忧。"

天王命其平身,道:"姜卿忠骨烈烈,朕倍感欣慰。朕欲派抚军大将军苻方驻防骊山,命苻晖为都督中外诸军事、车骑大将军、录尚书事,配兵五万东向拒冲。五皇子苻琳已加冠,应该出征杀敌,保家卫国,替朕分忧。姜卿以为如何?"

姜宇拱手道:"皇子亲征,怕动国本。老臣愿替皇子出征,讨伐逆贼。"

天王道:"五皇子虽已加冠,但毕竟初征,不如卿随其左右,出谋划策,助其杀敌建功如何?"

姜宇伏地长跪道:"老臣赴汤蹈火,万死不辞!"

夏阳酷暑,赤地千里,苻晖率军与慕容冲相遇渭南。

慕容冲早有准备,拉开阵势。苻晖下令擂鼓助威,派出前锋徐成出阵,慕容冲却并不派前锋迎战,而是大呼道:"班队何在?"

秦军莫名其妙,不知道慕容冲葫芦里卖的什么药。却见一群骑着壮牛的鲜卑族女人,以狗血描眉画眼,以彩巾蒙住口鼻,头插各色雁羽雉尾,手提布囊,身披彩衣,如妖似魔,尖叫嘶喊着,纵牛冲来。苻晖也算驰骋过疆场,可无论理论实战,都未曾见过这等诡异滑稽阵法。迟疑片刻,怕其有诈,传令鸣金收兵,可惜为时已晚。秦军还在愣神,只见魑魅魍魉已冲进阵中,突然撕开手中布囊,在空中挥扬起来。霎时,粉尘飞扬。粉尘灼眼,粉尘呛鼻,粉尘遮天蔽日,原来布囊中装满了掺杂着石灰粉的黄土。秦军在惊恐、哭号、喷嚏、眼泪中被慕容冲的壮牛方队冲得七零八落,糊里糊涂被慕容冲取胜。

苻晖大溃而归。慕容冲乘胜进军,又轻易突破苻方驻守的二道防线骊山,驻于灞上。

骑在骏马上的慕容冲摆弄着手中的马鞭,眯着丹凤眼,细细琢磨研究着天王派五皇子苻琳与尚书姜宇率兵三万设置的第三道防线。

河间公苻琳,据说其母不详。试问何谓不详?对于喜欢刨根问底的人笔者只能解释为所谓不详,就是关系皇族颜面,或许是民间遗珠,或许是风流孽债,或许是始乱终弃,反正就是犯了年轻人都会犯的错,不愿提及罢了。

同为生母不详的苻琳和苻睿从小由皇太后教导抚养,虽说龙生九子,各有不同,但他们却有很多相同,皆能引弓五百斤,能射犁洞穿。而老五苻琳更擅长吟咏山水,而且辞藻清丽,颇具美誉。若是天下永远太平,或许二十岁的苻琳会成长为一个儒雅高贵、能文能武、堪当大任的锦绣亲王。可如今,国运垂危,提笔的手不得不提枪上马,替父分忧。

"可惜啊!"在平阳磨砺强大起来的慕容冲长剑在握,紫袍银甲,于灞上遥望秦军,看苻琳长身端坐于战马之上,年轻明媚的脸上露出故作镇定的僵硬模样,忍不住叹道。突然又想起自己的不堪往事,心中一紧,嘴角扬起一丝决绝的冷笑。十二年前,他因痴爱无望含泪离开,如今,他为雪耻握剑归来!

当年气势如虹的虎狼秦师哪里去了?当年平凉、收蜀、灭燕,名震四海的西北铁骑哪里去了?

生活中,心态决定一切,战场之上,则是士气决定成败。

淝水之战的惨烈尚在心头,多少兄弟同袍魂断淝水,好不容易捡回性命,却无法尽孝于父母,与妻儿团圆。经历过生死之后,士卒们突然大彻大悟,功名利禄皆为浮云。此时,他们只有一个愿望,放下枪刀,解甲归田,做个农夫,厮守家园。

士气如此,如何能胜!

慕容冲用兵,总是不按套路出牌。不知是自己琢磨,还是从野路子上学来一些怪招,这次没有让美女扬灰,而是让壮汉弯弓,未等苻琳摆好阵型,万箭齐发。老臣姜宇战死,皇子苻琳身中流箭,秦军败,慕容冲占据阿房城。

骄阳似火,幽梦随风。

十二年前,天王命人在阿房城植下的数万株翠竹梧桐,如今已经长得苍翠挺拔,葳蕤葱郁。漫步在阿房城树荫下的慕容冲,白皙纤长的手指如弹着当年姐姐的凤首箜篌,一路走着,一路拨弄着竹身树干。当年长安城里四处传唱的儿歌再次回响在耳边,"一雌复一雄,双飞入紫宫"。他想起了清河宫,想起了当年的傻傻痴痴,想起了那些夜晚,想起了那个让他由爱转恨,曾经温存最后冷漠的天王。其实,十二年来,他何曾忘记!他几乎夜夜煎熬,当他斩断了痴痴深情,细细摩挲之后,竟只剩下面目全非的凄凉。蛰伏平阳,他时而孤绝高冷,时而暴戾恣睢。他不知道他是谁,他为何还要苟延残喘?慕容家族的血性和傲气哪里去了?屈辱、绝望、无助,他在生与死的选择之间苦苦煎熬。复仇,我要复仇!心中的复仇之火温暖了他冰冷的心,他如遍体鳞伤的猛兽,躲藏在自己的洞穴中,独自舔伤,暗自立下毒誓:不复此仇,誓不为人……

"凤凰凤凰,止于阿房。"天王当年有心袒护,假装糊涂,命人植下翠竹梧桐,以待凤凰。没想到他已经淡忘的娇美少年竟然满眼喷火,带着满腔的恨意和两万兵马,连破三道防线,傲然睨视他于翠竹梧桐簇拥的阿房城中!

河间公苻琳被流箭射中,徐成舍命护主,将其背回长安。太医用尽全力,也没救下性命,二十岁的皇五子苻琳薨。

天王得报，暗自神伤，看赵整在殿门外徘徊，心烦不已，喝道："有事速报。"

赵整只好一一念道：

"徐州刺史赵谦被晋将张愿打败，逃回长安。"

"兖州刺史张崇投降于燕。"

"东平太守杨光被晋将斩首。"

"细作密报晋丞相谢安上书请求北征，趁秦乱收复中原。晋帝诏命谢安为都督扬州等十五州诸军事，加黄钺，统军北征。"

谢安终于坐不住了。天王得知谢安北伐的密报，烦躁的心反而平静下来。心想："晋趁乱收复中原，早在意料之中。既然中原已乱，自己又腾不出手来平叛，与其让逆贼瓜分朕的锦绣江山，还不如让与江东。晋虽然多年来与秦势不两立，但其以儒治国，知道何谓礼义廉耻，何谓道德节操。"想到此处，天王提笔写秘信与困守邺城的皇长子苻丕，暗示若守城艰难，可许以利益，与晋联盟，共同围剿慕容垂。

俗话说得好，家贫出孝子，国乱显忠臣。

就在大好河山被豺狼虎豹撕咬吞噬之际，总有忠君爱国之士挺身而出，扛枪上阵，保家卫国，替君分忧。

益州刺史王广遣将军王蚝率蜀汉之兵北上护驾，助守长安。

西郡太守索绊命其弟索凌率西凉兵奔往长安，护驾救国。

讨伐西域的吕光八百里急奏至京：西域三十六国终于讨平。汉时的丝绸之路全部打通，直达地中海大秦国。沿路各国与中国断绝了两百年的外交关系得以恢复。并奏西征所获三十六国天骥龙驹，胡姬美女，奇珍异宝，以万万计。

龙驹珍宝再好，远水解不了近渴。

胡姬美女再妖娆，平复不了国乱内忧。

不管如何，东西而来的援兵和西域捷报多少慰藉了天王凌乱之心。

王师节节败退之时，急需一场胜仗，以安民心，以壮士气，以振国威！

一向沉稳的天王下诏："吕光不负圣恩，讨伐西域皆胜，三十六国递交降书，愿年年纳贡，岁岁称臣，与我大秦永结万世之好。加封吕光为使持节、散骑常侍、都督玉门以西诸军事、西域校尉，晋封顺乡侯。令张榜于各个城门，列大胜之后所获珍宝龙驹数量名目。"果然，城内军民既为西征得胜备感荣光，又为所得奇珍异宝咋舌惊喜，很快淡化了对四处暴乱的惊恐和紧张，增强了反贼必败的信心！天王下诏同时，暗中派人秘信吕光，轻骑先行，速赴国难！

公元384年九月初九，十里长安，菊花黄遍，枫叶尽染。未央宫无论皇后嫔妃还是太监宫女,皆头戴菊花,腰佩茱萸。贤鲜宫黎夫人约了子姝一起做了九层宝塔模样的枣糕,插茱萸菊花,献于天王。子姝知道天王心忧,故意打趣道:"陛下快看,黎夫人巧手妙不可言,做的宝塔枣糕棱棱角角,如真的一般。若是个工匠,怕真能造出九层高的镇妖宝塔来!"

黎夫人憨厚讷笑。子姝看天王心不在焉,将枣糕捧在天王眼前,道:"此物驱凶除秽,镇妖降魔!"

天王揉揉双鬓,聚起精神,温言道:"爱妃们用心良苦,朕领了,置于龙案上吧。"又道:"朕记得清河宫曾收着一件绣了睁一只眼闭一只眼的金龙紫色锦袍,你二人去帮朕找来。"

二人柔声应了,轻轻退下。

权翼进殿粗声禀报:"禀陛下,慕容冲又在城外叫阵。臣请带兵出城讨伐,给他点颜色看看。"然后又压低声音自言自语道:"两个月来陛下总是任其城外叫骂,不理不睬,难道就不觉得烦躁?"

天王细细端详着九层宝塔枣糕,道:"黎夫人的手真巧!这个镇妖降魔的枣糕做得惟妙惟肖!"抬头看了权翼一眼道:"陪朕上城墙。"

城墙上,森森竖着的"秦"字金旗在秋风中呼呼飞扬,守城将士,威风凛凛,各就各位。

天王身着冕服,头戴冕冠,于城头观望。

城下燕兵阵列森森。那个当年承欢天王怀中的玉面少年,如今长枪白马,立于阵前,仇恨的目光如闪闪利箭,恨不得穿透秦砖汉瓦,射穿那个高高在上的薄情爱人。

天王迎着目光,看他那孤独的身影沾染了太多的戾气,指向自己的咄咄银枪之后,是那张曾经令自己怜惜疼爱的脸,眉梢嘴角妩媚依旧,只是那双曾经春色荡漾、痴情脉脉的丹凤眼里喷出的复仇之火,灼伤了帝王之尊。

既然不能一别两宽,风轻云淡,那就拔剑相向,做个了断!

天王本想施以颜色,突然长叹道:"此房贼从何而来?如此强盛!"

城下慕容冲并不回应,攥紧手中的马缰,将自己定格成俊美模样。

天王高声斥责道:"尔辈群奴不好好放牧牛羊,为何前来送死!"

慕容冲当年稚嫩妖娆的声音如今变得有磁性而洪亮,他挺直身板,底气十足地公然挑衅道:"奴就奴吧。只是厌倦了为奴之苦,想取你而代之。"

天王苦笑,心里自嘲道:"养兽为害,又一个孽障!"派使者将那件紫色锦袍送到城下，并口谕慕容冲道："古人交战，使者往来中间。卿远来诸事绕心，甚为辛苦。西风渐烈，送此锦袍，以明本心。朕对卿的恩分如何，卿心知肚明，为何一夜之间忽有此变？"

慕容冲接过紫袍，不堪的往事再次浮现眼前。自己和姐姐曾一针一线，于月光下，于红烛前，于清河宫的明媚春光之中，绣进自己的纯纯初恋，绣进自己的羞涩娇柔，绣进自己的依恋憧憬……

慕容冲呵呵两声，心中自嘲道："好傻好天真！"把自己从回忆中拉出，愤恨地将手中的锦袍撕碎，抛在冰冷的秋风中，命詹事上前答道："皇太弟有令，孤今心在天下，岂能顾念一件锦袍小惠！"

权翼上前一步对城下詹事高声呵斥道："尿太弟！天下谁不知道慕容冲是我们天王玩够扔掉的仆从，竟敢欺君称孤，活腻了不成？有本事上前几步，吃权爷爷一箭！"

慕容冲并不理会，潇洒地在马背上换了个姿势，傲慢地一字一句道："识相的话，就君臣束手，孤自然会宽赦苻氏，报答往日之好。你们往日的恩分好意，独享不如分享，让你们也尝尝其滋味吧！"

天王闻之大怒，道："朕不听从王猛、阳平公之言，才使得白虏猖狂至此！"懒得再看一眼，回宫备战。

第八十五章　姚苌龟蛇山寻宝　羌奴新平郡屠城

慕容冲知道,几句狠话解决不了问题。若真想攻破长安,并非易事。回到阿房城,召来姚苌质子姚崇道:"孤至阿房,就派使臣赴北地,请秦王率军南下,会攻长安。秦王当面允诺,至今未见一兵一卒,是为何故?卿速书信于秦王,催其南下。"

姚崇诺诺领命。

鹰钩鼻、窝窝眼、尖脑门的姚苌的确当面允诺会攻长安,但其心里却在打着自己的算盘。有一种人善于权谋,他心里想什么,并不明说,而是召众议事,借善于揣摩自己心思的僚臣说破。一来显得宠重臣下;二来彰显主公权威和圣明;三来若出了差错,进退有余。姚苌正是这样的人。

等满脸诚意地将慕容冲的使臣打发走,姚苌召群僚开会。群僚一听南下会攻长安,个个兴奋不已。自古陇东陇西边塞长风,朔漠冷月,皆为荒凉之地,群僚多数来此,做梦都向往着锦绣长安。又听说慕容冲答应攻取长安后,只迎旧帝及族人东归,长安让与秦王,欣喜万分,异口同声道:"好好好,长安,长安,攻长安!"

姚苌眨巴着一双深不可测的鹰眼,挥手让大家安静,启发道:"苻氏经营长安多年,虽说伐晋败归,但还是有些家底。若是攻下自然是好,若是攻不下,怕很难收场。"然后故意停下,等着群僚能读懂自己的意思。

谁料,群僚们都沉浸在对美好未来的幻想之中,依旧此起彼伏地高声道:"攻长安,攻长安。长安,你的梦,我的梦,我们大家共同的梦。"

姚苌心里骂道,鼠目寸光,愚蠢之至!摆手道:"燕人因其众有思归之心起兵,若得其志,必不久留关中,吾当移屯岭北,广收资实,待秦亡燕去,拱手取之,岂不万全?"

群僚渐渐静了下来,觉得王就是王,果然高瞻远瞩,目光深远。

长子姚兴问道："岭北山高塬阔,不知父王欲移屯何处?"

姚苌道："岭北新平郡地势险要,易守难攻,既为长安屏障,又为岭北政治、军事重地,拿下新平郡,退有陇西旧地,进可直攻长安,进退两全。你驻守北地,宁北将军姚穆守同官川,其他文武大将,随寡人举兵新平郡!"

姚苌举兵新平郡,除了战略需要,其实还有一个天大的秘密:新平郡的龟蛇山里有一笔宝藏,藏有八十四车金银财宝和一顶苻健皇帝戴过的、前后垂九九八十一颗东海白玉珠的金镂平天冠。此平天冠不仅价值连城,更让姚苌垂涎不已的是民间有歌谣曰:"龟蛇山里平天冠。谁能找到谁是天!"

千真万确,此宝藏的主人就是让胡人闻风丧胆,杀胡令的颁发和执行者,十六国时唯一的汉人政权建立者——冉魏国主冉闵。

回望后赵历史,六个字:淫欲、杀戮、享乐。

无论胡皇石勒,还是其子石虎,各种千奇百怪的血腥屠杀和疯狂残酷的民族压迫,使北方汉人锐减至六七百万,造成赤地千里的景象。人口的大量减少,土地的荒芜,傍之虎狼等野兽成群出现繁殖,石虎将邯郸以南中原地区数万平方公里土地划为其狩猎围场,并下令汉人不得向野兽投一块石子,否则即是"犯兽",将处以死罪。被杀或被野兽吃掉的人不计其数,汉人的地位竟连野兽都不如。在羯族建立的赵政权统治下,曾经建立了雄秦盛汉的汉民族已经到了灭族的边缘。

公元349年,石虎死。诸子争立,互相残杀。汉人冉闵乘后赵政局混乱,偷偷在龟蛇山上藏下宝藏和皇冠,想事成后名正言顺继承汉人正统。后得赵大司马李农之助,于公元350年正月潜入邺城,杀石鉴,事成。自称皇帝,国号魏,复姓冉氏,仍都邺城,史称冉魏。

冉闵在建立魏国的过程中,为报复胡羯灭汉之暴行,下发了历史上广为人知的杀胡令:对胡羯不论贵贱、男女老少一律诛杀!

两年之内,诛杀胡羯二十多万。

石鉴死后,石祗据襄国称帝,联合羌酋姚苌父亲姚弋仲和鲜卑族前燕慕容俊,与冉闵常相攻伐。

公元351年,石祗为其部将刘显所杀。

公元352年,冉闵攻破襄国,杀刘显,消灭了后赵的残余势力。其时,前燕慕容俊势力渐盛,南下冀州,冉闵率军抵抗,尚未来得及取回宝藏皇冠,兵败被斩。

前燕军攻入邺城,魏太子冉智等被俘,冉魏亡。

回顾这段历史,只是想说,燕军攻入邺城,弃城而逃的魏大将军蒋斡正好被欲举兵西归的姚弋仲擒获，蒋斡用这批冉闵暗中搜攒准备保江山万代的宝藏的藏宝图，换取了自己和家人的性命。

姚弋仲西归，因阻拦长子姚襄投晋，和长子心生嫌隙，临死前将这张狼皮藏宝图暗中交给次子姚苌。

姚襄被杀，姚苌派人找到已经隐居故里的蒋斡，将其灭门，将藏宝图深藏不露，以备后用。

自此，除过姚苌，天下再无人知冉魏宝藏之事。他曾多次暗中以各种公务借口，亲自前往龟蛇山偷偷勘探寻找，按图纸确定方位，寻找洞口。此次举兵新平郡，一旦慕容冲得了长安，苻守信东归，必定给自己留一座破碎褴褛的空城。那时开启宝藏，正是时候！

新平郡，一定要攻下！

十月初冬，寒风干冷，枯叶飘零。姚苌率军开始攻城。

新平郡太守皇太后之侄苟辅，皇亲国戚，偏爱诗词歌赋、文墨书画，标准文艺男青年。看姚军来势汹汹，想保百姓周全，与滞留于家乡的辽西太守冯杰、渭南县令冯羽、尚书郎赵义、汶山太守冯苗商议。

冯杰出身新平郡名门望族，一家出两个太守一个县令，自然对秦忠诚，劝苟辅道："苟太守饱读诗书，必知天下丧乱，忠臣乃见。昔日天单守一城而存齐。今秦之所有，犹连州累镇、郡国百城。臣子之于君父，尽心焉，尽力焉，岂宜二哉？"

苟辅道："冯兄言之有理，只是贼兵势在必得，苟某并非有二，只是怕累及新平郡的无辜百姓。"

尚书郎赵义道："辅兄所言虽有道理，但以当前形势，军民想置身事外，是不可能了。"

渭南县令冯羽道："新平郡城居高临下，南依梁岭，北临泾河，东西皆有天然沟壑作为屏障，地势险要，易守难攻。不如我们四人率军民固守一方，看姚苌有何本事攻破城池！"

冯杰点头道："二弟言之有理。守城同时我等派人去搬救兵，若是有救兵里应外合，必能将叛贼剿灭，既为天王解忧，又救百姓于水火之中。"

冯杰最小的弟弟、汶山太守冯苗高声赞道："大哥思虑周全。东边豳风门由大哥镇守，南边望阙门由二哥镇守，西边西极门由尚书郎镇守，剩下北边的临泾门嘛，就归小弟冯苗啦！"

苟辅急忙道："苟辅身为新平郡太守，岂有旁观之理，岂能劳各位屈尊上阵！"

冯杰正想说话，被性急的小弟冯苗抢先道："同为新平人，共饮泾河水，理应如此！"看其他人都点头，继续道："辅兄熟悉郡内政务，当然不能旁观，动员兵众，后备供给，协调关系，皆归辅兄。"

苟辅连连摆手道："苟辅身为太守，当身先士卒，岂能躲在城内打杂跑腿？不妥，不妥！"

冯杰笑道："那就西极门由辅兄亲守。不过打杂跑腿你亦不能推脱。"

苟辅点头笑道："那是自然。"

尚书郎赵义听自己无事可做，道："皆为新平儿郎，难道赵某就派不上用场了？"

冯杰豪笑道："尚书郎有大用场呢！若论上场杀敌，武略我等还知一二。如论文韬却是差了许多，这守城之战中的所有文书皆归尚书郎负责。"

赵义拱手道："能为桑梓效力，不胜光荣。"

姚苌没想到新平郡人竟然如此烈性！撞城门、爬城墙、投石、行烟等常规战法用遍，皆败下阵来。城池如雄狮般，岿然不动，毫发无损。

姚苌得城心切，猛攻不下，便使阴招，命人捕取城中飞出的鸟雀，然后以中空的杏子装入燃烧的艾草，等到黄昏时放归城中，希望以火烧城。还好被军民及时发现，射雀扑火，奸计落空。

姚苌又命兵士在东南城壕外堆起土山，居高临下，朝守城将士乱射。冯杰、冯羽命将士们只管躲藏，苟辅同时发动民众扎了两百草人，竖在城墙垛口上，来了个"城墙借箭"。姚苌恼羞成怒，不甘认输，又偷偷在城西挖地道，被苟辅发现，截挖后将姚兵擒获。

新平郡的攻守之战极其惨烈悲壮。一方拼死守，一方玩命攻。双方如拉锯一般，鲜血乱溅，碎肉横飞。苦战半年，援军未至，姚军死伤万余人，守城秦军亦死伤过半，冯家三兄弟皆战死城上。

苟辅在血雨腥风的洗礼下，埋藏在心底的男儿血性渐渐复活，看满城惨烈，哀鸿遍野，悲愤万分，恨自己不能长出三头六臂，解围城之困。和赵义商量道："硬拼下去，只会死更多的兵士百姓，若姚苌能放走城内的百姓将士，不如让城与他，先保住性命，率百姓前往长安，请朝廷派兵围剿如何？"

赵义道："姚苌反复小人，若骗得城池，不守诺言如何？不如我们诈降，将其引入城中诱杀，或能出奇制胜。"

苟辅点头道："与其坐等山穷水尽，不如孤注一掷。此计可行。"

赵义道："明日一早，赵某亲自出城送投降文书，辅兄在四座城门的藏兵洞中埋伏好勇士,一旦姚贼入城,立斩!"

尚书郎赵义乃新平郡寒门子弟,幼时丧父,寡母虽为村妇,但明事理,有见识。月光下织布纺线,白日里揉面蒸馍,换些薄银,艰难度日。至爱子六岁送入私塾读诵四书五经。赵义聪颖好学,知母亲供养不易,刻苦勤奋,不到十二岁学识已颇有模样。私塾先生看孺子可教,将其荐至新平郡德高望重、受天王亲赐"豳风"二字的大儒曹剑老先生门下受教。赵义不负慈母供养,更不负先生教诲,秉承曹老先生对儒学精髓的深厚领悟并独有见解,妙笔生花。秋试先中秀才,再中举人,去年因伐晋,朝廷没了殿试,闲居乡里。曹老先生偏爱这个关门弟子,寿终时将其荐于朝廷,命倾其所学,为天地立心,为生民立命。天王一向爱贤良之才,又有曹老先生举荐,特命赵义入尚书台。因其胆识不凡,做事沉稳,严谨有序,不及一年,破格提升为尚书郎。姚苌围城前一日,慕容冲尚未兵至长安,赵义趁沐休回乡接寡母前往长安侍奉,欲尽孝道,让母亲享享清福。谁料,还未打点好行装,就被困在城中。

苟辅被赵义的忠勇胆识所感染,道:"只身前往,凶多吉少,苟某身为太守,危急时刻,当挺身而出。还是赵兄镇守城中,苟辅前去!"

赵义道:"唇亡齿寒,如今哪里都是危机重重,若能救百姓于水火之中,也算不负此生。多说无益,我等速去分头准备。"

当夜三更,一切准备妥当的赵义回家,想趁母亲睡着看母亲一眼,算是告别。

推开院门,却见母亲如菩萨般立于月光下。赵义吞口唾沫,想对母亲说点什么却不知该如何开口。正在思虑,母亲开口道:"义儿想做什么,只管去做,娘明早给你打些你最爱吃的石子馍,路上饿了也好充饥填个肚子。"

赵义眼含热泪,扑通跪在月下,深深对母亲拜了三拜,偷偷抹去眼角的泪水,起身扶娘亲歇息。

次日清晨,赵义吃过热乎乎的石子馍,白盔白甲,举白旗,只身出城诈降。

姚苌看过降书,根本不信,二话不说,先命人割去赵义的左耳,才盘问是否有诈。赵义忍痛坚持道:"如今城内将粮尽,派出去求救援兵一直不见音信。苟太守怜惜百姓,故命赵义前来送上投诚文书。至于官印,请秦王入城,苟太守将带领属下跪于豳风门献给秦王。"

姚苌用一双鹰眼盯着赵义,冷冷笑了几声,道:"求救书信皆被我拦截,信使如今都该过了百日。想等援兵救城,痴心妄想!"

赵义听了,一阵心痛,道:"因实在等不到援兵,城里死伤过半,所以才献城投诚,望秦王怜惜无辜百姓,罢兵纳降吧。"

姚苌吸吸鹰钩鼻，还是不信，一刀又削去赵义的右耳，再问。

血流满面的赵义疼得嘶喊叫骂道："姚贼，若不是因为我母亲也在城中，我何必自毁名节，受辱至此？罢罢罢，你信也好，不信也罢，给个痛快的，省得我赵义因痛违心，败坏师门！"

姚苌眨眨鹰眼，笑道："好，本王今日就成全你的名节！"话落刀起，准备将赵义砍了。身边尹纬忙制止道："秦王万万不可，受降时押上此人作为人质，敌军若敢使诈，再斩不迟。"

姚苌收回抡向空中的刀，阴笑道："寡人只不过吓唬吓唬，辨辨真假。"看赵义紧闭的双眼涌出两行热泪，暂时信了苟辅献城投降之诚意。

但姚苌多疑狡诈，并未从幽风门入城，而是准备从南边望阙门入城。

当姚苌带人马，将赵义押在眼前，过了吊桥正要进入城门之时，突然看到跪在地上准备献官印的苟辅神色紧张，高高捧上官印的双臂微微发抖，顿觉不好，先一刀砍了马前的赵义，高声喊道："秦兵有诈，撤！"

苟辅毕竟是文人，本来还算沉稳，但看到押在最前面血淋淋的赵义，不由自主慌乱起来。眼睁睁看着赵义倒在青砖铺地的城门洞中，就要被擒的姚苌要跑，悲愤情急之下，一扫书生文弱之气，举着手中的官印朝姚苌砸去。可惜力气太小，并未砸中，于是拼尽全力高呼道："将士们，成败在此一举，痛杀姚贼，保我城池，护我家园！冲啊！"

秦军被姚军数月来打得七零八落，早就痛恨不已，刚又看到儒雅刚烈的尚书郎被姚贼斩于马前，恨上加恨，勇上加勇，追杀上去。此战甚是痛快。姚军因进城受降，多少有点得意和轻敌，秦军已被逼入绝路，必须拼死重生，连平时只爱风雅的苟太守都提刀上阵，从巳时杀到申时，杀得天昏地暗，鬼哭狼嚎。姚军死伤过万，姚苌若不是其大将军牛双拼死相护，差点就被秦军俘获。

新平郡经此一战，双方几乎同时耗尽气力。

秦军关起城门，养兵疗伤，等待援兵。

姚苌回营扎寨，招兵买马，补充元气。

在残酷悲壮的战争面前，苟辅太守文风大改，以前作诗辞藻华美，悲秋伤春，拈花咏月。今日站在城墙上，听西风尽吹，看黄土漫漫，眼前又浮现出了赵义站在城门口凛然的模样，浮现出了秦军同仇敌忾、奋勇杀敌的壮烈场面，忍不住脱口吟诵道：

黑云压城城欲摧，新平遍地好儿郎。

豪勇震天血泊里，挥刀向敌孤城中。

最是男儿真本色,赵郎诱贼万余兵。

西风呜咽泣忠骨,黄土漫天祭豳风!

战争不是写诗,赵义母亲闻知爱子死于姚贼刀下,怕孩儿魂魄孤单,当夜悬梁自尽,追随而去。

不久,孤城粮绝,救兵不至,相继有人饿死。姚苌趁机派使者对苟辅道:"我方以义取天下,岂会仇杀忠臣?秦王敬重苟太守忠烈,知道城中粮尽,不忍百姓饿死城中,卿只管率城中男女回还长安,我们只需要此城置镇,并不想涂炭生灵。"

苟辅不信又能如何,难道真要百姓饿死城中?若姚苌真能守信,也算是一条生路。

不日,苟辅率城中一万五千人鱼贯出城,沿紫薇山到泾河川,穿过一大片光秃秃奇形怪状、枯枝嶙峋的枣树林,正要过鸣玉池,翻二郎山,却看到官道上守着一群姚军。

苟辅大叫一声不好,高声道:"乡亲们快跑逃命,姚苌小人,言而无信,欲取我等性命!"

此时如何跑?后面枣树林杀出一队姚兵,领头的道:"秦王有令,新平郡人着实可恶,斩尽杀绝,方能解恨!杀一个,赏银十两,杀十个赏银一千。动手吧,弟兄们!"

鸣玉池本有一池碧水,一年四季碧波荡漾,微波粼粼,如温润透亮的翡翠,镶嵌在二郎山脚下。春有天鹅白毛浮绿水,夏有仙鹤曲项向天歌,山水倒影,如诗如画。今年大旱,秋天时就只剩池底污泥,如今污泥龟裂,干涸见底,聚了些枯枝乱叶,动物白骨。

随着姚军刀落,曾经的人间仙境,瞬间变成了阴间地狱。男女老幼一万五千人,包括贺清水一家老少六口,皆被姚军坑杀池中。鲜血溢满涌出,一路向西,染红了枣树林,染红了泾河滩。

唯独冯杰之子冯终因下山时崴了脚,行走困难,落在后面,躲过一劫。另有王猛遗孀王老太太,夏初时,因喜得重孙,被儿子王永接往幽州,共享天伦之乐,算是神灵庇护,躲过一劫。

冯终顺着河滩一路向西,爬进花果山半空的山洞中,采食山间树梢干枯的野酸枣,喝山洞里渗出的泉水,如野人般躲了半月,才辗转到长安,将姚苌屠城惨状报于天王。天王被新平郡官民的一腔忠烈所感动,追赠苟辅、赵义、冯氏官爵,皆谥曰节愍侯,并以冯终为新平郡太守。

姚苌虽得了一座空城,但声威大震。岭北诸郡县知道姚苌手段狠辣,怕被屠城灭门,皆来投靠。姚苌一面忙着招纳降臣,扩充地盘,一面派人前往龟蛇山寻宝。他知道有钱能使鬼推磨,唯有金银财宝才能收买人心,拢聚人气,才能让兵强马壮。兵强马壮就能进逼长安,就能坐上梦寐以求的龙椅,称霸天下!

第八十六章　天降雨慕容暐现形　龙颜怒鲜卑族皆诛

姚苌在新平郡眼观六路耳听八方，虽然挖掉了半座龟蛇山，却依然两手空空，并未找到宝藏。但兵马却越来越壮大，势力也越来越雄厚。

而长安城中的苻天王和城外的慕容冲，恩怨不但没有了断，反而越积越深，水火难容。

姚崇写给父亲姚苌的书信，连同信使全被姚苌扣下，来一个扣一个，来两个扣一双，明摆着是不愿助慕容冲攻打长安城。慕容冲不傻，也不想再等，决定单干。

无奈长安城防守严密，多次试探，难以得逞。

天王伺机出城，与慕容冲战于仇班渠，冲军大败。

次日，天王乘胜再战，又破冲军。连连获胜，秦军士气大振，轻狂嚣张的慕容冲缩回阿房城，暂时老实下来。

不日，入城水源被冲军截断，天王为保城中用水，引兵出击，与冲军大战于白渠北岸。却中了慕容冲的伏兵之计，被冲军重重包围，厮杀许久，无法突围，眼看就要被擒。挂印归隐的万人敌邓羌之子殿中上将军邓迈、左中郎将邓绥、尚书郎邓琼三兄弟商议道："古人云：不能为君主之难献身者，非大丈夫也。我们邓家世代蒙受君恩，自幼受父亲教诲要忠君爱国。如今君危，我等不能坐视不管，应继承父志，救天王于危难之中。"

情况紧急，不容迟疑，三人与毛当之子毛长乐等蒙上兽皮，率兵扬戈，奋勇攻击冲军。冲军本以为胜券在握，正在松懈之际，突然看到一群似兽非兽、似人非人的怪物张牙舞爪，汹涌而来，惊恐溃败。

天王脱险。

回到光明殿，天王换下汗淋淋的内衫，传旨："殿中上将军邓迈、左中郎将邓绥、尚书郎邓琼及毛长乐等救驾有功，赐锦缎十匹，白面十斗，并拜五校，加三品将军，赐爵关内侯。钦此。"

长安被困，粮食紧缺，白面十斗比往日的玉珠十斗还金贵，天王能拿出手的只有这么多了。

天王刚坐在光明殿定神，永不言败的慕容冲又派他的尚书令高盖率军夜袭长安，并攻陷南门，进入南城。

左将军窦冲、前禁将军李辩等击败高盖军，高盖军众被斩首一千八百人，军中缺粮，一千八百具尸体，被秦军分而食之。

天王在光明殿琢磨慕容冲因复仇已走火入魔，本想着挫败几次，能让其知难而退，偃旗息鼓，无奈这厮竟然如一条斩不断赶不走的毒蛇，纠缠不休。长此下去，不被缠死也被烦死，不如主动出击，击其七寸，一了百了。

次日，天王率兵又在城西打败慕容冲，追击慕容冲的败军到阿房城。眼看就要直捣其巢穴，却见城里突然冲出一队人马，旌旗蔽日，尘土遮天。天王知道慕容冲诡计多端，众将请求乘胜入城，天王担心中慕容冲埋伏，鸣锣罢兵，退回长安城。

慕容冲诡计多端是实，但这次阿房城来不及设伏。

眼看秦军要进入阿房城，先逃回来的慕容冲让一些女人有牛的骑牛，有马的骑马，每个女人一手向上高举着旗子，一手向下拖着树枝，躲在一排正规军身后，策马飞奔。这样远远看去，只见旌旗蔽日，尘土遮天，搞不清他到底有多少军马！

天王被表象蒙蔽，收兵而归。

慕容冲大赏属下的同时，呷了口杏花茶，仰着脖子咕噜咕噜润了润口舌，吞掉。紧锁眉头，叹了口气，俊美的脸庞很快恢复了往日的孤傲冰冷。对自己而言，杀进骊山时，只想将那个十年来心心念念的薄情郎杀之而后快，可真的立于城下仰望，看他圣颜依旧，除了那宽阔的额头多几条岁月刻下的褶皱，除了那蓬柔光亮的美髯添了几抹风霜，他的轮廓还是那么明朗高大，他说话的声音还是那么洪亮淳美，还是控制不住自己内心的翻滚和热浪。心是诚实的，心告诉自己，爱和恨是并存的，没有倾心相爱哪来的刻骨痛恨？

慕容冲迷失了，为心魔所困，已经不想将那个负心人置于死地，就想这样没完没了地和那负心人斗智斗勇，你追我赶，打打杀杀下去。虽然是生死游戏，但毕竟可以看到他，毕竟可以和他离得很近！除非，他对自己怜爱如初，除非角色互换，己为主来他为奴！

天王回未央宫尚未来得及歇息，赵整奏道："王嘉入长安，宫外候旨。"

天王传见。

王嘉进殿拜过。天王赐座，细看，道："朕看卿几分眼熟，和咸阳梁豹之子梁异颇有几分相似。"

王嘉笑道："梁异是臣的前生，臣是梁异的后世。"

天王接着道："只是梁异倾心周易八卦，不及十二，抛下梁夫人离开学宫说要游离世间，不知去向。"

王嘉眉头微动，垂目道："去了也好，早去早成仙！"

天王道："不知梁夫人回咸阳故居，一切可好？"

王嘉答非所问道："好也不好，不好也好。"

天王知道如今的王嘉已经不愿意再提前生，便道："去年伐晋前，朕派人问卿凶吉，卿言金刚火强，当时朕不解其意，今日看来，卿早向朕透过天机。"

王嘉道："嘉并不知天机，只是卦象所示罢了。"

天王道："卿可否为朕再卜一卦？"

王嘉道："不知陛下卜何事？"

天王道："就卜长安何日解围。"

王嘉笑道："这个容易，只是王嘉多日来一直饿着肚子，不知道御膳房可有食物充饥？"

天王被其滑稽模样逗笑，道："朕这就赐卿饱食一顿。"

王嘉刚退下，慕容暐求见。进殿一如往日恭敬，长跪拜过，伏地道："弟冲不识义方，孤背国恩，臣罪该万死。陛下垂天地之容，臣蒙更生之惠。臣二子昨婚，时当三日，愚欲暂屈銮驾，幸臣私第。"

天王想，特殊时期，不能让慕容暐心生二意，安抚维稳为上策，欣然道："此乃喜事，朕明日定当登府恭贺！"

慕容暐回到侯府，心情大好，众人都以为王子大婚，侯爷高兴，只有昭仪觉得蹊跷异常。是夜，如往日一般将其伺候痛爽，陪着喝了几杯烈酒，软软问道："陛下可是为请到天王明日驾临侯府而高兴？"

慕容暐捧着昭仪的脸，亲了一口，道："聪明！"却不再说话，等着昭仪再问。

昭仪知道慕容暐心思诡戾，不愿再问。

如此扫兴，让慕容暐极其不爽。他突然变脸，扬起手中酒杯，狠狠划过昭仪的脸颊，看着娇美的脸上浮出几行血迹，才激动兴奋起来，怪笑道："寡人当然高兴，十二年了，终于等到这一天了。血，血，明日我就要用氐贼之血，洗刷我的亡国之辱！"

慕容暐终于行动了,他与从弟慕容肃暗中商议,并联络长安城中的千余鲜卑人,欲借二子成婚,将天王骗入府邸谋杀后,趁乱打开城门,迎慕容冲入城。

慕容暐边喝酒边用从未有过的温柔,抚摸着昭仪道:"明日事成,朕将登上龙椅,重坐帝位。你陪朕受苦多年,朕会册封你为皇后,执掌后宫。"

拓跋昭仪垂目低眉,装作顺从,轻轻回道:"臣妾谢过陛下。"

慕容暐满意地点头道:"越来越乖巧懂事了。"

昭仪伺候慕容暐睡熟,悄悄起身,借心口难受,命随嫁的贴身宫女木槿找来平日里服用的冷香丸,服了一颗,并偷偷低语一番,才回房睡下。

次日,准备妥当的慕容暐左等右等不见天王大驾光临,想昨夜天降大雨,怕是道路泥泞,路上慢些,便耐心再等。

其实,昨日慕容暐刚刚退下,吃饱喝足的王嘉启奏天王道:"吃饱有了力气,摇了一卦,卦语为:椎芦作篷篠,不成文章。会天大雨,不得杀羊。"

天王以为诳语,笑了笑并未在意。没想到夜里果然大雨滂沱,如倾如注。次日道路泥泞,难以下脚,王嘉并不阻拦,只是怪声怪气念着:"椎芦作篷篠,不成文章。会天大雨,不得杀羊。"

天王知道王嘉在劝阻自己前往慕容府邸。有些犹豫,但又不想食言,穿戴整齐,准备起驾,左将军窦冲求见,献上一方锦帕,上面墨迹洇染,依稀可见娟秀四字:"君万莫行!"

天王惊道:"此物何处所得?"

窦冲拱手道:"冲方才宫外遇一侍女,从昨夜就在宫外,吵闹着要面见天王。侍卫不让,臣看其不像奸人,便问了几句,却支支吾吾不说实情,情急之下,命人搜身,搜出这方锦帕,怕有变故,呈献陛下。"

天王道:"此锦帕应是一品以上夫人才配使用,速召侍女觐见。"

木槿见驾,将事情原委诉了一遍。天王大惊,急召慕容暐的豪帅悉罗腾问话,悉罗腾以为事情泄露,汗如雨下,一五一十全招了,并言自己是被慕容暐所逼,乞求天王饶命。

天王召慕容暐及其从弟慕容肃进宫。慕容肃感觉有变,劝其兄道:"此时突然召见,必是事情泄露,入则俱死。今城内已严,不如杀使者驰出。既得出门,大众便集。"

慕容暐心存侥幸,道:"此事万无一失,不可能泄露,使者说天王急召,是慕容冲又在城外作乱,许是又要我等前往安抚。你的主意过于鲁莽,不如你我先进宫探探虚实再说。"

慕容肃勉强同意，二人进宫见风平浪静，一如平常，渐渐心安。见到天王，慕容暐强作镇定，如往日一般行过大礼，等天王赐座。

天王手里捻着那串已经闪着幽幽金光的菩提珠子，沉默许久，道："朕相待如何，而起此意？"

天王并未像往日一样赐座，慕容暐就觉不好。天王许久沉默，慕容暐预感雷霆之怒已经逼近。没想到天王口气平静，觉得还有狡辩机会，赶紧叩头辩解，推诿责任，恳请饶恕。

慕容暐知道天王心软，曾多次用自残自黑的招数替自己化解过信任危机。今日知道罪责重大，自残更加卖力，额头因叩头不止，已血肉模糊。天王冷冷看着，想："作为废帝，能苟活至今，朕也算折服，往日私下搞些小动作，朕可宽恕，今日竟然要谋害于朕，难道真的又是一个中山狼的故事？"

天王继续捻着手中的菩提珠子，喃喃自语道："世人皆欲杀，吾意独怜卿。"

慕容暐听出天王还在犹豫，觉得还有一线生机，加大自残力度。

跪在旁边的慕容肃实在看不过眼，扶拉着慕容暐站起来，道："虽为废帝，仰人鼻息，但家国事重，成败在天，何必把自己搞得如此卑微，让氐贼轻视！"扭头骂道："氐贼休要假装仁厚，要杀要剐来个痛快的，自会有复国子民为我等报仇，你就等着死无葬身之地吧！"

天王怒道："好，朕成全你！"命刀斧手将慕容肃推出去斩首。

慕容暐自知在劫难逃，瘫软在地。

天王看着慕容暐，道："事已至此，你还有何话说？"

慕容肃方才一阵斥责，如一盆冷水泼来，让慕容暐突然清醒了许多。

他想："好赖本王也是个皇帝，既然横竖都是死，不如死得从容些，将来后人翻看到史册，不能引以为荣，至少也不能以此为耻吧？"便从袖中抽出绢帕，将被鲜血遮住的眼睛擦亮，将脸顺道一起擦了，抬头看着天王，缓缓道："我当年懦弱无能，国事混乱，腐败奢靡，被你乘虚而入。燕亡亡于内，而非秦也。我为罪人，难辞其咎。而今情形，如昨日重现，秦气数将尽，始于内忧，而非外患。君可曾想过为何长安今年怪异特甚，或是大旱无雨，或是洪涝成灾，昼有野兽横行，夜有鬼哭狐叫？"说到此处，慕容暐尽量挺直身体，盯着天王道："我虽亡国，当年邺城子民还不至于城中大饥，易子相食。而今长安内外，光天化日之下，以人相食，别说你不知道！此情此景，和苻生当年如出一辙，试问你当年铲除苻生时，可曾想过你治理的天下，如今也

天降雨慕容暐现形　龙颜怒鲜卑族皆诛

463

是这般光景？哪个以天下为重的帝王登基时不想天下太平，政治清明，百姓安康，不想建立超越始皇汉武的丰功伟绩，万世流芳？可欲望贪念最终会将初心淹没，迷失方向。入秦多年，我终于领悟，只有坚守初心，方能长治久安；不忘初心，才会天下归一！"

慕容暐突然笑了，自嘲道："不过大家都没有机会了，你我同为国君，虽然亡国风格不一，你宅心仁厚，圣明威武，因天下一统的欲望将要亡国。我胸无大志，懦弱无能，为安逸享乐的贪念已经亡国。"

慕容暐可爱地笑道："虽然死的姿势不同，但从心而言，暐敬佩坚！于国而言，我为笼中之人，必无还理，但困兽犹斗，况国君乎？"

慕容暐入秦十二年，第一次如此近距离、清晰、平等、有尊严地没有揣测圣意，没有提前打腹稿，条理清楚地说完这么多话。

慕容暐长出一口气，觉得临死前终于像个皇帝的样子。

天王知道人之将死其言也善，慕容暐经过这么多年的反思和历练终于有点帝王的模样，杀他容易，可城外的慕容冲不就可以名正言顺地登基称帝了吗？天王犹豫不决时，耳边响起了当年景略临终谏言："鲜卑、西羌降伏贵族贼心不死，是我国的仇敌，迟早要成为祸害，应逐渐铲除他们，以利于国家！"想起伐晋前博休的肺腑劝言："陛下听信鲜卑、羌房的谄谀之言，采纳良家少年能言善辩的话，臣弟担心不但不会成功，而且要大势已去。慕容垂、姚苌都是我们的仇敌，希望听到有风云变化，企图借此以逞凶狂。少年等都是富家子弟，希望参与军旅之事，随便说花言巧语巴结人的话，以迎合陛下的心意，不足以采纳。"

如今，无数鲜血和尸骨证明景略、博休是对的！当断不断，必受其乱！搅乱天下的，正是这些各存异心的龌龊鼠辈！罢罢罢，天王狠下心来，不再看慕容暐一眼，一字一句道："传旨：慕容族谋逆弑君，诛慕容暐父子及其宗族，城内鲜卑无论少长男女皆杀之！"话落，对赵整低声交代道："将拓跋昭仪及其侍女送往梨花山。"

天王的一道旨意，让长安城里空气不再是曾经的清新和甜蜜，寒风中四处飘荡着让人作呕的血腥气味。有多少人是罪有应得？又有多少人做了野心贪念的殉葬品？还有多少人是跟错了人，站错了队稀里糊涂地做了冤死鬼？

难道真的是：兴，百姓苦；亡，百姓苦？

第八十七章　凤皇喜阿房宫称帝　黎民悲长安城大饥

八方各异气，千里殊风雨。

慕容冲得知旧帝被杀，并不急着报仇，穿戴整齐早就准备好的龙冠龙袍，在阿房城登基称帝。改元更始，史称西燕。

临近年终，慕容冲打算不折腾了，消停消停，安安静静过个太平年，自己也正好过过当皇帝的瘾。

慕容冲传旨道："为庆复国，杀牛烹羊，犒赏三军，好好过年！"

上下自然一片欢腾。好吧，让长安城的天王也过个平安年。

往年的宫宴御膳房雕蚶镂蛤，炊金馔玉，爆、熘、炸、烹、煎、焖、煨、烩、烤、熬、蒸、煮、涮等几十种烹饪方法非要用遍方才满意。如今翻遍家底，油瓮见底，粮库告急，牛羊饿得没了形，搜搜刮刮，倾尽所有勉勉强强凑出了几桌薄酒薄肉、清汤寡水的年夜饭。

天王知道城中大饥，辰时就命人打开所存不多的皇家粮库，在宫门外热鏊烙饼，支锅熬粥，送饼舍粥，希望百姓能吃顿热乎乎的、有稀有稠的年夜饭！

至申时，天王命御膳房如往年一样，给有功之臣府邸赐菜，突然看到梁成、王显、石越、毛当、姜宇这些熟悉的名字，心中暗痛。强撑着与各位臣属举杯共饮，辞旧迎新。不知何故，往年宫宴至少要两个时辰百官才能尽兴而归，就是去年，东征失利后，年夜饭也勉勉强强吃了一个多时辰。今夜文武众臣狼吞虎咽一番，刚过半个时辰就匆匆散场。天王看干净如洗的碗罐瓢盆中，不但光盘，连汤汤水水、牛羊剩骨都不见了踪影，心中纳闷，叫住就要离去的前禁将军李辩，问道："爱卿可吃饱喝足？"

李辩红着脸闭口不言。

天王以为李辩没有吃饱,不好意思说,便道:"卿爱喝酒,宴席上饭菜用尽,酒尚余许多,不如爱卿再陪朕饮几杯。"

李辩脸色绯红,支支吾吾,就是不张口说话。

李辩平日里口吐莲花,能言善辩,今日为何鼓着腮帮子就是不说话?天王看着李辩尴尬紧张的样子,突然明白过来,转身背对李辩,摆手让李辩退下,自己却泪湿龙袍……

天王猜得没错,诸臣匆匆散场,正是急着回家将含在嘴里的牛羊肉吐出喂养妻子,将揣在怀里还热乎的油饼、蒸馍带给父母。四十八年前,自己出生的那个晚上,祖父从赵王石虎朝宴上偷回来的两个肉夹馍,作为母亲终于为王府生下世子的最好奖励,让母亲受宠若惊,难忘一生。母亲曾无数次说起,在那个以草根树皮充饥、人吃人的日子里,能吃上一个肉夹馍,是多么难以置信和多么幸福荣耀的事情啊!

石虎父子暴虐残忍、穷兵黩武、繁役苛税,使得天怒人怨、民不聊生,乃至易子相食,人相食。之所以有当年的云龙门之变,就是因为苻坚以天下为己任,立志要以民为贵,做一个仁爱之君。慕容暐说得没错,此情此景,和苻生当年如出一辙,天王自己、苻生和慕容暐又有什么区别?罢罢罢,是自己负初心、负天下,还有何面目高坐太极殿的龙椅之上?天王越想越愧疚,越想越懊恼,越想越悔恨,死的心都有了。

身边释道安闭目念道:

山高遮云天,水深断归路。

风止树自静,云开见月明。

天王仰天长叹道:"如何淡定?如何安静?如何熟视无睹?"说到伤心处,天王像个无助的孩子,拉住道安的僧袍,悲戚道:"朕真的想做个好皇帝!"

内侍来报:"宫门外饥民因抢不到饼和粥闹事,被维护秩序的羽林军拿下,请陛下治罪。"

天王咽下眼泪,道:"饼粥不够吗?"

内侍低头回道:"粮库所剩粮食不足宫内一月供给,饥民太多,实在不能再舍下去了,内务府方才命停了。"

天王尽量让自己平静下来,决然道:"放了饥民,继续舍粥送饼,粮库送完为止!"

内侍不敢多言,领旨退下。

道安合掌念道:"阿弥陀佛,陛下慈悲,割肉喂鹰。所谓佛爱众生,不离众生,贫僧突然悟出'我不入地狱,谁入地狱'的真正含义。贫僧欲回五重寺闭关清修,望陛下恩准。"

天王面色戚然,道:"如今朕的身边只有卿能指点迷津,难道爱卿也要离朕而去吗?"

道安双手合十,闭目道:"此地动归念,尚可觅初心。陛下本为明主,只是国祚兴替,盛极而衰,居安虑患,方能长久不败。今天下汹汹,狼烟四起,人心不古,欲念横溢。佛光普照,昼夜不息。放下屠刀,从哪里来,往哪里去,劝冲出关,民得稍安。燕复燕矣,秦安秦川。委国于宏,你我相伴,西游敦煌,迎光而还。鸠摩罗什,相见不难!"

天王面色悲戚道:"大师洞如观火,字字珠玑。只是如今,宗庙危危,宏儿尚显单薄,如何担当?就算朕有心劝归,冲若无归意,非得长安,又叫朕如何放下屠刀?"

释道安缓缓念道:"苦海无边,回头是岸。阿弥陀佛……"不再多言。

方才道安所言,让天王突然想到,秘遣权翼前往西域催归吕光,按理该到阳关,如今岭北陇西已被姚苌辖制,走也有十几日,为何没有阳关回报?前几次派出的信使如石沉大海,杳无音信,不得已才秘派权翼亲自出马向西,催促吕光速归解围救驾。还有丕儿,苦守邺城至今,实为不易,但从叔苻定、苻绍身为皇亲王侯,竟将信都、高城拱手献给慕容垂,着实可恶可恨。还好,幽州刺史、景略长子王永,平州刺史苻冲率兵二万南下攻燕救邺,稍安人心。前几日又收到军报,慕容垂因内部生乱,撤围去了新城,也好让丕儿松口气。只是可惜了振威将军匈奴王刘库仁,不但派妻兄公孙希救王永,还大破燕军于蓟南,顺路进驻唐县。本欲和晋翟真等汇聚襄阳,联合击燕,谁料被慕容垂这个老狐狸的反间计所害。如今邺城如长安一样,粮草俱尽,削木喂马,易子相食。

想到这里,天王忍不住两行热泪汹涌而出。又自忖"苻丕虽无大略,但能和老奸巨猾的慕容垂周旋至今,也算尽力。愿他能尽快求援于晋,得粮得草,渡过难关。若实难如愿,让邺于晋,西归长安,助我一臂之力,赶走慕容冲,守住秦川,厉兵秣马,休养生息,还关中太平,再图大事。"

二月初二,宫内已经无麦无粟,内廷司战战兢兢报于天王。

天王并不惊慌,道:"朕看库存尚有五谷杂豆,坚持些时日,必有粮草运到。"

做惯了细米白面的御膳房面对五谷杂粮发起愁来,壮着胆去请教主持后宫的张夫人。张夫人笑道:"本宫只会炒个豆豆,黎夫人擅长厨艺,不如去请教黎夫人。"

御膳房领旨,高高兴兴先回去用大铁锅炒了一锅香喷喷的黄豆,献给天王后,分往后宫。

天王从镏金玉盘中拣了几颗炒黄豆,细嚼起来,越嚼越有味,越嚼越生香,点头对身边服侍太监喜多兰道:"这炒豆豆好,往后每年二月二,秦人一定要吃炒豆,提醒朕勿忘国耻,强国爱民!"

宫里如今都已经无细粮可吃,开始食用五谷杂粮。城内军粮马料亦已捉襟见肘,黎民百姓更是苦不堪言。天王牵挂百姓疾苦,召来内廷司问话,还好,五谷杂粮因入口粗糙,宫里用食很少,故库存颇丰,足以撑到夏麦成熟。

天王这才放下心来,命御膳房当日在宫门外撑起铁锅,炒豆子赈济饥民。天天吃炒豆豆怎么行!天王也是人,和所有吃着炒豆豆的人一样,不停地放屁。不过,御膳房在黎夫人的指点下,用荞面做出宛若琥珀、弹弹跳跳的凉粉,用糜子面做出了黄澄澄的窝窝头。

在黎夫人的指点下,将玉米磨碎,熬出了金灿灿的玉米糁。又用玉米面加水加酵母和成面团,醒好,抹点菜油,鏊出了香喷喷的玉米饼。

皇后也不甘落后,亲自卷起袖子下厨,竟然真的用玉米面打出了一锅热腾腾的搅团。盛上一碗,浇上醋水,调上盐,漂上一层红艳艳的油泼辣子,又撒了一小撮韭菜,酸辣爽口,天王吃得直冒热汗。

天王夸道:"朕的皇后深藏不露,竟然还会做这等美食。"

皇后难得看到天王如此开心,谦虚道:"臣妾只会这个,能得陛下赞赏,受宠若惊。"

天王道:"你可知道你做的是什么?"

皇后道:"搅团么,大家都知道。"

天王将目光投向子姝。子姝浅笑道:"传说是诸葛亮当年在西祁屯兵的时候,久攻中原不下,又不想撤退。来自蜀地的士兵吃不惯西祁饭食,厌战想家。为了调动士气,安抚思乡之情,诸葛亮就发明了这道接近蜀地口味的饭食。只是那时的名字不叫搅团,而叫水围城。"

皇后瞪了子姝一眼,心里骂道:"就你个狐狸精能,一碗搅团,都能说出花来。"

天王哈哈笑道:"当年诸葛亮六出祁山,尚未功成。慕容冲一白虏小儿,就想将朕困死城中,休想!"

第八十八章　赤风马垂缰救主　释道安圆寂西行

慕容冲享受着属下抢来的壮牛肥羊，享受着臣僚的恭维朝拜，美美过了把高高在上的皇帝瘾。开始尚觉新鲜，久了就觉得寡淡无味起来。眼看阿房城的竹色返青，梧桐枝绿，突然想起清河宫外的那棵夹杂在桃林中的杏树。不知是鸟儿衔的杏核掉在了桃林中，还是哪个偷吃黄杏的宫女将杏核扔在了草丛中，反正清河宫那片桃林里，生生倔强地长出了一棵明媚的杏树。

那年受王猛挑拨，他冷面逐我出宫，那时正如今日，草色泛绿，紫燕初归。光秃秃的桃树林竟然一夜之间开出一树杏花，红萼妖娆，粉瓣胜雪，艳态娇姿，独占春风……

慕容冲冷冷地把玩着手中的玉杯，心想："不知那树杏花开了没有？"抬起那双让女人都自叹不如，妒忌心动的桃花丹凤眼，瞟了一眼伺候在身边的宫女，骂道："死人啊！没看到寡人的酒杯是空的？"

宫女哆哆嗦嗦移步向前，欲添新酒，慕容冲已经恼了，道："来人，将这不长眼的贱人拖出去杖毙！"

宫女如羔羊般被拖了出去。

慕容冲摆了个帅气的造型，学着古人的样子，举臂一挥，道："孤要明日出战，再攻长安城！"

天王率将士迎战，慕容冲不敌，策马而逃。天王岂肯放过，策马急追，不料失足坠马，掉在了一个四壁滑湿的枯井里，怎么爬也爬不上去。慕容冲正被追得穷途末路，突然听不见动静，回头看也不见人影，疑惑中率兵反身寻来。在这千钧一发之际，天王看到顺着井沿垂下一根长长的缰绳，大喜，抓住缰绳爬上来。竟然是他的爱骑绝影赤风，跪在井边，垂下缰绳救主脱难。

天王得救回宫,对群臣连连叹道:"马尚能垂缰救主,犬亦能湿草报恩,为何朕蓄水覆舟,养兽反害?不仁不义之人禽兽不如!"

太子苻宏虽然单薄,不精武艺,但心善,知孝道。见父皇频频冒险出战,跪地请战。

天王不舍,但又想不如趁机将其锤炼一番,往后也好托付江山,便道:"宏儿替父出征,孝心可嘉。想朕当年,十三岁被先皇授予龙骧将军,挥剑骑马,征战沙场,来去如风。宏儿过加冠之年,虽心善宽仁,但作为苻氏子孙,若不能上场杀敌,保疆卫土,何来男儿血性?前线锤炼一番,会让你更强大无畏,朕准了!"

天王命人取来一件车师国进贡的金丝护心软甲,亲手给太子穿上。

别看太子没有天王威武神勇,但他以心抚众,以德带兵。初战,在成贰堡将高盖所率冲军斩首三万,大胜而归,轰动朝野。天王高兴,褒扬太子同时,呵斥屡战屡败、被冲兵又用邪门怪招大败而归的二皇子苻晖,命其回宫闭门思过。

日昳时分,急报传来,骊山失守,高阳公苻方被杀。

天王叹道:"先皇诸子,仅存苻方,今日殉国,朕心甚痛。骊山失守,东去大道被冲军扼制,眼看骊山麦熟,多少人都等米下锅。传平原公,朕有话要说。"

太监领旨退下。片刻,慌乱而归,一进殿门长跪地上,哭道:"启禀陛下,平原公,平原公……"

天王放下手中地图,道:"好好说话。莫非平原公和朕赌气,抗旨不遵?"

太监伏在地上,边叩头边哭道:"陛下节哀,平原公自刎谢罪了。"

"什么?"天王从龙椅上惊立而起,片刻又坐下,含泪骂道:"不孝逆子,身为皇家男儿,当保家卫国,战死沙场,岂能懦弱无能,自刎了事?他是朕最优秀的儿子,拥有最精锐的部队,朕对其寄予厚望,他却屡战屡败,朕还不能骂他几句?朕为父,他为子,朕为君,他为臣,斥责训骂几句就敢死给朕看。反了,反了,都反了!"天王气得龙须乱颤,苦泪长流。

太监宫女吓得皆伏地不敢抬头,齐声道:"陛下保重龙体,陛下息怒。"

一年之内,四位皇子命殒战场,其心之痛,百苦难咽。

痛上加痛。

唯一能替天王打开心结,能点化天王所有困惑的释道安在五重寺寿终圆寂。

王嘉禀报天王:"道安圆寂前曾道:'世事已如此,行将及人,我们一起去吧。'臣回道:'诚如法师所言,法师先行一步,王嘉尚有小债未了,不能跟法师同往。'"

天王黯然道:"可有话给朕?"

王嘉摇头。

天王道："道安品德高洁清简，佛法精深幽远，以七十二岁高寿无疾而终，定能升往极乐世界。就葬于五重寺的松林之中，修佛塔供奉！"

王嘉稽首而拜，高声道："臣替道安谢恩！"

窦冲来报："禀陛下，潜入城中送粮的平远垒主赵敖说送粮路上截住了欲投奔晋的韦谦，现捆于宫外，请旨发落。"

天王道："慕容冲占了骊山，俘了朕的名臣韦钟，欲借韦氏之名，收买人心，不是说慕容冲将韦钟之子韦谦任为冯翊太守了吗？"

"正是。"窦冲拱手回道，"赵敖说，垒主邵安民闻知韦谦被冲任命太守，责备谦说，韦氏乃关中名门望族，出七相五公，今乃从贼，不忠不义，并问何面目以行于世。没想到此言传到其父韦钟耳中，韦钟羞愧自杀，韦谦自责上不能忠君，下不能孝父，故弃官奔晋。"

天王叹道："若是太平盛世，以韦氏威望家风，学识才干，定能为秦再立功业，只是如今战乱不断，生死难料，投奔晋也不失一条生路。给些银两，放行东去吧！"

窦冲领旨退下。

天王召来左将军苟池、右将军俱石子道："好不容易骊山麦熟，却落于冲军之手，两位爱卿速率军出战，击败冲军，抢回夏麦，以解长安大饥。"

苟池、俱石子领命而去。

时值夏初，慕容冲本来靠攻打或者招降获得财物牛羊，如今入驻阿房城已过半年，能攻打能招降的基本完毕，百姓亦被搜干刮净。没了新的进项，开销却日益加大，虽不致像被围的长安城内大饥致死，但粮食为生存之本，我多一粒，敌便少一颗，长安城若是实难攻下，饿死秦军也不失为一条妙计！

骊山下一望无际的夏麦，必须收入阿房城，所以慕容冲不惜一切代价，和秦军为争收关中小麦没日没夜地激战于白鹿原、成貳堡、冯翊等地。五月二十四，两军战于骊山烽火台，秦军大败，苟池被慕容永所杀，俱石子奔邺降垂。

眼看夏麦就要落入冲军手中，天王女婿杨定从仇池筹措粮秣、招兵买马归来。

天王遣领军将军杨定出战，大胜冲军，掳鲜卑万余人而还，悉坑杀之！

真是云怕风，风怕墙，墙怕老鼠，老鼠怕猫。杨定归来，频频出战得手，让冲军闻之丧胆，慕容冲没想到天王这个老女婿竟然这般神勇，无论自己出动美人团队，还是调动慕容家族皇牌正规军，面对杨定，如中了魔咒一般，被追打得四处抱头乱窜，哭爹喊娘。

慕容冲终于明白"狼是麻的"这句话的意思了,终于明白老鼠为何要躲着猫了。好汉不吃眼前亏,慕容冲命人在阿房城外挖了无数陷马坑,以防杨定铁甲战士突袭,自己缩回阿房城,想下一步该怎么办了……

第八十九章　杨定失足陷马坑　天王亲战皇都城

杨定率王师大战冲军,力挽狂澜,连扳几局,暂时扭转了秦军的被动局面。但因对鲜卑人恨之入骨,无论降与不降,战与未战,见一个杀一个、见两个杀一双的血腥铁腕,杀得人人自危,战战惶惶。是啊,十多年来,鲜卑和关中土著早已你中有我,我中有你,结下了无数天地姻缘和邻里情结。守城将士中若有娃他二舅,冲军中,也许就有娃他三姨夫,而城中,就可能是娃他关中愣爸和鲜卑辣妈。如此鱼水亲情,让本来拥戴天王、力挺天王、誓与长安共存亡的士兵百姓们,因杨定的大肆杀戮,对朝廷渐渐不满并心生怨恨。

杨定在烽火台逼走冲兵,但夏麦却被慕容冲抢收了一些,另一些来不及收割,败退前还不忘放把火,意思很明确:我得不到,宁愿烧毁,你也别想得到!

还好,当日无风,杨定率部好赖抢收回来百十车烤熟的夏麦。有总比没有好,聊解无米之困吧。

潮起潮落,岁月无情。

长安城的桃李丁香,早已看惯了人间悲喜,大变不惊,照旧迎着春光,俏丽枝头。

也许因为泥土里浸入了太多的鲜血,长安城无论木槿还是丁香,无论蕙兰还是海棠,傻了似的,茫茫四野,满眼猩红,灼目惊心,令人悚然。花香更是不见一丝往年的清香芬芳,而是刺鼻的恶臭夹杂着浓烈的腥气……

无数南归的紫燕青鸟,盘旋在长安城的上空,悲声翔鸣,无处栖身。曾经栖身的阿房城,如今满城牛羊的尿臊和膻味,如何栖息这些大自然洁净美丽的精灵!

慕容冲在阿房城龟缩数日,想出了一条妙计。先后派兵数十次让杨定取胜,冲军各种败逃。看时机成熟,故技重施,手提布囊,囊装石灰黄土,空中抛扬。杨定心想:"苻晖曾被你用此招大败,难道我杨定还会在曾经跌倒的地方继续跌倒不成?"不慌不忙命将士用早已准备的湿布巾,蒙好口鼻,边策马去追,边笑道:"白虏小儿,我堂堂杨定若跌倒在同一个坑里,岂不是傻瓜?待本将军先收了这群妖孽再说!"话落竟然真掉进了陷马坑,被慕容冲俘获。

原来慕容冲此次不但使了障眼法,还双管齐下,上有女人们空中扬灰,下有人见人怕、马见马愁的陷马坑,有点骄傲的杨大将军不幸中招⋯⋯

俘获杨定,慕容冲大喜,加强攻势,亲自率军攻城。

天王不得不身贯甲胄,登城督战。此战距离上次君臣二人还袍断情整整半年,当慕容冲再次仰望城墙上的天王,心境大有不同,曾经的柔情蜜意已经被鲜卑人的鲜血浸泡发酵成了无数仇恨刀剑。此时,慕容冲没有任何犹豫,只想以王者归来的姿态,将那个人取而代之,如当年一样,让其皇后宠妃、公主、王子不分昼夜,伺候在自己的龙榻之上!

慕容冲此次孤注一掷,组织了战斗力最强的王牌军队,命令将士们个个身披铠甲,头顶盾牌,手提弯刀,向城墙上的秦军发起一次又一次的强大攻势。双方激战整整一日,冲军用尽了各种攻城办法,难以得逞。秦军因天王亲战城墙,备受激励,个个英勇无比,居高临下,刀光闪闪,血光四溅,无所畏惧,竭尽全力压下冲军一次又一次的进攻。

残阳如血,冲军的箭矢像飞蝗般飞上城墙,大队人马又一次潮水般冲涌上来。天王手挥长剑,面色凝重,指挥秦军在女墙垛口上架五十发孔明强弩,放箭如雨,不敢停息。又用滚油、巨石、滚木冲击冲军,鬼哭狼嚎的冲军如蝼蚁般倒下黑压压一片又一片⋯⋯暮色四合,冲军损折巨大,知道攻城无望,鸣锣收兵,渐渐退去。

天王不知何时已飞矢满身,血流遍体⋯⋯

未央宫光明殿的龙榻上,被将士们抬回来的天王已经昏迷不醒,闻讯而来的皇后嫔妃吓得跪在榻旁哭成一片。子姝默默流泪,强迫自己镇定下来,传来太医,同时带领几个细心胆大点的嫔妃,替君王除去胄甲,剪开战袍。阿弥陀佛,飞奔而来的汪御医查看伤情后道:"幸有软甲护身,虽飞矢满身,但箭头未及脏腑,未伤及性命,只是伤口密集,失血过多,不敢大意!"

汪御医带人替天王剔去身上箭头,有条不紊地开出外洗伤口的草药,又开了培补元气,养血安神的药方,分派太医院清洗的清洗,配药的配药,煎药的煎药。子姝抖动不停的心渐渐平稳下来,低语吩咐各宫嫔妃轮流服侍,其他人下去歇息。皇后这才回过神来,粗声粗气道:"不许再哭哭啼啼,好生晦气,陛下这不好好的嘛!谁再哼哼唧唧,小心本宫撕烂她的嘴!"

殿内顿时一片寂静。

是夜,天王在昏迷中一直喊杀喊打,梦魇不断。他看到明明已经被击退的冲军如洪水般又一次席卷而来,洪水淹没了城墙,淹没了城上的强弩旌旗,自己伏在一根稻草上,拼命挣扎……

次日清晨,高烧一夜的天王渐渐退热,他听到远处吵吵乱乱,鸦啼鬼啸,扭动扭动脖子,睁眼瓮声问道:"外面是何声音?"

伺候在身边一宿未眠的子姝喜道:"陛下醒了!"

御医忙上前劝正欲起身的天王道:"陛下箭伤过多,需卧榻静养七七四十九日,待伤口长好后方可下地活动。"

天王不屑道:"你们太医就会虚张声势吓唬人,养个一年半载更好,可围城怎解?国难谁赴?"说完硬撑着要起来,却浑身没有半点力气。子姝忙扶着温语劝道:"陛下,医者父母心也。太医只是希望陛下尽快康复,莫急这一时半会儿罢了,您万不可心焦。"

天王顺势躺下,包扎好的几处重伤口已经渗出血来。

子姝软声轻责道:"看看,伤口裂了,惹臣妾心疼不说,陛下又要多受些苦……"

说着珠泪簌簌落下。

天王叹道:"罢罢罢,听你们的还不行吗?只是朕听外面聒噪不休,却听不清内容,心中着急,你派人听听,都嚷嚷些什么。"

子姝拭去珠泪,道:"陛下,您就不能歇歇心吗?"边说边替天王掖好薄衾无奈道:"是是是,臣妾这就去,亲自听了,回来说给陛下。"

太医道:"娘娘,陛下伤口绽裂,需要重新包扎。"

子姝软软看了天王一眼,天王苦笑道:"包扎就包扎,啰唆什么!"

伤口尚未包好,内侍禀报:"平远将军赵敖求见。"

天王对太医道:"速将伤口捆扎结实。"抬头对内侍点头道:"宣!"

太医知道天王脾气,遵旨照做,默默退下。

赵敖长拜天王,哭道:"臣闻听昨日之战,陛下被白虏所伤,长安危急,故连夜联络三十多堡垒,负粮冒死入城,前来助陛下坚守京都。只是途中三千多人被冲军杀害,入城者不足两百人。"

天王十分感动,唇角泛起一丝苦涩,道:"闻来者率不善达,诚是忠臣赴难之义。当今寇难繁殖,非一人之力所能济也。庶明灵有照,祸及灾返,善保诚顺,为国自爱,蓄粮厉甲,端听师期,不可徒丧无成,相随兽口。"

赵敖伏地呜呜哭道:"陛下伤重如此,尚在惜民,臣等虽无力回天,但也不会独去偷生,臣等誓死守城,愿与长安共存亡!"

天王强忍热泪,喃喃自语道:"朕何德何能,有尔等忠勇之士以死相托!"

内侍来报,窦滔将军遗孀苏蕙召集城内精于纺织的女子,织了五千条有"保家卫国"四字的五彩汗巾,赠给守城将士,还有一条献给陛下。

天王接过,见雪色素巾上,织着几行娟秀的墨字:

　　浊风侵骨瘦,胡腥不忍闻。

　　王战城墙上,妾惊深闺中。

　　有心杀贼寇,无力做鬼雄。

　　胸恨无大智,赴国替君忧!

天王看着看着,眼前一片模糊……

山河破碎,思绪难宁。

天王虽然躺在龙榻上静养,可西不见吕光归来,东不见丕儿音信,耳边总是萦绕着紫燕青鸟凄凄啼鸣和鸥鹭寒鸦鬼哭狐叫的凄厉悲声。

未及几日,天王终于在深夜里听清了"杨定坚儿应属我,宫殿台观应坐我,父子同出不共汝"的喃喃燕语。

天王冷笑道:"此白虏小儿还真是个人才,攻城不下,竟想学垓下楚歌来扰乱军心!"突然童心未泯,召来王洛,命将秦腔和燕人酷爱的歌舞戏剧搬上城墙上演,以对冲谋。

伤口长肉,浑身又痛又痒。天王接到军报:谢玄遣刘牢之攻兖州,秦刺史张宗弃鄄城奔降燕。刘牢之进据鄄城。河南诸县皆降归于晋。

晋军进逼青州,刺史苻朗主动降晋于琅琊。

降就降了吧。看到苻朗降晋于琅琊的消息,天王想:"众子侄中,苻朗性情豁达,爽朗超逸,清高博识,从小胸怀高远,不屑于世俗的荣耀。朕曾赞过他是苻氏家族的千里驹,征召其担任镇东将军、青州刺史,封爵乐安男。苻朗上任后,虽专心研读经籍,手不释卷,常常谈论玄学,登山涉水,但不以皇族自居,如同布衣之士,常常骑一头青牛,游荡在田园林间。看似不务正业,却政绩斐然,深受百姓称赞爱戴。主动降晋,保得一方百姓安康,也算识时务也。"

天王眼前正浮现着苻朗超然飘逸的模样。邺城传来消息:因慕容垂见苻丕死活守着邺城不走,引重兵准备水灌邺城。幸好谢玄在焦逵力劝之下,遣刘牢之水运米两千斛馈赠丕军,并率众救邺。来回几场大战,如今刘牢之进兵至邺,垂败退新城。

天王看完军报,长出一口气,回信与苻丕:"邺围已解,朕心甚慰。让邺于晋,率众速归!"刚放下笔墨,又有密报,谢安出镇广陵,欲救秦。

黑暗之中看到一丝光亮,让天王很受鼓舞,开始推测谢安北上救秦的具体路线和到达长安的时间,忘了身上的疼痛,忘了现实的残酷!

慕容冲纵兵暴掠,看到男子皆抓住服役,看到女人皆玩弄奸淫,使得关中士民四处流散,道路断绝,千里无烟。有在冲营中服役的血性男子不堪受辱,秘密遣人请天王出兵攻冲,自己愿在冲营纵火,以为内应。

天王阻止道:"朕甚哀诸卿忠诚!恐徒使诸卿坐致夷灭,朕不忍也!"

来人哭谏道:"臣死不足惜,若陛下能派兵攻冲,烧死杀死几个,也算为臣民出了一口恶气,总比被贼兵活活折磨死强得多!"

王嘉看天王有些动摇,道:"臣算准明日戌时有西风,冲营驻扎在东面,正好可以助火烧营。"

天王道:"如若真有西风相助,此计可行。"命赵敖带七百骑兵去为外应。

谁料,内应纵火,明明是呼啸的西风,等火烧旺,却如得了慕容冲的指令,摇身一变,变成东风,呼呼地狂刮起来,烧死内应不说,烧死烧伤秦兵四五百人。

天王闻信,仰天长啸道:"天啊!我精兵若兽,利器如霜,而慕容冲不过是一群乌合之众,为何却连连取胜!这是为何?难道这就是天意吗?"

天王悲痛不已,在凤凰台设祭坛,招抚亡灵,向苍天忏悔,求神灵保佑。

举起三炷紫香,天王仰天含泪道:"坚失德忘性,祸及子民,其罪在坚,望苍天垂怜百姓,降罪于坚,还苍生安康太平!"跪地三拜,起身唏嘘流涕道:"有忠有灵,来就此庭。归汝先父,勿为妖形。"

众臣感动不已,跪在凤凰台上,异口同声道:"至尊慈恩如此,吾等有死无移!"

更有甘松护军仇腾自请率兵,和慕容冲决一死战。

天王眼角湿润,道:"卿当年因攻击王丞相,被朕贬任甘松护军。长安被困,你不计前嫌,随杨定回京赴难,如今又自请出战,此忠义之举,让朕感动。"

仇腾跪地拜道:"臣当年有错,该贬。如今陛下蒙难,当救。"

天王扶起仇腾道:"慕容冲朕自会了断,卿前往冯翊,招抚慰勉百姓,守住外围,等命支援。"

仇腾拱手道:"臣定会安抚百姓,与陛下同死共生,誓无有二!"

第九十章　王皮南下救主公　邓羌北上赴国难

飞马快报，朔北王皮借得榆眉驻兵两万，请旨进京护驾。

天王心慰，朔北磨砺，周虓熏染，终将王皮塑成可用之材。传旨："封王皮为建功将军，速率众南下，解长安之围。"

前面说过，王皮本性良善，只是头脑简单，遇事鲁莽草率。被天王流放朔北后，与周虓同吃同住多年，耳濡目染，渐明事理，懂得大是大非，学到一些真本事。

数日前，周虓病重，卧床不起，问王皮道："长安城危，王丞相当年呕心沥血辅佐天王得来的锦绣江山，眼看就要被白虏践踏毁掉，你身为秦臣，为何不赴国难，替君分忧？"

王皮不知周虓心思，反问道："你当年因谋刺天王，被流放朔北。如今我主蒙难，你该欢喜才是，却为何反劝我去长安救驾护主？"

周虓喃喃道："刺杀氐贼，是因为我为晋臣；你往长安护主，因为你是秦臣。各为其主，并不相悖。"

王皮道："你对我王恨之入骨，为何有此言论？"

周虓正色道："于国，当然恨他夺我城池，伤我百姓。于私，却敬重他海纳百川的气魄、超人的胆识还有深厚的儒家素养，有度外之人的智慧、赫赫的武功，当然还有曾强大过、清廉的朝廷官员以及以你父亲为首的师友相敬的智囊团队。"

王皮敬佩周虓的坦荡，点头道："王皮懂了，谢过前辈。"

周虓道："多年来你我同居一室，也算患难的忘年之交，莫提谢字。速请旨南下吧，榆眉有三万驻军，你去找太守毛嵩相借，必定能成。速去速去，晚了就来不及了。"

王皮拱手拜道："多谢前辈点拨，只是你身体状况堪忧，王皮放心不下。"

周虓满面异光,微笑道:"勿要记挂,时辰到了,周虓先行了。"

话落,熟睡般逝去。

王皮看着周虓没有遗憾和怨恨的遗容,想起流放朔北后,周虓对自己亦师亦友,如兄如父,想起他对自己苦口婆心的教诲,无微不至的关爱,还有严厉苛刻的训斥,禁不住清泪涟涟,伏地三拜后,迎着风雪朝榆眉奔去……

长安城的繁花渐渐落尽,长安城却依然在冲兵的围困之中。

巍巍长安,如被蝼蚁啃食许久的巨兽,渐渐软弱无力起来。虽夏收之后,粮草充盈起来,人相食的场面不再比比皆是,可慕容冲先后多次派兵截断入城水源,眼看入夏,天气热了起来,没水如何是好?

天王问内侍:"传彭正和、李辩数次,为何至今未还?"

内侍低头回道:"禀陛下,传召使者刚刚回来,还未来得及回旨。奴才听说两位大人奉王命回韭园筹措粮秣,颇为窘困,故至今未还。"

天王道:"西边可有消息?"

内侍低声回道:"无。"

天王不满内侍迟钝,问道:"赵侍郎为何还未归来?"

内侍不知道该如何回答,不敢抬头,不敢呼吸。

天王摆摆手让其退下,心想,不知赵整是否将月明公主平安送到……

上庸郡梨花山上的梨花开得美如白雪,皎若月光。山脚的竹林旁,一位头戴斗笠,身披蓑衣的老者,身边放一壶酒,一个竹篓,手持钓竿,斜倚在溪边的一块巨石上垂钓。这个蓬头垢面、胡须如杂草般凌乱的野人好生奇怪,山里五月的太阳正暖,他却头戴斗笠。溪边并无风雨,他却身披蓑衣。细看,竹篓里也没有半条鱼,估计酒壶里也早没了酒。山静日长,溪浅潭深。侧耳细听,却听到那人对着被柳絮落花扰得涟漪四起的水面吟诗:

> 金弓宝马已成空,山高水长任西东。
>
> 羌庐坡上溶溶月,梨花山下淡淡风。
>
> 直钩懒垂浓酒后,斗笠斜倚鱼篓空。
>
> 莫道人间花正红,山中日月满怀中。

吟罢,并不回头,晃动着手中的钓竿,高声问道:"尔等进山是寻亲,还是问路?若是寻亲,空山一座,无迹可寻。若问路,一条山径,崎岖难行,林深之处,豺狼虎豹正等着鲜肉塞牙缝。野人好劝一句,尔等还是趁天亮早些返回,省得劳我相救。"

那野人看水中一男两女的婆娑倒影静立身后,并不言语。哈哈笑道:"常年不见外人,今日野人高兴,不妨陪尔等多说几句。"回头摘下斗笠,却见那男子上前一步,拱手道:"赵整见过邓大将军。"

斗笠滚落,竹篓碰翻,手中的钓竿顺着溪流鱼儿般游走,邓羌一时愣在那里,白纱遮面的女子上前道:"拓跋月明见过邓将军。"

另一小女子亦拜道:"木槿拜见过邓大将军。"

天啊!梦,梦,一定又是一场黄粱美梦!

邓羌突然转身跳进了潭水中,许久才浮出水面,欢喜道:"真乃天大的惊喜,烦请各位先赏风景,待我回羌庐修好仪容,再下山迎贵人上山。"说完湿淋淋地就要往山上奔。

月明道:"大将军浑然天成,何必多礼。"

赵整拱手道:"赵整奉命将月明公主安全送达。长安危在旦夕,赵整先行告辞!"

邓羌停下脚步回头问道:"长安如何?被谁围逼?天王在城中吗?八年来,我隐居山野,与世隔绝,未想到山外正在天翻地覆,究竟何故?快与我细细说来。"

山顶羌庐中,邓羌换过衣衫,温了壶自酿的梨花酒,木槿帮着煮了些梨花粥,烙了些梨花饼,几人边吃边饮,赵整将前前后后诉说一番。邓羌自责道:"都怪邓羌当时桀骜不羁,斗筲之器,难容君子之腹,误会陛下,逞一时之气,归隐至此。如今国难当头,我岂能置身事外,无动于衷?月明暂且安居山中,明日我随赵侍郎奔回长安,助陛下守城!"

月明道:"将军莫非要做孤胆英雄?白虏有备而来,气势汹汹,王师节节败退,如今四散凋零,不如我们找些援兵,杀回长安,解围救主!"

邓羌道:"公主言之有理,上庸郡太守言宁乃天王亲信,我们可以找他借兵,一定能成。"

赵整叹道:"半年前就已经献城投降慕容冲了。"

月明道:"镇守晋阳的张蚝大将军呢?他与邓将军皆为万人敌,若你二人联手进京擒贼,必能一举成功!"

邓羌道:"好,多年不见张蚝,甚是想念。明日我就去张蚝处,联手杀回京城,剿灭白虏!"

赵整连连叹道:"邺城被围,平阳公遣使诏张蚝及并州刺史王腾率兵解围,二人想自保,皆以兵少为由,不愿赴救。邺城离晋阳不过二百里,他们都不愿出手解围,何况远在天边的长安呢!"

邓羌惊道："张蚝深受陛下恩宠,陛下有难,为何避而不去？真是有勇无智之鼠辈！"然后恨恨地道："既然如此,我二人先回长安再说。"

次日清晨,天色微亮,山鸟婉转啼鸣,山风拂面含香。

邓羌悄悄早起,修好仪容,轻轻戳醒赵整,二人准备偷偷下山回京。刚出羌庐,却见月明衣袂飘飘,站在山崖边,凝望着漫山遍野的洁白飞雪,烟雨梨花,剪影胜仙。邓羌屏住呼吸,看得如醉如痴,好想将她捧在手中。

月明回眸淡然道："木槿已做好早饭,吃过再走吧。"

邓羌低头应了,乖乖背着行囊退了回去。心里想："我也是堂堂大秦将军,为何每次见了月明,总是不由自主地紧张并心甘情愿地听她驱使呢？"

天王早就知道邓羌隐居梨花山,并知道邓羌心有芥蒂,不想勉为其难,故而多年来并未打扰。如今城危,朝夕不保,慕容暐已死,天王命赵整将月明送往梨花山,成全邓羌的一片深情。谁料,几人碧血丹心,背着行囊,赶回长安,共赴国难,欲与天王共存亡。

归路漫漫,让人心焦如焚！

第九十一章　太子东堂劝父皇　王嘉高台卜遁卦

长安的天王正在想着权宜之计，不是如何解围，而是如何保住城内百姓。

慕容冲多次截断城内水源，秦军自然拼死要保证用水通畅，多次交战，邓迈、邓绥、毛长乐皆战死。城内除过左将军窦冲，已无将可用。眼看着城内缺水伴着夏热，几百车夏粮也已经空空见底。城内腐尸堆积如山，无处可埋，只能放火烧掉，热浪伴着焦煳腐烂的浑浊空气无处不在，让人翻肠倒肚，呕吐不止。

空气是公平的，无论天子臣民，一律平等。

太极殿的天王被熏得头晕脑涨，心烦意乱。

朝臣们忠心倒是忠心，只是关键时候，吵吵一个早朝，除了表忠心，空话套话连篇，没有一个能拿出个真正解决问题的可行性方案来。唉，关键时刻，人才决定成败！若是此时景略在就好了，他定能想出万全之策来，或者假父，或是母后……

天王看着一殿的臣子，独自悲哀。争宠夺利，揣测圣意的有多少？替国分忧，鞠躬尽瘁的有多少？吃吃喝喝，混混沌沌的有多少？暗地里卷了细软，准备随时跑路的有多少？表里不一，口是心非的又有多少？薛赞是姚苌旧部，姚苌谋反，为避嫌，深居府中，去年秋起，就不再上朝。令天王欣慰的是，太子渐渐成长强大起来。想到这里，天王不想浪费时间，摆摆手，内侍高声道："时辰已到，退朝！"

天王将太子召进东堂，直言道："城怕是守不住了，不知宏儿有何见解？"

太子拘谨道："孩儿全听父皇决断。"

天王将皇子拉到身边，道："莫要拘谨，坐在父皇身边。你儿时体弱，父皇忙于国事，关爱甚少，一转眼，长得结结实实，能顶天立地了。"

天王拉起儿子的手，看了许久，感慨道："那软乎乎的小手，如今都能提剑杀贼，保家卫国了。"

太子自记事起从未如此贴近过父皇,看父皇两鬓的白霜,看父皇眼角的皱纹,看父皇眼中闪烁的泪光和少有的慈爱,忍不住流下两行热泪,道:"孩儿斗胆,请父皇走吧!"

天王并未生气,拍拍儿子的手,道:"为何要走?给个理由。"

太子起身要跪,天王按下,道:"就坐在父王身边说。"

太子擦掉眼泪,道:"慕容冲本意不在长安,只是围城过久,积怨太深,如今看其势头,非将父皇逼入绝境而后快。故而孩儿斗胆请父皇出走长安,断其念想,或许长安还有生机。"

天王点头道:"我若出城,你能坚守多久?"

太子凛然道:"能守多久就守多久,至少要等父皇安全撤离,孩儿再和贼寇拼个玉石俱焚!"

天王被儿子的忠孝感动,含泪道:"此番谈话,与你母后都莫要提起。容朕再想想,是否还有万全之策。"

太子退下,窦冲来报,说慕容冲又派人绕城大呼。

天王看窦冲面露难色,问道:"莫非那厮又编出什么蛊惑人心的新歌不成?"

窦冲诺诺道:"正是。"

天王道:"不用理会,命王洛再编些燕人思乡的戏剧歌舞,继续在城墙上表演。"稍想片刻,命窦冲侍驾,登城墙慰问将士,顺便一听究竟。

污浊的天空,污浊的大地,污浊的空气,污浊的兵器,污浊的战衣,污浊的脸上闪动着污浊的眼睛,一张一翕着干裂的嘴唇。

天王强忍心酸,准备说几句励志的话,鼓舞士气。却听到城外传来一阵呼喊:"公主王子侍奉我,后宫张夫人亦归我,太极殿上应坐我,保全百姓城让我!"

天王大怒,提起金弓,一箭射去,骑着马绕城喊叫者轰然落地。

回到光明殿,侍候多时的御医赶紧给天王换药疗伤,侍奉汤药。子姝怕汤药太苦,亲自熬了冰糖百合粥奉上。

天王压下怒气,道:"王嘉何在?"

子姝道:"在凤凰台上布了卦阵,说是观今夜戌时天象,他要为陛下卜卦求吉。"

天王点头道:"甚好。"太子谏言虽然唐突,但不无道理。天王整夜睡不踏实,一直在想太子的话,只是太子欲与城共存亡,万不可行。天王出城亦非逃离,而是直奔下辨,驾临南秦州刺史府,遣女婿杨壁宣告州郡,进京擒贼。西催吕光轻骑速返,集兵上邽,救援长安。只有如此,才能力挽狂澜,保住皇城。

理顺思路,天王起驾凤凰台。

王嘉身着八卦衣,手持桃木剑,嘴中念念有词,正在凤凰台上跳来蹿去,念咒请神。

戌时,面北,净手,焚香,敬天,退立一旁,请天王告知神灵卜问之事。然后从桃木盒中取出一只巴掌大的金龟壳,双手捧着,到香炉上熏过,口中祝念道:"假尔泰筮有常,假尔泰筮有常。秦天子,今以救城之计问之,未知可否。爰质所疑于神于灵,吉凶得失,悔吝忧虞,惟尔有神,尚明告之!"

念罢,将龟壳送到天王手中,天王双手合拢,将其埋在掌心,调匀呼吸,默念数遍:"求神灵指点迷津,赐予坚救城之计。"虔诚地将金龟壳置于银炭上烧烤,少顷,龟壳爆裂。

王嘉呈献天王,天王细观裂纹,一惊,竟为天山遁卦。

王嘉缓缓道:"此乃异卦相叠。乾为天,艮为山。天下有山,山高天退。阴长阳消,小人得势,君子退隐,明哲保身,伺机救天下。"

天王点头,将金龟壳握在手中。眺望远处的巍巍宫墙,九曲长廊,抬头仰望夜空的星辰北斗,渺渺银河,想天意所示,隐退避让,才有生机。可一城百姓如何,太子能否撑到我搬兵归来?若是能,当然最好,若是不能呢?慕容冲已迷失心智,骄泰蛮横,妖魔鬼怪般暴戾,他若入城,满朝文武,后宫嫔妃,一城百姓岂有生路?长安的十里繁华,岂不要毁于一旦?想到多少年来,多少人倾尽心智,才有了今日的锦绣山河,如今却要被白虏践踏蹂躏……想到此处,心如刀割。

天王暗中对自己说道:"我不走,宏儿都有志与城共存亡,我要和臣民一起死守长安城!"将手中的龟壳狠狠地捏成粉末,将粉末撒入金鼎中,却见方鼎的桔梗中现出几个歪歪扭扭,非字非画,玄色怪异的符号来。王嘉凑上瞄了一眼,呜呜哭了起来,哽咽道:"当年,蓝田出土一只大鼎,能容二十七斛,边上刻有篆铭文,无人能识,请道安来辨认。道安言那铭文为古代篆书,说大鼎为鲁襄公所铸。"抹抹眼泪接着道:"道安知道陛下卜卦问计,故托书于金鼎。只是这古篆唯有道安识得,他也不知道换成小楷,好让陛下辨认。"

天王曾请教过道安古篆的写法,故略知一二,借着月光,细细辨认一番,明明朗朗,乃"帝出五将久长得"七个古篆文。

天王看了王嘉一眼,苦笑道:"卿用心良苦,朕知道了。"

第九十二章　搬救兵帝王出城　催李辩芈园遭变

不到最后，如何轻易认输？

五月初五，天王有旨："城门城墙高悬菖蒲艾草，祛除污秽。云龙门外赐百姓香囊粽子，游百病纪念忠孝故臣。"并派使臣前往阿房城，协议休战七日，各自过节。

慕容冲因上次攻城损兵折将，正想消停几日，补充下兵力。另闻天王满身如刺猬般中箭，估计没了几天活头，想安安静静地去死，故意使的缓兵之计。一想到那个负心之人就要死了，慕容冲突然心软起来，就让他享受几天最后的时光吧，也省得自己再折腾，到时候直接进城收尸岂不省心？不，他想鞭尸，要将苻坚悬于城楼上，曝尸成干，让苻坚不得好死！想到此处，他突然凤眼含泪，凄声大笑起来，赏了使臣几个粽子，潇洒爽快地同意了。

慕容冲赏使臣粽子之时，天王带了张夫人、锦宝二公主、幼王子诜及七百羽林军，已于天亮时分出章城门，渡渭河，过咸阳，朝西北方向奔去了。

天王不知道此去便是永别，天色蒙蒙，晨雾茫茫，他都没有来得及再回望长安一眼……

昨夜，他将太子宏召入东堂，问道："皇儿可听说长安城中有《古符传贾录》一书，其中有言'帝出五将久长得'。又有歌曰'坚入五将山，久长得'？"

太子道："父皇历来反对巫蛊图谶，不信妖言迷信，为何提起这些子虚乌有之事？莫非父皇有心要走？"

天王为太子的善解人意点头道："凤凰台上卜卦，亦为遁卦。"

太子拱手道："父皇只管顺天意而行，莫要担心宏儿守城之事。"

天王招手将太子唤至身边，道："若如此言，或许真是老天垂怜一城百姓，给朕导向。今留皇儿监国总理戎政，切勿与贼争利硬拼，只要与其周旋到底，朕定能在陇收兵筹粮,增援京都。长安惨遭此难,也是老天给朕一个教训,退敌之后,朕当脱冠自省,重振秦威,还福于民!"

太子道:"父皇尽可放心,孩儿虽无父皇圣明,但受父皇教诲,亦知民之疾苦。无论白虏如何猖獗挑衅,孩儿以守为攻,静等父皇增援就是。"

天王点头道:"万一出陇受阻,皇儿万勿逞强,往西召候吕光,或是往东奔晋,或是去邺与你皇兄会合,再谋久长,切记切记!"

太子点头道:"孩儿谨记在心。"

天王又道:"严加保密,对外声称父皇中箭养伤,概不召见。昨日朕已请出薛赞,薛赞在朝中威望厚重,首领群臣,想必朝廷短时间内不会生乱。你母后执掌后宫,若问起翩跹宫,就说朕养伤需要张夫人日夜伺候。"

天王虽在马上颠簸一日,想起太子坚毅的眼神,略感欣慰,希望太子莫负重托。

一路疾驰,午膳休整时,天王突然传令改道,直奔谷口韭园,亲催李辩、彭正和速往长安救急。

韭园乃当年修筑郑白渠时建造的都水府领地,因水美地肥,所产果蔬鲜嫩多汁,味道醇美,多年来专供皇宫,乃御用的蔬果基地。

彭正和多年来长驻于此,管理渠务,防洪灌旱,造福一方。

年初天王命李辩回韭园筹措粮秣,以救长安。不料李辩自恃手握兵权,心生二意,打着为天子招兵买马的旗号,招征西州各方兵马集于韭园。按兵不动,暗中为自己的野心储存实力,等待时机,天王曾两次派使者征召,皆借口不应。

天王岂能不知李辩的心思,故出五将之前,绕到韭园。若如李辩所言,召集人马粮秣受阻,不妨在韭园停滞,以天子之命速速召集粮秣,以助长安。若是李辩心存二意,斩立决!

夕阳晚照,春风徐徐,青草芳香。

进了两山对峙的峪口便是韭园。一路奔来,沿路并无异常,都水府因远离长安,又建在深谷山巅,故和如今污浊不堪的长安比,犹如世外桃源,山空水静,林深木秀。天王尽情享受着大自然赐予的清甜中夹杂着淡淡青草幽香的美好空气,正想怕是错怪了李辩,却见两边山头上突然齐刷刷冒出了无数人马,一个领军模样的人物策马上前,大声问道:"尔等何人,竟敢擅闯都水大营?"

天王看到森森林立的兵马,便知李辩有变,使个眼色,御前统领窦冲策马上前,飞身将那领军掳在马上,道:"李辩、彭正和何在?"

山上兵马看副统领莫名其妙被劫,不敢轻举妄动。窦冲道:"天王陛下驾到,尔等还不跪地接驾！"

山上兵马不动。窦冲将刀架在副将脖子上，呵斥道："天王陛下驾到，还不让你们的人马迎驾！"

那副统领乃李辩心腹，从未见过天王，梗着脖子道："假传圣旨，罪不可赦！少拿天王唬我，弟兄们，别管我死活，准备放箭！"

山上兵马领命，箭出囊，弓搭弦。

窦冲道："天王手谕在此，我看谁敢造次！"

山上兵马不知如何是好，气氛顿时紧张起来。正在此刻，在沟渠指挥放水灌溉、满脚泥污的彭正和闻讯赶来，远远跪拜道："微臣该死，不知陛下驾到，有失远迎，万望恕罪！"

山上兵士这才收起弓箭，下马跪地，高呼："万岁万岁万万岁。"

天王冷面道："李辩何在？"

李辩？对啊，李辩何在？

天王人马尚在峪口大道，李辩就已收到军报，说有一队金甲精兵往峪口奔来。李辩正琢磨着是不是前几日送信过来，说要带兵投靠的河州副将表弟李耸，为显神威，故意穿戴整齐，摆起架子，坐在都水府等候。等那队金甲精兵走近，细看，竟然是巍巍天王御驾亲临。妈呀，定是事情败露，天王问罪来了。

李辩吓尿了，趁着峪口窦冲擒拿副将，卷了些金银细软，带着身边几十个亲信，从峪口深处逃走。

天王留一半人马守住峪口，带一半人马入都水府坐定。

李辩不知去向，天王拿务实的彭正和问罪，道："彭正和你可知罪？"

彭正和跪地沉静回道："臣知罪。"

天王道："你可有话要说？"

彭正和不紧不慢道："臣有负圣意，无话可说。"

天王喝道："你倒是镇定，山上人马足足三万，你等却拥兵自重，隔岸观火，不赴国难，分明是心怀二意。来人啊，将彭正和拖出去斩首示众！"

彭正和伏地长拜道："臣罪该死，但请陛下明鉴，并非臣隔岸观火，不赴国难，而是孤掌难鸣，有心无力。"

天王摆摆手，命其继续说下去。

彭正和凄然道："长安归来，臣日夜筹措粮秣，至四月底共有一千担，多次请李辩押赴长安，以救城危，其非但不听，反斥臣僭越，命臣只管收拢各处人马粮草的供给,其他不许过问。臣虽守都水府多年,但韭园并未驻兵,手下府兵满打满算不足百人,如何与李辩对抗？不得已,只好埋头做事,明哲保身。"

天王怒道:"你明哲保身,你可知道长安饿殍枕藉,哀鸿遍野吗？朝廷许以荣华富贵,供养尔等多年,关键时刻,要么心生二意,要么明哲保身,要么弃城而逃,真是名节俱丧,忠义尽失!"

彭正和属于心高气傲,不屑同流合污之人,本来被李辩挤兑得窝囊难受,正在抑郁悲观厌世中,今听从未对自己说过一句重话的天王劈头盖脸一通训斥,顿觉滚雷轰顶,难以苟活。伏地叩头道:"臣有负陛下,愧对百姓,唯有以死谢罪。此图留下,愿能替陛下分忧。"说完,扯下一片衣袖,咬破手指,画出一份草图,标上名称。不及众人反应过来,抽出腰中佩剑,自刎于君前。

天王气恼痛惜不已,连连叹息。

窦冲回报,派出去找寻李辩的人马尚未找到踪迹。天王道:"布置好夜防,明日天亮后再寻。"

是夜,天王和子姝一行安寝都水府行宫。

山高月明,一夜无梦。

天色微亮,子姝早起,绕行宫一圈,看窦将军带着羽林军如秀木一般,整整齐齐守在宫道两侧。五月晨风,乍暖还寒,山崖阳面,桃之夭夭,灼灼其华。子姝披了件藕色披风,想去山崖边看桃花,却听见天王醒了,忙折道回去伺候。

天王召窦冲道:"李辩下落不明,让朕心忧。韭园三万人马虽然臣服于朕,但多从西州而来,忠奸难辨。李辩若暗中作梗,怕有变乱,不如卿趁李辩下落不明,率这些人马将粮草押送长安,助太子一臂之力。"

窦冲拱手道:"谨遵圣命。只是臣若离去,陛下如何是好？"

天王道:"卿只管去,朕留五百羽林军即可。"

窦冲领命,道:"韭园僻静,陛下不如多休整些时日,待臣救了长安,再来迎陛下回城。"

天王笑道:"能解长安之围最好,就算不能,多拖些时日,各路援兵便能抵达,朕在此静候佳音。"

窦冲昂然领命而去。

天王滞留韭园,并非静享安逸。在山中清风的轻拂下,看韭园田间地头有野叟老妪锄禾,有顽童无赖嬉戏,他突然觉得从伐晋败归后,从未有过的清醒和淡定。

他派信使持手谕,宣告各州郡,筹集粮秣,孟冬集结,同救长安。又安排信使、探子南下西去,收集各处消息情报,呈报韭园,以备参考,妥善处理突发事件。

闲暇之余,天王陷入了深深的反省中,细思曾触手可及的尧舜基业,秦汉江山,为何已破碎飘零,空空杳杳。

登高远眺,山外有山,苍苍莽莽,连绵不断。

伐晋失利,也曾反思,总以为胜败乃兵家常事,大不了休养生息,再待时机。未想到一着不慎,竟然落到满盘皆输的境地。细细思量,祸根早在景略去世前就已埋下,当年若是在邺城将燕族全部坑杀,便不会有今日的尴尬局面。但若真是那样,他又和暴君石虎苻生有何区别?当年若是听景略遗言,将其渐渐铲除,亦不会有今日的狼狈逃离。当年若是听博休的谏言,对其多加防范抑制,也不会任凭白虏胡羌肆意妄为!所有所有,并非臣不忠不智,而是君骄狂自大,迷失初心!

曾熟记于心的一代贤君古公亶父所云"我无为而民自化,我好静而民自正,我无事而民自富,我无欲而民自朴"为何早就置于脑后,不再想起?

懊悔之下,天王顺溪流而行。行至水穷处,便坐在山崖上,看夕阳西下,看风卷云涌,看晚霞满天。探子回报,邓羌将军、月明公主同上邽郡言宁太守率两万人马赶往长安,如今已经至洛州。

看来邓羌和月明已经说服言宁。言宁本来就是胆小怕事之人,慕容冲攻上邽郡,言宁因惧降之,如今迷途知返,共赴国难,也算未失本心。

天王想李辩下落不明,窦冲率兵马应该已过邑口,按行程算来,赶到长安最快要到月底,若是邓羌能和窦冲东西夹击,量他白虏小儿有天大的本事,也无还手之力!想到此处,天王心情稍微好转,拣起一册书简,翻看起来。

近侍太监喜多兰禀报,被天王封为副将的羽林军陈风从峪口求见陛下。

天王放下书简,有些意外,问道:"如何模样?"

喜多兰诺诺道:"身中流矢,遍体鳞伤。"又补充道:"奴才怕惊到陛下,请陈将军包扎更衣再来面圣。"

天王道:"速传。"

喜多兰应道:"诺。"正要退下,天王道:"传御医来。"

天王听到陈风从带伤归来,便知窦冲所率人马有变。果然,陈风从泪流满面道:"臣等一路马不停蹄,三日前兵马抵达邑口,窦将军念兵士辛苦,命歇息休整一日继续向东。未料到当天夜里,营帐起火,三百羽林军被李辩所煽动的西州兵士围杀,窦将军怕陛下有难,奋勇突围,掩护臣先奔回韭园报信,此地不可久留,望陛下速速转移。"

天王笃然道:"李辩若是率兵马杀回韭园,至少需要四日,爱卿且下去疗伤,朕自有主张。"

天王知道,虽说大队兵马行进速缓,但也不能大意。对喜多兰道:"命各处打点好行装,明日辰时启程向西。"

是夜,子姝对天王道:"臣妾不知为何,晚膳后右眼跳个不停。"

君王将爱妃揽入怀中,道:"莫要紧张,朕半生叱咤风云,何等惊险未曾遇过?爱妃安心歇息,明日往西,过五将山抵雍城,再过陇上即可进入秦州地界。"

子姝依偎在天王宽阔的怀抱中,心疼道:"秦州离下辨城就不远了,有杨壁和顺阳公主在,陛下便可不再受流离之苦了。"

天王抱紧爱妃,眼睛湿润一片,宽慰子姝道:"有爱妃患难与共,何苦之有?"

二人正在凄切缠绵,却听到外面号角连绵,杀声四起。

天王飞身跃起,子姝忙伺候君王穿戴整齐盔甲。天王道:"你去保护好孩子们。"

话落,踢门而出。

虽有羽林军,但毕竟只有几百兵马,如何能抵挡住李辩杀回来的两万之众?

幸好峪口易守难攻,天王亲率羽林军将李辩兵马射杀于两山之间。天亮时分,双方筋疲力尽。天王派人下山劝李辩迷途知返,放下屠刀,共赴国难。

李辩道:"当年父王李俨被王猛设计擒获,押往长安,客死他乡,临终无法归根落土,今我李辩要为父报仇,重振李氏雄风。若要我休战,除非陇西割于我,封我为凉王。"

天王回道:"汝父归降,朕对其重信如初,任为河州刺史。卒后,又命你接任父职,兼领晋兴太守,镇抱罕城。南征前召回朝中,任为前禁将军,护卫銮驾。你不思感恩,竟然在国难之际,趁火打劫,落井下石,以何德行为凉王?休想!"

谈判破裂,继续开打。

死伤无数,胜负难分,停战,再谈。

未果,再打,依然未分胜负,停战,再谈。

天王已经做好了为了王的尊严就算粉身碎骨也要拼死一搏的准备。

李辩派使者道:"臣只想天王下诏,赐封臣为凉王,臣即日率兵西归,绝不以下犯上。"

天王清点人马,加上韭园百姓,不足千人。虽说李辩人马损折更多,但至少还有一万,今被围于铁桶之中,相持下去,绝无生机。好在李辩只要册封手谕,并非逼宫篡位,不如退让一步再说。

天王命子姝添水研墨,子姝劝道:"虽说李辩无篡位之心,但若有了手谕,反目继续攻韭园,陛下如何是好?"

天王叹道:"若是反目,只能灭贼殉国。"

子姝柔声劝道:"只要陛下安好,必有东山再起之时,如今全身而退方为上策。"

天王放下手中的御笔,道:"爱妃有何良策?"

子姝低声道:"陛下可记得那日彭正和自刎前献上的血图?"

天王道:"有用?"

子姝道:"臣妾收了,这几日明着四处赏花,暗中按所画线路查寻一番,果真有所收获。"

子姝边说边从袖中取出图纸,指给天王道:"沿着溪水往北,看,东边悬崖处血迹浓重,臣妾看过,悬崖陡峭,古藤杂乱,一人高处有一行极小脚窝,可拽藤条盘旋而上。"子姝看天王用疑惑的目光看着自己,接着回道:"臣妾已经试过,爬上悬崖,天高云阔,另是一番天地。"

天王道:"也罢,既然龙困浅水,还顾何体面尊严,走为上策。"命人传话李辩,割地赐封,国之大事,天王要考虑两日再做答复。

李辩想:"如今你已为笼中困兽,生死尽在我的掌控之中,等有了凉王手谕,一不做,二不休,再逼你写个传位诏书,我李辩也要龙袍加身,号令天下!"想着想着忍不住笑了,回道:"两日为限,否则踏平韭园,寸草不留!"

两日后,李辩不见回复,喊话也不见山上有人回应,带人冲上行宫,只看到树木穿了战袍,青石戴了头盔,不见一个人影,方知上当。此时天王一行已经爬上悬崖,沿着河川一直往西,翻过几座山,远在百里之外了。李辩扑空,恼羞成怒下,命人烧了都水府行宫,将韭园无辜百姓杀了个底朝天。还不解恨,率人马直奔新平郡投奔姚苌,欲与姚苌联手反秦。

姚苌正纳闷,按计划,将苻坚诱往五将山进行得不错,可为何派的骁骑将军吴忠已经带领人马在五将山撒下了天罗地网月余,仍不见苻坚影迹?原来是去韭园搬兵了。

姚苌心想:"哈哈哈,真真是踏破铁鞋无觅处,得来全不费功夫。李卿,你的消息太及时了,你想成为凉王,本王这就封你为凉王,你先率领人马前往长安,赶在慕容冲之前,进驻长城。本王擒获苻坚,就回长安亲自给爱卿册封。"李辩又不是傻子,一听姚苌要拿自己当枪使,知道此人不可相托,恭敬回道:"多谢秦王恩典,李辩为王效力，万死不辞。"表面周旋几日，趁姚苌外出，带了些亲兵往东投奔冀州慕容垂了。

是的，长安城中有书《古符传贾录》言帝出五将久长得，又有歌谣曰'坚入五将山，久长得'，皆为姚苌所为。

慕容冲围城一年之久，长安城依然巍巍耸立，苻坚依然太极殿议事安邦。姚苌苦思许久，终于想出这条诱敌之计。只是姚苌知道仅凭歌谣书言，苻坚断然不会相信。于是，便费尽周折，将王嘉之母也就是归隐咸阳安享晚年的梁夫人押到了新平郡，并暗中传信于王嘉。是人都有弱点，王嘉，也就是当年十二岁离家出走的梁豹之子梁异，隐于东阳谷，凿崖而居，不食五谷，不衣美丽，修身养性，受高人指点，渐精周易。后于倒兽山，奇遇一仙长，拜其为师，渐渐上知天文，下知地理，中晓人和，明阴阳，懂八卦，晓奇门，知遁甲，笑傲风月，睨视红尘。如此自傲不凡的一个人，因母亲沦为人质，向姚苌低下了高昂的头。

于是上演了凤凰台祭天卜卦一幕。

姚苌收到天王终于决心出城，奔往五将山以图帝业长久之消息欣喜若狂。

但因天王的临时起意，改道去了韭园，未按姚苌设计的剧情上演，使得姚苌如无头的苍蝇，四处抓瞎，没了头绪。

多疑的姚苌以为王嘉出卖了自己，二话不说，先将圈禁在别室的梁夫人勒死，又派人四处打探，皆无消息。恼怒之际，李辩带来的消息让姚苌如获至宝。姚苌忙命人以韭园为中心，四下寻找打探，若有消息，马上禀报。

韭园脱险数日，天王一行沿着河川踟蹰而行。一日至一山谷中歇息，觉得谷中景物似曾相识，却又想不起来，问身边子姝道："爱妃可记得此处？"

子姝因连日跋山涉水，疲惫不堪，伏在膝上打盹，听天王问话，勉强打起精神，四下细看，哑然道："陛下难道不记得了？"

天王一脸疑惑。

子姝指着山崖处道："陛下看那山洞。"

天王看着看着恍悟道："此地不是石龙窝吗？当年你我久别重逢于此，还有咱们的小飞龙。"

天王看到子姝珠泪欲滴，知道提起飞龙子姝伤心，道："记得那时此处冰墙如玉，还有冰柱倒挂，红狐跳跃，芳草萋萋，如今为何成了这般模样？"

子姝忍住眼泪，想安慰君王几句，却不知该如何说起。

天王叹道："记得朕曾答应你，待你我须发皆白，就相守石龙窝，共度夕阳。"

子姝含泪道:"苻郎还记得?"

天王道:"当然记得。只是如今这般狼狈,让文玉羞愧难当!"

子姝用树叶捧山泉呈给天王,道:"越王勾践,兵败被困,尚能忍辱求全,卧薪尝胆,灭吴称霸于春秋,陛下今日只不过是以退为进,万莫自责气馁。"

天王看着子姝娇美的容颜因风餐露宿干涩无光,眼角含泪将她揽入怀中,道:"过了五将山,一切都会好起来的。离开长安整整一月,太子该弃城奔晋了吧。"

第九十三章　冲入清河宫痛哭　帝止五将山从容

太子谨遵圣命，坚守长安至六月初五日落时分，望尽天涯路，也未等到一个援兵。召群臣于太极殿，告百官道："慕容冲十日前截断了昆明池通往城内的石闼堰飞渠最后一条水源，城池失守近在眼前。我欲与皇城共存亡，但父皇出城搬兵之时曾有言在先，若是一月未见援兵，弃城奔晋，以图长久。愿意随我奔晋的朝臣宗室明日卯时，杀出东门奔晋，不愿意东行者可另谋出路。大难之际，保得周全，方有来日，卿们不以留去论忠孝廉耻。"

太极殿中，朝臣有的痛哭流涕，有的捶胸顿足，有的默默不语，有的暗自盘算。

薛赞怒道："老臣不走，看他白虏敢将老臣如何！"

太子道："天下人皆知左仆射沉稳忠良，事已如此，切勿与小人一争高低。当务之急，唯保全自己，方能再为朝廷出力。"

薛赞恨自己无力回天，落泪道："老臣不愿奔晋，可否暂投旧少主处，以待天王归来？"

太子强忍住悲痛，点头道："百官中愿意奔晋的随本宫南下，愿意暂投姚苌的可随薛大人北上。"

后宫皇后闻听天王早已弃城而去，哭闹一番，命宫女太监打点金银财宝。虽说伐晋失利后，国库空虚，但瘦死的骆驼比马大，吝啬的皇后这也要拿，那也要带，零零碎碎连夜足足装了三十多车，独独不装天王派人到民间搜集挽救的各种古籍史料和天王的诗书文集手稿。临行前，皇后又将平时不听话，看不顺眼，长相妖娆的、举止狐媚的嫔妃侍妾全部赐死。

次日卯时，太子率宗室、皇后、黎夫人及太子妃等数千人，杀出东门，奔下辨而去。

慕容冲得知消息，懒得去追，率兵大摇大摆进入他围攻了八个月的皇都长安城。

他一路无暇看跪在地上心惊胆颤的黎民百姓，直奔梦萦魂牵，心心念念的清河宫而去。

粉紫的曼纱，藕紫的宫灯，蓝紫的幔帐，墨紫的窗棂，一切一切，和当年一模一样，他耳边突然响起了铜钟般爽朗的笑声，那富有磁性的声音依然动人心扉："凤皇何在，为何还不接驾？还躲，还躲，看朕如何收拾你！你是上天赐予朕最精美的礼物！"看到曾缠绵承欢的紫榻，他如梦初醒，全身颤抖起来，拔剑乱劈一通，歇斯底里地号叫道："杀，杀，杀，寡人要屠城！烧，烧，将长安城给寡人烧成废墟，寡人要清河宫化为灰烬！让氏贼所有诗书画作灰飞烟灭，不留一丝痕迹！"

军士领命，片刻，饱经磨难的长安城，又一次陷入火光冲天、鲜血乱溅之中……

慕容冲爬到已经高过宫墙的杏树上，看着清河宫在火焰中呻吟着渐渐蜷缩成灰烬，心中悲凉，却狂笑不止。摘了一颗红杏投入嘴中，嚼得杏汁四溢，却品不出丝毫当年的甜蜜芬芳，舌尖除了无尽的酸楚便是浓浓的血腥。杀进长安又能如何？

山依然是山，水依然是水，姐姐说的话再次萦绕耳旁："自古以来，帝王之心，谁能独占？何况他为英才明主，一心只为天下，并不沉溺后庭。你我为亡国之臣，能保全富贵，得一时恩宠，已是幸然，何必奢望白首不离，一生一世呢。"

是啊，乱世之中，谁和谁又能白首不离，一生一世呢？

他抱着树干斑驳粗糙的杏树放声痛哭起来……

七月十五，天王一行终于辗转至五将山脚下，虽一路艰难，但并未遇到贼兵，算是万幸。

天王仰望五将山，但见山峦挺秀，峰高雾浓，满山披绿。叹道："若真如遁卦所示，翻过五将山，就是雍城，雍城太守徐嵩治理一方，甚有威惠。在雍城稍加休整，若能召集些人马，稳下根基，无论南下北上，可进可退，可从容谋划，再图大业。"众人听了，觉得曙光在望，加快步伐朝山上爬去。

此时，受命在此守候的吴忠早已埋伏好了五万人马，只等天王一行在山顶筋疲力尽时，一网打尽。

次日卯时，天色微亮，风餐露宿的天王伸伸懒腰，睁开一双炯炯有神的龙目，四下看去，突见四周鸟惊林动，警觉的羽林军们立刻翻身拔剑，准备迎敌。

天王高声喝道："何人在此，还不现身接驾！"

吴忠为王气所惧，磨蹭半天，畏畏缩缩从树林中钻出，跪地拜道："臣吴忠奉秦王之命，前来请陛下移驾新平郡。"

天王道："山上布了多少人马？"

吴忠道："铁骑五万。"

天王冷笑道："姚苌迎驾真是用心。尔等山下伺候，朕用完早膳，自会下山。"

吴忠道："臣实难从命。"

天王不再理睬，命服侍在身边的喜多兰传膳。并召随行羽林军道："早膳后，尔等下山各自散去，能随朕至此，已算尽力，勿要拼杀，再做无谓牺牲。国虽破，家尚在，回家尽孝亦是对朕尽忠，速去速去！"

带出长安的七百羽林军，几番厮杀下来，如今不足两百人。

羽林军首领陈风从手持长剑，道："我等誓死追随天王，绝不临阵脱逃！"其他将士亦齐声道："誓死追随天王，绝不临阵脱逃！"

天王被羽林军的忠勇打动，用过早膳，对吴忠道："若放朕这些随从一条生路，朕自会随你前往新平郡。"

吴忠道："秦王只要陛下，其他人尽可随意。"

虽是如此，羽林军个个手握长剑，不愿屈从，誓要拼死护主。

天王不动声色，侧身摸出兵符，低语陈风从道："贼有备而来，莫与五万兵马硬拼，带上兵符，速往雍城，命徐嵩召集忠勇之士，前往新平郡救驾。"

尔后厉声命令道："尔等护送夫人公子前往下辨，不得有误！"

陈风从会意，拱手回道："陛下放心，臣等保证将夫人公子毫发无损护送到下辨！"

羽林军领命，收起长剑，准备护送夫人公子下山。

天王命子姝将随身财物赐予随侍宫女、太监、御医、庖厨等人，让其各自散去。最后对张夫人道："爱妃带公主王子前往下辨避难，勿要相随。"

子姝将几个孩子拢在一起，推到天王身边，决然道："陛下在哪，臣妾孩子们在哪，一刻都不分开！"

天王呵斥道："妇人之见！"

对陈风从道："还不速速送走！"

内侍喜多兰低语劝道："娘娘快走，保全公主公子事大，陛下这里，自有奴才伺候。"

天王伸出宽大的臂膀，将妻儿揽入怀中，对子姝低语道："速去下辨，召集兵马，朕还有救。若同去新平郡，羊入虎口，定是有去无回！"

子姝强忍珠泪,哽咽道:"臣妾担心陛下安危,让陈将军护送孩儿们离去,子姝要陪在陛下身边。"

　　天王断然道:"诜儿不过十岁,没有你在身边,朕如何放心?莫要耽搁,万幸吴忠尚有恻隐之心,若是姚苌,怕是没有保全尔等的机会。"

　　子姝泪如雨下,边摇头,边点头,拽着天王的衣袖不愿松手。天王看了孩子们一眼,道:"皇儿们均已长大,保护母后周全,来日方长。速去速去。"

　　转身不再理会。

　　子姝揽着孩子,一步三回头,在陈风从的护卫下狠心离去。

　　天王看看喜多兰、庖厨伊斗春、汪御医道:"尔等也各自散了,朕孤身独往便可。"

　　汪御医一如往日不紧不慢道:"陛下箭伤未愈,无论作为臣子还是医者,此刻都不能离去。"

　　庖厨伊斗春哭泣道:"陛下独去,路上总要膳饮,小人伺候陛下饮食多年,深知陛下口味,望陛下开恩,万勿赶走小人。"

　　天王咽下心中热泪,还未开口,喜多兰伏地跪拜道:"大监赵侍郎临走交代,伺候陛下,形影不离,除非他回来替下奴才。"

　　天王想,量姚苌如何歹毒,该不会对这几个无关紧要的人下手。便转身对吴忠道:"找几匹好马,移驾新平郡!"

第九十四章　中山狼逼主禅位　苻坚帝遗恨新平

正在指挥人马在龟蛇山挖宝的姚苌得知吴忠终于在五将山捕获苻坚,大喜,命调来的两万兵士继续挖土移山,打算把龟蛇山翻个底朝天,寻出宝藏和那顶皇冠。自己则带了亲兵连夜赶回新平郡老巢。

天王虽被俘,却君威犹在。姚苌自知行为猥琐下作,不敢贸然见天王,命人将天王秘密幽闭于别室。

姚苌召来吴忠问话:"如何只押苻大头一人?"

吴忠憨厚,回道:"主公只说擒苻坚,末将便将其他人放了。"

姚苌道:"放走何人?"

吴忠一五一十说了。

姚苌一听,鹰眼圆瞪,铆足劲扇了吴忠几个大耳刮子,道:"蠢货,还不快去追!若是羽林军下山调兵来新平郡救驾,让本王如何安生?"

吴忠一脸茫然,道:"陛下有主公保护,为何要来救驾?"

姚苌恼羞成怒,抬脚猛踹道:"瓷锤笨种,张子姝和公主王子一个都不能少,统统带回,其他人格杀勿论!还不快滚!"

吴忠似懂非懂地应了,捂着肿胀起来的腮帮子,一瘸一拐退下。

姚苌懒懒地歪坐在狼皮椅上,眯着鹰眼想,逮不住苻大头着急,没想到费尽心机设局逮到了,却成了个烫手山芋。公开杀掉吧,虽能绝众望,但却要背负弑君篡位之名,如何让人心臣服?若秘密阴杀,虽可含混一时,终难掩真相,到时弄巧成拙,多年经营,岂不白费?

姚苌的右司马尹纬看出主公心思,献计道:"臣夜观天象,妖星见于东井,便知坚灭乃天意。如今主公终于将其攥于手中,若是能名正言顺继承大统最好,若是不能,尽快除掉,省得烫手。"

姚苌眯着鹰眼道:"司马的意思是让寡人挟天子以令诸侯吗?"

尹纬道:"非也,此天子雄霸天下,如何挟得?"

姚苌不耐烦道:"有话快说,有屁快放!"

尹纬已经习惯姚苌的粗俗,并不在意,缓缓道:"若是天王能将传国玉玺交出,禅位于主公,岂不大家都好?"

姚苌坐了起来,思索片刻,摇头道:"苻大头岂能甘心交出玉玺,禅位于我?"

尹纬道:"主公何不试探试探再说?"

姚苌噌一下站了起来,点头道:"好,先圈禁三日,灭灭他的威风,你去替寡人索要玉玺。"

四日后,尹纬小心翼翼前往别室,尚未启口,天王面壁道:"有事让姚苌来奏。"

姚苌想:"丑媳妇总得见公婆,怕什么怕!如今他是自己捕获的猎物,还不是任人宰割。"朝空中啐了口浓痰,跺跺脚,挺直腰,带了一群不伦不类,模仿宫里的御前仪仗,前往别室。

路上姚苌给自己设计了各种霸气的造型,想在气势上击败苻天王。

可一见天王,如泄气的皮球,扑通跪在地上,流涕道:"苻氏倾败,姚羌兴起,天命在此,望陛下顺天应时,将玉玺交出,还天下太平,赐万民安康。"

天王冷眼道:"当年朕止黄眉之斩,救你于刀下,后又赐你龙骧将军之号,而今你却将朕困囚此处。为臣,你不忠;为人,你不义。你还有何颜面跪在此处惺惺作态?"

姚苌一看软的不行,站起来,拍拍膝盖上的尘土,露出一副无赖模样,嬉皮笑脸笑道:"苻大头,你真能装,咱俩可是穿着开裆裤一起长大的,谁不知道谁能尿多高啊?如今你我可是天下之争,何必提那些陈年往事,小恩小惠?你咋不说我兄长姚襄还是被秦所杀呢?你若交出玉玺,我必会如你待慕容族一般待你。对了,你喜欢宣明台,回到长安,我给你在宣明台建个别苑如何?或者干脆咱俩一起住在未央宫!"

天王懒得看姚苌的小人模样,道:"你谋划这一天多久了?"

姚苌道:"胸怀天下者,自然非一时兴起,当年你我前辈都有此意,只不过你祖父比我父亲占了先机,才有你苻氏数十载的风光荣耀。不过,老话说得好,风水轮流转,今日到我家。你还是别嘴硬了,交出玉玺传位于我,咱哥儿俩啥话都好说。"

天王道:"伐晋时,朕命你相助裴元略密具舟师何在?为何未按计划沿长江东下？"

姚苌放声大笑，道："都什么时候了，你还惦记这两万水师，他们如今全听我命令，回巴蜀待命了。哦，对了，等我入主太极殿，定会完成你一统天下的心愿。到时候，他们正好用得着。"

天王叹了口气，道："不出朕所料，你费尽心机，散播谶言，又逼迫王嘉，诱朕至五将山，就是为了逼宫篡位吗？"

姚苌拍手笑道："聪明，不过此刻明白已为时晚矣。既然你想死个明白，我也就不藏着掖着了。本王趁着你和慕容冲在长安打得热乎，隔岸观火的同时，将你派出去的各路求援信使，捕获后全部坑杀。"

天王呵呵两声，道："在朕意料之中！"不再言语。

姚苌不死心，用尽各种花言巧语，各种威逼，各种虐待。

天王不耐烦，斥道："小羌胆敢威逼天子，五胡的次序，还没有你羌族的名字。传国玉玺朕已派人送晋，你就死了这条心吧！"

姚苌讨要玉玺不成，灰溜溜回去，让尹纬劝说苻坚，没有玉玺也罢，要求苻坚把君主之位禅让给他。

天王道："禅让，乃圣贤之事，姚苌一无赖叛贼，如何让他继位？"

尹纬侃侃回道："远有上古三帝，唐尧禅位于虞舜，舜亦以命禹。近有东汉献帝刘协禅让给曹魏文帝曹丕，还有曹魏元帝曹奂禅让给西晋武帝司马炎。天命不于常，唯归有德者。陛下如今英雄末路，国运衰落，何不禅让于贤德者，让其翻云覆雨，力挽狂澜，救民众于水深火热中呢？"

天王笑道："卿于朕朝做何官职？"

尹纬拱手答道："尚书令史。"

天王道："闲着也是闲着，不如卿说说何谓贤德者？"

尹纬道："臣以为，所谓贤德，对王者来说，最重要的是称霸于世的气势，诡谲的手腕，海纳百川的胸怀。对臣子文官来说，则该有权衡左右的头脑，以柔化刚的智慧，隐忍镇定的心智。而对武将而言，当有刚正不阿的坚持，置之死地而后生的勇气和忠于社稷的诚意。"

天王点头道："听来卿对儒学颇有心得。卿以为姚苌有王者海纳百川的胸怀吗？"

尹纬道："秦王虽不及陛下胸怀广阔，但却有诡谲的手腕和称霸的气势。"

天王道："贵为天子，若无后者，仅凭手腕和气势如何收服民心，如何长治天下？"

尹纬道："陛下所言甚是，三者并行，方能社稷永传。"

天王道："既然如此，让朕如何禅位于一个德贤俱失的诡谲小人？"

尹纬道："若是有贤德臣子辅佐，王依旧可以名垂千秋，周有伊尹，西汉有开国十八侯，东汉又有云台二十八侯……"

天王道："卿博古知今，莫非自信能辅佐姚苌建功立业，还天下太平，百姓安康？"

尹纬道："臣自认有王佐之才，臣若为相，定要大展宏图，实现多年的政治抱负。"

天王道："难道只有为相才能实现卿所谓的政治抱负吗？"

尹纬道："若是永居尚书令史之位，人微言轻，位卑力薄，一林泉逸士，草莱野民，如何谈抱负，又如何有建树呢？"

天王呵呵冷笑道："卿，宰相之才也，若能为天下百姓施展抱负，有所建树，也不枉朕与卿此番长谈！"

尹纬回去复命，姚苌并不恼怒，狞笑道："放心吧，符大头很快会乖乖听话的。"

八月初十，天王被秘密押往新平郡大佛寺。

天王于五将山被擒，就知道姚苌目的何在，如今黔驴技穷，怕走漏风声，必要痛下毒手了。想到自古成王败寇，和景略一起努力打拼的大好河山，因自己的骄妄自负，因自己的独断专横、惯养纵容，使得政治混沌腐败，使得官宦作风奢靡务虚，使得社稷根基腐烂枯朽，才有了后来的伐晋失利，才有了叛贼四起，才有如今的穷途末路！唯一庆幸的是，如今孤身一人，无牵无挂，天子赴死，当坦然从容，君威不减才是。想到这些，天王倒觉得轻松起来，眉目磊落，步履洒脱地迈进了大佛寺，却见寺院中站着子姝和三个孩子。

卑鄙！无耻！天王攥紧拳头，狠狠砸在院中的一棵菩提树上。

子姝静如秋水，带着面无惧色的孩子们缓缓走来，软语拜道："臣妾给陛下请安。吾皇万岁万岁万万岁！"

三个孩子脆声道："孩儿给父皇请安。父皇万福金安，万岁万岁万万岁！"

天王将妻儿揽在怀里，热泪喷薄而出……

姚苌自以为抓回天王的宠妃和公主王子，就能逼天王就范。

八月十三，姚苌特意传来庖厨伊斗春道："备一桌酒宴，本王要与符大头叙旧痛饮。"

御医汪祛病求见姚苌道:"天王箭伤未愈,今日还需换药,恳请秦王恩准。"

姚苌哈哈笑道:"来得正好,本王问你,何药能让苻大头神不知鬼不觉地死了?"

汪祛病道:"祛病乃杏林中人,若说没有,秦王定不相信。但身为医者,治病救人才是本分,若是以药害人,三尺之上,必有神灵,怕遭天谴,祛病万死不能。"

姚苌怒道:"少在这儿叨叨什么天谴神灵,你不去做本王不会找别人?有钱能使鬼推磨,总有贪财好利之徒,愿为本王效力。"

姚苌看汪祛病依然站着不动,睁大鹰眼道:"还不快滚,等着挨刀?"

汪祛病不紧不慢坚持道:"天王今日必须换药,否则箭伤难愈。"

伺候身边的尹纬怕姚苌一怒之下杀了这个医术精湛,却不会看风向的人才,拱手道:"主公息怒,既然要换药就让他换又如何,汪御医伺候天王多年,正好可以替主公劝劝,若能劝苻坚回心转意,岂不正好?"

姚苌想:"对对对,正好可以趁机让从长安投奔而来的朝臣知道天王箭伤深重,若是阴杀了苻大头,就说是箭伤复发,御医没有倾力相治,才驾崩归天的。"想到此处,眯眼笑道:"汪御医忠心可嘉,去去去,用心医治,本王有赏!"

待身边无人,尹纬道:"主公,常言道,世上没有不透风的墙。长安投奔而来的朝臣,不知如何闻知天王就在新平郡,请求拜见,臣不知该如何是好。"

姚苌摆手决然道:"坚决不能见。既然纸里包不住火,就说天王已经移驾新平郡,准备召集兵马,孟冬杀回长安,先稳住旧臣。若有些老顽固执意要见,就说天王箭伤复发,御医正在全力救治,无法召见。"

尹纬道:"遵命。其他人都好对付,只是薛赞德高望重,目光锐利,臣不好糊弄。"

姚苌道:"老家伙若再仗着曾辅佐过我父亲倚老卖老,本王先宰了他,杀一儆百!"

尹纬赶紧劝道:"万万不可,薛赞在秦廷颇有威望,稳住群臣,让其为主公效力方是上策!"

姚苌嘿嘿一笑,道:"知道,知道,本王不过随便说说。"然后收起笑脸,道:"今夜最后一次见苻大头,若是答应禅位于我尚好,若是依然又臭又硬,本王要当着他的面,将其风韵犹存的宠妃和两个水灵灵的公主衣裙剥光,丝缕不剩,要将她们骑于胯下,挨个享用。让苻大头也尝尝沦为亡奴的滋味,看他还如何牛哄哄摆出天子架势!"

尹纬正想用俗语"祸不及其妻儿"劝阻主公,姚苌阴笑道:"对了,那个娇娇柔柔的小王子,玩弄起来,必别有一番风趣。"

尹纬心里叹道,乱世之中,命运最为悲凉的莫过于亡国奴了。

看了看姚苌,咽口唾沫,默默退下。

虽近中秋,夜色阴冷,天空无月。

是夜,秋风瑟瑟,白霜满地。姚苌故意放低姿态,只带牛双,前往大佛寺准备与天王最后一搏。

天王入大佛寺三日,知道子姝一行被姚苌人马追击于离雍城不到三十里的白殿坡下,羽林军寡不敌众,全军覆没。陈风从受伤被俘,拒不说出兵符去向,被姚军坑杀。既然救兵无望,被囚于笼中的天王想着只能靠自己,设法在姚苌下毒手前,带子姝孩子们逃脱。

三天的谋划,皆以失败告终。

寺门外重兵把守,密不透风,寺内除了莲花宝座上的佛祖和住持摩诃再无一人,饮食每日从墙角猫洞中送入。

寺院中有棵四五个人方能环抱住的银杏树,树身皲裂结胎,树冠参天蔽日,金黄色的银杏叶层层叠叠,如华盖般撑起一方阴暗的天空。天王不顾箭伤,飞上树梢,极目远眺,看到寺外守兵里三层外三层,一只蚊子也休想飞进飞出,知道硬闯无门。跳下树冠,看到摩诃正双手合十嘴里念着阿弥陀佛,对天王道:"生死有命,成败在天。施主风景看透,为何还放不下?"

天王进入大佛寺当天,就认出住持摩诃乃当年的鱼恨水,道:"朕与恨水有缘,当年曾在笙馨楼上起舞弄剑,后在洛阳病危相援,未想到岁月流转,世事沧桑,最后一程,竟能在佛祖前山水相逢,再续前缘。天意,天意。"

摩诃合掌道:"前世已成云烟,乱世只求安稳。红尘再无鱼恨水,佛前独留僧摩诃。"

天王道:"摩诃可知寺庙中有无通往外面的密道?"

摩诃转身道:"有,请随贫僧来。"

天王由悲转喜,道:"阿弥陀佛,天无绝人之路。"

摩诃将天王带到正殿佛祖的莲花台前,道:"佛祖为度众生,在莲花台下设一密道,直通郡外,只是……"

天王忙上前看去,却见密道口已被青砖封死。摩诃道:"打打杀杀何时了?苦海无边,回头是岸,放下屠刀,立地成佛吧。"

原来姚苌早就将密道封死。

天王不死心,道:"若是将地道挖通,不知需要多少时日?"

摩诃合掌道:"挖通需要多少时日贫僧不知,但知道堵上时十人足足用了四十八日。"

天王瞬间心冷,定定神问道:"不知摩诃如何看待生死?"

摩诃道:"倘若悟道,生是死的延续,死是生的转换,生也未曾生,死也未曾死。古语曰水流原在海,月落不离天。"

天王点头道:"道安大师曾授道言,所谓迷之则生死始,悟之则轮回息。讲的就是这个道理,只是当时朕并未在意,现在细细思量,果然字字珠玑,参透人间悲喜。"

摩诃无语。

天王长叹道:"死有何惧?只是一统天下,乃朕毕生心愿,如今事与愿违,山河破碎,万民受苦。朕实不甘心,实不甘心,实不甘心啊!"

摩诃合掌,念着阿弥陀佛。

天王又道:"姚苌若能平乱天下,造福万民,朕死又何惜,只是夫人孩子无辜受牵连,让朕于心何忍?"

摩诃闭目念经,无言以对。

寺外姚苌趁机推门而入,大笑道:"既然不愿连累妻儿,不如爽快点将帝王之位禅让于我,落个皆大欢喜,岂不美哉!"

天王蔑视道:"休要啰唆,有本事现在就将朕杀了,朕还认你是条好汉!"

姚苌嬉皮笑脸摆手道:"不不不,那样多不好玩。我命你的御厨备了酒菜,不如咱哥儿俩边喝边聊。"

天王默然,不予理睬。

姚苌咂嘴道:"可惜一桌好饭菜。既然你决定连累妻儿,我就只好领受了。牛双何在?还不把人给本王押出来。"

身边牛双领命,迅速带几个亲兵,将子姝和孩子们押到寺院中。

姚苌眯着一双色眯眯的鹰眼,来回打量了一番,淫笑道:"果然天香国色,风韵绝俗。不过两位公主更鲜嫩水灵些,你说本王该先享用哪个好呢?"子姝将孩子们紧紧揽在怀里,怒目而视。

已被姚兵团团围住的天王怒喝道:"逆贼,你敢!"

姚苌回头奸笑道:"禅位于我,还有挽回余地,若是还要硬撑,休怪我翻脸!"说着从子姝怀中夺过锦公主,捏着锦公主的脸蛋,道:"锦儿今年快十四岁了吧?啧啧啧,豆蔻好年华啊。"朝锦公主脸上吹了一口浊气,赞道:"肌肤胜雪,吹弹可破啊。"

子姝飞起一脚朝姚苌裆部踢去,被姚苌挡掉,不屑地道:"就你那点三脚猫功夫,还想在本王面前卖弄?继续,算是给本王助兴。"

说完,又要轻薄公主,没想到,一直未曾言语的锦公主突然从腰中抽出一把软剑,狠狠朝姚苌刺去。天王趁机徒手扭断几个姚兵的脖子,夺到一把弯刀,和围堵的姚军杀成一片。十二岁的宝公主冰雪聪明,见状也从怀中摸出一把鱼肠短剑扑向姚苌,子姝一手护着诜儿,一手和姚军打斗起来。

两位公主毕竟人小力薄,不出五招便被姚苌左右反手擒在手中。姚苌淫笑道:"你们且在一旁打斗助兴,看本王如何享受这两位如花似玉的小美人。"说完左右开弓,用臭嘴在两个白玉无瑕的脸蛋上,狼一般狠狠啃了起来。

天王如被激怒的雄狮,咆哮巨吼,吓得姚兵后退三尺。天王抡着弯刀朝姚苌劈去,姚苌将两位公主推到前面一挡。天王看收刀已晚,横下心来喊道:"岂可令羌奴辱我孩儿!"话落,两个春花般娇艳欲滴的公主倒落刀下。

天王龙眼喷火,举刀朝姚苌再砍,被牛双甩出锁链套住脖子,姚苌气急败坏地大喊:"将这个疯子给我吊死在树上!"

天王拽着铁链挣扎道:"卑鄙羌奴,朕到阴间也要率阴兵找你索命!"

被姚兵围住的子姝眼睁睁看着两个女儿倒在血泊之中,又无助地看着天王被活活环杀于树上,凄然惨叫道:"陛下,等等臣妾!"一头撞向银杏树,碧血喷溅,染红夜空……

姚苌没想到竟然会是这样的壮烈场面,一时不知该如何收场,将目光投向了最后一个猎物、天王年仅十岁的幼子符诜。

符诜虽小,却有皇家的尊贵和傲骨,迎着姚苌的目光,轻蔑一笑,用稍显稚嫩的童声道:"弑君谋逆,罪该万死!你等着吧,本王很快就会随父皇讨伐你这个羌贼的!"

姚苌一愣,符诜捡起姐姐的鱼肠短剑,优雅高贵、不失体面地走到母亲身边,挥剑自刎……

天地一片寂然,只有闭目跪在佛祖莲花台下的摩诃,敲着木鱼,诵经的声音越来越大……

一阵风起,银杏树叶如滂沱大雨般哗哗坠落,地上一片金黄,覆盖了所有的惨烈和凄凉。寺院如同什么也没发生过,佛家净地,岂能容下一丝血腥和污迹……

天王觉得自己轻盈如燕,迎着纷纷坠下的落叶,逆流飞翔,落于树冠高处。树梢孤冷,却天地辽阔。

他看见东边迟迟不出兵救秦的谢安死于四天之前。

他看见邓羌、月明还有赵整被冲军截击于骊山之东,激战数日,胜负难料。

他看见徐嵩率五千人马和姚军战于离新平郡不到十里的七甲堡,受伤被俘。

他看到从榆眉率兵而下的王皮,被姚军围困在离新平郡一步之遥的泾河滩,王皮血染战袍,不惧不退,率众拼死而战,斩姚军两万,向新平郡奔来⋯⋯

他看见慕容垂虽登上帝位,却连连征战,并不如意。

他看见风情万种的段元妃对他嫣然一笑,如愿以偿地登上了皇后的宝座。

他看到皇帝慕容冲坐在太极殿的龙椅上,秀眉紧蹙,郁郁寡欢。

他看到权翼冒一路凶险,终于将载回无数车奇珍异宝的吕光迎到了凉州。

他看到丕儿在弃邺城赴长安的路上被王永、张蚝、王腾迎入晋阳。

他看到太子苻宏弃城奔下辨,被白眼狼女婿杨壁所拒。顺阳公主劝说无效,一怒之下,弃夫从宏,奔往东晋。

他看见长安城焦土瓦砾,残垣断壁,血流成河,尸骸遍地。

他看见无数黎民百姓因为战乱不断,流离失所,衣不遮体,食不果腹。

他看见倒在血泊中的子姝,看到自己的锦儿、宝儿、诜儿、睿儿、晖儿、琳儿,还看到了博休⋯⋯

突然,他听到新平郡钟楼上的铜钟响起,看到姚苌在百官面前痛哭流涕,昭告天下:"天王因箭伤复发,医治无效,于亥时驾崩于新平郡养心殿。驾崩前传位于本王,本王痛不欲生,赠其谥号为壮烈天王。"

旧臣闻听,号啕大哭,悲痛不已。

三军将士,缟甲素衣,莫不哀恸。

⋯⋯

尾　声

一千六百三十一年后的春天,彬县水口乡九田村,金灿灿的油菜花盛开在静谧的田野上,一个头戴学者布帽,须发皆白的老人,牵着自己的宝贝外孙女从油菜花中走来。

老人轻车熟路地站在一块斑驳破旧的石碑前,摘掉窄檐帽,弯下腰,深深鞠躬。身边的小外孙女抖落了沾染一身的油菜花瓣,凑到石碑跟前,奶声奶气地念道:"苻坚墓,时代,前秦。"

小孙女歪着头问道:"爷爷,苻坚是谁?前秦又是什么时候?"

老人缓缓道:"苻坚是个大英雄。"

小孙女围着墓碑蹦蹦跳跳道:"大英雄?像超人和蜘蛛侠一样吗?"

老人慈爱地摇摇头,望着满目锦绣的金色花海,自言自语道:"他是儒雅仁厚的帝王,也是个顶天立地的英雄。有人说从古至今,大大小小,男男女女的皇帝,满打满算五百六十个。但能够称得上大帝的,不过五个,苻坚就名列其中。"说到此处,老人若有所思,沉静些许,对小孙女笑道:"想想,他和秦始皇、汉武帝、唐太宗、康熙大帝齐名,那得有多厉害!"

小孙女揪了一把油菜花顶在石碑上,咯咯地笑着嚷嚷道:"快看,快看,好威风的玉皇大帝,好漂亮的英雄。爷爷他死了多久了?"

老人没有回头,道:"一千六百三十多年吧。"

"他有几条命?还会复活吗?复活还是英雄吗?"

老人看着小孙女,认真地回道:"英雄就是英雄,来世还是英雄!"